CINDA WILLIAMS CHIMA

Das Erbe der Krieger

Buch

Eigentlich führt der 16-jährige Jack ein ganz normales Leben als ziemlich gewöhnlicher Junge – nur die Medizin, die er jeden Tag einnehmen muss, sowie die dicke Narbe über seinem Herzen unterscheiden ihn von seinen Mitschülern. Als er jedoch eines Tages vergisst, seine Medizin zu nehmen, ist er plötzlich stärker, grimmiger und selbstbewusster als je zuvor. Und es fühlt sich großartig an – bis er bei einem Fußballspiel die Kontrolle über seine Kraft verliert und beinahe einen Mitspieler tötet. Da erfährt Jack die Wahrheit über sich selbst: Er ist ein Weirlind, Mitglied einer geheimen Gesellschaft von magisch Begabten, die unter den Menschen leben. Beherrscht von zwei miteinander verfeindeten Häusern, entscheidet »Das Spiel«, welches der beiden innerhalb der Gesellschaft an der Spitze steht.

Und als ob dieses bizarre magische Erbe noch nicht genug wäre, findet Jack heraus, dass er nicht irgendein Mitglied des Weirlind ist. Er ist einer der letzten Krieger, zu einer Zeit, da beide Häuser nach einem Spieler suchen – für ein Spiel, das tödlich enden kann.

Autorin

Cinda Williams Chima schrieb schon zu Schulzeiten ihre ersten Romane, doch leider wurden diese häufig von ihren Lehrern konfisziert. Mittlerweile lebt sie mit ihrer Familie in Ohio und hat sich als Fantasyautorin einen Namen gemacht.

Cinda Williams Chima

Das Erbe der Krieger

Roman

Aus dem Amerikanischen
von Hans Link

blanvalet

Die Originalausgabe erschien 2006 unter dem Titel
»The Warrior Heir« bei Hyperion Books for Children, New York.

FSC
www.fsc.org
MIX
Papier aus verantwortungsvollen Quellen
FSC® C014496

Verlagsgruppe Random House FSC® N001967
Das FSC®-zertifizierte Papier *Holmen Book Cream*
für dieses Buch liefert Holmen Paper, Hallstavik, Schweden.

1. Auflage
Deutsche Erstausgabe Oktober 2014 bei Blanvalet,
einem Unternehmen der Verlagsgruppe
Random House GmbH, München

Umschlaggestaltung und -illustration:
© Isabelle Hirtz, Inkcraft
Redaktion: Waltraud Horbas
ue · Herstellung: sam
Satz: Buch-Werkstatt GmbH, Bad Aibling
Druck und Einband: GGP Media GmbH, Pößneck
Printed in Germany
ISBN: 978-3-442-26970-9

Besuchen Sie uns auch auf www.facebook.com/blanvalet
und www.twitter.com/BlanvaletVerlag.
www.blanvalet.de

Für meine Mutter, Carol Bryan Williams,
die Geschichten erzählte

PROLOG
Alte Geschichten

Coalton County, Ohio
Juni 1870

Der Duft von Holzrauch und Rosen erinnerte ihn immer wieder von Neuem an den Jungen, der er gewesen war und nie wieder sein würde.

Die Rosen überfielen sie in seinem zehnten Sommer. Damals war Lee schmächtig, obwohl sein Vater immer behauptete, dass er später groß und breitschultrig werden würde. Er war der Jüngste, ein wenig verwöhnt und das einzige der vier Kinder, das die verräterischen Anzeichen eines Zauberersteins zeigte. Seine Eltern beklagten sich, dass er zwei Tage brauchte, um die Arbeit eines Tages zu erledigen – sie nannten ihn nicht direkt faul, aber ausgesprochen untüchtig.

Einen Monat waren sie auf der Flucht gewesen und erst vierzehn Tage zuvor wieder zurückgekehrt. Diese Rückkehr sollte sich als Fehler erweisen. Natürlich war man nachher immer klüger. Aber Lees Vater war Bauer, und ein Bauer kann seinen Feldern vor der Ernte nicht allzu lange fernbleiben. Außerdem waren die Überfälle der Rosen zuvor nicht so zielgerichtet erfolgt. Sie hatten das Dorf am Fluss heimgesucht und die umliegenden Höfe und waren dann wieder verschwunden, manchmal für ein ganzes Jahr.

»Banditen« hatten ihre Nachbarn sie genannt und überlegt, ob sie im jüngst zurückliegenden Bürgerkrieg Soldaten gewesen waren. Nur sieben Jahre zuvor hatte General John Morgan von den Konföderierten seine Plünderer durch diese Berge hier im Süden Ohios geführt.

Doch Lees Familie kannte die Wahrheit. Sie wussten, wonach diese Plünderer suchten und warum. Die Rosen waren den Ahnenreihen von den Hafenstädten im Osten gefolgt. Sie jagten die Nachfahren des Silberbären und nahmen die Begabten mit, um mit ihnen zu handeln. Seinen Bruder Jamie hatten sie geholt, als Lee noch ein Baby gewesen war. Damals hatten sie in Pennsylvania gelebt. Jamie war ein Betörer gewesen. Lee konnte sich nicht wirklich an ihn erinnern, aber sie zündeten an Festtagen immer eine Bienenwachskerze für ihn an.

Lee war einfach glücklich gewesen, wieder daheim zu sein, zurück in den grünen, flachen Bergen, die für einen Träumer wie geschaffen waren. An diesem schicksalsschweren Tag hatte er das Haus früh verlassen, um sich vor den Pflichten zu drücken, die man ihm sonst vielleicht auferlegt hätte. Er hatte den Morgen am Flussufer verbracht und Katzenfische gefangen, die er zum Abendessen beisteuern wollte. Er schlenderte die Straße entlang, die zu seinem Zuhause führte. Eigentlich waren es nur zwei Wagenfurchen, und er machte einen Abstecher, wann immer er auf irgendetwas Interessantes stieß.

Als er sich seinem Haus näherte, bemerkte er einen starken Geruch nach Holzrauch. Seltsam, denn es war Sommer, und die steinernen Kamine und Holzöfen, die das Haus beheizten, waren seit April nicht mehr benutzt worden. Vielleicht rodete sein Vater Land oder verbrannte Büsche. In diesem Fall hätte Lee zu Hause bleiben und helfen sollen. Dem Stand der Sonne nach war er zum Mittagessen bereits zu spät dran. Seine Mutter würde ganz schön wütend sein.

In diesem Augenblick sah er vor sich eine dunkle Rauchsäule durch die Baumwipfel zum Himmel steigen. Dem Standort nach zu schließen, musste sie aus dem heimischen Garten kommen. Vielleicht hatte die Küche Feuer gefangen. Er rannte los.

Wie sich herausstellte, *war* es die Küche, aber außerdem die Scheune und der Gartenschuppen. Alles stand in Flammen, Holz- und Strohgebäude waren bereits teilweise in sich zusammengesunken. Das Haupthaus bestand jedoch aus Stein, hatte ein Schieferdach und war daher widerstandsfähiger. Sein Vater hatte die Steine für den Bau den umliegenden Bergen abgerungen. Ein schönes Haus in diesem Teil der Welt, und vielleicht war das der Grund, warum es Aufmerksamkeit erregt hatte. Lee stand am Waldrand und wusste nicht, was er tun sollte. Die Fische glitten ihm unbemerkt aus den Fingern.

Warum bekämpfte niemand das Feuer, pumpte Wasser aus dem Brunnen, reichte Eimer weiter und tränkte das Holz, das die Flammen noch nicht erreicht hatten? Er ließ den Blick über den Garten schweifen. Niemand war da, weder sein Vater noch sein Bruder.

Im Schutz des Waldes umkreiste Lee das Haus und ging zur Rückseite, da er wusste, dass die Hecken und Mauern rings um die Gärten ihm Deckung bieten würden. Sein Vater war aus der Alten Welt herübergekommen, und er war stolz auf diese Gärten. Sie waren gezähmt, gesäumt mit Steinen wie die Gärten ihrer Vorfahren.

Sein Instinkt sagte ihm, dass er sich versteckt halten musste. Er hockte sich hin und verschmolz mit dem Schatten der Steinmauer, folgte ihr den Wald entlang zurück zum Haus. Die Haut auf seinem Gesicht spannte sich, als er sich der Hitze der brennenden Küche näherte und an ihr vorbei durch den Gemüsegarten zur Hintertür des Hauses glitt. Sie stand einen Spaltbreit offen. Er drückte sie ganz auf.

Im Innern herrschte Chaos. Offensichtlich war seine Familie zum Zeitpunkt des Überfalls bei Tisch gesessen. Wäre er rechtzeitig zurückgekehrt, wäre er bei ihnen gewesen. Das Essen lag überall verstreut, war in den Boden getreten – Brot, Obststücke und die kleinen Zimttörtchen, die Martin so gern mochte. Die Möbel waren zerhackt und wie Brennholz in Brand gesteckt worden. Tische waren umgekippt, Tongeschirr an die Wand geschmettert worden. Irgendjemand war entweder sehr wütend gewesen oder hatte etwas sehr nachdrücklich klarstellen wollen. Lee versuchte, mit seinen nackten Füßen weiträumig die Glasscherben auf dem Boden zu umgehen.

Er ging weiter durchs Haus, wagte kaum zu atmen und hielt sich flach an die Wand gedrückt. Mit gespitzten Ohren lauschte er auf irgendwelche Anzeichen, dass die Eindringlinge noch da waren. Als er sich auf die Diele zubewegte, nahm er ein Geräusch wahr, ein rhythmisches Schlagen. Es wurde lauter, je näher er dem vorderen Teil des Hauses kam. Er strich mit den Händen über die Wand und berührte etwas Feuchtes.

Als er sich die Hand dicht ans Gesicht hielt, nahm er den metallischen Geruch von Blut wahr. Es war überall auf Boden und Wände gespritzt. Dunkelrote Pfützen trockneten zwischen den Steinen. Sein Herz schlug wild in der Brust, und das Atmen fiel ihm schwer, aber er zwang sich zum Weitergehen.

Eine Leiche lag in der Tür zum Flur, ein Mann, der zu prächtig gekleidet war, um aus dem Ort zu stammen. Er trug Wams, Seidenhemd und ein Halstuch, Kleidungsstücke, die nicht selbst gesponnen waren wie die von Lees Familie. Er wirkte wie ein Mann in mittleren Jahren, war in Wirklichkeit aber wahrscheinlich viel älter. Ein Mann, der keine offensichtlichen Waffen trug und auch keine benötigte. Ein Zauberer, ganz bestimmt.

Lees Bruder Martin lag mit dem Gesicht nach unten gleich hinter der Tür; sein Leichnam war beinahe entzweigerissen. Der Großteil des Blutes musste von ihm stammen. Er war zehn Jahre älter, groß und breitschultrig, als harter Arbeiter bekannt. Praktisch veranlagt. Kein Träumer wie Lee. Anaweir. Er verfügte über keinerlei Magie und war damit Zauberern hoffnungslos unterlegen.

»Martin.« Lees Lippen formten das Wort, aber er hatte keinen Atem, um einen Laut von sich zu geben.

Er schlich in den Raum und spürte bei jedem Schritt klebriges Blut unter seinen Zehen. Da lagen die Leichen von zwei weiteren Zauberern, und dann sah er seinen Vater vor dem Kamin liegen, die Beine in der Feuerstelle, als habe man ihn dort hingeworfen.

Sein Vater, der ihm Geschichten von Burgen und Herrenhäusern auf der anderen Seite des Meeres erzählt hatte. Der mit den Fingern Feuer aus der Luft hatte stehlen können und aus Sonnenlicht Schilde wob. Der ihn Zaubererbe genannt und begonnen hatte, ihn die Sprüche zu lehren, die die Magie nach seinen Wünschen formte. Der mächtig und klug genug gewesen war, sie vor allem zu beschützen. Bis jetzt.

Lee fiel würgend auf die Knie und gab das wenige von sich, was er vom Frühstück noch im Magen hatte. Dann hörte er wieder das Geräusch. Das Schlagen.

Seine Mutter kauerte in ihrem Schaukelstuhl neben dem Kamin, das Strickzeug auf dem Schoß, und der Schaukelstuhl schlug unaufhörlich, in regelmäßigen Abständen gegen die Wand. Als er näher trat, konnte er auch ihre Stricknadeln hören, die geschäftig klapperten. Aber sie hatte keine Maschen aufgenommen. Obwohl sie Garn in ihrem Korb und auf dem Schoß hatte, strickte sie nichts.

»Mama?«, flüsterte er, trat näher an sie heran und blickte sich wachsam über die Schulter um. »Waren es die Rosen?« Sie starrte in den Kamin, wo Papa kalt und gebrochen lag. Schaukelte und strickte nichts und sagte nichts. Sie brauchte auch nichts zu sagen. Er wusste, dass es die Rosen gewesen waren; wer sonst?

»Bist du verletzt, Mama?«, wiederholte er ein wenig lauter. Er schob seine Hand in ihre, aber ihre Finger schlossen sich nicht um seine, und in ihren Augen war ein schreckliches Nichts.

Er unterdrückte ein Schluchzen. Nicht weinen. Er war jetzt der Mann der Familie. »Wo ist Carrie?«, fragte er. Seine Schwester war nicht unter den Leichen auf dem Boden, was logisch war, denn die Rosen würden Carrie lebend haben wollen.

Seine Mutter gab keine Antwort. Carrie konnte verschleppt worden sein, oder sie hatte sich versteckt. Wenn man sie mitgenommen hatte, würden sie in südliche Richtung ziehen, zum Fluss und dann nach Westen, nach Cincinnati oder östlich nach Portsmouth, wo sie ein Schiff nehmen konnten. In diesem Fall wusste er nicht, was er tun sollte.

Wenn sie sich aber versteckt hatte, dann wusste er, wo sie war. Er verließ das Haus auf dem gleichen Weg, wie er hereingekommen war.

Sie nannten es den Wurzelkeller, aber in Wirklichkeit war es eine Höhle, deren Gänge in einen Berghang ein gutes Stück vom Garten entfernt führten. In diesem kühlen, feuchten Raum lagerten sie Lebensmittel: Kartoffeln, Rüben, Karotten und getrocknete Bohnen und Erbsen in Säcken.

Der Eingang der Höhle war von roten Kletterrosen und weißen und rosafarbenen Wildrosen überwachsen. Der Duft der Blüten war überwältigend süß. Er teilte die dornigen Stängel und trat ein.

»Carrie?«, sagte er leise. »Ich bin es.«

Für einen Moment war nichts zu hören, dann folgte ein Rauschen, Bewegung in der Dunkelheit, und seine Schwester schlang die Arme um ihn und flüsterte: »Lee! Warum bist du hierhergekommen? Es ist zu gefährlich. Du hättest weglaufen sollen, als du gesehen hast, dass sie zurückgekommen sind.«

»Carrie, sie haben Papa und Martin getötet, und irgendetwas stimmt nicht mit Mama. Sie will nicht mit mir reden.« Er verhaspelte sich und sprach lauter, als er beabsichtigt hatte.

Carrie sog den Atem ein und zog ihn fest an sich, so dass er den Rest seiner Worte in ihre Schulter murmelte. Sie flüsterte ihm besänftigende Worte zu, aber nicht lange. Dann straffte sie den Rücken, ihre Hände rutschten zu seinen Ellbogen hinab, und sie hielt ihn auf Armeslänge von sich weg.

»Hör mir jetzt zu.« Sie trug eine Hose und ein grob gewebtes Hemd, und ihr Messer steckte in einem Gürtel an ihrer Taille. Ihre Mutter verabscheute es, wenn Carrie sich wie ein Mann kleidete, aber manchmal tat sie es trotzdem. »Du wirst jetzt sehr tapfer sein müssen«, sagte sie.

»Keine Sorge«, erwiderte er, richtete sich auf und versuchte, seine Stimme tiefer klingen zu lassen, wie die von Martin. »Papa hat mich gelehrt, wie ich dich gegen die Zauberer beschützen kann.«

Sie schluckte hörbar. »Dummkopf. Du *bist* ein Zauberer. Du wirst tapfer genug sein müssen, um Hilfe zu holen.« Er versuchte, sie zu unterbrechen, aber sie sprach weiter. »Ich möchte, dass du direkt nach Süden zum Fluss gehst und seinem Lauf in Richtung Stadt folgst. Verkleide dich, und halte dich von den Straßen fern. Wenn du jemandem begegnest, den du kennst, erzähl ihm, was passiert ist, und bitte ihn, Hilfe für Mama zu schicken.«

»Kommst du nicht mit?« Er fühlte sich jetzt schon einsam. Er versuchte, nicht an Martin oder seinen Vater zu denken, weil er wusste, dass er sonst wieder mit den Tränen würde kämpfen müssen.

»Ich gehe für eine Weile weg«, antwortete sie. »Es ist zu gefährlich für mich, bei dir und Mama zu bleiben. Die Rosen suchen nach Kriegern. Nicht nach Zauberern oder Anaweir. Sie werden dich in Ruhe lassen, wenn ich nicht in der Nähe bin.« Als sie seinen Gesichtsausdruck sah, sprach sie hastig weiter. »Ich werde zurückkommen, wenn die Gefahr vorüber ist.«

Lee dachte an seine Mutter, die stumm und unheimlich im Haus saß. Er wusste, es war falsch, aber er wollte nicht allein zu ihr zurückgehen. »Nimm mich mit, Carrie. Bitte.«

Carrie schüttelte den Kopf. Sie war fast schon erwachsen, und doch strömten ihr die Tränen über die Wangen. »Du musst bleiben, Lee. Mama ist Anaweir. Sie braucht jemanden, der sich um sie kümmert.«

»Ah, na gut«, brummte er; sie sollte nicht wissen, wie viel Angst er hatte. Er konnte genauso gut gleich losgehen, da er den langen Weg in die Stadt nehmen würde. Also schob er die Blüten vor dem Höhleneingang wieder beiseite, wobei er sich in die Finger stach, dann trat er ins Sonnenlicht hinaus. Und geradewegs in die Arme der Zauberer, die dort auf ihn warteten.

»Carrie!«, schrie er. Hände packten ihn und hielten ihn fest, hoben ihn vom Eingang der Höhle weg. Er wehrte sich und trat um sich, schlug mit dem Ellbogen irgendjemandem ins Gesicht und spürte, wie Knorpel nachgaben und warmes Blut zu fließen begann. Er drehte und wand sich, kam aber nicht frei.

Es waren zu viele, ein halbes Dutzend. Fremde mit bärtigen Gesichtern und in Sonntagskleidung wie der tote Zauberer im Flur. Lee kannte keine Angriffszauber, nicht wirklich, aber er konnte Feuer einfangen. Er pflückte es aus der Luft und ließ es um die Männer herumwirbeln. Weitere Flüche wurden laut, dann warfen sie ihn zu Boden.

Der Zauberer mit der blutigen Nase deutete auf Lee und murmelte einen Spruch. Eine schreckliche Kälte durchströmte ihn, und er erschlaffte. Der Zauberer schob die Hände unter Lees Arme, zog ihn hoch und ließ seine Füße über dem Boden baumeln, als wäre er eine Marionette.

»Ruf sie heraus!«, befahl der Zauberer mit der blutigen Nase und verbrannte ihn mit seinen heißen Händen. Lees Muskeln verkrampften sich, und er schrie – er konnte nicht anders –, aber dann presste er trotzig die Lippen zusammen.

»Wir haben nicht den ganzen Tag Zeit. Die Weiße Rose ist uns auf den Fersen.« Der Zauberer versengte ihn wieder mit Energie, die wie heißes geschmolzenes Metall durch seine Adern rann, aber diesmal war Lee vorbereitet. Er sog den Atem ein, gab jedoch keinen Laut von sich.

»Komm heraus, oder wir brechen dem Jungen das Genick!«, rief der mit der blutigen Nase. Die Rosen, die den Eingang der Höhle verdeckten, zitterten und warfen Blütenblätter ab, als sie beiseitegestoßen wurden. Halb gebückt erschien Carrie im Sonnenlicht, das Messer in der Hand. Beim Anblick Lees in den Händen der Zauberer straffte sie sich und ließ das Messer zu Boden fallen.

Der mit der blutigen Nase schüttelte Lee triumphierend. »Du hast uns direkt zu ihr geführt.«

Carrie ließ sich auf die Knie fallen und neigte den Kopf. »Bitte, ich werde mit euch kommen. Nur lasst meinen Bruder gehen.«

Lee wollte sprechen, wollte Carrie sagen, dass sie sich erheben solle, dass sie gemeinsam gegen die Zauberer kämpfen würden. »Carrie, nicht …« Sein Protest verwandelte sich in einen Schmerzensschrei, als der mit der blutigen Nase ihm einen Feuerstoß versetzte.

»Wylie, das reicht.« Diese Worte kamen von einem grauhaarigen Zauberer mit zerfurchtem Gesicht, der anscheinend das Sagen hatte. »Bring das Lesegerät.«

Wylie stieß Lee beiseite, als wöge er nichts, dann kramte er in einem Beutel an seiner Taille herum. Er förderte einen silbernen Kegel zutage und reichte ihn dem Anführer. Zwei Zauberer traten links und rechts neben Carrie, packten ihre Arme und hoben sie von den Füßen. Der Anführer riss ihr das Hemd aus der Hose und drückte den Kegel auf die Haut ihrer Brust. Carrie zuckte zusammen, schaute aber zur Seite und sagte nichts. Nach einem Moment nickte er und zog die Hand zurück.

»Sie hat einen Kriegerstein«, sagte er mit seinem Akzent aus der Alten Welt und gab Wylie den Kegel zurück. »Gott weiß, das hat uns einiges gekostet. Verschwinden wir von hier, bevor die Weiße Rose uns einholt.«

Die Zauberer holten ihre Pferde und saßen auf, während ihr Anführer Carrie die Hände mit einer silbernen Kette vor der Brust zusammenband.

Wylie stieß Lee gegen den Stamm eines abgestorbenen Baums. Der Zauberer kniete sich neben ihn, drückte ihm das Kinn zurück und legte ihm die Fingerspitzen an die Kehle. Lee schaute in die ausdruckslosen grauen Augen und wusste, dass er sterben würde.

Der Anführer bemerkte es. »Lass den Jungen in Ruhe, Wylie«, sagte er schroff, während er seine Reithandschuhe überstreifte.

Wylie blickte auf. »Er ist ein Zeuge. Wir haben einen Zauberer getötet, und wenn der Rat das erfährt …«

»Auch auf unserer Seite gibt es drei Tote«, bemerkte der Anführer. »Wenn der Vater des Jungen bei seinesgleichen geblieben wäre, würde er noch leben. Dies ist ein Kind. Machen wir die Sache nicht noch schlimmer.«

»Du bist nicht derjenige, der einen Zauberer getötet hat. Der da mag auch ein Zauberer sein, aber er ist von gemischtem Blut.« Wylie verzog angewidert das Gesicht. »Zauberer, Krieger, Hexer, selbst Anaweir mischen sich, als wären sie Gleiche. Es ist widernatürlich.«

»Vielleicht planen sie etwas.« Der Anführer deutete auf Carrie. »Zumindest ist das Mädchen gesund. Was mehr ist, als ich von den Kriegern daheim sagen kann.«

Wylies Finger lagen immer noch fest an Lees Kehle. Lee konnte die Energie in ihm spüren, eine schwache Vibration auf seiner Haut.

»Ich habe dir gesagt, du sollst ihn in Ruhe lassen«, befahl der Anführer. »Wir sind ohnehin schon viel zu lange hier.«

Endlich stand Wylie auf und ging zu seinem Reittier.

Die Männer hatten Carrie auf eins der Pferde gehoben. Sie starrte geradeaus, ihr Mund eine dünne Linie, rote Flecken auf den Wangen. Der Anführer ergriff die Zügel ihres Pferdes und stieg dann auf sein eigenes. Er zeigte auf Lee, wodurch er den Bannspruch aufhob, den er ihm auferlegt hatte, aber Lee lag einfach nur da und hatte Angst, sich zu rühren; er wusste endlich und mit Bestimmtheit, dass er im Herzen ein Feigling war.

Da geschah es. Ein Lichtblitz flammte durch die Bäume, blauweiß und tödlich, und er zog funkelnde Sterne nach sich – wie das Feuerwerk, das Lee einmal in Cincinnati gesehen hatte. Die Luft knisterte vor Elektrizität, und trotz der Entfernung standen Lee die Haare zu Berge. Der Blitz traf voll ins Schwarze, und für einen Moment hatten sich Flammen um Carrie und ihr Pferd gelegt. Ein Schimmern lag in der Luft, eine sichtbar gewordene Vibration, dann waren sie verschwunden. Pferd und Reiterin hatten sich aufgelöst, als hätten sie nie existiert.

»Die Weiße Rose!«, rief einer der Zauberer. Er wendete sein Pferd und stürmte durch die Bäume. Die anderen Zauberer rissen die Zügel herum und folgten ihm. Sie schrien vor Wut, aber die Weiße Rose hatte getan, weswegen sie gekommen war, und bereits den Rückzug angetreten. Innerhalb weniger Augenblicke waren Pferde und Reiter fort. Der Staub legte sich langsam wieder, und auf der Lichtung war es still, abgesehen vom Wind, der durch die Zweige fuhr.

Bei Einbruch der Dunkelheit war Lee bereits meilenweit fort und saß im Schneidersitz am Flussufer. Endlich tauchte der Mond hinter den Bäumen auf und beschien den Ohio, der sich wie ein silbernes Band in beide Richtungen erstreckte. Auf der anderen Seite des Flusses lag Kentucky, eine mysteriöse Dunkelheit, durchsetzt von den Lichtern verstreuter Siedlungen.

»Ich werde kein Bär mehr sein«, sagte er zu sich. Er würde grimmiger sein, unbesiegbarer. »Von jetzt an bin ich ein Drache.«

Bevor er sich wieder auf den Weg machte, ergriff er das Messer seiner Schwester und schrieb etwas in den weichen Schlamm am Ufer. Er schrieb es nieder, um es in seinem Geist fest zu verankern.

Das Wort war »Wylie«.

Trinity, Ohio
Über hundert Jahre später

Das Baby erwachte, als Jessamine die Decke wegzog. Sie dachte, der Kleine würde vielleicht schreien, aber er schaute sie nur feierlich mit leuchtend blauen Augen an, während sie sein Hemd öffnete und die Operationsnarbe untersuchte. Sie war immer noch ein wenig rot und an den Rändern geschwollen, aber es gab kein Anzeichen für eine Infektion. Perfekt. Sie hatte halb erwartet, dass die Prozedur ihn töten würde, aber anscheinend ging es ihm gut. Nur einen Monat nach der Operation hatte ihr Patient zugenommen, seine Hautfarbe war in Ordnung, Puls und Atmung gingen normal.

Es sprach nichts dagegen, dass er mit auf die Reise ging.

Sie zog das Hemdchen des Babys zu und war sehr zufrieden mit sich. Diese Narren im Krankenhaus hatten an allem Anstoß genommen und ihr nichts als Schwierigkeiten gemacht: wegen ihrer Methoden, weil sie ihre eigenen Leute zum Assistieren mitgebracht und ihnen nicht erlaubt hatte, bei der Operation zuzusehen.

Idioten. Vielleicht hätte sie einige von ihnen tatsächlich im OP-Saal zuschauen lassen sollen. Der Anblick ihrer Gesichter wäre die Sache wert gewesen – bevor sie ihre Erinnerungen gelöscht hätte.

Natürlich würden Jahre vergehen, bis sie wusste, ob das Experiment wirklich geklappt hatte. Ein beträchtlicher Zeitraum, der im Falle des Scheiterns verschwendet war. Erwies sich die Operation aber als erfolgreich, so gab es viel zu gewinnen. Vielleicht hätten sie dann keinen Mangel mehr an Kriegern. Und unbegrenzten Nachschub für das Spiel. Es wäre der endgültige Sieg der Weißen Rose.

Sie sah sich im Kinderzimmer um. Überall Babysachen, mehr, als sie tragen konnte. Wenn sie ihr Ziel erreicht hatten, konnte sie noch mehr besorgen. Was brauchte ein Baby für die Reise? Windeln und Kleidung. Eine Babyschale. Was würde es essen? Fertignahrung? Sie zuckte die Achseln. Pädiatrie war nicht ihr Spezialgebiet.

Sie entdeckte eine große Tasche mit Windeln und Kartons voller Feuchttücher auf dem Boden des Schrankes, aber keine Fläschchen. Sie riss eine Kommodenschublade auf und fand Stapel mit winzigen Anziehsachen. Einige davon schob sie in die Tasche, die mit leuchtenden Elefanten und Giraffen bedruckt war. Jessamine runzelte die Stirn, strich mit den Händen über ihr elegantes Kostüm und streifte ihr dunkles Haar aus dem Gesicht. Ihr gefiel die Vorstellung nicht, mit einer Wickeltasche über der Schulter und einem Baby auf der Hüfte herumzulaufen. Sie hätte jemanden einstellen sollen, der sich von Anfang an um das Balg kümmerte.

Schließlich zog sie eine Babyschale aus Kunststoff aus dem Schrank und stellte sie neben die Wiege. Der Verschluss klemmte, als sie versuchte, den Tragebügel umzuklappen, daher beugte sie sich unbeholfen darüber hinweg und nahm das Baby von der Matratze. Sie legte es in den Sitz und fummelte an den Riemen herum.

Wie fand man ein Kindermädchen? Sie hatte keine Ahnung.

»Was tun Sie hier?«

Jessamine fuhr hoch. Die Betörerin Linda Downey stand in der Tür. Tatsächlich war sie noch ein Kind, barfuß, in Jeans und T-Shirt. Linda war die Tante des Babys, erinnerte sich Jessamine, nicht seine Anaweir-Mutter. Gut. Nicht dass es eine Rolle gespielt hätte, aber sie wollte lieber keine Szene riskieren.

Jessamine stand auf und ließ das Baby in dem Sitz und den völlig ineinander verhedderten Riemen auf dem Boden liegen. »Ich wusste nicht, dass jemand zu Hause ist«, erwiderte sie, statt die Frage zu beantworten.

Linda legte den Kopf schief. Sie war ein hübsches Ding mit langem Haar, das sie zu einem dicken Zopf geflochten trug. Das Mädchen bewegte sich mit einer ungezwungenen Anmut, um die Jessamine es beneidete. Wenn Jess jedoch die Wahl zwischen der einen und der anderen Gabe gehabt hätte, würde sie immer die eigene wählen.

»Natürlich ist jemand zu Hause«, antwortete das Mädchen im dreisten Tonfall eines Teenagers. »Man lässt ein Baby nicht allein.«

Zumindest löste das plötzliche Auftauchen der Betörerin ein Problem. »Ich bin froh, dass du hier bist«, sagte Jessamine herrisch und mit einer schwungvollen Gebärde ihrer eleganten Hand. »Du musst einige Sachen für ihn zusammenpacken, zumindest genug für ein paar Tage. Essen, Kleidung und so weiter.«

»Warum? Wo wollen Sie ihn denn hinbringen?«

Jessamine seufzte und bog die Finger mit den langen, lackierten Nägeln. »Wenn du es unbedingt wissen musst: Ich nehme ihn mit zu mir.«

»Was?« Das Mädchen kreischte beinahe, und das Baby streckte erschrocken die Ärmchen aus. Linda trat einen Schritt näher. »Wie meinen Sie das?«

»Ich nehme ihn mit zurück nach England. Keine Sorge«, fügte sie hinzu. »Man wird sich gut um ihn kümmern. Ich kann es mir nur nicht leisten, ihn einfach so herumliegen zu lassen.«

»Wovon reden Sie?«, verlangte Linda zu wissen.

»Seit der Operation ist er … im Wert gestiegen«, antwortete Jessamine gelassen.

Linda kniete sich neben den Babysitz und schaute den Jungen an, als könne sie durch genaues Hinsehen irgendetwas entdecken. Sie streckte einen Finger aus, und das Baby ergriff ihn. Dann blickte sie zu Jessamine auf. »Was haben Sie mit ihm gemacht?«

»Er brauchte einen Stein, und ich habe ihm einen gegeben. Ein Wunder. Etwas, das noch niemand zuvor geschafft hat. Ich habe ihm das Leben gerettet.« Sie lächelte und drehte die Handflächen nach oben. »Nun ist er ein Weirlind.«

»Ein Krieger?« Die Worte waren nicht mehr als ein Flüstern. »Nein! Ich habe es Ihnen doch gesagt! Er ist ein Zauberer. Er brauchte einen Zaubererstein«, sagte Linda kopfschüttelnd, als könne sie die Dinge dadurch ändern, dass sie sie leugnete. »Es steht alles in seinem Weirbuch. Er ist ein Zauberer«, wiederholte sie niedergeschlagen.

Jessamine lächelte. »Nicht mehr, falls er es überhaupt jemals war. Sei vernünftig; ein Zaubererstein ist schwer zu finden. Zauberer leben praktisch ewig. Aber Krieger … Krieger sterben jung, nicht wahr?« Die letzten Worte waren bewusst grausam.

Die Betörerin erhob sich mit geballten Fäusten. »Ich wusste es, ich hätte niemals einer Zauberin vertrauen sollen.«

Jessamine richtete sich auf. Langsam verlor sie die Geduld mit diesem Abschaum von Mädchen. »Dir blieb keine große Wahl, oder? Wäre ich nicht gewesen, wäre er inzwischen tot. Ich bin kein Wohltätigkeitsverein. Ich habe es getan, weil ich vorhabe, ihn ins Spiel zu bringen. Und du vergisst besser nicht, mit wem du sprichst; ich könnte die Beherrschung verlieren.«

Linda holte tief Luft und stieß sie bebend wieder aus. »Was soll ich Becka sagen?«

»Das ist mir völlig egal. Sag ihr, es sei gestorben.« Es kümmerte sie nicht, was ein Anaweir dachte.

»Aber warum müssen Sie ihn jetzt mitnehmen? Er kann erst an einem Turnier teilnehmen, wenn er erwachsen ist.« Die Stimme des Mädchens wurde weicher, einschmeichelnd. Jessamine spürte einen sanften Druck, die Berührung der betörenden Energie. »Er lebt, aber woher wollen Sie wissen, dass er sich auch manifestiert? Und was fangen Sie in der Zwischenzeit mit ihm an?«

Jessamine zuckte die Achseln. »Vielleicht werde ich dich mitnehmen, um über ihn zu wachen«, sagte sie. »In ein oder zwei Jahren kann ich dich auf den Markt bringen.« Für das Mädchen würde sie auch einen ziemlich guten Preis bekommen, wenn Jess das richtig einschätzte. Betörerinnen und Krieger waren schwer zu finden.

Linda trat einen Schritt zurück. »Das würden Sie nicht tun!«

»Dann probiere deine Betörertricks nicht an mir aus.

Ich habe bereits mehr als genug Zeit in ihn gesteckt. Ich beabsichtige, meine Investition im Auge zu behalten, während sie heranwächst.«

»*Falls* er heranwächst. Falls ihn nicht vorher jemand anders erwischt.« Linda streckte flehentlich die Hände aus. »Alle wissen, dass Sie eine Kriegerbeschafferin für die Weiße Rose sind. Wie lange wird er leben, wenn er bei Ihnen bleibt?«

Das Mädchen hatte nicht unrecht. Der Stein, den Jess dem Jungen eingesetzt hatte, stammte von einer siebzehnjährigen Kriegerin, ihrem letzten aussichtsreichen Talent. Ein Mädchen, das niemals an einem Turnier teilnehmen würde. Agenten der Roten Rose hatten sie abgeschlachtet, da es ihnen nicht gelungen war, sie zu stehlen. Das war illegal; aber andererseits waren Regeln, die mit den Anazauber-Weir zu tun hatten, dazu da, gebrochen zu werden. »Ich nehme an, du willst einen Vorschlag machen?«

»Seine Eltern sollen ihn großziehen. Dann kommen Sie später zurück und holen ihn.«

Der Säugling kniff die Augen zusammen und begann zu schreien. Sein Gesicht nahm ein zorniges Blaurot an. Unergründliche Kreaturen, diese Säuglinge, dachte Jessamine. Unergründlich, unberechenbar und schmutzig.

»Er könnte später schwer zu lenken sein, wenn er nicht die entsprechende Erziehung bekommt«, wandte Jessamine ein.

Linda zog die Augenbrauen hoch. »Sie meinen, ein Zauberer kann einen Krieger nicht kontrollieren?«

Jessamine nickte; ein Punkt für das Mädchen. »Was ist, wenn ein anderer ihn ins Spiel bringt?«

»In Trinity? Hier wird nie jemand nach ihm suchen. Einen günstigeren Ort finden Sie nicht. Sie sind eine Heilerchirurgin. Unterdrücken Sie seine Fähigkeit, so dass er nicht auffällt.« Linda setzte sich neben das Baby und strich ihm über den Kranz rotgoldenen Haars. »Sie können ihn leicht im Auge behalten. Seine Eltern sind Anaweir. Sie lassen sich gut lenken. Sagen Sie ihnen, Sie müssten ihn regelmäßig besuchen. Becka wird alles tun, was Sie verlangen. Sie haben ihrem Sohn das Leben gerettet.«

Jessamine musste zugeben, dass der Vorschlag der Betörerin seinen Reiz hatte. Es würden Jahre vergehen, bevor man diesen Jungen einsetzen konnte, und bis dahin würde er nichts als Ärger machen. Auf diese Weise konnte sie das Kriegerbalg vor Schaden bewahren und würde es sich trotzdem vom Leibe halten, bis es alt genug für die Ausbildung war.

Sie sah der Betörerin in die blaugoldenen Augen. »Was ist mit dir? Wie leicht bist du zu lenken? Wirst du in der Lage sein, ihn herzugeben, wenn der Zeitpunkt gekommen ist?«

Linda blickte auf das Baby hinab. »Wie Sie gesagt haben: Mir bleibt keine große Wahl, oder?«

KAPITEL 1
Der fliegende Lobeck

»Jack!« Die Stimme seiner Mutter drang in seine Träume, und widerstrebend öffnete er die Augen. Es war spät, denn Licht fiel durch das Fenster. Er war in der vergangenen Nacht zu lange aufgeblieben und hatte zu den Sternen aufgeschaut. Es war eine Neumondnacht gewesen, und einige der Schlüsselkonstellationen waren erst nach Mitternacht über den Horizont geglitten.

»Ich komme!«, rief er. »Bin fast fertig!«, log er, als seine Füße den Holzboden berührten. Seine Jeans lagen zusammengeknüllt neben dem Bett, wo er sie in der vergangenen Nacht herabgetreten hatte. Er riss sie hoch, nahm ein frisches T-Shirt aus der Schublade und warf sich ein Paar Socken über die Schulter.

Jack rannte um die Ecke ins Bad. Keine Zeit für eine Dusche. Er wusch sich das Gesicht, befeuchtete die Finger und fuhr sich damit durchs Haar.

»Jack!« In der Stimme seiner Mutter lag ein warnender Unterton.

Jack sprang die Hintertreppe hinunter in die Küche.

Seine Mom hielt Müsli und Orangensaft für ihn bereit. Sie musste abgelenkt gewesen sein, denn sie hatte ihm auch eine Tasse Kaffee eingeschenkt. Sie hatte ihr Müsli halb aufgegessen stehen lassen und sortierte einen Stapel Papiere.

Das war Becka. Seine Mutter war eine Frau mit tausend Leidenschaften. Obwohl sie einen Doktor phil. in mittelalterlicher Literatur und einen Abschluss in Jura hatte, fiel es ihr schwer, den Haushalt zu managen: Dinge wie Stundenpläne, Essensgeld und die rechtzeitige Rückgabe von Büchern aus der Bibliothek. Jack hatte bereits im frühen Alter die Aufgabe übernommen, sowohl sein eigenes als auch das Leben seiner Mutter zu organisieren.

Becka warf einen Blick auf ihre Armbanduhr und stöhnte. »Ich muss mich anziehen! In einer Stunde soll ich in einer Besprechung sein.« Sie schob ihm eine große blaue Flasche über den Tisch. »Vergiss nicht, deine Medizin zu nehmen.« Dann stopfte sie Papiere in ein großes Portfolio. »Ich werde den ganzen Morgen in der Bibliothek sein und heute Nachmittag bei Gericht.«

»Vergiss nicht, dass ich nach der Schule Fußballtraining habe«, sagte Jack. »Falls du vorher nach Hause kommst.« Seine Mutter neigte dazu, sich Sorgen zu machen. Sie sagte immer, es liege daran, dass er als Baby beinahe gestorben wäre, aber eigentlich hielt Jack so etwas für Veranlagung. Manche Menschen machten sich immer Sorgen, andere nie. Er nahm an, sein Vater fiel in die letzte Kategorie. Vielleicht war es schwer, sich über die Grenzen von drei Staaten hinweg Sorgen zu machen.

»Fußballtraining«, wiederholte Becka feierlich, als wolle sie es in ihrem Gedächtnis verankern. Dann rannte sie die Treppe hinauf.

Jemand hämmerte gegen die Seitentür. Jack schaute überrascht auf. »He, Will. Du bist früh dran.«

Es war Will Childers, der gebückt durch die Fliegentür spähte. Obwohl Jack groß war, überragte Will ihn noch, und er war stämmig genug gebaut, um im Fußballteam der Schule als Stürmer anzutreten. Sein Trompetenkoffer sah neben ihm wie ein Spielzeug aus. »Jack, wir müssen los! Wir haben heute Morgen Jazzband-Probe für das Konzert nächste Woche.«

Jack schlug sich gegen die Stirn und brachte seine Müslischale zur Spüle. Er schlüpfte in seine Schuhe, ohne sie aufzuknoten, und griff sich die Büchertasche, die an der Tür wartete. Zum Glück war sein Saxophon in der Schule. »Als würde die Schule nicht auch so schon früh genug anfangen«, brummte er, während er Will im Laufschritt die Straße hinunterfolgte.

Sie nahmen die Abkürzung über den Rasenplatz und schlängelten sich zwischen den klassischen Sandsteingebäuden des Colleges hindurch. Trinity war eine Postkartenidylle aus dem Mittleren Westen mit College; die Straßen waren gesäumt von prächtigen viktorianischen Häusern und uralten Eichen und Ahornbäumen. Voller Menschen, die jedes Vergehen herunterbeten konnten, das Jack je begangen hatte. Er hatte sein Leben lang hier gewohnt.

Dank Will kamen sie nur wenige Minuten zu spät zur Probe. Erst als Jack im Klassenraum saß und die Glocke bereits einmal geläutet hatte, fiel ihm auf, dass er vergessen hatte, seine Arznei zu nehmen.

Erstaunlicherweise war ihm das noch nie zuvor passiert, ein absoluter Rekord, den er seiner Mutter verdankte. Die Arznei hatte für sie oberste Priorität. Sie hatte sie nie vergessen, nicht ein einziges Mal, und sie hatte sie auch diesmal nicht vergessen. Er war derjenige, der es vermasselt hatte.

Jack kannte die Geschichte in- und auswendig. Jessamine Longbranch, die berühmte Londoner Herzchirurgin, war extra aus Übersee angereist, um ihn den Klauen des Todes zu entreißen. Sie kam immer noch ein- oder zweimal im Jahr in die Staaten und unterzog Jack einer Untersuchung.

Ihr Umgang mit Patienten ließ allerdings eine Menge zu wünschen übrig. Er machte bei diesen Gelegenheiten den Oberkörper frei, und sie untersuchte ihn kurz, strich mit den Händen über die Muskeln an Armen, Beinen und Brust, hörte sein Herz mit einem ungewöhnlichen kegelförmigen Stethoskop ab, maß Größe und Gewicht und Blutdruck und erklärte ihn für gesund.

Während dieser Begegnungen mit Dr. Longbranch kam er sich immer wie ein Stück Fleisch vor, das auf Fett- und Knochengehalt kontrolliert wurde; außerdem fragte sie ihn stets nach seinen sportlichen Aktivitäten. Nick, ihr Mieter, hatte erklärt, dass dieser Mangel an mitmenschlichen Umgangsformen unter Chirurgen weit verbreitet sei; sie beschäftigten sich normalerweise lieber mit narkotisierten Menschen.

Jeder Besuch endete mit der Ermahnung, dass er seine Arznei weiter nehmen müsse. Dr. Longbranch brachte bei ihren Besuchen stets einen neuen Vorrat mit, und seine Mutter bestellte außerdem über ihre Praxis in London Nachschub. Die Arznei in der blauen Flasche war fast zu einer Art Talisman geworden, ein Elixier, das das Böse fernhielt.

Niemand war zu Hause, der sie ihm hätte bringen können, das wusste er. Becka war in der Unibibliothek und dann bei Gericht, an beiden Orten unerreichbar. Seine Mutter hatte kein Handy, weil sie davon überzeugt war, diese Geräte würden Gehirntumore verursachen.

Doch vielleicht konnte er Nick erreichen, im Haus oder in seiner Wohnung. Nick würde ans Telefon gehen, wenn er im Haus Wartungsarbeiten erledigte, obwohl er niemals seine Mailbox überprüfte. Oder vielleicht könnte er Penworthy überreden, ihn nach Hause gehen zu lassen, damit er sie holen konnte. Einen Versuch war es wert. Er bat um die Erlaubnis, hinausgehen zu dürfen, als es gerade erneut läutete.

Leotis Penworthy, Direktor der Trinity Highschool, trieb sich in der Eingangshalle herum und fing Schüler ab, die es noch nicht in ihre Klassenzimmer geschafft hatten. Dann nahm er die Namen der Unglücklichen auf, die erst jetzt durch die Vordertür kamen.

Penworthy trug eine knöchellange Hose und eine pulverblaue Polyester-Sportjacke, die ihm drei Nummern zu klein war. Der Bauch quoll ihm über einen Gürtel, der irgendwo darunter verborgen war. Sein Gesicht war immer gerötet, als würde sein Blut durch die zusammengequetschte Taille gewaltsam in seine Schläfen hochgedrückt.

»MISTER Fitch!«, krähte er und schnappte einen Jungen beim Kragen, der versuchte, sich an ihm vorbeizumogeln. »Wissen Sie, wie spät es ist?« Sie waren ein komisches Paar. Fitchs Kleidung war eine chaotische Mischung aus Klamotten von der Kleiderhilfe und übergroßen Armee-Restbeständen, die Ärmel aufgekrempelt und die Hose gegürtet, damit sie nicht an seinem schlanken Körper herabrutschte. Sein helles Haar war an den Spitzen gebleicht, und er trug in einem Ohr drei Ohrringe.

»Entschuldigung, Mr. Penworthy«, sagte Fitch. Er blickte über Penworthys Schulter zu Jack hinüber, dann sah er wieder zu Boden. Seine Mundwinkel zuckten, aber seine Stimme war ernst. »Ich musste heute Morgen online gehen und einige Updates machen, und ich habe wohl jedes Zeitgefühl verloren.« Fitch war Webmaster für die Website der Schule und inoffizieller Systemadministrator für die Highschool. Eine billige Quelle hochgradiger technischer Kompetenz.

»Kommen Sie nicht auf die Idee, die Website als Vorwand zu nutzen, Mister. Wir haben Ihnen diesen Computer überlassen, damit Sie in Ihrer Freizeit damit arbeiten können.«

Harmon Fitch war schon sein Leben lang zu spät gekommen. Seine Mutter arbeitete nachts, daher musste Fitch morgens seine vier jüngeren Geschwister in den Bus bugsieren.

»Mr. Penworthy«, unterbrach Jack. »Entschuldigen Sie bitte. Ich habe zu Hause etwas vergessen und wollte fragen, ob ich kurz zurückfahren und es holen könnte.« Er hielt seine Stimme neutral.

Der Direktor richtete die volle Wucht seiner Aufmerksamkeit auf Jack.

Penworthy verabscheute ihn, und er wusste ihm das auf hundert verschiedene Arten zu übermitteln.

»Mr. Swift«, sagte Penworthy und verzog die Lippen zu einem raubtierhaften Lächeln. »Es ist unfassbar, dass ein Junge von Ihrer Intelligenz derartig unorganisiert sein kann.«

»Sie haben recht«, antwortete Jack höflich. »Und ich entschuldige mich dafür. Ich könnte vor dem Ende der ersten Stunde wieder zurück sein, wenn Sie mir die Erlaubnis geben.« Fitch war bereits halb den Flur hinab, aber Penworthy bemerkte es nicht einmal. Er hatte eine neue und bessere Zielscheibe.

»Ich bedaure«, sagte der Direktor, klang allerdings gar nicht so, als ob es ihm tatsächlich leidtäte. »Schüler dürfen das Gebäude während der Schulstunden nicht verlassen. Wir haben in dem Zeitraum die Verantwortung für Sie übernommen.«

Jack war nicht danach, Penworthy die Sache mit der Arznei zu erklären. Darüber sprach er nicht gern. Aber er wusste, dass Penworthy ihn ohne eine Erklärung nicht gehen lassen würde. »Ich muss nach Hause gehen, um eine Arznei einzunehmen. Sie ist für mein Herz. Ich habe sie heute Morgen vergessen.«

Penworthy runzelte die Stirn und wippte auf seinen Fersen wie eines dieser aufblasbaren Stehaufmännchen, die sich immer wieder aufrichteten, wenn man sie niederschlug. Jack war klar, dass er ihm seine Bitte nicht einfach würde abschlagen können (es war eine Frage der Verantwortung). Aber der Direktor wusste, wie er sich rächen konnte.

»Na schön«, fauchte Penworthy. »Tragen Sie aber unbedingt im Büro Ihre Abwesenheit ein. Gehen Sie nach Hause, und nehmen Sie Ihre Arznei, und planen Sie gleich das Nachsitzen für heute Nachmittag ein, damit Sie die Zeit wiedergutmachen.«

»Aber ich kann nicht«, protestierte Jack. »Ich habe Auswahltraining.«

»Na ja, Mr. Swift, dann lassen Sie sich das eine Lehre sein.« Penworthys wässrige Augen glitzerten triumphierend. »Konsequenzen sind eine ganz wunderbare Gedächtnisstütze.«

Jack saß in der Klemme. Wenn er es nicht zum Auswahltraining schaffte, würde er nicht ins Team aufgenommen werden. Und er glaubte, dass er zumindest eine Chance auf die B-Mannschaft hatte. »Schon gut«, sagte er daher und wandte sich den Münzfernsprechern neben dem Schulbüro zu. Becka erlaubte auch Jack kein Handy. »Ich rufe zu Hause an und frage, ob sie mir jemand bringen kann.«

»Sorgen Sie aber dafür, dass es ein Erwachsener ist«, warnte Penworthy. »Sie wissen, dass unsere Schule in Bezug auf Drogen sehr strenge Richtlinien hat.«

Weder im Haus noch in Nicks Apartment nahm jemand ab. Bestimmt waren die paar Stunden Verzögerung bei der Einnahme seiner Arznei nicht so schlimm. Er konnte sich an kein einziges Symptom erinnern, das er in seinen sechzehn Jahren entwickelt hätte. Die Operation hatte ihn geheilt, soweit er das beurteilen konnte. Longbranch hatte nie genau erklärt, wofür die Arznei gut war. Seine Mutter, die für gewöhnlich alles kritisch hinterfragte, behandelte sie wie einen Zaubertrank.

Er fühlte sich ohnehin gut. Falls er irgendwelche Symptome bemerkte, würde er einfach sagen, er sei krank, und sie würden ihn nach Hause gehen lassen müssen. Er legte das Telefon auf die Gabel zurück und machte sich auf den Weg in seine Klasse.

Jack saß noch keine Minute wieder auf seinem Platz, als Ellen Stephenson ihn an der Schulter berührte.

»Was hast du bei den Atmungsexperimenten rausgekriegt?«, flüsterte sie. »Ich habe gestern Nacht an meinem Laborbericht gearbeitet, und meine Zahlen waren ein einziges Durcheinander.«

Jack angelte in seiner Büchertasche nach dem Naturwissenschaftsordner und reichte ihn Ellen. »Meine auch. Ich habe mich gefragt, ob die Maschine geeicht worden ist.«

Sie beugte den Kopf über seinen Ordner, sah mit zusammengekniffenen Augen seine schlampigen Notizen durch und schob sich das kinnlange braune Haar hinter die Ohren. Es hing gerade und glänzend herab wie eine Art Helm. Sie drehte sich halb auf ihrem Stuhl um und streckte ihre langen Beine in den Gang. Irgendetwas war heute anders an ihr, aber er kam nicht gleich darauf.

Lippenstift. Sie hatte rosafarbenen Lippenstift aufgelegt. Jack konnte sich nicht erinnern, sie schon einmal mit Make-up gesehen zu haben. Er trommelte leise mit den Fingern auf dem Schreibtisch herum und musterte Ellens Lippen aus nächster Nähe, während sie die Seite überflog. Es war lange her, seit er das letzte Mal eine andere betrachtet hatte als seine Ex Leesha.

»Deine Daten streuen mindestens so sehr wie meine«, stimmte sie zu und gab ihm seinen Ordner zurück. Ihre Hände berührten sich für einen Moment, und sie riss die ihren schnell zurück. Der Ordner fiel hinunter, und die Papiere verstreuten sich über den Boden.

»Oh Mann, das tut mir leid.« Sie kniete sich neben seinen Tisch und schob hektisch die Papiere zu einem Stapel zusammen. Dann blickte sie zu ihm auf und hielt sie ihm stumm hin. Ihre Augen waren von einem klaren Grau unter einem dichten Kranz aus Wimpern, und ihre Nase hatte einen kleinen Höcker auf dem Rücken, als sei sie einmal gebrochen gewesen. Jack widerstand dem Drang, sie zu berühren. Stattdessen stopfte er seine Papiere zurück in den Ordner und streckte ihr die Hand hin, um ihr aufzuhelfen.

Das schien sie allerdings wieder aus dem Gleichgewicht zu bringen. Sie strich sich über den Rock und machte sich an ihrem Haar zu schaffen. »Vielleicht können wir ja Mr. Marshall in der Stunde danach fragen.«

»Ihn wonach fragen? Oh. Sicher, okay.« Jack räusperte sich. »Wenn du möchtest.«

Die Glocke ertönte erschreckend laut. Jack stopfte Bücher und Aktenordner in seine Büchertasche.

»Ähm … Jack?«

Als er aufschaute, sah er Ellen zwischen sich und der Tür stehen, den Rucksack über die Schulter geschlungen. »Ich habe mich gefragt, ob du vielleicht Lust hast, mit mir heute Abend für den Test in Sozialkunde zu lernen. Ich habe einige gute Notizen gemacht«, fügte sie hinzu. »Wir … äh … könnten sie vergleichen.«

Jack sah sie überrascht an. Ellen hatte noch nie zuvor Interesse an ihm gezeigt, außer dass sie ihn als so eine Art von Notenmaßstab angesehen hatte, an dem sie sich messen konnte. Sie war neu an der Trinity Highschool, aber sie stand bereits im Ruf einer Streberin. Tatsächlich war sie Jack in ein paar seiner Leistungskurse um einige Punkte voraus.

Vielleicht hatte sie nicht viel anderes zu tun, dachte Jack. Blöd, dass sie in der zehnten Klasse die Schule hatte wechseln müssen. Ellen ging nicht viel aus. Er erinnerte sich nicht daran, sie bei Bällen gesehen zu haben oder nach einem Spiel bei Corcoran's.

Aber sie war wirklich süß, und er ging gerade mit niemandem. Nicht, seit Leesha ihn wegen Lobeck, diesem Trottel, abserviert hatte. Er würde wahrscheinlich beim Auswahlspiel sein und …

Auswahlspiel.

»Schrecklich gern. Ich meine, ich wünschte, ich könnte«, sagte er und warf sich seinen Rucksack über die Schulter. »Aber ich habe heute Abend ein Auswahlspiel, und ich weiß nicht genau, wann ich da fertig bin.«

»Auswahlspiel?«, wiederholte sie und musterte ihn von Kopf bis Fuß. »Wirklich? Spielst du?«

Jack sandte ein Gebet an die Fußballgötter. »Hoffentlich.«

»Na gut«, antwortete sie und senkte den Blick, während ihr die Röte in die Wangen stieg. »Natürlich. Vielleicht ein andermal.« Sie schob sich die Büchertasche auf der Schulter zurecht und ging mit einer geschmeidigen, athletischen Anmut zur Tür, die ihm den Atem raubte.

»Stephenson!«, rief er ihr nach. Sie blieb in der Tür stehen und drehte sich um. »Ein andermal, versprochen?« Er grinste sie an. Sie antwortete mit einem zaghaften Lächeln, dann war sie fort.

Blödmann, brummelte er vor sich hin. Wirklich geschickt. Er wusste aus Erfahrung, dass Mädchen niemals zweimal fragten. Er hatte jede Menge Mädchen als Freunde, hatte die meisten von ihnen gekannt, seit sie in der Trinity-Vorschule Apfelsaft und Haferkekse geteilt hatten. Es war nicht leicht zu entscheiden, wie er jetzt weitermachen sollte. Kleinstädte waren irgendwie … inzestuös.

Leesha Middleton war anders gewesen. Ihre Familie war im vergangenen Jahr nach Trinity gezogen. Man befreundete sich nicht mit Leesha. Man ergab sich. Sie hätte mit jedem ausgehen können, aber sie hatte Jack gewählt. Und jetzt hatte sie Lobeck gewählt.

Ellen war ebenfalls frisches Blut. Nun, er würde wahrscheinlich den nächsten Schritt machen müssen.

Mittags versuchte Jack noch einmal, zu Hause anzurufen. Dann probierte er es im Büro seiner Mutter, aber Becka hatte sich nicht bei Bernice gemeldet. Er schauderte, als er sich die Reaktion seiner Mutter vorstellte, falls sie die Nachricht am späten Nachmittag erhielt. Mit ein wenig Glück würde er vor ihr zu Hause sein. In jedem Fall fühlte er sich gut. Sogar prächtig.

Als Jack und Will auf das Spielfeld hinter der Highschool kamen, halfen einige der bereits Anwesenden Ted Slansky, dem Fußballtrainer, die Tore aufzubauen. Die Sonne kam in regelmäßigen Abständen hinter den Wolken hervor, aber es war eine kalte Sonne, die mehr Wärme aufzusaugen als zu spenden schien.

Auf den Tribünen saßen einige wenige Besucher verloren herum: interessierte Eltern, ehrenamtliche Trainer, Freunde. Jack beschattete die Augen und suchte die Tribünen ab, um festzustellen, ob er jemanden kannte.

»Hisst die Fahnen!«, sagte Fitch hinter ihm. »Da ist die Königin mit ihrem Hofstaat.«

Jack drehte sich um und sah eine Handvoll Spieler von der Schulmannschaft, die sich in einem ehrfürchtigen Halbkreis am Ende der Tribüne aufgereiht hatten wie sehnsüchtige Planeten um eine glitzernde Sonne. Leesha.

»Was macht *die* denn hier?«, fragte Jack gereizt. »Sie *hasst* Fußball.« Natürlich kannte er die Antwort genau.

»Es ist nicht an uns, das zu hinterfragen. Wir sind da, um zu dienen, zu bewundern und zu begehren.«

Vielleicht hatte Fitch ja wirklich keine Ahnung, wie ärgerlich das war; aber Jack bezweifelte es. »Halt den Mund, Fitch.«

Fitchs Lächeln verschwand. »Mann, so bist du besser dran. Glaub mir.«

Jack drehte den Tribünen absichtlich den Rücken zu.

Die Beteiligung war groß. Jack versuchte optimistisch zu bleiben. Er war ein guter Spieler, spielte meistens im Mittelfeld und Sturm, aber er war nie ein Star gewesen.

»Sieh einer an, wer am Auswahlspiel teilnimmt! Jackson Downey Swift. Oder ist es Swift Downey Jackson? Ich kann es mir einfach nie merken.« Die höhnische Stimme erklang hinter ihm, aber Jack wusste sofort, wem sie gehörte. Dann traf ihn ein Fußball hart mitten zwischen den Schulterblättern.

»Das nennt man einen Pass«, sagte Garrett Lobeck. »Du solltest besser aufpassen, wenn du mit den Männern spielen willst.«

Jack fuhr herum. Lobeck hatte ein schiefes Grinsen aufgesetzt und hielt sich offenbar für sehr witzig. Er war einer von vier Brüdern, die bekannt waren für ihr gutes Aussehen, ihre schlechten Manieren und einen Hang zur Gewalt sowohl auf dem Feld als auch abseits. Mit siebzehn war Garrett der Jüngste und auf dem besten Weg, der Schlimmste von ihnen zu werden.

»Du solltest dir besser deinen Namen auf den Hintern malen, damit der Coach weiß, dass deine Mama im Schulvorstand sitzt«, fuhr Lobeck fort. »Das ist die einzige Möglichkeit, wie du es schaffen kannst.«

»Ich bin auch überrascht, dich zu sehen, Lobeck«, erwiderte Jack. »Ich dachte, sie hätten dich nach dem Spiel gegen Garfield letztes Jahr auf Dauer gesperrt?«

Lobeck hatte dem Torwart bei einem hässlichen Elfmeter das Bein gebrochen. Es hatte ein großes Theater deswegen gegeben. Aber Lobeck war ein talentierter Mittelfeldspieler, und seinem Vater gehörte die halbe Stadt, daher hatten sie ihm im Herbst erlaubt, wieder Fußball zu spielen. Becka hatte als einziges Mitglied des Schulvorstandes dagegen gestimmt.

Jack hob den Ball mit dem Rist, jonglierte für einen Moment mit ihm und gab ihn dann an Fitch weiter. »Also sind Angriff und Körperverletzung okay. Haben sie die akademischen Maßstäbe ebenfalls runtergeschraubt? Oder gehörst du zu einer Art Inklusionsprogramm für Idioten?«

Erst mit einiger Verzögerung begriff Lobeck. Das Wort »Idiot« musste der verräterische Hinweis gewesen sein, denn sein Gesicht lief zu einem dunklen Rostrot an, und er machte einen Schritt auf Jack zu.

Auf einmal war Will da. »Was ist, Lobeck? Keine Sechstklässler, die du dir vorknöpfen kannst?« Lobeck war groß, aber Will war mindestens in der gleichen Gewichtsklasse, und er bestand nur aus Muskeln. Lobeck war nicht begeistert von den neuen Aussichten.

»Immer mit der Ruhe, Childers. Reg dich nicht künstlich auf.« Lobeck funkelte Jack an, dann rannte er übers Feld davon.

Sie begannen mit Übungen, dribbelten und passten, warfen ein und schossen aufs Tor. Jack stand an der Seitenauslinie und wartete, dass er an die Reihe kam mit Einwurf, als er eine weitere vertraute Stimme hinter sich hörte.

»Jackson.« Die beiden Silben seines Namens wurden voller Enttäuschung ausgesprochen. »Willst du mir nicht einmal Hallo sagen?«

Jetzt musste er sich umdrehen oder ihr ein für alle Mal klarmachen, dass sie ihm auf den Wecker ging. »Hallo, Leesha.«

Sie trug ein hellrosafarbenes Kapuzen-Sweatshirt, und ihre dunkle Lockenmähne wurde von einer Spange gebändigt. Er starrte auf die Hand, die sie ihm auf den Arm gelegt hatte, schluckte hörbar und versuchte das Rauschen in seinen Ohren zu ignorieren. »Ich vermisse dich manchmal immer noch, Jack.« Arglose braune Augen schauten in seine.

Er war klug genug, nicht in die Falle zu tappen. »Natürlich, Leesha.« Er hoffte, dass seine Stimme leicht und gleichmäßig klang, blickte über das Feld hinweg und wusste, ohne hinzusehen, dass sie schmollte, eine kleine Falte zwischen den Brauen, die Unterlippe vorgeschoben. Ihre Hand ruhte immer noch auf seinem Arm.

»Ich bin mir mit Garrett gar nicht so sicher«, fuhr sie fort. »Manchmal ist er so … besitzergreifend.« Als Jack nicht antwortete, fragte Leesha: »Kommst du zu meiner Party?«

Jack sah blinzelnd auf sie hinab. »Was?«

»Kommst du zu meiner Party? Im Lakeside Club.«

Jack war auf dem Feld an der Reihe. Er nahm Leeshas Hand von seinem Arm. Aber sie packte ihn am Sweatshirt, stellte sich auf die Zehenspitzen und küsste ihn auf die Wange. Ein tugendhafter Kuss für ihre

Verhältnisse, aber Jack fuhr zurück, als hätte er sich verbrannt.

»Ich schicke dir eine besondere Einladung, Jack«, versprach Leesha und ließ ihn los.

Irgendetwas veranlasste ihn aufzublicken, über ihren Kopf hinweg, in die Tribünen dahinter. Wo Ellen Stephenson stand und ihn und Leesha anstarrte. Dann wandte Ellen sich ab und sprang leichtfüßig von ihrem Sitz auf den Boden. Mit wenigen langen Schritten war sie am Tor und verschwand.

Leise vor sich hin fluchend, drehte er sich wieder zum Feld um – und sah, dass Garrett Lobeck ihn finster wie eine Gewitterwolke anstarrte.

»Swift!« Jack war an der Reihe. Endlich. Er versaute den Einwurf.

Jack spielte erst in der Verteidigung, dann im Mittelfeld im Sturm. *Geistig* war er völlig durcheinander, aber *körperlich* fühlte er sich gut, überhaupt nicht müde, obwohl er ständig auf dem Feld gewesen war. Nach dem langen Winter tat es gut, wieder draußen zu sein. Die Spätnachmittagssonne fiel schräg auf das Gras und blendete ihn beinahe. Das Feld war immer noch nass, und nachdem es anderthalb Stunden malträtiert worden war, begann es schlüpfrig zu werden.

Jack hatte gerade einen langen Pass von Harmon Fitch angenommen, als ihm plötzlich die Beine weggerissen wurden. Er fiel hart rücklings in den Schlamm und brauchte einen Moment, um wieder zu Atem zu kommen. Als er sich auf die Ellbogen stützte, sah er Lobeck mit dem Ball in die andere Richtung laufen. Lobeck: König des Tacklings.

Fitch half ihm auf die Beine. »Alles okay, Jack?«

Jack schüttelte seine Hand ab. Er starrte Lobeck nach. Vielleicht war es Zeit, ihm eine Lektion zu erteilen.

Fitch bemerkte seinen Blick. »Komm schon, Jack. In dieser Richtung liegen Düsternis und Sterblichkeit. Du musst dir überlegen, wann du kämpfst. Warte auf eine Mathe-Olympiade oder so was in der Art. Und dann trittst du ihm in den Arsch.« Er grinste. »Wenn du willst, werde ich den Schul-PC hacken und seine Zensuren verändern, aber ich bezweifle, dass ich da viel Schaden anrichten kann.«

Jack wischte sich die schlammigen Hände an seinem Sweatshirt ab. Fitch hatte recht. Unmöglich könnte er einen Kampf mit Lobeck gewinnen. Außerdem war er nicht verletzt. Er war durchnässt, aber ihm war trotz des Winds überhaupt nicht kalt. Seine Gliedmaßen kribbelten, als würde sein Blut erst nach langer Abwesenheit zurückkehren. Er schaute mit plötzlicher Klarheit das Spielfeld hinab, schätzte die Spieler ein, registrierte die Hindernisse auf seinem Weg.

Lobecks Team hatte ein Tor geschossen. Wieder einmal näherte sich Jacks Team dem Tor. Jack hatte den Ball in die Ecke des Strafraums gedribbelt, als Lobeck plötzlich vor ihm aufragte wie eine Mauer und erwartungsvoll grinste. Jack täuschte nach links an und trieb den Ball auf die Mitte zu. Lobeck war direkt hinter ihm; er spürte ihn mehr, als dass er ihn sah, bemerkte seine massige Gestalt aus dem Augenwinkel, gerade als er zum Schuss ansetzte. Er drehte sich halb um, hob die Hände, die Innenfläche nach außen, und wappnete sich gegen den Aufprall.

Jack wusste nicht recht, was als Nächstes geschah.

Als der Ball am Torwart vorbeiflog, streckte er die Arme aus, um den Zweikampf abzuwehren. Irgendwo in seiner Körpermitte erfolgte eine Detonation, und etwas, das sich anfühlte wie heißes Metall, wallte durch seinen Arm bis zu seinen Fingerspitzen und darüber hinaus. Lobeck schrie auf, dann flog er durch die Luft und folgte dem Ball. Er traf mit solcher Wucht aufs Netz, dass er beinahe auf das Feld zurückgeprallt wäre. Benommen lag er gute fünf Sekunden da, bevor er langsam auf den Bauch rollte und sich auf Hände und Knie hochstemmte. Er brauchte eine weitere Minute oder zwei, um zu Atem zu kommen. Dann begann er wie ein Motor, der langsam und stotternd zum Leben erwachte, zu fluchen.

»Du hast mich gefoult!«, keuchte er und wies anklagend mit seinem dicken Finger in Jacks Richtung. »Du hast mich ins Tor geschleudert.« Er zitterte förmlich vor Zorn und Entrüstung.

»Ich habe dich nicht angefasst!« Jack schwitzte. Er fühlte sich immer noch kribbelig, aber auch irgendwie ausgelaugt. Er sah zu den Tribünen hinüber. Leesha hatte sich vorgebeugt und beobachtete aufmerksam das Geschehen. Sie mochte Fußball langweilig finden, aber sie liebte jede Form von Streit.

Lobeck erhob sich schwankend. Seine Vorderseite war voller Schlamm, und seine Lippen bluteten. »Du hast mich ins Netz geschmissen!« Er drehte sich zu dem Torwart um und suchte bei dem Bestätigung. »Nicht wahr?« Der Torwart zuckte nur die Achseln. Er war zu sehr damit beschäftigt gewesen, Jacks Schuss abzuwehren.

Jack nahm einen sicheren Stand ein und hob die

Hände, zur Abwehr bereit. Zu seiner Überraschung zuckte Lobeck zusammen und wich einen Schritt zurück. Und dabei war Lobeck mindestens fünfundzwanzig Kilo schwerer als Jack.

»Gib's auf, Garrett«, sagte Will. »Da waren noch Meter zwischen dir und Jack. Du musst gestolpert sein. Außerdem war das ein direkter Schuss. Du hast nicht im Geringsten den Eindruck erweckt, als würdest du dem Ball nachjagen.«

Coach Slansky war dem Ball zu diesem Ende des Feldes gefolgt und stand abwartend gleich neben dem Tor da. Lobeck sah mit zusammengekniffenen Augen zum Trainer hinüber, dann funkelte er Jack an.

»In Ordnung, Jungs, wir sind fertig«, sagte Slansky. »Ich habe alles gesehen, was ich für heute sehen muss. Außerdem sieht es so aus, als würde es gleich schneien oder so.«

Lobeck griff sich seine Sporttasche und seine Wasserflasche und stolzierte vom Feld. Will, Jack und mehrere andere Spieler halfen Slansky, die Geräte zu verstauen. Die Sonne war hinter den Wolken verschwunden, und der Horizont im Westen sah bedrohlich aus. Will und Jack holten ihre Sachen aus den Schließfächern und machten sich auf den Weg zum Parkplatz. Leesha war verschwunden.

»Komisch«, bemerkte Will. »Ich dachte, es sollte heute schön werden.«

Sie nahmen die Abkürzung zwischen den Gebäuden hindurch zur Straße. Auf dem Spielplatz der Grundschule tanzten die Schaukeln wie verrückt im Wind hin und her. Die Wipfel der Fichten am Rand des Parkplatzes schwankten heftig. Abfall rutschte über den Boden. Jack schauderte; er fühlte sich dem brodelnden Himmel ausgeliefert.

»Toller Schuss, Jack.« Will grinste. »Ich wünschte, ich hätte eine Kamera dabeigehabt. Der Ausdruck in Lobecks Gesicht war unbezahlbar.«

Jack zuckte die Achseln und zog seine Jacke fester um sich. »Ich habe gar nicht so richtig gesehen, was passiert ist. Schätze, er ist tatsächlich gestolpert.« Er betrachtete die Straße vor sich, die wie ein leerer Tunnel unter den rauschenden Ästen der Bäume wirkte. Ein Fehdehandschuh. Die Haut auf seinen Armen kribbelte. Warum war er so nervös? Lobeck war vor ihnen gegangen, aber es war unwahrscheinlich, dass er versuchen würde, sie in einen Hinterhalt zu locken. Nicht, solange Will in der Nähe war.

Als er einen Blick über die Schulter warf, sah er, wie jemand schnell auf sie zuschritt. So schnell, als würde er über das Gras schweben. Jemand mit einem langen Mantel, der ihm um die Beine schlug. Jemand, der zu groß und hager für Garrett Lobeck war.

»Will!« Jack hielt seinen Freund am Arm fest. Will drehte sich um und folgte seinem Blick. Dann grinste er.

»Hallo, Nick!«, rief Will. »Wo kommen Sie denn her?«

Plötzlich veränderte sich das Äußere des Fremden und wurde erkennbar. Da waren der adrett gestutzte Bart, die durchdringenden schwarzen Augen, der Kranz weißen Haares. Warum hatte er so unvertraut gewirkt? Aber als Nick Snowbeard sprach, war die Stimme so fremd wie das Erscheinungsbild. »Jack!« Das Wort traf ihn wie ein Peitschenschlag, so dass er schwankend zurückwich. »Geh jetzt nach Hause und nimm deine Arznei! Beeil dich! Deine Mutter wartet.«

»Nick?«, fragte Jack unsicher.

»Ich habe gesagt, du sollst gehen! Will, du sorgst dafür, dass er dort ankommt. Wir werden später reden.« Nick wandte sich ab und blickte mit grimmiger Miene aufmerksam die Straße zur Highschool hinunter. Will packte Jack am Arm und schleifte ihn buchstäblich nach Hause.

Sie rannten los, Seite an Seite. Jack fiel die Nachricht ein, die er auf dem Anrufbeantworter hinterlassen hatte. Becka musste Nick losgeschickt haben, um nach ihm zu suchen. Sie war wütend, dass er zum Fußballtraining gegangen war, statt direkt nach Hause zu kommen. Er war erledigt.

Irgendwann fragte er sich, ob es wirklich so klug war, nach Hause zu *rennen,* um sein Herzmittel zu nehmen, aber da bogen sie bereits in die Jefferson Street ein.

Die Nachbarn schienen trotz des Wetters vollständig draußen versammelt zu sein. Mercedes, in einer schweren Baumwolljacke, war in ihrem Vordergarten. Mit ihren langen, dünnen Beinen und ihren spitzen Zügen sah sie aus wie ein exotischer Stelzvogel.

»Jackson!«, sagte sie und wirkte zutiefst erleichtert bei seinem Anblick. »Du solltest besser ins Haus gehen. Deine Mutter sucht dich.«

Iris Bolingame beugte sich über das Gartentörchen, um ihm das Gleiche zu sagen. Sie war eine hochgewachsene, imposante Frau und trug ihr langes blondes Haar zu einem dicken Zopf geflochten, der wie bei einer nordischen Göttin mit Glasschmuck verziert war. Selbst Blaise Highbourne kam, seinen Löwenkopf nach links und rechts drehend, die Straße hinauf und suchte die Querstraßen ab. Es war, als geleitete ihn die ganze Straße nach Hause.

Aber so ging es eben in einer Kleinstadt zu. Jeder wusste, was der andere tat.

Graupelregen peitschte über die Straße, als er und Will sich auf dem Gehweg trennten. Jack ging hinein, um seine Arznei zu nehmen. Buchstäblich und im übertragenen Sinne.

Seine Mutter saß am Küchentisch, das Gesicht fleckig vom Weinen. Sie war umringt von einer Girlande aus Papiertaschentüchern, wie Opfergaben in einem Schrein.

»Jack!«, rief sie und sprang auf. »Ich bin erst vor einer Stunde nach Hause gekommen. Ich habe mir solche Sorgen wegen deiner Nachricht gemacht. Und dann warst du überfällig …« Ihre Stimme brach.

»Es tut mir leid, Mom. Ich wollte nach Hause kommen und meine Arznei nehmen, aber Mr. Penworthy hat es mir nicht erlaubt. Na ja, er hätte es mir schon erlaubt, aber dann hätte ich nachsitzen müssen. Und dann hätte ich das Fußballprobespiel verpasst.« Er zögerte, weil er begriff, dass er alles nur noch schlimmer machte. »Erinnerst du dich? Ich habe dir doch von dem Auswahlspiel heute Nachmittag erzählt.«

»Ein Fußballspiel! Du hättest direkt nach Hause kommen sollen! Ich habe schon in der Schule angerufen, im Krankenhaus und auf dem Polizeirevier. Die Nachbarn suchen dich.« Jetzt war sie wirklich sauer.

Er nickte, das Gesicht heiß vor Scham. »Ich weiß. Ich bin Nick über den Weg gelaufen.«

»Nick?« Sie sah ihn verwirrt an. »Ich habe nicht mal

mit ihm geredet.« Dann kam sie wieder aufs Thema zurück. »Wie konntest du so gedankenlos sein? Was, wenn etwas mit deinem Herzen gewesen wäre?«

»Wirklich, Mom, ich fühle mich großartig.« Und das stimmte. Trotz einer dreistündigen Übungseinheit, bei der er zu Boden gegangen und mit Schlamm bedeckt worden war, fühlte er sich geradezu beschwingt. Es war schwer zu erklären. Die Welt wirkte ungewöhnlich scharf umrissen, viel konzentrierter als sonst. Der Wind heulte, und er konnte das harte Prasseln von Eis auf dem Dach hören. Die alten Fenster klapperten in ihren Holzrahmen. Er wäre am liebsten wieder hinaus in den Wind gegangen, hätte die Faust geschüttelt und das Heulen erwidert.

»Na, jedenfalls siehst du furchtbar aus. Du hast Schlamm im Haar!«, sagte sie und nahm ihn fest in die Arme. Sie griff nach der Flasche auf dem Tisch. »Hier, du solltest deine Arznei besser sofort nehmen. Dr. Longbranch hat gesagt, wenn du jemals eine Dosis vergisst, solltest du sie nehmen, sobald du daran denkst.«

Sie goss einen Teelöffel mit der nussbraunen Flüssigkeit voll und reichte ihn Jack. Der Löffel roch nach feuchten Kellern und altem Papier, nach den Blättern des letzten Herbstes, die aus einem Haufen hochgeweht worden waren. Er schluckte die Flüssigkeit hinunter.

»Jetzt gehst du besser nach oben und nimmst eine Dusche. Und legst dich vielleicht vor dem Abendessen ein Weilchen hin. Ich muss heute Abend noch arbeiten. Wie klingt Essen vom Thailänder?«

»Klar. Großartig«, antwortete er. Der Geschmack der

Arznei blieb ihm noch für eine Weile am Gaumen haften. Ein Geschmack nach alter Trauer, altem Bedauern. Er strich sich mit den Fingern über die Augen und verspürte ein unheimliches Gefühl des Verlustes.

Becka packte ihre Aktentasche aus. »Deine Tante Linda kommt morgen.«

»Ach ja?« Jacks Kopf schnellte hoch. Seit dem letzten Besuch seiner Tante war mehr als ein Jahr vergangen. Noch überraschender war die Tatsache, dass sie nicht vorher angerufen hatte, um sie vorzuwarnen. »Was liegt an?«

»Keine Ahnung«, erwiderte Becka. »Sie sagt, sie kommt deinetwegen.«

Ted Slansky saß an dem zerkratzten Tisch im Geräteraum, trank eine Kirschlimonade und ging seine Notizen aus dem Trainingsspiel des Nachmittags noch einmal durch. Er rieb sich das Kinn und stellte probehalber Spieler auf Positionen, sich dabei schwach des Gestankes nach altem Schweiß und Leder bewusst, der im Raum lag. Als die Tür aufging, flatterten die Papiere im plötzlichen Luftzug.

Er sah in der Erwartung auf, einen der Spieler zu sehen, jemanden, der auf eine schnelle Rückmeldung hoffte. Aber in der Tür standen zwei Männer in langen Mänteln, die locker von ihren Schultern fielen und aufgeknöpft waren, als würden sie die Kälte nicht spüren. Der eine war ein älterer Mann, hochgewachsen und schlank mit einem Gelehrtenbart. Der andere war jung und wirkte athletisch, hatte eine scharfe Kinnlinie und glattes dunkles Haar. Sie blickten sich schnell im Raum um und sahen dann wieder zu Slansky hinüber.

»War ein Junge hier?«, fragte der Ältere. Es war eine seltsame Frage, gestellt mit einem schwachen Akzent, wie von jemandem, der im Ausland geboren war.

Slansky hätte vielleicht gelacht, tat es jedoch nicht. Irgendwie schien ihm das nicht angebracht. »Es waren ungefähr dreißig Jungen hier, um genau zu sein, aber ich glaube, die sind inzwischen alle weg«, antwortete er. »Haben Sie vorn nachgeschaut? Einige warten vielleicht noch immer darauf, abgeholt zu werden.«

»Vorne sind keine Jungen«, sagte der ältere Mann, als sei Slansky daran schuld.

Slansky zuckte die Achseln. Ihm war unbehaglich zumute. Die beiden Männer hatten etwas Bedrohliches an sich. »Welchen Jungen suchen Sie denn? Ich kann Ihnen sagen, ob er hier war oder nicht.« Er legte das Anmeldeformular vor sich auf den Tisch.

»Wir wissen nicht, welcher es ist«, zischte der jüngere Mann. »Deswegen sind wir hier.« Daraufhin hob der ältere Mann eine Hand, um den anderen zum Schweigen zu bringen. Er griff nach dem Formular, überflog es schnell, faltete es dann zusammen und steckte es in seine Tasche.

»He!«, protestierte Slansky. »Ich brauche das.« Er hätte noch mehr gesagt, aber der bärtige Mann streckte die Hand aus und legte sie ihm auf die Schulter. Slansky war sich der Form und des Gewichtes der Hand des Mannes sehr bewusst, der Wärme, die durch sein Sweatshirt brannte. Er verstummte mit großen Augen, überwältigt von einer unvernünftigen Furcht.

Das Gebäude bebte unter dem Ansturm des Windes. Der jüngere Mann stand auf und legte den Kopf schief, als würde er lauschen. »Das sollte nicht so schwierig sein, wenn der Junge ungeübt ist«, knurrte er. »Da liegt eine Störung vor, jemand, der sich einmischt ...« Seine Stimme verlor sich.

»Warum waren hier dreißig Jungen?«, fragte der ältere Mann leise, an Slansky gerichtet. Er packte fester zu, und Slansky spürte, wie sein Herz reagierte, als könne der Mann es mit einer Berührung zum Stehen bringen. Schweiß rann ihm zwischen den Schulterblättern hinab.

»Auswahlspiel«, erwiderte er und schluckte hörbar.

»Auswahlspiel«, wiederholte der Mann, als könne er es nicht glauben. »Hier ist Energie entfesselt worden«, fuhr der Mann fort. »Hat es vielleicht einen Streit gegeben?«

Slansky schüttelte den Kopf. »Es geht manchmal ziemlich ruppig zu, aber ...« Wieder schüttelte er den Kopf. »Keine Streitereien.«

»Haben Sie etwas Ungewöhnliches bemerkt? Ist einer der Spieler ... besonders aufgefallen? Vielleicht ein neuer Spieler, der etwas Bemerkenswertes getan hat?«

Verzweifelt ging Slansky im Geiste noch einmal das Auswahlspiel des Nachmittags durch. »Es gab einige gute Spielzüge, aber ... wenn Sie mir vielleicht sagen könnten, was zum ... was Sie suchen, könnte ich Ihnen helfen.«

Der bärtige Mann vollführte eine Geste der Ungeduld. Er zog die Liste der Spieler aus seiner Tasche und hielt sie Slansky hin. »Kreisen Sie Ihre fünf besten Spieler ein«, befahl er. »Wir werden dort anfangen.«

Anschließend steckte der Fremde die Liste wieder in seine Tasche. Der jüngere Mann trat ungeduldig von einem Fuß auf den anderen, als wolle er endlich wegkommen. Der Fragesteller nahm die Hand von Slanskys Schulter und fasste ihm an den Kopf. Seine Kopfhaut kribbelte, als stünden ihm sämtliche Haare zu Berge. Er zitterte vor Furcht.

»Ana memorare«, flüsterte der Mann. Das war offenbar ein lateinischer Spruch, an den Slansky sich vielleicht aus seiner Zeit an der katholischen Schule hätte erinnern können.

Slansky erwachte einige Zeit später und hob den Kopf vom Tisch. Er begriff, dass er für eine Weile geschlafen haben musste, denn es wurde dunkel, und im Raum war es kalt. Irgendwie hatte er seine Dose Kirschlimonade umgeworfen. Er fragte sich, warum die Tür offen stand und wo das Anmeldeformular geblieben war.

Nach dem Abendessen schlüpfte Jack zur Hintertür hinaus und überquerte die geschotterte Einfahrt zur Garage, sein Sozialkundebuch und ein Notizbuch unter den Arm geklemmt. Er ging die Treppe zu Nicks Wohnung hinauf und hob gerade die Hand, um anzuklopfen, aber da vernahm er schon Nicks Stimme. »Komm rein, Jack.«

Wie gewöhnlich war die Wohnung des alten Hausmeisters ordentlich aufgeräumt, obwohl einige Bücher offen auf seinem Schreibtisch lagen. Es gab nur drei Räume, aber sie waren vollgestopft mit allerlei Dingen: Büchern, Flugzeugmodellen, einer Miniaturdampfmaschine, die Nick und Jack im Jahr zuvor zusammengebaut hatten, Gläsern mit Chemikalien und Pflanzenextrakten. Haufenweise Pflanzen hingen zum Trocknen von der Decke und sahen aus wie ein exotischer, auf dem Kopf stehender Garten. Da war ein großer Holzschrank und eine ehemalige Ladenvitrine mit Reihen winziger Schubladen voller antiker und ergatterter Dinge. Ein Zimmer war ganz den Büchern gewidmet. Sie standen in Doppelreihen auf Regalen, die vom Boden bis zur Decke reichten. Die Wohnung roch immer nach Farbe und Tünche, Gewürzen und Staub: exotisch wie einer der indischen Märkte unten an der Universität. Wenn Nick daheim war, erinnerte er Jack irgendwie an einen alten Bären, der sich für den Winter in seine Höhle zurückgezogen hatte.

Nick Snowbeard sah von seinem einsamen Abendessen auf. »Setz dich, Jack. Du kommst gerade recht zum Nachtisch.« Argwöhnisch ließ Jack sich auf den angebotenen Stuhl fallen. Nick schlurfte durch die Wohnung, wie gewöhnlich in Flanellhemd und Arbeitshose.

Der Nachtisch bestand aus Schokoladen-Marshmallow-Eiscreme. Jack hatte sein Schälchen halb leer gegessen, bevor Nick ihn sich zur Brust nahm.

»Du hast also vergessen, deine Arznei zu nehmen«, bemerkte Nick abrupt. »Deine Mutter muss außer sich gewesen sein.« Er wirkte immer noch ungewöhnlich kompromisslos und hart.

»Das war sie, ja.« Jack wandte den Blick von Nick ab und sah zum Fenster. Auf dem Tisch stand ein flaches Tablett mit unterschiedlich gefärbtem Sand, der zu einem kunstvollen Muster gerecht und von kleinen Metallgegenständen übersät war.

»Warum bist du nicht nach Hause gegangen und hast sie genommen, als es dir eingefallen ist?«, durchbrach Nicks Stimme Jacks Träumereien.

»Mr. Penworthy sagte, ich müsse nach der Schule nachsitzen, wenn ich nach Hause gehe. Und ich wollte das Auswahlspiel nicht verpassen.«

Nick schüttelte den Kopf und zog seine buschigen Augenbrauen zusammen. »Du hättest trotzdem nach Hause gehen sollen, Nachsitzen hin oder her. Es ist nur eine Kleinigkeit, um die dich deine Mutter bittet: dass du auf dich aufpasst. Was du heute getan hast, könnte Konsequenzen haben. Du kannst dir nicht vorstellen, wie es ist, ein Kind zu verlieren.«

Der alte Mann sprach, als habe er persönliche Erfahrungen mit so etwas. Jack seufzte; es war ein frustriertes, heftiges Ausstoßen von Luft.

»Du bist ein Jugendlicher. Du hältst dich für unsterblich.« Nick sammelte ihre Teller ein, stellte sie in die Spüle und setzte den Teekessel auf. »Wie ist das Auswahlspiel gelaufen?«

Jack erzählte Nick alles über die Sache mit Lobeck. Anschließend runzelte Nick abermals die Stirn. »Garrett Lobeck ist durch die Luft geflogen? Und du hast ihn nicht berührt?«

Jack zuckte die Achseln. »Ich weiß wirklich nicht, was genau passiert ist. Er war stinkwütend deswegen. Ich glaube, er hat nur nach einem Vorwand gesucht, um das Spiel abzublasen.«

»Ist er verletzt worden?« Nick ließ nicht locker.

Warum dieses plötzliche Interesse an Lobeck? »Seine Lippe hat geblutet. Er wird morgen eine dicke Lippe haben. Passend zu seinem Kopf«, fügte Jack hinzu.

»Meinst du, er wird die Sache an die große Glocke hängen? Leuten erzählen, er sei überfallen worden und so?« Snowbeard beugte sich vor und legte die Hände flach auf den Tisch, als müsse er ihn am Davonfliegen hindern. Die Hände des alten Mannes waren glatt und wirkten bemerkenswert jung für jemanden seines Alters. Was auch immer das für ein Alter sein mochte.

»Wer weiß? Er hat gesagt, ich hätte ihn gefoult. Im Ernst, irgendjemand hätte ihm schon vor langer Zeit eine Tracht Prügel verabreichen sollen.«

Nick lächelte dünn. »Versteh mich nicht falsch, Jack. Es ist nicht so, als ob ich etwas gegen einen kleinen Tritt in den Hintern hätte, wenn er verdient ist.« Er stand abrupt auf, ging zum Fenster und stupste mit dem Zeigefinger die Metallstücke in ihrem Bett aus Sand an.

»Was ist das?«, fragte Jack, erpicht darauf, Nick abzulenken, der anscheinend die Absicht hatte, ihn einem Verhör zu unterziehen.

»Hmmm? Das? Es ist nichts. Ein Zauber gegen das Böse. Alte Magie. Die Marotte eines exzentrischen alten Mannes.« Typisch Nick Snowbeard. Er konnte jede ungeheuerliche Bemerkung machen, die ihm in den Sinn kam, und niemand nahm sie ihm krumm.

Als Nick die Teile zu seiner Zufriedenheit arrangiert hatte, kehrte er an den Tisch zurück. Und zu dem Thema Lobeck.

»Hat sonst noch jemand gesehen, was passiert ist? War jemand da, der das Auswahlspiel mit angesehen hat?«

Jack schüttelte den Kopf. »Der Torwart stand uns am nächsten, und ich glaube nicht, dass er es gesehen hat.« Er versuchte, sich darauf zu besinnen, wer auf den Tribünen gewesen war. Dachte an Leesha. »Auf den Tribünen waren einige Leute.« Jack musterte Nick neugierig. »Warum? Meinen Sie, er wird mich verklagen oder so?«

Der Kessel pfiff. Nick stand auf, nahm ihn von der Platte und goss heißes Wasser in die Teekanne. Er brachte eine Porzellantasse, Sahne und Zucker.

Das Wetter verschlechterte sich. Hagel trommelte gegen die Fenster, und die Eichen hinter der Garage knarrten protestierend. Eine feuchte Kälte schien den Weg durch hundert unsichtbare Passagen zu finden und strich Jack mit kalten Fingern über den Rücken.

Er war immer noch irritiert wegen der Arznei. Heute hatte er sie nicht genommen, und er hatte sich … anders gefühlt. Lebendiger. Jetzt kam er sich vor wie … narkotisiert. Wie erdrückt.

»Ich sehe einfach nicht, was an der Arznei schon groß dran sein soll. Dr. Longbranch sagt, ich solle sie weiter nehmen. Sie führt nie irgendwelche Tests durch, wie kann sie es also wissen? Ich fühle mich bestens, und heute habe ich mich ohne die Arznei gut gefühlt. Vielleicht wird es Zeit, dass ich mir das Zeug abgewöhne. Ich glaube, wir sollten einen anderen Arzt suchen, jemanden in der Nähe. Ich habe Dr. Longbranch ohnehin nie sonderlich gemocht.«

»Hast du deiner Mutter erzählt, wie du dich fühlst?«

»Ich hab's versucht, aber sie will nichts davon hören. Offenbar hält sie Longbranch für eine Art … eine Art Zauberer.«

Nick verschluckte sich und prustete Tee über den Tisch.

»Alles in Ordnung?«

»Absolut.« Nick tupfte sich den Bart mit einer Serviette ab. »Ich schlage vor, du sprichst mit deiner Tante Linda, bevor du etwas Überstürztes tust.«

Jack sah ihn an. Tante Linda? Warum musste er eine

zweite Meinung von ihr einholen? Becka witzelte oft, dass Nick ein Geschenk von Tante Linda gewesen sei, da sie diejenige war, die ihn empfohlen hatte. All ihre Geschenke waren ungewöhnlich, angefangen von exotischen afrikanischen Schnitzereien über einen Chemiekasten, gegen den seine Eltern Protest erhoben hatten, weil er erst drei gewesen war, bis hin zu Segelstunden und Wochenenden am Strand. Einige Geschenke waren gefährlich, einige extravagant und unpraktisch, aber alle waren interessant. Niemals hatte er ein Golfshirt oder einen Geschenkgutschein bekommen.

Nick sprach nie viel über seine persönliche Geschichte, ob er Familie hatte oder woher er Tante Linda kannte. Irgendwie war er in der Lage, diese Fragen mühelos zu umgehen. Er kam aus dem Norden von Großbritannien, hatte Cambridge besucht, allerdings nie seinen Abschluss dort gemacht. Tante Linda war in Jacks Alter auf einer Privatschule in Großbritannien gewesen. Vielleicht waren sie sich dort begegnet.

Es spielte keine Rolle. Jack war es müde, das Wunderkind zu sein, der Überlebende, müde, die Arznei zu schlucken, die symbolisch für seinen Sonderstatus war. »Natürlich, Nick, bestimmt. Ich werde sie fragen. Sie kommt morgen zu Besuch, wissen Sie«, fügte er hinzu.

Nicks schwarze Augen glitzerten unter den buschigen Brauen. »Ach ja? Das ist bestimmt eine gute Sache.«

Ungeduldig schnappte Jack sich sein Sozialkundebuch und blätterte darin, bis er die entsprechende Seite fand. »Nun, zurück zu den wichtigen Dingen. Ich schreibe morgen einen Sozialkundetest. Können Sie mich über die Entdecker abfragen?« Ein wenig grob schob er Nick das Buch hin. Geschichte war Snowbeards Spezialgebiet. Manchmal sprach er von längst vergangenen Ereignissen, als habe er persönlich daran teilgenommen.

Einen Moment lang saß der alte Mann da und klopfte sich mit dem Zeigefinger gegen die geschürzten Lippen. Er seufzte, dann drehte er das Buch so, dass er es lesen konnte. Er suchte die Stelle mit dem Finger. »Vasco da Gama«, sagte er.

KAPITEL 2
Der Ausflug

Jack erwachte und war einen Moment lang verwirrt, als er Stimmen hörte, die von unten heraufdrangen. Er warf die Decke zurück, dann legte er sich kurz, mit leisem Bedauern noch einmal hin. Es war eine weitere lange Nacht gewesen.

Aber da war noch etwas anderes, der Überrest eines Traums, der ihn schaudern ließ. Etwas über tote Leute, und über jemanden, der nach ihm suchte. Und Nick. Es war lange her, seit er einen Albtraum gehabt hatte. Zumindest einen, an den er sich erinnern konnte.

Das Wetter war besser geworden. Der Wind hatte sich endlich gelegt, nachdem er fast die ganze Nacht getost hatte. Der heller werdende Himmel schien einen schönen Tag zu versprechen. Der Hinterhof war golden getönt, jedes Blatt und jeder Halm silbrig und glänzend vom Eis.

Als er um die Ecke der Hintertreppe in die Küche bog, sah er sie, wie sie mit seiner Mutter am Küchentisch saß. Seine Tante Linda war angekommen.

Ihr Haar war diesmal gold- und platinfarben und ganz kurz und stachelig. Ihre Haut war leicht gebräunt, zweifellos die Folge einer kürzlichen Reise in die Tropen. Sie trug Bluejeans und ein eng anliegendes T-Shirt, dazu kräftige lederne Wanderstiefel.

Sie mussten über ihn geredet haben, denn das Gespräch brach ab, als er den Raum betrat. Es folgte ein kurzer Moment der Verlegenheit, dann stand Tante Linda auf und umarmte ihn. Jack überragte sie bei Weitem, doch sie fasste ihn am Kinn und zog seinen Kopf herunter, damit sie ihm ins Gesicht schauen konnte. Ihre Augen waren blau mit goldenen Einsprengseln, wie ein exotischer Stein.

»Du bist so groß geworden, Jack«, sagte sie und ließ sein Kinn los, musterte aber immer noch sein Gesicht. »Ich glaube, du hast deinen Vater übertroffen. Ganz offensichtlich werden aus Jungen Männer, bevor man sich versieht.« Sie wirkte aus irgendeinem Grund ein wenig traurig, aber er war über alle Maßen erfreut, als hätte er den Wandel persönlich herbeigeführt.

»Ich habe Linda gerade eine Neuigkeit erzählt. Nach dem Schrecken von gestern Abend hatte ich das ganz vergessen.« Becka wirkte so aufgeregt wie ein Kind an Weihnachten. »Ich habe für diesen Sommer ein Stipendium in Oxford bekommen, um über mittelenglische Literatur zu recherchieren.«

»Oxford? Du meinst England? Aber was ist mit deiner Kanzlei?«

»Mike Mixon hat sich bereit erklärt, alle Fälle bei Gericht diesen Sommer für mich zu übernehmen. Es ist im Moment ohnehin ziemlich ruhig. Es ist lange her, seit wir richtige Ferien gemacht haben. Ich werde nicht ständig arbeiten, und es gibt so viel, was ich dir gern zeigen würde«, sagte Becka.

»Dir wird England gefallen, Jack«, fügte Tante Linda hinzu. »Unsere Familie kommt von dort. Es gibt dort so viele alte Stimmen und einen geschichtsträchtigen

Grund und Boden«, meinte sie, als bedürfe diese Bemerkung keiner weiteren Erklärung.

»Na ja.« Jacks Gefühle schwankten zwischen Aufregung und Furcht. »Dad hat gesagt, vielleicht könnten wir im Sommer endlich dieses Segelboot bauen.«

»Wir finden bestimmt eine Lösung«, bemerkte Becka leichthin.

»Vielleicht könnten wir zur Abwechslung ja einmal *dich* besuchen«, bemerkte Jack, an Linda gewandt.

Linda sah ihm nicht in die Augen. »Ich würde mich schrecklich freuen, wenn ihr mich besuchen würdet, aber leider habe ich meine Wohnung in London untervermietet, da ich so viel auf Reisen war.«

Wie Tante Linda ihren Lebensunterhalt verdiente, war ihm nie so klar geworden. Sie sei im Immobiliengeschäft, sagte sie, und vermittle Herrenhäuser und Burgen überall im Vereinigten Königreich. Jack nahm an, dass sie gut darin sein musste; scheinbar verfügte sie immer über reichlich Geld und hatte genügend Freizeit, um es auch auszugeben.

»Mom meinte, du wärst meinetwegen gekommen«, sagte er unverblümt.

Sie nickte und legte die Fingerspitzen aneinander. »Ich hatte gehofft, dass du mich auf einem Ausflug begleitest.«

»Einem Ausflug?«

»Ich werde ein paar tote Verwandte ausgraben«, fuhr sie fort, »und sie fragen, wo das Familienerbe ist.«

»Tote Verwandte?« Anscheinend konnte er im Moment nichts anderes tun, als ihre Worte wie ein Papagei nachzuplappern.

Tante Linda lachte. »Ich bin in die Staaten zurückgekommen, um einige genealogische Recherchen anzustellen«, erklärte sie. »Ich werde hinunter nach Coalton County fahren und mir einige alte Unterlagen ansehen.«

»Oh.« Jack versuchte, keine Grimasse zu schneiden. Komisch, er hatte Tante Linda noch nie zuvor über Genealogie sprechen hören.

»Das macht bestimmt Spaß«, schaltete Becka sich begeistert ein. Sie watete liebend gern durch staubige alte Unterlagen, egal ob juristischer oder anderer Art. »Ich wünschte, ich könnte mitfahren. Jack und ich waren einmal dort, aber wir haben nicht viel gefunden. Vielleicht habt ihr beide ja mehr Erfolg.«

»Ri-i-i-chtig«, murmelte Jack skeptisch.

Linda grinste. »Hör mal«, sagte sie. »Was ich wirklich brauche, sind ein paar kräftige Leute, um die Leichen auszugraben. Warum lädst du nicht ein paar Freunde ein? Was ist mit Will? Heißt der nicht so? Oder vielleicht Harmon Fitch.«

Wie konnte sie sich an ihre Namen erinnern? So oft kam sie nun auch wieder nicht her, und ihr letzter Besuch lag über ein Jahr zurück. »Eine Fahrt ins südliche Ohio, um Recherchen über meine Familie anzustellen, wird für *sie* noch reizvoller klingen. Bestimmt.« Jetzt verzog er das Gesicht doch.

»Komm schon«, flehte Linda. »Wir werden Spaß haben. Wir werden in einem Hotel mit einem Pool wohnen. Ihr Jungs könnt Junkfood essen und bis in die Puppen aufbleiben. Auf meine Kosten.« Sie wussten beide, dass der ganze Dialog lediglich eine Formalität war, ein Ritual, das sie durchspielen mussten. Er hatte ihr noch nie eine Bitte abschlagen können.

»Ruf deine Freunde gleich an!« Linda schob ihren Teller zurück. »Ich würde gern vor zehn aufbrechen.«

»Du willst gleich los?« Becka schüttelte den Kopf. »Dann kann Jack dich nicht begleiten. Er muss in die Schule.«

»Ach ja?« Linda wirkte verblüfft, als sei ihr nie in den Sinn gekommen, dass gerade Schulzeit sein könnte. »Wie blöd. Ich wollte heute zur Verwaltung. Ich glaube kaum, dass sie am Wochenende geöffnet hat.« Sie schaufelte drei oder vier Teelöffel Zucker in ihren Tee und rührte um. »Aber egal«, erklärte sie plötzlich. »Wir werden nach der Schule fahren. Es ist alles geregelt. Jack – frag deine Freunde heute Morgen danach.«

Zu Jacks Überraschung schien Will Lust auf einen Ausflug zu haben. Zum einen bekamen Wills Eltern an diesem Nachmittag sechs Kubikmeter Laubhumus geliefert. Also schien es klüger, dieses Wochenende nicht zu Hause zu verbringen. Aber Linda Downleys Beteiligung an der Sache war der entscheidende Faktor. Will war gewöhnlich schon schüchtern im Umgang mit Mädchen, aber in Lindas Nähe brachte er keinen Ton heraus. »Du weißt doch, dass deine Tante umwerfend ist, Jack«, hatte er einmal feierlich und beinahe entschuldigend gesagt. Und Jack musste zugeben, dass das stimmte.

Jack und Will lungerten im Foyer neben dem Schulbüro herum und hofften, dass Fitch auftauchen würde, bevor die Glocke zum letzten Mal läutete.

Penworthy war auf seinem gewohnten Posten am Vordereingang. Er war in ein Gespräch mit einem Mann verstrickt, den Jack noch nie zuvor gesehen hatte. Der Mann war ganz in Schwarz gekleidet und überragte Penworthy beträchtlich.

»He, du! Swift!«

Jack fuhr herum und sah Garrett Lobeck aus dem Büro des Direktors kommen, flankiert von seinen Freunden Jay Harkness und Bruce Leonard. Wahrscheinlich mussten sie vor der Schule nachsitzen. Jeder von ihnen war größer als zwei Jacks.

Lobeck kam weiter auf ihn zu, bis er ganz dicht vor ihm stand. »Wir müssen über dieses beschissene Spiel von gestern reden«, sagte Lobeck. Nur dass es mehr so klang wie »beschittene« und »gettern«, weil Lobecks Lippen auf das Doppelte ihrer üblichen Größe angeschwollen waren.

»Hör mal«, antwortete Jack. »Ich habe auf das Tor geschossen, das ist alles. Es ist nicht meine Schuld, wenn du im Weg gestanden hast. Komm drüber weg.«

»Ich werd' dir eine verpassen, Jack, das ist ein Versprechen. Stellt sich nur noch die Frage wann.« Lobeck versuchte sich an einem höhnischen Grinsen, gab aber schnell wieder auf. Anscheinend war es zu schmerzhaft. Leonard und Harkness grinsten trotzdem. Lobeck spielte für sein Publikum; irgendetwas musste er natürlich tun. Die Fußballstory würde bis zum Ende des Tages in der ganzen Schule die Runde gemacht haben, denn schließlich rannte Garrett mit dem Beweis im Gesicht herum.

Jack wusste nicht, was ihn zu dem trieb, was er als Nächstes tat. Wahrscheinlich irgendeine Art von geheimem Todeswunsch. Er beugte sich vor, so dass er nur noch Zentimeter von Lobecks Gesicht entfernt war. Er war genauso groß wie Lobeck, wenn auch nicht so massig um die Mitte. »Na schön, tu das«, sagte Jack, immer noch freundlich lächelnd. »Nächstes Mal breche ich dir die Nase, und dann ist es aus und vorbei mit deiner Model-Karriere.«

Lobeck sah Jack mit schmalen Augen an, als könne er nicht fassen, was er da hörte. Er streckte eine Hand aus in der offensichtlichen Absicht, Jack vorn am Hemd zu packen. Dann schien er sich eines Besseren zu besinnen und zeigte ihm stattdessen den Stinkefinger.

»MISTER LOBECK!«

Sie alle zuckten zusammen.

Es war Penworthy, begleitet von dem hochgewachsenen Fremden, den Jack zuvor bemerkt hatte.

Penworthy drückte Lobeck einen Zettel in die Hand. Einmal nachsitzen. »Mr. Lobeck, es scheint, dass Sie diese Woche noch nicht genug Zeit mit Nachsitzen verbracht haben. Gerade Sie sollten wissen, dass obszöne Handbewegungen auf dem Schulgelände ausdrücklich untersagt sind.«

Lobeck bebte wie ein Dampfkessel, der jede Sekunde explodieren konnte. Als er seine Sprache endlich wiedergefunden hatte, stieß er eine Reihe von Flüchen aus. Penworthy verteilte einfach weiter die Zettel, bis Lobeck die Luft ausging.

»Ähm, Mr. Penworthy«, sagte Will, der offensichtlich Angst davor hatte, den fliegenden Zetteln in die Quere zu kommen. »Wir wollten gerade in die erste Stunde.« Lobeck und seine Freunde schienen ebenfalls erpicht darauf zu sein wegzukommen.

Jack sah auf und stellte fest, dass der Fremde ihn anstarrte. Gegen seinen Willen blieb er wie angewurzelt stehen und erwiderte den Blick. Der Mann hatte hohe Wangenknochen und wie gemeißelte aristokratische Züge, die nur von einer etwas übergroßen Nase beeinträchtigt wurden. Sein Teint war blass wie bei einem Gelehrten oder einem Mann, dessen Haut nicht auf die Sonne reagierte. Verblüffend grüne Augen funkelten unter Brauen, die ungewöhnlich schwer und schwarz für jemanden mit einer so hellen Hautfarbe waren. Jack gewann einen Eindruck von scharfer Intelligenz und körperlicher Kraft, dann ergriff Penworthy wieder das Wort.

»Bevor Sie gehen, meine Herren, möchte ich Ihnen noch Mr. Leander Hastings vorstellen, unseren neuen stellvertretenden Direktor«, sagte er energisch. »Er ersetzt Mr. Brumfield.« Er legte jedem Jungen nacheinander eine Hand auf die Schulter. »Mr. Lobeck. Mr. Harkness. Mr. Leonard. Mr. Childers. Mr. Swift.« Hastings Blick wanderte kurz über jeden von ihnen hinweg. »Mr. Hastings leitet unser Gremium für Schulregeln und wird für deren Durchsetzung verantwortlich sein.«

»Ich werde nicht meine ganze Zeit damit verbringen, Sie mit Nachsitzen zu bestrafen.« Hastings Lippen zuckten, als hätte er einen geheimen Witz gemacht, den nur Insider verstanden. »Tatsächlich werde ich für einige von Ihnen ein Programm entwickeln …« Er hielt inne, offenbar auf der Suche nach den richtigen Worten. »Für einige der … begabteren Schüler.« Hastings hatte eine Aura, die nicht zur Schulverwaltung passte. Er wirkte irgendwie wölfisch.

»Ja, also, eine Förderung Hochbegabter …«, sprudelte es aus Penworthy hervor, als sei das eine völlige und unwillkommene Überraschung. »Eine ausgezeichnete Idee, vorausgesetzt, Sie haben die Zeit dazu.«

»Aber natürlich. Ich werde mir die Zeit nehmen«, erwiderte Hastings. »Nichts ist wichtiger, als Talente zu erfassen und sie zu ihrem größtmöglichen Nutzen einzusetzen.« Sein Blick fiel auf Jack.

Jack hatte nichts davon gehört, dass Brumfield gehen würde. Er wollte gerade danach fragen, konnte es aber nicht. Eine eisige Kälte breitete sich irgendwo unterhalb seines Brustbeins aus, so dass ihm das Atmen schwerfiel, ganz zu schweigen vom Sprechen. Das Gefühl einer rasch herannahenden Gefahr verstärkte sich. Einmal, als sie noch Kinder waren, hatten er und Will auf den Eisenbahnschienen gespielt. Plötzlich hatte er bemerkt, dass ein Zug sich näherte. Er hatte gespürt, wie die Schienen unter seinen Schuhsohlen vibrierten, hatte das Schrillen der Pfeife gehört, sich aber nicht rühren können. Dann hatte Will ihn am Arm gepackt und ihn in den Schotter neben den Gleisen gerissen.

»Ähm, wir müssen vor dem letzten Klingeln in unserer Klasse sein«, murmelte Will und zog Jack am Arm.

Aber Hastings hatte wieder das Wort ergriffen, und niemand bewegte sich. »Spielt ihr Jungs Fußball? Ist einer von euch in der Mannschaft?«

»Wir haben alle diese Woche am Auswahlspiel teilgenommen.« Will deutete auf die anderen vier Jungen. »Wir wissen nicht, ob wir es geschafft haben oder nicht.«

»Wo ich herkomme, war ich Trainerassistent«, eröffnete Hastings ihnen. »Ich habe vor, mich auch hier an dem Programm zu beteiligen.«

Jack hatte keinen Zweifel daran, dass er seine Ankündigung wahr machen würde, egal ob es Trainer Slansky gefiel oder nicht.

Es klingelte zum letzten Mal, und das schien eine Art Bann zu brechen. Die Gruppe wirbelte in drei verschiedene Richtungen davon, Will und Jack in den Flügel der zehnten Klassen, Lobeck und seine Freunde in den Flur der elften, und Penworthy und Hastings eilten zurück ins Büro.

Fitch war in Jacks Analysiskurs, daher konnte Jack ihn vor dem Mittagessen wegen der Fahrt fragen. Fitch nickte ernst, als sei die Aussicht, Hunderte von Meilen zu fahren, um sich alte Gerichtsunterlagen über Jacks tote Verwandte anzusehen, eine ganz alltägliche Freizeitbeschäftigung. Fitch war es immer ziemlich gleichgültig, was andere Leute dachten, und er hatte eine Art, aus jeder Situation für sich das Interessanteste herauszuholen. Während der Mittagspause rief er seine Mutter in der Arbeit an. Sie sagte, er könne mitfahren, solange es kein Geld kostete.

Will hatte es schwerer, sich vor dem Mulchschaufeln zu drücken. »Aber ich tue was für die Bildung«, sagte er flehend ins Telefon. »Jacks Tante ist Geologin. Ähm, ich meine, Genealogin. Und ich werde ein Referat darüber in der Schule halten«, fügte er hinzu. Das war wohl das entscheidende Argument, denn er grinste, als er den Hörer auflegte.

Als Jack zu Hause ankam, parkte am Ende der Einfahrt ein unbekannter weißer Land Rover – überraschend für Tante Linda, die gewöhnlich einen Sportwagen leaste, wenn sie zu Besuch kam. Er fand Becka in der Küche, wo sie Sandwiches in eine Kühlbox packte.

»Linda ist zu Nick hinübergegangen«, erklärte sie. »Ich soll dir ausrichten, dass du schon mal packen sollst.«

Jacks Reisetasche stand offen auf seinem Bett. Daneben lag ein kleines Päckchen, umhüllt von Einwickelpapier mit leuchtend blauem Karomuster. Er nahm es und musterte es neugierig. Es wog fast nichts in seinen Händen.

»Das hat Mercedes für dich dagelassen«, erklärte Tante Linda von der Tür aus, und er zuckte zusammen. »Sie sagte, es könnte auf der Fahrt ganz nützlich sein.«

Wie war Mercedes in die Sache mit hineingeraten? Wurden ihre Reisepläne auf der Website der Stadt gepostet? Oder standen sie auf dem Anschlagbrett in der Mensa der Universität? Jack schnaubte entnervt. Manchmal hasste er es, in einer Kleinstadt zu leben.

Er riss das Papier auf. Es war eine ärmellose Weste aus einem leichten grauen Stoff, der ihm unbekannt war. Drei silberne Knöpfe zierten die Vorderseite. Beim genaueren Hinsehen bemerkte er, dass es die Gesichter dreier verschiedener Bären waren, in Silber, Gold und Kupfer.

»Nicht so ganz mein Stil«, murmelte er und warf die Weste auf das Bett. »Und ich habe nicht einmal Geburtstag. Aber sag ihr trotzdem danke.«

Was war in Mercedes gefahren? Sie wusste, was er normalerweise trug: nichts Exotischeres als Jeans und T-Shirts. Sie sah ihn praktisch jeden Tag in der Woche.

Linda blieb mit verschränkten Armen in der Tür stehen. »Probier sie an!«, forderte sie ihn auf. Jack sah sie verblüfft an. Er wollte widersprechen, wusste aber, dass es sinnlos war, sich zu weigern, wenn Linda etwas unbedingt wollte.

»Ich komme mir blöd vor«, knurrte er, riss die Weste vom Bett und streifte sie über sein T-Shirt. Sie passte wie angegossen. Endlich begriff er, woran sie ihn erinnerte. Sie war aus dem gleichen Stoff wie die Babydecke, die Mercedes vor Jahren für ihn gemacht hatte und die jetzt in einer Schachtel unter seinem Bett lag.

»Sieht gut aus«, meinte Linda. Sie drehte eine Strähne ihres Haars zwischen ihren Fingern. Irgendwie zeigte sie eine Anspannung, die ihm am Morgen nicht aufgefallen war. Sie war doch nur bei Nick gewesen. Konnte der alte Hausmeister etwas gesagt haben, worüber sie sich aufgeregt hatte?

Er wollte die Weste wieder ausziehen, aber da hob sie die Hand. »Lass sie an.«

Vermutlich sollte er froh darüber sein, dass sie nicht rosa mit purpurfarbenen Polkadots war. Er konnte sich schon lebhaft Wills und Fitchs Kommentare vorstellen.

»Vielen Dank auch, Tante Linda. Wie ich höre, laufen heutzutage alle Jungs so herum.« Vor sich hin brummelnd, riss er die unterste Schublade seiner Kommode auf und machte sich ans Packen.

Linda sah seine mürrische Miene. »Hör mal, ich will dich nicht in Verlegenheit bringen. Es würde … es würde Mercedes einfach so viel bedeuten, wenn du sie trägst. Warum ziehst du nicht dein T-Shirt darüber, wenn du dich dann wohler fühlst? Es ist sowieso kühl draußen.« Sie lächelte dieses Lächeln, das in einem immer den Wunsch erweckte, ihr zu gefallen.

Jack fragte sich, wie geschmeichelt Mercedes wäre, wenn sie wüsste, dass er ihre kostbare Weste wie Unterwäsche trug. Er fand sein Ohio-States-Sweatshirt auf dem Boden, streifte es über den Kopf und zog den Reißverschluss der Reisetasche zu. Dann fiel ihm wieder ein, was er ihr eigentlich hatte sagen wollen. »Ach ja. Will und Fitch kommen beide mit«, berichtete er.

Er hätte gedacht, dass sie sich freuen würde, aber sie runzelte die Stirn und antwortete: »Oh«, als habe sie vollkommen vergessen, dass sie die beiden eingeladen hatte. »Vielleicht sollten wir einfach allein fahren«, schlug sie nach einer Pause vor.

Jack starrte sie ungläubig an. »Das kann nicht dein Ernst sein. Du warst diejenige, die mir aufgetragen hat, sie einzuladen.«

Sie schlang die Arme um den Oberkörper und trat von einem Fuß auf den anderen. »Ich ... es ist einfach so, dass ...«

»Mom packt genug Verpflegung für eine ganze Armee ein. Sie hat sogar ausnahmsweise Brownies gemacht, statt dieser ekligen Kleie-Apfelsaft-Karottenriegel.«

»In Ordnung. Schon gut. Hoffentlich tauchen sie bald hier auf. Ich würde gern so schnell wie möglich los.«

Sie ist launischer, als ich sie in Erinnerung hatte, dachte Jack.

Zurück in der Küche schloss Becka gerade die Kühlbox. »Das sollte für euch Jungs genug sein, auch wenn Linda nicht zum Essen anhalten will. Anscheinend ist sie wirklich auf einer Mission. Ich lege deine Arznei in deine Reisetasche«, fügte sie vielsagend hinzu und schob die große blaue Flasche zu Jacks Kleidung. »Lass dich von der Familiengeschichte nicht so sehr mitreißen, dass du vergisst, sie einzunehmen.«

Und dann trafen Will und Fitch ein, so dass die Küche ausgefüllt schien. Will trug seine Jacke von der

Schulmannschaft, ein T-Shirt und Jeans, Fitch eine Militärjacke mit Tarnmuster, ein leuchtend gelbes Sweatshirt mit dem Logo eines Country-Musiksenders auf der Vorderseite und eine graugrüne Kletterhose mit einer roten Krawatte anstelle eines Gürtels.

Jack war klar, dass er es in Sachen Klamotten niemals mit Fitchs Outfit würde aufnehmen können. Fitch spielte nach seinen eigenen Regeln, und es war ihm ziemlich egal, dass die Grundschüler ihn »unheimlich« nannten. »Unheimlich ist gut, sonderbar ist schlecht«, pflegte Fitch immer zu sagen. Plötzlich fühlte sich Jack ein wenig besser.

KAPITEL 3

Tote Verwandte ausgraben

Linda fuhr mit Bleifuß. Sie schien entschlossen, zumindest einen Teil der Zeit, die sie in der Schule verschwendet hatten, wiedergutzumachen. Jedes Mal, wenn Jack vom Beifahrersitz aus einen Blick auf den Tacho riskierte, schwebte die Nadel bei fünfundachtzig Meilen pro Stunde. Er hatte gehofft, dass sie ihn vielleicht bitten würde zu fahren, begriff aber, dass sie mit ihm am Lenkrad nur Zeit verlieren würden.

Sie kamen durch eine Reihe verschlafener kleiner Städte: eine Ampel, ein oder zwei Tankstellen. Als sich die Dunkelheit über das Land senkte, sahen sie Überreste des Tagebaus: Abraumhalden und Abwasserteiche. Eiserne Ölpumpen hockten wie riesige Moskitos in der Abenddämmerung, die das schwarze Blut aus dem Land saugten.

»Ist einer von euch je zuvor hier gewesen?«, fragte Will.

»Meine Mom hat mich vor einigen Jahren hierhergebracht«, gab Jack zu. *Geschleppt* traf es wohl eher. Becka hatte ihn auf der erfolglosen Suche nach dem Hof der Familie über diese Hügel geschleift. »Meine Ururgroßmutter Susannah hat hier gewohnt. Ich glaube, sie war eine ziemliche Type. Sie hat Banjo und Fiddle gespielt und einen mordsmäßigen Traubenkirschwein gemacht.«

Linda griff die Geschichte auf, ohne den Blick von der Straße abzuwenden. »Susannah ist diejenige, nach der wir suchen. Sie hatte das Zweite Gesicht, heißt es. Sie konnte mit Geistern sprechen und aus den Karten lesen, und sie hatte prophetische Träume.«

»Hört sich an, als wäre sie eine Hexe gewesen«, bemerkte Fitch.

»Mom hat schon immer auf solche Sachen gestanden«, bemerkte Jack grinsend. »Es heißt, die Magie liegt bei uns in der Familie.«

»Wär mir jedenfalls lieber als Allergien«, sagte Fitch und nieste.

»Susannah hatte eine ziemliche Gefolgschaft hier in der Gegend, größtenteils Frauen.« Linda wich einem Igel aus. »In jenen Tagen schien es immer, als würden Männer die Zukunft machen, und Frauen müssten sich davor schützen.«

Jack sah aus dem Fenster. Diese Heimat seiner Vorfahren war auf dem Weg ins Nirgendwo; ein Ort der Friedhöfe, wo sie die Kohle ausgruben und die Menschen eingruben.

Es war bereits vollkommen dunkel, als sie Coal Grove erreichten, den Sitz der County-Verwaltung. Es war eine Stadt ohne jegliche Ampel. Ein schmuckes altes Verwaltungsgebäude beherrschte ein Ende des zentralen Platzes. Die Geschäfte hatten alle geschlossen, obwohl mehrere Autos auf dem Parkplatz neben dem Kino standen; Licht und Musik ergossen sich aus einem Lokal namens Bluebird-Café schräg gegenüber der Verwaltung. *Freitagabend in Coal Grove,* dachte Jack. *Hier ist noch weniger los als in Trinity.*

Linda bog mit dem Land Rover in eine Seitenstraße

ein, die vom Platz abzweigte, und parkte am Straßenrand unter einem riesigen Ahorn. Es gab keine Straßenlaternen, und im Schatten des gewaltigen Baumes war es pechschwarz.

»Wo sind wir?«, fragte Will verwirrt. »Fahren wir nicht in das Motel?«

»Ich muss vorher in die Verwaltung«, antwortete Linda und stieg vom Vordersitz. Sie warf sich einen Rucksack über die Schulter und schlug die Autotür zu. Es klang unnatürlich laut auf der stillen Straße.

Jack schob sich aus dem Wagen und fühlte sich nach der langen Fahrt ein wenig unsicher auf den Beinen. Die Abendluft war kühl und wohlriechend, und irgendwo in der Ferne ertönte leise das hohe Quaken der ersten Frösche. In einem Haus in der Nähe begann ein kleiner Hund hinter einer Fliegentür wie verrückt zu bellen. Das Verandalicht ging an, und sie sahen die Silhouette einer Gestalt hinter der Tür.

Linda führte sie über die Straße und auf den Parkplatz hinter der Verwaltung. Ein modernes Ziegelsteingebäude lag geduckt auf der anderen Seite des Parkplatzes. Zwei Streifenwagen parkten neben dem Gebäude. Eine Quecksilberdampflampe warf fahles Licht über die Szenerie.

»Aber hat die Verwaltung nicht geschlossen?«, hakte Will nach.

»Oh, ich bin mir sicher, dass sie freitagabends lange geöffnet hat«, antwortete Linda. Sie führte die drei an der Rückseite des Gebäudes entlang, zwischen militärgrünen Abfalltonnen hindurch und in die Schatten einer Gasse auf der gegenüberliegenden Seite. Weiter ging es an der Seite des Gebäudes entlang, bis sie fand, wonach sie suchte: eine Betontreppe mit einem uralten Eisengeländer, die zum Keller hinabführte. Am unteren Ende befand sich eine Tür.

Linda blickte die Gasse hinauf und hinab, dann stieg sie die Treppe hinunter und winkte Jack und seinen Freunden, ihr zu folgen. Einen Moment lang machte sie sich an der Tür zu schaffen, bevor diese laut protestierend aufschwang. Dann sah sie über die Schulter zu ihnen zurück. »Ich habe euch doch gesagt, dass noch offen ist!«, erklärte sie, bevor sie im Innern verschwand.

»Ich habe ein blödes Gefühl bei der Sache!«, flüsterte Jack Fitch zu. Fitch zuckte die Achseln. Linda hatte das Sagen, also blieb ihnen nichts anderes übrig, als ihr zu folgen.

Die Tür führte in einen uralten Keller. Der Geruch nach altem Papier, Moder und feuchter Erde war überwältigend. Tante Linda förderte drei starke Taschenlampen aus ihrem Rucksack zutage – allerdings ein klein wenig zu spät. »Autsch!« Will hatte sich bereits an einem niedrigen Deckenbalken den Kopf gestoßen.

Jack ließ den Strahl seiner Taschenlampe über die Wände gleiten. Sie waren von Regalen gesäumt, in denen riesige Register mit aufgeprägten goldenen Lettern standen. Alles hatte die gleiche mattgraue Farbe, denn alles war mit einer dicken Staubschicht bedeckt. Fitch begann bereits zu niesen. Hoch an den Wänden, über den Registern, standen Reihen um Reihen nummerierter Metallkästen.

Über eine alte Holztreppe erreichten sie das Erdgeschoss des Gebäudes. Auf beinahe jeder Stufe stapelten sich Kästen mit Unterlagen, die nur einen schmalen Pfad nach oben freiließen. Linda fand einen Lichtschalter an der Wand neben der Treppe, und plötzlich war der Raum von Licht überflutet.

»Wonach suchen wir?«, fragte Jack seine Tante. »Und warum können wir nicht morgen zurückkommen?«

Linda nahm bereits ein Register zur Hand. Für ihre Größe war sie überraschend stark; als Nächstes hievte sie nun das riesige Buch auf das schräge Lesepult in der Mitte des Raums. Ein Schmutzfleck zog sich quer über ihren Nasenrücken.

»Wir suchen nach Sterbeverzeichnissen«, erklärte sie. »Wir müssen das finden, in dem deine Ururgroßmutter Downey verzeichnet ist. Sie ist wahrscheinlich zwischen 1900 und 1920 gestorben. Die Verwaltung wird morgen nicht geöffnet haben, daher suchen wir besser heute Nacht danach.«

Das Buch auf dem Tisch war mit Sterbeverzeichnis A beschriftet. Jack schaute Linda über die Schulter. Die Seiten waren mit langen Kolonnen in krakeliger Schrift bedeckt. *Name. Datum des Todes. Ort des Todes. Geboren.* Die Daten im vorderen Teil des Buches stammten alle aus den späten 1860er Jahren. Linda blätterte schnell die vergilbenden Seiten um, überflog sie von oben bis unten, bis sie die letzte Seite des Buches erreichte. Es endete ungefähr 1875. Zu früh.

»Könnten Sie für solche Informationen nicht einfach an die Columbus schreiben?«, fragte Fitch und nieste abermals. »Oder sie online nachschlagen?«

»Sie haben keine elektronischen Unterlagen, die so weit zurückreichen«, antwortete Linda, hob das Buch mit Jacks Hilfe hoch und stellte es an seinen Platz zurück. »Außerdem habe ich es eilig. Jetzt müssen wir nach Todesbuch B oder C suchen.«

Die Register auf den Regalen schienen keiner speziellen Ordnung zu folgen. Der Band neben Buch A war mit BB etikettiert und stammte aus den 1950er Jahren. Sie teilten sich auf, um die Buchrücken auf allen Seiten des Raums zu prüfen. Es war ein echtes Durcheinander. Zivilrechtsklagen. Testamente. Grundbucheinträge.

Jacks Blick wanderte immer wieder zu der Treppe, die zum Erdgeschoss führte. Dort lag das Polizeirevier, das er von der anderen Seite des Parkplatzes aus gesehen hatte; er war sich dessen sicher. Wäre eine Leidenschaft für Genealogie eine Rechtfertigung für einen Einbruch? Tante Linda hatte so nebenbei immer den Eindruck erweckt, sich ihre Regeln selbst zu machen, aber er hatte nie erlebt, dass sie das Gesetz gebrochen hätte.

Andererseits kannte er sie vielleicht nicht sehr gut.

Will arbeitete sich methodisch durch einen Stapel Register, zweifellos motiviert von der schwindenden Aussicht auf ein spätes Abendessen. »He!«, rief er plötzlich. »Nach welchen Daten suchen Sie?«

»Frühes 20. Jahrhundert«, antwortete Linda und trat heran, um einen Blick auf das Buch zu werfen, das er vor sich hatte. »Das könnte es sein.« Sie fuhr mit dem Finger über die Seite, dann blätterte sie mehrere Seiten zurück. »Das ist der richtige Zeitrahmen.« Diese späteren Einträge schlossen Informationen über die Todesursache ein. Größtenteils waren es Gebrechen, von denen Jack noch nie gehört hatte: Skrofulose, Wassersucht, Gehirnfieber. Einige hatte er nur in Geschichtsbüchern gesehen: Schwindsucht, Typhus, Pocken. Einige Todesfälle waren Unfälle gewesen, die Beschreibungen sachlich: *Ertrunken. Vom Dach gefallen. Von einem Pferd getreten.*

Lindas Lippen bewegten sich lautlos, während sie die brüchigen Seiten umblätterte. »Hier ist es!«, sagte sie knapp. »›Susannah Downey, geboren 1868; Ehefrau eines Bauern; gestorben am 12. Mai 1900; Todesursache: Unfall.‹«

Sie alle scharten sich um das Buch, so dass sie den hingekritzelten Eintrag lesen konnten.

»Sie war ziemlich jung«, bemerkte Jack. »Irgendeine Vorstellung, wie sie gestorben ist?« Gegen seinen Willen interessierte ihn die Sache.

»Nein«, antwortete Linda und übertrug den Eintrag in das Notizbuch, das sie aus ihrem Rucksack gezogen hatte. »Hier steht nicht, wo sie gelebt hat oder wo sie begraben wurde.« Sie klang enttäuscht.

»Das steht bei keinem«, sagte Fitch. »Ist das wichtig?«

»Ich muss ihr Grab finden«, erwiderte Tante Linda. »Also müssen wir in Erfahrung bringen, auf welchem Friedhof sie begraben wurde. Es sei denn, sie haben sie auf ihrem eigenen Grund und Boden begraben. In welchem Fall ich die Grundbucheinträge überprüfen muss.«

Sie waren alle so sehr auf ihren Fund konzentriert, dass Jack einige Sekunden brauchte, bis er verarbeitet hatte, was er da hörte. Er hob die Hand, um den anderen Schweigen zu gebieten, dann fuhr sein Kopf zur Decke. Aus dem Stockwerk über ihnen ertönte das unverkennbare Geräusch von Schritten.

Alle erstarrten. Jack spürte einen bitteren metallischen Geschmack im Mund, und sein Herz fühlte sich an wie ein Fisch, der in seiner Brust verzweifelt um sich schlug. Linda legte den Kopf zurück, als könne sie durch die groben Bretter in den Raum über ihnen sehen. Sie stieß den Atem aus, ein kleines animalisches Geräusch der Furcht. Dann schloss sie schnell das Sterberegister und stellte es zurück in seine Nische. Beinahe im selben Moment wurde eine Tür am oberen Ende der Treppe geöffnet, und ein Rechteck aus Licht erschien in dem dunklen Treppenhaus.

Die Treppe lag zwischen ihnen und der Tür nach draußen. »Lauft!«, zischte Tante Linda, während sie auf den Lichtschalter zustürzte. Der Raum wurde in Dunkelheit getaucht. Jack stolperte gegen den mittleren Tisch, während er verzweifelt nach dem Rahmen der Außentür tastete. Tante Linda hinter ihm vollführte einen höllischen Lärm. Was zum Teufel tat sie da? Irgendwo vor sich hörte er Will und Fitch. Er riskierte einen schnellen Blick über die Schulter und sah eine hochgewachsene schwarze Silhouette am oberen Ende der Treppe, umrahmt vom schmutzigen Gelb der Quecksilberdampflampen. Er konnte das Gesicht nicht erkennen. Noch während er hinsah, wandte sich die Gestalt ihm zu.

Jack spürte ihre Aufmerksamkeit wie eine heftige Berührung, wie einen körperlichen Schlag. Er taumelte und hielt sich an dem Aktenschrank fest.

Plötzlich war Linda neben ihm und stieß ihn heftig vorwärts. »Beweg dich! Ich treffe euch in einer halben Stunde im Bluebird-Café!«

Hinter ihnen hörte Jack einen gedämpften Ausruf, das Geräusch von etwas Schwerem, das fiel, dann eine Reihe von Flüchen. Will und Fitch mussten die Außentür erreicht haben, denn graues Licht drang aus dem Treppenhaus herein. Er stolperte hinter seinen Freunden her. Gerade als er die Tür erreichte, hörte er eine

Explosion. Es folgte ein blendender Lichtblitz, dann traf ihn etwas im Rücken, so dass er der Länge nach auf den Absatz aus Beton direkt vor der Tür schlug. Er rappelte sich auf Hände und Knie hoch und biss sich heftig auf die Zunge. Dann packten Will und Fitch jeder einen Arm und zerrten ihn die Treppe hinauf und die Gasse entlang. Als er endlich wieder aufrecht stehen konnte, drehte Jack sich um, um zu sehen, ob Linda hinter ihnen war, aber die Gasse war leer.

Die Gasse führte zurück zum Platz vor dem Verwaltungsgebäude, der immer noch verlassen lag. Sie sprinteten über den Rasen und zwängten sich zwischen den Büschen hindurch, die rund um einen Aussichtspavillon gepflanzt waren. Zwischen den immergrünen Pflanzen und dem Fundament des Pavillons war eine Lücke. Sie hockten sich dort hin, rangen nach Luft und schauten zum Verwaltungsgebäude zurück, bevor sie mit großen Augen einander ansahen.

Schließlich ergriff Will das Wort. »Was zum Teufel war das?«

»Was war was?«, fauchte Jack. Er hatte zu viele eigene Fragen, um ihre zu beantworten.

»Dieser unheimliche Typ auf der Treppe zum Beispiel«, erwiderte Fitch. »Der mit dem coolen Leuchtschwert.«

»Leuchtschwert? Sei mal ernst.« Jack schaute wieder zur Verwaltung hinüber.

»Leuchtschwert. Flammenwerfer. Phaser. Elektromagnetischer Deatomisierer. Das, womit er auf dich geschossen hat, Mann.« Fitch wischte sich mit dem Handrücken das Blut vom Gesicht und versuchte zu grinsen.

»Warum bist du nicht tot?«, wollte Will wissen. »Es hätte dich töten sollen, also verstehe ich nicht, warum du nicht tot bist. Bist du ganz bestimmt nicht verletzt?«

»Nein«, sagte Jack langsam. »Ich habe höchstens ein paar Prellungen.« Da war eine schmerzende Stelle zwischen seinen Schulterblättern, als sei er von einem schnellen Pitchball im Rücken getroffen worden. Ansonsten verspürte er bloß eine Art Kribbeln im ganzen Körper.

Fitch griff um Jack herum und zog an seinem Kapuzen-Sweatshirt. Es zerfiel ihm in der Hand. »Hübsches Sweatshirt«, bemerkte er und reichte Jack die verkohlten Fetzen. Sie rochen nach Schießpulver wie Feuerwerksraketen nach dem Abschuss. Jack zog sich die Überreste des Sweatshirts über den Kopf. Der ganze Rücken war weg. Seine neue Weste darunter war aber anscheinend noch völlig heil. Tatsächlich schien sie überhaupt nicht beschädigt zu sein.

»Nur gut, dass du deine kugelsichere Weste getragen hast«, bemerkte Will trocken. »Schätze mal, Fitch und ich haben das Memo nicht gekriegt.«

Jack sah zur Verwaltung hinüber, die nach wie vor lediglich vom fahlen Schein der Notbeleuchtung erhellt war. Wenn ein Alarm losgegangen war, warum hatte dann niemand die Lichter eingeschaltet? Und warum hatte der Mann am oberen Ende der Treppe kein Wort gesprochen, nicht gesagt, wer er war?

Anzeichen einer Verfolgung waren weit und breit nicht zu erkennen. Der Platz und das Verwaltungsgebäude lagen still da.

»Hört mal«, sagte Jack und schluckte schwer. »Es tut mir wirklich leid. Als ich euch gefragt habe, ob ihr mitkommen wollt, hätte ich niemals gedacht ... ich weiß nicht, wer das war oder was Tante Linda im Schilde führt, aber ...«

Fitch unterbrach ihn. »Wo *ist* sie?«

Niemand hatte eine Antwort darauf. Jack stellte sich vor, wie er seiner Mutter erklärte, dass sie ihre Schwester bei einem Einbruch verloren hatten, und schob das Bild beiseite.

Fitch lehnte sich müde gegen das steinerne Fundament des Aussichtspavillons und schloss die Augen. Eine aufkommende Brise blies ihm das helle Haar aus der Stirn. »Komisch, dass er keinen Alarm ausgelöst hat.«

Jack zuckte die Achseln. Er hatte von regelrechten Schlachten um archäologische Fundstellen gehört. Aber *Genealogie?* Wo waren sie da reingeraten? Nervös blickte er auf seine Armbanduhr.

»Tante Linda hat gesagt, wir sollen sie in einer halben Stunde im Café Bluebird treffen. Es ist gleich so weit.« Er betete, dass sie wie versprochen auftauchen würde. Er wusste nicht recht, was er tun würde, wenn sie nicht kam.

Immer noch argwöhnisch, was das Verwaltungsgebäude betraf, begaben sie sich still und heimlich direkt von dem Aussichtspavillon auf die gegenüberliegende Seite des Platzes, dann gingen sie zwischen den Gebäuden hindurch zur nächsten Straße weiter. Es war einige Minuten nach neun, als sie die Bar betraten.

Laute Musik schlug ihnen entgegen, gefolgt vom Geruch nach abgestandenem Tabak und Bier. Sie brauchten einige Sekunden, bis ihre Augen sich an das Licht gewöhnt hatten. Die einzige Beleuchtung stammte von

Neonreklameschildern für das Bier. Das Lokal war ziemlich voll, eine bunte Mischung von Gästen, jüngere Leute, ältere Leute, solche, die sich ein wenig in Schale geworfen hatten, und solche, die offensichtlich direkt von der Arbeit gekommen waren. Es war schließlich ein Freitagabend. Jack hatte das Gefühl, dass alle Leute im Lokal einander kannten, und er und seine Freunde waren offensichtlich Außenseiter. Und sie waren minderjährig, worauf man sie sofort hinwies.

»Kann ich euch Jungs helfen?« Das Mädchen verströmte Autorität, obwohl es nicht wesentlich älter schien als sie. Die Tasche seiner Bluse zierte ein breit grinsender, aufgestickter Hüttensänger, der ein Bier stemmte. »Zeigt mir bitte eure Ausweise!«

»Wir trinken nicht«, erklärte Will. »Könnten wir uns einfach nach hinten ins Restaurant setzen?«, fragte er. »Wir warten auf jemanden.«

Die Kellnerin musterte sie einen Moment lang, und ihr Blick verweilte am längsten auf Will. Dann zuckte sie die Achseln. »Sicher, warum nicht?« Sie deutete mit dem Kopf auf einen leeren Tisch im hinteren Teil des Raums. »Setzt euch. Ich bringe euch die Speisekarte, wenn ihr wollt.«

»Das wäre klasse«, erwiderte Will.

»Du siehst aus, als hättest du einen gesunden Appetit«, meinte die Kellnerin, lächelte Will an und zog ihren Pferdeschwanz stramm. »Machst du Sport?«

Wie sich herausstellte, stand die Kellnerin auf Bodybuilding. Sie und Will gingen schnell dazu über, sich gegenseitig ihre Muskeln zu zeigen und einander den Bizeps zu fühlen, bevor sie schließlich losmarschierte, um ihre Getränke zu holen.

Jack funkelte Will an. »Du kannst unmöglich Hunger haben.« Ein großer, harter Klumpen der Anspannung in seiner Mitte machte es ihm unmöglich, ans Essen zu denken. Oder an etwas anderes.

»Na ja, warum nicht?«, gab Will ungerührt zurück und überflog die Speisekarte. »Sie werden uns kein Bier servieren, und wir können nicht einfach nur hier rumsitzen.«

»Woher wissen wir, dass dieser Typ nicht hier drin ist?« Fitch beugte sich vor, als wolle er seinen schlaksigen Körper noch kleiner machen.

Jack schaute sich um. Er sah keine hochgewachsenen Männer in langen Mänteln, spürte keine kalte, drohende Gegenwart, aber es war vermutlich auch nicht schwer, in dieser Menge unterzutauchen.

»Was dagegen, wenn ich mich zu euch setze?«

Jack blickte verblüfft in blaugoldene Augen. Tante Lindas stacheliges goldenes und silbernes Haar war zerzaust, und auf einem Wangenknochen war der Schatten einer Prellung zu erkennen. Ihre Jeansjacke sah aus, als hätte sie damit den Boden gewischt.

Alle drei begannen gleichzeitig zu reden. Linda schüttelte den Kopf und presste die Lippen fest aufeinander. Die Kellnerin war zurückgekehrt.

»Offensichtlich habt ihr eure Freundin gefunden«, sagte sie und stellte klirrend Gläser vor sie hin, während sie Linda eifersüchtig beäugte. »Wollt ihr bestellen?«

Jack bestellte irgendetwas, wobei er Linda nicht aus den Augen ließ. Sie saß da, der Tür zugewandt, und sah jedes Mal auf, wenn sie geöffnet wurde.

Sie ist zu Tode verängstigt, dachte Jack.

Linda beugte sich vor. »Alles in Ordnung mit euch

dreien?« Sie musterte sie der Reihe nach, als befürchte sie, dass irgendwelche Teile fehlen könnten; sie wirkte so schuldbewusst und elend, dass Jack den plötzlichen Wunsch verspürte, irgendetwas tun zu können, damit sie sich besser fühlte. »Jack, ich habe dich fallen sehen.«

»Ich bin okay«, sagte Jack schnell. Er sah die anderen an. »Euch geht es doch auch gut, oder?«

»Na ja ...« Will zuckte die Achseln. »Ich habe mir fast in die Hosen gemacht, als dieser Freak die Tür aufgemacht hat.«

»Warum sollte er auf uns schießen?«, fragte Fitch. »Wenn er nicht von der Polizei war oder ein Nachtwächter, warum sollte er dann bei Nacht da drin herumschleichen? Da ist bloß ein Haufen alter Verwaltungsunterlagen.« Er ließ das Eis in seinem Glas kreisen und sah Linda an. »Es sei denn, er hat nach dem Gleichen gesucht wie wir. Wie in Tomb Raider.«

Linda sagte nichts. Die Kellnerin ging um den Tisch und stellte ihre Teller vor sie hin.

»Er hätte doch nur zu fragen brauchen«, murmelte Will. »Ich hätte ihm Sterbeverzeichnis A bestimmt freiwillig überlassen.«

Jack betrachtete sein Steak-Sandwich wie etwas Unbekanntes und Ungenießbares. Fitch stocherte in seinem Essen herum, und Linda ignorierte, was auf ihrem Teller war, und trank ihr zweites Bier direkt aus der Flasche. Will war anscheinend der Einzige, der hungrig war.

»Meint ihr, er hat bloß versucht, uns Angst einzujagen?«, fragte Jack, der sich der geprellten Stelle in der Mitte seines Rückens nur allzu bewusst war. »Oder würde er uns hierher folgen?«

»Er wird nicht hierherkommen«, erklärte Linda, die geistesabwesend an einem abgebrochenen Fingernagel knibbelte. »Er weiß, dass wir noch nichts gefunden haben. Und jetzt weiß er, dass er mir nur zu folgen braucht.« Sie verstummte plötzlich, als begreife sie, dass sie bereits zu viel gesagt hatte.

Jack ließ sein Besteck klirrend auf den Teller fallen. »Dann weißt du also, wer dieser Typ ist?« Mehr und mehr stellte er Fragen, auf die er die Antworten bereits kannte.

»Ja«, sagte sie. »Ich weiß, wer er ist. Ich hatte nur nie erwartet, ihn hier zu treffen.« Sie sah Fitch und Will an. »Anderenfalls hätte ich euch beide nie mitgenommen.«

Was ist mit mir? Bin ich dann entbehrlich?, dachte Jack, der zwischen Ärger und Verwirrung schwankte.

Dröhnende Rockmusik kam aus den Lautsprechern, während noch mehr Leute sich in das Café Bluebird drängten. Als es immer heißer im Raum wurde, hakte irgendwer die Vordertür ein, damit sie offen blieb. Lindas Blick wanderte zu der offenen Tür hinüber.

»Ist er dort draußen?«, fragte Jack.

Linda nickte. »Jedenfalls nicht weit entfernt. Die Sache ist die«, fügte sie hinzu, als setze sie ihr früheres Gespräch fort. »Ich suche nach einem … einem Familienerbstück. Ich hatte gehofft, es dieses Wochenende zu finden. Er muss wohl ebenfalls danach suchen. Entweder hat er es durch Susannahs Genealogie bis nach Cole Grove zurückverfolgt, oder er ist mir hierher nachgefahren. Und in diesem Fall …« Sie verstummte und schaute Jack an. Er rutschte unbehaglich auf seinem Stuhl hin und her.

Will verschlang den letzten Rest seines Sandwiches. »Also, was war das für eine Waffe, die er benutzt hat?«

»Keine Ahnung«, sagte Linda. »Ich ... ich konnte es nicht gut erkennen.«

Sie lügt, dachte Jack.

»Warum können wir nicht einfach nach Hause zurückfahren?«, schlug Fitch vor. »Er kann nicht ewig hier herumhängen. Wir könnten ein andermal wiederkommen.«

Linda schüttelte den Kopf. »Die Tatsache, dass er hier ist, bedeutet vielleicht sogar, dass es bereits zu spät ist. Wir können das Risiko nicht eingehen, dass er es vor uns findet.« Sie sah sie alle der Reihe nach an. »Ich werde es dieses Wochenende finden müssen, sonst ist alles verloren.«

»Was ist dann unser nächster Schritt?«, fragte Fitch.

»Für euch beide gibt es keinen nächsten Schritt«, antwortete Linda. »Ich werde euch ins Hotel bringen und dort lassen, bis die Sache vorüber ist. Ich ... ich durchdenke die Dinge nicht immer, fürchte ich.« Sie blickte auf ihre Hände hinab. »Es war ein Fehler, euch in die Sache mit hineinzuziehen. Ich bringe euch nicht noch einmal in Gefahr.«

»Was ist mit mir?«, fiel Jack ein, der begriff, dass er wieder einmal bewusst ausgeschlossen worden war.

Sie konnte ihn nicht ansehen. »Wenn ich es finde, werde ich deine Hilfe brauchen, um es zu bergen, Jack. Ich habe Insider-Informationen, die uns helfen werden. Aber ich weiß nicht, wie wir ihn abschütteln können. Und wenn er uns zusammen sieht ...«

Fitch stützte das Kinn in die Hände. »Vielleicht können wir helfen.«

Linda beugte sich über den Tisch. »Ihr kennt sie nicht«, flüsterte sie. »Das ist kein Spiel.« Jack hatte seine unerschütterliche Tante noch nie so ernst gesehen.

»Hören Sie einfach zu«, beharrte Fitch. »Sie haben gesagt, dieser Typ würde Ihnen folgen. Sie werden nichts finden, ohne dass er davon erfährt.« Tante Linda nickte zögernd. »Aber er hat uns im Gebäude wahrscheinlich nicht genau gesehen«, fuhr er fort. »Und er ist allein. Ich wette, im Zweifelsfall wird er Ihnen folgen. Ich würde das jedenfalls tun«, gestand er und errötete ein wenig.

»Woran denkst du?«

»Was, wenn Sie ihn von hier wegführen, während wir drei uns um die ... Sache ... kümmern?«, schlug Will vor. »Wenn er Ihnen folgt, besteht für uns keine Gefahr.«

»Na ja, vielleicht sollten wir uns jetzt ohnehin trennen«, meinte Linda zögernd. »Wenn ich euch ins Motel bringe, könnte man uns folgen. Als Nächstes müssen wir in die Bibliothek. Das sollte gefahrlos möglich sein.«

Jack gefiel das alles nicht. Linda kannte den Mann aus dem Verwaltungsgebäude, und sie hatte Angst vor ihm. »Ich will nicht, dass dieser Typ dir folgt. Ich meine, wir sollten zusammenbleiben.«

Sie zuckte die Achseln. »Er wird mir ohnehin folgen. Dagegen kann ich nichts tun. Und wenn ihr bei mir seid, werdet ihr in Gefahr sein.« Offensichtlich waren sie in ihren Augen kein besonderer Schutz vor dem, was da draußen auch warten mochte.

»Wie wichtig ist es, dass du ... gewinnst?«, fragte Jack.

»Gewinnen ist alles.« Sie sah ihn an und wiederholte: »Alles.« Etwas an der Art, wie sie es sagte, warf für Jack die Frage auf, ob diese verzweifelte Mission etwas mit ihm zu tun hatte.

Der Plan wurde über einem ramponierten Tisch im Café Bluebird ausgeheckt. Tante Linda reichte Jack ein Bündel Geldscheine und eine Kreditkarte, zusammen mit der Bestätigungsnummer für die Hotelreservierung. Das Hotel lag am Highway, und sie würden allein dort hinkommen müssen. Linda hielt es nicht für klug, dass die Jungen zu dem Land Rover zurückkehrten, wenn sie der Aufmerksamkeit des Fremden draußen entgehen wollten. Will steckte Tante Lindas Handy und ihr Notizbuch in die Innentasche seiner Jacke. In das Büchlein hatte sie einige Instruktionen gekritzelt. Fitch nahm zwei der Taschenlampen. Als sie fertig waren, rief sie den Barkeeper herbei. Ihre Stimme nahm eindeutig einen lokalen Akzent an.

»Wissen Sie was«, sagte sie zu dem Barkeeper mit einer Stimme, die vor Charme nur so triefte. »Mein Ex wartet draußen auf dem Parkplatz, und ich fürchte, es könnte Ärger geben. Er ist uns die ganze Nacht gefolgt. Ich habe Angst, dass wir uns vielleicht streiten, und ich will nicht, dass meine Jungs in die Sache verwickelt werden.«

Der Barkeeper nickte mitfühlend. Er war ein riesiger Mann mit einem rötlichen Teint, breiten Schultern und fleischigen Händen. Wenn er der Ansicht war, dass sie eine merkwürdig aussehende Familie hatte, so äußerte er das nicht.

»Könnten wir vielleicht einfach hinten raus?«, fügte Linda hinzu. »Haben Sie eine Küchentür?«

Wieder nickte der Mann. »Kein Problem. Ich verstehe, wie es manchmal mit Ex ist. Habe selbst eine.« Er deutete mit dem Kopf auf die Tür im hinteren Raum, auf der TOILETTEN stand. »Geht einfach dort hindurch bis nach hinten. Da ist eine Tür, die in die Gasse hinausführt.«

»Ich weiß Ihre Hilfe wirklich zu schätzen«, sagte Linda. »Wenn Sie damit einverstanden sind, bleibe ich noch ein Weilchen hier sitzen, bis ich weiß, dass sie gut weggekommen sind.«

»Kein Problem«, antwortete der Barkeeper eifrig.

Jack und seine Freunde schoben ihre Stühle zurück.

»Seid vorsichtig!«, rief Linda ihnen nach. Jack drehte sich noch einmal um. Seine Tante wirkte klein und verletzbar, wie sie da allein am Tisch saß.

Sie traten durch die Schwingtür im hinteren Teil des Restaurants und fanden sich in einem schäbigen Flur mit einem Linoleumboden und Toiletten zu beiden Seiten wieder. Am gegenüberliegenden Ende befand sich eine weitere Tür unter einem Ausgangsschild.

Die Tür führte zwischen zwei großen Mülltonnen hinaus auf die Gasse. Die Musik aus der Bar wirkte beunruhigend laut, als sie die Tür öffneten. Sie warfen sie schnell hinter sich zu und verweilten für einen Moment zwischen den Mülltonnen. Niemand tauchte auf. Dann huschten die Jungen wie Geister die Gasse hinunter und in die Straße dahinter.

»Entschuldigung.«

Der Nachtportier hockte auf einem Stuhl hinter der Theke, ganz vertieft in ein Videospiel, das er in der Hand hielt. Er war schätzungsweise Mitte zwanzig, hager und mit einer großzügigen Dosis postpubertärer Akne gesegnet. Nachdem er Jack und seine Gefährten kurz und ohne Interesse oder Neugier gemustert hatte, wandte er sich wieder seinem Spiel zu, das eine kleine Melodie spielte, während er den nächsten Level erreichte.

Jack räusperte sich. »Entschuldigung«, wiederholte er.

»Hmmmm?« Diesmal nahm er den Blick nicht von dem Bildschirm. Auf einem Namensschild stand »Stan«.

»Wir haben reserviert. Auf den Namen O'Herron.« Jack ließ nicht locker.

Schließlich gingen Stan die Leben aus, und das Spiel kam zu einem plötzlichen und tragischen Ende. Widerstrebend schaltete er es aus und richtete seine Aufmerksamkeit auf Jack.

»Wir vermieten nicht an Jugendliche«, stellte er abrupt fest. Er nahm einen langen Schluck aus einer Dose Mountain Dew. »Ihr Jungs geht besser nach Hause.«

»Die Reservierung geht auf den Namen meiner Tante«, erwiderte Jack und schob Stan eine Kreditkarte und einen Zettel mit der Bestätigungsnummer über die Theke. »Sie wird später nachkommen.«

Warum hatte Tante Linda eine Kreditkarte auf den Namen O'Herron? Irgendwie hatte er nicht daran gedacht, sie danach zu fragen.

Stan beäugte die Kreditkarte argwöhnisch. »Und wo ist deine Tante jetzt?«

»Sie, ähm, sie hat in einer Bar in der Stadt jemanden kennengelernt. Sie sagte, sie wolle noch ein Weilchen länger bleiben, aber meine Cousins und ich waren müde.« Jack unterdrückte ein Gähnen. »Also hat sie uns gesagt, dass wir schon mal vorgehen sollen.« Will und Fitch gähnten ebenfalls.

Stan lehnte sich auf seinem Hocker zurück und verschränkte die Arme vor der Brust; er war ein Inbegriff der Halsstarrigkeit. Genau in diesem Moment summte das Telefon. Stan, der seine volle Aufmerksamkeit auf die drei vor ihm gerichtet hielt, nahm den Hörer ab und lauschte für einen Moment.

»Ja, sie sind hier«, antwortete Stan auf eine Frage des Anrufers hin, »aber ich kann ihnen wohl kaum erlauben einzuchecken, solange Sie nicht hier sind.« Er klang weniger selbstsicher.

Er hörte für einen Moment zu und schüttelte den Kopf, als sei sie anwesend, dann äußerte er einen schwachen Protest. »Miss O'Herron, ich glaube, Sie sollten wirklich besser herkommen und selbst einchecken«, begann er, aber dann brach er ab und hörte wieder zu. »Na gut, wenn Sie in einigen Stunden hier sind …« Er hörte noch ein Weilchen länger zu und schluckte schnell, wobei sein Adamsapfel auf und ab hüpfte. »Na ja, natürlich, ich bin doch immer gern hilfsbereit.« Schließlich legte er widerstrebend auf, ein weiteres Opfer von Tante Lindas unheimlichem Charme.

»Nun, okay, es kann wohl nicht schaden, wenn ihr im Zimmer auf eure Tante wartet«, sagte Stan plötzlich entgegenkommend. Jack hatte so ein Gefühl, dass Stan nach Dienstschluss noch bleiben würde, um auf Tante Linda zu warten. »Habt ihr irgendwelches Gepäck?«

»Unsere Tante hat den Rest unserer Sachen«, antwortete Fitch.

Sie wurden über eine offene Treppe zu einem Übergang im ersten Stock geführt, auf der anderen Seite des Motels. Das Zimmer vermittelte das behagliche Gefühl eines Männerwohnheims: zwei Doppelbetten mit Kopfbrettern aus Holzimitat und Plastikbecher im Badezimmer. In der Luft hing der Gestank von Tabakrauch, und auf dem Teppich waren Brandflecken von Zigaretten. Sie versuchten es mit Fernsehen, aber das Kabel war defekt und der Empfang schlecht. Es gab wenig anderes zu tun, also zogen sie sich aus und schlüpften ins Bett.

»Wonach sucht deine Tante wohl, was meinst du?«, ertönte Wills Stimme in der Dunkelheit.

»Ich habe keine Ahnung«, erwiderte Jack. Tante Linda teilte Informationen in kleinen, spärlichen Dosen aus. Er fragte sich, wo sie in diesem Moment war und ob der Mann aus dem Gebäude ihr folgte. Ihm wurde bewusst, dass er die Hände unter dem Laken zu Fäusten ballte, und er zwang sich, die Finger zu entspannen. Jetzt, da er sich nicht mehr bewegte, hatte sein Rücken sich versteift. Er rutschte auf der unnachgiebigen Matratze umher und versuchte, eine bequeme Lage zu finden. »Ich kapiere es nicht. Warum wollt ihr zwei euch auf diese Sache einlassen?«

»Wir haben uns bereits darauf eingelassen, nicht wahr?«, bemerkte Fitch.

»Ich könnte allein in die Bibliothek gehen«, schlug Jack vor. »Ich kenne die Familiennamen. Ihr könntet hier abhängen. Es ist vielleicht besser, wenn man uns nicht zusammen sieht.«

»Vielleicht ist es besser, wenn wir viele sind«, wandte Will ein.

Jack stützte sich auf die Ellbogen. »Hört mal, ich könnte meine Mom anrufen. Sie würde uns in ein paar

Stunden abholen. Wir könnten diese Geschichte sofort hinter uns lassen.«

Der Gedanke, das alles Becka erklären zu müssen, deprimierte ihn. Er würde Linda vielleicht nie wiedersehen, außer vielleicht kurz und unter strenger Überwachung.

»Du würdest Linda allein hier zurücklassen?« Will klang entrüstet.

»Dieser Mann ist hinter ihr her«, fügte Fitch hinzu. »Sie hat Angst. Wir sollten ihr helfen, wenn wir können.«

Sie hat sie betört, dachte Jack. *Genau wie sie es bei mir gemacht hat, mein Leben lang.* »Hört mal, ich weiß, ihr wollt einem Fräulein in Nöten helfen, aber habt ihr mal daran gedacht, dass euch was zustoßen könnte? Und wenn sie unschuldig ist, warum will sie uns dann nicht sagen, was los ist? Warum ruft sie nicht die Polizei?«

»Vielleicht kann die Polizei ihr nicht helfen.« Fitch tastete sich voran und versuchte, dem Durcheinander einen Sinn abzuringen. »Ich würde nicht gegen diesen Flammenwerfertypen kämpfen wollen.«

»Zumindest verfügt die Polizei über Waffen. Was wird er wohl tun, wenn er herausfindet, was wir im Schilde führen?«

Darauf hatten sie nicht viel zu sagen. Es folgte ein langes, unbehagliches Schweigen, bis ihre regelmäßigen Atemzüge Jack schließlich sagten, dass sie schliefen.

Er lag auf dem Rücken und starrte die falsche Stuckdecke an. An Schlaf war nicht zu denken. Tante Linda war seine Patentante, aber da war etwas Stärkeres zwischen ihnen beiden, eine genetische und spirituelle

Verbindung, die über die Zeremonie hinausging. Er wurde die Vorstellung nicht los, dass sie ihn aus einem bestimmten Grund mitgenommen hatte, dass dieses Artefakt, auf das sie Jagd machte, etwas mit ihm zu tun hatte.

Aber das war es nicht allein. Er spürte, dass Gefahr drohte, dass sie mit jedem Atemzug näher kam. Er zog das dünne Laken bis zum Kinn hoch. Das Motel fühlte sich an wie eine zerbrechliche Eierschale, ein schwächlicher Schild gegen die Dunkelheit. Und er machte sich Sorgen, dass all seine Verwandten und Freunde zusammen nicht ausreichen würden, um ihn zu retten.

KAPITEL 4
Schattentöter

Das Haus hatte gute Knochen. Es bestand aus grob behauenem Fels, der auf dem Besitz gebrochen worden war, und selbst nach Jahren der Vernachlässigung stand immer noch Stein auf Stein. Aber mehr als das Skelett war auch nicht übrig geblieben. Das Dach, die Veranda und die hölzernen Teile waren weggefault, so dass sich jetzt eine schroffe und verfallende Schönheit offenbarte. In einen Stein in der Mauer neben dem Eingang war *A. Hastynges, 1850* eingraviert. Die Abdrücke anderer Gebäude wurden vom Unterholz beinahe verdeckt: eine Scheune vielleicht, ein Schuppen, die Überreste einer Steinmauer.

Linda schauderte und schlang die Arme um sich. Sie hatte keine Schwierigkeiten, ihn wiederzufinden, diesen Schauplatz längst vergangener Tragödien. Lee hatte sie einmal hierher gebracht, als er versucht hatte zu erklären, wer er war. Nachdenklich strich sie mit den Händen über die kühlen Steine, die mit einer samtigen Moosschicht bedeckt waren. Sie stand an der Stelle, wo die Veranda gewesen war, und schaute auf den großen Fluss hinab. Er glitzerte im frühmorgendlichen Sonnenlicht und schlängelte sich mehrere Meilen weit in südlicher Richtung.

Sie hatte mit dem Zauberer eine ziemliche Verfolgungsjagd veranstaltet, entlang schmaler, gewundener Bergstraßen, zurück auf die Autobahnen und immer in einem großen Kreis um Cole County herum, damit der Abstand zwischen ihr und Jack nie zu groß wurde. Sie kannte die Gegend besser als ihr Verfolger und hatte alle Fallen gemieden, die er ihr gestellt hatte. Bis jetzt.

Sie umkreiste die Ruinen, schritt durch den frischen Bewuchs hinter dem Haus, machte die Überreste eines kunstvoll angelegten Gartens aus, die im Winter verdorrten Stiele alter Rosen an den Grundfesten der alten Mauern. Die blutroten Blätter der Ahornbäume lagen immer noch auf dem Boden. Sie ging wieder nach vorne.

»Eine zarte Blume inmitten der Ruinen.« Die Stimme war wie das Rascheln toter Blätter. Linda erstarrte wie ein erschrockenes Tier, unfähig zu schreien.

Er stand am Rand des Gartens vor der Veranda, hochgewachsen und hager in einem langen Mantel, bärtig, ohne Hut, schimmernd vor Energie. *Wylie,* dachte sie; der Name fiel ihr ein, als gehöre er zu einem früheren Leben. Sie war ihm nie begegnet, aber sie hatte zu viele wie ihn gekannt. Sie versuchte, sich in sich selbst zurückzuziehen, zu verbergen, was sie war; doch sie wusste, dass es dafür bereits zu spät war. Auch wenn sein Auftauchen nicht unerwartet war, hatte er sie trotzdem überrascht.

Er lächelte, eine langsame und suggestive Neuanordnung seiner Gesichtszüge. Sie schwieg, weil sie befürchtete, dass ihre Stimme sie verraten würde.

»Sagen Sie mir, wer schickt denn eine Betörerin aus, um die Arbeit eines Zauberers zu tun?«

Sie schüttelte wortlos den Kopf. Er hätte sie in drei

Schritten erreicht, wenn er sie nicht zuvor bewusstlos schlug.

»Wie heißen Sie? Wer ist Ihr Bürge? Gehört er zur Weißen Rose?«

Eine Frage folgte der anderen, zu schnell, als dass sie sie hätte beantworten können, selbst wenn sie es gewollt hätte. Er erwartete keine Antworten von ihr. Hätte sie unter der Kontrolle eines Zauberers gestanden, müsste er die Informationen gewaltsam aus ihr herausholen.

Also wusste Wylie nicht, wer sie war. Er musste die Klinge auf eine andere Weise verfolgt haben. Das war immerhin etwas, aber es würde ihr auch nicht weiterhelfen, wenn er sie in die Hände bekam.

»Ist die Klinge hier irgendwo?«, verlangte er zu erfahren. »Ist dies der Downey-Besitz?«

Sie schüttelte stumm den Kopf. Womit sie tatsächlich die Wahrheit sagte.

»Ich habe Sie nach der Klinge gefragt«, flüsterte er. »Kooperieren Sie jetzt, und ich werde es Ihnen leichter machen. Wenn nicht …« Er krümmte die Finger, und Flammen schossen aus seinen Händen. »Ich werde dir die Federn ausrupfen, kleiner Vogel. Ich werde deine Blütenblätter abpflücken, eins nach dem anderen, bis du schreist.« *Zauberernettigkeiten.*

Sie schwieg weiter.

»Zuerst werden wir reden, und dann werden wir spielen. Es ist lange her, seit ich … das Vergnügen hatte.« Er kam geschmeidig auf sie zu; er war ein erfahrener Jäger. Aber sobald sein Stiefel den Boden des Gartens berührte, versteifte sich der Mann, bog den Rücken krampfartig durch und krallte an seinem Gesicht herum. Er landete auf dem Rücken im Unterholz, wand sich vor Schmerzen und kreischte, als würde er bei lebendigem Leib gehäutet. Sie sah zu, wie er sich hilflos auf dem Boden wälzte, und verstand endlich, was er sagte: »Helfen Sie mir, Betörerin! Er ist mit einem Zauber belegt! Holen Sie mich heraus!«

»Verbrennen Sie doch in der Hölle, Zauberer!«, antwortete sie.

Sie wagte nicht zu bleiben und abzuwarten, was aus der Falle wurde, die sie gestellt hatte. Sie hatte keine Ahnung, wie lange die alte Magie halten würde. Also drehte sie sich um und lief den Hang hinunter zu dem Feldweg, wo der Land Rover parkte, gleich hinter dem Wohnwagen. Ein weiteres Auto, ein schlichtes graues Coupé, stand daneben.

Sie warf sich auf den Vordersitz des Rovers und wollte mit zitternden Händen den Schlüssel ins Schloss stecken. Es kostete sie mehrere Versuche, bis sie Erfolg hatte. Sofort legte sie den Vorwärtsgang ein, drehte das Lenkrad und fuhr dann wild die holperige Straße entlang, die zum Highway führte. Ein Blick in den Rückspiegel zeigte ihr, dass niemand ihr folgte.

Die Bibliothek von Cole Grove befand sich in einem imposanten roten Ziegelsteinbau, der früher einmal eine Schule gewesen war. Er stand auf dem Platz gegenüber der Verwaltung, einen halbstündigen Fußweg von Dave's Slumber Inn entfernt. Es war Samstagmorgen, daher war bei ihrem Eintreffen in der Bibliothek bereits viel los. Eine mütterlich aussehende Frau an der Rezeption dirigierte sie zur Genealogie-Abteilung im hinteren Bereich.

Ein Mann in blauem Arbeitshemd, Jeans und Cowboystiefeln saß an dem großen Tisch gleich neben der Genealogie-Sammlung. Er hatte jede Menge Bücher vor sich verteilt und tippte emsig Notizen in einen Laptop. Ein orangefarbenes Verlängerungskabel schlängelte sich über den Boden und hinter ein Bücherregal.

»Passt auf das Kabel auf, Jungs«, sagte er und schob seine Bücher auf eine Seite des Tisches, um ihnen Platz zu machen.

Jack holte Tante Lindas Notizbuch aus der Reisetasche und warf es auf den Tisch. Dann sahen die drei Jungen einander ratlos an.

Der Fremde sah von seiner Tastatur auf. »Was ist? Keine Ahnung, wo ihr anfangen sollt?«

»Nein«, sagten die drei wie aus einem Mund.

»Na, ist es nicht großartig, wenn junge Leute sich für Genealogie interessieren.« Der Mann strahlte. »Ich, ich habe erst vor vier oder fünf Jahren angefangen. Welche Namen sucht ihr denn?«

»Ähm, Taylor«, antwortete Jack schnell.

»Hmmmm, Taylor, Taylor ...« Seine Finger flogen über die Tastatur. »Ich habe hier einen Ransom Taylor, geboren 1830. Ist das euer Taylor?«

»Das wissen wir nicht«, antwortete Fitch achselzuckend. »Wir haben mit dieser Sache gerade erst angefangen. Ähm, vielleicht könnten Sie uns etwas über die Bücher hier drin erzählen?«

»Sicher.« Der Mann erhob sich schwerfällig. Anscheinend war er erpicht darauf, sein Wissen zu teilen. »Woher kommt ihr denn?«

»Aus Erie, Pennsylvania.« Wieder war es Fitch, der das Wort ergriff.

Der Mann nickte. »Also, hier drüben stehen die Geschichten eures Countys sowie der meisten Countys im südlichen Ohio und einiger in West Virginia. Dieser Teil von Ohio gehörte früher nämlich zu Virginia. Hier drüben« – er zeigte unbestimmt die Regalreihe hinab –, »habt ihr eure Zählungsindizes. Die Zensusunterlagen von 1830 bis 1920 liegen auf Mikrofilm gespeichert in den Schränken da. Die wesentlichen Statistiken befinden sich auf den Metallregalen – Hochzeiten, Geburten, Sterbefälle und Friedhofsunterlagen.«

»Friedhofsunterlagen?«, wiederholte Will interessiert.

»Jawohl, die genealogische Gesellschaft des Countys hat die Friedhöfe gründlich überprüft und jahrelang die Aufschriften auf Steinen kopiert. Sie sind weitestgehend damit fertig. Die Sache ist nur die, es gibt noch keinen Index dafür.«

»Haben sie hier alte Zeitungen?«, fragte Jack, während er mit den Händen über die Bände mit den Friedhofsunterlagen strich. Es waren drei dicke Bücher. Wie es aussah, war klar, was sie in nächster Zeit zu tun hätten.

Ihr Gönner nickte. »Wir haben die *Post-Telegram* und den *Coal Grove Democrat* auf Mikrofilm, bis zurück in die Mitte des 19. Jahrhunderts. Für sie gibt es ebenfalls keinen Index, aber es ist eine interessante Lektüre.«

Fitch hatte einen Plan. »In Ordnung«, sagte er und nickte Jack und Will zu. »Will und ich nehmen uns jeder eins dieser Friedhofsbücher vor und suchen nach deinen … äh … unseren toten Verwandten. Jack, du gehst die Zeitungsmikrofilme durch und suchst nach einem Nachruf oder so.«

Jack wählte eine Rolle Mikrofilm von der *Post-Telegram*. Susannah Downey war im Mai neunzehnhundert gestorben. Er spulte den Film vorwärts bis zum Mai 1900, dann durchsuchte er sorgfältig jede Seite der Zeitung nach einem Hinweis auf ihr Dahinscheiden. Nachdem er fast eine Stunde lang Geschichten darüber gelesen hatte, wer wen besucht und wer zu tief ins Glas geschaut hatte, wechselte er von der *Post-Telegram* zum *Coal Grove Democrat* – und da war es.

»Seht euch das an!« Die Jungen scharten sich um Jack und lasen über seine Schulter eine Meldung: »›MRS. DOWNEY STIRBT BEI STURZ VON PFERD. Voller Bestürzung erfuhren Nachbarn in Coal Grove vom frühzeitigen Tod von Mrs. Susannah Downey aus dem Bezirk Munroe. Letzten Sonntag wurde sie von einem Pferd abgeworfen und starb. Lee Hastens, ein Besucher in der Stadt, fand sie am späten Abend in der Nähe ihrer Farm. Ihr Pferd stand schweißbedeckt bei ihr, als sei es eine beträchtliche Strecke hart geritten worden. Obwohl Mrs. Downey als gute Reiterin bekannt war, ist sie auf einen Zaunpfosten gestürzt. Eine schwere Schnittwunde in der Brust gilt als Ursache ihres Todes. Reverend Eugene Carter von den Ersten Methodisten hielt den Trauergottesdienst. Sie hinterlässt einen Ehemann und einen Sohn im Kleinkindalter.‹«

»Wow«, sagte Will atemlos. »Was für eine Art zu sterben!«

Jack hatte handkolorierte Bilder seiner Ururgroßmutter auf dem alten Koffer auf dem Dachboden gesehen. Sie war mit ihrem Ehemann fotografiert worden, der steif und ernst wirkte. Susannah hingegen sah aus, als wolle sie gleich in Gelächter ausbrechen. Sie war schön, mit schwerem rotblondem Haar, das sie auf dem Kopf aufgetürmt trug, kleinen, anmutigen Händen und feinen Gesichtszügen. Zwischen der Frau auf dem Foto und ihrer Urenkelin Becka bestand eine starke Ähnlichkeit.

Fitch drückte den Knopf zum Ausdrucken auf dem Mikrofilmgerät.

»Steht da, wo sie begraben wurde?«, fragte Jack.

»Nein«, antwortete Fitch, »aber da steht, dass sie im Bezirk Munroe gelebt hat. Sind diese Friedhöfe nicht nach Bezirken aufgelistet?«

Will überprüfte das Inhaltsverzeichnis des Buches, das er gerade durchsah, und blätterte nach hinten. »Im Bezirk Munroe gibt es acht oder zehn Friedhöfe«, berichtete er. »Die meisten sind offenbar klein.« Er fuhr mit dem Finger die Seite entlang. »Hier! Susannah Downey, Ehefrau von Abraham. 1868-1900. Sie liegt auf dem alten Methodistenfriedhof.«

Ihre Stimmen waren immer lauter geworden, und Jack wurde plötzlich bewusst, dass der Mann mit den Cowboystiefeln von seinem Mikrofilmgerät aufgeschaut hatte und interessiert allem lauschte, was sie sagten. Jack warf seinen Freunden einen warnenden Blick zu und wandte sich wieder dem Buch zu. »Einen Moment mal!«, sagte er. »Das kann sie nicht sein. Die Daten stimmen nicht überein. Dann müsste sie ja viel früher gelebt haben.« Er drehte sich plötzlich zu dem Mann mit dem Laptop um. »Was ist, wenn eine Person nicht im Friedhofsverzeichnis steht? Wie weit gehen die Sterberegister zurück?«

Der Mann schüttelte den Kopf. »Allenfalls bis 1867. Ab dann verlangte der Staat von den Countys, Unterlagen zu führen. Es könnte einen Grundbucheintrag oben in der Verwaltung geben, obwohl das für eine Frau ungewöhnlich wäre. Wart ihr schon da?«

Funkelte da Interesse in den Augen des Mannes, als er diese Frage stellte?

»Nein«, sagte Fitch. »Wir haben gedacht, alles aus dieser Zeit wäre hier in der Bibliothek zu finden.«

»Hier haben wir keine Originalunterlagen«, stellte der Mann fest. »Nur Indizes und Auszüge. Ihr solltet es vielleicht in der Verwaltung versuchen, obwohl sie am Wochenende nicht geöffnet hat. Seid ihr Jungen am Montag noch hier?«

»Wahrscheinlich nicht«, erwiderte Fitch. »Wir müssen zurück in die Schule, es sei denn, wir können unsere Mom dazu überreden, uns Montag blaumachen zu lassen. Sie ist bei unserer Tante Fran«, fügte er hinzu. »Kennen Sie Francis Dunlevy? Sie arbeitet in der Reinigung beim Lebensmittelladen auf dem Marktplatz.«

Jack starrte Fitch erstaunt an.

»Natürlich kenne ich Fran«, antwortete der Mann nickend. »Tatsächlich bin ich mit ihr auf die Highschool gegangen.«

Inzwischen hatte Will die Informationen aus dem Friedhofsbuch in sein Notizbuch übertragen. Fitch stand abrupt auf. »Wir sollten besser gehen. Wir haben Mom gesagt, dass wir bis drei zurück sind«, erklärte er. »Am besten, wir bringen sie morgen mit hierher. So kommen wir nicht weiter.« Er spulte den Mikrofilm zurück, nahm ihn vom Apparat und legte ihn in seine Schachtel zurück. Will und Jack zögerten, aber Fitch packte weiter in Windeseile zusammen. Jack, der sich jetzt der Aufmerksamkeit des Mannes mit den Cowboystiefeln voll bewusst war, stellte die Friedhofsbücher in die Regale zurück, und Will schob das Notizbuch in seine Reisetasche.

»Mein Name ist Sam Hadley«, sagte der Cowboy und reichte ihnen eine Karte. »Ich bin geprüfter Genealoge und stelle Nachforschungen an. Sagt eurer Mom, wenn sie Hilfe braucht, kann sie mir einen Auftrag erteilen. Ich bin über die Bibliothek zu erreichen.«

»Das machen wir«, entgegnete Jack. »Danke für Ihre Hilfe. Und viel Glück bei Ihren Recherchen.«

Sie bezahlten ihre Kopie an der Rezeption. Fitch wies mit dem Kopf zur Herrentoilette hinüber, die gleich neben dem Eingang lag. Die drei Jungen marschierten hinein. Beide Kabinen waren leer.

»Was denkst du dir eigentlich dabei?«, fragte Will scharf, sobald sich die Tür geschlossen hatte. »Warum müssen wir so schnell aufbrechen? Wir hätten diesen Hadley fragen können, wie wir zum Methodistenfriedhof kommen. Und warum denkst du dir diese ganzen Geschichten aus? Ich hatte Angst, er würde uns ins Kreuzverhör nehmen.«

Fitch nahm gelassen die Brille ab und wischte sie mit einem Papiertuch sauber. »Hört mal«, sagte er. »Irgendetwas stimmte da nicht. Der Typ hat behauptet, er würde unsere Tante Fran kennen. Es gibt keine Francis Dunlevy. Warum sollte er sagen, dass er sie kennt, wenn das gar nicht stimmt?«

Will zuckte die Achseln. »Vielleicht ist er einfach einer dieser Leute, die gern den Eindruck vermitteln, sie wüssten alles über alle.«

»Was, wenn er der Typ aus der Verwaltung war?«, schlug Fitch vor.

Jack verglich die hochgewachsene, dünne, tödliche Gestalt auf der Treppe mit Sam Hadleys stämmigem Körperbau. »Nein. Dazu müsste er eine Art Gestaltwandler sein.« Alle lachten beklommen.

»Er schien sich jedenfalls eindeutig dafür zu interessieren, was wir tun«, überlegte Fitch laut. »Obwohl ich glaube, dass diese Genealogieleute gern über so Zeug reden. Ich frage mich, wie viel er mitbekommen hat.«

Jack zuckte die Achseln. »Das lässt sich jetzt nicht mehr ändern. Sehen wir mal, ob wir von jemand anderem erfahren können, wo der Friedhof liegt.«

»In dem Buch war die Lage von jedem Friedhof aufgelistet«, rief Will ihnen ins Gedächtnis. Er holte das Notizbuch aus seiner Reisetasche und blätterte es schnell durch. »Der Friedhof liegt auf der Methodist Chapel Road.« Er nickte weise. »Irgendwie logisch.«

»Gehen wir.« Jack deutete mit dem Kopf auf die Toilettentür. Sie drückten sie auf und sahen den Mann mit den Cowboystiefeln schnell vorbeigehen. Sein Laptop baumelte an seiner Schulter. Sie wichen in den Eingang der Toilette zurück und beobachteten, wie der Mann die Bibliothek verließ. Jack sprintete zu einem der vorderen Fenster. Ein schwarzer Mercedes stand auf einem der freien Parkplätze vor der Bibliothek. Der Mann öffnete die hintere Beifahrertür, warf seinen Laptop auf die Rückbank und setzte sich dann hinters Steuer. Der Wagen rollte rückwärts aus der Parklücke, fuhr die Straße hinunter und verschwand schließlich um die Kurve.

Fitch und Will standen unmittelbar hinter ihm. »Ich schätze, der war nicht von hier«, bemerkte Fitch. »Er ist eindeutig in Eile gewesen. Was ist, wenn der Typ alles mitgehört hat und in diesem Moment auf dem Weg zum Friedhof ist?«

»Tante Linda hat uns aufgetragen herauszufinden, wo Susannah Downey begraben wurde, und dann wollte sie anrufen und uns weitere Anweisungen erteilen«, erwiderte Jack. »Er müsste mehr gewusst haben als wir.«

»Also, das ist durchaus möglich. Immerhin wissen wir ja nicht sonderlich viel«, murrte Will. Sie sahen einander kläglich an. Fitch drehte sich wortlos um und kehrte in die Bibliothek zurück. Vor der Rezeption blieb er stehen und sprach mit der ältlichen Frau hinter der Theke. Dann kehrte er mit einem Blatt Papier zurück. »Ich habe die Wegbeschreibung zum Methodistenfriedhof«, verkündete er. »Das dürfte nicht allzu weit sein.«

Will grinste. »Die Bibliothekarin steckt wahrscheinlich mit dem Cowboy unter einer Decke«, sagte er. »Sie und die ganze Stadt. Sie werden uns mit Kettensägen auf dem Friedhof erwarten. Wie in einem Horrorfilm.«

»Vielleicht.« Fitch stopfte das Papier in seine Hosentasche. »Aber sie könnten eine Weile brauchen. Ich habe nach fünf verschiedenen Friedhöfen gefragt. Das sollte es ihnen erschweren oder sie zumindest dazu zwingen, sich aufzuteilen. Wir werden ohnehin auf den Einbruch der Dunkelheit warten müssen, wenn wir Leichen ausgraben wollen.« Er lächelte, aber es lag wenig Freude in seinem Lächeln, nur diese berühmte Fitch-Beharrlichkeit.

Wer weiß?, dachte Jack. *Wenn man bedenkt, was bereits alles passiert ist, könnte genau das unser Auftrag sein.*

Die Sonne war verschwunden, während sie sich in der Bibliothek aufgehalten hatten, und es war merklich kühler geworden. Der Wind hatte ebenfalls aufgefrischt. Jack dachte sehnsüchtig an die warme Jacke, die er in Tante Lindas Wagen gelassen hatte. Was ihn an etwas anderes erinnerte.

Seine Arznei lag immer noch auf dem Rücksitz des Land Rovers. Er hatte an diesem Morgen seine Dosis wieder nicht genommen. Er verdrehte die Augen. Becka würde ihm das Fell über die Ohren ziehen, wenn sie wüsste, dass er die Arznei bereits zweimal in einer Woche nicht genommen hatte.

Es spielt keine Rolle, sagte er sich. Beim letzten Mal hatte es keine Probleme gegeben, und es würde auch diesmal keine geben. Er konnte nichts dagegen machen. Das Leben schien immer komplizierter zu werden.

Wie dem auch sein mochte, er fühlte sich gut. Unglaublich gut sogar. Als hätte er die Welt zuvor durch eine trübe Linse betrachtet, und nun war der Schleier entfernt worden. Der Tag schien voller Möglichkeiten zu sein; er war ein Geschenk, das sich gleich von selbst öffnen würde. Er konnte sich ein Grinsen nicht verkneifen.

Wills Stimme durchbrach seine Gedanken. »Was jetzt?«

Jack blickte auf seine Armbanduhr. Sie hatten noch mehrere Stunden Tageslicht. »Wir werden einige Dinge brauchen. Schaufeln, Taschenlampen, Sweatshirts und dergleichen.«

»Gehen wir da rein!« Fitch deutete über den Platz auf eine Ladenfront. Auf einem verwitterten Schild stand: BICK'S ARMY-NAVY und darunter: WAFFEN,

MUNITION, TARNKLEIDUNG, KLEIDUNG, KÖDER, JAGDLIZENZEN.

Es war anscheinend genau das Richtige. »Dann gehen wir mal einkaufen«, sagte Jack.

Die Jungen schlugen im Café Bluebird die Zeit tot, fütterten die Jukebox und flirteten beim zweiten Dessert mit der Kellnerin. Sie hatten sich mit einer Mahlzeit gestärkt und waren für ihre Schlacht gekleidet. Jack trug ein langärmliges T-Shirt und ein dunkles Sweatshirt über der Weste von Mercedes. Will hatte eine gefütterte Weste mit einer Unmenge von Taschen ausgesucht, und Fitch mit seiner Tarnjacke, den Hundemarken und schweren Stiefeln sah aus wie ein Punk. Die Reisetaschen zu ihren Füßen enthielten Taschenlampen und Spaten. Das Handy klingelte, und Jack fummelte es aus der Tasche und klappte es auf.

Linda verschwendete keine Zeit mit Höflichkeiten. »Geht es euch gut? Habt ihr heute etwas herausgefunden?«

»Ja«, beantwortete Jack beide Fragen, den Blick auf die anderen beiden Jungen gerichtet. »Wir haben einen Ort. Den alten Methodistenfriedhof.« Automatisch sah er sich um. Es war niemand in Hörweite, vor allem, wenn man die Lautstärke der Musik berücksichtigte. »Keine Ahnung, wo genau dort, aber er scheint klein zu sein. Wir haben eine Wegbeschreibung.«

»Gut.« Sie klang erleichtert. »Habt ihr jemand gesehen, der euch verdächtig vorkam? Schien euch jemand zu folgen?«

Jack zögerte. Schließlich hatten sie keine konkreten Beweise dafür, dass der Cowboy irgendetwas im Schilde führte. Wahrscheinlich waren sie einfach paranoid. Nur … »Da war ein Genealoge in der Bibliothek, der gehört haben könnte, wie wir über den Friedhof sprachen.«

Linda stieß einen Laut des Ärgers und des Entsetzens aus. »Wie sah er aus?«

»Fett. Glatzköpfig. Cowboystiefel. Westernhemd. Er schien einiges von Genealogie zu verstehen. Hatte eine Visitenkarte und alles. Er hat uns in der Bibliothek geholfen, ein paar Sachen zu finden.«

Es folgte ein kurzes Schweigen. »Okay«, sagte sie schließlich, als habe diese Beschreibung sie beruhigt. »Aber den Mann aus der Verwaltung habt ihr nicht gesehen? Oder jemanden wie ihn?« Es war eine seltsame Frage, aber irgendwie wusste Jack genau, was sie meinte. Nein. Sam Hadley war nicht wie der Mann aus der Verwaltung.

»Nein«, sagte er. »Habe ihn nicht gesehen. Was hast du so gemacht?« Er hatte bereits beschlossen, die Arznei nicht zu erwähnen. Wenn sie sich Sorgen machte, würde ihm das auch nicht weiterhelfen.

»Ich bin rumgefahren«, antwortete Linda ausweichend. Ihre Stimme klang brüchig, atemlos, kaum beherrscht.

»Was ist?«, fragte Jack. »Ist was passiert?«

»Ich bin nur müde. Ich war die ganze Nacht auf und bin kreuz und quer durch das südliche Ohio gefahren. Unser Freund ist mir gefolgt.«

»Kannst du kein Motelzimmer suchen, dich dort verschanzen und ein wenig schlafen? Er wird dir nichts tun, wenn genügend Leute in der Nähe sind. Hast du uns das nicht gesagt?«

Er wollte beruhigt werden, und sie entsprach seinem Wunsch, aber nicht so schnell, dass es ihn überzeugt hätte. »Das ist eine gute Idee«, entgegnete sie zögernd. »Vielleicht mache ich das. Wo seid ihr?«

»Wir sind im Bluebird«, sagte Jack. »Und warten, dass es dunkel wird.«

»Ihr müsst vorsichtig sein. Ich ... ich würde euch gerne auf den Friedhof begleiten, aber ich bin immer noch zwei Stunden entfernt, unten am Fluss. Ich habe ihn vielleicht abgeschüttelt, aber ich bin mir nicht sicher.« Sie hielt inne. »Wenn er mich nicht findet, könnte er euch suchen. Solltet ihr ein Anzeichen für Probleme sehen, müsst ihr drei sofort ins Motel zurückkehren und dort bleiben, bis ich komme. Wenn ich bis morgen Mittag nicht wieder da bin, ruft Becka an.«

Das gefiel Jack überhaupt nicht.

Es folgte eine weitere lange Pause, aber als sie wieder sprach, war ihre Stimme geschäftsmäßig. »Jetzt hör mir genau zu! Ich sage dir nur, was du unbedingt wissen musst, weil der Mann, den wir gesehen haben, leicht gewaltsam etwas aus dir herausholen könnte. Teile Will und Fitch nicht mehr mit, als unbedingt notwendig ist.«

»In Ordnung«, sagte Jack vorsichtig.

»Der Gegenstand, nach dem ihr sucht, ist eine Waffe. Ein Schwert. Es hat früher einmal Susannah gehört. Jetzt gehört es dir.«

»Ein ... ähm ... okay.« Mit einiger Anstrengung hielt er sich zurück, wiederholte ihre Worte nicht und verkniff es sich auch, die Fragen zu stellen, die auf ihn einstürmten. Warum sollte Susannah ein Schwert gehabt haben? War es vielleicht ein Stück aus dem Bürgerkrieg? Und warum sollte es ihm gehören? Susannah war lange vor seiner Geburt gestorben. Da schien seine Mutter oder Linda doch eher einen Anspruch darauf zu haben.

»Es wird hinter ihrem Grabstein vergraben sein, in einer Art von Kasten. Also, das ist jetzt wichtig: *Du* musst derjenige sein, der den Kasten öffnet. Niemand sonst. Ich werde dir den Spruch sagen, mit dem du den Kasten öffnen kannst.« Sie hielt inne, als erwarte sie eine Frage, aber er stellte sie nicht. »Hörst du mir zu, Jack?«

Er nickte, ohne nachzudenken, und dann sagte er: »Ja.« Die Worte klangen wie Latein, eine weiche und vertraute Musik, die Wahrheit, die unter allen ihm bekannten Sprachen lag. Er wiederholte sie mehrmals, bis sie zufrieden war, und ignorierte Will und Fitch, die ihn anstarrten, während er sich die Phrase einprägte.

»Du wirst ihn nicht vergessen?«

»Nein.«

»Überzeuge dich, dass das Schwert in dem Kasten ist, dann schließe ihn und bringe ihn ins Motel. Ich werde dich dort abholen.«

»Ähm, Tante Linda?« Er schaute über den Tisch zu seinen Freunden hinüber. »Vielleicht sollte ich allein hingehen.« Es war halb eine Feststellung, halb eine Frage.

Ein weiteres langes Schweigen folgte. »Vielleicht.«

»Das wird ihnen nicht gefallen.«

»Lass mich mit ihnen reden!«

Wortlos hielt Jack Fitch das Handy hin, der beide Hände hob und den Kopf schüttelte. »Vergiss es, Jack. Ich lasse es mir von ihr nicht ausreden. Ich komme mit dir, ob es dir gefällt oder nicht.« Will hatte die Arme vor der Brust verschränkt und wirkte verängstigt, aber fest wie Stein.

»Sie wollen nicht mit dir reden, Tante Linda.«

Sie seufzte. »Es tut mir so leid, Jack. Ich hätte die beiden nicht in die Sache hineinziehen sollen.« Sie hielt inne. »In Ordnung. Sie können dir beim Graben helfen. Geh einfach rein und schnell wieder raus. Kehre in das Motel zurück und warte. Ich werde dort sein, sobald ich kann. Ich werde dich ein wenig später noch einmal anrufen.«

Es war eindeutig kälter, als sie das Bluebird verließen, aber Jack bemerkte es kaum. Seine schwelenden Sorgen wurden von einer Art Euphorie überlagert. Er fühlte sich angespannt wie eine Katze, voller Energie, die sich kaum in seiner Haut zurückhalten ließ. Seine Ängste vom Vortag waren vergessen. Etwas Altes war tief in ihm erwacht, ein leuchtender und mächtiger Durst auf Abenteuer. Er fühlte sich unverwundbar, so als wären die Fremden und ihre Pläne bedeutungslos. Er sah seine beiden Gefährten an und grinste. Alles konnte geschehen; und das gefiel ihm.

Die Kirche war ein bescheidenes weißes Gebäude auf einem schmalen Streifen flachen Landes an der Straße, vielleicht zwei Meilen außerhalb der Stadt. Dahinter erhoben sich die Berge, ein dichtes schwarzes Nichts vor dem helleren Himmel. Das Gebäude war in einem einfachen Methodistenstil gehalten, mit einem traditionellen Turm und einer großen Doppeltür. Ein schlichtes Heiligtum, mehr nicht. An einer Seite stand ein weißes, in Holz gerahmtes Schild mit Magnetbuchstaben: PASTOR: WILLARD F. GUFFEY. SONNTAGSPREDIGT: ASCHE ZU ASCHE, STAUB ZU STAUB.

Zwischen der Straße und der Kirche befand sich ein kleiner, geschotterter Parkplatz. Er war leer. Nirgendwo in der Nähe des Gebäudes brannte Licht.

Sie verließen die Straße und näherten sich der Kirche. Der Strahl von Jacks Taschenlampe fiel auf ein Messingschild über den Doppeltüren des Eingangs. FIRST METHODIST CHURCH. ERBAUT 1850.

Etwa sieben Meter hinter dem Gebäude trennten zwei Ziegelsteinsäulen den Friedhof vom Rest des Kirchhofs ab, wahrscheinlich Torpfosten eines Zauns, der vor langer Zeit verschwunden war. Die ersten Grabsteine standen gleich auf der anderen Seite der Pfosten.

Jack sah zurück zur Methodist Chapel Road. Der Verkehr war nur sehr spärlich gewesen, und die Kirche lag umgeben von dichtem Wald. Soweit er erkennen konnte, war ihnen niemand gefolgt. Es befanden sich keine Häuser in Sichtweite. Sobald sie hinter der Kirche waren, schien es unwahrscheinlich, dass man sie von der Straße aus sehen würde.

Sie gingen zwischen den Säulen hindurch und betraten den Friedhof dahinter. Jack begriff bald, dass hier viel mehr Gräber waren, als in dem Buch aufgeführt wurden. Einige der Steine waren zerbrochen, abgenutzt und unleserlich. Gras wuchs auf manchen Grabsteinen, und andere waren umgekippt. Die ältesten, verfallensten Steine lagen anscheinend der Kirche am nächsten.

Gleich hinter der alten Mauer entdeckte er einen, dessen Schrift noch lesbar war. Er kniete sich hin und ließ den Strahl seiner Taschenlampe über die Oberfläche wandern. BRAM WYLIE, 1863. GESTORBEN IN CHANCELLORSVILLE. Ein metallenes Abzeichen mit der Aufschrift GRAND ARMY OF THE REPUBLIC stand daneben. »Susannah ist 1900 gestorben«, sagte er. »Ihr Grab müsste weiter hinten liegen, weil sie später gestorben ist, oder was meint ihr?«

»Vielleicht«, antwortete Fitch. »Aber Familien werden gern zusammen begraben. Also wirst du Grabsteine mit älteren und neueren Daten in derselben Parzelle finden.«

»Woher weißt du so was?«, fragte Jack. Die drei teilten den Friedhof in drei Bereiche auf und machten sich daran, sie methodisch zu durchkämmen. Sie beleuchteten die kalten Steinflächen mit ihren Taschenlampen, kratzten mit den Fingernägeln Moos weg, rissen Unkraut heraus, das den Fuß der Steine verdeckte, und manchmal gruben sie mit einem Stock in der Erde, um die unterste Reihe der Buchstaben freizulegen.

Sie arbeiteten sich von der Kirche weiter in Richtung Berg vor, nebeneinander, weil sie Angst hatten, etwas zu übersehen. Ganz hinten standen die Bäume dichter, und ihre Wurzeln hatten hin und wieder die Steine vollkommen aus dem Boden gedrückt und Familien voneinander getrennt. Mittlerweile war der Mond aufgegangen. Weil ihn jedoch dünne Wolken bedeckten, spendete er nur fahles Licht. Außerhalb des Lichtpegels ihrer Taschenlampen war nichts zu erkennen. Schon bald waren sie fast im Schatten der Felswand.

»Hier ist ein Downey«, vermeldete Jack leise. Er befand sich in einem kleinen Hain weit links auf dem Friedhof. Will und Fitch kamen herbei, um sich die Sache anzusehen. Es war ein kleiner weißer Grabstein mit einem Totenschädel am oberen Rand. JOSEPH DOWNEY, 1823–1872.

»Hier ist noch einer«, sagte Will. Er stand dicht neben dem, den Jack gefunden hatte, und war für ein Kind gedacht: JEREMIAH DOWNEY, ALTER ACHTZEHN MONATE, SOHN VON JOSEPH UND MARTHA. GESTORBEN 1860.

Sie krochen weiter unter die Bäume und untersuchten Stein für Stein.

Will fand schließlich, was sie suchten. Es war ein großer Stein, ein wenig abseits von den anderen, beinahe an einem Maschendrahtzaun, der die Grundstücksgrenze markierte. SUSANNAH HALE DOWNEY, 1868–1900, GELIEBTE EHEFRAU VON ABRAHAM. TOT, ABER NICHT VERGESSEN.

»Seht euch das an!« Fitch kratzte mit dem Fuß über das säuberlich geschnittene Gras rund um den Grabstein. »Der ganze Friedhof ist mit Unkraut überwuchert, aber das Grab deiner Großmutter sieht aus wie ein gepflegter Garten.« Der Stein war von Moos und Geröll gesäubert worden, und Frühlingsknospen suchten sich ihren Weg durch die Grasnarbe. Ein kleiner Hartriegelbaum war hinter den Stein gesetzt worden.

»Wo liegt mein Ururgroßvater?« Außer Susannahs Namen stand nichts auf dem Stein. Vielleicht hatte Abraham wieder geheiratet. Allerdings hatte Jack nie davon gehört.

»Seht mal!« Will sammelte die Überreste mehrerer langstieliger Rosen ein, die auf der Parzelle verstreut waren. Als er sie hochhob, flatterten die geschwärzten Blütenblätter sanft zurück auf den Boden. »Wohnt immer noch jemand aus der Familie in der Nähe?«, fragte Will und sah über die Schulter, als könne jeden Moment jemand auftauchen.

»Keine Ahnung.« Jack schüttelte den Kopf. Selbst

wenn es noch Verwandte gab, so war Susannah doch vor langer Zeit gestorben. Unmöglich konnte noch jemand leben, der sich an sie erinnerte. Er dachte an die lachende junge Frau auf den Fotos. TOT, ABER NICHT VERGESSEN. Sie sah aus wie jemand, der schwer zu vergessen wäre.

»Was jetzt?« Fitch schauderte und stopfte die Hände in seine Jackentaschen. »Ich komme mir vor wie ein Grabräuber.«

Jack ließ sich auf die Knie nieder, zog den Reißverschluss der Reisetasche auf und holte zwei kurze Spaten heraus. »Jetzt graben wir. Tante Linda hat gesagt, wir sollen nach etwas suchen, das hinter dem Stein vergraben liegt.« Will nahm einen der Spaten und wählte eine Stelle etwa dreißig Zentimeter hinter dem Grabstein, weit genug entfernt, damit der Stein nicht umkippte.

»Hätte deine Großmutter ihre Besitztümer nicht im Dachboden aufbewahren können wie alle anderen auch?«, fragte Fitch, der an Susannahs Stein lehnte. »Und woher weiß deine Tante Linda, dass hier etwas ist?«

»Keine Ahnung«, antwortete Jack und stach einige Schritte von Will entfernt seinen Spaten in die Erde. »Aber ich vermute mal, meine Großmutter wollte nicht, dass es in die falschen Hände gerät.«

»Wie vielleicht in unsere«, bemerkte Fitch trocken. Es fühlte sich so an, als sei die Erde hinter dem Stein ein Jahrhundert lang nicht bewegt worden. Oder noch nie. Sie bestand aus Ton und Schiefer und war voller Baumwurzeln. Fitch hielt Wache, während die beiden anderen mit den Spaten arbeiteten. Ab und zu konnten sie die Lichter eines Wagens entlang der Kapellenstraße sehen. Die Bäume im Wald zu beiden Seiten gaben klagende Laute von sich, als der Wind durch sie hindurchpfiff. Davon abgesehen war das Klirren der Spaten gegen Stein und der schwere Atem der Grabenden das einzige Geräusch.

Schließlich hatten sie ein ziemlich großes Loch ausgehoben, einen Meter lang und vielleicht einen Meter tief. Trotz der kalten Luft schwitzte Jack vor Anstrengung. Und dann traf seine Schaufel mit einem dumpfen Klirren auf etwas, das anders war als bisher. Und dann wieder. Er grub weiter und hob kleinere Mengen Erde hoch, bis sie einen groben, rechteckigen Umriss erkennen konnten. Will grub mit neuer Energie und vergrößerte das Loch in dem Versuch, das andere Ende des Kastens zu finden, falls es denn einer war.

Jack räumte die Erde von den Seiten weg, damit sie sehen konnten, wie tief es war. Jetzt hatten sie alle vier Oberkanten freigelegt. Der Gegenstand war ungefähr einen Meter lang und schmal.

Jack stützte sich erschöpft auf seinen Spaten. Etwas Seltsames ging hier vor sich. Ihm drehte sich der Kopf, und da war ein Gemurmel in seinen Ohren wie von tausend drängenden Stimmen. Er ließ sich schwer auf den Rand der Grube fallen, ließ die Beine baumeln und hielt sich die Ohren zu.

»He, alles in Ordnung mit dir?« Fitch leuchtete Jack mit seiner Taschenlampe ins Gesicht. »Warum setzt du dich nicht für eine Minute da hin? Du hast den größten Teil der Arbeit getan.« Er drehte sich um, fummelte in seinem Rucksack herum und zog zwei Flaschen heraus. Eine warf er Jack hin und die andere Will.

»Trinkt das.« Fitch griff nach dem Spaten und arbeitete so schnell, dass die Erde nur so flog. Will leerte geräuschvoll seine Wasserflasche und warf sie beiseite, dann arbeitete er weiter, motiviert von der Beute, die offenbar fast in Reichweite war.

Jetzt konnte Jack etwas von dem verstehen, was die Stimmen sagten. »Wer kommt, die Klinge zu fordern?« Da war das Dröhnen von Trommeln, zuerst in weiter Ferne, dann wurde es immer lauter und kam näher, bis es in seinem Kopf stampfte. Jack schloss die Augen und lehnte sich an Susannahs Stein. Sein Atem kam in kurzen, flachen Stößen, und sein Herz hämmerte wild. Schweiß strömte ihm über den Körper. Er dachte an die vergessene Medizin. Vielleicht hatte er einen Herzanfall.

»Hört ihr irgendetwas? Leute, die reden? Trommeln? Irgendetwas?« Will und Fitch hörten auf zu graben und starrten Jack an. »Schon gut«, sagte er hastig.

Die Trommeln und Stimmen schwollen zu einem Crescendo an. Und dann durchbrach eine Frauenstimme kühl und ruhig das Getöse. »Seid ruhig. Er ist der Erbe«, sagte sie. Die Stimmen und die Trommeln verstummten. Jack wischte sich mit dem Ärmel Schweiß vom Gesicht und atmete leichter.

Der Kasten selbst war ungefähr zwanzig Zentimeter tief, und Fitch und Will hatten bald die Erde von drei Seiten weggeräumt. Will schob die Kante seines Spatens darunter und versuchte, die Kiste herauszuhebeln. Der Erde widerstrebte es allerdings preiszugeben, was sie so viele Jahre lang festgehalten hatte. Mehrere Versuche waren nötig, aber schließlich kam eine Ecke hoch, und Will lehnte sie sorgfältig an die Wand des

Lochs. Der Kasten war anscheinend nicht allzu schwer. Er kletterte hinunter und drückte ihn über den Rand. Fitch packte die vordere Kante und zog ihn hinaus aufs Gras.

»Sie müssen ihn in einer Ledertasche vergraben haben«, meinte Will. Die Tasche war fast vermodert, und das Leder fiel ab, als sie den Kasten umdrehten. Er war mit Erde und Sand verkrustet. Will spuckte in die Hände und wischte etwas davon weg.

»Der Kasten ist mit Juwelen bedeckt!«, rief er aus, als etwas das Licht reflektierte. »Die sind doch nicht echt, oder was meint ihr?«

Jack hatte sich so weit erholt, dass er vom Grabstein aufstehen und sich vorbeugen konnte, um nachzuschauen.

»Wer würde wertvolle Juwelen auf einem Friedhof vergraben?« Fitch strich mit dem Fingernagel über einen der Steine. Er war blutrot und facettiert und etwa von der Größe seines Daumens. »Näher als in diesem Moment werde ich vergrabenen Schätzen wahrscheinlich nie mehr kommen.« Er beugte sich vor und tastete die Seite des Kastens ab. Jack brauchte einen Moment, um zu begreifen, was er tat.

»Fitch, nein! Nicht!«

Zu spät. Ein heller Blitz flammte auf, und ein Knall ertönte. Fitch flog mehrere Meter rückwärts und landete flach auf dem Rücken im Gras. Eine blasse Rauchwolke stieg zum Himmel auf.

Will rannte zu ihm, aber Fitch richtete sich bereits auf und schüttelte den Kopf. »Was zum Teufel war das denn?« Sein Gesicht war rußverschmiert, und er spuckte Blut.

Will und Fitch betrachteten den Kasten mit widerwilligem Respekt. Irgendwo in der Nähe bellte ein Hund. Jack fragte sich, ob der Lärm neugierige Nachbarn anlocken würde. Oder Schlimmeres.

»Vielleicht sollten wir den Kasten an einen sichereren Ort bringen«, schlug Will vor.

»Vielleicht werden wir in Fetzen gerissen, wenn wir es versuchen«, entgegnete Fitch argwöhnisch.

»Lasst mich das machen«, sagte Jack. Die beiden starrten ihn an. Er rappelte sich hoch, stolperte zu dem Kasten hinüber und legte sorgfältig beide Arme darum. Dann trug er ihn ein sicheres Stück weit weg und stellte ihn auf den Boden. »Könnt ihr beide das Loch füllen und so gut wie möglich unsere Spuren verwischen? Dann versuche ich inzwischen herauszufinden, wie dieser Schließmechanismus funktioniert.«

»Sei vorsichtig, Jack!«, warnte Fitch ihn. Er und Will griffen sich die Spaten und schoben Erde zurück in das Loch. Es war schwer, in der Dunkelheit zu erkennen, wie groß die Schweinerei war, die sie angerichtet hatten. Am Morgen wäre ziemlich offensichtlich, dass jemand gegraben hatte, überlegte Jack. Er strich mit den Händen über den kunstvollen Deckel, bis er den winzigen Riegel entdeckte. Er hatte gewusst, dass er sich genau dort befand, als hätte er den Kasten schon hundert Mal geöffnet. Die Worte der alten Sprache fielen ihm wieder ein, und er flüsterte sie, während er die Finger gegen das Schloss drückte. Der Kasten öffnete sich geschmeidig.

In dem mit Samt ausgeschlagenen Kasten lag ein Schwert in einer Scheide. Sie war kunstvoll verziert, bestand aus Gold und Silber, und der Griff, der herausragte, war in einem sorgfältigen wirbelnden Goldmuster gegossen. Ein funkelnder Rubin steckte im Ende des Knaufs. Als Jack den Griff mit der Taschenlampe näher untersuchte, erkannte er schwach irgendwelche Inschriften auf dem polierten Metall, Symbole und Worte, die er nicht verstand.

Er legte die Lampe auf den Boden, ergriff zaghaft den Knauf und zog daran, wobei er bemerkte, dass der Griff genau in seine Hand passte. Als das Schwert zum Vorschein kam, erzeugte es sein eigenes Licht: eine silberne Flamme entlang der Klinge. Es war zweischneidig, und das Metall wirkte gekräuselt, so als wäre der Stahl immer wieder gefaltet worden, um ihn zu verstärken. Woher er das wusste, konnte er nicht sagen. Nach einem Jahrhundert in der Erde zeigte es keine Spur von Rost, sondern schien sofort einsatzbereit.

Will und Fitch, angelockt von dem Licht, schauten über Jacks Schulter. »Das ist … abgefahren. Und bösartig«, hauchte Fitch.

»Nein«, widersprach Jack. »Überhaupt nicht bösartig.« Er hob die Waffe mit beiden Händen und wusste, dass sie ihm gehörte, obwohl sie lange vor seiner Geburt geschmiedet worden war. Sie war leichter in seinen Händen, als er erwartet hatte, leichter, als es aufgrund der Größe der Klinge zu erwarten gewesen wäre. »Schattentöter«, flüsterte er, als würde die Waffe zu ihm sprechen. Und die Energie in der Klinge strömte in seine Hände und die Arme hinauf, als würde das Schwert irgendwie *ihn* schwingen.

»Jack …« Es war Will, und er hörte sich entsetzt an, unsicher. Das Schwert blitzte in Jacks Hand, als er es schwang, eine Vereinigung von Mann und Metall,

Fleisch und Stahl. Wild und primitiv. Er wuchs über die Reichweite der Klinge hinaus, und das Schwert sandte Licht und Schatten über das Gras und erhellte die schief stehenden Steine. Die Klinge sang, als sie die Dunkelheit durchschnitt, einmal, zweimal, dreimal, sie zerteilte und dabei eine Lichtspur hinter sich herzog. *Schattentöter.* Er drehte sich, umfasste den Griff mit beiden Händen, schwang die Klinge erneut und durchtrennte ein fünf Zentimeter dickes Bäumchen mit nur einem Hauch von Anstrengung. Er sah Blut vor seinen Augen, und es war nicht das Blut der Bäume. Es kostete ihn erhebliche Selbstdisziplin, den Tanz zu beenden. Schließlich senkte er die Klinge, und ihr Licht verblasste zu einem sanften Schimmer.

»Sie ist so wunderschön«, sagte er und versuchte, seine Stimme unter Kontrolle zu bekommen. »Ich hatte ja keine Ahnung …«

»Sei vorsichtig mit dem Ding. Ich meine, spinn jetzt nicht rum.« Irgendetwas in Fitchs Stimme sagte Jack, dass er etwas Gefährlicheres spürte als die Schneide einer uralten Klinge.

Will beäugte die Scheide in dem Kasten, als habe er Angst davor, ihr näher zu kommen. »Ist das ein Gürtel?«

Jack stieß die Klinge vorübergehend in den Boden und hob die Scheide mit beiden Händen heraus. Sie war an einem leichten Gürtel aus raffiniert geschmiedeten, ineinander verhakten Metallösen befestigt, der auf zwei Weisen getragen werden konnte: um die Taille oder über seiner Schulter, als Wehrgehänge. *Wehrgehänge.* Woher war das Wort gekommen? Irgendwo in ihm hatte sich eine Tür zu einem bestimmten Wissen geöffnet. Er legte sich den Gürtel um die Taille und schloss ihn fest, dann positionierte er die Scheide an seiner linken Hüfte, damit er das Schwert mit der rechten Hand quer über seinen Körper ziehen konnte. Sie lag bequem über seinen Hüftknochen. Tante Linda hatte gesagt, er solle das Schwert in den Kasten zurücklegen, aber …

»Was ist das?«, fragte Fitch leise, aber in einem Ton, der Jacks Aufmerksamkeit erregte. Er starrte zurück zur Kirche, die Hände in die Hüften gestemmt. Jack folgte seinem Blick. Ein seltsamer Schimmer sickerte durch die hinteren Fenster des Gebäudes, und verrückte wirbelnde Schatten zeigten sich. Jemand ging mit einer Taschenlampe an der gegenüberliegenden Seite der Kirche entlang, deren Schein sich in den hinteren Fenstern spiegelte.

»He«, flüsterte Fitch. »Da ist jemand!«

Mit einer schnellen Bewegung hob Jack den Kasten hoch und warf ihn Will zu. »Hier! Halt ihn fest. Wir werden ihn brauchen.« Er zog das Schwert mit der rechten Hand aus der Erde und hielt es mit der Spitze nach unten dicht am Körper. Sie wichen in die Schatten hinter Susannahs Stein zurück, sorgfältig darauf bedacht, nicht in das halb gefüllte Loch zu treten.

Jemand kam mit einer starken Taschenlampe um die Ecke der Kirche. Wegen des grellen Lichtscheins konnten sie zuerst nur eine massige Silhouette ausmachen. Die Gestalt näherte sich schnell ihrem Versteck, wobei sie das Licht über die Grabsteine auf ihrem Pfad wandern ließ. Es war ein Mann, und er blieb ungefähr drei Meter entfernt stehen und leuchtete auf Susannah Downeys Stein. Sie hörten ein befriedigtes Knurren. Dann eine Stimme.

»Was macht ihr Jungs in der Dunkelheit hier draußen?« Es war der Cowboy, Sam Hadley.

Es hatte keinen Sinn, sich weiter zu verstecken. Fitch trat hinter dem Stein hervor und beschirmte die Augen gegen das Licht der Taschenlampe. »Wir sind hergekommen, um nachzusehen, ob von unseren Verwandten jemand hier begraben wurde. Aber es ist wohl zu spät geworden. Es hat keinen Sinn, in der Dunkelheit etwas finden zu wollen. Ich nehme an, wir müssen morgen zurückkommen.« Er zuckte übertrieben mit den Schultern.

Als Hadley wieder sprach, lag ein scharfer Unterton in seiner Stimme. »Habt ihr nicht nach Susannah Downey gesucht?«

»Nein, es war Taylor«, erwiderte Fitch und schob entwaffnend die Hände in seine Jackentaschen. »Aber wir glauben, dass sie einen Downey geheiratet hat. Wie gesagt, es ist anscheinend die falsche Person. Unsere Susannah hat früher gelebt, und die hier ist offenbar eine Hale gewesen. Wir haben einfach gedacht, wir sehen auf dem Friedhof nach, ob einer der umliegenden Steine uns einen Hinweis geben könnte.« An der Art, wie die Worte aus Fitch herauspurzelten wie Murmeln aus einem Sack, konnte Jack erkennen, dass Fitch nervös war.

»Wir wollten gerade umkehren«, fügte Will hinzu und trat neben Fitch. Er griff nach seiner Reisetasche und hielt den Kasten unterm Arm, so beiläufig er konnte. Er hoffte, dass Hadley ihn in der Dunkelheit nicht gut sehen konnte.

Jack blieb im Schatten hinter Susannahs Stein. Er war sich mit allen Sinnen einer anderen Gegenwart bewusst, die dem Cowboy folgte; es war etwas Bedrohliches, etwas Gieriges, und es kam näher. Er umfasste den Griff des Schwertes fester, und sein Arm kribbelte bis hinauf zur Schulter.

»Soll ich euch Jungs mit in die Stadt zurücknehmen?«, fragte der Cowboy.

»Nein danke«, erwiderte Will. Daraufhin trat Jack aus dem Schatten und stellte sich dicht hinter seine Freunde.

»Was hast du da?« Hadleys Stimme hatte einen hässlichen Unterton. Er sprach mit Jack, der versuchte, seinen Körper zwischen dem Cowboy und dem Schwert zu halten, aber der Schimmer der Klinge hob sich wie ein Leuchtstrahl von der Dunkelheit ab.

»Er hat die Klinge.« Die neue Stimme war schrecklich kalt und unangenehm nah. Ein tieferer Schatten löste sich aus der Schwärze und näherte sich ihnen mit einem seltsamen, schwebenden Gang. Es war ein Mann, hochgewachsen und kantig. Seine Kleidung flatterte im Luftzug und bauschte sich auf, als er näher trat. Er hob seinen skeletthaften Arm und zeigte auf das Schwert in Jacks Hand. Die Klinge flammte rot auf, als würde Blut in ihr fließen. Es war der Fremde aus der Verwaltung. *Zauberer!* Der Gedanke erschien als Warnung voll ausgebildet in Jacks Geist. Ein uraltes Entsetzen entflammte in ihm.

Hadleys Blick flackerte nervös zu dem Zauberer hinüber, dann zurück zu Jack. »Sieht so aus, als hättet ihr alle ein wenig gegraben«, meinte er und deutete mit der Hand zu Susannahs Stein hinüber. »Und als hättet ihr etwas gestohlen, das euch nicht gehört.« Er trat einen Schritt näher an die Jungen heran. »Ihr gebt es am besten dem Mann dort und geht nach Hause.«

»Nein«, sagte Jack und stellte sich breitbeiniger hin. »Wenn Sie das Schwert wollen, kommen Sie her und holen Sie es sich.« Es war, als spreche ein Fremder durch ihn. Hadley machte ihm keine Angst. Es war der Zauberer, der all seine Aufmerksamkeit beanspruchte. Wäre die Weste nicht gewesen, hätte der Zauberer ihn im Verwaltungsgebäude getötet. Linda hatte darauf bestanden, dass er sie trug. Woher hatte sie gewusst, dass er sie brauchen würde?

Der Zauberer kam näher und bewegte sich dabei wie ein Mann unter Schmerzen. Jack beobachtete ihn argwöhnisch. Ein Bart bedeckte die untere Hälfte seines Gesichts, aber die obere Hälfte war rot und von Blasen bedeckt, als wäre er in ein Feuer geraten. Seine Stimme war trocken und ohne Gefühl, wie Schuppen, die über Stein glitten. »Das war zweifellos ein aufregendes Abenteuer für euch drei, aber jetzt ist es vorüber. Gib mir die Waffe.« Er lächelte, was eher wie eine schreckliche Umformung des verwüsteten Gesichts wirkte. »Uns fällt bestimmt eine *angemessene* Belohnung für eure Mühen ein.«

Er wird uns töten, dachte Jack. *Sobald er die Klinge hat.* Er sah zu Will und Fitch hinüber und fragte sich, ob das auch seinen beiden Freunden klar war. Er hätte sie nicht mitkommen lassen sollen – als ob er sie daran hätte hindern können.

»Wo ist die Betörerin?«, fragte der Zauberer. »Ich habe da noch eine Angelegenheit mit ihr zu klären.« Die Art, wie er *Angelegenheit* sagte, ließ Jack vermuten, dass die Sache mit Schmerzen und noch etwas anderem verbunden war. Wovon redete er? Von *wem* redete er?

Obwohl er Angst hatte, kam Jack sich auch verwegen, wild und rebellisch vor. Er war im Besitz des Schwertes; er hatte die Energie in der Waffe gespürt, und er hatte nicht die Absicht, sie kampflos aufzugeben.

Er schwankte und wusste nicht recht, was er tun sollte, während er mit gespreizten Beinen über den Gebeinen seiner Ururgroßmutter stand, den Rücken ihrem Stein zugewandt. Eine plötzliche Brise bewegte die Blätter über ihnen und flüsterte ihm etwas zu.

Und plötzlich wusste er, wie sie sich in Sicherheit bringen mussten. Er trat zwischen seine Freunde und den Zauberer und rief: »Lauft zur Kirche!«

Will und Fitch brauchten keine zweite Aufforderung. Sie drehten sich um und rannten auf das Gebäude zu, wobei sie die Grabsteine wie Hürden nahmen. Jack wich hastig zurück, behielt den Zauberer jedoch immer im Blick. Er umklammerte das Schwert mit beiden Händen, die flache Seite ihm zugewandt. Es reagierte, indem es aufflammte und die Szenerie erleuchtete.

Er sah keine Waffe in den Händen des Zauberers, aber plötzlich wälzte sich eine Kaskade blaugrüner Flammen auf ihn zu. Instinktiv parierte er die Salve mit dem Schwert, und sie explodierte zu einem Schauer von Funken und regnete von seinen Schultern herab, ohne weiteren Schaden anzurichten. Noch zweimal wehrte er ähnliche Angriffe ab. Die Hitze der Flammen trocknete den Schweiß auf seinem Gesicht. Das Zauberfeuer hatte einen unbekannten, ätzenden Geruch wie der Geschmack von Blut in seinem Mund.

Der Zauberer mit dem schrecklich verkohlten Gesicht streckte die Hände nach ihm aus und begann zu sprechen, und zwar in dem gleichen altehrwürdigen Latein, das auch Linda benutzt hatte. Es war die Sprache, in der Zaubersprüche gesprochen wurden. Jack wusste, dass er ihn daran hindern musste, denn die Worte waren angefüllt mit Macht. Verzweifelt schwang er Schattentöter mit beiden Händen in einem weiten, flachen Bogen. Flammen lösten sich tosend von der fein geschliffenen Klinge, und der Zauberspruch blieb unvollendet, als der Zauberer sich zu Boden warf. Die Flammen fuhren kreischend an ihm vorbei und weiter in die Bäume hinter ihm. Noch einen Moment lang blieben sie reglos stehen, dann fielen sie zu Boden, sauber durchtrennt auf Brusthöhe. Und irgendwie hatte Jack die Tür der Kirche erreicht.

Eine durchgesackte Holztreppe führte einige Stufen zu der Hintertür des Gebäudes hinauf. Will und Fitch waren bereits oben, wussten jedoch nicht so recht, was sie als Nächstes tun sollten. Jack zeigte mit dem Schwert auf die Hintertür und stieß zu. Ein lauter Knall ertönte, und die Tür flog auf. Sie hing jetzt schief in ihren durchgebrochenen Angeln. Will und Fitch duckten sich hinein. Jack sprang über die Schwelle und drehte sich zu seinen Angreifern um.

Sie waren ziemlich verwirrt, als hätten sie keinen Widerstand erwartet. Der Zauberer war wieder auf den Beinen und starrte zu Jack hinauf. Der Cowboy blickte zu den abgeschnittenen Bäumen zurück, zu der gezackten Öffnung in dem Blätterbaldachin über ihren Köpfen und dann wieder zu Jack. Sein Mund stand offen, und sein rundes Gesicht glänzte schweißnass.

»Der Junge ist ein Dämon«, heulte er auf. »Ich wurde

für eine Recherche angestellt. Ich habe nie eingewilligt, mich mit Dämonen abzugeben.«

»An diesem Jungen ist nichts *Magisches«,* sagte der Zauberer verächtlich. »Die Macht ist in der Klinge. Das ist bloß ein törichter Anaweir, ein Abenteurer, der in größeren Schwierigkeiten steckt, als er sich vorstellen kann.« *Merkwürdiges Wort, Anaweir,* dachte Jack. *Was will er denn damit sagen?* »Jetzt geh und hol mir das Schwert.«

»Da gehe ich nicht rein«, protestierte Hadley. »Er wird mich bei lebendigem Leibe braten.«

»Magie funktioniert in dem Heiligtum nicht. Das Schwert hat dort keine besondere Macht.«

Und in der Tat, jetzt, da Jack in der Kirche stand, war die Klinge verblasst und schwerer geworden, und er brauchte beide Hände, um sie anzuheben. Die Macht der Klinge brannte nicht länger in ihm. Sie war nicht mehr als Metall in seinen Händen.

Etwas, das der Zauberer gesagt hatte, ließ ihn nicht los. *Magie?*

Fitch stand neben ihm, bewaffnet mit einem Kerzenhalter. »Warum folgen sie uns nicht?«, flüsterte er, während er sich unbehaglich umsah. »Sind sie Hexenmeister oder Vampire oder so etwas, dass sie eine Kirche nicht betreten können?«

Zauberer, hätte Jack beinahe gemurmelt. »Keine Ahnung«, sagte er laut. Er wusste nicht, ob der Zauberer nicht hereinkommen konnte oder ob er in einer Situation, in der Magie nichts nutzen würde, lieber Hadley gegen das Schwert in den Kampf ziehen ließ.

»Dieses Schwert ist nach wie vor ganz schön scharf«, beharrte der Cowboy. »Und sie sind zu dritt. Ich habe nie eingewilligt, unbewaffnet gegen jemanden mit Schwert zu kämpfen.« Er sah aus, als würde er am liebsten das Weite suchen.

»Ach, tatsächlich?« Die Stimme des Zauberers triefte vor Verachtung. »Dann werden wir ... neu verhandeln müssen.« Er legte Hadley eine Hand auf die Schulter, und der Cowboy schrie auf. Zunächst versuchte er, sich zur Seite wegzudrehen, dann sank er unter der Berührung des Zauberers hilflos auf die Knie. Der Zauberer hielt die Hand auf der Schulter des Mannes, und der Cowboy kreischte, als würde er bei lebendigem Leibe gehäutet; er flehte um Gnade und bettelte um eine Chance, seine Meinung zu ändern. Als es endlich vorüber war, lag Hadley zitternd und wimmernd auf dem Boden. Jack war übel, weil er wusste, dass die Vorführung um seinetwillen stattgefunden hatte.

Wie um das zu bestätigen, richtete der Zauberer das Wort an Jack. »Du siehst, dass Widerstand Konsequenzen hat«, erklärte er kalt. »Gib mir die Klinge, oder ihr werdet alle drei heute Nacht sterben. Und wenn ich mit euch fertig bin, werdet ihr um den Tod betteln.«

Einen Moment lang wurde Jack von der Vorstellung aufgewühlt, wie er selbst wie ein Filmheld in der Tür stand und ein Schwert schwang, bereit, gegen einen Mann zu kämpfen, der mit bloßen Händen Flammen schleudern und mit einer Berührung foltern und töten konnte. Er blickte über die Schulter zu Will und Fitch hinüber. Ihre Gesichter waren bleich wie Pergament in der Finsternis der Kirche. Wenn sie nicht schon zuvor begriffen hatten, was auf dem Spiel stand, taten sie es jetzt.

Er starrte auf die Klinge in seiner Hand hinab und

dann hinüber zu dem Zauberer. Wo kam das bloß her? Er war in der Vergangenheit nie besonders tollkühn gewesen. Das Schwert musste etwas an sich haben, das sein Urteil beeinträchtigte. Er wischte sich Schweiß vom Gesicht und schüttelte den Kopf.

Es war eine Pattsituation. Wenn sie das Gebäude verließen, würde der Zauberer sie töten. Er wird Schattentöter nehmen, dachte er. Das darf ich nicht zulassen.

Fitch hatte ihn kurz verlassen und kehrte jetzt wieder zurück. »Der Mercedes steht auf dem Parkplatz«, flüsterte er. Jack blickte erneut über die Schulter. Die Hintertür hatte sie direkt in den winzigen Chor unmittelbar hinter der Kanzel geführt. Der Rest der Kirche war ein schlichter weiß getünchter Raum mit hölzernen Sitzreihen zu beiden Seiten eines zentralen Ganges. Große Doppeltüren führten auf den Parkplatz am anderen Ende.

»Hört mal«, sagte Jack leise und wandte sich Fitch zu. »Im Wald könnten wir sie wahrscheinlich abschütteln.« *Sie werden dem Schwert folgen.* »Du und Will, ihr schleicht euch vorne raus, während ich die beiden beschäftige. Haltet euch an den Wald und bleibt von der Straße weg. Wenn ich weiß, dass ihr fort seid, werde ich losrennen.«

»Bist du verrückt? Der Typ schießt mit Flammen, Jack! Wenn wir wissen, dass sie nicht hier hereinkommen, warten wir einfach ab. Sie können nicht für ewig da draußen bleiben.«

Er wird nicht ewig warten, dachte Jack. Und wenn er uns in die Hände bekommt …

Hadley hatte sich taumelnd erhoben und kam näher, getrieben von dem Zauberer hinter ihm. Jetzt wollte Jack Hadley nichts mehr antun. Er hatte Mitleid mit ihm.

»Verstehst du denn nicht?« Der Zauberer sprach mit Jack. »Die Betörerin hat dich verzaubert, und ihr seid diejenigen, die den Preis bezahlen werden. Es macht ihr nichts aus, euch zu opfern, um zu bekommen, was sie will.«

Genau in dem Moment summte das Handy erschreckend laut. Mit einer Hand fischte Jack es aus seiner Tasche, wobei er das Schwert weiter zur Tür hinaushielt.

Es war Tante Linda. »Wo seid ihr?«

»Wir sind in der Kirche auf dem alten Methodistenfriedhof an der Methodist Chapel Road. Ich habe das Schwert, aber wir werden angegriffen.«

Linda schwieg für einen Moment. »Ich bin ganz in der Nähe«, sagte sie. »Halte sie noch fünf Minuten hin. Lass das Telefon an.«

Der Cowboy war bis zur zweiten Stufe gekommen. Jack trat über die Schwelle, damit er Raum zum Kämpfen hatte, und fuhr mit der Klinge von links nach rechts. Ihre Flammen reichten aus, um den Mann zurückzutreiben, ohne ihn aufzuschlitzen. Hadley sprang zurück und wäre beinahe gestürzt. Die Magie des Schwertes durchflutete Jack wie eine Droge. Triumphierend trat er eine weitere Stufe hinab. Der Cowboy verschwand in der Dunkelheit, und dann war nur noch der Zauberer da, der Salve um Salve Feuerbälle abschoss wie in einem hektischen Videospiel. Jack schickte wirbelnde Flammen in seine Richtung, und sein Gegner wich zurück. Jack ging weiter voran, hinein in das Duell, verfolgte den Zauberer. Er hatte die letzte Stufe erreicht, da hörte er jemanden hinter sich rufen.

»Jack! Bist du wahnsinnig? Komm zurück!« Es war Will, und der Zauber war irgendwie gebrochen. Er sprang zurück, als eine Flammenwand auf ihn zujagte, die zu breit war, um sie mit einem Schwert aufzuhalten. Will packte ihn bei den Schultern und zerrte ihn zurück, weg von der fürchterlichen Hitze. Sein Gesicht brannte, seine Sicht war getrübt von Tränen und seine Lungen versengt, weil das Feuer so knapp vorbeigeschossen war. Er stützte sich keuchend auf sein Schwert, während Will ihn auf der anderen Seite immer noch festhielt.

»Ich bin ein Idiot«, flüsterte er. »Ein Idiot.«

Er hörte die Stimme seiner Tante aus dem Handy. »Ich bin auf dem Parkplatz. Kommt zum Vordereingang. Beeilung!«

Jack straffte sich und nahm einen schmerzhaften Atemzug. »Tante Linda ist draußen«, berichtete er. »Zeit zu gehen.« Sie rannten zum vorderen Teil der Kirche.

»Achtung!«, rief Linda, als Will und Fitch den Vordereingang aufrissen und dem Cowboy direkt gegenüberstanden. Es war schwer zu sagen, wer überraschter war. Er wollte nach Will greifen, was sich als Fehler erwies. Will hatte viel Zeit im Fitness-Studio verbracht. Er schälte Hadley von sich ab, hob ihn trotz seiner Größe von der Veranda und schleuderte ihn auf den Parkplatz. Der Mann schlitterte auf dem Bauch über den Schotter, Arme und Beine gespreizt wie eine Qualle. Fitch holte den Kasten, den Will fallen gelassen hatte.

Der Land Rover stand neben dem Mercedes. Sie sprinteten darauf zu. Will kam schlitternd neben dem Mercedes zum Stehen, griff durch das offene Fenster und riss die Schlüssel aus der Zündung. Er schleuderte sie in die Dunkelheit.

Sie warfen sich auf die Rückbank des Rovers, Jack mit dem Schwert und Fitch mit dem Kasten. Kies spritzte in alle Richtungen, als der Rover den Parkplatz verließ. Hinter ihnen hatte sich der Cowboy auf Hände und Knie erhoben. Dann war die Kirche nicht mehr zu sehen, und sie rasten die Methodist Chapel Road entlang.

KAPITEL 5
Der Kriegererbe

Linda war ruhig, sogar geschäftsmäßig, während sie Fitch das Telefon reichte, damit er unter einem neuen Namen in einem Hotel in Columbus Zimmer reservierte. Sie bat Will, die Karte im Handschuhfach zu suchen und sie zu lotsen, obwohl sie das County gut kannte. Ihre Stimme strömte über sie hinweg, beruhigte und entspannte sie, milderte ihr Entsetzen und ihre Neugier. Als seien flammende Schwerter und Zauberer ganz alltägliche Dinge. Laut sprach sie keine Zaubersprüche, aber Jack hörte das Betörende in ihrer Stimme. Warum war ihm das früher noch nie aufgefallen?

Ihm wies sie keine Aufgaben zu. Sobald sie jede Einzelheit über den Friedhof aus ihm herausgequetscht hatte, ließ sie ihn in Ruhe. Er saß in sich zusammengesunken auf dem Sitz, den Kopf in den Nacken gelegt, die Augen halb geschlossen. Sein ganzer Körper schmerzte, und seine gesamte vordere Körperseite brannte, abgesehen von den Stellen unter der Weste. Schattentöter lag wieder in seinem Kasten und ruhte behaglich unter Jacks Füßen. Manchmal ertappte er Linda dabei, dass sie ihn im Rückspiegel musterte.

Sie ist eine Betörerin. Sie ist diejenige, von der der Zauberer gesprochen hat. Vielleicht hat er ja die Wahr-

heit gesagt. Vielleicht hat sie mich nur benutzt, um an das Schwert heranzukommen.

Sie sagte, es gehöre mir, oder nicht?

Was würde er tun, wenn sie versuchte, es ihm wegzunehmen? Das war eine Frage, die er nicht beantworten konnte. Das Schwert schien ein Bedürfnis in ihm zu befriedigen, von dessen Vorhandensein er bisher nichts gewusst hatte.

Er wand sich unbehaglich, dann drehte er sich um und beugte sich über die Rückenlehne, um nachzusehen, ob da irgendetwas war, was er als Kissen benutzen konnte. Als er seine Reisetasche sah, fiel es ihm plötzlich wieder ein. Seine Arznei! Er zog den Reißverschluss auf, schob die Hand in die Tasche und tastete nach der vertrauten Form, dem kühlen Glas zwischen seiner Kleidung.

Ich will sie nicht nehmen, dachte er. *Nie wieder.*

Er zog die blaue Flasche trotzdem heraus und drehte sie zwischen den Händen. Dann blickte er hoch und sah, dass Tante Linda ihn wieder beobachtete.

»Lass gut sein, Jack«, sagte sie leise. »Du brauchst sie nicht mehr zu nehmen. Wir werden später darüber reden.«

Sie stiegen in einem Hotel nördlich von Columbus ab, das tatsächlich den versprochenen Swimmingpool und das heiße Bad aufwies. Linda bestellte mehrere Platten mit Sandwiches und Appetithäppchen aufs Zimmer und überredete den Manager des Fitnessclubs, ihnen die Benutzung der Einrichtungen bis Mitternacht zu erlauben. Der Mann kehrte im Lauf des Abends regelmäßig wieder, um zu sehen, ob sie etwas benötigten, und um Linda wissen zu lassen, dass er um elf frei hätte und ob er sie zu einem Drink einladen könne. Sie lehnte ab. Mehrmals.

Er weiß nicht, mit wem er es zu tun hat, dachte Jack. Genau wie der Zauberer gesagt hatte.

Jack sah aus und fühlte sich auch so, als habe er zu lange in der Sonne gelegen. Der Pool war angenehm, aber die heiße Wanne unerträglich. Er lag dösend am Pool und erwachte halb, als die anderen sich miteinander unterhielten.

»Meinst du, diese Männer suchen uns?«, fragte Fitch. »Meinst du, sie wollen das Schwert zurückbekommen?«

»Er ist auf der Suche nach uns«, antwortete Linda.

Jack bemerkte, dass sie den Singular benutzt hatte. *Der Cowboy zählt nicht. Wahrscheinlich ist er schon tot.*

Lindas Stimme wand sich weiter durch seine Gedanken. »Wenn wir Glück haben, hat er keine Ahnung, wer wir sind und woher wir kommen. Nichts läuft auf meinen Namen: weder der Wagen noch das Hotel können mit mir in Verbindung gebracht werden. Er wird davon ausgehen, dass ich das Schwert habe. Das ist euer bester Schutz. Und das Folgende.« Jack beobachtete mit schmalen Augen, wie sie sich vorbeugte und sowohl Will als auch Fitch an der Hand fasste.

»Ihr dürft zu niemandem über die Ereignisse an diesem Wochenende sprechen, versteht ihr? Keine Andeutung, kein Flüstern, keine Prahlerei oder Beschwerde.« Sie blickte von einem zum anderen, sah ihnen fest in die Augen. »Es ist vorbei. Es wird unser Geheimnis sein, eine Erinnerung, die nur wir vier teilen. Versteht ihr das?«

Sie nickten feierlich und mit großen Augen wie Akoluthen einer neuen Religion.

Toll, dachte Jack bei sich. *Meine Tante ist eine Hexe. Was mache ich jetzt?* Er überließ seine Freunde ihrer Obhut, wohl wissend, dass er ihnen nicht helfen konnte. Er stand auf, stolperte in sein Zimmer, fiel erschöpft aufs Bett und hieß die vorübergehende Flucht in den Schlaf willkommen. Das Schwert lag in seinem Kasten unter seinem Arm.

Jack schlief lange, und als er erwachte, wirkten Will und Fitch ziemlich normal. Genau genommen zu normal, um normal zu sein, denn sie waren ganz entspannt und machten Witze über ihre Aufgaben, die sie zu Hause erwarteten. Sie verloren kein Wort über die Ereignisse auf dem Friedhof.

Linda checkte erst nach dem Mittagessen aus, und als sie ihre Reisetaschen hinaustrugen, sah Jack zu seiner Überraschung, dass sie ihre Sachen in einen anderen Wagen lud, eine ziemlich nichtssagende Limousine. Anscheinend war das Routine für sie: der Einsatz falscher Ausweise, das Wechseln von Autos. Es war fast vier Uhr nachmittags, als sie vor Fitchs Haus anhielten. Fitch wohnte in einer verschlafenen schmalen Ranch, die nicht annähernd groß genug für sämtliche Kinder der Fitches erschien. Als Tante Linda auf die Hupe drückte, regte es sich im Haus wie in einem Ameisenhügel. Im Nu stand Fitch hüfttief in einem Meer jüngerer Fitches. Er winkte kläglich und verschwand mit seinem Gefolge im Haus.

Vor dem Haus der Childers lag noch immer ein ziemlich großer Haufen Mulch auf der Einfahrt. »Können Sie ein paarmal um den Block fahren?«, flehte Will mit gespielter Verzweiflung. Er stieg widerstrebend aus dem Wagen und zog seine Tasche hinter sich her. »Bis morgen.«

Und dann waren nur noch sie beide übrig. Als Will ein gutes Stück entfernt war, wendete Linda ihren Wagen und fuhr Richtung Stadtzentrum.

»Wohin fahren wir?«, fragte Jack argwöhnisch.

»Ich glaube, wir sollten miteinander reden, bevor ich dich nach Hause bringe«, antwortete seine Tante, ohne ihn anzusehen. »Ich hoffe, du hast ein wenig Zeit.«

Das Legends Coffeehouse lag im Erdgeschoss eines viktorianischen Herrenhauses, einen Block von der Universität entfernt an einem See. Linda wählte einen Tisch im Wintergarten mit Blick auf das Wasser. Die Spätnachmittagssonne schien durch die Fenster. Linda setzte sich mit dem Rücken zum See, der Tür zugewandt.

Jack bestellte eine Zimtschnecke und heißen Kakao, Linda einen Tee mit Orangenaroma. Sie sagte wenig, bis die Kellnerin sie bedient hatte und wieder verschwunden war. Dann wandte sie sich Jack zu.

»Also, was hältst du von dem Schwert?«

»Es ist ... es ist ...« Jack dachte an die Woge der Macht und suchte nach dem passenden Adjektiv. »Ich habe nie etwas Vergleichbares wie dieses Schwert gesehen oder gespürt.« Er hatte es ins Restaurant mitgenommen und an die Wand gelehnt, weil er es nicht im Wagen lassen wollte.

»Ich bin nicht davon ausgegangen, dass du es ausprobieren müsstest.« Linda lächelte kläglich. »Du hast dich gut gehalten. Ich glaube nicht, dass unser Freund wusste, was ihn getroffen hat. Zumindest hoffe ich es.«

»Wenn du weiter in Rätseln redest, dann lass es gleich bleiben, ja?«, fauchte Jack. »Warum hast du uns überhaupt in die Sache hineingezogen? Entweder ich werde verrückt, oder ich werde nicht verrückt, und beides gefällt mir nicht. Wir hätten dabei draufgehen können. Und jetzt hast du irgendetwas mit meinen Freunden angestellt, hast sie verhext, so dass sie nicht mal mehr genug wissen, um Angst zu haben.«

»Ich bin eine Betörerin, Jack. Keine Hexe.« Lindas Gesicht zeigte nicht die Spur von Humor. »Was die meisten Leute für Hexen halten, sind im Allgemeinen Zauberer. Sie spezialisieren sich auf materielle Magie: Gifte, Tränke, Amulette. Leider können sie nicht sehr gut mit Menschen, daher …«

»Okay, du hast sie *betört«,* unterbrach Jack sie. Er hätte sich am liebsten die Ohren zugehalten. »Hör einfach auf damit. Je weniger ich darüber weiß, desto besser. Dieser Mann auf dem Friedhof hat mir eine Scheißangst eingejagt.«

»Sie machen mir ebenfalls Angst, Jack«, sagte Linda leise. Sie musterte ihn mit einem Mitgefühl, das alles in allem allzu vereinnahmend war.

»Wer sind sie?«, fragte er nach einer Minute. Er konnte nicht anders.

Linda runzelte die Stirn und klopfte mit den Fingernägeln gegen die Teetasse. »Ich kann dir nicht alles sagen. Und du wirst dich für den Moment mit dem zufriedengeben müssen, was ich dir sagen kann.«

Jack leckte sich Zuckerguss von den Fingern und brach ein weiteres Stück von der Zimtschnecke ab. »Was ist, wenn ich nicht zufrieden bin?«

»Dann wirst du trotzdem warten müssen.« Als Jack

aufsah, blickte sie mit fest zusammengebissenen Zähnen über das Wasser.

»Na gut«, sagte er widerstrebend.

Linda musterte ihn für einen Moment. »Da ist etwas, das du über unsere Familie wissen solltest. Bei den Downeys und Hales reicht die Geschichte magischer Begabungen Jahrhunderte zurück. Hattest du davon schon gehört?«

Jack überlegte. »Na ja, da ist Susannah.«

Linda nickte. »Sie hatte die Gabe, in den Karten die Zukunft zu lesen. Das Talent ist in unserer Familie weit verbreitet. Aber es ist nicht die einzige Gabe. Ursprünglich war die Linie sehr rein. Menschen unserer Art neigten dazu, einander zu heiraten und Kinder zu gebären, die ihrer Abstammung entsprachen. Unsere Vorfahren kamen aus Britannien, wo früher einmal sehr viele der Weir lebten.«

»Weir?«

»Die magischen Gilden. Unsere Vorfahren.« Tante Linda griff nach ihrer Teetasse, dann stellte sie sie wieder hin, ohne davon getrunken zu haben. »Wir haben unseren Anteil an Dichtern, Schriftstellern, Revolutionären und Visionären. Aber die Weir erben ungewöhnliche Fähigkeiten.«

Jack zuckte die Achseln. »Wie zum Beispiel?«

Linda streckte die Hand über den Tisch aus, ergriff seine Hände und sah ihm in die Augen. »Wir erben die Gabe der Macht. Zu unseren Vorfahren gehören Zauberer, Betörer, Wahrsager, Hexer und Krieger.«

Jack saß reglos da und wartete auf die Pointe. Sie kam nicht. Linda beobachtete ihn wie eine Bombe, die jeden Moment hochgehen konnte.

Sie glaubt diese Sachen wirklich, dachte er. Seine Mutter und seine Tante hatten sich schon immer für das interessiert, was Linda »Scharlatanerie« nannte: Astrologie, Kartenlesen, Handlesekunst und so weiter. Aber er hatte immer den Eindruck gehabt, dabei handele es sich mehr um Unterhaltung.

Er leckte sich die Lippen. »Also, Zauberei liegt in der Familie. Was hat das mit uns zu tun?«

»Wir sind Erben, du und ich«, antwortete Tante Linda. »Wie gesagt, ich bin eine Betörerin.«

»Eine Betörerin«, wiederholte Jack. Er erinnerte sich daran, was der Zauberer auf dem Friedhof gesagt hatte: *Die Betörerin hat dich verzaubert, und ihr seid diejenigen, die den Preis bezahlen werden.* »Und was ... was hast du angeblich für eine Gabe?«, fragte er.

Sie errötete ein wenig und drehte eine Serviette in den Händen. »Wir, ähm, wir haben unmittelbare Macht über Menschen«, erklärte sie schließlich. »Wir sind überzeugend. Menschen fühlen sich zu uns hingezogen, ob sie wollen oder nicht. Wir sind ... unwiderstehlich, könnte man vermutlich sagen.« Sie warf ihm einen Blick zu, wie um seine Reaktion abzuschätzen.

Es stimmte. Er hatte ihr nie im Leben etwas abschlagen können, aber er hatte immer angenommen, dass es einfach ihre Art war. Er erinnerte sich an Will und Fitch in dem Hotel. »Okay. Was ist mit mir?«

Linda zögerte. »Du bist ein Krieger, einer der Weirlind, so werden sie genannt.«

»Krieger?« Wenn Lindas Gabe angebracht schien, so passte seine überhaupt nicht, befand er. »Klingt für mich nicht magisch.«

Tante Linda seufzte. »Das Verhältnis zwischen den

verschiedenen Zweigen der Weir war niemals friedlich. Es sind regelmäßig Kriege ausgebrochen, wenn eine Splittergruppe versuchte, die Vorherrschaft über die anderen zu gewinnen. Kriege erfordern Krieger, die … entsprechende Gaben besitzen.« Sie hielt inne. »Es sind in Wirklichkeit Kriege zwischen Zauberern. Weil sie die mächtigsten der Gilden sind, kontrollieren sie die anderen. Viele der Kriege im Laufe der britischen Geschichte hatten ihren Ursprung in unseren Familienstreitigkeiten. In jüngster Zeit sind die Schlachten weitergegangen, praktisch unbemerkt von jenen außerhalb der Familie.«

»Sie kämpfen immer noch in England«, sagte Jack. »Wie sieht es hier bei uns aus?«

»Einer unserer Vorfahren, ein Hale, kam im 17. Jahrhundert in dieses Land, um den europäischen Kriegen zu entkommen. Er brachte mehrere hundert mit Gaben gesegnete Einwanderer mit, die in der Neuen Welt Frieden suchten. Man hat uns vergessen. Eine Weile.« Sie wandte den Blick ab.

Jacks Gedanken wirbelten zwischen Vergangenheit und Gegenwart umher. Er dachte an seine Mutter, die so anders war als Linda. »Wenn du eine Betörerin bist, bedeutet das dann, dass Mom …«

»Becka ist keine Erbin. Sie und dein Vater wissen nichts davon. Die Weir in der Neuen Welt haben Anaweir geheiratet, jene ohne die Gabe. Nicht jeder erbt.«

Anaweir. Der Zauberer auf dem Friedhof hatte ihn so genannt. Das waren also die Unwissenden. »Warum hast du meiner Mutter nichts von deinem Talent erzählt?« Er starrte in den Sonnenuntergang hinaus.

»Jack, ob du es glaubst oder nicht: Als ich in deinem

Alter war, dachte ich, ich wüsste alles. Aber ich habe meine Gabe nicht verstanden. Also war ich unvorbereitet, als ich auf meinen ersten Zauberer traf.«

Er drehte sich um und sah sie an; er konnte nicht anders. Aber sie wandte den Blick ab. »Ich war sechzehn. Meine Eltern konnten mir nicht helfen, und auch Becka nicht. Die Anaweir haben keine Chance gegen diejenigen, die im Besitz einer Gabe sind. Aber sie hätten ihr Leben bei dem Versuch weggeworfen, sich gegen sie zu wenden. Also ist es besser, wenn sie nichts wissen.« Sie lächelte schwach. »Du wirst schon sehen. Dieses Geheimnis Anaweir zu erzählen, ist so, als zöge man an einem losen Faden. Alles verwirrt sich nur noch mehr.«

»Was hat Susannah damit zu tun?«, fragte Jack.

»Sie war eine Kriegerin. Wie du.«

»Ein weiblicher Krieger?«

Tante Linda zuckte die Achseln. »Männer und Frauen können Krieger sein, Zauberer oder Betörer. Es heißt, sie habe die Gabe gehabt. Ich weiß nicht, ob sie davon Gebrauch gemacht hat.«

»Wenn ich eine besondere Macht habe, warum ist mir dann nichts aufgefallen?« Jack vollführte eine schnelle persönliche Rückschau, nur um sicher zu sein. Sein Körper schmerzte, als habe er Prügel bekommen, und er spürte das Gewicht seiner Kleidung auf seiner verbrannten Haut. Davon abgesehen fühlte er sich anders als zuvor: nervös, ungeduldig, euphorisch, *lebendig.* Ein launischer Fremder lebte jetzt unter seiner Haut. Was ging hier vor sich?

»Deine Kräfte sind unterdrückt worden. Dieses Medikament, das du seit deiner Operation eingenommen hast, verhindert, dass deine Kräfte sich manifestieren.«

Er brauchte einen Moment, bis er begriffen hatte, was das bedeutete. »Dr. Longbranch weiß davon?« Allmählich fragte er sich, ob er der Einzige war, den man im Dunkeln gelassen hatte.

Linda beugte sich vor. »Die Gabe wird von Generation zu Generation in einer Art Stein oder Kristall weitergegeben, der hinter dem Herzen liegt. Zauberer tragen Zauberersteine, Betörer Betörersteine. Du warst ein *Weir,* ein vorgesehener Erbe. Aber etwas ging schief, da war kein Kristall. Ohne ihn wärst du gestorben.«

»Warum hatte ich keinen Kristall?«

»Vielleicht lag es daran, dass unsere Vorfahren sich mit Anaweir vermischt haben. Ich weiß es nicht. Aber du warst dem Tode nahe. Also habe ich mich mit Dr. Longbranch in Verbindung gesetzt. Ich ... ich hatte sie über einige Bekannte in England kennengelernt.«

»Was hast du Mom erzählt?«

»Sie und Thomas gehen davon aus, dass du mit einer Herzschwäche geboren worden bist, und Dr. Longbranch war deine Herzchirurgin. Was sie übrigens tatsächlich ist«, fügte Linda hinzu.

»Eine Herzchirurgin«, wiederholte Jack. »Und?« Er lehnte sich zurück und wartete auf den Rest.

»Jessamine Longbranch ist eine Zauberin. Sie brachte einen Stein mit und implantierte ihn. Du hast dich erholt. Nur ...« Wieder sah sie beiseite. »Nur war es dir eigentlich bestimmt, ein Zauberer zu sein.«

Jack presste sich die Finger auf die Schläfen. »Ich wurde als Zauberer geboren, und sie hat einen Kriegerstein eingesetzt?« Linda nickte. »Aber warum?«

Linda starrte auf den Tisch, und ihr Kiefermuskel spannte sich an. »Es war ein Experiment. Sie wollte sehen, was geschehen würde.«

Sie ist wütend, dachte Jack, aber ich soll es nicht wissen. »Also, was bin ich nun? Zauberer oder Krieger?«

Linda sah ihn an, und ihre Augen schwammen vor ungeweinten Tränen. »Ich weiß es nicht, Jack«, sagte sie und schluckte hörbar. »Ich nehme an, du bist ein Krieger.«

Jack zuckte die Achseln, weil er nicht so recht wusste, warum das eine schlechte Neuigkeit sein sollte. »Also, warum sollte Dr. Longbranch diese Kriegerkräfte, oder was immer das ist, unterdrücken wollen?«

»Es war wichtig, dein Geheimnis verborgen zu halten.«

»Verborgen vor wem?« Obwohl Linda dieses seltsame Gespräch begonnen hatte, hatte er das Gefühl, als hole er mühsam ein kostbares Stück Information nach dem anderen aus ihr heraus.

»Leute könnten nach dir suchen, Jack«, sagte sie leise.

»Was für Leute? Und warum?« Jack war verwirrt.

»Zauberer. Wie der Mann im Verwaltungsgebäude. Sie suchen immer nach Kriegern, die für sie kämpfen, oder sie versuchen, Krieger zu töten, die für ihre Gegner kämpfen. Die andere Seite soll keinen Vorteil erringen. Die beste Zeit, einen Krieger zu rekrutieren oder anzugreifen, ist die, wenn er noch nicht ausgebildet ist, vor seiner Volljährigkeit.«

Jack schauderte und sah sich im Raum um. Die Kellnerin hatte auf jedem Tisch Kerzen angezündet, während das Tageslicht schwand. Schatten flackerten und tanzten an den Wänden. Der See hatte eine schiefergraue Färbung angenommen. Plötzlich wirkte die Welt wie ein gefährlicher Ort.

»Aber ich bin auf keiner bestimmten Seite«, stellte Jack fest. »Ich will gegen niemanden kämpfen.«

»Das spielt keine Rolle. Sie werden dich trotzdem jagen.«

Sie erzählt mir nicht alles, dachte Jack. Er kam sich vor, als spähe er durch ein Schlüsselloch in einen Raum voller Dämonen, und er konnte nur denjenigen erkennen, der der Tür am nächsten war. Durchaus möglich also, dass die restlichen noch größer und hässlicher waren.

»Kann ich diesen Kristall irgendwie loswerden?«

»Du würdest sterben«, sagte Tante Linda schlicht. Für eine Weile saßen die beiden schweigend da.

»Also, wie stehen die Chancen, dass jemand mich in Trinity findet?«, fragte Jack.

Sie stieß leise den Atem aus. »Es gibt jetzt Zauberer in Trinity, die nach dir suchen. Ich weiß nicht, wie sie dich hier aufgespürt haben. Wir haben erst nach dem Fußballtestspiel von ihnen erfahren. Als du Garrett Lobeck in das Netz katapultiert hast. Du hattest vergessen, deine Arznei zu nehmen, und da ist Magie aus dir herausgeströmt.« Sie zögerte. »Deine Kräfte beginnen sich zu manifestieren. Bei Kriegern geschieht das ungefähr in deinem Alter.« Ihre Stimme zitterte leicht. Tatsächlich schwangen in dem ganzen Gespräch ganz schön viele unerklärte Gefühle mit.

»Sie waren an dem Nachmittag hinter dir her, aber du warst bereits auf dem Heimweg.« Linda schauderte. »Zauberer können die Anwendung von Macht aufspüren und sie mit einem Stein in Verbindung bringen. Nick ist es gelungen, sie … abzulenken.«

»Nick!« Er sagte es lauter, als er beabsichtigt hatte, und sah sich schuldbewusst um. Der Raum war immer noch leer. Nick. Sogar Nick war einer von ihnen. Einer von uns? »Also, wer ist er wirklich?«, fragte Jack scharf.

»Sein Name ist Nikodemus Snowbeard. Er ist ein Zauberer«, antwortete Linda. »Er hat seit deiner Geburt auf dich aufgepasst.«

Irgendwo in seinem Hinterkopf hatte Jack sich immer gefragt, warum ein so intelligenter Mann wie Nick als Mädchen für alles in einer Kleinstadt in Ohio arbeitete. Aber konnte Linda so viel Macht auf den Zauberer ausüben, dass sie ihn dazu überreden konnte, diesen Job anzunehmen?

»Kann ein Betörer einen Zauberer verhexen?«

Sie überlegte einen Moment und räusperte sich dann. »Wir sind Meister der Geistmagie. Zauberer sind mächtiger als Betörer, weil sie Zaubersprüche einsetzen können. Aber sie sind auch verwundbar, vor allem, wenn wir sie erwischen, während sie nicht auf uns achten. Sie können unseren Einfluss nicht immer wahrnehmen. Wir können unser Äußeres verändern, sie verführen, sie dazu bringen, Dummheiten zu begehen.«

Plötzlich war sie zu dem Teil mit der Verführung übergegangen. *Ich will das alles nicht einmal wissen,* sagte sich Jack. *Warum stelle ich also derart viele Fragen?*

»Jede der anderen Gilden hat den Zauberern irgendetwas Spezifisches voraus. Zum Beispiel kann ein Krieger einen Zauberer in einem Zweikampf besiegen, wenn er den Zauberer daran hindert, einen Spruch zu sprechen. Wie du auf dem Friedhof herausgefunden hast. Hexer sind Experten in materieller Magie, Tränken, Talismanen, magischen Werkzeugen und so weiter. Geringe Magie. Ein Hexer kann ein Artefakt erschaffen, das die Magie eines Zauberers entweder verstärkt oder eingrenzt. Ein Betörer kann ihn umgarnen und beeinflussen. Die meisten Anazauber-Weir – Magiebegabte, die keine Zauberer sind – können einen Zaubererstein spüren, sobald sie darauf aufmerksam geworden sind, während Zauberer andere Steine nicht wahrnehmen können, es sei denn, Macht wird freigesetzt. Aber Zauberer können gesprochene Zauber verwenden, physische *und* psychische Magie, wodurch sie alles in allem die Mächtigsten sind.«

Jack fragte sich, ob er sich Notizen machen sollte. »Also ist der Zauberer auf dem Friedhof uns von Trinity nach Coal Grove gefolgt?«

Sie schüttelte den Kopf. »Nein, Gott sei Dank nicht. Ich kenne ihn seinem Ruf nach. Sein Name ist Geoffrey Wylie. Aber er weiß anscheinend nicht, wer ich bin, und wenn man bedenkt, was auf dem Friedhof passiert ist, weiß er ziemlich sicher auch nicht, wer du bist. Er war hinter dem Schwert her, und dass sich eure Wege gekreuzt haben, war ein Zufall. Wir müssen hoffen, dass er der Genealogie nicht weiter folgt. Wenn sie herausfinden, wer du bist, wirst du Trinity verlassen müssen.«

Jack starrte sie an. Linda beugte sich über den Tisch und sprach leise weiter. »Wir müssen deine Kräfte entweder unterdrücken oder sie verbergen. Das ist der Punkt, an dem deine neue Weste ins Spiel kommt. Sie verhindert, dass sie deinen Stein wahrnehmen, selbst wenn Macht freigesetzt wird. Außerdem hat sie noch einige andere Vorteile, die dir bestimmt schon aufgefallen sind.«

Die Bedeutung dieser Worte ging ihm nur langsam auf. »Also steckt Mercedes ebenfalls in der Sache mit drin?« Die exzentrische Mercedes Foster mit ihrer Wolke aus drahtigem grauem Haar und ihrer wilden handgewebten Kleidung. Mercedes mit ihrem Garten voller exotischer Pflanzen, von denen einige zu giftig waren, um sie anzufassen.

»Mercedes ist eine Hexe«, erklärte Linda nüchtern. Jack ging im Geiste eine Karte seiner Nachbarschaft durch. »Blaise und Richard?«

»Blaise ist eine Wahrsagerin«, erklärte Tante Linda und musste über den Ausdruck auf seinem Gesicht lachen. »Richard ist Anaweir. Ein Nichterbe«, fügte sie hinzu.

»Iris?«

»Eine Zauberin.«

»Hanson und Sarah?«

»Anaweir. Ein nettes altes Paar, das Babys liebt.«

»Da geht sie hin, die Nachbarschaft«, knurrte Jack. Er massierte mit den Fingerspitzen seine Schläfen. Aus dem anfänglichen Druckgefühl waren jetzt wirklich üble Kopfschmerzen geworden. Er hatte das Gefühl, als sei seine Welt von innen nach außen gestülpt worden. Er wollte dasitzen und jede kleine Einzelheit seines bisherigen Lebens beleuchten, wollte nach kleinen Hinweisen forschen, die ihn hätten warnen sollen. »Also sind das alles meine Verwandten?«

»Sozusagen«, erwiderte Linda. »Ihr tragt alle das gleiche alte Blut in euch.«

Jack stieß sich vom Tisch ab, so dass der Tee aus Lindas Tasse herausschwappte. »Na ja, vielen Dank, dass du mir das gesagt hast. Endlich. Also, was jetzt? Geh ich jetzt nach Hause und verstecke mich unter dem Bett? Warte ich ab, ob jemand mich holen kommt?«

»Nein«, sagte sie. »Dafür ist es zu spät. Sie sind gnadenlos. Es ist nur eine Frage der Zeit, bis sie deinen Aufenthaltsort entdecken.« Linda gefiel anscheinend nicht, was sie auf seinem Gesicht sah, und sie sprach eilig weiter. »Das ist der Grund, warum wir ... äh ... warum ich beschlossen habe, das Schwert deiner Großmutter zu holen. Wir ... das heißt ... ich dachte, dass du vielleicht mit ein wenig Training ...«

»Training?« Das alles war verrückt, aber da war etwas am Verhalten seiner Tante, das absolut unwiderstehlich war, etwas, dem er unmöglich den Rücken zukehren konnte. Vielleicht war das ihre Gabe. Die Fähigkeit, eine Person für sich einzunehmen und sie so lange zu bearbeiten, bis sie die Regeln des gesunden Menschenverstandes außer Kraft setzte. *Die Betörerin hat dich verzaubert.* Er schaute in Lindas blaugoldene Augen und wusste, dass das stimmte. Er konnte nicht widerstehen. »Training wofür?«

»Wir werden dich lehren, wie man kämpft, Jack. Zumindest in einem Zweikampf könntest du einem Zauberer gewachsen sein.« Sie zeigte auf den Kasten, der an der Wand lehnte. »Schattentöter ist eine legendäre Waffe. Wenn sie dich holen wollen, möchten wir sichergehen, dass sie einen gefährlicheren Gegner vor sich haben als den Jungen auf dem Friedhof.«

Jack glaubte, dass er unter den gegebenen Umständen seine Sache eigentlich ganz gut gemacht hatte.

»Wer sind ›wir‹? Wirst *du* mir beibringen, wie ich mit einem Schwert kämpfen kann?« Das konnte er sich nur schwer vorstellen, obwohl ihn zu diesem Zeitpunkt nichts mehr überrascht hätte.

Linda schüttelte den Kopf. »Ich habe einen Trainer für dich gefunden. Einen Zauberer. Leider werde ich nicht hier sein.«

»Was? Du gehst fort?«

»Jack.« Sie legte ihre Hand auf seine. Macht durchströmte ihn wie eine überaus starke Droge.

Er riss die Hand zurück, als hätte er sich verbrüht. »Versuch das nicht bei mir.«

Er hätte sie geradeso gut ohrfeigen können. »In Ordnung. Keine Magie. Im Moment bist du gut versteckt in einer Anaweir-Familie, die keine Zauberei kennt. Ich habe vor, Wylie von dir wegzulocken.«

»Wie meinst du das?«

Sie strich sich das Haar aus dem Gesicht. »Er wird mir folgen; ihm bleibt keine andere Wahl. Er wird die Jagd genießen, aber er wird mich niemals fangen.«

Jack dachte an den Cowboy, der unter Wylies Händen geschrien hatte, erinnerte sich an den Zauberer und seine Worte, und er schauderte. »Tante Linda. Bitte, lass dich nicht mit ihm ein. Halte dich von ihm fern.«

»Keine Sorge, Jack. Ich weiß alles über Zauberer.« So, wie sie das sagte, wusste sie offensichtlich Dinge, die er gar nicht erst wissen wollte.

»Jetzt hör mir gut zu!« Es war, als ginge sie eine Checkliste durch. »Du musst die Weste ständig tragen. Sie macht es ihnen schwerer, deinen Stein wahrzunehmen. Du musst der Versuchung widerstehen, außerhalb des Trainings deine Kräfte einzusetzen. Es wird dir nicht leichtfallen. Aber jedes Mal, wenn du sie einsetzt, senden sie ein Signal, das unfreundliche Augen wahrnehmen können.« Linda hielt inne. »Nimm das Schwert mit zu dir. Lass es in seinem Kasten, wenn du es nicht benutzt. Der Kasten verschließt es vor jedem, außer vor dem rechtmäßigen Erben.« Linda holte drei Glasflaschen aus ihrem Rucksack. Jack begriff jäh, dass es einige von denen waren, die Iris für ihn gemacht hatte, als er noch ein Baby war. Diejenigen für Träume und Tränke, wie es in den Geschichten hieß.

»Setz Dr. Longbranchs Arznei ab und nimm stattdessen diese hier.« Sie reichte sie ihm. Jack entkorkte eine der Flaschen. Das Aroma traf ihn beinahe wie ein körperlicher Schlag. Es war machtvoll und berauschend wie starker Alkohol. Er rümpfte die Nase und drückte den Korken wieder hinein. »Ein Teelöffel von jeder Flasche, einmal am Tag. Du darfst deiner Mom oder deinem Dad nichts von dem Tausch erzählen, und auf gar keinen Fall darfst du es Dr. Longbranch erzählen.«

»Longbranch?« Jack war verwirrt. »Steckt sie nicht in dieser Sache mit drin?«

»Nicht direkt«, antwortete sie. »Vertrau niemandem außer Nick.«

Wobei ihm noch etwas anderes einfiel.

»Warum sind Will und Fitch in die Sache mit hineingezogen worden? Sie hätten dabei draufgehen können.«

Linda starrte auf den Tisch hinab, die Wangen rosig vor Reue. »Ich hatte nie vor, sie in Gefahr zu bringen. Manchmal gehen wir in den Gilden unvorsichtig mit Anaweir um. Ich hatte keine Ahnung, dass Zauberer in der Nähe waren, bis ich mit Nick gesprochen hatte. Da war es bereits zu spät.« Jack erinnerte sich, dass sie versucht hatte, ihre Pläne zu ändern, und er hatte sich widersetzt. »Ich hatte vor, sie im Hotel zurückzulassen und nur mit dir das Schwert zu holen. Ich wusste, dass sie niemals etwas sagen würden, wenn ich sie darum bäte.«

»Du meinst, du hast sie verhext.«

»Ich entschuldige mich nicht für das, was ich bin«, sagte sie leise. »Ich will, dass du ebenfalls stolz auf das bist, was du bist. Ich weiß, das ist nicht leicht, aber ich bin froh, dass ich dir endlich die Wahrheit sagen kann.«

»Wirklich? Was hat dich die ganze Zeit über daran gehindert?«

Linda zuckte zusammen, antwortete jedoch nicht. Sie fischte einen versiegelten Umschlag aus ihrer Jackentasche, den sie ihm reichte. »Die Information über deinen Trainer ist dort drin«, erklärte sie. »Hast du sonst noch Fragen?«

Er schüttelte den Kopf. Er war wütend und verängstigt, seine Nerven flatterten, und das Blut strömte heiß durch seinen Körper. Er schloss die Augen und dachte an das Gewicht von Schattentöter in seinen Händen.

»Wie gesagt, ich kann dir heute nicht alles erzählen. Aber das reicht auch für den Anfang.« Sie warf einen Blick auf ihre Armbanduhr. »Wir sollten besser gehen, sonst schickt deine Mutter noch einen Suchtrupp los.«

Linda warf etwas Geld auf den Tisch, und sie verließen das Café. Mittlerweile war es dunkel geworden, und Jack konnte Lichter weit draußen über dem Wasser sehen. Sie fuhren schweigend zurück in die Jefferson Street, jeder beschäftigt mit seinen eigenen Gedanken. Das Verandalicht brannte, als sie vor dem Haus der Swifts vorfuhren. Tante Linda wollte nicht mit hineinkommen. »Richte Becka meinen Dank dafür aus, dass sie dich übers Wochenende ausgeliehen hat.«

Jack stieg aus dem Wagen und nahm seine Reisetasche von der Rückbank. Die drei Flaschen waren sicher darin verstaut. Linda reichte ihm den Kasten mit dem Schwert durchs Fenster. Sie wechselten einen Blick, mitfühlend auf der einen Seite, zornig und ziemlich verzweifelt auf der anderen.

»Behalte das Telefon«, wies ihn Tante Linda an. »Ich werde mich melden.«

»Sicher. In Ordnung.« Wenn ihre Worte der Wahrheit entsprachen, dann saß er tief in der Tinte, und seine Tante war der einzige Rettungsanker, den er hatte. Sie hatte ihm diese Last aufgebürdet, und jetzt ging sie fort. Jack wandte sich zum Gehen, aber sie hielt ihn am Arm fest, zog ihn an sich und küsste ihn auf die Wange.

Zum Glück stellte Becka nicht viele Fragen. Sie hatte juristische Mandate auf dem Küchentisch ausgebreitet. Als sie Jacks Gesicht im Deckenlicht sah, rief sie: »Oh nein! Hast du deinen Sonnenschutz vergessen?« Er hob die Hände, berührte sein verbranntes Gesicht und nickte. Sie fragte, ob er und Linda irgendwelche neuen Verwandten gefunden hätten, und Jack antwortete: »Einige.« Sie erkundigte sich weiter, ob die Reise langweilig gewesen sei, und er sagte wahrheitsgemäß: »Nein.« Das schien sie zufriedenzustellen.

Er überlegte, ob er in die Werkstatt gehen und mit

Nick sprechen sollte, entschied sich aber dagegen. Für ein Wochenende hatte er genug Zauberer gesehen.

Später, oben in seinem Zimmer, verstaute Jack die Flaschen hinten in seiner Unterwäscheschublade. Den Kasten mit dem Schwert schob er unter sein Bett.

Die Notiz mit der Information über seinen Trainer befand sich in seiner Jeanstasche. Er riss den Umschlag auf und faltete das Papier darin auseinander.

Der Name darauf lautete Leander Hastings. Der neue stellvertretende Direktor der Trinity Highschool.

KAPITEL 6
Gefährliche Spiele

Am nächsten Morgen nahm Jack seine blaue Arzneiflasche mit in das obere Badezimmer, zusammen mit einem Messlöffel. »Ich werde sie nicht so schnell vergessen, wenn ich sie vor dem Zähneputzen einnehme«, erklärte er Becka. Nach dem Duschen maß er sorgfältig einen Teelöffel von Longbranchs Arznei ab und schüttete sie in den Ausguss. Dann holte er die Flaschen mit den Zaubertränken aus seinem Schlafzimmer, öffnete sie der Reihe nach und schluckte jeweils einen Teelöffel voll hinunter. Zwei hatten einen starken Geschmack. Die dritte war milder, fast angenehm. Er stellte die Flaschen vorsichtig zurück in die Schublade. Dann zog er sich Mercedes' Weste über den Kopf. Ohne sie fühlte er sich bereits verwundbar. Er fragte sich, ob Zauberer über ihn herfallen würden, wenn er sie nicht anhatte, zum Beispiel beim Duschen. Er ließ sein Flanellhemd folgen. Noch immer sah er so aus, als hätte er einen schlechten Tag im Sonnenstudio hinter sich.

Die Küche war leer, aber auf seinem Platz wartete eine Schale mit Müsli, dazu ein Briefchen: »Bin in die Uni gefahren. Ich wünsche dir einen schönen Tag. Nimm deine Arznei. Alles Liebe, Mom.«

Jack goss Milch über sein Müsli und setzte sich zum

Essen hin. Einen Moment später klopfte Will an die Küchentür.

»Komm rein«, sagte Jack. »Ich bin gleich fertig.«

Will kam herein. Jack fragte sich, ob er die Tür jetzt abschließen sollte, da er wusste, dass er gejagt wurde. Er seufzte.

»Ist deine Tante weg?«, fragte Will und sah sich um, als könne sie jeden Moment auftauchen.

»Sie ist weg.«

»Ich schätze, das ist gut«, meinte Will und wirkte trotzdem ein wenig sehnsüchtig. »Versteh mich nicht falsch. Ich mag sie, aber sie scheint Schwierigkeiten anzuziehen.«

Geht's hier um Tante Linda oder um mich?, fragte sich Jack. Er wartete darauf, dass Will die Rede auf das Schwert brachte oder auf den Friedhof oder auf den Zauberer, aber das tat er nicht.

Stattdessen fragte er: »Hast du deine Fußballsachen? Wenn wir Glück haben, haben wir heute Abend Training.« Denn das bedeutete, dass sie in die Mannschaft aufgenommen wären.

»Ja.« Jack zeigte auf seine Sporttasche neben der Tür.

»Na ja, wir machen uns besser auf den Weg«, sagte Will. »Penworthy wartet.« Er hievte sich seine Büchertasche über die Schulter und zuckte zusammen.

»Tut dir auch alles weh?«, fragte Jack.

»Ja«, erwiderte Will. »Muss daran liegen, dass wir Gräber ausgehoben haben.« Er grinste, und weiter verloren sie kein Wort über die Sache.

Jack wusste nicht so recht, wie er sein Training angehen sollte. Sollte er in der Schule an Leander Hastings herantreten und sagen: »Wenn ich das richtig verstanden habe, sollen Sie mir beibringen, wie man ein Krieger ist und wie ich mein magisches Schwert einsetze. Wie sieht denn Ihr Zeitplan so aus?« Er wünschte, Tante Linda wäre geblieben, um zu vermitteln. Jetzt, da sie fort und er wieder in der Schule war, wirkte alles so unrealistisch. Und Hastings konnte einen wahrhaft einschüchtern.

Von seinen Sorgen abgesehen, fühlte Jack sich großartig. Es war schwer zu erklären. Es war ein Gefühl von Klarheit und Konzentration, von Befreiung, als habe jemand die alten, verstaubten Ecken seiner Seele ausgekehrt. Er konnte nur annehmen, dass Dr. Longbranchs Arznei eine dämpfende Wirkung hatte.

Sobald er in der Schule war, erschienen Sorgen über Zauberer und Krieger übertrieben und substanzlos wie ein böser Traum. Penworthy stand wie üblich auf seinem Posten, aber von Hastings war keine Spur zu entdecken. Jack und Will hatten ein wenig Zeit totzuschlagen vor dem ersten Läuten, daher gingen sie zurück zum Sportbüro, um nachzusehen, ob die Aufstellung des Fußballteams dort hing. Tatsächlich hatten es Jack, Will und Fitch in die Mannschaft geschafft. Besser noch, Garrett Lobeck war in die A-Jugend zurückversetzt worden.

»Er wird stinksauer sein«, prophezeite Jack, wohl wissend, dass es irgendwie seine Schuld war. Allerdings war ihm das ziemlich gleichgültig. Das erste Training war für den Nachmittag angesetzt.

Von Hastings war immer noch weit und breit nichts zu sehen, als sie in ihre Klassenzimmer zurückkehrten. Vielleicht war es das Beste, einige Tage abzuwarten, ob der stellvertretende Direktor sich mit ihm in Verbindung setzen würde.

Nach der Schule trugen Jack und Will ihre Sporttaschen in die Jungenumkleide, um sich fürs Training umzuziehen. Der Tag war kalt, daher zogen sie Jogginghosen über ihre Schienbeinschützer und Socken. Jack schaute sich um, bevor er sein Flanellhemd auszog. Es war noch früh, und er und Will waren die Einzigen im Umkleideraum. Jack streifte ein langärmeliges T-Shirt über seine Weste.

Will schaute neugierig zu. »Erwartest du Ärger?«, fragte er.

»Man kann nie wissen«, antwortete Jack.

Als sie sich auf dem Trainingsplatz versammelten, klatschten die Spieler einander ab und grinsten und waren glücklich, weil sie es angesichts der Konkurrenz in die jeweiligen Teams geschafft hatten. Die bemerkenswerte Ausnahme war Garrett Lobeck, der natürlich erwartet hatte, in die Schulmannschaft aufgenommen zu werden. Seine Freunde Harkness und Lennard hatten es in das erste Team geschafft. Lobeck sah aus, als wollte er gleich losschlagen, schikanierte aber ausnahmsweise einen anderen Spieler. Zweifellos war er nach ihrer letzten Begegnung vorsichtig geworden, und Jack hatte nichts dagegen.

Nachdem sie sich eine Viertelstunde lang aufgewärmt hatten, merkte Jack, dass er nicht einmal außer Atem war. *Ich muss besser in Form sein, als ich dachte,* überlegte er. Dann begannen sie ein Trainingsspiel zwischen der Schulmannschaft und dem Nachwuchsteam.

Die Schulmannschaft schoss als Erste ein Tor, aber danach gelang es dem Nachwuchsteam bis zur Halbzeit, weitere Tore zu verhindern. In der zweiten Hälfte spielte Jack im Mittelfeld. Sein Team setzte sich vor dem Tor der Nachwuchsmannschaft fest, und einer der

Verteidiger passte den Ball zu Jack. Er dribbelte den Ball das Feld hinunter und wich dabei mühelos den Verteidigern aus. Als er sich dem Tor näherte, teilten sich die gegnerischen Spieler vor ihm, als könnten sie ihm gar nicht schnell genug den Weg frei machen. Er schoss direkt von der Strafraumgrenze aus. Der Torwart sprang praktisch beiseite, und der Schuss zischte in den Kasten. Die Schulmannschaft jubelte. Will und Fitch klatschten ihn ab.

Jack verspürte eine Furcht, die wie ein eiskalter Finger an seinem Rückgrat hinabstrich. Hier war etwas Unnatürliches am Werk. Da er jetzt Longbranchs Arznei nicht mehr nahm, war es leichter gesagt als getan, seine Kräfte zu verbergen. Instinktiv ließ er den Blick über die Menge gleiten. Sie war spärlich: einige Eltern und verschiedene Freundinnen. Ellen Stephenson saß vorgebeugt auf der Tribüne, auf das Feld konzentriert. Sie sah überall hin, nur nicht in Jacks Richtung.

»Gut gemacht, Swift«, sagte Coach Slansky. »Du hast dich seit dem letzten Jahr wirklich verbessert.« Jack wurde direkt nach dem Tor ausgewechselt. Kläglich stand er an der Seitenauslinie. Wie sollte er die Saison überstehen, ohne Aufmerksamkeit auf sich zu lenken?

»Als Erstes musst du an deiner Kontrolle arbeiten.« Die Stimme ertönte praktisch in seinem Ohr. Jack zuckte zusammen und fuhr herum. Es war Leander Hastings, der ein rotes Harvard-Sweatshirt und eine Khakihose trug und die Hände in die Taschen gesteckt hatte. Er stand so nah, dass er nicht laut sprechen musste, um verstanden zu werden. »Dabei kann ich dir helfen.«

»Wirklich?« Jack ging auf die verschlüsselte Sprechweise ein. »Was würden Sie vorschlagen?«

»Mal sehen.« Hastings fuhr sich mit der Hand durchs Haar. »In dieser Woche hast du jeden Nachmittag von drei bis fünf Fußballtraining. Planen wir den Mittwochnachmittag ein, gleich nach deinem regulären Training. Sag deiner Mom, du bist um acht zu Hause.« Hastings benahm sich wie ein Mann, der es gewohnt war, Befehle auszusprechen und Gehorsam zu finden.

Jack nickte. »Werden wir hier trainieren?«

»Nein«, antwortete der Zauberer. »Ich suche einen anderen Platz.«

Jack zögerte. »Was ist mit ... werde ich etwas mitbringen müssen?« Es würde vielleicht schwierig werden, Schattentöter in seinem Schließfach zu verstauen. Außerdem war er sich ziemlich sicher, dass Schwerter in Anbetracht von Trinitys Null-Toleranz-Haltung Waffen gegenüber hier verboten waren.

Auf Hastings Gesicht zeigte sich der Anflug eines Lächelns, als habe er Jacks Gedanken gelesen. »Nein. Diesmal nicht.«

»Swift!« Es war der Trainer. »Du bist dran!«

Jack nickte Hastings zu und lief zurück auf das Feld. Nun, jetzt hatte er einen Plan, wenn er auch nicht wusste, wohin ihn das führte. Er würde auf das Beste hoffen. Hastings bereitete ihm Unbehagen. Trotzdem, seine Tante hatte ihn ausgewählt, und er musste davon ausgehen, dass sie wusste, was sie tat.

Aber da war diese andere Sache, die sie gesagt hatte. Sie hatte ihm geraten, niemandem zu vertrauen. Und jetzt überließ er sich der Führung eines Fremden.

Als er zum Spielfeldrand zurückschaute, war Hastings verschwunden.

Viele von Jessamines Gästen entschieden sich dafür, per Schiff zu kommen; nicht weil es notwendig gewesen wäre, sondern weil es sie an ein eleganteres Zeitalter erinnerte. Sie gingen an den Thameside-Docks von Bord und promenierten durch die Birkenallee zur Südterrasse des Herrenhauses. Sie lag im Fackelschein und war umgeben von Beeten weißer Rosen: unter anderem Glamis Castle, Honor, Penelope, Iceberg und Fair Bianca. Old Roses, Teehybriden, Floribundarosen und Heckenrosen. Die Blüten schimmerten wie weiße Tupfen in der Dunkelheit, und der Duft war eine subtile Erinnerung daran, wer die Macht über die Gilden hatte.

Dienstboten in der Livree der Weißen Rose bewegten sich durch die Menge, in den Händen Tabletts mit Wein und Kanapees. Jeder der Begabten brachte seine Diener mit: Mitglieder der geringeren Gilden, die als eine Art Wächter dienten. Einige der sehr Glücklichen hatten Betörer am Arm und zogen jede Menge neidische Blicke auf sich.

Wo die Allee auf die Terrasse traf, empfing Jessamine Longbranch ihre Gäste. Sie hatte sie gezielt ausgewählt; Empfänge waren ein wesentlicher Bestandteil der Zaubererpolitik und dazu gedacht, an Informationen heranzukommen, einzuschüchtern und gelegentlich sogar blutige Duelle auszufechten. Man konnte es riskieren zu kommen, oder man konnte es riskieren wegzubleiben. Keine der beiden Möglichkeiten verhieß Sicherheit.

Jessamines Haar wurde von einem Netz aus Zuchtperlen zusammengehalten und fiel ihr weich über die Schultern. Ihr Gewand war ein Gebilde aus durchscheinender Seide, an strategischen Punkten bestickt mit weißen Rosen. An den Händen, die sie zum Kuss hinstreckte, glitzerten Juwelen.

Geoffrey Wylie beugte sich über ihre Hand. Er trug gedämpfte Farben, wie es einem Haus im Niedergang angemessen war. Sein Mantel war von einem so tiefen Rot, dass er beinahe schwarz wirkte; in einem Ohrläppchen steckte ein Rubin. »Jessamine.« Ein Wispern von Macht berührte ihre Haut. Eine Geste, um sie wissen zu lassen, dass er da war. Er hatte den Kopf leicht gedreht, so dass die eine Gesichtsseite vom Fackelschein erleuchtet wurde, während die andere im Dunkeln lag.

»Geoffrey, du Ärmster! Was ist nur mit deinem Gesicht passiert?« Sie griff ihm ans Kinn und drehte seinen Kopf, um besser sehen zu können. Sein Gesicht war scheinbar auf der rechten Seite von der Kinnlinie bis zur Stirn übel verbrannt worden. Er hatte einen magischen Glanz eingesetzt, der jemanden mit weniger Scharfsinn vielleicht getäuscht hätte.

Sie schnalzte mit der Zunge. »Bist du einem wütenden Drachen über den Weg gelaufen?« Das war der Name, den einer der aufrührerischen Anführer der Dienergilde angenommen hatte.

Der Zauberer stieß zischend den Atem aus. Er hatte also gehofft, dass sie es nicht bemerken würde. Sie wusste, dass Wylie eitel war. Sie waren früher einmal zusammen gewesen.

»Es ist nichts weiter, bloß ein Unfall.« Aber der Zorn in seinen Augen sagte ihr, dass er jemand anderem die Schuld geben konnte und dass dieser Jemand noch nicht tot war. Wylie war mächtig, er vermittelte Krieger für die Rote Rose. Nicht viele würden sich mit ihm anlegen wollen. Sie wechselte das Thema.

»Wo ist der gut aussehende Mr. Paige? Ich hatte mich darauf gefreut, ihn wiederzusehen.«

»Simon lässt sein Bedauern ausrichten.« Der Zorn hatte sich verflüchtigt und wurde durch eine leidenschaftslose Ruhe ersetzt. Simon Paige war der Kriegermeister der Roten Rose – ein ziemlich leerer Titel, da er mehrere Jahre lang nur wenig zu tun gehabt hatte.

Jetzt musste er mit etwas ziemlich Wichtigem beschäftigt sein, wenn er diesem Treffen fernblieb. War es möglich, dass die Rote Rose endlich einen Krieger gefunden hatte? In diesem Fall stand zu viel auf dem Spiel, um nur zu raten.

Sie musterte Wylies Eskorte und fand, wonach sie suchte. Ein attraktiver junger Mann in der Livree der Roten Rose, der den Kopf einzog, als sie ihn ansah. Ein Hexerlehrling vielleicht (die gab es dutzendweise). Ein Diener, der genug wusste, um sich vor ihr zu fürchten, würde vielleicht auch andere Geheimnisse kennen. Immer noch lächelnd, gab Jess einem der Leibwächter, die unauffällig an der Wand warteten, ein Zeichen.

Die Sonne war aufgegangen, bevor sie mit dem Jungen fertig war. Nicht weil er viel zu sagen gehabt hatte, sondern weil die Arbeit so reizvoll war. Am Ende war er sehr darauf aus gewesen zu gefallen. Sie war sicher, dass sie jedes Fitzelchen Wahrheit aus ihm herausgewrungen hatte, sämtliche Hinweise und Fingerzeige, die darauf hindeuteten, dass die Rote Rose ziemlich bald eine Herausforderung aussprechen würde.

Jess duschte, zog sich um und trug ihren Tee hinaus auf die Terrasse. Der Morgen war kühl und klar, und der Fluss, die alte Straße der Britannier, wälzte sich träge vorbei.

Wylie hatte ihr natürlich gedroht und sich aufgeplustert, als sein Diener verschwunden war. Aber dieses Risiko ging man eben ein, wenn man Gefolgsleute zu einer Versammlung von Zauberern mitbrachte. Wenn die Häuser nicht direkt übereinander herfallen konnten, so konnte man sich bei Bedarf wenigstens Diener herauspicken. Was konnte sie schon dafür, wenn Wylies junger Gefolgsmann zu viel getrunken hatte und unbeobachtet in die Themse gefallen war, wo man irgendwann seinen schrecklich verwesten Leichnam finden würde?

Sie dachte an den jungen Krieger, den sie in Amerika zurückgelassen hatte. Ihr bestgehütetes Geheimnis. Sie war außerordentlich vorsichtig gewesen und hatte ihren Kontakt mit ihm auf ein Minimum beschränkt. Aber sie hatte Augen und Ohren in diese trostlose kleine Stadt gepflanzt, um den Jungen zu beobachten, obwohl sie nicht wussten, warum er wichtig war. Sie konnten nicht verraten, was sie nicht wussten.

Er war alt genug, um sich zu manifestieren, aber sie hatte seine Macht weiterhin unterdrückt. Nachdenklich kaute sie auf ihrer Unterlippe. Sie musste die Notwendigkeit der Ausbildung des Jungen gegen ihr Verlangen abwägen, ihn noch ein kleines Weilchen länger am Leben zu erhalten. Vielleicht war es an der Zeit, ihn zu beanspruchen, die Kriegermeister zu kontaktieren und ihnen zu sagen, dass sie ihre Werkzeuge bereithalten sollten.

An diesem Abend konnte Jack sich nach dem Essen nicht auf seine Mathehausaufgaben konzentrieren.

Nachdem er sich eine halbe Stunde lang abgemüht hatte, packte er seine Papiere und Hilfsmittel zusammen und machte sich auf den Weg in die Werkstatt.

Nick war damit beschäftigt, ein Vogelhaus zu bemalen, als Jack anklopfte, aber er schob das Projekt beiseite und machte auf dem Tisch Platz für Jacks Hausaufgaben. Es war ein vertrautes Muster. Irgendwie fiel es ihm in Nicks Küche leichter, sich zu konzentrieren. Aber heute war Jack auf Streit aus.

Nick zog seine mit Farbe bespritzte grüne Schürze aus und warf sie über die Rückenlehne eines Stuhls. Jack lehnte das angebotene Getränk ab und funkelte den ramponierten Tisch an, während Nick sich eine Tasse Tee machte.

»Also«, sagte Nick, als er auf dem Stuhl am Tisch Jack gegenüber Platz nahm. Er sah auf die unberührten Hausaufgaben hinab. »Du siehst aus wie ein Junge, der die Frucht vom Baum der Erkenntnis gegessen hat und ihren Geschmack nicht mag.«

Jack musterte den alten Mann und suchte nach irgendeinem Zeichen von Zauberei. Er sah funkelnde Intelligenz vor sich, mehr nicht.

Nick beobachtete ihn scharf. »Wie geht es dir, Jack?«

»Einfach großartig«, fauchte Jack. »Ich belüge meine Mutter, verstoße gegen ärztliche Anweisungen und werde von Zauberern gejagt. Und wenn ich nicht gerade von Zauberern gejagt werde, hänge ich mit ihnen herum.«

Nick lehnte sich auf seinem Stuhl zurück. »Aber du hast das Schwert.«

Jack nickte verdrossen. »Ja.«

»Du solltest froh sein, wenn man bedenkt, womit du es zu tun hattest«, bemerkte der alte Mann. »In einem

Wettbewerb zwischen Kriegern und Zauberern geht es normalerweise umgekehrt aus.«

»Was hindert sie daran, es sich zurückzuholen?«

»Sie können seine Anwesenheit nicht spüren, und sie werden diese Mauer nicht durchbrechen. Dafür habe ich gesorgt.« Für einen Moment sah er wieder *furchteinflößend* aus, dann ordnete sich sein Gesicht zu seinem üblichen Muster aus Lachfältchen und Geschichte. »Früher haben die Zauberer dich auch gejagt, und du hattest keine Ahnung. Nicht nur das, du warst unbewaffnet. Jetzt bist du besser dran als zuvor.«

»Ich war wohl besser dran, als ich nichts wusste.«

»Red kein dummes Zeug!« Nicks Ton war schroff. »Ignoranz kann zum Tod führen. Oder zu Schlimmerem.«

»Warum haben Sie es mir dann nicht früher erzählt? Sie haben mich jahrelang im Dunkeln gelassen, haben mich beobachtet, mir Tränke eingeflößt, hinter meinem Rücken geredet. Praktisch die ganze Nachbarschaft. Sie müssen mich für ziemlich dumm gehalten haben.«

»Du bist ein Kind gewesen, Jack«, erwiderte Nick sanft. »Du musstest nichts davon wissen. Die Situation war stabil, und es gab keinen Grund, dass du dir über solche Dinge hättest Sorgen machen müssen. Kinder haben genug, wovor sie sich fürchten. Ungeheuer unterm Bett und so weiter.«

Jack musste zugeben, dass seine Kindheit relativ unbeschwert gewesen war. Sorgen über Zauberer hätten sie mit Sicherheit nicht verbessert. Aber in diesem Moment war ihm nicht nach Nachsicht zumute. »Na gut, jetzt mache ich mir Sorgen. Und selbst Tante Linda hat mir nicht wirklich erklärt, was los ist.«

Nick seufzte und sah unerklärlich traurig aus. »Ich weiß nicht, wie sich das alles entwickeln wird. Denk nur daran, dass deine Tante Linda von deiner Geburt an alles in ihrer Macht Stehende getan hat, um dich zu beschützen. Sie ist dir absolut ergeben. Daran darfst du niemals zweifeln.«

»Ich kapier's trotzdem nicht. Wenn Sie ein Zauberer sind, wie kommt es dann, dass Sie diesen Job angenommen haben?« Jack deutete mit einer Handbewegung auf ihre Umgebung. »Das kann nicht allzu aufregend sein, verglichen mit einer Welt aus Zaubern und Beschwörungen.«

Nick lächelte. »Wenn man älter wird, verliert Aufregung manchmal ihren Reiz. Sagen wir einfach, ich habe ein besonderes Interesse an dir und deiner Tante. *Du* bist wichtig. Daher ist das eine wichtige Arbeit. Außerdem öffnet es viele Türen, da du jetzt weißt, wer und was du bist. So viel Material war dir bisher verboten. Ich habe es jahrelang aufgehoben, bis zu diesem Tag.« Nick stand auf, auf seinen Stab gestützt, und verschwand dann in dem Raum, den Jack immer für die Bibliothek gehalten hatte. Einen Moment später kehrte er mit einem dicken, in Leder gebundenen Buch zurück. »Du kannst damit anfangen«, schlug der alte Zauberer vor und reichte ihm den Band.

Der Einband war mit Gold geprägt. »Weir Hale«, und darunter: »Jackson Downey Swift«. Er öffnete es.

Der größte Teil des Buches umfasste Genealogien: Seiten um Seiten mit Namen von Menschen, die sich zusammengetan hatten, und ihren Kindern. Einige der Namen in dem Familienstammbaum waren mit leuchtenden metallischen Farben umrandet worden: Blau,

Rot, Gold, Grün und Purpur. Der Rest war in schlichtem Schwarz niedergeschrieben.

Er blickte zu Snowbeard auf. »Was ist das?«

»Dies ist dein Weirbuch, Jack. Es wurde bei deiner Geburt angelegt. Alle Weir haben so etwas. Wirf einen Blick auf die Rückseite!« Dort sah Jack seinen eigenen Namen, Jackson Downey Swift, und die Namen seiner Eltern, Thomas Swift und Rebecca Downey. Alles geschrieben in der gleichen fließenden Handschrift.

»Die illuminierten Namen sind Erben, und die Farben zeigen an, von welcher Art – Zauberer, Krieger und so weiter. Zauberer stehen in Gold.«

Jack bemerkte, dass sein eigener Name in Gold stand. Der Krieger, dem es bestimmt gewesen war, ein Zauberer zu sein.

»Traditionell wird das Buch von den Eltern des Kindes bei der Zauberergilde in Auftrag gegeben, und sie verwenden das Familien-Weirbuch als Vorlage. In diesem Land ist jedoch wegen der Vermischung mit Anaweir alles ziemlich durcheinandergeraten. Daher dient der nächste Weirverwandte als Pate. Das ist deine Tante Linda, wie du weißt. Sie hat Mercedes Foster gebeten, die Anfertigung zu übernehmen.«

»Ich kapiere es nicht«, sagte Jack langsam. »Warum sind Zauberer so viel mächtiger als die anderen Gilden?«

»Zauberer sind einzigartig unter den Weir, weil sie Magie mit Worten bilden. Mit ihren Zaubersprüchen können sie viel machtvollere und raffiniertere Aufgaben ausführen. Sie werden nur beschränkt durch den Umfang des Wissens von magischen Sprachen und die Macht des Steins, den sie tragen.«

Er deutete auf das Buch in Jacks Händen. »Nimm dir etwas Zeit, um dir alles durchzulesen. Studiere es. Vor allem den Teil über Zaubersprüche und Beschwörungen. Dann probieren wir einiges aus.« Er bedachte Jack mit einem abschätzenden Blick. »Ich glaube, es lohnt sich, dich zu prüfen und herauszufinden, ob du Talent für Zauberei hast. Trotz deines Kriegersteins.«

Toll. Er wusste noch nicht einmal, was man als Krieger so tat, und jetzt wollte Nick Snowbeard auch noch versuchen, einen Zauberer aus ihm zu machen.

»Aber im Moment solltest du besser deine Hausaufgaben fertig machen«, fügte Nick hinzu.

Zauberei und Analysis. Jack seufzte, stand auf und griff nach dem Buch und seinen Hausaufgaben. »Ich kann die Matheaufgaben in der Freistunde machen«, erklärte er. »Ich werde mir das hier ansehen. Danke, Nick.«

Später in seinem Zimmer schaltete Jack die Leselampe über seinem Bett an. Es war bereits spät. Er zog das Buch auf seinen Schoß und schlug die erste Seite auf – es war schweres Material mit einem aufgeprägten, stilisierten Bären.

JACKSON DOWNEY SWIFT
ALS ZAUBERERERBE GEBOREN
ZUM KRIEGER GEMACHT

Unter Gründung der Gilden las er:

Die Gilden wurden von fünf Vettern gegründet, die einst in ein verzaubertes Tal im Norden Englands wanderten. Dort hauste ein gewaltiger Drache. Der Drache schlief auf einem

Berg aus kostbaren Juwelen. Die Wanderer entdeckten die Schätze, jedoch nicht den Drachen. Sie schlugen Stücke davon ab und wollten sie mit sich nehmen. Da erwachte jedoch der Drache mit einem Brüllen und verlangte zu wissen, wer es wagte, seine Schätze zu stehlen. Um sich zu retten, verschluckten die Vettern die Steine, die sie gestohlen hatten. Es waren magische Steine, die ihnen erstaunliche Kräfte verliehen, sie aber auch zu Sklaven des Drachen machten und an das hohe, als Raven's Ghyll bekannte Tal banden.
Die Vettern dienten dem Drachen sieben lange Jahre. Eines Nachts verschworen sie sich miteinander, obwohl der Drache mit einem offenen Auge schlief. Der Zauberer schrieb einen Pakt, in dem sie sich gegenseitig Schutz versprachen und den sie alle mit Blut unterzeichneten. Der Wahrsager warnte sie, dass sie den Drachen nicht töten dürften, sondern lediglich dafür sorgen müssten, dass er einschlief. Ansonsten würden sie die Kräfte verlieren, die die magischen Steine ihnen verliehen hatten. Der Betörer sang für den Drachen und lenkte ihn ab, während der Hexer einen mächtigen Schlaftrunk braute. Dem Krieger fiel die Aufgabe zu, ihn in das Ohr des Drachen zu träufeln.
Der Plan gelang. Erst als die Vettern ihren Sieg über ihren einstigen Herrn feierten, offenbarte der Zauberer, dass der Pakt, den sie unterzeichnet hatten, die Zauberer zu Her-

ren über die anderen Gilden machte. Wenn der Pakt gebrochen wurde, würde der Drache erwachen und schreckliche Rache an ihnen allen üben.
Auf diese Weise wurden die fünf Gilden gegründet.

Jack hatte das Gefühl, als sei er mitten in ein Märchen gewandert. Er schlug das Buch in der Mitte auf und las die folgenden Verse:

In hohen Sommers Mitte zog
Gareth mit wohlgeformter Schar
Zum Streit mit Ross und Reitern
Wohlgemut.
Die Kampfeslust war Schicksal ihm
Und Bann, denn tausend Speere
Erwarteten den Weirkind schon.
Sein rotes Haar erstrahlt so hell
Wie eine Sonne, wenn sie untergeht –
Er war verloren, noch bevor
Der Kampf begann.
Für alle Zeit gebunden
An eines Zauberers Wille und Befehl
So netzt und tränkt sein süßes Blut
Den düsteren Grund von Raven's Ghyll.

Also, das war deutlich genug.

Im hinteren Teil des Buches befand sich ein Kompendium von Zaubersprüchen, Rezepten und Beschwörungen. Er lehnte sich zurück, um zu lesen. Es war zwei Uhr vorbei, als er endlich das Licht ausschaltete, den Kopf voll vom funkelnden Mysterium seiner Herkunft. Und als er einschlief, stürmte ein Krieger mit rotgoldenem Haar durch seine Träume.

Am nächsten Morgen im Klassenzimmer war Jack träger als gewöhnlich. Er hatte das Gefühl, als wäre er die ganze Nacht auf den Beinen gewesen und hätte gekämpft. Dösend wartete er auf die morgendlichen Ankündigungen. Die Highschool war nicht mit einem geheimen Leben in Übereinstimmung zu bringen, dachte er, während er zum dritten oder vierten Mal aus seinem Halbschlaf aufschreckte.

Er blickte auf und sah Ellen Stephenson. Sie hatte sich auf ihrem Stuhl herumgedreht und beobachtete ihn. Sein Magen vollführte eine Art von kompliziertem Salto rückwärts, und er richtete sich höher auf und versuchte, lebendig auszusehen, wenn auch nicht aufgeweckt.

»Du siehst fertig aus«, bemerkte sie.

Sie hingegen sah tatsächlich toll aus in ihrem weißen Tanktop und Jeans.

»Warst du gestern Abend noch spät auf und hast an diesen Mathehausaufgaben gearbeitet?«

»Mathehausaufgaben!« Er stöhnte. »Stimmt. Die muss ich noch fertig machen!« *Wohl eher damit anfangen.* Er zog seinen Matheordner heraus. Vielleicht konnte er einige Aufgaben erledigen, bevor die Freistunde vorüber war.

»Würde es dir helfen, wenn du einen Blick in meine Aufzeichnungen wirfst?« Ellen hielt ihm ihren Matheordner hin.

»Schon gut, ich löse die Aufgaben besser selbst. Aber danke.«

»Okay.« Sie schob den Ordner in ihre Büchertasche zurück und stützte die Arme auf die Rückenlehne ihres Stuhles. Sie war in der Sonne gewesen; die Haut auf ihren Armen hatte eine helle Goldtönung angenommen, und auf ihren Schultern waren einige Sommersprossen zum Vorschein gekommen. »Dann hast du also nicht an Mathe gearbeitet. Hast du einen Teilzeitjob oder so was?«

»Nein.« Jack schüttelte den Kopf. »Ich habe an einigen anderen Dingen gearbeitet. Sonderprojekte«, fügte er hinzu, als Ellen die Stirn runzelte. Sie war eine Einser-Schülerin, daher war sie in den meisten seiner Kurse. In allen seinen Kursen, begriff er plötzlich.

»Ich habe dich beim Fußballtraining beobachtet«, sagte sie, und ihre Worte überschlugen sich. »Ich meine, ich habe die Mannschaft beobachtet. Du bist ziemlich gut, vor allem im Mittelfeld. Aber lass dich nicht als Verteidiger einsetzen, rate ich dir.«

Jack suchte nach einem Drehbleistift und einer halbwegs intelligenten Antwort. »Danke. Du scheinst eine Menge von Fußball zu verstehen.«

»Ich habe an meiner alten Schule als Stürmer und Torwart gespielt«, erwiderte Ellen. »Aber dieses Jahr ist nichts draus geworden. Als ich hierhergezogen bin, waren die Testspiele bereits vorüber.« Mädchenfußball fand am Trinity im Herbst statt.

»Na ja, vielleicht kannst du es im Herbst noch mal versuchen.« *Geistreich. Ich wette, daran hat sie noch nicht gedacht.*

Jack zog sein Blatt mit den Matheaufgaben heraus. Er zögerte und klopfte mit dem Bleistift auf die Seite. »Hör mal, hättest du Lust, heute Abend zum Training dazubleiben und anschließend zu Corcoran's zu gehen?«

Sie biss sich auf die Unterlippe, dann lächelte sie. »Das wäre klasse. Nur ... hast du etwas dagegen, wenn Will mitkommt?«

»Will?« Jack hatte nicht gewusst, dass Ellen und Will einander überhaupt kannten.

»Nun, ich habe mit Trainer Slansky gesprochen und angeboten, beim Fußballteam zu helfen, und er meinte, Will hat vor, einige Übungen mit dem Jugendteam zu machen, also treffen wir uns nach dem Training und besprechen die Sache.« Sie zuckte die Achseln. »Wahrscheinlich ginge es auch ein andermal, aber ...«

»Nein, ist schon gut. Wir gehen alle zusammen hin.« Eine Dreierverabredung war nicht direkt das, was Jack im Sinn gehabt hatte, aber wenn Will und Ellen bereits Pläne hatten, dann ...

Beim Training war Jack alles andere als beeindruckend. Er war sich Ellens Anwesenheit nur allzu bewusst und hatte Angst davor, in aller Öffentlichkeit irgendwelche Magie zu entfesseln. »Geht's dir nicht gut, Jack?«, fragte Fitch in einer der Pausen. »Du wirkst irgendwie steif oder so.«

»Ich glaube, ich habe mir gestern beim Training einen Muskel gezerrt«, antwortete Jack. »Das gibt sich schon wieder.« Es war eine Erleichterung, als das Training vorüber war.

Er hielt Ausschau nach Ellen und fragte sich, ob ihr aufgefallen war, wie schlecht er gespielt hatte. Tatsächlich stand sie am Buffet und redete mit Will, während sie geistesabwesend mit den Füßen einen Fußball jonglierte. Das wirkte bei ihr überaus selbstverständlich.

Sie wählten einen Ecktisch bei Corcoran's und bestellten Sandwiches und Milchshakes. Fitch saß vorn am Fenster mit Alison, seiner gelegentlichen Freundin, einem Gothic-Girl von der St. Catherine's, der katholischen Highschool. Sie machte jedes Mal mit ihm Schluss, wenn der Mars rückläufig war oder etwas in der Art.

Ellen und Will begannen eine Diskussion über Fußballstrategie und Spieler und mögliche Daten und Orte für Übungen. Ellen bezog Jack immer wieder ins Gespräch ein, aber er begnügte sich damit, sie zu beobachten.

Wenn sie allein mit Jack sprach, wirkte sie verlegen und gehemmt, als navigiere sie anhand von unbekannten Sternen. Aber jetzt, da es um Fußball ging, strahlte sie vor Begeisterung und skizzierte auf einem Notizzettel Ideen, während sie Will mit seiner Größe und seinen athletischen Fähigkeiten aufzog.

»War er schon immer so groß?«, fragte sie Jack und deutete mit dem Kopf auf Will. »Ich meine, er hat nicht direkt die Figur für Fußball.«

Jack musterte Will abschätzend. »Wahrscheinlich war er in der Vorschule ein wenig kleiner. Aber er ist in jedem Sport gut. Er wurde zum Spielführer gewählt, oder sein Dad war Trainer und hat mich für seine Mannschaft ausgewählt.« Er grinste. »Und dann haben wir natürlich gewonnen.«

Ellen überflog erneut die Speisekarte. »Bestellen wir noch ein Eis«, sagte sie.

Will stand auf und griff nach seiner Rechnung. »Ich muss los. Meine Mom hat sicher schon das Abendessen auf dem Tisch.« Er nickte Ellen zu. »Dann versuche ich es dienstags, es sei denn, das passt nicht in Mr. Hastings Zeitplan. Man sieht sich, Jack.«

Ellen blickte fragend von der Speisekarte zu Jack.

»Ich habe nichts weiter vor«, sagte Jack grinsend, wohl wissend, dass Becka spät nach Hause kam. »Wann musst du denn zu Hause sein?«

Sie zuckte die Achseln und erwiderte das Lächeln. Unbefangener, als er sie zuvor erlebt hatte.

Ihr Eis kam, mit Corcoran's typischer Auswahl an Zutaten. Ellen wählte heiße Karamellsoße, Nüsse und Schlagsahne, Jack das Gleiche.

Jemand ließ sich auf den Stuhl neben Jack gleiten. »Hi, Jackson.« Es war Leesha Middleton in einem flauschigen weißen Pullover und engen pinkfarbenen Jeans.

Jack rutschte widerstrebend beiseite und versuchte, etwas Raum zwischen sie beide zu legen. »Was willst du, Leesha?«

Leesha sah sich um und betrachtete ihr Publikum. »Ich habe mich gefragt, ob du nachher noch was vorhast.«

»Ich hab zu tun.«

»Du hast doch nicht den ganzen Abend zu tun, oder?« Sie lächelte Ellen gönnerhaft an und legte Jack eine Hand auf den Oberschenkel.

Er blickte auf ihre Hand hinab und dann wieder zu ihr auf. »Hat Lobeck Grippe, oder was?«

»Das musst *du* gerade sagen. Nichts für ungut, aber findest du wirklich, die Leute sollten dich mit dieser Lückenbüßerin hier sehen? Es ist geradezu jämmerlich.«

Ellen stand auf. Einen Moment lang glaubte Jack, sie würde hinausstürmen. Stattdessen griff sie nach dem

Behälter mit heißer Karamellsoße und goss den Inhalt auf Leesha Middletons pinkfarbene Jeans und den weißen, flauschigen Pullover.

»Hoppla.« Ellen setzte sich wieder und widmete sich erneut ihrem Eis.

Leeshas Kreischen war vermutlich bis nach Kanada zu hören. Aller Augen im Corcoran's waren auf sie gerichtet. Sie schob sich vom Tisch zurück und wischte wenig wirkungsvoll mit einer Papierserviette ihre Jeans ab. Dann zupfte sie mit Daumen und Zeigefinger an ihrem ruinierten Pullover herum. »Du ... du ... ich kann nicht fassen, dass du das getan hast!«

Ellen leckte Schlagsahne von ihrem Löffel und sah Leesha gelassen an.

Leesha war winzig, aber sie schien sich auszudehnen wie eine Amphibie, die tief Luft holt, dann richtete sie sich auf und nahm ihre pinkfarbene Ledertasche von der Bank neben Jack. Sie war ebenfalls mit Karamellsoße beschmiert. »Dafür wirst du zahlen, das verspreche ich dir«, sagte sie mit einer Stimme zu Ellen, bei der Jack eine Gänsehaut im Nacken bekam. Dann drehte sie sich um und verließ das Restaurant.

Einen Moment lang herrschte im Corcoran's völlige Stille.

Ellen sah über den Tisch zu Jacks Eisbecher. »Isst du den noch auf?«

KAPITEL 7
Anfänger in der Kriegskunst

Der nächste Tag war Mittwoch – der Tag, an dem Jacks erstes Kriegertraining stattfinden sollte. Das allein weckte schon bange Erwartungen in ihm. Außerdem hatte sich die Neuigkeit über die Ereignisse bei Corcoran's wie ein Lauffeuer verbreitet. Ellen war Fitchs neue Heldin. Will konnte nicht glauben, dass er es um bloße Minuten verpasst hatte. Lobeck raste über den Campus und ließ seine Wut an Neuntklässlern und anderen kleinen Dingen aus. Leesha sah aus, als würde sie gleich explodieren. Aber Ellen selbst hatte sich krankgemeldet.

Nach dem Training am Nachmittag half Jack Trainer Slansky beim Einsammeln der Bälle, als er Hastings am Spielfeldrand bemerkte. Er war fürs Spiel gekleidet, trug eine Windjacke, Fußballshorts und Sportschuhe. Jack griff nach seiner Wasserflasche und der Sporttasche und machte sich auf den Weg zu ihm, da berührte ihn jemand am Arm. Es war Ellen.

Er blinzelte sie an. »Ich habe gedacht, du wärst krank.« Sie sah ziemlich blass aus.

»Na ja … äh … mir geht es schon besser«, erwiderte sie, als habe die Frage sie vollkommen überrascht. »Hör mal, könnten wir irgendwo hingehen und reden?«

Jack blickte über das Feld zu Hastings, der auf ihn

wartete, dann sah er wieder Ellen an. »Tut mir leid, ich kann jetzt nicht. Ich soll mit Mr. Hastings trainieren.«

»Mit Hastings?« Sie sah von Jack zu dem Zauberer und zurück. »Ich wusste gar nicht, dass du mit ihm trainierst.«

»Es ist das erste Mal.« Er zuckte entschuldigend die Achseln. »Hör zu, ich könnte später vorbeikommen, wenn du möchtest. Ich weiß nicht, wie spät es wird, aber …«

Sie schüttelte den Kopf. »Nein, ist schon gut. Ich hatte nur ein paar Fragen wegen der Hausaufgaben, die ich verpasst habe. Aber ich kann sie über die Hotline bekommen.« Sie drehte sich um und ging hastig davon, die Schultern hochgezogen wie bei schlechtem Wetter.

Er sah zu, wie sie über das Fußballfeld zum Parkplatz ging, dann machte er sich auf den Weg zu dem Zauberer, der ihn erwartete und zweifellos alles mitbekommen hatte.

»Wer war das?«, fragte Hastings und deutete mit dem Kopf in Richtung Ellen.

»Ellen Stephenson. Sie ist in meinen Kursen«, antwortete Jack einfältig. Er fragte sich immer noch, was gerade geschehen war.

Hastings runzelte die Stirn und sah ihr nach. Dann richtete er seine Aufmerksamkeit auf Jack. »Bist du so weit? Deine Mom ist damit einverstanden?«

Jack nickte. Seine Mutter würde sowieso erst spät aus dem Büro heimkommen.

Hastings führte Jack zum Parkplatz und zu einem schwarzen Volvo mit New Yorker Kennzeichen. Jack warf seine Sporttasche auf die Rückbank und ließ sich auf dem Beifahrersitz nieder. Das Innere war makellos sauber. Kein Sportsticker oder Papierfetzchen, keine Fastfoodreste auf der Rückbank. Kein einziger Hinweis, der an dem Mysterium des Mannes hätte kratzen können. Hastings fuhr vom Parkplatz aus zurück in die Stadt.

»Stammen Sie ursprünglich aus New York?«, erkundigte Jack sich höflich.

»Ich bin oft umgezogen«, erwiderte Hastings. »In letzter Zeit war ich in New York.«

»Sind Sie immer Lehrer gewesen?«

»Das Unterrichten war eine meiner Rollen, wenn auch nicht im traditionellen Sinn.«

»Woher kennen Sie meine Tante?«

Sie blieben vor einer Ampel stehen, und Hastings wandte sich ihm zu und musterte ihn für einen Moment unverhohlen, als wäge er ab, wie viel Jack bereits wusste. »Linda und ich sind alte Freunde«, sagte er.

»Und Sie sind aufs Trinity gekommen, um Mr. Brumfields Stelle zu übernehmen?« Jack ließ nicht locker. Es fiel ihm schwer, Alltagsjobs mit der Rolle eines Zauberers in Übereinstimmung zu bringen. Er dachte an den Zauberer auf dem Friedhof und konnte sich nicht vorstellen, dass er während der Woche zum Beispiel als Steuerberater arbeitete.

»Ich bin aufs Trinity gekommen, um dich zu unterrichten, Jack«, entgegnete Hastings. »Meine Arbeit in der Highschool bietet mir eine Kontaktmöglichkeit mit dir und eine bequeme Tarnung. Das ist alles.«

Jack starrte ihn an. Dieser tödlich aussehende Mann war den ganzen Weg von New York nach Ohio gekommen, um einen Anfänger in der Kriegskunst auszubilden? »Aber warum tun Sie so etwas?«, fragte er weiter und merkte erst danach, wie ungehobelt das klang.

Zu seiner Überraschung errötete Hastings leicht, als sei es ihm peinlich. »Wenn du es unbedingt wissen musst: Es lag vermutlich daran, dass ich nicht Nein sagen konnte«, erklärte er und schaute geradeaus.

»Oh.« Hatte Linda ihn betört? Das schien unwahrscheinlich. Jack fand es an der Zeit, auf sichereren Grund überzuwechseln. »Wohin fahren wir?«

»Ich bin Mitglied in einem Fitnessstudio geworden und habe etwas Zeit für mich allein gebucht.«

Das Fitnessstudio lag in einem Komplex von Bürogebäuden nahe dem Autobahnkreuz. Jack konnte durch eine Glaswand im ersten Stock Leute eine Laufbahn entlangrennen sehen.

Der Empfangsbereich war voller Menschen, die nach der Arbeit zum Training herkamen. Hastings gab auf einem Keypad auf der Theke einen Code ein. Sie gingen an einem großen Fitnessraum vorbei in einen hinteren Flur, der von Racketballplätzen, Aerobicstudios und Trainingsräumen gesäumt war. Hastings förderte einen Schlüssel zutage und schloss eine der Türen auf.

Der Raum sah mit seinem auf Hochglanz polierten Holzboden aus wie ein Racketballplatz, hatte aber eine verspiegelte Wand. Jack ließ seine Sporttasche neben der Tür fallen.

»Wofür wird dieser Raum genutzt?«, fragte er.

Hastings lächelte. »Zum Fechten. Passt für uns, findest du nicht auch?«

Jack zuckte die Achseln. »Keine Ahnung. Ich bin mir absolut nicht sicher, was wir hier eigentlich machen.« Er wusste, dass er gereizt klang, aber das war ihm egal. Diese Heimlichtuerei ging ihm allmählich auf die Nerven.

»Ihr Krieger seid impulsive Leute«, erwiderte Hastings mit einer Spur Schärfe in der Stimme. »Du wirst Geduld lernen müssen, unter anderem. Heute kümmern wir uns darum, dass du lernst, deine Fähigkeiten zu kontrollieren.« Er zog die Windjacke aus, und darunter kam ein T-Shirt zum Vorschein. Jack war überrascht, dass der stellvertretende Direktor trotz seines schlanken Körperbaus so muskulös war.

»Du hast also nicht die geringste Ausbildung gehabt.« Das war keine echte Frage.

»Stimmt. Keine Ausbildung.« Jack zog sein Sweatshirt aus und entblößte die Weste darunter. Hastings gestikulierte ungeduldig, und Jack streifte sie ebenfalls ab, so dass er im T-Shirt dastand.

Der Zauberer ging um ihn herum und musterte ihn von allen Seiten. »Seit wann hast du dein Weirsbann nicht mehr genommen?«

»Was?«

»Das Präparat, das Dr. Longbranch dir gegeben hat.«

»Oh. Eine Woche vielleicht.«

Hastings stieß einen unverständlichen Laut aus. »Hast du deine Kräfte in der Vergangenheit schon einmal eingesetzt?«

»Na ja ...« Jack zögerte. »Wenn es passiert ist, war es ein Versehen.«

Hastings nickte. »Wenn du wütend warst? Die Beherrschung verloren hast?«

Jack dachte an die Episode auf dem Friedhof. Es war schwer zu sagen, wie viel Magie da mit im Spiel gewesen war. »Also, wütend oder ängstlich, schätze ich«, gab er zu.

Hastings zog einen kleinen Gegenstand aus seiner Shortstasche und hielt ihn Jack hin. Es schien ein Kreisel zu sein, fein emailliert und dekoriert mit einem kunstvollen Muster aus Symbolen und Piktogrammen. Er legte ihn auf die Bank vor dem Spiegel. »Versetze ihn in Drehung!«, befahl er und trat beiseite, die Hände in die Hüften gestemmt. Anscheinend sollte Jack es von dort aus tun, wo er stand.

»Was hat das denn damit zu tun?«

Hastings stieß frustriert den Atem aus. »Hör mal, wir haben nicht viel Zeit miteinander, und du fängst ohnehin schon spät an. Tu's einfach.«

Jack musterte zweifelnd den Kreisel. »Stimmt«, murmelte er. Er versuchte, sich voll auf den Kreisel zu konzentrieren, spannte die Muskeln an und knirschte mit den Zähnen. »Beweg dich!«, flüsterte er bei sich. Der Kreisel blieb halsstarrig reglos liegen. Jack zuckte die Achseln. »Es funktioniert nicht.«

»Versuche, dich zu entspannen. Halt nicht den Atem an. Stell dir den Kreisel vor, wie er sich dreht.«

Jack probierte es noch einmal und war sich bewusst, dass ihn der Lehrer genau beobachtete. Der Kreisel rührte sich nicht.

»Probieren wir das hier aus!« Hastings zog den Reißverschluss seiner Sporttasche auf und entnahm ihr zwei Florette. Eins reichte er Jack. »Gib dir einfach alle Mühe, die Spitze von dir abzuhalten.« Ohne weitere Anweisung stieß er Jack fest unter den Brustkorb.

Jack brachte seine Spitze hoch und versuchte, die Hiebe zu parieren, die jetzt schnell und fest kamen.

Wieder und wieder traf Hastings sein Ziel – Schulter, Brust, Rücken, Bauch –, und das ohne Anstrengung. Obwohl Jack sich größte Mühe gab, konnte er sich nicht schützen oder selbst einen Hieb anbringen. Allmählich trieb Hastings ihn zurück, bis er in der Ecke stand und sich verteidigte.

Jack wurde immer ärgerlicher. Dieser Mann sollte ein Lehrer sein, oder? Er wusste, dass er Übung brauchte – warum ihn also demütigen? Als er einen weiteren festen Stich in die Brust einstecken musste, entlud sich etwas in Jack. Es war, als habe sich unbemerkt heiße Energie in Armen und Fingerspitzen gesammelt. Sein Schwertarm schnellte hoch, und Flammen schlugen aus dem Ende der Klinge. Hastings' Florett fiel klappernd zu Boden.

Sofort fuhr Hastings' andere Hand hoch und warf etwas, das aussah wie pulverisiertes Gold und glitzernd in der Luft hängen blieb. »Jetzt sieh her!«, befahl Hastings. Er packte Jack am Ellbogen und drehte ihn, bis er vor dem Spiegel stand.

Jack war Zentrum eines leuchtenden Glitzersterns, sein Körper umrissen von etwas Schimmerndem.

»Jetzt schalte es ab«, sagte Hastings.

Jack konzentrierte sich weiter auf das Bild im Spiegel und zog sich in sich selbst zurück, als würde er einen Traum einatmen. Langsam löste sich der Stern vor seinen Augen auf, bis nur noch Spuren von Glitzer das Licht auffingen. Dann erloschen auch sie.

»Das ist der gewünschte Prozess.« Der Zauberer wirkte erheitert. »Jetzt musst du lernen, Zugang zu der Energie zu finden, ohne provoziert worden zu sein. Und sie zu beherrschen, wenn du provoziert wirst. Setz deinen Schwertarm ein, wenn dir das hilft. Du musst den Energiefluss wahrnehmen, damit du sie handhaben kannst. Es ist wie Dampf, der sich in einem Kessel aufbaut. Du musst ihn ablassen, bevor der Kessel explodiert.« Wieder wies er mit dem Kopf zu dem Kreisel auf der Bank hinüber. »Versuch es noch einmal. Jetzt weißt du, wie es sich anfühlt. Lokalisiere die Energie. Es wird keinen großen Aufwand erfordern. Dann leite sie durch die Fingerspitzen.«

Jack schloss die Lider und zeichnete ein kleines Bild des Kreisels in die Leere vor seinen Augen. Er bemalte ihn mit den Farben, den mysteriösen Buchstaben auf der Seite. Dann ließ er ihn sich im Geiste immer schneller und schneller drehen, bis die Farben zu einem exotischen Muster ineinander verschwammen. Er spürte ein Kribbeln in den Händen, als kehre das Blut zurück, und Energie strömte aus seinen Fingern. Als er die Augen öffnete, drehte sich der Kreisel gute dreißig Zentimeter über der Bank.

»Jetzt bring ihn zum Stillstand!«, wies der Lehrer ihn an.

Ohne diesmal die Augen zu schließen, zog Jack sich zurück und setzte den Kreisel sanft auf der abgewetzten hölzernen Oberfläche der Bank nieder. Er drehte sich noch einen Moment lang lautlos und kam dann zum Stehen. Hastings warf wieder eine Faust voll Gold hoch. Diesmal war ein sanftes Leuchten um Jack, weniger deutlich als zuvor. Jack zog seine Energie bewusst zurück, und das Bild löste sich wieder auf.

Es folgten mehrere ähnliche Übungen, bei denen Jack magische Energie beschwor und dann zerstreute. Schließlich verbrachten sie einige Zeit mit Florettarbeit. Sie fingen mit klassischen Fechtbewegungen an und fügten dann das Element der Magie hinzu. Jack lernte, die Macht festzuhalten, sie anschließend in die Klinge zu kanalisieren und Flammen von ihrer Spitze wirbeln zu lassen. Was eine Frage aufwarf: Er erinnerte sich daran, wie er sich auf dem Friedhof gefühlt hatte, an die Vereinigung von Fleisch und Metall, er erinnerte sich an seinen erfolgreichen Angriff auf den Zauberer und fragte sich, wie viel er selbst dazu beigetragen hatte.

»Ich habe ein Schwert. Schattentöter wird es genannt. Und ich frage mich, wie viel Magie ist nun in mir und wie viel stammt von dem Schwert?«

Zuerst schien es, als würde keine Antwort auf seine Frage erfolgen. Hastings runzelte die Stirn und reichte Jack kommentarlos die beiden Florette, dann deutete er an, dass er sie in die Tasche zurücklegen solle. Er übergab ihm auch den Kreisel und einen weichen Wildlederbeutel.

»Der Kreisel ist ein Zaubererspielzeug«, erklärte Hastings. »Du kannst damit zu Hause üben. In dem Beutel ist weiteres Glitzerpulver.« Jack packte beides in seine Sporttasche. »Selbsterkenntnis ist der erste Schritt. Übung ist der Schlüssel. Schon bald wird es dir gelingen, deine Macht intuitiv einzusetzen, und das wird dir mehr als alles andere helfen, dich zu schützen. Dann gehen wir zu anderen Dingen über.«

»Tante Linda hat gesagt, ich soll meine Kräfte nicht einsetzen, weil das eine Art Signal aussenden würde.«

»Sie meint, du solltest sie nicht zum Spaß einsetzen. Natürlich musst du üben, sonst wirst du niemals besser werden. Magie ist kein Werkzeug, das man fahrlässig oder gedankenlos benutzt. Sie muss an einen Intellekt gebunden sein, der so stark ist, dass er sie beherrschen kann. Sprich mit Snowbeard. Wenn dein Haus nicht bereits von Abwehrzaubern umgeben ist, kann er für so etwas sorgen.« Die Hände in die Hüften gestemmt, musterte Hastings ihn. »Weißt du, vor wem du dich versteckst, Jack?«

Verlegen schüttelte er den Kopf.

Hastings runzelte die Stirn und rieb sich mit dem Daumen das Kinn. »Wir werden uns weiter treffen, um an deinen Fähigkeiten zu arbeiten. Montags, mittwochs und freitags. Ich werde auch mit einigen der anderen Fußballspieler arbeiten, daher wird es nicht weiter auffallen.« Der Zauberer sprach wieder Befehle aus, fast unbewusst.

Hastings wandte sich ab, blieb aber noch einmal stehen. Seine hohe Gestalt füllte die Tür aus. »Der Schattentöter ist eine der sieben großen Klingen, die der Zauberer Althis Mac in Raven's Ghyll vor mehr als fünf Jahrhunderten geschmiedet hat. Die anderen sechs sind verloren gegangen. Der Knauf ist ein Teil des Rabenkopfes. Er birgt eine ungeheure Macht, und er wurde für deine Hand geschaffen. Andere können die Waffe schwingen, aber niemand wird es so geschickt tun wie der Erbe, wenn er richtig ausgebildet wurde.« Er hielt inne. »Auch in dir ruht beträchtliche Macht, Jack, trotz deiner ungewöhnlichen Geschichte. Mit deiner Waffe und der richtigen Ausbildung könntest du … beeindruckend sein. Gehen wir.«

Die Stunde war vorüber.

KAPITEL 8
Der Lehrling

Jack startete einen grimmigen Angriff auf Hastings. Den Körper hatte er leicht vorgebeugt, um ein kleineres Ziel abzugeben, den Ellbogen gehoben und den Arm mit der Klinge ausgestreckt, um eine Flucht nach rechts zu verhindern. Ein kleiner Schild schützte seine Brust. Der Zauberer sorgte dafür, dass er auf der Hut blieb und sich jeden Schritt vorwärts hart erarbeiten musste. Stahl traf auf Stahl, kreischend und Funken sprühend, und als Jack schon glaubte, er habe seinen Lehrer in die Enge getrieben, wirbelte Hastings von der Wand weg und ließ seine Klinge auf Taillenhöhe auf ihn zuschießen. Jack musste zurückspringen, um ihr auszuweichen, und Hastings war wieder draußen, den Raum im Rücken und Jack an der Wand.

»Dieser ... Raum ... ist ... zu ... klein!«, keuchte Jack und drückte ihn gewaltsam wieder weg.

»In einem größeren Raum würdest du nie auch nur in meine Nähe kommen«, antwortete der Zauberer. Seine Zähne blitzten auf, als er lächelte; dabei trainierten die beiden seit mehr als einer Stunde. »Du kannst dir nicht immer aussuchen, *wo* du kämpfst oder *gegen wen* du kämpfst ... oder auch nur, *wie* du kämpfst. Aber sei derjenige, der es sich aussucht, wann immer du kannst.« Er unterrichtete nach wie vor, aber er atmete jetzt hörbar lauter, und vielleicht konnte er die Hiebe auch nicht mehr so schnell blocken oder die Flammen parieren. Also *war* er außer Atem, wenn auch nur ein klein wenig. »Wir müssen aufhören, weißt du. Deine Mutter erwartet dich.«

»Geben Sie auf?« Jacks Schulter war taub von den hundert Zusammenstößen, die sie bereits abgefedert hatte. Er spürte die Gewichte an Handgelenken und Knöcheln, die dazu gedacht waren, Muskeln aufzubauen und ihn auf eine schwerere Klinge vorzubereiten. Selbst das Florett wurde schwer; oder vielleicht war es auch sein Arm, der jetzt beinahe zu schwer schien, um ihn anzuheben.

»Deine Mutter … kann noch ein Weilchen länger warten.«

Langsam trieb Jack Hastings durch den Raum, bis er wieder in einer Ecke war. Jack stieß seine Schwerthand nach vorn, und Hastings wollte den Hieb parieren. In diesem Moment straffte Jack seinen Schildarm. Dadurch entblößte er zwar seine Brust, befreite jedoch seine nicht führende Hand. Flammen züngelten von seinen Fingerspitzen, und Hastings Florett fiel zu Boden. Hastings hob die Hände. »Ich ergebe mich, Krieger«, sagte er lächelnd.

Jack ließ seine Florettspitze zu Boden sinken. »Gott sei Dank«, erwiderte er. Er schnappte sich ein Handtuch und wischte sich das Gesicht ab. Das Haar klebte ihm am Kopf, und sein Hemd war durchweicht. Der Boden war glitschig von Schweiß. Der Raum stank danach.

»Nächstes Mal werden wir noch etwas mit der Axt üben«, versprach der Zauberer. »Ich glaube, du beherrschst allmählich das beidhändige Spiel.«

»Wir haben gespielt, ja?«, grinste Jack. »Das ist die erste *Plaisance,* die ich gewonnen habe.« Er verspürte die Notwendigkeit, darauf hinzuweisen; nur für den Fall, dass Hastings es nicht bemerkt hatte.

»Du hast einen weiten Weg hinter dich gebracht, Jack.« Hastings war immer sparsam mit Komplimenten und ließ diesem eine Frage folgen. »Wie kommst du mit deiner Lektüre voran?«

»Ich habe es versucht.«

»Ich habe dich nicht gebeten, es zu *versuchen.«*

Jack runzelte die Stirn. »Es ist wie Shakespear'sches Englisch ohne die Poesie«, beschwerte er sich. Die Arbeit mit dem Zauberer war größtenteils körperlicher Natur, aber Hastings hatte ihm vor Kurzem einen schmalen Band mit dem Titel *Regeln des Waffengangs* gegeben. Es war sozusagen die Bibel des Turnierfechtens unter den Weir, und es ging darin um Dinge wie Gewandung, Waffen und Kampfetikette. Die Waffenkunst war darin begrenzt auf mittelalterliche Handwaffen wie Schwerter, Schlingen, Keulen und so weiter.

Hastings gab keine Antwort, daher hakte Jack nach. »Ich verstehe nicht, warum sie sie nicht auf den neuesten Stand gebracht haben.«

»Die Regeln sind für Turniere bestimmt«, antwortete Hastings geduldig, wischte die Florette ab und legte sie in ihren Kasten zurück. »Sie sollen nicht modern sein. Waffen dürfen die Fähigkeiten der Krieger nicht überschatten.«

»Aber sind nicht einige Waffen besser als andere? Was ist mit dem Schattentöter? Was ist daran fair?«

Hastings zuckte die Achseln. »Das ist ein besonderes Stück. Aber immer noch regelgerecht.«

»Was ist mit dem Rest? Sie können nicht leugnen, dass der veraltet ist.« Er zog das Buch aus seiner Sporttasche und blätterte darin. »Hören Sie sich das an: ›Betörer wurden zur Unterhaltung von Zauberern erschaffen.‹ Und hier: ›Ein Zaubererbürge kann einen Betörer als Gegenleistung für erwiesene Dienste behalten und ihn beschützen.‹ Das kann nicht stimmen. Und die Regeln hinsichtlich der Beziehungen unter den Gilden sind ebenfalls unfair. Sie begünstigen alle die Zauberer.« Er hatte etwas in der Art gehört, von obsoleten Stadtverordnungen, die immer noch auf dem Papier standen. Zum Beispiel Gesetze, die gemischtrassige Ehen untersagten oder verboten, dass man mit dem Pferd zur Kirche ritt.

»Dir müssen die Regeln nicht gefallen«, bemerkte Hastings. »Sie wurden von Zauberern geschrieben, also sind sie natürlich parteiisch. Und ich habe dich nicht gebeten, das ganze Ding zu lesen. Nur die Regeln für die Turniere.«

»Die sind schlimm genug. Was soll das, tote Krieger für Übungskämpfe zu beschwören? Warum ist eine Regel nötig, dass nur lebende Krieger in einer Schlacht eingesetzt werden können?«

»Darüber werden wir zu gegebener Zeit reden.« Inzwischen war alles eingepackt. »Wir sollten uns besser auf den Weg machen. Du bist schon spät dran.«

Jack erkannte, dass Hastings die Geduld verlor, aber irgendwie konnte er sich nicht zurückhalten. »Ich verstehe nicht, warum ich überhaupt etwas über Turniere lernen muss. Meinen Sie, ein Zauberer wird mich zu einem Duell herausfordern? Wahrscheinlicher ist, dass ich überrascht werde. Vielleicht sollten Sie mich waffenlose Kriegskunst lehren, wie Tai Chi.«

»Vielleicht. Vielleicht werde ich es. Aber ich bin nicht hier, um mit dir zu debattieren. Gehen wir.« Hastings legte ihm eine heiße Hand auf die Schulter und schob ihn zur Tür hinaus.

So war es immer. Der Zauberer beantwortete niemals seine Fragen. Hastings war gnadenlos, wenn es darum ging, ihn in jedem Aspekt seines neuen Gewerbes zu unterweisen: Waffen, Ausrüstung, Kondition und Krafttraining, aber er teilte nichts über seinen eigenen Hintergrund mit.

Anfangs hatte Jack versucht, Fragen nach Hastings' Familie zu stellen, darüber, wo er seine Ausbildung erhalten hatte. Er war auf eine undurchdringliche Mauer des Schweigens gestoßen. Es ging immer um Jack. Manchmal hatte er das Gefühl, dass Hastings ihn bearbeitete wie ein Problem. Er schälte nach und nach sämtliche Schichten ab, bis er völlig nackt dastand. Oder vielleicht war es die Person, die er einmal gewesen war, die abgestreift wurde. Er wusste allerdings nicht genau, wer ihren Platz eingenommen hatte.

Seit ihrem Ausflug nach Coal Grove hatte er nichts mehr von Tante Linda gehört. Sie hatte ihn Hastings ausgeliefert. War sie immer noch auf der Flucht vor Wylie? Was, wenn er sie geschnappt hatte?

Er wünschte, sie würde anrufen. Er fühlte sich einsam und unbehaglich. Selbst seine Beziehung zu Nick hatte sich verändert. In den alten Tagen war die Wohnung über der Werkstatt eine Zuflucht gewesen. Jetzt ging er an manchen Abenden direkt von den Lektionen in der Kriegskunst zu Lektionen in Zauberei, und das ohne Pause. Wie heute Abend.

Nicks Stimme riss ihn aus seinen Gedanken. »Vergiss nicht: Von allen Weir können nur Zauberer Zaubersprüche verwenden, um der Magie Zügel anzulegen und sie zu kontrollieren. Für die anderen Gilden ist Magie etwas Persönliches und Praktisches. Eher eine körperliche Kraft. Weniger flexibel. Hörst du mir zu, Jack?«

»Weniger flexibel«, wiederholte er pflichtschuldig und biss in einen weiteren Schokokeks. In letzter Zeit kam es ihm so vor, als habe er pausenlos schrecklichen Hunger.

»Zauberer sind raffinierte Weber von Magie, deswegen konnten sie die anderen Weir jahrhundertelang beherrschen.« Nick entdeckte eine markierte Passage in Jacks Weirbuch. »Jetzt wiederholen wir mal, was wir letzte Woche besprochen haben. *Transformare:* Die Kunst, eine Sache in eine andere zu verwandeln.« Sie arbeiteten sich Kapitel für Kapitel durch das Weirbuch. Gesprochene Zaubersprüche, um Gegenstände umherzubewegen, um Feinde zu verwirren, Barrieren und Angriffszauber. Zaubersprüche, die überschaubar genug waren, um sie in der Wohnung über der Werkstatt auszuprobieren.

»Wann werden Sie mich einige Liebeszauber lehren?«, fragte Jack, der an Ellen dachte.

»Die heben wir uns für eine Zeit auf, wenn du älter und verantwortungsbewusster bist«, bemerkte Nick trocken. »Zauber der Verführung sind viel zu verlockend für den durchschnittlichen Jugendlichen. Du wirst dich für den Moment einfach auf deinen eigenen *persönlichen* Zauber verlassen müssen.«

»Ich versuche ja bloß, effizient zu sein«, knurrte Jack. »Zwischen Fußball und Schule, Krieger- und Zauberertraining und dann noch der Lektüre all der Bücher, die Sie mir geben, bleibt keine Zeit für etwas anderes.« Es schien, als hätte Nick jede Woche neue Bücher für ihn: Abhandlungen über Magie, Tränke und Philosophie, staubige Bände, die jahrelang ungeöffnet herumgelegen haben mussten.

»Es ist immer Zeit für die wichtigsten Dinge«, sagte Nick milde.

»Kommen Sie mir nicht mit diesem Mist von wegen Zeitmanagement.« Jack seufzte und barg das Gesicht in den Händen. »Den ganzen Tag lerne ich oder arbeite mit Hastings. Ich schlafe nie. Meine Zensuren werden schlechter. Ich meine, werde ich ewig so lernen müssen?«

»Zauberei manifestiert sich früh, vergiss das nicht«, erwiderte Nick. »Die meisten Lehrlinge beginnen mit der Arbeit, wenn sie noch sehr jung sind. Du hast viel nachzuholen. Und wegen deines Kriegersteins sind deine Zauberkräfte relativ schwach.«

»Vielleicht sollte ich einfach von der Schule abgehen; immerhin werde ich ja gerade in einem Beruf ausgebildet, sozusagen.« Als Nick darauf nicht antwortete, erhob sich Jack und ging im Raum auf und ab. »Ich verstehe nicht, warum ich das alles überhaupt tun muss. Tante Linda hat mir erzählt, dass ich bereit sein müsste, um mich gegen jemanden zu verteidigen, der mich angreifen könnte. Ich weiß nicht, wer das sein soll, und ich weiß nicht, wann. Offen gesagt, eigentlich glaube ich nicht, dass überhaupt jemand hinter mir her ist. Vielleicht war Wylie hinter dem Schattentöter her, und ich war einfach zufällig im Weg. Ich bin erst sechzehn, und ich bin erst seit zwei Monaten in der Ausbildung.

Ein Zauberer wäre dumm, wenn er mich für eine Bedrohung oder einen großen Gewinn hielte.«

Er hielt inne. »Mom sagt, dass man immer, wenn man Waffen kauft oder eine Armee aufstellt, nach einer Ausrede sucht, sie auch zu benutzen. Außerdem stellt man eine größere Bedrohung für andere dar. Je mehr ich trainiert werde, desto wahrscheinlicher ist es, dass jemand mir etwas anhaben will. Das glaube ich jedenfalls.« Er sah Nick von der Seite an, um seine Reaktion auf diese Theorie abzuschätzen. Er hatte seit einiger Zeit daran gearbeitet.

»Aha. Linda hat dir also nichts über das Spiel erzählt«, sagte Snowbeard. »Setz dich, Jack.« Jack nahm auf dem Stuhl dem alten Zauberer gegenüber Platz. Er hatte eine starke Vorahnung, dass nichts Gutes folgen würde.

»Konflikte unter Zauberern sind zwangsläufig höchst ritualisiert«, begann Nick. »Andernfalls würden wir einander vernichten, verstehst du? Tatsächlich hätten wir es beinahe getan. Bei den Kämpfen geht es um die Aufteilung von Macht, insbesondere um die Kontrolle über magische Artefakte. Die einzelnen Zaubererhäuser gewinnen Macht durch einen Sieg. Ursprünglich gab es tatsächliche Kämpfe zwischen Armeen, die von Zauberern ausgehoben und angeführt wurden. Aber daraus entwickelte sich eine Abfolge von Turnieren. Sie benutzen Krieger als Stellvertreter. Sie nennen es ›das Spiel‹. Nur dass es für die Krieger alles andere als ein Spiel ist. Es ist ein Kampf auf Leben und Tod.

Heutzutage sind Krieger schwer zu finden. Sie sind die seltensten der Weir und werden immer seltener, weil sie so schnell getötet werden. Wegen des Mangels an Spielern werden heutzutage immer weniger Turniere abgehalten. Und wenn eine Seite einen Krieger aufspürt, setzt die andere Seite alles daran, ihn zu töten.«

Jack schüttelte ungläubig den Kopf, während Snowbeard weitersprach. »Tatsächlich gibt es einen Schwarzmarkt für Krieger und andere Weir, die keine Zauberer sind. Sie nennen es den Handelsmarkt. Krieger erzielen die höchsten Preise. Es gibt Händler, die nichts anderes tun, als Genealogien zu lesen, Spuren zu verfolgen und Krieger zu suchen, sie zu entführen und dann gewinnbringend zu verkaufen. Sie wollen junge Krieger wie dich finden, die gerade erst im Begriff sind, sich zu manifestieren, und noch nicht begreifen, wer sie sind.«

»Sie kaufen und verkaufen Menschen?« Jack war entsetzt. »Das können sie nicht!«, sagte er. »Es ist illegal.«

Snowbeard lächelte kläglich. »Ich wünschte, das wäre wahr. Aber jeder, der über genügend Macht verfügt, kann tun, was er will. Und Zauberer sind ein mächtiger und arroganter Haufen. Aus Sicht der Zauberer sind die anderen Gilden eine Dienerklasse mit speziellen Talenten. Jene, die das glauben, betrachten sie als ihr Eigentum und daher als Handelsware.«

»Wie viele Krieger sind denn ungefähr noch übrig?«

Nick sah ihm in die Augen. »Na ja, im Moment bist du da, soweit ich weiß«, erwiderte er sanft. »Es mag andere geben, von denen ich nichts weiß.«

Jack öffnete den Mund, aber kein Laut kam heraus. Er war sich plötzlich des Schweißes bewusst, der zwischen seinen Schulterblättern herablief, trotz der angenehmen Brise, die durchs Fenster drang.

Jetzt wurde ihm einiges klar. Warum seine Tante davon überzeugt war, dass irgendwann Zauberer hinter ihm her sein würden. Warum Leander Hastings den ganzen Weg bis nach Trinity gekommen war, um ihn auszubilden. Warum Nick Snowbeard über seiner Werkstatt wohnte. Warum Dr. Longbranch ... ein Schauder durchlief ihn.

»Tante Linda hat gesagt, Dr. Longbranch habe den Zaubererstein bei mir implantiert, weil sie sehen wollte, was geschehen würde.« Jack beugte sich vor und umfasste die Armlehnen des Sessels. »Sie hat versucht, einen Krieger zu erschaffen, nicht wahr?«

»Das vermute ich«, antwortete Nick leise.

»Also bin ich so eine Art Freak. Der Frankenstein der Zaubererwelt. Warum hat Tante Linda mir das nicht gesagt?«, fragte Jack.

Der alte Zauberer strich sich über den Bart. »Linda fühlt sich für dich verantwortlich. Sie ist diejenige, die Dr. Longbranch ursprünglich da mit hineingezogen hat. Sie hat es getan, um dein Leben zu retten. Aber deine Situation war sehr schwierig für sie.«

»Schwierig für sie?« Jack war wieder auf den Füßen. »Schwierig für sie? Ist das der Grund, warum ihr alle hier herumhängt, Sie und Mercedes und Iris und der ganze Rest? Weil ich so verdammt *wertvoll* bin? Hofft ihr alle, Bares zu machen?«

Nick saß da, der Blick ruhig und freundlich, bis Jack sich schließlich verlegen wieder auf seinen Platz fallen ließ. »Wir mögen keine Krieger sein, doch wir sind alle Menschen, die das System missbilligen. Wir sind hier, weil du in Gefahr bist. Deswegen haben wir das Training begonnen. Es war der beste Plan, der uns eingefallen ist. Glaub mir, es ist ein ungeheurer Vorteil, dass du ein wenig Zauberei beherrschst. Es kann nicht schaden, ein paar Überraschungen im Ärmel zu haben. Wenn du überleben willst, musst du Waffen zu deiner Verfügung haben, die über das hinausgehen, was Hastings anbieten wird.«

Jack bedeckte das Gesicht mit den Händen. Als er die Augen schloss, sah er ein Bild von sich, wie er gefesselt auf einem Sklavenmarkt verhökert wurde. Ein Bild von sich selbst als Gladiator vor einer blutdürstigen Menge. »Was wissen Sie über Leander Hastings?«, fragte er abrupt.

Wenn die Frage Snowbeard überraschte, so ließ er es sich nicht anmerken. »Hastings ist das, was wir einen Meister nennen, was bedeutet, dass er Sachkenntnisse in einer Vielzahl magischer Künste hat. Sie sind die besten Lehrer, weil sie Schüler auf einer Vielzahl von Gebieten ausbilden können. Natürlich haben die meisten Meister ihre Spezialgebiete. Hastings ist auf Kriegskunst spezialisiert. Aber er ist zuerst und vor allem ein Zauberer. Eine ungewöhnliche Kombination von Talenten, die perfekt zu deiner Situation passen«, fügte er hinzu.

»Woher wissen wir, dass wir ihm vertrauen können?«

»Leander Hastings ist der Beste. Er hat einen internationalen Ruf, obwohl er sich viele Feinde gemacht hat.« Der alte Mann räusperte sich. »Ich glaube, sie hat es sich mit ihrer Entscheidung nicht leicht gemacht. Verstehst du, deine Tante und Leander Hastings hatten vor Jahren eine … äh … *Beziehung.*«

Jack war sprachlos. Er versuchte, sich die beiden zusammen vorzustellen, seine winzige, glänzende Tante mit dem hochgewachsenen, dunklen und gefährlichen Leander Hastings.

»Sie sind doch nicht immer noch …« Jack beendete den Satz nicht, aber das war auch nicht nötig.

»Nein«, antwortete der alte Mann schnell. »Sie haben einander seit Jahren nicht mehr gesehen.«

»Oh.« Jacks Ärger löste sich auf, und was blieb, war ein überwältigendes Gefühl von Hoffnungslosigkeit. »Ich habe Mr. Hastings gefragt, warum er mich trainiert, und er sagte, dass er nicht in der Lage sei, Nein zu sagen. Ich weiß nicht so recht, ob er hier sein will.«

»Hastings wäre nicht hier, wenn er das nicht wollte«, erwiderte Nick unumwunden. »Jack, versuch nicht, das Ganze zu verstehen. Das ist zu schwer. Konzentriere dich auf das Wesentliche. Deine Aufgabe ist es zu lernen, wie du die ganzen Werkzeuge, die dir zur Verfügung stehen, benutzen kannst. Zum Beispiel …« Wiederum erhob sich der Zauberer steif und schlurfte ins Nebenzimmer. Einige Minuten später kehrte er mit einem Päckchen zurück, das in weiches Leder gewickelt war. Er reichte es Jack.

Jack packte es aus. Es war ein Spiegel, in Silber gerahmt und verziert mit Drachen und Zauberern. Er war vertraut. Ein Geburtsgeschenk von Blaise Highbourne. Jahrelang war er in der Truhe unter seinem Bett verstaut gewesen.

Jack drehte ihn um. »Woher haben Sie ihn?«

»Er wird dir vielleicht helfen, da du jetzt schon eine ganze Weile nicht mehr unter dem Weirsbann stehst. Blaise ist eine Wahrsagerin, und das ist ein Spiegel, der die Wahrheit zeigt: in der Vergangenheit, der Gegenwart und manchmal auch in der Zukunft. Und manchmal auch die Zukunft selbst.«

»Es gibt genug furchteinflößende Dinge in der Gegenwart«, sagte Jack. »Ich will nichts über die Zukunft wissen.« Er sah den Spiegel nicht an. »Schau hin«, beharrte Nick. »Aber bedenke immer, dass die Bedeutung des Bildes nicht immer klar ist. Das ist der Fluch der Prophezeiung.«

Vorsichtig zog Jack den Spiegel an sich und neigte ihn, so dass er in das Glas sehen konnte.

Das Bild klärte sich und offenbarte zwei Gestalten, die auf einem hohen Felsen mit Blick auf einen Fluss standen. Jack rieb sich erstaunt die Augen, dann blickte er zurück in den Spiegel.

Er sah eine junge Frau in einem langen Kleid und wehendem rotgoldenem Haar. Ein groß gewachsener, dünner Mann, der Jack den Rücken zukehrte, sah sie an. Die beiden stritten sich heftig. Die Frau drehte sich um und wollte vom Felsen springen, aber der Mann zog sie zurück, drückte sie gewaltsam zu Boden und hielt sie dort fest. Jack wollte wegsehen, war aber wie gebannt.

Das Bild veränderte sich, fokussierte sich über die Schulter des Mannes hinweg auf das Gesicht der Frau, ihre verängstigten blauen Augen, das flammende Haar auf dem Fels ausgebreitet. »Nein«, flüsterte Jack, aber er konnte immer noch nicht den Blick abwenden.

Der Mann im Spiegel beugte sich vor und umfasste die Schultern der Frau. »Hör mir jetzt zu. Du wirst mir sagen, wo du den Jungen versteckt hast, und wir werden ihn holen gehen. Und dann werde ich dich von hier wegbringen.« Die Stimme war unheimlich vertraut, aber Jack konnte nur den Hinterkopf des Mannes sehen. Plötzlich hatte die Frau ein Messer in den Händen, wie aus der Luft gepflückt. Sie wandte die Klinge gegen sich selbst und erstach sich damit. Der Mann nahm sie in die Arme und wiegte sie hin und her.

»Aaaaaaaah!« Jack schleuderte den Spiegel gegen die Wand. Er zerbrach nicht, rutschte aber hinter das Bücherregal.

»Was hast du gesehen?«

»Ich habe einen Mann gesehen, der über meine Mutter hergefallen ist. Er wollte wissen, wo ich bin. Dann hat sie sich getötet.«

»Bist du sicher, dass es deine Mutter war?«

»Meinen Sie etwa, ich würde sie nicht erkennen?« Jack schauderte. Er holte den Spiegel hinter dem Bücherregal hervor und legte ihn auf den Tisch, die Oberfläche nach unten. »Ich kann nicht mal unbesorgt in den Spiegel schauen.«

»Wie war sie gekleidet?«

Jack dachte nach. »Wie … nun, sie trug eine Art historisches Kleid.«

»Aha. Dann war sie vielleicht eine Vorfahrin, die deiner Mutter nur ähnelt. Der Spiegel versucht, dir zu sagen, was du wissen musst. Aber du musst interpretieren, was du siehst.«

»Hören Sie, ich brauche das nicht zu sehen, okay?«

»In Ordnung, Jack. Wir lassen es für den Moment gut sein.«

In den folgenden Tagen versuchte Jack, Snowbeards Rat zu befolgen und sich auf die Aufgabe zu konzentrieren, die er gerade zu erledigen hatte. Er sah ein, dass ihm keine andere Wahl blieb, als weiterzumachen. Der schlimmste Teil waren die Träume. Jack zögerte das Zubettgehen immer weiter hinaus, bis er völlig erledigt war. Jede Nacht kämpfte er sich durch Schlachten mit Händlern und Ungeheuern, Freunden und Verwandten, die sich gegen ihn wandten und ihn an den Meistbietenden verkauften. Seine Freunde, seine Lehrer, Verwandten, Nachbarn schlichen durch seine Albträume und spielten verschiedene Rollen. Tagsüber war er nervös und reizbar und blickte sich immer wieder um.

Seine Beziehung zu seinen Nachbarn hatte sich verändert. Er hatte begriffen, dass die ganze Jefferson Street ein Interesse an ihm hatte. Wenn Mercedes ihm von ihrem Vordergarten aus zuwinkte, dachte er an die Soft-Spun-Weste auf seiner Haut. Wenn Iris Becka Zuckererbsen brachte, lächelte sie ihn ermutigend an, fragte, wie es ihm gehe und ob er etwas brauche. Blaise fertigte ein Paar mit Silber besetzte Schutzhandschuhe für ihn an, in die die Worte STÄRKE DURCH TUGEND eingeprägt waren. Er fühlte sich in der Festung Jefferson Street abwechselnd geborgen und erdrückt.

Etwas Merkwürdiges geschah mit Jacks Körper. Seine Hemden wurden eng um Brust und Arme, und seine Jeans spannten sich an den Oberschenkeln. Er erzählte seiner Mutter, er habe in der Schule ein Aufbautraining mit Gewichten begonnen. Zweimal in ebenso vielen Monaten ging sie mit ihm los, um neue Kleidung zu kaufen. Manchmal betrachtete er sich nach der Dusche wie gebannt im Spiegel. Jack war immer hager und körperlich fit gewesen, aber jetzt sah er sich einem muskulösen Fremden gegenüber.

Er gewöhnte sich an, Flanellhemden und ausgebeulte Jeans zu tragen, um seine Veränderung zu verbergen, was funktionierte, solange das Wetter kühl war. Draußen auf dem Fußballfeld oder in der Umkleidekabine half es jedoch nicht. Es wäre komisch gewesen, wäre Jack nicht so beklommen zumute gewesen. Er wollte verstecken, womit die meisten Jungen seines Alters mit Freuden geprahlt hätten. Ich sehe aus wie ein Model für Steroide, ging es ihm durch den Kopf. Er dachte an all die Tränke, die er einnahm, und fragte sich, ob er einen Urintest bestehen würde.

Mit dem Fußball zumindest ging es jetzt definitiv besser, da er keine Sorge mehr zu haben brauchte, dass er jemanden vom Feld fegen würde. Nicht dass er nicht manchmal in Versuchung geraten wäre. Garrett Lobeck schien seine alte Arroganz wiedergefunden zu haben, was Jack anbelangte. Er gab ihm immer noch die Schuld daran, dass er nicht in die Schulmannschaft aufgenommen worden war. Und Leeshas fortwährendes Interesse an Jack machte die Sache auch nicht besser. Aus Furcht, die Beherrschung zu verlieren, tat Jack sein Bestes, um eine Konfrontation zu vermeiden. Natürlich sah Lobeck darin ein Zeichen von Schwäche.

Jack spielte besser als je zuvor. Er war stärker, aggressiver und schneller, eher bereit, Risiken einzugehen. Anscheinend waren die Fähigkeiten, die mit der Kriegskunst einhergingen, ebenso nützlich, wenn es um weniger tödliche Spiele ging. Jacks Erfolge verbesserten Lobecks Stimmung nicht im Geringsten.

Ironischerweise schien Jacks Stern auf der Beliebtheitsskala der Trinity Highschool immer heller zu strahlen. Neuerdings war sein Schließfach vor jedem

Spiel dekoriert, und Jack hatte seine eigene Cheerleader-Abteilung nur für sich. Mädchen, die Jack sein Leben lang gekannt hatte, fanden ihn plötzlich total faszinierend.

Er traf sich häufig mit Ellen, aber immer nur in einer großen Gruppe. An den Tagen, wenn er sich nicht mit Hastings traf, ging er nach dem Training oft zu Corcoran's. Ellen war dort Stammgast geworden, seit sie und Will die Nachwuchsmannschaft trainierten.

Will und Ellen passten gut zueinander. Will zeigte eine schier unendliche Geduld selbst mit den unfähigsten Spielern, während Ellen ein aggressives, direktes Spiel nach europäischer Art spielte. Unter ihrer Anleitung verbesserte sich das Mannschaftsspiel dramatisch. Selbst einige Spieler der Schulmannschaft nahmen inzwischen daran teil.

Will, Fitch und Ellen waren der Chaucer-Gesellschaft beigetreten, einem mittelalterlichen Kulturclub, den Hastings gegründet hatte. Sie planten vor Schuljahresende ein mittelalterliches Bankett in einem alten Theater in der Innenstadt. Jack nahm nicht daran teil. Er verbrachte auch so schon genug Zeit mit Leander Hastings.

Jack fühlte sich immer isolierter. Da waren die Bürden, die er trug, und die Geheimnisse, die er hütete, hinzu kamen körperliche und geistige Erschöpfung und die unablässige Angst vor Entdeckung.

Eines Nachmittags hingen Jack, Will und Fitch nach einem Sieg über McKinley bei Corcoran's herum. Ellen hatte wieder in der Schule gefehlt, und Jack machte sich Sorgen um ihre Gesundheit. Am Tag zuvor hatte sie wohlauf gewirkt.

Leesha war gerade gegangen, nachdem sie Einladungen zu ihrer Geburtstagsparty verteilt hatte.

»Leesha steht immer noch auf dich, Jack«, bemerkte Fitch. »Die Prinzessin will alles, was sie nicht haben kann.«

»Na ja, sie wird sich hinten anstellen müssen, wenn sie Zeit mit unserem Jack verbringen will«, meinte Will gedehnt. »Ich kann die Mädchen inzwischen nicht mehr zählen, die mich gefragt haben, wen er mag. Und ich weiß einfach nicht, was ich ihnen sagen soll.« Er lümmelte sich auf seinem Stuhl, die langen Beine von sich gestreckt. »Du weißt, dass Ellen verrückt nach dir ist.«

Jack richtete sich höher auf. »Was meinst du? Hat sie etwas gesagt? Mir hat sie nichts gesagt. Anscheinend bekomme ich keine Gelegenheit, mit ihr auch nur zu reden.«

Will verdrehte die Augen. »Sie kommt einfach nicht mit der Konkurrenz zurecht. Aber im Ernst, Jack, wir fragen uns einfach, was mit dir los ist.« Er beugte sich vor. »Du hast dich verändert. Körperlich siehst du großartig aus. Du hast eine Menge Muskeln zugelegt. Und du spielst auch großartig – besser als je zuvor, soweit ich mich erinnern kann.«

Jack zuckte zusammen und sah sich im Restaurant um. Es wurde langsam spät, und das Lokal hatte sich fast geleert. Niemand saß nah genug, um ihr Gespräch zu belauschen.

»Aber es ist so, als wärst du auf einem anderen Planeten«, fuhr Will fort. »Die halbe Zeit hörst du uns nicht mal zu. Und ständig lernst oder trainierst du.«

Fitch hatte seinen Bleistift hervorgeholt und zeichnete etwas auf eine Serviette. »Abends bist du nie mehr online. In der einen Minute bist du völlig aufgedreht, und in der nächsten schläfst du im Unterricht ein. Ich würde ja sagen, du bist verliebt, aber die Mädchen werfen sich dir an den Hals, und du bemerkst es kaum. Ich wünschte, du würdest mal einige zu mir rüberschicken«, fügte er hinzu. Anscheinend waren er und Allison wieder mal auseinander, und Jack hatte nichts davon gewusst.

»Wir fragen uns, ob das etwas mit der Friedhofsgeschichte zu tun hat«, sagte Will leise.

Jack sackte auf seinem Stuhl zusammen und stützte die Ellbogen auf den Tisch. Er hatte seine beiden Freunde und ihre Fähigkeit, der Wahrheit so nahe zu kommen, unterschätzt. *Vertraue niemandem,* hatte Tante Linda gesagt. Aber sie war diejenige, die Will und Fitch in die Sache überhaupt mit hineingezogen hatte. Wie sich herausstellte, musste er gar nicht viel sagen.

Angesichts von Jacks fehlender Reaktion nickte Fitch, als würde er sich bestätigt fühlen. Er lehnte sich auf seinem Stuhl zurück. »Ist deine Tante wieder da gewesen?«

Jack schüttelte wortlos den Kopf.

»Und ich wette, du schläfst nicht gut«, bemerkte Will.

»Ich schätze, darüber kannst du nicht mit deiner Mutter reden«, sagte Fitch langsam.

Jack blickte scharf auf. Fitchs Gesicht war ausdruckslos. Jacks Freunde waren bereits in Gefahr wegen der Episode auf dem Friedhof und ihrer Beziehung zu ihm. Und sie hatten keine besondere Gabe geerbt. Sie besaßen keine magischen Waffen. Je weniger sie wussten, desto besser – um seinetwillen ebenso wie um ihretwillen.

»Hört mal«, begann er erschöpft. »Ich weiß eure Sorge zu schätzen. Wirklich. Aber es ist ein Problem, das ich allein lösen muss.«

»Ich verstehe nicht, warum wir dir nicht dabei helfen können«, sagte Will halsstarrig. Er war immer überzeugt, dass seine Größe, sein guter Wille und seine diplomatischen Fähigkeiten jedes Problem lösen konnten.

Fitch griff nach einer Handvoll Dollarscheinen und nahm seine Rechnung. »Wir sind keine Kuppler, und ich muss mir um mein eigenes Liebesleben Sorgen machen. Aber mir scheint, dass du nicht besonders glücklich bist. Warum versuchst du nicht zur Abwechslung mal, ein wenig Spaß zu haben?« Er schob seinen Stuhl zurück. »Es könnte nicht schaden.«

KAPITEL 9
Fechtgang

Am folgenden Abend fuhr Hastings Jack vom Fußballtraining nach Hause, damit er sein Schwert holte. Er hatte das Gefühl, dass die ganze Jefferson Street zuschaute, als sie in dem Volvo vorfuhren. Zu seiner Überraschung schaltete Hastings die Zündung aus und folgte Jack ins Haus. Becka sah von ihrem Schreibtisch im vorderen Wohnzimmer auf, als sie hereinkamen. Sie war barfuß, trug Jeans und T-Shirt und hatte das Haar mit einer Spange auf dem Kopf festgesteckt. Sie arbeitete an ihrem Laptop, stand auf und kam in den vorderen Flur. »Hallo, mein Schatz. Ich hatte dich nicht so früh zu Hause erwartet.« Sie gab Jack einen schnellen Kuss und blickte über seine Schulter zu seinem hochgewachsenen Gefährten.

Jack hatte gehofft, unbemerkt ins Haus und wieder hinaus zu gelangen. »Ähm, das ist Mr. Hastings, der neue stellvertretende Direktor, von dem ich dir erzählt habe. Er ist derjenige, der mir beim Fußball weitergeholfen hat.«

»Nun, schön, Sie endlich kennenzulernen«, sagte Becka freundlich. »Nett von Ihnen, sich so viel Zeit für die Arbeit mit Jack zu nehmen. Ich war bei einigen Spielen und habe gesehen, welche Fortschritte er gemacht hat.« Sie streckte die Hand aus.

Hastings umfasste sie mit beiden Händen und hielt sie einige Sekunden zu lange fest. »Ihr Sohn hat eine Menge natürliches Talent.« Er nahm auf seine intensive Weise jede Einzelheit von Beckas Erscheinung auf und ließ dann den Blick durch den Raum schweifen. »Ich habe sehr gern mit ihm gearbeitet«, fügte er hinzu.

Jack brannte darauf, Hastings so schnell wie möglich wieder aus dem Haus zu bringen. »Ich wollte ein paar Sachen fürs Training abholen«, erklärte er, obwohl offenbar niemand zuhörte. Er nahm die Treppe immer zwei Stufen auf einmal. Hinter sich hörte er Hastings' Stimme.

»Ich kann sehen, dass Ihr Sohn nach Ihnen gerät«, bemerkte er gerade.

Jack nahm das Schwert und die Scheide aus dem Kasten und bugsierte sie in die Reisetasche aus seinem Schrank. Er polsterte beides mit mehreren Handtüchern aus dem Wäscheschrank ab und zog den Reißverschluss zu. Als er nach unten kam, lehnte Becka am Türrahmen, lachte über etwas, das Hastings gesagt hatte, und drehte eine Haarlocke um den Finger. Der Zauberer lächelte, aber Jack konnte nicht umhin zu denken, dass in seiner Haltung etwas *Raubtierhaftes* lag.

»Alles fertig«, sagte Jack ziemlich laut.

»Wie spät wird's werden?« Becka sah von einem zum anderen.

»Ist halb neun in Ordnung?«, fragte Hastings. »Wir sind ziemlich spät dran.«

»Das ist völlig in Ordnung«, antwortete Becka. »Jack und ich sind flexibel.« Dann waren sie endlich zur Tür hinaus.

Jack legte die Reisetasche auf die Rückbank und stieg

vorne ein. »Wohin fahren wir?«, fragte er, als der Wagen vom Straßenrand abfuhr.

Hastings gab keine Antwort. Er schien in Gedanken versunken zu sein. Jack wiederholte seine Frage.

»Ich habe mir gedacht, wir trainieren diesmal draußen.« Wie gewöhnlich lieferte Hastings keine komplette Antwort. Jack begriff bald, dass sie auf dem Weg zum Perry Park waren. Er war in seiner Kindheit Hunderte von Malen dort gewesen. Es war der größte und am wenigsten erschlossene der öffentlichen Parks von Trinity, dicht bewaldet und entlegen, mit nur wenigen Wanderwegen. Er lag landeinwärts, und die Parks am Seeufer wurden immer am meisten benutzt, vor allem im Frühling und Sommer.

Hastings wusste anscheinend, wohin er wollte. Nachdem sie mehrere Meilen gefahren waren, bog er in einen Parkplatz am Ausgangspunkt eines Wanderwegs ein. Dort standen keine weiteren Autos. Hastings warf sich einen kleinen Rucksack über die Schulter. »Gehen wir. Nimm das Schwert mit.«

Sie wanderten vielleicht weitere anderthalb Meilen in den Wald hinein. Hastings gab ein schnelles Tempo vor und sprach nur wenig, außer um Anweisungen zu geben. Als ein Fluss den Weg kreuzte, ging Hastings einige hundert Meter am Ufer entlang, dann schlug er sich wieder nach rechts in den Wald, bis sie eine kleine Lichtung erreichten. Es schien, als seien die Bäume vor einigen Jahren gefällt worden. Kleine Sträucher begannen hier und da den Platz auszufüllen, aber die Lichtung bestand größtenteils aus hohen Gräsern und einigen Dornbüschen, wie Jack bald entdeckte. Das spätnachmittägliche Sonnenlicht fiel auf die Wiese. Das war also ihr Ziel.

Jack legte die Reisetasche auf den Boden und zog den Reißverschluss auf. Er holte sein Schwert aus dem Nest von Handtüchern und schnallte sich die Scheide fest um die Taille. Dann zog er seine Waffe. Es war ein gutes Gefühl, sie wieder in der Hand zu haben. Er drehte sie hin und her, so dass sie das Licht auffing, dann ging er geschmeidig sämtliche Positionen durch, um sich der Klinge anzupassen. Wie früher schon fühlte sie sich leicht an in seiner Hand, schwerelos. Hastings beobachtete sein Treiben eine Weile lang und erteilte gelegentlich einen Ratschlag.

»Da du jetzt den Schattentöter benutzt, müssen wir dein Training anders angehen«, erklärte er schließlich. »Ich kann nicht als dein Gegner dienen. Wir werden uns so gut wie möglich mit den Werkzeugen behelfen, die wir haben.« Für einen Moment blitzte ein Lächeln auf. Er öffnete seinen Rucksack und holte einige metallene Pflöcke sowie einen Hammer heraus. Dann ging er um die Lichtung herum und hämmerte insgesamt neun Pflöcke in den Boden. Anschließend stellte er sich in die Mitte der Wiese und sprach einige Worte in der inzwischen vertrauten Sprache der Zauberei. Jack gab sein Bestes, um sich die Worte einzuprägen. Eine unheimliche Stille senkte sich herab. Jack begriff, dass er die Geräusche aus dem umliegenden Wald nicht länger hören konnte. Das Gebiet jenseits der Grenzen, die von den Pflöcken gezogen wurden, wirkte verwischt und unwirklich.

Nick hatte gesagt, Hastings sei ein mächtiger Zauberer, aber bisher hatte sein Lehrer seine Fähigkeiten nie zur Schau gestellt.

Hastings ging zu Jack zurück. »So wird uns niemand

stören«, erklärte er. »Ich werde einige Krieger gegen dich in den Kampf schicken. Deine Aufgabe ist es, dich gegen sie zu verteidigen und sie zu töten, wenn du kannst.«

Jack war verwirrt. »Krieger? Wovon reden Sie?« Er sah sich wild auf der leeren Lichtung um.

»Keine Sorge. Betrachte es als eine Art Videospiel, aber in einem … größeren Maßstab.« Der Zauberer trat an den Rand der Lichtung und ließ Jack in der Mitte allein. Augenblicke später schob sich ein massiger Mann in Tunika und Leggings über die schmutzige Grenze am gegenüberliegenden Ende der Wiese. Das Haar hatte er zu Zöpfen geflochten, die auf seine breiten Schultern herabhingen, und er hatte einen starken roten Bart. In einer Hand hielt er eine große Axt und in der anderen ein Schwert. Er trug weder Rüstung noch Helm. Zuerst sah er ein wenig orientierungslos aus, aber dann fiel sein Blick auf Jack.

»Was ist das denn? Sie schicken ein Kind in den Kampf gegen mich? Geh zurück zu deiner Mutter, Junge, bis du erwachsen bist!«, rief er. Jack schaute hilflos zu Hastings hinüber, der gelassen am Rand des Waldes stand, breitbeinig, die Arme verschränkt.

Da er keine Antwort erhielt, stolzierte der Mann, die Axt schwingend, auf Jack zu. Sie wirkte leicht in seinen Händen, wie ein Spielzeug. Die Beleidigungen wurden lauter und farbiger. »Geh zurück zu der, die dich geworfen hat, oder ich schicke dich zum Teufel!«, rief der Mann.

»Ist er echt?«, rief Jack Hastings zu. Hastings sagte nichts.

Der Mann war jetzt nahe genug, dass Jack die Zierperlen in den Zöpfen ebenso erkennen konnte wie die breiten Metallbänder um die massigen Arme. Sein Gestank war überwältigend, ein Geruch von Schweiß und Stahl und roher körperlicher Macht.

»Ist er echt?«, rief Jack abermals verzweifelt. Er bekam keine Antwort.

Und dann fiel der Mann über ihn her. In plötzlicher Panik hob Jack sein Schwert, um den Schlag abzuwehren, aber es war zu spät. Der Mann hatte seine Axt hochgehoben, und jetzt sauste sie herab. Jack spürte einen kalten Schmerz in der Schulter, und ihm wurde schwarz vor Augen. Als er wieder etwas sehen konnte, lag er auf dem Gesicht im Gras. Er war in einigen Dornensträuchern gelandet, und Dornen stachen ihn in Hände und Unterarme. Er hob den Kopf und sah, dass der Mann fort war. »Na, na, Jack«, sagte Hastings vom Rande der Lichtung her. »Ich fürchte, du bist enthauptet worden. Kein guter Anfang.« Er wirkte erheitert.

Jack rappelte sich auf und pflückte Dornen aus seiner Haut und seinen Kleidern. »Es wäre schön gewesen, die Regeln des Spiels zu kennen, bevor es anfing!«, schäumte er.

»Aber du kennst die Regeln des Spiels«, entgegnete Hastings. »Wir haben sie die ganze Zeit über studiert. Die Regeln des Fechtkampfs. Jetzt musst du sie einfach nur anwenden.«

»Er hat mir den Kopf abgeschlagen, aber ich lebe noch«, bemerkte Jack.

Hastings zuckte die Achseln. »Das sind die Regeln dieses speziellen Spiels unter dem Zauber, den ich verwendet habe, um ihn herbeizurufen. Wir können es uns nicht erlauben, dich beim Training zu verlieren. Versuchen wir es noch einmal!«

Abermals deutete er mit dem Kopf zum Rande der Lichtung. Diesmal tauchte ein Mann zu Pferd auf, bekleidet mit Kettenpanzer und einer Lanze in der Hand.

»Platz da!«, brüllte der Mann. »Oder du stirbst!«

Irgendwie wusste Jack, dass nicht von ihm erwartet wurde, Platz zu machen. Er suchte in dem hohen Gras nach seinem Schwert und ergriff es. »Steig ab!«, rief er zurück. »Wie du sehen kannst, bin ich zu Fuß!« Er hoffte, der andere Mann würde einsehen, dass es ehrlos wäre, ihn einfach niederzureiten.

Der Ritter stieg von seinem Streitross ab. Er trug einen Helm und ein Kettenhemd, aber sein Gesicht war unbedeckt. Er war um die dreißig Jahre alt, glatt rasiert und sah ziemlich gut aus. Der Mann näherte sich mit gezückter Klinge, und mit der anderen Hand schwang er eine Keule. Er hob sein Schwert und stellte sich geschmeidig in Kampfposition. Schattentöter flammte auf, gierig nach Blut, und Jack war erstaunt, dass sein Gegner ein wenig verängstigt wirkte.

Seine Worte waren jedoch kühn. »Mach Platz, Junge. Du bist wohl der Knappe eines tapferen Ritters, der dir folgt.«

»Ich bin allein«, erwiderte Jack und wünschte sich inbrünstig, er hätte Verstärkung.

»Nun denn, sei bereit, dich zu verteidigen!« Mit gezücktem Schwert stürmte der Mann heran, aber diesmal war Jack bereit und parierte den Hieb. Es lag ungeheure Kraft dahinter, und der Aufprall erschütterte Jacks Arm bis hinauf zur Schulter. Er duckte sich, und die Keule sang, als sie die Luft dort spaltete, wo sein Kopf eben noch gewesen war. Er ließ Flammen aus seinem eigenen Schwert strömen, und der Mann wehrte sie mit seiner Klinge ab. Jack warf ihn zurück.

Er fühlte sich jetzt wesentlich zuversichtlicher. Zwar war der Mann eindeutig stärker, aber Jack war flink auf den Füßen, und die Routine war ihm vertraut von den Fechtgängen im Fitnessstudio. Nach einigen Minuten ausgeglichenen Schwerterspiels sandte Jack einen Blitzschlag durch seine Klinge, der dem Ritter das Schwert aus der Hand schlug und ihn zu Boden warf. Benommen setzte sich der Mann auf. Sein Schwertarm hing nutzlos herab. Niemand war überraschter als Jack, der auf der Suche nach weiteren Anweisungen zu Hastings hinübersah.

»Gib ihm den Rest«, sagte sein Lehrer.

»Nein«, widersprach Jack, senkte sein Schwert und wich zurück.

Jetzt war es an dem Ritter, überrascht zu sein. Nach einigen Sekunden löste er sich auf und war verschwunden. Ebenso sein Pferd.

Hastings schritt auf das Feld, und seine Augen glitzerten. »Beim letzten Kampf hast du deine Aufgabe hervorragend erledigt«, erklärte er. »Hervorragend! Also, warum konntest du es nicht zu Ende bringen?«

»Ich will niemanden töten«, entgegnete Jack achselzuckend. Er hätte nie erwartet, sich dafür entschuldigen zu müssen.

»Das ist deine Gabe, Krieger«, fauchte Hastings. »Menschen zu töten. Gewöhne dich daran.«

»Na ja, vielleicht will ich diese Gabe nicht«, sagte Jack. »Ich habe nie darum gebeten.« Wütend rammte er seine Klinge in den Boden und verschränkte die Arme vor der Brust.

Die Stimme des Zauberers wurde ein wenig sanfter. »Ich habe dir gesagt, du sollst es als eine Art Videospiel betrachten.«

Jack schauderte, sah sich auf der Wiese um und streckte dann halsstarrig das Kinn vor. »Das ist kein Videospiel«, antwortete er.

»Nun, es ist auch keine echte Schlacht«, sagte Hastings. Jack war verblüfft über die Bitterkeit in seiner Stimme. Wieder einmal wünschte er sich, etwas mehr über seinen Lehrer zu wissen – woher er gekommen war und was ihn antrieb. Es folgte eine kurze, unbehagliche Pause.

»Wer sind sie?«, fragte Jack und meinte damit seine Gegner.

»Es sind Krieger«, erwiderte Hastings. »Kämpen aus der Vergangenheit, die vor langer Zeit gestorben sind. Den Regeln entsprechend sind sie in der nächsten Welt gefangen. Daher stehen sie uns zu Übungszwecken zur Verfügung, wenn ich sie rufe.« Er rieb sich das Kinn. »Wie du weißt, gibt es nicht mehr viele lebende Krieger, mit denen du Zweikämpfe üben kannst. Vielleicht wäre das moderne Wort dafür ›Trainingsspiel‹.«

Das war es also, was die Passage in den Regeln bedeutet hatte. *Man kann niemals entkommen,* dachte Jack. *Nicht einmal nach dem Tod.* »Wer hat diese Regeln überhaupt aufgestellt?«

»Sie sind Teil des Pakts, unterzeichnet von Repräsentanten der fünf Gilden bei der Gründung.«

Jack erinnerte sich an die Geschichte in seinem Weirbuch von dem Drachen und den fünf Vettern.

Hastings legte Jack eine Hand auf die Schulter, und Jack spürte seine Macht wie Elektrizität in den Knochen. »Was wirst du tun, Jack, wenn jemand wirklich versucht, dich zu töten?«, fragte er.

»Wenn sie mich umbringen wollen, dann werde ich sie meinerseits töten«, entgegnete Jack.

»Du kannst sie nicht deinerseits töten«, sagte Hastings. »Weil du zu dem Zeitpunkt ja bereits tot sein wirst.«

Gut, der Punkt ging an Hastings. »Also werde ich sie wohl zuerst töten müssen.« Und Hastings schien mit dieser Antwort zufrieden zu sein.

Als sie die Wiese verließen, hatte Jack gegen zehn Gegner gekämpft, und sein Resultat war sechs zu vier.

Von da an übten Jack und Hastings mindestens zweimal die Woche auf der Wiese. Manchmal gingen sie samstags hin, so dass sie mehr Zeit dort verbringen konnten. Nach diesen Kämpfen war Jack immer zerschunden und erschöpft, und als das Wetter wärmer wurde, stellte er fest, dass Kämpfen eine heiße und durstige Arbeit war.

Hastings drängte ihn niemals, jemanden zu töten, den er kampfunfähig gemacht hatte, aber Jack teilte in der Hitze des Kampfes einige ernste Hiebe aus und musste auch selbst welche hinnehmen, und einige dieser Kämpfe endeten »tödlich« auf beiden Seiten. Die Schnittwunden, die er überlebte, waren schmerzhaft, wenn er sie einstecken musste, daher nahm er an, dass seine Gegner das Gleiche fühlten. Sobald der Kampf jedoch vorüber war, blieb nichts von den Schmerzen zurück. Ein Teil der Regeln der Beschwörung, erklärte Hastings. Der Zauberer hatte eine Flasche mit einer feurigen Flüssigkeit bei sich, von der er Jack nach einem besonders schwierigen Kampf ein- oder zweimal zu trinken gab. Sie linderte den Schmerz bemerkenswert gut, obwohl Jack den Verdacht hatte, dass die Substanz nicht mit der Null-Toleranz-Haltung gegenüber Drogen und Alkohol an der Trinity Highschool in Übereinstimmung zu bringen war.

Seine Resultate verbesserten sich ständig, obwohl Hastings immer neue Herausforderungen für ihn hatte. Manchmal kämpfte er gleichzeitig gegen zwei oder drei Krieger. Manchmal waren seine Gegner Frauen. Das war gewöhnungsbedürftig, aber er stellte fest, dass diese Kämpfe genauso hart waren wie alle anderen. Einmal kämpfte er gegen einen Jugendlichen, der nur wenig älter war als er selbst. Er trug modernere Kleidung, vielleicht aus dem 19. Jahrhundert. Jack entwaffnete ihn ziemlich schnell.

»Er war noch sehr jung«, bemerkte er zu Hastings. »Und schlecht ausgebildet.«

»Ja, das stimmt«, antwortete Hastings.

»Sind Krieger oft so jung wie ich?«, wollte Jack wissen.

»Sogar noch jünger«, sagte Hastings grimmig. Doch er wollte nicht weiter darauf eingehen. Jack hatte es aufgegeben, nach vielen Dingen zu fragen. Er verstand immer noch nicht, wie es ihn vor seinen Zaubererfeinden schützen sollte, wenn er den Umgang mit einem Schwert erlernte. Schließlich konnte er schlecht mit einem Schwert an der Hüfte durch Trinity spazieren. Er hatte das Gefühl, dass er auf irgendeine Herausforderung vorbereitet wurde, aber er hatte keine Vorstellung, worin sie bestehen mochte. Mehr und mehr schien es, als stünde sein Leben unter der Kontrolle anderer, insbesondere unter der von Hastings. Tante Linda hatte ihn im Stich gelassen. Er fühlte sich wie ein Schizophrener, mit je einem Fuß in einer von zwei Welten: die köstliche Normalität der Schule und das gefährliche Mysterium der Weirwelt. Dumpfe Hinnahme und ein lodernder Zorn, der immer schwerer zu beherrschen war, schienen einander abzuwechseln.

Sein Liebesleben war ebenfalls außer Kontrolle geraten und gleichzeitig vollkommen unbefriedigend. Obwohl Leesha offiziell mit Lobeck ging, schien es, dass Jack bei ihr wieder ganz oben auf der Liste stand. Sie versäumte keine Gelegenheit, ihn anzumachen, egal wer in der Nähe war. Die Folge davon war, dass Jack auch auf Lobecks Liste stand. Einer anderen Liste.

Ellen wirkte gestresst, geistesabwesend und gereizt. Sie hatte über die Saison hinweg ihre Übungseinheiten erhöht und drillte das Team mit wachsender Intensität. Sie und Hastings arbeiteten wie konkurrierende Assistenztrainer.

Und dann, am Ende des Schuljahrs, geschahen mehrere Dinge in rascher Folge, die den gerade gefundenen Rhythmus seines Lebens völlig durcheinanderwarfen.

KAPITEL 10
Der Straßenkampf

Es wurde Juni, und die Fußballmannschaft der Schule befand sich in den Playoff-Spielen. Jack war von Anfang an als offensiver Mittelfeldspieler im Einsatz. Will spielte in der Verteidigung, und Fitch war Torwart und ebenfalls Mittelfeldspieler. Das Spiel um die Bezirksmeisterschaft gegen die Benjamin Harrison Highschool war für den gleichen Abend angesetzt wie Leeshas Geburtstagsparty. Jack erzielte das Siegtor aus dem Mittelfeld, verstauchte sich aber den Fuß. Am Ende hieß es drei zu zwei.

Die Umkleidekabine leerte sich schnell, da der größte Teil der Mannschaft zu Leeshas Party ging. Jack ließ sich Zeit; er hatte es wirklich nicht besonders eilig, dort aufzutauchen. Nachdem der Trainer Jacks Fußgelenk bandagiert und er sich geduscht und angezogen hatte, war er allein. Die Party fand einige Straßen weiter westlich statt, im Lake Side Club. Jack humpelte zum Parkplatz und wünschte, er hätte daran gedacht, sich eine Mitfahrgelegenheit zu sichern. Er freute sich nicht gerade auf den Spaziergang zu Leesha.

Jemand trat aus dem Schatten im Eingang des Gebäudes. Jack zuckte zusammen und hob abwehrend die Hände.

»Jack! Ich bin's.« Es war Ellen. Sie stand mit dem

Rücken zum Laternenpfahl, und ihr Gesicht lag im Dunkeln.

»Was machst du denn immer noch hier? Alle sind weg.«

»Ich wollte sagen … gutes Spiel, Jack. Du warst spitze.«

»Oh. Danke.« Er freute sich. »Ich war mir nicht sicher, ob du kommen würdest.«

Sie verdrehte die Augen, als wolle sie sagen: *Was denn sonst!* »Was macht dein Fuß?«

»Der wird schon wieder. Ist nur ein bisschen steif.« Er drehte den Fuß, um es zu demonstrieren.

»Das ist gut.« Dann richtete sie sich auf und fügte energisch hinzu: »Also, gute Nacht.« Sie wandte sich zum Gehen.

»Warte«, rief Jack. Ellen fuhr wieder herum. »Wann können wir mal was zusammen machen?«

Sie sah sich um, als würde er mit jemand anderem sprechen. »Was zusammen machen?«

»Ja, du weißt schon. Rumhängen. Da die Fußballsaison jetzt vorbei ist, haben wir beide mehr Zeit.«

Sie zuckte die Achseln. »Was machst du jetzt?«

»Ich … ähm … war auf dem Weg zu Leeshas Party.«

»Happy Birthday, Leesha.« Sie wandte sich wieder ab.

Jack hielt sie am Arm fest. »Machen wir was anderes.«

Sie schob die Hände in ihre Jeanstaschen, wiegte sich auf den Absätzen und sah ihn geringschätzig an. »Ist das dein Ernst? Erwartet sie dich denn nicht?«

»Hör zu, jetzt mach mal halblang. Leesha und ich sind nicht zusammen. Sie jagt mir Angst ein.«

Ellen blickte auf ihre Füße hinab und schob mit der

Spitze ihres Turnschuhs einen Stein herum. Dann sah sie auf und lächelte schief. »In Ordnung. Was hast du vor?«

Jack suchte nach Ideen. »Ich könnte dich nach Hause begleiten.«

Sie zog eine Augenbraue hoch. »Du bist verletzt.«

»Ich werde mich auf dich stützen.«

Wenn Jack sich mehr als unbedingt notwendig auf Ellen stützte, so erhob sie doch keine Einwände.

Die Luft war sanft und schwül, als sie auf den Parkplatz kamen, ein Versprechen des vor ihnen liegenden Sommers. Ellen und Jack gingen die Bank Street hinunter zum Marktplatz. Jack fiel auf, dass er nicht einmal wusste, wo Ellen lebte.

»Ich wohne nicht weit vom See«, erklärte sie auf seine Nachfrage. »In Walnut. In einem dieser Apartmenthäuser.«

Einen halben Block lang gingen sie schweigend dahin, langsam, obwohl Jacks Knöchel sich besserte.

»Was willst du nach deinem Abschluss machen?«, erkundigte Ellen sich. »Wenn du alles tun könntest, was du willst?«

»Ich?« Jack überlegte einen Moment lang. »Na ja, ich würde um die Welt segeln.«

»Bist du Segler?«

Jack nickte. »Mein Dad und ich sind früher ständig gesegelt. Er wohnt jetzt in Boston. Er hat dort ein Segelboot, und wir haben schon überlegt, noch ein anderes zu bauen.«

»Du musst deinem Dad nahestehen.«

»Eigentlich nicht. Ich habe ihn seit fast einem Jahr nicht mehr gesehen.« Ellen fragte nicht weiter, was eins der Dinge war, die er an ihr mochte. »Bist du jemals gesegelt?«

Sie schüttelte den Kopf.

»Wenn du willst, nehme ich dich diesen Sommer irgendwann mal mit. Ich meine, ich werde den größten Teil des Sommers in England sein, aber …«

»England!« Sie starrte ihn an. »Fährst du mit Mr. Hastings?«

»Nein, meine Mutter hält dort ein Seminar ab. Etwas über britische Einflüsse auf die Kultur in den Appalachen. Was ist denn mit Hastings?«

»Er geht mit der Chaucer-Gesellschaft auf Tour. Will und Fitch fahren mit. Ich dachte, du wüsstest das.«

Jack schüttelte den Kopf. Er verlor wirklich allmählich den Kontakt zu allem. »Was ist mit dir? Fährst du mit?«

Sie schüttelte den Kopf. »Nein, ich kann nicht. Ich bin den ganzen Sommer weg. Im Lager.« Sie stieß einen langen Atemzug aus und sah zu ihm auf, als ringe sie mit sich, ob sie weitersprechen solle oder nicht. »Ich werde im Herbst vielleicht nicht zurückkommen.«

Jack hatte das Gefühl, als würde sein Innerstes zusammenbrechen. »Was? Warum nicht?«

»Mein Dad hat einen Zeitvertrag bei Ohio Power.« Ohio Power betrieb ein Kraftwerk draußen vor Trinity. »Die Zeit ist fast abgelaufen. Also werden wir wahrscheinlich umziehen.«

Er blieb stehen und drehte sich zu ihr um. »Ellen, das tut mir leid. Das ist ätzend.«

»Ich wollte es dir früher sagen. Ich weiß es schon seit einer Weile.« Sie zuckte die Achseln. »Wir ziehen viel um. Ich bin daran gewöhnt.«

Jack hatte immer geglaubt, das Leben an einem Ort, wo jeder seine Geschichte kannte, sei ein Nachteil. Jetzt war er sich nicht mehr so sicher. »Man sollte meinen, dass er an einem Ort bleiben könnte, bis du zumindest deinen Abschluss hast.«

»Tja.« Sie schüttelte den Kopf. »Ich frage mich, ob wir einander je wiedersehen werden.«

Jacks eigene Zukunft sah im Moment ebenfalls etwas verschwommen aus. »Wir haben zumindest Zeit, bis ich nach England aufbreche. Versuchen wir, das Beste daraus zu machen.«

Inzwischen hatten sie den Marktplatz überquert und bogen auf die Lake Avenue ein.

»Kannst du tanzen?«, fragte sie, als sie den Parkplatz des öffentlichen Strands erreichten. Er sah auf, verblüfft über die Frage. Sie sprach hastig weiter. »Ich meine, ich kann nicht tanzen, und ich habe mir gedacht, du könntest es mir vielleicht beibringen. Oder wenn du es nicht kannst, könnten wir vielleicht …«

Sie brach mitten im Satz ab. Jack entdeckte jemanden auf dem Parkplatz. Drei Jemande. Es waren Garrett Lobeck und seine beiden Freunde, Harkness und Leonard. Sie lehnten an einem Pick-up mit einer offenen Kiste Bier auf der Ladefläche.

»Na, na, wenn das nicht der Held des Abends ist«, höhnte Lobeck. »Wir haben auf der Party nach dir Ausschau gehalten. Wollten einen Trinkspruch ausbringen.« Er leerte seine Bierdose, zerdrückte sie in der Faust und warf sie auf den Boden. Dann angelte er sich eine weitere aus der Kiste, und Jack hörte das Zischen, als er sie öffnete. »Leesha hat auch nach dir gesucht. Sie war wirklich sauer.«

»Oh. Schön. Wir sehen uns morgen«, antwortete Jack. Er nickte Harkness und Leonard zu, die in der Schulmannschaft waren. »Gutes Spiel.«

Er nahm Ellens Arm und wollte einen Bogen um die drei schlagen, aber Lobeck verstellte Jack den Weg. »Für wen hältst du dich eigentlich? Dein billiger Schuss hat mich um meine Aufnahme in die Schulmannschaft gebracht.«

»Verschwinde, Lobeck«, sagte Jack müde. »Vergiss es einfach, ja?«

»Ich werde es vergessen, wenn ich meinen eigenen Schuss hatte.« Lobeck stürzte sich auf Jack und schlug nach ihm; aber die Kombination aus Lobecks Bierpegel und Jacks raschem Schritt zur Seite sorgte dafür, dass seine Faust an Jacks rechtem Ohr vorbeisauste. Wie ein riesiger Truck in voller Fahrt brauchte Lobeck eine Weile, bis er sich wieder umgedreht hatte. »Bleib stehen und kämpfe!«, brüllte er.

»Ich will nicht gegen dich kämpfen, Garrett«, erwiderte Jack. Er warf einen Seitenblick auf Leonard und Harkness, um festzustellen, ob sie mitmachen würden. Sie versperrten ihm den Weg, blieben aber für den Moment nur Zuschauer. Er sah Ellen an. »Geh. Bitte.«

Ellen ballte die Fäuste. »Seid keine Idioten. Jack ist euer Mannschaftskamerad. Was ist los mit euch?« Sie sah aus, als sei sie bereit, selbst zuzuschlagen.

Das hilft mir nicht weiter, dachte Jack. Wenn es zum Kampf kam, wollte er vor allem eines nicht: dass Ellen zusah.

»Oh, also beschützt ihn jetzt seine Freundin.« Leonard lachte, ein harter, keuchender Laut. Da sie Blut im

Wasser spürten, begannen sie ihn wie hungrige Haie zu umkreisen. Das sah nicht gut aus.

Lobeck stürzte sich wieder auf ihn. Jack gelang es, dem Hieb ein zweites Mal auszuweichen, aber dann packte ihn jemand von hinten und hielt seine Arme fest. Es musste Harkness sein. »Schlag einmal zu, und dann suchen wir das Weite.« Die Stimme kam über seine Schulter, zusammen mit einer abscheulichen Bierfahne.

Lobeck war auf dem Weg, einen mörderischen Ausdruck auf dem Gesicht, und Jack hatte das Gefühl, dass er diesmal nicht sein Ziel verfehlen würde. Ihm fiel ein Verwirrungszauber ein, den er bei Nick gelernt hatte. Er sprach die Worte schnell und leise, und der tollwütige Ausdruck auf Lobecks Gesicht verwandelte sich in Erstaunen. Er sah von Jack zu Harkness und wieder zurück. »Also, was wollte ich gerade machen?«, fragte er völlig orientierungslos. Er begann ziellos den Gehweg hinunterzustolpern.

»He!«, rief Harkness ihm nach. »Schlägst du nun zu oder was?«

Lobeck wirbelte wieder herum. »Was?« Mit trüben Augen musterte er die Szene. »Oh ja.« Er kam wieder auf Jack zu.

Klasse. Jack riss sich von Harkness los und drehte sich um. Er bekam gerade noch mit, wie Ellen beide Füße in Harkness' rechte Kniescheibe rammte. Fußballtraining zahlte sich anscheinend aus.

Harkness jaulte auf, wich zurück und umklammerte sein Bein; aber inzwischen kam Lobeck heran. Seine rechte Faust landete mit verblüffender Wucht auf Jacks Wange und rechtem Auge, dann auf der linken

Seite und schließlich mitten im Gesicht. Jack sah Sterne und spürte, wie ihm das Blut warm und feucht aus der Nase strömte. Es war, als seien ihm die Gesichtsknochen in die Augen getrieben worden. Er stolperte einen Schritt vorwärts und sog verzweifelt Luft in seine Lungen, um das zu ersetzen, was ihm herausgetrieben worden war. Und dann übernahmen Wut und Instinkt die Kontrolle.

Er schleuderte den Arm nach vorn, die Finger ausgestreckt, und ein heftiger Schlag landete in Lobecks Mitte, so dass er nach hinten flog und hart auf dem Asphalt landete.

Noch immer loderten Wut und glühend heiße Macht in Jack. Er griff sich einen großen Ast und hielt ihn wie einen mittelalterlichen Kampfstab quer vor seinen Körper, dann ging er auf Lobeck zu, der für den Moment benommen auf dem Rücken lag. Als sein Bewusstsein zurückkehrte, zeichnete sich erst Unglaube auf seinem Gesicht ab, und dann Furcht. Er schob sich auf die Ellbogen hoch, rappelte sich auf und versuchte, sich rückwärtsstolpernd aus der Gefahrenzone zu bringen. Er gelangte an eine niedrige Steinmauer, die um den äußeren Rand des Parkplatzes herum verlief. Keine hohe Barriere, aber hoch genug, dass sie ihm zur Stolperfalle wurde. Jack stand über Lobeck, die Beine gespreizt. Eine schimmernde Flamme lief über seine Waffe, als er sie hoch über den Kopf hob und zum tödlichen Schlag ausholte.

»Jack! Nein!« Ellens Stimme durchdrang seinen Blutrausch. Er schüttelte grimmig den Kopf und konzentrierte sich auf das Nächstliegende. Lobecks Augen waren geweitet, und sein Mund bewegte sich, ob flehend oder betend, konnte er nicht sagen.

»Jack! O Gott! Jack«! Ellen ergriff seinen Ellbogen und riss seinen Arm mit erstaunlicher Kraft zurück.

Das Bewusstsein seiner selbst kam zurückgeflutet. Entsetzt schleuderte er den brennenden Ast davon. Er flog, sich überschlagend, in hohem Bogen über den Parkplatz, ein flammendes Windrädchen, das der See auslöschte. Jack holte unter Schmerzen Luft und wandte sich wieder zu den anderen um.

Harkness saß zusammengekrümmt auf dem Asphalt, hielt sich das Bein und fluchte leise. Leonard starrte Jack und Lobeck mit offenem Mund an. Er hatte offensichtlich nicht vor, sich einzumischen. Ellen stand wie angewurzelt da, die Hände erhoben, das Gesicht bleich und entsetzt. Lobeck stemmte sich auf die Ellbogen hoch und sah aus wie am Ende eines sehr üblen Tages. Für einen langen Moment regte sich niemand.

Jacks Auge schwoll bereits an, daher bekam er es kaum auf, und Blut floss ihm aus der Nase. Er wischte sich mit dem Handrücken übers Gesicht, und als er die Hand wieder sinken ließ, war sie blutverschmiert. »Gehen wir«, murmelte er Ellen zu und nahm sie mit der anderen Hand am Arm. Sie keuchte auf und wich vor seiner Berührung zurück, und er ließ sie schnell wieder los. »Ich bin ... ich bin jetzt okay. Versprochen. Verschwinden wir von hier.«

Keiner der drei Jungen machte irgendwelche Anstalten, sie aufzuhalten.

Der Fußmarsch zu Ellens Haus war eine elende Angelegenheit. Sein Gesicht brannte wie verrückt, und jeder Atemzug schmerzte. Er hatte in seiner wichtigsten Aufgabe versagt: seine magischen Kräfte zu verbergen und unter Kontrolle zu halten. Ellen hatte wahrscheinlich Todesangst, und das war kein Wunder. Er war nur einen Herzschlag davon entfernt gewesen, einen betrunkenen Garrett Lobeck in einem Straßenkampf zu töten. In was verwandelte er sich da?

Vielleicht hatte sein Gebrauch der Macht ihn bereits verraten. Sein Glück konnte nicht ewig halten. Es war eine schöne Vollmondnacht, und die Party im Lakeside ging gerade zu Ende. Alle möglichen Leute hätten am Seeufer entlanggehen und sehen können, was geschehen war. Er schaute sich argwöhnisch um. Nichts regte sich auf der stillen Straße, außer ihm und Ellen. Ihre langen Schatten liefen vor ihnen her, schrumpften unter den Straßenlaternen und streckten sich dann wieder.

Es gab mindestens vier Zeugen. Der menschliche Geist besitzt eine bemerkenswerte Fähigkeit, sowohl abzutun, was er sieht, als auch die Realität der Erwartung anzupassen. Und Lobeck und seine Freunde waren von dem Bier ziemlich hinüber gewesen. Aber das war das zweite Mal, dass er bei Lobeck die Kontrolle verloren hatte. Schwer vorstellbar, dass er wieder damit durchkommen würde.

Mit Ellen war das etwas anderes. Sie war vollkommen nüchtern und ließ sich von niemandem zum Narren halten.

Doch sie stellte keine Fragen. Tatsächlich sprach sie während des ganzen Weges die Walnut Street hinunter kein einziges Wort. Ging einfach grimmig dahin, den Kopf gesenkt, die Hände in den Taschen.

»Ellen, hör zu, ich …«

»Halt den Mund, Jack.«

Also beschäftigte Jack sich mit der Überlegung, was er seiner Mutter erzählen würde.

Als sie Ellens Haustür erreichten, sah Jack in Anbetracht der Umstände und ihrer Gefühle ihm gegenüber doch von seinem Plan ab, es mit einem Gutenachtkuss zu versuchen. Außerdem war sein Gesicht auch nicht gerade in der richtigen Verfassung.

Ellen blickte unbehaglich über ihre Schulter in das dunkle Innere der Wohnung. Sie schien es schmerzhaft eilig zu haben, sich von ihm zu trennen.

»Gute Nacht, Ellen«, sagte er, und die Worte kamen aufgrund der Verletzungen leicht gedämpft aus seinem Mund. »Es tut mir leid, was vorhin passiert ist. Davor fand ich's absolut klasse.«

Zu seiner Überraschung beugte Ellen sich vor und streifte mit den Lippen über seine unverletzte Wange. »Gute Nacht, Jack«, sagte sie. »Mir tut es auch leid.« Dann verschwand sie im Haus.

Als er in die Jefferson Street gelangte, hatte er wenig Hoffnung, dass seine Mutter bereits zu Bett gegangen wäre. Sie war beim Spiel gewesen, und er ging davon aus, dass sie auf ihn warten würde, um ein bisschen zu feiern und über das Spiel zu reden. Er hatte recht. Das Haus der Downeys war hell erleuchtet. An der Tür hing ein großes Schild mit der Aufschrift: »Willkommen daheim, du Held!« Doch im Augenblick kam er sich nicht besonders heldenhaft vor. Er griff nach dem Knauf, aber die Tür wurde geöffnet, bevor er ihn berühren konnte. Und die Person in der Tür war Linda Downey.

»Jack!«, sagte sie entzückt und dann wiederum: »Jack«, allerdings entsetzt, als sie sein Gesicht in der Verandabeleuchtung sah. Dann war Becka da, und die Willkommen-daheim-Party verwandelte sich in eine Erste-Hilfe- und Befragungsstunde.

»Du willst mir also erzählen, dass du dich *geprügelt* hast? Du weißt, dass ich dir immer gesagt habe, du sollst dich bei einem Streit zurückhalten.« Becka hatte immer starke Bande zur Friedensbewegung gehabt. Jack fragte sich, was sie sagen würde, wenn sie sehen könnte, was er auf der Wiese trieb.

»Glaub mir, ich wollte weggehen. Ich suche normalerweise keinen Streit mit Leuten, die doppelt so groß sind wie ich.«

»Oh, ich weiß nicht, Jack«, sagte Tante Linda. »Du siehst aus, als könntest du dich eigentlich gegen jeden wehren.« Sie hatte ihn gebannt angeschaut, und zunächst war er davon ausgegangen, dass sie es wegen seines geschwollenen Auges tat.

»Das hilft uns jetzt auch nicht weiter, Linda«, fauchte Becka.

»Sie waren zu dritt«, erklärte Jack seiner Tante.

»War es jemand aus Harrison?«, fragte Becka, womit sie die andere Fußballmannschaft meinte. »Oder Harrison-Fans?«

»Es waren Garrett Lobeck und seine Freunde. Sie sind in meiner Mannschaft.«

»Warum sollten sie dich denn verprügeln wollen?« Becka war verwirrt. »Vor allem nach dem Spiel, das du da hingelegt hast.«

»Schwer zu erklären«, murmelte Jack. »Es ist irgendwie kompliziert.«

Becka erhob sich. »Na, ich rufe jetzt Bill Lobeck an. Ich habe es satt, dass seine Söhne die Stadt terrorisieren.« Sie griff nach dem Telefon.

»Das würde ich nicht tun, Mom«, sagte Jack hastig. »Ich meine, ich weiß nicht so genau, wie es Garrett im

Moment geht.« Beide Frauen fuhren herum und starrten ihn an. »Ich habe ihn irgendwie niedergeschlagen. Dann sind wir gegangen.«

»Wer ist wir?«, fragte Linda.

»Erinnerst du dich an Ellen Stephenson, Mom? Ich habe sie nach Hause gebracht.«

Becka wollte unbedingt jemanden anrufen. »Vielleicht sollten wir Ellens Eltern anrufen, nur um uns zu vergewissern, dass es ihr gut geht«, schlug sie vor. »Sie muss ziemliche Angst gehabt haben.«

»Oh, ich würde nicht sagen, dass sie direkt Angst hatte«, erwiderte Jack. *Außer vor mir,* dachte er. Er lächelte beinahe bei der Erinnerung an Ellen, wie sie sich auf Harkness gestürzt hatte, und dabei schmerzte ihn wieder das Gesicht. »Hör zu. Ich glaube nicht, dass er mir noch einmal in die Quere kommt. Ich würde die ganze Sache wirklich gern vergessen. Und das geht Garrett bestimmt genauso.«

»Vermutlich hast du recht«, warf Tante Linda schnell ein. »Außerdem wollten wir doch eine Party schmeißen.« Sie zeigte auf den Tisch, wo ein großes Tablett mit Shrimps, Weinflaschen und Traubensaft in Eisbehältern standen. Auf einem echten Kuchen auf dem Sideboard stand: »We are the Champions!«, und daneben prangte ein Fußball.

»Das ist umwerfend«, sagte Jack, dankbar für den Themenwechsel. »Wann habt ihr das alles gemacht?«

»Ich hatte gehofft, rechtzeitig zum Spiel hier zu sein, aber mein Flugzeug hatte Verspätung«, erklärte Linda. »Also dachten wir, das wäre eine nette Überraschung.«

»Es ist eine tolle Überraschung«, sagte Jack. »Wie lange wirst du bleiben?«

»Weiß ich nicht genau«, antwortete Tante Linda.

Becka füllte Weingläser mit Wein und Traubensaft. »Es ist gut, dass du gerade jetzt gekommen bist. Später hättest du uns vielleicht verpasst. Jack und ich brechen nach England auf, sobald das Schuljahr vorbei ist.«

»England!« Linda erholte sich schnell wieder und nahm ein Glas Rotwein entgegen. »Ihr fahrt nach England?«

Becka nickte. »Erinnere dich, wir haben bei deinem letzten Besuch darüber gesprochen. Ich hatte gehofft, dass du uns einen Tipp für ein Haus geben könntest, aber ich habe dich nicht erreicht. Doch Thomas hat eine Freundin mit einem Cottage in Oxford. Sie wird den ganzen Sommer über in den Staaten sein, also wird sie es uns untervermieten. Wenn du zu Hause bist, können wir dich besuchen, aber du brauchst dich nicht verpflichtet zu fühlen.«

»Das klingt ... wunderbar.« Linda versuchte ein Lächeln, aber Jack hatte das Gefühl, dass ihr irgendetwas zu schaffen machte.

KAPITEL 11
Unter Belagerung

Der nächste Morgen war ein Samstag, und Jacks Klasse hatte zum Schuljahresende eine Exkursion nach Cedar Point geplant, einem Freizeitpark am See. Als er in den Spiegel im Badezimmer schaute, war die rechte Seite seines Gesichtes ein flammendes Purpur, und er bekam das Auge immer noch kaum auf. *Toll. Ich werde heute tausend Fragen beantworten müssen.* Er wünschte, er hätte einfach zu Hause bleiben können. Aber Will sollte ihn in einer halben Stunde abholen, und nach ihrem Gespräch bei Corcoran's widerstrebte es Jack abzusagen.

Tante Linda war auf der Sonnenveranda und trank eine Tasse Tee.

»Tut mir leid, dass ich heute wegmuss«, entschuldigte sich Jack. »Ich hätte es nicht eingeplant, wenn ich gewusst hätte, dass du kommst.«

»Wir können heute Abend reden, Jack. Viel Spaß.« Sie wirkte verhalten, fast so, als habe sie geweint. »Habe ich dir gesagt, dass du dich verändert hast?« Er nickte. »Ich bemerke es wahrscheinlich mehr als die meisten Leute, weil ich weg war. Du scheinst viel zu trainieren.«

»Drei oder vier Mal die Woche.«

»Mit Leander Hastings?«

»Ja.« Er räusperte sich. »Wo bist du die ganze Zeit über gewesen? Ich habe nicht gewusst, was ich davon halten soll. Ich hatte Angst, dass Wylie dich erwischt hat oder so.«

»Tut mir leid. Ich habe eine ziemlich lange falsche Spur gelegt, der er gefolgt ist. Und dann musste ich mich um eine ... Angelegenheit kümmern, daheim.«

»Das hört sich an, als würdest du so etwas ständig tun.« Jack konnte die Bitterkeit in seiner Stimme nicht unterdrücken.

»Ich habe beträchtliche Übung darin, mich vor Zauberern zu verstecken, wenn du das meinst.« Sie wollte noch etwas hinzufügen, aber dann ertönte ein lautes Klopfen an der Küchentür.

»Komm rein!«, rief Jack. »Wir sind auf der Veranda.«

»Jack! Wo warst du gestern Abend? Wir ...« Will blieb wie angewurzelt stehen, als er Linda sah. »Oh, hi, Ms. Downey«, sagte er. Dann fiel sein Blick auf Jacks Gesicht. »Mein Gott! Was ist denn mit dir passiert?«

»Ich bin gestern Abend nach dem Spiel Lobeck und Freunden über den Weg gelaufen.« Das war die Kurzfassung, und Jack hatte die Absicht, dabei zu bleiben.

»Was? Du gewinnst das Spiel für uns, und er verprügelt dich?«

»Vergiss es einfach. Ich glaube, er hatte ein paar Bier zu viel intus. Ungefähr ein Dutzend. Was ihn daran erinnert hat, dass er es nicht in die Schulmannschaft geschafft hat.«

»Bist du deshalb nicht auf Leeshas Party gewesen? Sie hat gedacht, du würdest kommen. Fitch und ich haben nach dir gesucht.«

Jack schüttelte den Kopf. »Nein. Tatsächlich war ich

mit Ellen zusammen. Wir haben … ähm … beschlossen, die Party sausen zu lassen«, sagte er.

»Oh. Na gut.« Will nickte. Seinem Gesichtsausdruck nach zu urteilen, fand er Jacks Entscheidung gut. »Du hast nicht viel verpasst. Da waren jede Menge Leute, die getrunken haben, jede Menge Leute, die ziemlich schräg drauf waren.« Will fuhr sich mit der Hand über seine dunklen Haarstoppeln. »Vielleicht wird es Zeit, dass jemand Lobeck mal eine Lektion erteilt. Ich würde mich freiwillig melden.«

Jack sah ihn blinzelnd an. Wills dunkle Augen zeigten Härte und Entschlossenheit. Will hatte eine gewisse Trägheit an sich. Wie ein großes Segelschiff dauerte es lange, bis er gewendet hatte, aber sobald er einmal Fahrt aufgenommen hatte, musste man auf der Hut sein.

»Ist schon gut, Will. Wirklich. Er wird mich nicht wieder belästigen.«

Jack warf sich einen kleinen Tagesrucksack über die Schulter. »Ich bin so weit.«

Will musterte ihn für einen Moment kopfschüttelnd. »Wenn du meinst.«

Fitch wartete im Wagen, und Jack musste seine Geschichte noch einmal herunterbeten. Es würde ein langer Tag werden.

Ellen hatte versprochen, sie gegen Mittag bei einer der Achterbahnen zu treffen. Es war ein wunderschöner Tag, heiß und sonnig, und Jack erwartete, dass praktisch die halbe Schule und die meisten Lehrer dort sein würden.

Sobald sie den Park erreicht hatten, fühlte sich Jack wesentlich besser. Nach einigen anfänglichen Bemerkungen stellte niemand mehr viele Fragen über sein Gesicht oder die Schlägerei mit Lobeck. Der Sieg beim Ausscheidungsspiel machte Jack zu einer Art Berühmtheit. Er hielt Ausschau nach Leesha, sah sie jedoch nicht.

Sie fuhren sofort auf mehreren der größeren Achterbahnen, weil sie annahmen, dass es später voller werden würde. Jack hatte Achterbahnen immer geliebt, und er begriff allmählich, dass virtuelle Gefahr viel reizvoller war als echte. Nachdem sie an einigen der kitschigen Midway-Shows teilgenommen hatten, war es fast Mittag und an der Zeit für das Treffen mit Ellen.

Sie wartete am Blue Streak, und sie trug ein weißes T-Shirt, Shorts und Flipflops. Will und Fitch versuchten, sie wegen der Schlägerei auszuquetschen, erhielten jedoch eine totale Abfuhr. Jack wollte ihren Blick auffangen, um ihr zu danken, aber sie weigerte sich, ihn anzusehen.

Sie fuhren mit dem Blue Streak und gingen in die Spielhalle, und dann war es Zeit fürs Mittagessen. Zum Nachtisch nahmen sie Kirsch-Slushs. Es wurde heiß, und die Wasserkarussells lockten.

»Gehen wir zum Thunder Canyon«, schlug Will vor. »Es wird Zeit, nass zu werden.« Er schlüpfte aus seinem T-Shirt.

»Ich bin noch nicht fertig mit meinem Slush.« Jack hob den Pappbecher.

»Lassen wir sie doch solange stehen«, schlug Ellen vor und zeigte auf das breite Geländer an der Lagune. »Die Schlange ist gerade nicht sehr lang.«

Im Thunder Canyon wurden sie alle klatschnass. Da die Schlange nach wie vor nicht sehr lang war, fuhren sie noch zwei weitere Male. Sie kamen heraus und schüttelten sich wie Hunde, wobei sie Wasser in alle Richtungen verspritzten.

»Du bist nicht annähernd nass genug, Jack!« Ellen schnappte sich sein Getränk und drohte, es über seinem Kopf auszuleeren. Er warf die Hand hoch, schlug gegen ihren Arm, und der größte Teil des Inhalts spritzte in den Fischteich darunter.

»Jetzt sieh mal, was du angerichtet hast«, sagte Jack, dankbar darum, dass Ellen ihren Sinn für Humor wiedergefunden hatte. Es war praktisch das erste Mal an diesem Tag, dass sie mit ihm gesprochen hatte. Er drehte sich um und wollte sehen, ob die Karpfen in der Lagune sich das Eis holen würden. Will beugte sich ebenfalls lachend über das Geländer, aber dann war er auf einmal verwirrt. Jack folgte seinem Blick. Tote Fische tauchten in einem anschwellenden Ring um das schmelzende Slush herum auf, deren bleiche Bäuche auf dem trüben Wasser des Freizeitparks schimmerten. Hunderte von ihnen.

Einen Moment lang war Jack wie erstarrt, während er das Gesehene verarbeitete. Dann begegnete er Wills Blick, und der Bann war gebrochen. In einer einzigen schnellen Bewegung schnappte Jack sich den Becher mit dem Rest seines Getränks und warf ihn in die Plastiktüte, die er für seine nasse Kleidung mitgenommen hatte. Das Ganze stopfte er in seinen Tagesrucksack. Dann fuhr er mit dem Arm über das Geländer und warf die restlichen Slushys in die Lagune. Ellen und Fitch heulten protestierend auf, als sie ihre Getränke vom Geländer fliegen sahen.

»Tut mir leid«, sagte Jack. »Meine Schuld. Ich spendiere eine neue Runde. Diesmal aber Limo.« Und er führte den immer noch protestierenden Fitch und Ellen vom Wasser weg, gefolgt von Will, der den Kopf schüttelte und die Stirn runzelte.

»Interessant«, bemerkte Nick Snowbeard und sah von seinem Mikroskop auf. Er hatte in seiner winzigen Küche ein regelrechtes Chemielabor aufgebaut. Jack und Tante Linda saßen am Küchentisch. Jack hatte eine magische Barriere errichtet, damit niemand sonst hereinkommen konnte – Nick erlaubte seinem Schüler, mit einigen seiner Leistungen anzugeben.

»Es ist ein uraltes angelsächsisches Nervengift. Fettlöslich. Sehr schnell wirksam und effektiv. Schwer nachzuweisen. Man braucht nur wenig davon.« Er strich sich über den Bart. »In Cedar Point dürfte kein einziger Karpfen mehr am Leben sein.«

»Wer könnte denn so ein Gift haben?«, fragte Jack. »Und woher?«

»Es wird aus Pflanzen gewonnen. Seine Herstellung ist nicht schwer, wenn man die richtigen Zutaten hat; aber nur wenige kennen es. Muss jemand aus der Familie sein.«

»Wenn Sie mit Familie die Rosen meinen, dann haben Sie wohl recht!«, explodierte Jack. »Wer sonst sollte mich töten wollen?« Er sackte auf seinem Stuhl zusammen.

»Wer war heute im Park?«, fragte Linda.

»Alle, die ich kenne«, antwortete Jack. »Und eine Menge Leute, die ich nicht kenne.« Leesha Middleton würde ihn wahrscheinlich in diesem Moment liebend gern vergiften.

Seine Tante seufzte und zog die Knie unters Kinn. »Offensichtlich ist jemand hinter dein Geheimnis gekommen.«

Nick blickte nachdenklich drein. »Ein Giftanschlag kann so leicht danebengehen. Wie in diesem Fall. Es ist eine ziemlich ... ineffiziente Weise, jemanden zu töten.«

Jack schlug mit der Hand auf den Tisch. »Sie haben vielleicht das ganze westliche Becken vergiftet, aber ich glaube nicht, dass sie deswegen schlaflose Nächte haben werden. Versteht ihr denn nicht? *Sie wissen, wer ich bin! Sie wissen, wo ich wohne.* Was soll sie daran hindern, mich mitzunehmen? Oder Schattentöter.« Er richtete sich auf seinem Stuhl auf. »Eine der sieben großen Klingen, und sie ist unter meinem Bett versteckt, zusammen mit meinem Karton mit Baseballkarten. Wie lange wird es dauern, das herauszubekommen?« Er verspürte den plötzlichen Drang, nach Hause zurückzugehen und sich davon zu überzeugen, dass das Schwert immer noch da war.

»Ich habe Schutzzauber um das Haus gelegt«, sagte Nick sanft. »Es wird nicht leicht sein, dich von da mitzunehmen. Und ich wäre sehr überrascht, wenn sie dich direkt töten würden.«

»Da fühle ich mich ja gleich viel besser«, murrte Jack.

»Das könnte eine Warnung sein. Oder ein Versuch, dich in Panik zu versetzen, damit du wegläufst.«

»Na ja, es hat funktioniert.«

Linda blickte auf. »Nikodemus. Wie kommt er mit der Zauberei voran?«

»Jack hat ein überraschendes Talent für Zauberei, trotz seines Kriegersteins.«

»Reden wir über Salontricks und Schrullen? Oder über etwas, das er wirklich anwenden kann?«

»Er ist weit darüber hinaus«, versicherte ihr Nick. »Er hat seine Sache sehr gut gemacht. Ich würde ihn nicht gerade einen mächtigen Zauberer nennen, aber er ist mächtiger als so mancher, der den Stein trägt. Ich habe nie jemanden außerhalb der Zauberergilde gesehen, der tun kann, was er tut.«

»Erzähl mir von deinem Training, Jack!«, sagte Tante Linda abrupt. Jack ging kurz das Programm durch, erzählte von den Stunden im Fitnessstudio und endete mit den Kämpfen auf der Wiese. Sie runzelte die Stirn. »Das ist eine ziemlich klassische Ausbildung«, meinte sie. »Hat er sonst nichts mit dir gemacht?«

Jack überlegte. »Wir haben einige Zeit damit verbracht, mit einer Schlinge zu arbeiten. Dann sind da noch einige waffenlose Sachen wie Ringen und Tai Chi. Ich habe allein mit Gewichten trainiert. Aber wir verbringen den größten Teil unserer Zeit mit den Floretten und dem Schattentöter auf der Wiese.«

Linda zögerte, bevor sie die nächste Frage stellte. »Wie ist Leander Hastings als Lehrer?«

»Er weiß, was er tut. Er ist bereit, eine Menge Zeit mit mir zu verbringen, aber er kann ziemlich anspruchsvoll sein.« Jack dachte einen Moment nach. »Er muss die totale Kontrolle haben. Er beantwortet nur die Fragen, die er beantworten will.«

Linda nickte, als sei sie nicht überrascht. »Das klingt nach Leander.«

Jack konnte nicht umhin zu denken, dass es auch nach Linda klang. Er ärgerte sich langsam über das Verhör. Er hatte eigene Fragen, die er stellen wollte. Linda stand auf und ging in dem kleinen Raum zwischen der Theke und dem Tisch auf und ab.

»Ich halte diese Reise nach England für keine gute Idee«, bemerkte sie, ohne Jack anzusehen.

»Wovon redest du?«, fragte Jack überrascht.

Linda sprach schnell und überzeugend. »Wenn du hinfliegst, wird Dr. Longbranch dich sehen wollen. Und ich halte das für keine gute Idee ... in deinem jetzigen Zustand.«

Jack stand auf, die Füße leicht gespreizt, die Arme verschränkt. »Tante Linda, ich glaube, es ist an der Zeit, dass du ehrlich zu mir bist. Leute versuchen, mich umzubringen. Ich glaube, ich verdiene es zu wissen, wer und warum.«

»Na gut«, erwiderte Linda und legte die Hände auf die Rückenlehne ihres Stuhls. »Erinnerst du dich daran, wie ich dir erzählt habe, dass die Weir in der Vergangenheit immerzu gekämpft haben, zumeist miteinander?«

Jack nickte und setzte sich; er vermutete, dass es eine lange und unangenehme Geschichte werden würde.

»Es gibt tatsächlich zwei Hauptzweige der Familie, die seit Jahrhunderten miteinander kämpfen. Angefangen hat es mit zwei Brüdern. Erinnerst du dich an die Rosenkriege?«

»Ein Bürgerkrieg zwischen zwei britischen Adelshäusern. Lancaster und York, nicht wahr?« Jack bemühte sich, sich die britische Geschichte ins Gedächtnis zurückzurufen. »Hat das nicht mit der Schlacht bei Bosworth Field geendet?« Er und Nick hatten viel Zeit mit diesem Thema verbracht. Verständlicherweise war der alte Zauberer ein Experte.

»Nicht für uns. Ein Zweig unserer Familie trug die rote Rose und der andere die weiße. Noch Jahre nach Bosworth gingen die Kämpfe weiter, und keine der beiden Seiten hat wirklich die Oberhand gewonnen«, berichtete Linda. »Im sechzehnten Jahrhundert begriffen selbst die blutrünstigsten Zauberer beider Häuser, dass es nicht so weitergehen konnte. Etwa zu dieser Zeit sind mehrere hundert Weir nach Amerika ausgewandert, um den fortgesetzten Kriegen und der Herrschaft der Zauberer zu entfliehen. Darunter waren Repräsentanten aller Gilden. Wir stammen von einer Gruppe Demokraten ab, die der Bärenclan genannt werden. Für jene, die blieben, wurde ein neues System entwickelt, ein System von Turnieren.«

Jack sah ihr in die Augen. »Nick hat mir von dem Spiel erzählt.«

Linda zuckte zusammen, und ihre Wangen röteten sich leicht. »Das Spiel«, wiederholte sie. »Also waren Zauberer nicht länger in die eigentlichen Kämpfe verwickelt. Der Schwerpunkt bestand jetzt darin, Krieger zu rekrutieren, sie auszubilden … sie auf gewisse Kräfte und Charakteristika, die sich als vorteilhaft erweisen würden, zu *züchten.«* Sie sah Jack an, dann wandte sie den Blick wieder ab. »Nur dass diese Bemühungen nach hinten losgingen. Der Schwerpunkt lag so sehr auf der Gabe der Macht, dass sie den Körper vernachlässigten, der sie tragen sollte. Wegen der Inzucht wurde die Linie kränklich und starb allmählich aus. Deswegen und aufgrund der Tatsache, dass Krieger in Scharen bei den Turnieren zu Tode kamen. Selbst die erfolgreichen lebten oft nicht lange genug, um Kinder zu bekommen.«

»Warum haben sie dann nicht einfach aufgehört zu kämpfen?«

»Aus vielerlei Gründen. Tradition. Rache. Kontrolle über eine Schatzkammer mit magischen Artefakten, der letzten ihrer Art. Stimmt schon«, sagte sie angesichts von Jacks Reaktion. »Der Gewinner des Turniers übernimmt die Kontrolle über den Zaubererrat, der die Gilden beherrscht. Diejenigen, die durch das System an die Macht gekommen sind, werden es wohl kaum verändern. Unsere Familie ist eine Aristokratie: privilegiert und müßig, mit wenig anderem zu tun, als Intrigen zu spinnen.

Als ihnen also damals, im 18. Jahrhundert, die Krieger in der Alten Welt ausgingen, muss sich jemand in den europäischen Gilden an jene erinnert haben, die zwei Jahrhunderte zuvor nach Amerika ausgewandert waren. Sie besitzen umfangreiche Unterlagen. Sie haben wirklich sehr viel für Genealogie übrig.

Der Zweig in Amerika hat seine Bande zu den Rosen durchtrennt und den Silberbären als unser Emblem verwendet. Außerdem haben wir sehr oft Anaweir geheiratet, Menschen ohne die Gabe. Deswegen erbt nicht jeder. Vielleicht ist das der Grund, warum du ohne einen Stein geboren wurdest. Aber viele Leute in diesem Zweig der Familie haben die Gabe und sind körperlich gesund. Und sie sind verwundbar, weil sie entweder nichts von ihren Gaben wissen oder nicht ausgebildet wurden, sie zu benutzen. Sie sind nicht eingegliedert, und daher mangelt es ihnen an Schutz.

Also begannen die Rosen, uns aufzuspüren. Sie suchten nach den Trägern der Kristalle, insbesondere jenen mit Kriegermerkmalen. Und diese verschwanden dann. Besonders gern stehlen sie Kinder und ziehen sie für das Spiel groß. Es hat lange gedauert, bevor wir verstanden haben, was geschah. Aber es gab einige von uns in der Familie, die die alten Sitten und Gebräuche studierten, die die Traditionen kannten, die die Bedeutung der Weirbücher verstanden.«

»Wo ist der Rest der Familie?«, fragte Jack.

»Überall verstreut«, erwiderte Linda. »Es existieren nach wie vor mehrere bedeutende Bollwerke in Großbritannien, aber ansonsten haben sie sich überall auf der Welt angesiedelt. Es sind wirklich reiche und mächtige Leute, Jack. Es sind Leute, die in die Zukunft sehen und andere beherrschen können. Sie haben keine Mühe, ihren Lebensunterhalt zu verdienen.«

Jack dachte über seine Tante nach, die stets über genügend Mittel verfügte, obwohl sie keine sichtbaren Einkünfte hatte. »Willst du mir sagen, dass diese Turniere ständig stattfinden und dass niemand davon weiß?«

»Es sind nicht mehr so viele, wegen der Knappheit an Kriegern. Aber sie gehen tatsächlich weiter.« Linda zuckte die Achseln. »Das Turniersystem hat gut funktioniert, zumindest aus Sicht eines Zauberers. Es spart Leben und Besitz. Verstehst du, Zauberern ist es laut gegenseitiger Verpflichtung nicht gestattet, einander zu überfallen. Die Verpflichtung hat sich nicht geändert, seit sie im sechzehnten Jahrhundert niedergeschrieben wurde. Die anderen Gilden sind natürlich Freiwild.«

Jack erinnerte sich an das Buch mit den Kampfregeln, das Hastings ihm gegeben hatte. »Die Regeln. Oh, richtig. Die habe ich.« Sein Tagesrucksack lag auf dem Tisch. Er griff in die Seitentasche und holte den schmalen Band hervor.

Linda reagierte, als habe er eine Schlange aus seinem Rucksack gezogen. »Woher hast du das?«, fragte sie scharf.

»Mr. Hastings hat es mir gegeben. Ich habe es studiert.«

»Nun ja, du wirst es nicht brauchen, weil du gegen niemanden kämpfen wirst«, sagte seine Tante schlicht.

»Warum muss ich dann dieses ganze Training absolvieren?« Jack stopfte das Buch wieder in seinen Rucksack, verwirrter denn je.

Linda ergriff seinen Arm und blinzelte gegen Tränen an. »Jack, ich gebe mein Bestes, und zwar jeden Tag, dich am Leben zu erhalten. Nach deiner Geburt musste ich Jessamine Longbranch hinzuziehen, sonst wärst du gestorben. Sie ist eine erstklassige Zauberin der Weißen Rose. Sie hat dir einen Kriegerstein gegeben, weil sie davon ausging, dass du letzten Endes für sie kämpfen würdest. Es ist mir gelungen, sie davon zu überzeugen, dass sie dich dort lassen sollte, wo du bist. Ich habe behauptet, dass du später ausgebildet werden könntest und dass es schwierig für die Rote Rose sein würde, dich in Trinity zu finden.« Tante Linda lächelte schwach. »Du weißt, ich kann sehr überzeugend sein. Und bis vor Kurzem hat dich ja auch niemand gefunden.

Der Premierzauberer der Roten Rose ist ein Mann namens Geoffrey Wylie. Er war der Mann, dem du auf dem Friedhof begegnet bist. Da die Weiße Rose die ganze Zeit über gewusst hat, dass du hier warst, kann ich nur annehmen, dass Wylies Gruppe hinter dem Gift steckt. Aber es ergibt keinen Sinn. Wenn sie wissen, wer du bist, würden sie dich nur als letztes Mittel töten.«

Nick nickte. »Wollte ein Zauberer jemanden töten, würde er außerdem kein Gift wählen, sondern direkter handeln. Aber Wylie würde dich nicht töten. Er würde dich gefangen nehmen und ein Turnier einberufen. Wenn die Weiße Rose keinen Spieler ins Feld schicken kann, dann gewinnt er kampflos.« Er rieb sich nachdenklich den Bart. »Ich habe seit dem Tag des Auswahlspiels keine Spur von Zauberern in Trinity entdeckt. Wenn sie immer noch in der Stadt sind, dann halten sie sich verborgen, vielleicht wegen Hastings. Ich meine, wir sollten nicht jetzt schon in Panik geraten.«

Linda runzelte die Stirn. »Wenn Dr. Longbranch begreift, dass die Rote Rose dir auf die Spur gekommen ist, wird sie dich sofort holen.« Sie bemerkte, dass Jack nicht begriff, und sprach hastig weiter. »Sie wird dich zum Training holen. Ich weiß, was sie mit Kriegern machen, um sie auf das Spiel vorzubereiten.« Ihre Stimme verlor sich, als begreife sie plötzlich, mit wem sie sprach.

»Du bist fast erwachsen, Jack. Dr. Longbranch wird in jedem Fall nicht mehr lange warten, bis sie dich holt. Also habe ich mich mit Hastings in Verbindung gesetzt. Er war es, der vorgeschlagen hat, dass wir das Schwert bergen und dich heimlich ausbilden. Er war der Ansicht, der Schattentöter könnte das entscheidende Element sein; er kann das Kräfteverhältnis vielleicht ausgleichen.«

»Wer ist Hastings genau?«, wollte Jack wissen.

»Ich kenne ihn schon lange. Er stammt von der Bärenlinie ab, genau wie wir. Hastings ist ein mächtiger Zauberer, und er hatte immer ein starkes Interesse an Kriegern und Kriegertraining. Er ist seit Langem ein

Verteidiger der geringeren Gilden, die wir die Anazauber-Weir nennen oder Nichtzauberer-Weir. Ich wusste, dass er ein ausgezeichneter Lehrer sein würde.«

Jack verstand langsam, wie trostlos die Lage war. Trinity war absolut nicht mehr sicher. Es war ein zu kleines Loch, um sich darin zu verstecken. Vielleicht war die Zeit gekommen, die Stadt zu verlassen.

»Sieh mal, Tante Linda, ich muss nach England gehen. Meine Mutter hat bereits die Flugtickets besorgt. Sie spricht seit Monaten davon, was wir alles unternehmen werden.«

»Kannst du einen Besuch bei Dr. Longbranch vermeiden?«

»Ich glaube, Mom hat sie bereits angerufen und ihr mitgeteilt, dass wir kommen.«

Linda wirkte resigniert. »Dann wirst du wieder Weirsbann einnehmen müssen.«

»Nein!« Jack sprang auf und wich vor ihnen zurück. »Ich bin mit diesem Zeug durch. Du hast es versprochen.«

»Aber Jack, sie wird Verdacht schöpfen. Die Veränderung, die du durchgemacht hast, war, nun, bemerkenswert.«

»Ich bin ein Teenager. Teenager verändern sich.« Jack schüttelte den Kopf. »Ich werde es nicht einnehmen. Ich meine es ernst. Lieber würde ich sterben.« Noch während er das sagte, war er ein wenig erstaunt über sich selbst. Er konnte sich nicht daran erinnern, Linda jemals widersprochen zu haben.

Linda wirkte ebenfalls überrascht, behielt aber jeden Kommentar für sich. »In Ordnung, Jack. Wenn du meinst.«

Die auf den Ausflug nach Cedar Point folgende Woche war die Examenswoche, die letzte Schulwoche. Als Will am Montagmorgen kam, fand er die Küchentür von Jacks Zuhause verschlossen. Er sah durch die Fliegentür und konnte Jack sehen, der den Kopf auf den Tisch gelegt hatte und schlief, sein Müsli halb aufgegessen. Will musste mehrmals gegen die Tür hämmern, bevor Jack mit wildem Blick erwachte. Als er sah, wer es war, stand er auf, ließ Will herein und schloss die Tür wieder hinter ihm ab.

»Du schließt jetzt also deine Türen ab«, bemerkte Will. Er bedeutete Jack, sein Müsli aufzuessen, und schüttete sich selbst eine halbe Schale voll. Jack sah schrecklich aus. Sein blaues Auge verfärbte sich jetzt grün und gelb. Unter dem anderen Auge zeigten sich dunkle Ringe. Er mochte ein körperliches Meisterwerk sein, sah jedoch aus wie ein emotionales Wrack. »Bist du gestern Nacht noch lange aufgeblieben, um für Sozialkunde zu lernen?«

»Sozialkunde? Ähm, ja.« Jack schaufelte sich mechanisch sein durchweichtes Müsli in den Mund.

»Fitch sagt, er könne sich heute Abend mit uns treffen, um Mathe zu lernen. Ellen schafft es nicht. Sie hat wohl die ganze Woche Verwandte zu Besuch.«

Jack zuckte die Achseln, als sei es ihm gleichgültig. »Okay.«

»Hör zu, Jack.« Will zögerte. »Ich habe mich gefragt, ob dir die Polizei bei deinem Problem helfen könnte!«

Jack schien einen Moment zu brauchen, um Wills Worte zu verarbeiten. Er starrte seinen Freund an. »Was meinst du damit?«

»Nun, ich frage mich, ob ihr, du und deine Tante,

irgendwie in Schwierigkeiten steckt. Es kommt mir so vor, als würde jedes Mal, wenn sie zu Besuch ist, irgendetwas passieren.« Jack erwiderte nichts, daher sprach Will hastig weiter. »Mein Onkel ist Sergeant bei der Polizei von Trinity. Vielleicht könnten wir mit ihm reden. Einfach inoffiziell, weißt du. Er kann dir vielleicht einen Rat geben.«

Jack schüttelte den Kopf. Da war ein Anflug von Resignation an ihm, der Will beunruhigte. »Nein, ist schon in Ordnung. Alles wird gut werden«, wiederholte er wenig überzeugend. »Wir brechen in ein oder zwei Wochen nach England auf.«

Will nickte. »Na ja, du bist nicht der Einzige, der in diesem Sommer auf Reisen geht. Hast du gewusst, dass Fitch und ich ebenfalls nach England fliegen?«

Das riss Jack aus seiner Lethargie. »Stimmt, Ellen hat es mir erzählt. Aber ich weiß nicht viel darüber.«

»Mr. Hastings hat das organisiert. Die Chaucer-Gesellschaft verbringt einen Monat in England. Es wird sich mit deiner Zeit dort überschneiden, weil du fast den ganzen Sommer in England bist, nicht wahr?«

Jack nickte. »Ich schätze, ja. Aber wie kann Fitch es sich leisten, nach England zu fliegen?«

»Einige private Sponsoren sind eingesprungen. Mr. Hastings hat uns alle Aufsätze schreiben lassen. Der von Fitch war wirklich beeindruckend. Wir bekommen alle ein wenig Unterstützung, aber er bekommt ein volles Stipendium.«

Genau in dem Moment hörte Will jemanden die hintere Treppe zur Küche herunterkommen. Es war Linda Downey. Will betrachtete sie mit einer eigenartigen Mischung aus Feindseligkeit und Faszination. Er war davon überzeugt, dass Jacks schöne Tante irgendwie für Jacks Schwierigkeiten verantwortlich war.

»Hi, Jack. Hi, Will.« Linda begrüßte sie warm, aber ihr Lächeln erlosch, als sie Wills Gesichtsausdruck sah. Jack bemerkte es nicht. »Ich fahre euch beide zur Schule.«

Will war enttäuscht. Er hatte darauf gehofft, etwas Zeit für ein Vier-Augen-Gespräch mit Jack zu haben, um den Ereignissen in Cedar Point auf den Grund zu kommen und ihn dazu zu überreden, mit Onkel Ross zu sprechen. Ihm fiel nichts ein, wie er sonst hätte helfen können.

Jack nickte. »Sicher, okay«, sagte er, als sei es ihm vollkommen gleichgültig. »Ich hole meine Büchertasche.«

Tante Linda hatte diesmal einen kleinen silbernen Sportwagen gemietet. Für gewöhnlich hätte Will darum gebettelt, den Wagen fahren zu dürfen, aber diesmal legten sie das kurze Stück zur Trinity Highschool in völligem Schweigen zurück. Linda fuhr vor der Highschool vor. Als Jack ausstieg, lehnte Linda sich über die Gangschaltung zu Will zurück und sagte so leise, dass nur er sie hören konnte: »Bitte, behalte ihn im Auge, Will.«

Will blickte überrascht auf. Sie war nah, sehr nah; sie hatte den Blick dieser unmöglich blauen Augen auf ihn gerichtet, und sie wirkte absolut ernst, fast flehend.

Oh Gott, dachte er und spürte, wie ihm das Blut ins Gesicht schoss.

Sie hielt ihm einen Zettel hin. »Hier ist meine Handynummer. Ruf mich an, wenn etwas Ungewöhnliches passiert.«

»Sicher. Okay.« Ihre Finger berührten sich, als er den Zettel annahm. Widerstrebend rutschte er über den Sitz, stieg ebenfalls aus und richtete sich auf dem Gehweg auf. Er stand unsicher da, den Zettel in der Hand, und sah Linda davonfahren.

Danach fiel es Will schwer, sich auf seine Prüfung zu konzentrieren, und er war fast dankbar, als die Zeit abgelaufen war. Er und Jack gaben ihre Sozialkundebücher ab, gingen zurück zu ihren Schließfächern und holten die Unterlagen, um für Mathe zu lernen. Jacks Schließfach war neben dem von Will, und es stand offen. Es sah aus, als sei es geplündert worden. »Scheinbar habe ich mein Fach nicht abgeschlossen«, sagte Jack zu Will und schüttelte den Kopf. »Ich dreh wirklich langsam durch.«

Und dann war plötzlich Penworthy da. »Mr. Swift, kommen Sie sofort mit ins Büro.« Penworthy wirkte so nervös, dass er buchstäblich zappelte.

Jack sah ihn überrascht an. »Geht es um mein Schließfach?«

»Das könnte man so sagen.« Der Mund des Direktors verzog sich jedes Mal zu einem Ausdruck des Abscheus, wenn er aufhörte zu sprechen.

»Ist schon gut«, versicherte ihm Jack. »Ich glaube nicht, dass etwas fehlt.«

»Ich habe Ihnen gesagt, Sie sollen mich begleiten«, wiederholte der Direktor. »Sie können Ihre Sachen hierlassen.« Etwas in seinem Ton ließ Will herumfahren, um das Ganze zu beobachten. Penworthy schob Jack praktisch den Flur entlang, und Jack blickte über seine Schulter zu Will zurück. Verwundert folgte ihnen Will in diskretem Abstand. Der Direktor trieb Jack in den vorderen Teil des Gebäudes und in das Verwaltungsbüro. Will betrat das äußere Büro gerade rechtzeitig, um zu sehen, wie sich die Tür von Penworthys innerem Büro schloss. Die Sekretärin blickte fragend auf.

»Ähm, ich warte darauf, dass mich jemand abholt«, erklärte Will. Er setzte sich auf einen Stuhl an der Tür. »Er wird jeden Moment hier sein.« Lindas Worte fielen ihm wieder ein. *Behalte ihn im Auge, Will.* Sie verließ sich auf ihn. Er wollte erst weggehen, wenn er herausgefunden hatte, was los war.

Als Jack das Büro des Direktors betrat, sah er zwei Männer an einem kleinen Tisch sitzen. Sie waren lässig gekleidet, mit Sweatshirt und Jeans. Er schätzte beide auf dreißig Jahre, und sie wirkten ziemlich rau. Einer war dunkelhaarig mit Bartstoppeln und der andere blond und glatt rasiert mit einer hervorstechenden Narbe, die sein Kinn entlanglief. Beide sahen durchtrainiert aus. Sie erhoben sich gleichzeitig mit identischen verwirrten Mienen. »Sind Sie sicher, dass er es ist?«, fragte einer von ihnen Penworthy und deutete mit dem Kopf auf Jack.

»Das ist Jackson Swift«, sagte Penworthy unterwürfig. Er setzte sich hinter seinen Schreibtisch und bedeutete Jack, auf einem leeren Stuhl auf der anderen Seite des Tisches Platz zu nehmen, den Männern gegenüber. Jack setzte sich und beobachtete die beiden Männer argwöhnisch. Sie musterten ihn wie etwas völlig Unerwartetes.

Jeder der Fremden zog ein Mäppchen aus Kunstleder hervor, öffnete es und zeigte eine Marke vor. Der dunkelhaarige Mann ergriff das Wort. »Jack, ich bin Brad Hansford, das ist Mike Sowicky. Wir sind von der

Rauschgiftabteilung der Polizei von Trinity. Wir würden Ihnen gern ein paar Fragen stellen.«

Jack war verwirrt. Er kannte einige der Polizeibeamten aus Trinity, einschließlich Wills Onkel Ross, aber diese beiden Männer hatte er noch nie zuvor gesehen. Er sah von einem zum anderen und dann zu Penworthy. Die Hände des Direktors hinterließen feuchte Flecken auf der Schreibtischunterlage. »Worum geht es denn?«

Diesmal ergriff Sowicky das Wort. »Jack, wir haben heute Morgen Ihr Schließfach durchsucht und das hier gefunden.« Er warf zwei Plastiktüten auf den Tisch. Eine enthielt eine grüne, blättrige Substanz, die andere eine Handvoll Pillen und Kapseln.

»Moment mal!«, protestierte Jack. »Das Zeug habe ich noch nie im Leben gesehen.«

»Deswegen wollen wir mit Ihnen reden, Jack. Wir würden das gern aufklären.« Es war wieder Hansford, der dunkelhaarige Detective. Seine Stimme war besänftigend.

Jack verarbeitete das Ganze nur langsam, und etwas Nützliches wollte ihm auch nicht einfallen. »Warum haben Sie mein Schließfach durchsucht?«, fragte er schließlich, um Zeit zu schinden.

»Wir haben einen Tipp erhalten, dass Sie womöglich mit Drogenhandel zu tun haben«, antwortete Sowicky. »Also haben wir uns mit Mr. Penworthy in Verbindung gesetzt. Er war eine große Hilfe.« Er lächelte den Direktor an, der zugleich beunruhigt und wichtigtuerisch wirkte.

»Hören Sie, Sie haben den Falschen. Ich verkaufe keine Drogen!« *Ich muss wieder träumen,* sagte Jack sich. Nur, wie sollte er sich aufwecken?

»Woher haben Sie das blaue Auge, Jack?«, fragte Sowicky. »Stecken Sie irgendwie in Schwierigkeiten?«

Jack wollte etwas antworten, besann sich dann aber eines Besseren. Er wusste, dass er in ernsthaften Schwierigkeiten steckte, und er verstand den Grund dafür nicht. Wer sollte Drogen in seinem Schließfach deponieren? Sicher, es gab ein paar Leute, die ihn tot sehen wollten, und andere, die ihn gefangen nehmen wollten, aber warum sollte jemand wollen, dass er ins Gefängnis kam? Er bemühte sich, klar zu denken, aber sein Gehirn wirkte ungewöhnlich träge.

Nach der Art, wie sie sich kleideten, arbeiteten die beiden bestimmt verdeckt. Aber sollten sie ihm nicht einen Anwalt anbieten, bevor sie ihre Fragen stellten? Er versuchte, das Rätsel zu lösen, aber sein Verstand wollte nicht reagieren.

Hansford ergriff wieder das Wort. »Wir nehmen Sie mit aufs Revier, um Ihnen ein paar Fragen zu stellen. Ihre Eltern sind bereits informiert. Sie haben gesagt, sie würden uns dort treffen.«

»Aber ich habe in zwei Stunden eine Prüfung!«, erwiderte Jack und erkannte gleich darauf, wie dumm diese Bemerkung war.

Hansford lächelte. Er war eindeutig der freundlichere der beiden Männer. »Mit ein wenig Glück werden wir die Sache aufklären, und Sie werden rechtzeitig zurück sein und können die Prüfung ablegen.«

Jack schloss die Augen. Etwas flatterte in seinem Hinterkopf wie winzige Flügel. Nein, nicht Flügel. Worte. Eine besänftigende Litanei. *Aufs Revier gehen. Darüber reden. Alles wird gut werden.* Er versteifte sich. Sie hatten gesagt, sie hätten mit seinen Eltern gesprochen.

Aber sein Dad war in Boston. Unmöglich konnten sie mit ihm gesprochen haben. Und seine Mutter würde darauf bestehen, ihn selbst zu fahren.

Und dann wurde es ihm klar. Er öffnete die Augen. Hansford sah Jack ruhig und konzentriert an, und Jack spürte die Macht, die auf ihn einwirkte. *Geh aufs Revier, alles wird gut werden,* sagte die beharrliche Stimme.

Die Männer waren Zauberer.

Jack holte tief Luft und kämpfte gegen die Panik an, die in ihm aufstieg. Vor allem war ihm klar, dass er nicht offenbaren durfte, was er über das tödliche Spiel wusste, das hier gespielt wurde. Sein einziger Vorteil bestand darin, dass sie ihn für einen untrainierten Highschooljungen hielten.

Es muss die Rote Rose sein. Sein Blick wanderte zu Penworthy hinüber. Eine ganze Schule voller Penworthys würde nicht genügen, um die beiden aufzuhalten. Er brauchte Hilfe.

Jack stand auf. »Ich glaube, ich muss mich übergeben«, verkündete er und hielt sich den Bauch. Das war gar nicht so weit von der Wahrheit entfernt. »Ich muss kurz raus. Ich bin in einer Minute zurück.«

Die Zauberer rutschten besorgt auf ihren Stühlen hin und her. »Warum fahren wir nicht einfach, Jack?«, schlug Hansford vor. »Sie werden sich besser fühlen, sobald Sie draußen an der frischen Luft sind.«

»Ich meine es ernst«, erwiderte Jack und hob die Stimme. »Ich muss gleich kotzen.«

Penworthy sprang auf. Sein Büro hatte einen hellpfirsichfarbenen Teppich. »Die Toilette ist gleich zwei Türen weiter. Sie können ihn begleiten, wenn Sie wollen.«

Widerstrebend folgten Hansford und Sowicky Jack in das äußere Büro. Will saß auf einem Stuhl an der Tür und blickte auf, als Jack aus Penworthys Büro kam, begleitet von den beiden »Detectives«. Will wollte gerade etwas sagen, aber in diesem Moment verfing sich Jack mit dem Fuß in einem Stuhlbein, und er fiel praktisch auf Will. Den Mund neben Wills Ohr, flüsterte Jack: »Will, ich stecke in Schwierigkeiten. Such Hastings, rasch! Sag es ihm.« Hansford und Sowicky packten jeder einen Arm und stellten Jack auf die Füße, bevor sie ihn zur Tür hinausschoben.

Einen Moment lang saß Will völlig verwirrt da. Hastings? Was hatte der denn damit zu tun? Aber bei der Erinnerung an die Verzweiflung in Jacks Gesicht stand er hastig auf. »Wo ist Mr. Hastings?«, fragte er Miss Prentiss, die Sekretärin, die Jack und seiner Eskorte neugierig nachschaute.

»Na, das weiß ich nicht auswendig«, antwortete sie. »Ich weiß, dass er im Gebäude ist, aber wir haben Examenswoche, daher sind die Stundenpläne alle ein wenig …«

Will hob eine Hand, um dem Redefluss Einhalt zu gebieten. »Hören Sie, es ist wichtig. Ich muss ihn sofort finden.«

Penworthy erschien in der Tür seines Büros und zupfte nervös seine Krawatte zurecht. »Mr. Childers, mir gefällt Ihr Tonfall nicht. Wenn wir Mr. Hastings sehen, werden wir ihm Bescheid geben, dass Sie ihn suchen.«

Will drehte sich um und funkelte den Direktor an, dann beugte er sich vor und legte Penworthy eine

Hand auf die Schulter. Angesichts des Größenunterschieds war die Geste eindeutig bedrohlich. »Ich meine es ernst, Mr. Penworthy. Wenn Sie wissen, wo er ist, müssen Sie es mir sagen, oder … oder es wird allen leidtun.« Sowohl die Sekretärin als auch der Direktor starrten Will an, der niemals gegen irgendjemanden die Stimme erhob.

Penworthy trat einen Schritt zurück, schluckte und schien noch weiter in sich zusammenzuschrumpfen. »Ich weiß nicht, wo er ist. Er könnte Beisitzer bei einer Prüfung sein. Die Durchsage ist immer noch defekt, daher werden Sie ihn schon selbst suchen müssen.«

»Wer waren diese Männer, und wohin bringen sie Jack?«, fragte Will scharf.

»Sie sind Polizeibeamte. Sie bringen ihn zur Toilette. Es geht ihm nicht gut.«

»Falls Sie Mr. Hastings sehen, richten Sie ihm aus, dass Jack Swift seine Hilfe braucht.« Will machte auf dem Absatz kehrt und stürmte aus dem Büro.

Es schien eine hoffnungslose Aufgabe zu sein. Das Gebäude war riesig, und Hastings konnte in jedem einzelnen von hundert Klassenräumen sein. Da die Türen keine Oberlichter hatten, bedeutete das, dass er hundert Türen öffnen musste. Er ging den Flur im Laufschritt hinunter, riss Türen auf und erschreckte Aufsichtspersonen und Prüflinge, und jeden fragte er, ob er wisse, wo Hastings war. Schließlich bog er um eine Ecke und rannte praktisch in Fitch hinein.

»He, pass auf, wo du hinläufst, Will. Wenn du jemanden umrennst, könnte es Verletzte geben.« Beim Anblick von Wills Gesichtsausdruck erstarb Fitchs Grinsen.

Will erklärte in aller Eile die Situation. Die Zeit verstrich, und er kam nicht weiter.

»Hör mal«, sagte er zu Fitch. »Du suchst weiter nach Hastings. Ich rufe Linda an. Sie hat mir ihre Handynummer gegeben.«

Er sprintete zu der Reihe von Telefonen vor der Cafeteria und wählte. Sie ging fast sofort an den Apparat. Dem Hintergrundgeräusch nach zu urteilen, saß sie in ihrem Wagen.

»Ms. Downey, hier ist Will. Jack steckt in Schwierigkeiten. Er hat mich losgeschickt, um nach Mr. Hastings zu suchen, aber ich kann ihn nirgendwo finden.«

Einen Moment lang herrschte Schweigen. Dann fauchte Linda durchs Telefon: »Wo ist Jack jetzt?«

»Zuletzt habe ich ihn gesehen, wie er mit zwei Männern das Büro des Direktors verließ.«

»Will, hör mir zu. Ich bin so schnell wie möglich da. Finde Hastings.« Und sie schaltete ab.

Die beiden Männer, die Jack gefangen genommen hatten, hielten ihn fest im Griff. Ihre Hände verbrannten ihm die Haut durch sein Hemd. Er glaubte, sie würden ihn vielleicht sofort gewaltsam nach draußen befördern wollen, aber im Flur wimmelte es von Schülern, und Jack krümmte sich und beklagte sich lauthals über Übelkeit. Irgendjemand – Jack wusste nicht, wer – rief ihm etwas nach. Jack blickte sich nicht um. Die beiden Zauberer nahmen Jack anscheinend beim Wort und gingen zu einer Toilette.

Hansford spielte immer noch seine Gedankenspielchen. *Es geht dir gut, Jack,* sagte die Stimme in seinem Kopf. *Kooperiere einfach, und alles wird in Ordnung sein.* Sobald er auf der Toilette war, schloss Jack sich in eine Kabine ein und gab lautstark vor zu würgen. Er hatte keine Ahnung, was Will mit seiner Nachricht anfangen würde. Was, wenn er Hastings nicht finden konnte? Jack hatte beschlossen, Hansford und Sowicky nirgendwohin zu folgen; es wäre eine sehr kurzlebige Angelegenheit.

Die Zauberer wurden ungeduldig. »Komm schon«, sagte Sowicky und hämmerte gegen die Kabinentür. »Zieh das nicht unnötig in die Länge.«

»Geben Sie mir noch eine Minute«, antwortete Jack durch die Tür. »Ich will nicht in Ihren Wagen kotzen.«

»Das ist uns egal, Jack«, sagte Hansford. »Wir müssen los. Deine Eltern werden sich fragen, wo du bleibst.«

»Hören Sie«, entgegnete Jack schwach. »Vielleicht könnte ich später mit meinen Eltern nachkommen. Nach meiner Prüfung. Sie werden ohnehin ihren Anwalt anrufen wollen.«

»Du wirst keinen Anwalt brauchen«, erklärte Sowicky unumwunden. Dann fügte er hastig hinzu: »Weil es sehr informell ist. Komm jetzt raus, oder wir kommen rein.«

Jack bedachte seine Möglichkeiten. Eine Toilettentür würde die beiden Zauberer nicht lange aufhalten. Er überlegte, ob er einen der Angriffszauber versuchen sollte, die Nick ihn gelehrt hatte. Allerdings wusste er, dass er in der Zauberei nicht allzu mächtig war, und er hatte keine Ahnung, womit er es zu tun hatte. Er beschloss, dass es besser war, sich weiter dumm zu stellen, bis sie nach draußen kamen, und sie erst dann zu überraschen, wenn keine anderen Leute gefährdet wurden und er eine bessere Chance zur Flucht hatte.

Er betätigte die Spülung und schloss die Tür auf. Aber sobald er hinausgetreten war, packte ihn Sowicky grob an der Kehle, drückte ihn gegen die Wand der Kabine, schnitt ihm die Luftzufuhr ab und brachte ihn so effektiv zum Schweigen. Er hörte Hansford einen Zauber sprechen, und ihm war, als würde ihm heißes Metall durch die Adern gegossen. Sämtliche Glieder waren plötzlich zu schwer, um sie zu heben. Ein Unbeweglichkeitszauber, wenn er es richtig deutete. Es war zu spät.

Und dann riss Sowicky ihn von der Wand weg und warf ihn mit dem Gesicht nach unten zu Boden; irgendjemandes Knie bohrte sich in seinen Rücken, und jemand drehte ihm schmerzhaft einen Arm nach hinten, bis er glaubte, seine Schulter würde nachgeben. Dann kam der andere Arm an die Reihe, und etwas wurde über seine Handgelenke gelegt, das sie fest aneinanderband.

Die Zeit verstrich jetzt ganz langsam, und all seine Sinne waren in höchster Alarmbereitschaft. Er hatte den vertrauten Gestank nach Schultoilette in der Nase, und die Fliesen waren kalt an seinem zerschundenen Gesicht. In den Fugen der grauen und burgunderfarbenen Kacheln auf dem Boden, den Farben der Trinity Highschool, war Schmutz. Ihm blieb ein Sekundenbruchteil, um sich zu fragen, ob dies das Letzte sein würde, was er jemals zu sehen bekäme, ob sie ihn an Ort und Stelle töten würden. Dann begriff er, dass sie ihm wahrscheinlich nicht die Hände fesseln würden, wenn sie beabsichtigten, ihn umzubringen.

»Die Spielstunde ist vorüber, Jack«, zischte jemand. Es war Hansford. Der Nette. Sie wälzten ihn herum, so dass er unbequem auf seinen gefesselten Armen lag und in ihre Gesichter blickte, zu beiden Seiten je eines. Sowicky schob Jacks T-Shirt und Weste hoch und entblößte seine Brust.

Hansford fischte einen silbernen Kegel aus dem Ausschnitt seines Sweatshirts. Er glich jenem, den Dr. Longbranch verwendete, nur war er kleiner. Er legte ihn auf Jacks Haut, hielt ihn für einen Moment dort fest, nickte seinem Partner entschieden zu und schob ihn dann zurück unter sein Shirt. Jack versuchte verzweifelt, sich wegzuwälzen, brachte aber nicht einmal ein Zucken zustande.

»Hör genau zu«, sagte Sowicky. »Wir werden dich lebend hier rausbringen, da du in deinem jetzigen Zustand ein Vermögen wert bist, und tot bist du für uns völlig wertlos. Komm freiwillig mit, und niemandem geschieht etwas. Aber wir werden jeden töten, der sich uns entgegenstellt. Überleg es dir gut, bevor du auf dem Weg nach draußen eine Szene machst.«

Genau in diesem Moment hörte Jack, wie die Toilettentür geöffnet wurde. Er blickte auf und sah Leesha Middleton im Türrahmen stehen.

Er wollte sie warnen, sie solle verschwinden.

Dann fragte er sich, was sie in der Herrentoilette zu suchen hatte.

Aber sie schloss die Tür hinter sich, kam auf sie zu und kniete sich neben ihn auf die Fliesen. Sie lächelte und zerzauste auf besitzergreifende Art sein Haar. »Ihr habt ihn also«, sagte sie.

Jack öffnete und schloss den Mund wie ein gestrandeter Barsch.

»Du hattest doch gesagt, er wäre untrainiert«, erwiderte Hansford. »Wir konnten nicht die geringste Menge an ausströmender Magie erkennen. Also mussten wir dich beim Wort nehmen.«

»Das euch völlig genügen sollte.« Leesha schob die Fingerspitzen unter Jacks T-Shirt und schälte es von der Weste weg. »Was haben wir denn da?« Sie befingerte die Weste. »Geheimnisse? Da glaubt man, jemanden zu kennen ...«

Jack dachte so ziemlich das Gleiche.

Leesha setzte sich neben ihn auf den Boden, nahm seinen Kopf auf ihren Schoß und streichelte ihm sanft die Wange. »Du bist nicht so hübsch wie beim letzten Mal, als ich dich gesehen habe. Sieht so aus, als hätte mein Freund dich zusammengeschlagen. Geschieht dir recht, weil du meine Party versäumt hast.« Sie seufzte theatralisch. »Oh Jack, was für ein Narr ich gewesen bin.«

Ich auch. »Wer bist du?«, flüsterte Jack. Er wünschte, er hätte sich winden können, wenigstens ein wenig, um den Druck auf seine Arme zu verringern. »Für wen arbeitest du?« Mit jeder Frage schindete er etwas mehr Zeit.

»Ich? Ich bin eine Zauberin. Dr. Longbranch hat mich im vergangenen Herbst engagiert, damit ich ein Auge auf dich habe. Ich verstand nicht, warum Longbranch es für nötig hielt, dich zu beobachten, daher beschloss ich, es herauszufinden. Ich habe dich so hart bearbeitet, Jack. Ich habe deine ganzen langweiligen Geheimnisse aufgespürt, aber mein Timing war total falsch. Damals warst du völlig unwissend, und du hattest mir nichts zu erzählen. Und Longbranch hat dich mit Weirsbann gedopt, daher hat dein Körper auch keine Magie verströmt.«

Jack konnte sich an seine Dates mit Leesha nur schwach erinnern. Ein recht angenehmer Nebel, mehr nicht.

»Jetzt arbeite ich auf eigene Kosten«, fuhr Leesha fort. »Und ich habe mir meinen Lohn redlich verdient, glaub mir – ich bin in diesem Kaff herumgesessen und habe Provinzlern und Idioten schöne Augen gemacht. Obwohl ich sagen muss, es war nicht immer unangenehm.« Sie beugte sich über ihn und küsste ihn.

»Wobei mir etwas einfällt.« Sie stöberte einhändig in ihrer Handtasche und förderte eine kleine Flasche zutage, die sie mit den Zähnen entkorkte. Dann packte sie sein Kinn, drückte seinen Mund mit Gewalt auf und kippte den Inhalt hinein, bevor sie seine Kehle streichelte, damit er den größten Teil der Flüssigkeit herunterschluckte. Offenbar hatte sie darin Übung.

Der Geschmack war vertraut, und Leesha bestätigte es. »Weirsbann. Um unangenehme Überraschungen zu verhindern. Wir warten ein paar Minuten, bis es wirkt, und dann machen wir uns auf den Weg.«

»Wie hast du … wie hast du es herausgefunden?«

»Na ja, ich muss sagen, deine äußerliche Veränderung hat mein Interesse geweckt. Und dann taucht Leander Hastings in Trinity auf. Da wusste ich, dass etwas im Busch war.«

»Du kennst Hastings?«

Leesha erschauerte. »Diesen sentimentalen Verräter? Den kennen wir alle. Nach seiner Ankunft wart ihr scheinbar unzertrennlich. Daher wollte ich dir bei der Party eigentlich etwas in dein Getränk mischen, dich in ein Hinterzimmer bringen und sehen, was ich herausfinden kann. Als du nicht aufgetaucht bist, habe ich dich gesucht. Und ich war ganz und gar nicht überrascht, dass du den armen Garrett über den ganzen Parkplatz geschleudert hast.« Sie tippte sich an die Stirn. »Also, Mann!«

Hansford räusperte sich. »Apropos Hastings, vielleicht sollten wir verschwinden.«

»Was werdet ihr mit mir machen?«, fragte Jack schnell. Leesha bereitete es offensichtlich Vergnügen zu beweisen, wie dumm er gewesen war. Vielleicht konnte er das Unvermeidliche noch ein klein wenig länger hinauszögern.

»Kommt drauf an. Beide Häuser sind daran interessiert – nein, *verzweifelt* daran interessiert –, dich in die Hände zu bekommen. Das sollte den Preis in die Höhe treiben.«

»Ihr seid Händler«, sagte Jack, der endlich verstand. »Ihr habt vor, mich zu verkaufen.« Sein Magen krampfte sich zusammen, und er glaubte, sich wirklich übergeben zu müssen. Nur, so flach auf dem Rücken, außerstande, sich zu bewegen – da würde er wahrscheinlich im Erbrochenen ertrinken. Er schob den Gedanken mit aller Macht beiseite.

»Stimmt, Jack. Ein Geschäft wie dieses, und wir sind gemachte Leute«, erklärte Sowicky. »Du bist das, was wir ein Unikat nennen. Keine Stunden mehr, die wir in staubigen Bibliotheken und Kleinstadtverwaltungen verbringen, kein Ausgraben mehr von zweitklassigen Wahrsagern und Hexern aus ihren Verstecken, um sie für ein Almosen zu verkaufen.«

»Ich denke, er ist so weit.« Leesha stand auf und klopfte sich die Rückseite ihres Rockes ab. »Ich muss los, Jack. Alicia Middleton will nicht mit jemandem gesehen werden, der im Verdacht steht, ein Drogendealer zu sein. Aber ich werde dich später sehen. Versprochen.« Sie sah in den Spiegel, zog ihren Lippenstift nach, trat durch die Tür und war verschwunden.

Hansford und Sowicky packten jeder einen Arm und zerrten Jack hoch, so dass er hilflos zwischen ihnen baumelte.

»Jetzt werden wir von hier verschwinden, schnell und leise«, sagte Sowicky. Er sprach einen Zauberspruch, und Jack gewann seine Stärke zurück. Er wartete ungefähr eine Sekunde ab, dann senkte er den Kopf und rammte ihn in Sowickys Taille. Der Zauberer fiel hart zu Boden und schlug sich mit einem befriedigenden Knall den Kopf an der Mauer auf. Jack drehte sich, sprang hoch und trat Hansford mit dem rechten Fuß heftig in den Unterleib. Nur dass er mit gefesselten Händen seinen Sturz nicht abfedern konnte und schmerzhaft gegen den Rand des Spülbeckens prallte. Die Wirkung des Weirsbanns stumpfte seine Reflexe ab und brachte seine Instinkte durcheinander.

Irgendjemand, vermutlich Sowicky, packte ihn an den Haaren und drückte seinen Kopf gewaltsam in das Waschbecken. Der Zauberer drehte das Wasser voll auf, und Jack glaubte zu ertrinken. Er hustete und prustete und atmete Wasser ein statt Luft. Sowicky stach ihm die Finger in die Taille und sandte Schmerz durch seinen Körper. Er wollte schreien und atmete nur noch mehr Wasser ein. Er wand und drehte sich, konnte aber der Berührung des Zauberers nicht entkommen.

Nach einer Zeit, die ihm wie eine Ewigkeit erschien, hoben sie seinen Kopf aus dem Waschbecken und drückten Jack in die Knie. Sowicky versetzte ihm einen heftigen Schlag in den Rücken, und Jack spuckte Wasser aus Mund und Nase. Aber die Hände der Zauberer unter seinen Armen verhinderten, dass er aufs Gesicht fiel.

»Erstaunlich, nicht wahr, wie sehr man einer Person wehtun kann, ohne wirklichen Schaden anzurichten«, bemerkte Hansford sanft. »Das war nur eine einfache Demonstration, Jack. Wir wissen, wie wir dafür sorgen können, dass es dir wirklich leidtut, und zwar auf eine Weise, die du dir noch nicht einmal vorstellen kannst. Also keine Spielchen mit uns!«

Sie hoben Jack wieder auf die Füße. Jeder hielt einen Arm fest, und sie trugen ihn praktisch aus der Toilette. Jack bemerkte mit einem leisen Gefühl der Befriedigung, dass Hansford schwer humpelte.

Er sah sich im Flur um, so gut er konnte. Seine Augen tränten heftig vom Wasser, und er konnte sich das Gesicht nicht abwischen. Es waren immer noch ziemlich viele Schüler in der Nähe. Das Summen der Gespräche ebbte allmählich ab, als diejenigen, die sich im Flur herumtrieben, die drei bemerkten, die auf die Tür zustrebten. Die beiden Männer, die ihren Gefangenen zwischen sich mitschleiften, und Jack, dem das triefende Haar am Kopf klebte und dessen Hände hinterm Rücken gefesselten waren. Die Menge im Flur teilte sich vor ihnen, und die Schüler wichen gegen die Schließfächer zu beiden Seiten zurück, als wollten sie hineinkriechen.

Jemand fragte kleinlaut und verängstigt: »Jack?« Er sah nicht, wer es war.

Dann sah er Will und Penworthy an der Tür des Büros stehen. Jack fragte sich, was Will dort tat und ob er

Hastings hatte auftreiben können, aber er wollte nicht vor den Händlern danach fragen. Penworthy stand der Mund offen. Die beiden Zauberer entdeckten den Direktor, und Hansford schien mit sich zu ringen, ob er die Situation erklären solle oder nicht. Schließlich sagte er, laut genug, dass alle es hören konnten: »Entschuldigung. Er ist da drin durchgedreht. Müssen die Drogen gewesen sein. Jetzt ist alles okay.«

Will machte einen Schritt auf sie zu. »Jack, was ist hier los?«

Seine Stimme war leise, aber er hatte die Fäuste geballt und sah aus, als würde er auf sein Wort hin losspringen.

»Nein, Will.« Jack schüttelte den Kopf, sich mit allen Sinnen der Drohung der Zauberer in der Toilette bewusst. »Schon okay. Ich komme klar. Ich muss mit ihnen gehen.«

Will machte noch einen Schritt vorwärts, als wolle er ihnen den Weg verstellen. Die Außentür öffnete sich, und seine Mutter kam herein, dicht gefolgt von Tante Linda. Jack fluchte leise. Was taten sie hier? Becka warf Penworthy einen Blick zu und wandte sich dann zu den beiden Zauberern um, die Jack hinter sich herschleppten. Sie hatte einen gefährlichen Ausdruck auf dem Gesicht. Aber es war Linda, die sprach.

»Bleiben Sie stehen. Sofort!«, befahl sie den Händlern. Sie gehorchten und starrten sie an, als seien sie zu überrascht, um etwas anderes zu tun.

Becka wandte sich an den Direktor. »Leotis, ich glaube, Sie haben einiges zu erklären.«

Leotis Penworthy wirkte nervöser denn je. Er deutete nacheinander auf die beiden Männer. »Becka, das sind Mr. Hansford und Mr. Sowicky von der Polizei. Sie müssen Jack einige Fragen stellen. Ich dachte, Sie wollten sich mit ihnen beim Revier treffen.«

»Ich habe nichts davon gewusst, bis Will Childers uns vor einer Viertelstunde angerufen hat.« Jack erkannte ihre Anwaltsstimme. »Ich will wissen, was hier los ist.«

Jack wurde flau im Magen. Seine Mutter würde sich von der Polizei nicht einschüchtern lassen. Sie würde nie zulassen, dass die beiden ohne Kampfansage mit ihm weggingen. Becka mochte vor Gericht eine Gegnerin sein, mit der zu rechnen war, aber Zauberern war sie nicht gewachsen. Und Linda stand neben ihrer Schwester, und das volle Wissen um die Gefahr war ihr vom Gesicht abzulesen, während sie versuchte zu entscheiden, was sie tun sollte. *Bitte, Gott,* betete Jack. *Nicht das.* Es war an ihm, noch Schlimmeres zu verhindern.

Er konzentrierte sich auf seine Mutter. »Mom. Hör mir zu. Diese Männer sind nicht von der Polizei.«

Sie sah Jack an, dann richtete sie den Blick auf die beiden Zauberer. Sowicky umfasste Jacks Arm fester – eine Warnung. Becka würde jede Sorge um ihre eigene Sicherheit ignorieren, daher benutzte er das Argument, das sie letztlich überzeugen würde. »Sie werden mich töten, wenn du dich einmischst. Sie können es binnen eines Herzschlages tun. Ich habe nur dann eine Chance, wenn du mich mit ihnen gehen lässt. Ich meine es ernst.«

Sie keuchte auf. »Jack«, flüsterte sie. Ihre Stimme brach über der einen Silbe. »Bitte. Das muss ein Irrtum sein. Sie haben den Falschen. Tun Sie ihm nichts.«

Jack bemerkte eine Bewegung hinter sich, eine leichte Verschiebung von Körpern, die ihm sagte, dass immer noch Schüler im Flur waren.

»Bitte, Mom. Tante Linda. Lasst uns gehen. Tut es für mich.« Sein Blick wanderte zu Linda, und er sandte ihr eine stumme Botschaft, dass sie ebenfalls bleiben sollte, wo sie war. Sie musterte die beiden Zauberer von Kopf bis Fuß.

»Nehmen Sie stattdessen mich«, schlug Linda vor. »Ich sollte am Handelsmarkt etwas einbringen.« Die Stimme allein genügte, um Herzen schmelzen zu lassen, und jetzt strahlte sie, als würde sie von innen erleuchtet. Jack verspürte einen plötzlichen Stoß von Macht, der auf die beiden Zauberer gerichtet war. Unter der Wucht dieses Angriffs gerieten die Händler praktisch ins Taumeln.

Hansford machte mit seiner freien Hand eine heftige Geste in Richtung Linda, und sie flog zurück und prallte gegen die Wand. Sie musste beim Aufprall etwas an Konzentration verloren haben, denn die Wirkung des Zaubers war vorübergehend schwächer geworden. Einen Moment lang lag sie benommen da.

»Nehmen wir sie mit«, drängte Sowicky Hansford, der offenbar das Sagen hatte. »Wir werden den Jungen verkaufen und die Betörerin für uns behalten. Niemand sonst braucht etwas davon zu erfahren.«

Becka sah stirnrunzelnd zuerst Sowicky an, dann Linda.

Hansford schüttelte den Kopf. »Nein. Ich handle nicht mehr mit Betörern. Ehe du dich versiehst, wird sie uns so weit bringen, dass wir einander die Kehlen durchschneiden. Wir werden auch so schon alle Hände voll zu tun haben. Verschwinden wir von hier, bevor sie wieder anfängt.«

Beide Männer wirkten angespannt, als könnten sie jeden Moment die Kontrolle verlieren. »Lassen Sie uns gehen«, sagte Jack drängend. Er hoffte, sie wegzubringen, bevor sie es sich hinsichtlich Linda anders überlegten.

»Ich bin froh, dass du beschlossen hast, vernünftig zu sein«, murmelte Hansford und schob ihn auf den Vordereingang zu.

Zumindest bis zum Parkplatz, dachte Jack. Bei der Vorstellung, auf einer Auktion an die Rosen verhökert zu werden, schauderte ihn. *Vorher bringe ich sie dazu, mich zu töten,* schwor er sich im Stillen.

Als sie durch die Türen nach draußen kamen, trafen Hitze und Helligkeit des Sommertags Jack wie ein körperlicher Schlag und raubten ihm für einen Moment die Orientierung. Jemand schrie: »Runter, Jack!«

Mit einer Art Kriegsgebrüll riss er sich von den Zauberern los und warf sich rücklings aufs Pflaster, wo er mit seinen gefesselten Armen schmerzhaft landete und sich auf dem rauen Beton die Hände aufschürfte. Im gleichen Moment fuhr etwas kreischend durch die Luft, direkt über seinem Kopf, etwas, das den Geruch nach Feuerwerk und Ozon mit sich trug. Jemand schrie. Hansford oder Sowicky. Beide, hoffte er. Er hob den Kopf.

Hansford lag mit dem Gesicht nach unten auf dem Beton vor der Tür. Er war fast entzweigerissen, und sein Körper war auf unnatürliche Weise verdreht. Blut breitete sich in einer Lache um ihn herum aus. Sowicky stand neben ihm, die Beine gespreizt, während er sich wild nach dem Angreifer umsah. Der Händler beschrieb einen flachen Bogen mit dem Arm, sandte Flammen in alle Richtungen und murmelte verzweifelt Zaubersprüche. Er beugte sich leicht vor, griff nach Jack, umklammerte sein Hemd und wollte ihn hochreißen und ihn als Schild benutzen.

In dem Moment ertönte ein lauter Knall wie von einem Überschallflugzeug, der Jacks Ohren zum Klingeln brachte. Sowicky flog mit gespreizten Gliedern durch die Luft, wobei er die Vorderseite von Jacks T-Shirt mitnahm. Mit einem Übelkeit erregenden Knacken prallte er gegen einen Wagen, der auf halbem Weg über den Parkplatz stand, und blieb reglos auf der Motorhaube liegen.

Leander Hastings ging an Jack vorbei und stieß Hansford mit dem Fuß an. Jack hatte keinen Zweifel daran, dass Hansford tot war, und es war schwer zu glauben, dass Sowicky seine Landung überlebt haben konnte. Dann kniete Hastings sich neben Jack. »Alles in Ordnung mit dir?« Sein Gesicht war grimmig, wild.

»Mir geht es gut«, antwortete Jack heiser. Er wälzte sich auf die Seite. Jetzt hatte er den toten Zauberer im Blick, dazu Blut und Gewebe auf dem Boden.

»Schön. Wir haben nicht viel Zeit.« Hastings sah sich schnell auf dem Parkplatz um, dann streckte er die Hände über dem Zauberer zu seinen Füßen aus. Er murmelte einige Worte, und Macht entströmte seinen Fingern. Der Leichnam schimmerte, dann schien er sich vor Jacks Augen *abzubauen,* sich aufzulösen und in das Pflaster zu sickern. Jack schloss schaudernd die Augen. Nach einem Moment hörte er Hastings weggehen, um sich um den anderen Händler zu kümmern.

Jack wollte lieber bleiben, wo er war, aber er stieß sich mit seinen aufgeschürften und zerschrammten Händen zum Sitzen hoch. Von Hansford war keine Spur mehr zu sehen, kein Blut befleckte den Beton. Es war, als hätte er nur geträumt. Er rappelte sich mühsam hoch. Die Grenzen des Parkplatzes hatten das charakteristische, leicht verschwommene Aussehen einer Zaubererwand. Die Welt dahinter war nur undeutlich zu erkennen. Hastings kam zu ihm zurück, nachdem er sich des anderen Leichnams entledigt hatte.

»Was … was haben Sie mit ihnen gemacht?«, stammelte Jack.

»Sie sind fünfzehn Meter tief im Boden. Das sollte tief genug sein.« Er wirkte hart, kalt, unversöhnlich, furchteinflößend; aber als er sich zu Jack umdrehte, wurde seine Miene weicher.

Hastings fasste ihn sanft am Ellbogen, dann drehte er ihn um und schloss die Hände über den Fesseln an seinen Handgelenken. Jack spürte das Kribbeln von Macht auf den Unterarmen, dann waren seine Hände frei. Er ließ die Schultern kreisen und keuchte dabei vor Schmerz auf. Hastings legte ihm die Hände auf die Schultern, Macht durchströmte ihn, und der Schmerz ließ nach. Unerwartet freundlich hörte er die Stimme des Zauberers hinter sich. »Es ist alles gut, Jack. Du bist für den Moment in Sicherheit.« Aus irgendeinem Grund trieb ihm diese Geste die Tränen in die Augen, und er merkte, dass er zitterte. Die Hände ruhten weiter auf ihm und beruhigten ihn.

»Leesha Middleton ist immer noch da drin, glaube ich. Sie arbeitet für Dr. Longbranch. Aber sie ist eine Händlerin. Sie weiß, wer Sie sind.« Jack wusste, dass er faselte, aber er konnte anscheinend nichts dagegen tun.

»Es ist alles gut. Wahrscheinlich ist sie bereits weg. Sie muss sich nicht nur wegen mir Sorgen machen, wenn Jessamine herausfindet, was sie getrieben hat.«

Jack begriff, dass er ein sich wiederholendes Dröhnen hörte, als schlüge jemand von innen gegen die Doppeltüren der Schule. Er drehte sich um und blickte wieder Hastings an, dann sah er ein Lächeln über das Gesicht des Zauberers huschen.

»Ich habe schon gedacht, du würdest nie dort rauskommen. Drinnen wollte ich nichts unternehmen, nicht mit all diesen Menschen.« Er deutete auf die Türen. »Ich habe eine Barriere errichtet, damit sie sich nicht einmischen können. Ich sollte sie lieber herauslassen, bevor die Polizei kommt. Bist du bereit, dich ihnen zu stellen?« Als Jack nickte, fügte Hastings hinzu: »Tu einfach so, als stündest du unter Schock, und überlass das Reden mir. Die Leute werden ohnehin von dir erwarten, dass du keinen zusammenhängenden Satz zustande bringst.« Von irgendwo nicht weit entfernt hörte Jack das Heulen von Sirenen.

Hastings riss die Zaubererwand ein, und plötzlich waren die Sirenen viel lauter. Er deutete auf das Schulgebäude und sprach einen Zauberspruch. Die Doppeltüren sprangen auf, und Will Childers kam herausgeflogen, offensichtlich überrascht, als sie plötzlich nachgaben. Er brachte es gerade noch fertig, nicht auf dem Gesicht zu landen. Becka und Linda waren direkt hinter ihm.

Bei Jacks Anblick stieß Becka einen lauten Schrei aus; dann führte sie ihn zur Treppe hinüber und zwang ihn, sich hinzusetzen. Sie und Linda setzten sich links und rechts neben ihn. Jede von ihnen hielt eine seiner blutigen Hände und verschmierte sich dabei die Kleidung, aber sie bemerkten es offenbar nicht.

Hastings stand auf dem Gehweg und starrte Linda an. Ihr Blick wanderte immer wieder zu dem Zauberer hinüber, doch sie sah sofort weg, wenn er sie dabei ertappte. Es war so etwas wie Zustoßen und Parieren. Jack fiel ein, was Nick gesagt hatte. *Sie haben einander seit Jahren nicht mehr gesehen.*

Wie aus dem Nichts war Fitch aufgetaucht. Er und Will standen ein wenig abseits und sagten nichts, waren aber immer noch wachsam, während sie darauf warteten, dass ihnen jemand etwas erklären würde.

Drei Streifenwagen schlitterten mit quietschenden Reifen auf den Parkplatz. Uniformierte Beamte quollen mit gezückten Waffen heraus.

»Sie sind weggelaufen«, erklärte Hastings und deutete auf die Sportfelder im hinteren Teil der Schule. »Zwei Männer in Jeans und Sweatshirts. Einer blond, der andere dunkelhaarig. Sie könnten bewaffnet sein.«

Weitere Streifenwagen trafen ein, und Beamte stiegen aus. Sie schwärmten über das Sportfeld aus und in die Nachbarschaft dahinter. Die neugierige Menschenmenge wurde immer größer: Schüler und Lehrer, die die Schule verlassen hatten, außerdem Neuankömmlinge für die Prüfungen am Nachmittag. Zwei Polizisten führten sie auf den Lehrerparkplatz, hinter eine Absperrung aus gelbem Band. Jeder Beamte aus Trinity musste hier draußen sein, dachte Jack. Die Polizisten im Dienst waren einfach nicht so viele. Er wehrte sich nicht dagegen, dass Linda und Becka einen großen

Wirbel um ihn veranstalteten, und versuchte, jeglichen Blickkontakt zu vermeiden.

»Geht es dir gut, Jack?«

Als Jack aufblickte, sah er einen massigen Mann mit sandfarbenem Haar und Schnurrbart. Es war Wills Onkel, Ross Childers.

»Nur ein paar Prellungen. Und Hautabschürfungen.«

»Ich würde dir gern einige Fragen stellen, die uns vielleicht helfen werden, sie zu schnappen, und dann wird sich jemand um dich kümmern.« Er sah zu Becka hinüber. Sie legte Jack eine Hand auf die Schulter, wie um ihn zu beschützen. »Kanntest du diese Männer, Jack?«

Er schüttelte den Kopf. »Ich habe sie nie zuvor gesehen.« *Wahrheit.*

»Gibt es irgendeinen Grund, warum es jemand auf dich abgesehen haben sollte? Steckst du in irgendwelchen Schwierigkeiten?«

Wieder schüttelte er den Kopf. *Lüge.*

»Becka? Haben Sie geerbt oder irgendetwas? Sich bei Gericht neue Feinde gemacht?«

Sie überlegte, bevor sie antwortete: »Kein Erbe. Mir fällt niemand Bestimmtes ein.«

»Wie bist du ihnen denn eigentlich genau entkommen, mein Sohn?«, forschte er weiter nach.

Jemand sprach über seine Schulter und beantwortete die Frage für ihn. Es war Hastings. »Will Childers hat mir erzählt, dass es im Büro zu einer ausweglosen Situation gekommen ist. Ich bin den Flur hinaufgeeilt und habe gesehen, was geschah. Also bin ich zur Seitentür hinaus und habe mich auf die Frontseite begeben, in der Hoffnung, sie zu überraschen, was mir auch gelungen ist. Jack hat in der allgemeinen Verwirrung entkommen können, und die beiden Männer sind weggelaufen.« Was alles stimmte, bis auf den letzten Teil.

»Stimmt das, Will?« Ross richtete den Blick seiner grauen Augen auf seinen Neffen. Will nickte und sah Hastings an.

Becka stand auf und umarmte Hastings. »Mr. Hastings, ich kann Ihnen gar nicht sagen, wie dankbar ich bin«, erklärte sie. »Wenn Sie nicht gewesen wären, weiß ich nicht, was passiert wäre.«

Linda lächelte Hastings zaghaft an und hielt dem Zauberer die Hand hin. »Danke, Lee.« Er nahm ihre Hand und blickte auf Linda hinab. Es war, als beobachte man ein kleines Gewitter mit vielen Entladungen zwischen zwei Menschen.

In den folgenden Tagen bildete sich eine Geschichte heraus. Die Kidnapper hatten ihren Fluchtwagen auf dem Schulparkplatz stehen lassen. Er war am gleichen Nachmittag aus einem Einkaufszentrum in Cleveland gestohlen worden. Es gab eine Reihe hitziger Zusammenkünfte mit Becka, der Polizei und Penworthy. Warum hatte der Direktor nicht nach einer besseren Identifizierung der falschen Polizisten gefragt? Warum hatte er nicht Becka angerufen, als die Rede auf die Durchsuchung von Jacks Schließfach gekommen war? Penworthy konnte nichts von alledem erklären. Jack tat der kleine Mann tatsächlich leid. Der Direktor mochte ja seine Fehler haben, aber gegen Zauberei war er natürlich machtlos.

Leesha Middleton kehrte nicht in die Schule zurück. Einige hatten Sorge, sie könnte den Kidnappern in die

Quere geraten sein, aber dann hörten sie, dass ihre Eltern sie auf eine Privatschule nach Boston gebracht hätten, wo sie sicherer wäre.

Die Polizei fuhr fort, Jack zu befragen. Sobald er die grundlegende Geschichte entwickelt hatte, hielt er sich daran, aber er konnte erkennen, dass für Wills Onkel einige Ungereimtheiten blieben. Die Anwältin Becka saß bei diesen Befragungen dabei, und ab und zu legte sie den Arm um Jack und murmelte: »Er ist das Opfer, Ross, schon vergessen?«

Jack seinerseits wünschte sich, er hätte Hastings Fähigkeit besessen, Fragen an sich abgleiten zu lassen.

Seine Tante war ebenfalls schwer festzunageln. Alle Zeugen erinnerten sich ein wenig anders an Lindas Angebot, sich im Tausch für Jack in die Hände der Entführer zu begeben. Irgendjemand erinnerte sich sogar daran, dass sie von dem *Handelsmarkt* gesprochen hatte und dass die Kidnapper etwas über »Betörer« gesagt hätten, aber sie sah einfach verwirrt drein, als Ross diese Aussage zur Sprache brachte.

»Ross, woher soll ich wissen, wovon sie gesprochen haben? Ich habe keine Ahnung, was ich gesagt habe. Ich wollte sie bloß dazu überreden, Jack gehen zu lassen.«

Die Geschichte sorgte für ziemlichen Wirbel in den lokalen Medien und wurde sogar von einigen überregionalen aufgegriffen. Kamerateams einiger Sender aus Cleveland belagerten tagelang ihr Haus, aber aus irgendeinem Grund wurde keine der Aufnahmen jemals gesendet. Linda überredete Becka und Jack, kein Wort mit Reportern zu sprechen, weil sie hoffte, dass die Geschichte dann schnell im Sande verlaufen würde. Es wäre eine Katastrophe gewesen, wenn die Nachricht von dem Überfall Jessamine Longbranch erreicht hätte.

Irgendwie kam Jack durch den Rest der Prüfungswoche. Jeden Tag fuhren Hastings oder Nick ihn zur Schule und wieder nach Hause und lagerten in den Fluren vor seinen Prüfungsräumen. Will, Fitch und Ellen kamen fast jeden Abend zum Lernen zu Jack. Es war immer ein Zauberer in Rufweite.

Jack fühlte sich wie in einem Gefängnis. Er hatte sich immer frei auf seinem Fahrrad oder zu Fuß durch die Stadt bewegt; in letzter Zeit war er auch selbst mit dem Auto gefahren. Jetzt konnte er keinen Schritt mehr ohne eine Eskorte tun. Die ganze Zeit über war ihm bewusst, dass die Rote Rose sich die Menschen vornehmen würde, die ihm am Herzen lagen, wenn sie schon nicht an ihn herankam.

Will, Fitch und Ellen waren die einzigen Freunde, die Jack sehen wollte, die einzigen, die ihm nicht hundert Fragen stellten, die nicht ihre eigenen heimlichen Ziele verfolgten. Aber er wusste, dass er sie in Gefahr brachte, wenn er mit ihnen zusammen war.

Es war unmöglich, einen Moment allein mit Ellen zu sein. Wahrscheinlich waren dies die letzten Tage und Wochen, die sie noch miteinander hatten, und diese Zeit lief ihnen davon.

Jacks Stunden bei Hastings wurden vorübergehend ausgesetzt; daher konnte er jetzt Stunden damit zubringen, bei Nick seine Zauberkünste zu verbessern. Es hatte ihn erschüttert, wie leicht die Händler ihn bewegungsunfähig gemacht hatten. Jetzt konzentrierte er sich auf die Verteidigung gegen Zaubersprüche.

»Der Schlüssel zur Verteidigung gegen Zauberei besteht darin, wachsam zu bleiben«, erklärte Nick. »Der gesprochene Zauber ist wie jede andere Waffe. Nimm zum Beispiel einen Dolch. Wenn dein Feind dich damit überrascht, kann er ihn dir zwischen die Rippen jagen, bevor du Zeit hast zu reagieren. Wenn ein Zauberer einen Zauber webt, musst du einen Gegenzauber sprechen, bevor der erste seine Wirkung zeigt. Wenn das nicht geht, musst du die Beschwörung unterbrechen. Anderenfalls wirst du vielleicht nie mehr die Chance dazu bekommen. Zum Glück ist es viel einfacher, einen Zauber zu unterbinden, als einen zu weben.« Das klang gut in Jacks Ohren, dessen Fähigkeiten als Zauberer begrenzt waren. Er verbrachte Stunden damit, Zauber und Gegenzauber zu büffeln.

Am Abend des letzten Prüfungstages lag Jack der Länge nach auf seinem Bett und las Science-Fiction. Es war eine Art Flucht, und er war froh, für eine Weile nicht lernen zu müssen. An seiner Tür ertönte ein leises Klopfen. Es war Becka. »Kann ich eine Minute mit dir reden?« Als er nickte, kam sie herein und setzte sich neben ihn aufs Bett.

»Jack, ich habe mich nur gefragt« – sie rang die Hände auf dem Schoß und drehte den Opalring, der ihrer Großmutter gehört hatte –, »ob du gern mit mir über etwas reden würdest?«

Jack schob einen Finger als Lesezeichen in sein Buch und richtete sich auf. »Was meinst du damit?«

»Was ich sagen will: Du hast dich irgendwie verändert. Als würdest du unter Stress stehen. Du warst schon immer ... launisch, aber in letzter Zeit regst du dich über Sachen auf, die dich früher nie gestört haben. Und plötzlich bist du ständig am Trainieren.«

Sie streckte eine Hand aus und berührte sanft seinen Bizeps. »Nicht dass etwas daran auszusetzen wäre, aber du hast dich früher nie für Bodybuilding interessiert …« Ihre Stimme verlor sich. »Und jetzt noch diese Episode in der Schule.«

Sie schluckte. »Ich weiß, dass dein Vater und ich immer mit tausend Dingen beschäftigt waren, aber du warst immer so genügsam. Du schienst trotz der Scheidung aufzublühen. Aber jetzt …«

»Komm schon, Mom«, antwortete Jack unbehaglich. »Es ist nicht so, als hättest du mich vernachlässigt.«

»Ich weiß, dass ich eine ziemlich starke Persönlichkeit bin.« Becka warf ihm einen Blick zu. »Aber du sollst wissen, dass du mir absolut alles erzählen kannst.«

»Okay«, erwiderte Jack vorsichtig. »Absolut alles. Ich werd's im Hinterkopf behalten.«

»Also, möchtest du mir jetzt gern etwas sagen?« Becka, die ihre Hände gemustert hatte, sah auf.

Jack seufzte, weil er beide Arme um eine dicke, fette Lüge gelegt hatte, die er nicht loslassen konnte. Niemals loslassen konnte. Er begann mit einer Wahrheit. »Ich hab dich lieb, Mom«, sagte er. Und endete mit einer Lüge. »Ich bin sicher, dass jetzt alles in Ordnung ist.«

Irgendein Instinkt regte sich in ihr, und sie war nicht überzeugt. Sie warf ihm einen Blick zu, der das deutlich zum Ausdruck brachte. »Weißt du, Jack, ich habe Angst. Ich hätte dich als Baby beinahe verloren. Das hätte mir das Herz gebrochen, weil ich mir immer vorgestellt hätte, was mit dem Jungen hätte sein können, zu dem du herangewachsen wärst. Aber wenn ich dich jetzt verlieren würde, wäre es viel schlimmer. Denn jetzt weiß ich, wie absolut besonders du bist.« Und sie lächelte traurig, küsste ihn und verließ das Zimmer.

Linda war allmählich mit Jack einer Meinung: Es konnte nicht riskanter sein, nach England zu reisen, als in Trinity zu bleiben. Obwohl allgemein bekannt war, dass sie fahren würden, wollte Linda nicht, dass jemand wusste, wann genau oder wie. Der Entführungsversuch war eigentlich ein Segen gewesen, denn damit konnte sie Becka dazu überreden, ihren Plänen zuzustimmen. Sie beschlossen schließlich, dass sie eine Woche früher als geplant aufbrechen und von Pittsburgh aus fliegen würden, statt von Cleveland.

Die Chaucer-Gesellschaft bereitete sich ebenfalls auf ihre Auslandsreise vor. Zehn Mitglieder würden nach England fliegen, mit Wills Eltern als Begleitpersonen. Fitch war damit beschäftigt, Bücher aus der Bibliothek auszuleihen und online nach Informationen zu suchen, und er studierte jeden Aspekt britischer Geschichte und Kultur. Seine Begeisterung war ansteckend. Selbst Jack wurde langsam aufgeregt.

Während sie auf die Abreise warteten, trafen Hastings und Linda einander ziemlich oft, zum Beispiel, wenn Jacks Lehrer ihn abholte oder absetzte oder zu Besuch kam. Sie gingen immer absolut höflich miteinander um, aber Jack spürte einen Schauer von Energie in der Luft, wenn sie zusammen waren, wie Hitzegewitter an einem drückenden Tag. Hastings wirkte dann unsicher, was ihm gar nicht ähnlich sah. Jack bemerkte manchmal, dass er dastand und sie eindringlich beobachtete, eine Hand um den anderen Unterarm gelegt, als arbeite er an einem Problem.

Als die Zeit kam, dass Jack für seine Reise packen musste, konnte er sich nicht dazu überwinden, Schattentöter zurückzulassen. Er legte die Klinge in ihren Kasten und diesen dann in eine große Reisetasche und versah sie mit einem simplen Zauberspruch, so dass niemand sie öffnen würde. Jack verstand allmählich, dass seine Gaben den Weg für ihn ebnen konnten, vor allem im Umgang mit Anaweir.

Er begutachtete seine anderen magischen Waffen. Jack hatte seit dem Abend nicht mehr in Blaises Spiegel geschaut, als Nick ihn ihm zurückgegeben hatte. Jetzt wickelte er ihn aus seinen Ledertüchern und drehte ihn in den Händen. Schließlich schaute er in das trübe Glas.

Es klärte sich und zeigte das Hauptschiff einer mittelalterlichen Kirche. Kerzenschein flackerte in den Ecken, kam jedoch kaum gegen die Dunkelheit an. Ein Leichnam lag auf einer primitiven Pritsche auf dem Boden, bedeckt von einer groben Decke. Er war umringt von einer feierlichen Wache aus Kriegern. Zwei Frauen knieten mit gesenktem Kopf daneben und beteten, und ihre leisen Stimmen waren das einzige Geräusch in der Stille. Dämonen lauerten in den Schatten und umkreisten die Totenbahre, kamen ihr näher und wichen zurück; die Gebete der Frauen hielten sie in Schach.

Jack kniff die Augen zusammen und versuchte auszumachen, wer die betenden Frauen waren. Gewiss stammte diese Szene aus der Vergangenheit, doch die Frauen schienen moderne Kleider zu tragen. Das Bild verblasste und wurde durch die Reflexion seines eigenen Gesichtes ersetzt.

Obskur wie immer, dachte Jack. Absolut nutzlos.

Trotzdem schob er Blaises Spiegel in seine Reisetasche. Er konnte alle Hilfe gebrauchen, die er bekam.

Nick würde dafür sorgen, dass es so aussah, als wäre das Haus noch zwei Wochen nach ihrer Abreise bewohnt, dann würde er zu ihnen nach Oxford kommen. Er schien nicht besonders begeistert über seinen Besuch in Großbritannien zu sein. »Es ist zu laut dort drüben«, erklärte der alte Zauberer. »Du wirst sehen, was ich meine, wenn du dort ankommst. Außerdem ist das Essen schlecht. Die Briten können einfach keine Desserts machen.«

»Ich wünschte, Sie kämen mit uns«, gestand Jack. »Ich habe das Gefühl, dass ich dringender denn je einen Betreuer brauche.«

»Vergiss einfach nicht, wer du bist, Jack«, sagte der alte Mann. »Die Welt wird versuchen, einen anderen aus dir zu machen. Erlaube es ihr nicht. Das ist der beste Rat, den ich dir geben kann.«

Jack erzählte niemandem von der Änderung ihres Zeitplans, nicht einmal Will, Fitch und Ellen. Aber er lud sie am Abend vor ihrer echten Abreise zum Essen ein. Alle Koffer waren gepackt und versteckt, alles war bereit für den Morgen. Sie aßen draußen auf der Seitenveranda. Linda sorgte mit ihren gekonnten Imitationen verschiedener Persönlichkeiten aus Trinity die ganze Zeit für allgemeines Gelächter. Im Allgemeinen versuchte Becka, ihre respektlose Schwester zu zügeln, aber heute Abend lachte sie zusammen mit allen anderen. Nikodemus Snowbeard erzählte eine sehr alte, sehr romantische Geschichte über Könige und Königinnen, Missverständnisse und unerwiderte Liebe. Der Held Leander Hastings war ein besonderer Gast, und er und Becka gerieten in eine so hitzige Auseinandersetzung über mittelalterliche Kunst, dass die anderen sie anflehen mussten, Frieden zu schließen.

»Na schön«, sagte Becka schließlich, reckte das Kinn und hob ihr Glas. »Ich höre auf, obwohl ich nicht nachgebe. Ich würde gern auf Will Childers, Harmon Fitch und Leander Hastings anstoßen, allesamt mutige Männer, die geholfen haben, das Leben meines Sohnes zu retten.«

Hastings hob sein Glas und lächelte Becka an, und eine gewisse Erkenntnis flackerte an den Rändern von Jacks Bewusstsein. »Vielleicht treffen wir uns dann in England«, sagte der Zauberer.

Als der Abend dämmerte, zündete Snowbeard die Laternen auf dem Verandageländer an, und die Glühwürmchen leuchteten in den Schatten unter den Bäumen.

An diesem Abend schien in allen ein wenig Magie zu sein. Die Luft war erfüllt davon. Jack lehnte sich in einem Korbstuhl an der Hausmauer zurück und nahm alles auf stille Weise wahr. Linda und Hastings saßen auf der Hollywoodschaukel, ein wenig Abstand zwischen sich, und unterhielten sich. Will und Fitch spielten Ball auf dem Hof, und die weiße Kugel war in dem schwindenden Licht kaum zu erkennen. Jack hatte das melancholische Gefühl, dass irgendetwas Wichtiges sich veränderte oder verging und dass sie vielleicht nie wieder auf die gleiche Weise zusammen wären.

Ellen setzte sich auf den Stuhl ihm gegenüber. Sie trug einen langen, wallenden Rock und einen ärmellosen weißen Pullover. Jack konnte sich nicht daran erinnern, sie je zuvor in etwas anderem als Hosen gesehen zu haben. Da das Wetter wärmer geworden war, hatte ihre Haut von der Gartenarbeit eine kräftige goldene Farbe angenommen. Das Gärtnern schien ihr gut zu bekommen, denn sie sah sehr … fit aus, dachte Jack.

»Ich mag deine Mom«, bemerkte Ellen sehnsüchtig.

Jack blickte zu Becka hinüber, die jetzt tief in ein Gespräch mit Hastings und Linda verstrickt war. »Sie kann manchmal irgendwie intensiv sein«, erwiderte er.

»Ja«, sagte Ellen. Sie brauchte niemals lange Erklärungen. Sie ließ die Beine baumeln, wobei ihre nackten Zehen unter dem Rock hervorlugten. »Das ist eine schöne Stadt.« Sie sah zur Jefferson Street hinaus, wo die Gaslaternen zu leuchten begannen. Der Lärm spielender Kinder wurde durch die milde Luft zu ihnen herübergetragen. »Ich wünschte, du würdest nicht nach England gehen.«

»Ja, nun.« Jack starrte auf die Straße hinaus. Ellen brach am nächsten Tag nach Wisconsin auf und würde im Herbst wahrscheinlich nicht wiederkehren. »Du gehst ebenfalls weg, und ich weiß nicht einmal, ob du zurückkommst.«

»Ich weiß«, antwortete sie.

In dem Moment wandte sich Becka ihnen zu. »Möchtest du noch etwas zu trinken, Ellen?«

»Nein.« Ellen stand auf. »Ich muss gehen. Ich muss noch einiges packen. Danke für die Einladung, Ms. Downey. Das Abendessen war großartig. Ich hoffe, Sie haben einen wunderbaren Sommer.«

Jack begleitete sie die Treppe hinunter und in die Schatten am Rand der Veranda.

Ellen ergriff seine Hände. »Auf Wiedersehen, Jack. Sei vorsichtig.«

Sie ließ ihn los, aber Jack griff nach ihrem Handgelenk und zog sie wieder an sich. Dann hob er ihren Kopf nach oben und küsste sie. Es war ihr erster richtiger Kuss, und er wollte nicht, dass es ihr letzter war, daher küsste er sie abermals, und er ließ sich Zeit und fragte sich, warum er so lange gewartet hatte. Schließlich löste er sich von ihr, aber Ellen blieb, wo sie war, die Augen geschlossen, den Kopf in den Nacken gelegt. Als wolle sie es ebenfalls in die Länge ziehen.

Er legte seine Stirn an ihre und sagte: »Auf Wiedersehen, Ellen. Ich werde dir eine E-Mail schicken, wenn ich ankomme.«

Sie schluckte hörbar, dann wandte sie sich ab. Jack beobachtete, wie sie über den Rasen ging. Ihr weißer Pullover schimmerte bleich in der Dunkelheit, bis sie um die Ecke bog.

KAPITEL 12
Ein Besuch bei Dr. Longbranch

Linda hatte in einem kleinen, eleganten Hotel auf dem Thurloe Place in der Nähe des Victoria and Albert Museum und der Kensington Gardens Zimmer für sich selbst, Jack und Becka reserviert. Jacks Zimmer war hell und luftig und führte auf einen Garten hinaus. Er warf die Tür zum Garten auf und atmete tief ein. Rosen. Er schob die Tasche mit dem Schwert darin unter sein Bett, legte einen Schutzzauber rund ums Zimmer und brach erschöpft auf dem Bett zusammen.

Vom Augenblick der Landung an hatte ihn ein Gefühl der Heimkehr überwältigt, obwohl er noch nie zuvor in England gewesen war. Von den Straßenschildern, den Bussen, dem Grün bis hin zur Architektur war alles auf unheimliche Weise vertraut. Beunruhigender war das ständige Gemurmel, eine Kakophonie von Stimmen längst verstorbener Weirlind. Sie waren überall, ertönten von Friedhöfen, Gärten und alten Gebäuden. »Willkommen, du Krieger«, flüsterten sie. Er verstand allmählich, was Nick mit Lärm meinte. Er hatte kaum das Gefühl, unbemerkt in die Stadt geschlüpft zu sein.

Sobald sie ausgepackt hatten, aßen er und Becka im Speisesaal des Hotels zu Mittag. Linda hatte andere Dinge zu erledigen, hatte sie gesagt. Obwohl sie die ganze Nacht gereist waren, war Becka voller Pläne.

»Harrods ist gleich die Straße hinauf, also werden wir dort hinmüssen. Wir können zu Fuß zum Kensington Palast hinübergehen, und du kannst die Gärten und die Serpentine sehen und über die Rotten Row spazieren.« Sie fuhrwerkte mit ihrer Gabel herum. »Morgen gehen wir dann in aller Frühe zum Buckingham-Palast und besichtigen am Nachmittag vielleicht den Tower.« Sie grinste boshaft. »Ich glaube, das wird dir gefallen.«

»Klingt toll, Mom.« Nach den ganzen Ereignissen freute Jack sich aufrichtig darauf, Tourist zu sein.

An diesem Nachmittag besichtigten er und Becka Kensington und Knightsbridge, und alle drei verbrachten den nächsten Tag damit, sich das touristische London anzusehen: den Buckingham-Palast und Big Ben, Trafalgar Square und den Tower.

Jack fand die Westminster Abbey ermüdend, und das nicht wegen des Jetlags. Sie begannen ihre Tour mit dem Schrein von Eduard dem Bekenner. Ein mürrisch dreinblickender Geistlicher hielt einen ziemlich langen und langweiligen Vortrag über die Geschichte der Kirche, während Geistkrieger über seinem Kopf und seinen Schultern trieben und Jack drängend Zeichen machten. Ihre Stimmen hallten wie ein unmelodischer Chor von dem Stein wider. Sie folgten ihm durch die Marienkapelle, wo die drei großen weiblichen Widersacherinnen aus Tudorzeiten begraben lagen: Elisabeth I., Mary Tudor und Mary, Königin der Schotten. PARTNER BEIDE IN THRON UND GRAB, HIER RUHEN WIR SCHWESTERN, ELISABETH UND MARIA, IN DER HOFFNUNG AUF AUFERSTEHUNG.

Vor den Gräbern von Heinrich VII. und Elisabeth von York hielt Jack inne. Ihre Heirat hatte den Rosenkrieg beendet. Zumindest offiziell. Hier wurden die Weirlind beinahe hektisch. Ein hagerer Geistersoldat packte Jack am Arm. Sein graues Fleisch war fast durchscheinend. Eine große Schnittwunde unter seinem Kinn erstreckte sich von Ohr zu Ohr.

»Sei auf der Hut, Krieger!«, intonierte er und erinnerte dabei an Cäsars Geist. »Sei auf der Hut vor dem Ghyll!«

Jack ließ Becka und Linda ein kleines Stück vorausgehen, dann fuhr er herum und zischte: »Wirst du mich endlich in Frieden lassen?«

»Sei auf der Hut, Krieger!«, wiederholte der Geist. »Sie werden dir eine Rose an die Brust stecken, die Weiße von York oder die Rote von Lancaster, und sie werden dich auf das Schlachtfeld schicken!«

»Hör mal, ich habe nicht vor, gegen irgendjemanden zu kämpfen«, gab Jack zurück, dann presste er sich eine Hand auf den Mund. Ein übergewichtiges Paar in identischen Bermuda-Shorts und Tanktops starrte ihn an. Einer der beiden hob eine Digitalkamera und fotografierte ihn.

»Jack, kommst du?« Becka stand im Eingang zur Marienkapelle und klopfte ungeduldig mit dem Fuß auf den Boden. »Du bist heute völlig woanders!«

»Entschuldigung.« Jack folgte ihr in den vorderen Teil des Altarraums. »Könnten wir nach dem Mittagessen vielleicht irgendwo hingehen, wo es nicht so viele Geister gibt?«

»Sei auf der Hut!«, rief der Geist ihm nach. Wenn er eine Kette gehabt hätte, hätte er damit gerasselt.

Während der nächsten paar Tage tauchten sie ganz in London ein. Sie gingen ins Theater, aßen in Pubs und indischen Restaurants und fuhren mit der U-Bahn nach Kew Gardens. Es folgte eine ganztägige Tour nach Bath, zur Kathedrale von Salisbury und nach Stonehenge. Stonehenge entpuppte sich als ein weiterer Ort, der zu Jack sprach.

Jack kaufte ein Geschenk für Ellen, das Trikot eines britischen Fußballvereins. Manchester United oder Chelsea? Er nahm beide. Eine Stunde lang quälte er sich mit einer Postkarte ab. Schrieb: »Hoffe, du hast Spaß!«, und radierte die Worte wieder aus. Schließlich zählte er kurz auf, welche Sehenswürdigkeiten sie sich angeschaut hatten, und schloss mit: »Vermisse dich. Wünschte, du wärst hier.« Er schickte die Karte an ihre Adresse in Trinity und hoffte, dass ihre Eltern sie weiterleiten würden. Er mailte ihr von einem Internetcafé aus, bekam aber keine Antwort.

Becka hatte an ihrem letzten Tag in London einen Termin für Jack bei Jessamine Longbranch gemacht. Sowohl Linda als auch Jack versuchten, nicht daran zu denken, aber der Tag kam trotzdem viel zu schnell. Am Abend zuvor aßen sie in einem thailändischen Restaurant in Knightsbridge. Verloren in ihren Sorgen, hatten Linda und Jack nur wenig zu sagen. Schließlich überredete Linda Becka beim Dessert zu einer Besichtigung der William Morris Gallery, während sie Jack zu seinem Termin begleiten wollte. Es war Betörung, schlicht und einfach. Aber sie fühlten sich beide besser, wenn Becka außer Gefahr war.

Am nächsten Morgen nahmen Jack und Linda die U-Bahn zum St. James Park. Dr. Longbranchs Praxis lag in Westminster, nicht weit vom Parliament Square. Den ganzen Weg dorthin stellte Linda ihre Entscheidung infrage, den Termin einzuhalten, selbst nachdem sie aus dem Wagen gestiegen waren und die abgestandene Luft der U-Bahn-Station hinter sich gelassen hatten. Linda war sich sicher, dass Dr. Longbranch sich mit Becka in Verbindung setzen würde, um einen neuen Termin zu machen, wenn sie nicht auftauchten. Dann wären Becka und Jack vielleicht beim nächsten Mal allein.

Das Gebäude war uralt und der Aufzug nur wenig jünger, aber Dr. Longbranchs Praxis war elegant eingerichtet, teure Stoffe und antikes Mobiliar. Die Empfangsdame bot ihnen Tee an, den sie ablehnten. Sie waren die Einzigen im Wartezimmer. Schon bald führte eine Sprechstundenhilfe sie zu einem Untersuchungsraum. Eigentlich glich es eher einem Büro, ohne die kalte, medizinische Atmosphäre, die Jack von amerikanischen Praxen her kannte. Die Sprechstundenhilfe wog ihn in Socken, dann wies sie Jack an, sein Hemd auszuziehen und sich auf den Untersuchungstisch zu setzen. Jack streifte sowohl Hemd als auch Weste ab und legte sie neben sich auf den Tisch.

Er sah an sich selbst herab. Die sternförmige Operationsnarbe auf seinem Brustbein glänzte schwach. Er begriff, dass er ziemlich bleich aussehen musste. Seine Brust hatte den ganzen Sommer lang die Sonne nicht gesehen. Linda wirkte noch unruhiger, als sie die Veränderungen an ihm wahrnahm, die Muskeln, die an seinen Armen und auf seiner Brust hervortraten. Sie ging nervös auf und ab.

Schließlich kam Jessamine Longbranch in den Raum gerauscht. Sie trug eine Seidenhose und einen eleganten Pullover, darüber einen makellos weißen Arztkittel, das ungewöhnliche Stethoskop um den Hals. Sie hielt einen Ordner in der Hand, seine Akte, vermutete er. Jack kam der Gedanke, dass sie nicht älter aussah, aber dann fiel ihm ein, dass man Zauberern ihr Alter nicht ansah wie anderen Menschen.

Sie blieb direkt vor ihm stehen und musterte ihn von Kopf bis Fuß, den Aktenordner an die Brust gedrückt. »Nun, Jackson.« Sie zog seinen Namen in die Länge. »Ich glaube, du bist gewachsen.« Etwas an der Art, wie sie das sagte, verstärkte seine Verlegenheit noch. Sie sah zu Linda hinüber. »Becka konnte nicht mitkommen? Wirklich ein Jammer.«

Sie sprach unentwegt weiter, während sie ihn untersuchte, die Finger voller Macht; sie sandten winzige elektrische Schläge aus, während sie seine Haut berührte. Er zuckte zusammen und knirschte mit den Zähnen. »Verkrampf dich nicht, Jack. So ist es besser. Wenn ich es recht verstanden habe, ist dies deine erste Reise nach London. Ich hoffe, deine Mutter und deine Tante haben dich herumgeführt.«

Jack nickte, dann schnappte er nach Luft, als sie mit ihren heißen Händen über die Muskeln in seinem Rücken strich. »Äh … wir haben in der kurzen Zeit viel gesehen«, brachte er heraus. »Ich genieße es wirklich.« Er erinnerte sich nicht daran, dass die früheren Untersuchungen von Dr. Longbranch ganz so *körperlich* gewesen waren.

»Das solltest du auch«, erwiderte die Ärztin. »Das Land deiner Vorfahren, nicht wahr? Warst du schon im Tower? Wirklich aufregend. All diese Geschichten von Folter und Mord.« Dr. Longbranchs Redefluss versiegte nicht, und sie stellte Fragen nach ihrem Aufenthalt in London, während sie Jacks Blutdruck überprüfte und ihm ihr seltsames Stethoskop an die Brust presste. Sie ließ ihn vom Tisch springen und durch den Raum und zurück gehen, und sie beobachtete ihn dabei mit vor der Brust verschränkten Armen. Die Untersuchung dauerte länger als gewöhnlich, aber er sagte sich, dass es vielleicht daran lag, weil er eine so lange Reise unternommen hatte, um sie zu sehen. Sie hatte früher nie auch nur annähernd so viel Interesse an ihm gezeigt. Schließlich trat die Ärztin zurück und musterte ihn anerkennend. »Du bist in großartiger Verfassung, Jack. Sag mir, wann hast du aufgehört, deine Arznei zu nehmen?«

Sie fauchte die Frage heraus, und Jack wurde von ihr überrascht wie von einer schnellen Klinge unter die Rippen, hätte Nick gesagt. Er brauchte einen Moment, um zu reagieren. »Ich weiß nicht, was Sie meinen«, stotterte er.

Linda schaltete sich ein. »Jack und Becka haben die Anweisungen immer befolgt, Jessamine.« Alle Farbe war aus ihrem Gesicht gewichen.

»Wirklich, Linda? Ich hätte eher gedacht, dass unser Jack hier wie jemand aussieht, der gerne die Regeln bricht. Hast du jemals von der Weißen Rose gehört?« Eine weitere schnelle Klinge, aber diesmal war Jack besser darauf vorbereitet. Er überlegte einen Moment, dann fragte er: »War das nicht das Schlachtenemblem im Rosenkrieg? York trug die weiße Rose, Lancaster die rote.«

»Sehr gut!« Sie trat an die Seite des Untersuchungstischs und strich mit den Fingerspitzen sachte über Jacks Schulter. Er verkrampfte sich, als ihn der elektrische Strom durchfuhr. Offenbar versuchte sie nicht, die Wirkung abzuschwächen. »Du hast deine Geschichte gut gelernt. Dieser Teil der Welt ist sehr geschichtsträchtig. Viel mehr, als den meisten Menschen bewusst ist. Und deine Familie war mittendrin, wusstest du das?« Jetzt streichelte sie ihn, tätschelte ihn wie einen Hund. »Ich glaube, es wird Zeit, dass du sie besser kennenlernst. Ich kenne einige Leute, die dich unterrichten können.« Die Veränderung in ihrer Stimme warnte ihn, und er war auf den Zauberspruch vorbereitet, als er kam. Sie sprach ihn schnell und schloss die Finger um seinen Nacken. Ein schlichter Zauber, um ihn bewegungsunfähig zu machen. Er sprach leise den Gegenzauber, bevor sie ihren Spruch vollenden konnte. Dann hielt er sich so reglos, wie er konnte. Er brauchte seine Angst nicht zu heucheln.

»Jessamine, was zum Teufel tun Sie da?«, fragte Linda scharf.

»Ich muss euch sagen, das ist eine wunderbare Überraschung«, bemerkte Jessamine. »Ich hätte geglaubt, es würde Monate dauern, bis er in der Verfassung ist zu kämpfen, und jetzt stelle ich fest, dass ihr es für mich getan habt.«

»Hören Sie zu«, sagte Linda drängend und überzeugend. »Ich weiß nicht, was Sie denken, aber er ist nur ein Junge. Es gibt nur einen einzigen Grund, warum er heute noch lebt: weil er versteckt wurde. Sobald die Rote Rose von ihm erfährt, wird er zur Zielscheibe werden.«

Jessamine lachte. »In meinen Augen sieht er nicht wie ein Junge aus. Seit meiner letzten Untersuchung ist er fünfzehn Zentimeter gewachsen und hat über zwanzig Kilo zugelegt, und zwar alles Muskeln. Er ist atemberaubend.« Ihre Stimme wurde hart. »Du erinnerst dich doch an unseren Handel, nicht wahr? Es ist Zeit, ihn aufzugeben, Linda. Wir müssen mit seiner Ausbildung beginnen. Uns bleibt wirklich keine Wahl. Ich wäre nach Trinity gekommen, um ihn zu holen, hättet ihr ihn nicht zu mir gebracht. Die Rote Rose hat für den Mittsommertag ein Turnier angesetzt.« Sie hielt inne. »Offenbar bringen sie einen Champion.«

»Unmöglich!«, rief Linda. »Wie könnte ihnen das gelungen sein? Sie hätten es doch schon längst erfahren.«

»Wir arbeiten daran, ihren Spieler zu lokalisieren und auszuschalten«, antwortete Dr. Longbranch kalt. »Aber wir können die Möglichkeit eines Scheiterns nicht ausschließen. Wenn wir die Herausforderung nicht annehmen können, müssen wir uns geschlagen geben. Und das wird nicht geschehen.« Sie lächelte. »Wenn wir ihren Spieler erfolgreich ausschalten können, wird die Rote Rose sich geschlagen geben müssen. Und selbst wenn das Turnier stattfindet, wird Jack vielleicht gewinnen. Ich muss zugeben, nachdem ich ihn jetzt in Fleisch und Blut gesehen habe, bin ich da optimistisch.«

»Er kann unmöglich bis zum Mittsommertag auf ein Turnier vorbereitet werden«, beharrte Linda. »Er versteht nichts vom Kämpfen.«

Die Ärztin tippte mit ihren langen Nägeln gegen seine Schulter. »Er wurde dazu geboren, Linda. Er wird es schon herausfinden. Meine Trainer können den Killer in jedem wecken. Ich hoffe nur, dass sie diesem schönen Körper keinen allzu großen Schaden zufügen.« Sie musste eine Reaktion auf diese Bemerkung in Jacks Zügen bemerkt haben, denn sie legte ihm die Hand unters Kinn und drehte seinen Kopf zu sich herum. »Keine Angst, mein Bastard. Ich weiß, du wirst schnell lernen.« Sie musterte ihn abschätzend. »Es heißt, ein Mischling sei häufig stärker als seine Eltern. Ich frage mich, ob er den Kriegerstein an seine Nachkommen weitergeben wird. Eine interessante Erwägung.«

Sie fuhr fort, laut nachzudenken. »Wenn er das Turnier überlebt, werden wir ihn vielleicht zur Zucht einsetzen. Würde dir das gefallen, Jack?«, fragte sie, als biete sie ihm ein Leckerchen dafür an, dass er sich herumgewälzt hatte. Jack war beschämt, und das Blut schoss ihm ins Gesicht. Dann sagte Dr. Longbranch: »Sieh nur, er wird rot.« Als sei er ein niedlicher Welpe.

Jack sah seine Tante an und sandte ihr eine verzweifelte Nachricht. *Verschwinden wir!*

»Das reicht, Jessamine«, warnte Linda. Sie nickte Jack schwach zu, und er schob die Hüften an den Rand des Tisches.

Dr. Longbranch sprach jetzt sehr schnell, ganz geschäftsmäßig, auf Linda konzentriert. »Hier ist also unsere Version der Ereignisse. Leider ist Jack kurz nach dem Termin bei mir entweder ausgerutscht oder freiwillig von der Westminster-Brücke in die Themse gesprungen. Du hast ihn fallen sehen. Es wird mehrere andere Zeugen geben. Ich erinnere mich daran, dass er bei meiner Untersuchung geistesabwesend und depressiv gewirkt hat. Den Leichnam wird man nie finden. Du wirst deine Schwester davon überzeugen. Verstanden?«

Es war klar, dass Jessamine wenig Interesse daran hatte, ob die Geschichte plausibel klang oder nicht. »Eigentlich hatte ich gehofft, dass Becka Jack zu dem Termin begleiten würde. Wir haben festgestellt, dass die Anwesenheit von Familienmitgliedern während der Ausbildung sehr motivierend sein kann. Nun, egal. Ich habe einige Leute hier, die ihn nach Norden bringen können und bis zum Turnier intensiv mit ihm arbeiten werden. Dann müssen wir noch eine passende Klinge aufspüren.«

Linda nickte Jack über Dr. Longbranchs Schulter hinweg zu, eine fast unmerkliche Bewegung. Jack drückte die Finger auf das Schlüsselbein der Ärztin, ließ Macht in sie hineinströmen und warf sie zu Boden.

Hastig schlüpfte er in seine Schuhe und zog sich die Weste über den Kopf. Dann sprang er vom Tisch, und die beiden rannten den Flur entlang zum Empfangsbereich. Sie platzten in den eleganten Warteraum und stellten fest, dass die Empfangsdame verschwunden war und zwei massig aussehende Männer in Zeitschriften blätterte. Offenbar Jacks Eskorte. Zauberer. Die beiden Männer sahen überrascht auf, und Jack sagte: »Ich habe mein Schwert draußen gelassen«, und er und Linda gingen schnell an ihnen vorbei und traten durch die Tür in den Flur. Jack hoffte, dass die Zauberer nachsehen würden, was mit der Ärztin geschehen war, so dass sie vielleicht ein wenig Zeit gewannen.

Aber als sie die Schiebetüren zum Aufzugschacht öffneten, war die Kabine nicht da. Sie konnten sie irgendwo tief unter sich arbeiten hören. Jack wusste, dass sein einfacher Zauberspruch Dr. Longbranch nicht lange außer Gefecht setzen würde.

»Die Treppe!«, rief Jack. Jessamines Praxis lag im achten Stockwerk. Sie nahmen die Treppe immer zwei Stufen auf einmal, rannten durch das schmale Treppenhaus und warfen sich um Ecken. Jack war sich mit allen Sinnen des Aufzugs bewusst, der sich in dem Schacht neben dem Treppenhaus abquälte.

Sie erreichten das Erdgeschoss, gerade als Dr. Longbranch und die Zauberer der Weißen Rose aus dem Aufzug kamen. Jack und Linda rannten auf den Vordereingang zu, der vor ihnen in Flammen aufging. Sie schlugen die Arme vors Gesicht, stürzten sich in die Flammen und hinaus an die frische Luft.

Sie waren auf der Victoria Street, gleich neben dem Parliament Square. »Lauf zum Fluss!«, zischte Linda. Der Gehweg war voller Touristen und Regierungsangestellter in der Mittagspause. Als Jack sich umschaute, stand die Tür immer noch in Flammen, aber keiner der Anaweir schien es zu bemerken. Einige sahen Jack neugierig an, der sich gerade sein Sweatshirt über die Weste zog. Er und Linda verschmolzen mit der Menge, die Fotos von Big Ben und der Westminster-Brücke machte. Die Westminster-Brücke! Der Ort des Unfalls, den Dr. Longbranch für ihn geplant hatte.

Sie ließen sich weiter von der Menge zum Wasser hin mitnehmen. Sollten sie den Fluss überqueren? Sich in einem Gebäude verstecken? Aber Jack kannte sich in der Gegend nicht aus und hatte Angst davor, in eine Falle zu geraten. Er beugte sich gerade vor und wollte Linda fragen, was sie dachte, da traf ihn etwas hart an der Brust und warf ihn aufs Pflaster. Als er sich aufrichtete, sah er, wie die beiden Zauberer aus dem Wartezimmer auf sie zurannten. Sie hatten auf Linda gezielt, und Jack war im letzten Moment in den Weg geraten. Wieder einmal hatte seine Weste den Schlag abgewehrt.

Linda half Jack auf die Beine, und sie liefen im Zickzack über den Platz, wobei sie dicht beieinander blieben. Die Zauberer feuerten nur, wenn sie glaubten, Linda sicher im Schussfeld zu haben. Anscheinend wollten sie Jack lebend fassen. Während sich die beiden Gruppen durch die Menge bewegten, riefen sie eine Art Wellenbewegung hervor. Sichtbare Waffen gab es nicht, daher kam auch keine Panik auf, aber die Menschen hatten alle Mühe, Verfolgten und Verfolgern aus dem Weg zu gehen. Jemand rief ihnen im Vorbeigehen zu: »Passt auf, wo ihr hinlauft, ihr verdammten Idioten!«

Sie waren auf der Broad Sanctuary Street. Das brachte Jack auf eine Idee. »Zählt die Westminster Abbey als Kirche?« Die Abbey war immer noch ein gutes Stück entfernt.

»Wovon redest du?«

»Zählt sie als Kirche?«

»Gute Idee«, sagte Linda.

»Schon gut. Gehen wir hier rein.« Eine kleinere Kirche stand vor der eigentlichen Abtei. Auf dem Platz davor war ein Maibaumtanz im Gange. Junge Mädchen und Damen in mittelalterlichen Gewändern woben breite Bänder zu einem kunstvollen Muster um den Pfahl. Jack und Linda duckten sich unter den Bändern hindurch und sprinteten auf die Tür der Kirche zu. Gerade als sie die Schwelle erreichten, traf Jack etwas an der Schulter, wo seine Weste ihn nicht schützte, und wirbelte ihn beinahe herum. Es brannte heftig, aber er brachte es fertig, in das Heiligtum zu stolpern.

Im Innern war es kühl und still. Touristen scharten sich um die Buntglasfenster und die Marmorbüsten in den Seitenschiffen. Jack und Linda warfen sich auf die nächstbeste Bank und sahen sich um, ob ihnen jemand gefolgt war. Nichts.

Jacks Schulter begann zu pochen, aber als er sein Sweatshirt wegzog, konnte er weder eine Prellung noch ein Mal auf der Haut erkennen, wo er getroffen worden war.

Eine Frau in bodenständigem Rock und Pullover kam auf sie zu. »Willkommen in St. Margaret's. In zehn Minuten findet oben beim Ostfenster eine Führung statt.« Sie deutete auf ein kunstvolles Buntglasfenster am einen Ende des Hauptschiffs.

»Können wir einfach für einige Minuten hier sitzen?«, bat Tante Linda. »Wir müssen ein kleines Gebet sprechen.«

Die Frau lächelte und entfernte sich. Und Jack sprach tatsächlich einige Gebete, sobald er wieder zu Atem gekommen war. Linda saß stocksteif da, die Hände auf den Sitz der Bank gelegt, die Augen geschlossen. Jack wusste nicht genau, ob sie betete oder nicht.

Er fragte sich, wie viele Zauberer draußen warteten. Genug, um alle Ausgänge zu sichern? *Vielleicht werde ich einfach hierbleiben.* Hatten Flüchtlinge in mittelalterlichen Zeiten in Kirchen nicht Zuflucht vor dem Gesetz gesucht? Die Kuppeldecken, der abgenutzte Steinboden, die Art des Lichts hatten etwas Vertrautes an sich. Als sei er schon einmal hier gewesen. Während sie dasaßen, versteifte sich seine Schulter, schmerzte immer stärker und erregte seine Aufmerksamkeit wie der Biss eines giftigen Insekts. Schließlich wurde er zu stark, um ihn zu ignorieren, und er stieß seine Tante Linda an. »Ich glaube, etwas hat mich getroffen, draußen vor der Kirche. Vielleicht solltest du mal einen Blick darauf werfen.«

Sie zog sein Sweatshirt hoch und berührte mit den

Fingerspitzen seinen Arm. Der Bereich war jetzt leuchtend rot; er war geschwollen und fühlte sich heiß an.

»Verdammt!« Linda stieß einen langen Atemzug aus. »Es muss die Graffe eines Zauberers gewesen sein«, sagte sie. »So eine Art magischer Dolch.«

»Aber er hat die Haut nicht durchstoßen«, bemerkte Jack.

»Das ist auch nicht nötig. Eigentlich handelt es sich dabei um eine Beschwörung. Wirklich sehr clever von ihnen. Nur ein begabter Zauberer kann eine solche Wunde behandeln. Sie wissen, dass wir nicht hier drin bleiben können.«

»Ich dachte, Magie würde in einer Kirche nicht wirken.«

»Der Schaden ist bereits angerichtet. Dein Körper reagiert lediglich darauf.«

»Was passiert, wenn die Verletzung nicht behandelt wird?« Eine weitere der Fragen, die Jack stellen musste, obwohl er nicht recht wusste, ob ihm die Antwort gefallen würde.

»Du wirst sterben.« Sie saßen für einige Minuten schweigend da. Linda senkte den Kopf und schob ihre gefalteten Hände zwischen die Knie. Ihre Schultern zitterten, und er begriff, dass sie weinte.

»Keine Sorge«, sagte er, während er ihr unbeholfen den Arm tätschelte. »Ist schon gut. Mir wird etwas einfallen.«

Bei diesen Worten richtete sich Linda auf und wischte sich mit dem Handballen die Tränen weg. »Nein, Jack«, antwortete sie. »Mir wird etwas einfallen.« Sie zog ihr Handy heraus, rutschte an das gegenüberliegende Ende der Bank und tippte Zahlen ein.

Jacks Schulter zitterte vor Schmerz, eine kalte Flamme, die sich jetzt bis in seinen Hals ausbreitete. Anscheinend konnte er nichts dagegen tun. Er versuchte es mit einigen heilenden und besänftigenden Zaubersprüchen, aber nichts änderte sich. Irgendwo hatte er gelesen, dass Zauberer außerstande seien, sich selbst zu heilen. Und das galt erst recht für Bastarde, wie Dr. Longbranch es ausgedrückt hatte.

Die Schatten vorn im Hauptschiff organisierten sich zu einem halben Dutzend mittelalterlicher Geistkrieger, die feierlich den Gang hinab zu Jacks Bank marschierten, die Helme unter den Armen. Sie knieten sich neben ihm hin, ein Halbkreis von Männern, die unmittelbar vom Schlachtfeld zu kommen schienen. Ihre Altersspanne reichte ungefähr von dreizehn bis in die mittleren Jahre.

Ihr Anführer war ein rotbärtiger Mann in einer blutbefleckten Tunika, die mit roten Rosen bestickt war. Der Griff seines Schwertes ragte über seiner Schulter hervor. »Haben wir dir nicht gesagt, dass du wegbleiben sollst, Junge? Haben wir dich nicht gewarnt?«

Jack leckte sich die Lippen und sah sich um. Niemand sonst hatte offenbar die Invasion der Weirlind bemerkt. »Ich musste kommen.«

Der Krieger blickte seine Gefährten an. »Er musste kommen«, wiederholte er und hob verzweifelt die Hände.

»Er musste kommen«, flüsterten die Weirlind, deren Stimmen klangen wie der Wind, der durch eisige Zweige fährt.

Der Krieger drehte sich wieder zu Jack um und fragte: »Und wo ist Schattentöter?«

»Ich habe ihn in meinem Zimmer gelassen«, gab Jack zu. Er kam sich wie belagert vor.

Der rotbärtige Mann zog eine Augenbraue hoch. »Also bist du mit leeren Händen unter Zauberer gegangen?« Er drehte sich zu der Wache um und fügte hinzu: »Seine Klinge zurückgelassen.«

»Seine Klinge zurückgelassen«, kam das Echo wie eine Art griechischer Chor.

»Ah, nun«, murmelte der Krieger. »Jetzt hast du eine tödliche Wunde empfangen.« Er legte Jack seine Hand, die in einem Handschuh steckte, aufs Knie. »Keine Sorge, Junge. Wir werden bis zum Ende mit der Gottesmutter Wache halten. Wache für den Kriegererben!«, fügte er an die anderen gewandt hinzu.

»Wache für den Erben!«

»Jack!«

Die Krieger zogen sich zurück, zerstreuten sich aber nicht. Als Jack sich umdrehte, sah er Linda neben sich.

Sie ergriff seine Hand. »Keine Sorge, ich habe Hastings erreicht. Er kommt von Canterbury her. Das sind ungefähr sechzig Meilen.«

»Wie lange wird es dauern?«

Ob Jack die Graffe meinte oder die Reise von Canterbury, die Antwort war dieselbe.

»Ich weiß es nicht«, erwiderte seine Tante.

Touristen kamen und gingen. Jack fühlte sich immer schlechter. Er lehnte sich in die Ecke der Bank, um nicht herauszufallen. Ihm war abwechselnd kalt und übertrieben heiß. Schlimmer noch, er begann Dinge zu sehen, dunkle, schattenhafte Dinge wie Dämonen, die in den Ecken der Kirche hockten. Die Wände wanden sich und bebten, kamen näher und zogen sich zurück.

Die Weirlind kauerten niedergeschlagen im Gang und tuschelten miteinander.

Linda entdeckte einen Trinkbrunnen im Eingang zum Altarraum und brachte ihm Wasser in einem Papierbecher, das er gierig trank. Sie brachte ihm noch zwei weitere Becher.

Dann schlüpfte jemand in die Bank vor ihm. Es war Jessamine Longbranch. In Jacks Augen wirkte sie flimmernd und monströs. Er hatte Mühe, den Blick zu fokussieren. Er hob schwach beide Hände, um sie fernzuhalten. Die Weirlind regten sich murmelnd.

»Jack, du siehst nicht gut aus. Nicht annähernd so gut wie heute Morgen in meiner Praxis.«

»Verschwinden Sie aus dieser Kirche, Jessamine, bevor Gott herausfindet, dass Sie hier drin sind«, flüsterte Linda grimmig.

»Weißt du, was mit dir los ist, Jack?« Die Stimme der Ärztin sollte wahrscheinlich beruhigend sein, aber da sie nicht wie üblich von Zauberei überlagert war, klang sie nur belegt und finster.

»Zauberergraffe«, versuchte Jack zu antworten, aber das Sprechen fiel so schwer, da seine Zunge so dick in seinem Mund war.

»Komm nach draußen, Jack, und wir werden uns um dich kümmern. Anderenfalls bist du tot, bevor der Tag vorüber ist.« Sie wandte sich an Linda. »Sie zumindest sollten klüger sein, als einen solchen Trick auch nur zu versuchen.«

»Verschwinden Sie von hier, Jessamine«, wiederholte Linda.

Dr. Longbranch zuckte die Achseln. »Wir sind draußen. Lassen Sie uns wissen, wenn Sie bereit sind, ihn aufzugeben.« Sie strich sich das dunkle Haar zurück. »Ich erkenne bereits, dass Jack sehr talentiert ist. Ich fände es schrecklich, wenn er verschwendet würde.« Sie streckte die Hand nach ihm aus, und er zog sich wie ein in die Enge getriebenes Tier in die Bank zurück. Sie strich ihm eine Strähne feuchten Haares hinters Ohr. Dann stand sie auf und verließ die Kirche, wobei die Absätze ihrer Schuhe auf dem Steinboden klapperten.

Bedeutete das Ende des Tages den Sonnenuntergang oder Mitternacht? *Das könnte wichtig sein,* dachte er, aber dann wollte ihm der Grund dafür nicht mehr einfallen. Er wusste, dass es etwas gab, das er unbedingt sagen musste. »Tante Linda.« Ein kratziges Flüstern. Sie rutschte nahe an ihn heran und wiegte seinen Kopf in den Armen, wobei sie auf seine Schulter achtete. Sie beugte sich vor, damit sie ihn hören konnte. »Tante Linda, bitte, erlaub ihr nicht, mich zu holen. Bitte. Es ist mir egal … was passiert. Versprich es mir.«

Linda versprach es, und Tränen rannen ihr übers Gesicht.

Die Frau, die sie bei ihrem Eintritt in die Kirche begrüßt hatte, war zurückgekehrt. Sie wirkte besorgt. »Ist Ihr Sohn krank?«, fragte sie Linda.

»Neffe«, korrigierte Linda sie automatisch. »Er ist krank, aber es ist eine spirituelle Art von Krankheit«, erklärte sie.

»Ach ja?« Die Frau zog die Augenbrauen hoch. Jack lag ausgestreckt auf der harten Bank, den Kopf in Lindas Schoß gebettet. Er schauderte im Delirium und murmelte vor sich hin. »Sollten wir ihn nicht lieber ins Krankenhaus bringen?«

»Bitte. Er muss hier drin bleiben«, antwortete Linda verzweifelt. »Sonst ist er verloren.«

Die Frau zögerte. »Vielleicht können wir es ihm bequemer machen.« Sie verschwand für einige Minuten und kam mit einer dünnen Matratze und Decken zurück. »Ich sollte mich wohl vorstellen. Mein Name ist Sarah Burham. Ich bin eine der Lektorinnen der Kirche, und ich leite auch ein Heim für die Obdachlosen. Wir nehmen hier in der Kirche Spenden an, daher haben wir ein wenig Bettzeug hier.«

»Ich bin Linda Downey«, erwiderte Linda. »Und das ist Jack. Wir wissen Ihre Hilfe wirklich zu schätzen.«

Als Leander Hastings eine halbe Stunde später eintraf, lag Jack auf einer Matratze in einer Ecke der Kirche. Linda und Sarah Burham knieten neben ihm und beteten. Sie waren umringt von knienden Geistkriegern, die Wache hielten. Jack sah aus, als sei er dem Tode nahe, und seine Sommersprossen stachen gegen die Blässe seiner Haut ab. Seine Atmung ging flach und keuchend. Als Hastings herankam, wichen die Krieger unglücklich murmelnd zurück.

Bei seinem Anblick sprang Linda auf. »Beeil dich, Leander! Ich hatte ihn schon fast aufgegeben.« Der Zauberer zögerte, daher fügte sie hinzu: »Komm! Es kann unmöglich ein Problem sein, jemanden in einer Kirche zu heilen!«

Hastings kniete sich neben Jack und legte eine Hand auf die verletzte Schulter. Sie glänzte rot und war geschwollen, und lange rote Streifen zogen sich von seinem Arm bis zu seiner Brust. Er stöhnte und wollte sich wegdrehen.

»Haltet ihn fest!«

Linda und Sarah drückten Jacks Handgelenke auf den Boden. Hastings legte die Hände über die Wunde und sprach langsam und deutlich einen Zauberspruch. Sogleich warf die Haut Blasen und nahm ein abscheuliches Grün und Gelb an, als sei das Gift hochgekommen und habe sich direkt unter der Haut gesammelt.

Sarah Burham räusperte sich. »Was ist er? Ein Priester?«, fragte sie Linda.

»Nicht direkt«, antwortete Linda.

Hastings wartete eine Minute, ließ die Hände, wo sie waren, und sprach dann einen anderen Zauberspruch. Minuten verstrichen, und alles blieb unverändert. Dann verlor Jacks Teint langsam sein wächsernes Aussehen. Sein Atem ging weniger rau, und sein ganzer Körper entspannte sich. Hastings sah lächelnd zu den beiden Frauen hinüber. Er war blass und schwitzte, und seine grünen Augen waren trübe vor Anstrengung. Er nahm die Hände weg; die Blasen waren zurückgegangen.

Die Lektorin sah von Jack zu Hastings. »Ich habe wirklich geglaubt, er würde sterben«, gestand sie.

»Ich auch«, sagte Hastings knapp. Er stand auf und wischte sich die Hände an der Hose ab. »Gibt es einen anderen Weg aus der Kirche?«, erkundigte er sich leise. »Neben dem offensichtlichen?«

»Es gibt noch eine Tür«, erwiderte Sarah. »Am Südostende. Aber sie ist normalerweise nicht für die Öffentlichkeit bestimmt«, fügte sie hinzu.

»Könnten wir sie benutzen?« Hastings schenkte der Frau ein gewinnendes Lächeln. »Bitte. Der Junge ist in Gefahr.«

»Na ja.« Sie sah Jack an, dann wieder Hastings. »Vermutlich schon. Ich zeige Ihnen, wo die Tür ist.«

Hastings wandte sich an Linda. »Du musst die Zauberer draußen so lange wie möglich aufhalten. Sie dürfen nicht mitbekommen, dass er fort ist. Besser noch: Versuche sie zu überzeugen, dass er tot ist.« Er strich ihr mit dem Handrücken über die Wange. »Sei vorsichtig. Wir können wohl davon ausgehen, dass sie wütend sein werden.«

»Zauberer!« Sarah machte einen Schritt rückwärts und schlug sich die Hand vor den Mund, als habe sie plötzlich begriffen, dass an dem hochgewachsenen Fremden tatsächlich etwas Übernatürliches war.

»Sozusagen.« Hastings lächelte entwaffnend. »Der Junge hat sich auf einen Kult eingelassen.« Er beugte sich vor und hob Jack wieder hoch. Jack runzelte die Stirn und murmelte etwas. »Noch etwas: Linda, kannst du nach Canterbury fahren und meine Chaucer-Gesellschaft übernehmen? Sie sind im Dovecote Hostelry in der Altstadt. Wir besuchen alle großen Mordschauplätze. Morgen wollen sie sehen, wo Becket getötet wurde; es ist eine blutrünstige Bande.«

Linda nickte wortlos.

Hastings folgte der verwirrten Sarah Burham in den hinteren Teil der Kirche und verschwand. Linda arrangierte das Bettzeug so, dass es aussah wie eine liegende Gestalt. Dann postierte sie sich neben der Pritsche und wartete.

Sarah Burham erlaubte Linda, über die offizielle Öffnungszeit der Kirche hinaus – sie schloss um halb fünf – zu bleiben. Die Betörerin hielt ihre Totenwache. Sie saß auf dem Boden, den Rücken an die Wand gelehnt. Das Tageslicht verblasste hinter den Buntglasfenstern, während die Lichter im Innern aufflammten.

Es war nach neun Uhr abends, als Jessamine Longbranch wieder in die Kirche kam. Sie fand Linda dösend auf ihrem Posten. Die Zauberin stemmte die Hände in die Hüften und blickte auf Linda hinab.

»Ich nehme an, der Junge ist tot?« Sie deutete auf Lindas Arrangement aus Bettzeug auf der Erde.

»Ja«, antwortete Linda.

»Du kleine Närrin!« Die Worte troffen vor Gift. »Ich kann nicht fassen, dass du deinen Neffen geopfert hast. Warum ihn nicht kämpfen lassen und ihm zumindest eine Chance geben?«

»Sie haben die Graffe geworfen, Jessamine, nicht ich. Sie können es dem Rest Ihres Hauses erklären. Jack hat gesagt, dass er lieber sterben würde, als in Ihren Händen zu enden. Ich habe seine Entscheidung respektiert.«

»Ich bin überaus verstimmt. Ich werde deiner Schwester Becka einen Besuch abstatten. Sie wohnt auf dem Thurloe Place, nicht wahr?« Dr. Longbranch stolzierte aus der Kirche hinaus.

Linda rief Becka mehrfach an, aber sie meldete sich nicht. Sie blieb bis ungefähr Mitternacht in der Kirche, dann schlüpfte sie zur Hintertür hinaus.

Die Chaucer-Gesellschaft war anpassungsfähig. Als Linda sich als Expertin für mittelalterliche Mythen und Magie vorstellte, die Leander Hastings für einige Tage ersetzen würde, schien das kaum jemanden zu stören. Insbesondere die Jungen waren über den Wechsel erfreut. Die bemerkenswerten Ausnahmen waren Will und Fitch, denn sie wussten, dass Linda Downeys unerwartetes Auftauchen Ärger bedeutete.

Linda war eine gute Wahl für den Auftrag. Sie war eine inbrünstige Anglophile und teilte das Interesse ihrer Familie an englischer Literatur und mittelalterlichen Studien. Außerdem hatte sie einen großen Teil ihres Lebens in England verbracht und konnte den Informationen, die der offizielle Kathedralenführer lieferte, Details und Farbe hinzufügen. Sie waren angemessen beeindruckt von der schieren Abscheulichkeit eines Mordes in der Kirche. *Wir sind nicht weit von gestern Nacht entfernt,* dachte Linda. Sie fragte sich, wo Jack und Hastings jetzt sein mochten. Sie hatte gehört, dass er ein Haus in Cumbria besaß. Vielleicht waren sie dorthin gefahren.

Im Verlauf des Tages versuchte sie noch mehrmals, Becka anzurufen, aber in dem Hotelzimmer in London nahm niemand ab. Becka würde gewiss nicht ohne Jack nach Oxford aufbrechen. Sie hinterließ im Devon House eine Nachricht, dass Becka sie in Canterbury anrufen solle. Dann würde sie ihr erzählen, dass sie die Entführer in London gesehen hätten und dass sie alle in Gefahr seien, obwohl Hastings Jack an einen sicheren Ort gebracht habe.

Es gab keine neuen Nachrichten, als Linda in Hastings Zimmer zurückkehrte. Dort lagen nur spärliche Hinweise auf seine Anwesenheit herum: ein Buch auf dem Tisch, ledernes Rasierzeug im Badezimmer, ein über das Fußende des Bettes drapierter Pullover. Impulsiv drückte sie die Wolle ans Gesicht und atmete seinen Duft ein. Dann ließ sie ihn verlegen aufs Bett fallen.

Inzwischen musste Becka außer sich vor Sorge sein. Was, wenn sie Dr. Longbranch anrief? Da die Zauberin jetzt davon ausging, dass Jack tot war, würde sie Becka gewiss in Ruhe lassen, trotz ihrer Drohungen in der Kirche. Es sei denn, Longbranch wollte Becka benutzen, um sich an Linda für das doppelte Spiel zu rächen.

Es klopfte an der Tür. Sie öffnete, und Will und Fitch standen im Flur, Fitch mit einem Ordner unter dem Arm. Anscheinend waren sie auf einer Mission.

»Hallo, Ms. Downey. Wir müssen mit Ihnen reden. Falls … sind Sie beschäftigt?« Will trat von einem Fuß auf den anderen.

»Ganz und gar nicht. Bitte, kommt herein! Hättet ihr gerne einen Tee oder irgendetwas?« Linda sah von einem Jungen zum anderen.

Fitch schüttelte den Kopf. »Wir sind gekommen, weil wir wissen wollen, warum Sie hier sind und was es mit Jack zu tun hat«, erklärte er unumwunden.

»Ich verstehe. Nun, wollt ihr euch nicht setzen?« Sie deutete auf einen kleinen Tisch neben einem Fenster mit Blick auf die schmale Straße unten.

Sie arrangierten sich, so gut sie konnten. Eigentlich wirkten sie viel zu groß für den zierlichen Tisch, wie sie da so saßen, ganz Ellbogen, Knie, lange Beine und wachsame Entschlossenheit.

Fitch warf seinen Ordner auf den Tisch und fragte: »Also, wo ist Jack? Und warum springen Sie für Mr. Hastings ein?«

Linda legte die Hände aneinander, stützte das Kinn auf die Fingerspitzen und musterte die beiden Jungen. Sie hatten ein Recht auf die Wahrheit. Ohne sie wäre Jack zweifellos tot oder Schlimmeres. »Jack hatte in London wieder Probleme. Er musste mit Mr. Hastings fortgehen. Das ist der Grund, warum ich hier bin.«

»Hören Sie, wir wollen endlich wissen, was los ist.« Will legte die Hände flach auf den Tisch. »Jack will uns nichts erzählen. Er sagt nur, dass wir uns keine Sorgen machen sollen, dass es nichts gebe, was wir tun könnten. Solchen Mist eben. Wir glauben, Sie können uns sagen, was los ist.«

»Das kann ich. Es liegt an euch, ob ihr es glauben wollt.« Linda hätte sie glauben machen können, dass Jack von Aliens entführt worden war, wenn sie gewollt hätte. Aber diesmal zog sie es vor, sie mit nichtmagischen Mitteln zu überzeugen. Sie holte tief Luft.

»Jack sollte ein Zauberer sein, aber ihm wurde als Baby ein Kriegerstein implantiert.«

Fitch musterte sie zweifelnd, als versuche er zu entscheiden, ob sie scherzte. »Ein ... was wurde ihm implantiert?«

»Ein Weirstein. Alle, die einen Kriegerstein tragen, haben gewisse magische Eigenschaften, die sich manifestieren, sobald sie volljährig werden.«

»Klar doch.« Fitch verdrehte die Augen. »Jack Swift ist eine Art Gladiator mit Superkräften. Wollen Sie das sagen?«

Linda nickte. »Es gibt noch andere Steine und andere Gilden, von denen die Zauberer die Mächtigsten sind. Zauberer lassen Krieger in Turnieren antreten, die ›das Spiel‹ genannt werden. Nur dass es nicht mehr viele Krieger gibt. Also ist Jack das, was ihr vielleicht einen seltenen Fund nennen würdet. Deswegen sind Zauberer hinter ihm her und versuchen, ihn zu fangen oder zu töten.«

»Moment mal.« Will runzelte die Stirn. »Zauberer? Wie in einem Märchen?«

»Nun, eher wie in einem Albtraum, würde ich sagen. Sie sind Erzeuger von Magie und benutzen Zaubersprüche und so etwas. Im Gegensatz zu Kriegern haben Zauberer keine spezifischen körperlichen Manifestationen, sondern vor allem eine mächtige Persönlichkeit.«

Will schlug mit beiden Händen auf den Tisch. »Wenn Sie uns nicht die Wahrheit erzählen wollen, dann sagen Sie das einfach, und verschwenden Sie nicht weiter unsere Zeit.«

»Will.« Fitch legte Will eine Hand auf die Schulter. »Erinnerst du dich an den Typen auf dem Friedhof und das flammende Schwert und all das?«

»Das war ein Zauberer. Tatsächlich ...« Linda zögerte, dann fuhr sie fort. »Tatsächlich leben einige von ihnen in Trinity.«

»Wie wer zum Beispiel?«, fragte Fitch scharf und suchte ihr Gesicht nach Hinweisen ab. Dann weiteten sich seine Augen hinter den Brillengläsern. »Mr. Hastings, möchte ich wetten.«

Widerstrebend nickte Linda.

»Wer noch?« Fitch streckte das Kinn vor, sichtlich in Verhörpose.

»Nun ja, Nick Snowbeard. Und Leesha Middleton.«

»Nick? Und die beschissene Leesha Middleton? Die Prinzessin?«

»Na ja«, antwortete Linda. »Sie hat mit den Männern zusammengearbeitet, die Jack von der Highschool entführen wollten.«

»Unmöglich!« Fitch schauderte.

»Erzählen Sie mir nicht, dass Lobeck ebenfalls mit drinsteckte«, sagte Will.

Linda schüttelte den Kopf. »Der mag vielleicht ein Tyrann und ein Mistkerl sein, aber kein Zauberer.«

»Es sei denn, es gibt auch bescheuerte«, fügte Fitch hinzu. »Können wir Jack sehen, solange wir hier sind?«

Linda zögerte. »Ich weiß es nicht. Ich weiß nicht mal genau, wo er im Moment ist.«

Fitch trommelte mit den Fingerspitzen auf seinem Ordner herum. »Was hat das mit seiner Großmutter und dem Friedhof zu tun?«

»Susannah hatte die gleiche Gabe, den gleichen Stein wie Jack. Sie war eine Kriegerin wie er. Das war ihr Schwert, das ihr ausgegraben habt. Wir haben gehofft, er könnte es verwenden, um sich zu beschützen.«

»Kann ein Weirstein gestohlen werden?«

»Nicht, ohne den Träger zu töten.«

»Aber könnte er gestohlen werden? Zum Beispiel, indem man jemanden aufschneidet? Könnte jemand einen Grund haben, so etwas zu tun? Vielleicht, um ihn jemand anderem einzusetzen? Wie Jack?«

Linda überlegte einen Moment. »Weirsteine haben selbst magische Kraft. Zauberer kaufen sie manchmal von Händlern und benutzen sie als Talismane. Jack ist meines Wissens nach die einzige Person, der ein Stein implantiert wurde. Das lag daran, dass ihm seiner fehlte.«

»Ich habe über Jacks Großmutter Susannah Downey nachgedacht und darüber, wie sie gestorben ist. Jedes Mal, wenn ich diese sternförmige Narbe auf Jacks Brust sehe, denke ich daran.«

»Wovon sprichst du?« Linda sah von einem Jungen zum anderen. »Sie ist bei einem Unfall ums Leben gekommen. Habt ihr nicht gesagt, sie sei von einem Pferd gefallen?«

Fitch nickte. Er öffnete den Ordner. »Aber die Todesursache war ein Loch in ihrer Brust. In der Zeitung stand, dass sie vielleicht auf einen Zaunpfahl oder so etwas gestürzt ist. Sehen Sie.« Er holte einen Mikrofilmausdruck aus seinem Ordner. »Ich habe das gefunden, als wir in die Bibliothek gegangen sind. Es klang für mich irgendwie weit hergeholt. Die Forensik war damals bestimmt noch nicht sehr weit.« Er reichte Linda das Papier. Es war Susannahs Nachruf.

Linda überflog ihn schnell, dann las sie ihn langsam noch einmal durch. »›Lee Hastens, ein Besucher in der Stadt, fand sie am späten Abend in der Nähe der Farm der Familie. Ihr Pferd stand schweißbedeckt bei ihr, als sei es eine beträchtliche Strecke hart geritten worden. Obwohl Mrs. Downey als gute Reiterin bekannt war, ist sie auf einen Zaunpfosten gestürzt. Eine schwere Schnittwunde in der Brust war die Ursache ihres Todes.‹« Die winzige Flamme eines Gedankens loderte in Lindas Hinterkopf auf. Sie brannte mit immer größerer Intensität, ganz gleich wie sehr sie versuchte, sie auszulöschen.

Fitch unterbrach ihre Überlegungen. »Vielleicht liegt es daran, dass wir in den letzten paar Tagen über all diese Morde gesprochen haben. Und jetzt die Weirsteine. Könnte Susannah ermordet und ihr Stein gestohlen worden sein?« Fitch brach ab und musterte Linda. »Was ist los?«

»Jack«, flüsterte Linda. »Ich fürchte, ich habe einen schrecklichen Fehler gemacht.«

KAPITEL 13
Cumbria

Jack erinnerte sich kaum an seine letzten Stunden in der Kirche. Er lag tödlich verwundet da, die Weirlind hielten um ihn herum Wache. Eine gewaltige Dunkelheit drohte ihn zu überwältigen, aber irgendwie wurde sie von der Musik der betenden Frauenstimmen in Schach gehalten. Er klammerte sich an die Laute wie an einen Rettungsanker, und dann war da endlich eine neue Stimme und ein neues Gebet, und die Dunkelheit zog sich zurück, und das Pochen in seiner Schulter ließ nach. Jemand hob ihn hoch, und da waren frische Luft und Regen auf seinem Gesicht. Er wurde ein gutes Stück durch den Regen getragen und dann auf die Rückbank eines Wagens verfrachtet. Er erinnerte sich an den Geruch und das Gefühl von Leder auf seinem Gesicht. Jemand hob seinen Kopf an und schüttete eine brennende Flüssigkeit in seine Kehle, und dann schlief er ein. Er erwachte einmal im Dunkeln und hörte das Zuschlagen von Autotüren und etwas, das vielleicht die Stimme seiner Mutter war. Er versuchte, sie zu rufen, aber es war unmöglich, wach zu bleiben.

Als er endlich wieder erwachte, nahm er sanftes Tageslicht wahr, das in seinen Schlaf eingedrungen war. Er wälzte sich herum und vergrub das Gesicht im Kissen, um das Licht zu verdrängen. Er lag in einem großen Bett, das mit ziemlich grobem Leinen überzogen war, darüber eine leichte Decke. Außerdem trug er Kleidung, die ihm fremd war: Shorts und ein T-Shirt. Die Erinnerung überwältigte ihn allmählich, und er richtete sich schnell auf, zu schnell. Ihm wurde schwindelig, und er legte sich wieder zurück in die Kissen.

Der Raum war buchstäblich kahl, wie aus Fels gehauen, mit steinernen Wänden und einem steinernen Boden, einem Kamin und einem einzigen schmucklosen Fenster. Am gegenüberliegenden Ende befand sich eine Holztür. Abgesehen vom Bett waren die einzigen anderen Möbel ein Ständer mit einem Becken und einem Krug darauf, ein kleiner Nachttisch, darauf eine Reihe Hexerflaschen, zwei schlichte Holzstühle und ein Schaukelstuhl neben dem Bett. Ein juwelenbesetzter Kasten lehnte am Kamin. Es war Schattentöter, sein Schwert, und daneben lag auf der Kaminplatte Blaises Spiegel in seiner Lederhülle. Wie waren die Sachen hierhergekommen? Er hatte sie im Hotel zurückgelassen, unter Schutzzaubern.

Verzweifelt versuchte er, sich daran zu erinnern, was am Ende des langen Nachmittags in der Kirche geschehen war. Da war weder ein Kneifen noch eine Empfindlichkeit in seiner Schulter, keine Nachwirkung der Zauberergraffe. War Hastings rechtzeitig eingetroffen, oder befand er sich in den Händen der Weißen Rose? Dieser Gedanke trieb ihn dazu, sich aufzusetzen und die Beine über die Bettkante zu schwingen. Er wollte sein Schwert holen. Wenn sie töricht genug waren, ihm eine Waffe zu lassen, dann wollte er das auch ausnutzen.

Genau in dem Moment wurde die Tür geöffnet, und seine Mutter trat ein. Becka trug Jeans und einen weiten Pullover, und sie war trotz der Kühle des steinernen Bodens barfuß. Sie hielt ein Tablett mit einer Kanne Tee und einem üppigen Frühstück in den Händen.

»Mom!« Jack war erstaunt und überglücklich, sie zu sehen. Becka stellte das Tablett vorsichtig auf den Nachttisch und zog ihn dann in die Arme. Eine lange Minute saßen sie dort auf der Bettkante.

Schließlich betrachtete Becka ihn. »Dir geht es offenbar viel besser, Jack. Ich habe mir solche Sorgen gemacht, als Leander mich holen kam. Du hast schrecklich ausgesehen.«

Es gab Toast und Orangenmarmelade, Schinken und Ei sowie eine Art geräucherten Fisch. Jack verteilte die Orangenmarmelade auf seinem Toast und spielte auf Zeit, während er sich seine Fragen überlegte. Er wusste nicht, wie sein Zustand erklärt worden war.

»Hat Mr. Hastings dir erzählt, was passiert ist?«

Sie runzelte die Stirn, als gebe sie sich große Mühe, sich zu erinnern. »Er sagte, du hättest dir ein Virus eingefangen, und was du brauchtest, sei ein wenig Ruhe, Frieden und Stille. Also sind wir hier heraufgekommen.« Sie strich ihm das Haar aus der Stirn. »Soll ich dir etwas zu lesen holen? Unten im Haus ist eine wunderbare Bibliothek.«

Jack hörte auf zu kauen und starrte seine Mutter an. Das war ganz und gar nicht die Reaktion, die er erwartet hatte. Er hatte mit tausend Fragen gerechnet, die er nicht beantworten konnte. Er überlegte, wie Hastings wohl mit ihr umgegangen war, und warum sie nicht darauf bestanden hatte, dass er in ein Krankenhaus kam. Obwohl er die Antwort auf diese Frage vielleicht bereits kannte.

»Wo sind wir?«, wollte er wissen und sah sich im Raum um. »Und wie lange bin ich ... krank gewesen?«

»Dies ist Leanders Haus. Wir sind seit drei Tagen hier.«

Jack sah sich abermals im Zimmer um. Es war so karg wie der Mann selbst. Die einzige Farbe kam von den Hexerflaschen auf dem Tisch. Hastings hatte nie eine Verbindung zu England erwähnt, geschweige denn dass er ein Haus hier besaß. Aber es erschien sinnvoll, wenn Hastings Tante Linda kannte. »Sind wir noch in London?« Etwas an der Art des Lichtes und der Stille draußen sagte ihm, dass sie woanders waren.

»Wir sind in Cumbria. Im Norden von England. Tatsächlich sind wir in den Bergen, unweit von Schottland.«

Jack fragte sich, wie die jüngsten Ereignisse sich auf den Rest ihrer Zeit in England auswirken würden, fragte sich, ob Zauberer ihn bald durch ganz Großbritannien jagen würden. »Was ist mit Oxford? Erwarten sie dich dort nicht?«

»Ich habe den ganzen Sommer Zeit, um nach Oxford zu gehen«, erwiderte sie gelangweilt, als müsse sie nicht mehr so dringend dorthin. Dann setzte sie sich in den Schaukelstuhl. »Jack, iss dein Frühstück, bevor es kalt wird! Du hast drei Tage lang nichts gegessen, und du musst wieder zu Kräften kommen.«

Warum hatte Hastings seine Mutter hier heraufgebracht? Vielleicht, um bei seiner Pflege zu helfen, aber dadurch wurden die Dinge gewiss noch schwieriger. Er sah sowieso nicht, wie sie darauf hoffen konnten, seine Probleme noch viel länger geheim zu halten. Er hatte das Gefühl, als falle sein ganzes Leben auseinander und drohe obendrein, seine Familie zu zerreißen.

Er schob sein Frühstück für einen Moment beiseite und rutschte vom Bett. Es war unerwartet hoch, und seine Füße klatschten auf den Steinboden. Die Fensterläden standen offen, und die Morgenluft war kühl. Seine Kleidung war nirgends zu entdecken.

Die Aussicht durchs Fenster erregte seine Aufmerksamkeit. Sie waren vielleicht drei Stockwerke hoch und blickten auf eine schöne Landschaft aus Bergen und grünen Hügeln, deren Fuß im Nebel lag.

Und dann wurde die Tür geöffnet, und Leander Hastings kam herein. Er trug ebenfalls einen dicken Pullover und schien überrascht, dass Jack auf war und umherging. »Becka!«, sagte er lächelnd. »Es sieht so aus, als sei Ihr Sohn eindeutig auf dem Weg der Besserung.« Er kam herbei, trat hinter sie und legte ihr die Hände auf die Schultern. Da war etwas Besitzergreifendes an der Geste, das Jack beunruhigte.

»Er sieht viel besser aus«, stimmte Becka zu, drehte sich halb um und sah dem Zauberer ins Gesicht. »Aber ich kann ihn nicht dazu bringen, mehr von seinem Frühstück zu essen.«

Hastings ging zum Fenster und blickte über Jacks Schulter. »Wunderschön, nicht wahr? Ich fühle mich jedes Mal wie neugeboren, wenn ich hierherkomme.«

Jack wandte sich abrupt ab. »Mom, ich würde nach dem Frühstück doch gern etwas lesen. Könntest du nach unten gehen und ein paar Bücher für mich suchen?«

Becka sah tatsächlich Hastings an, bevor sie antwortete. Der Zauberer nickte. »Eine gute Idee«, sagte er. »Jack und ich müssen ohnehin reden. Ich werde Sie bald holen kommen.«

Becka stand von dem Schaukelstuhl auf und küsste Jack auf die Stirn. »Versuch, noch etwas zu essen«, murmelte sie und verließ den Raum. Hastings sah ihr nach, bis die Tür sich hinter ihr schloss.

Jack spreizte die Beine noch etwas weiter und stemmte die Fäuste in die Hüften. »Was stimmt nicht mit ihr?«

Hastings setzte sich in den Schaukelstuhl neben dem Bett.

»Mit deiner Mutter ist alles in Ordnung. Es geht ihr gut.« Er hätte vielleicht lächeln können, tat es aber nicht, als er den Ausdruck auf Jacks Gesicht bemerkte.

»Sie haben sie mit einem Zauber belegt.« Jack ließ nicht locker. »Sie ist nicht sie selbst.«

»Ich habe nicht unnötig irgendwelche Zaubersprüche bei ihr eingesetzt«, erwiderte Hastings und zuckte die Achseln, ganz die Unschuld. »Obwohl ich sie vielleicht jetzt, da du auf bist, etwas mehr ... leiten muss.«

»Sie hätten sie niemals hierherbringen dürfen.«

»Verstehe.« Hastings spielte mit einem ungewöhnlichen Ring an seinem linken Ringfinger. Es war ein wunderschön facettierter Stein in einer kunstvollen Goldeinfassung, und er brach das Licht in tausend Farben. »Ich habe deine Mutter beschützt«, erklärte er. »Inzwischen werden die Rosen gewiss nach ihr suchen. Ich weiß nicht, was du noch mehr von mir wollen könntest.«

Jack hatte keine Ahnung, was er sonst noch zu dem Mann sagen sollte, der ihm abermals das Leben gerettet hatte. Daher schwieg er.

»Setz dich, Jack.« Hastings deutete auf den anderen Stuhl und sah aus wie ein Mann, dem eine unangenehme Aufgabe bevorstand. Widerstrebend nahm Jack Platz. Hastings zeigte auf das Frühstückstablett. »Du solltest besser essen.« Jack betrachtete das Tablett, dann griff er grollend nach einer Scheibe Toast. »Wie fühlst du dich?«, erkundigte sich der Zauberer.

»Ich fühle mich gut«, gab Jack zu. »Wie nach einem schlimmen Traum.«

»Einem sehr schlimmen Traum«, pflichtete Hastings ihm bei. »Deine Schulter sollte in Ordnung sein, nicht mehr steif. Solange der Zauber rechtzeitig zerstört wird, heilt alles spurlos.«

»Ich erinnere mich nicht wirklich daran, was passiert ist.« Er aß die Scheibe Toast auf und machte sich über die Eier her.

»Nachdem der Zauber gebrochen war, habe ich dich zu meinem Wagen getragen. Linda ist zurückgeblieben, um Dr. Longbranch und die anderen abzulenken. Ich hielt es für das Beste, deine Mutter mitzunehmen. Ich wusste, dass sie sich Sorgen um dich machen würde, nachdem ihr, du und Linda, nicht zurückgekehrt seid, und ich hatte Angst, dass sie vielleicht zu Dr. Longbranch gehen würde. Also habe ich sie hierhergebracht.«

»Ich wusste gar nicht, dass Sie ein Haus hier haben.«

»Dieses Haus ist das Haus meiner Vorfahren, obwohl ich es erst vor wenigen Jahren erworben habe. Dies ist der Lake District, das Land der Dichter, einer der magischen Orte in Großbritannien.« Jack blickte auf und sah, dass Hastings ihn immer noch beobachtete, als unterziehe er ihn einer Musterung. Es bereitete ihm Unbehagen.

»Warum sagen Sie mir nicht, was los ist?« Jack rückte ein wenig von seinem Frühstück ab. »Was wollen Sie von mir?«

»Hast du gehört, dass für den Mittsommertag ein Turnier angesetzt ist?« Hastings' Gesicht war ausdruckslos.

»Dr. Longbranch hat uns davon erzählt.« Jack dachte angestrengt nach. Eine Menge war seit seinem Besuch in Dr. Longbranchs Praxis geschehen. »Sie sagte, die Rote Rose habe eine Herausforderung ausgesprochen, und dass sie einen Champion hätten. Sie will, dass ich kämpfe.«

Hastings nickte. »Allerdings. Und ich will das auch.« Die Worte hingen schwer in der Luft zwischen ihnen.

Er begriff nur langsam, und es war wie die Veränderung im Licht, die mit dem Heraufziehen von schlechtem Wetter einhergeht. Ihre Blicke trafen sich kurz, und das raubte Jack den Atem. So viele Rätsel, so viele Unstimmigkeiten, und jetzt ergab alles einen Sinn. Und dann war er wütend, sowohl auf Hastings als auch auf seine eigene Dummheit.

»Das war die ganze Zeit über Ihr Plan, nicht wahr?« Seine Stimme zitterte, obwohl er sich bemühte, sie ruhig zu halten. Er schob sein Frühstückstablett weg und beugte sich vor. »Darauf haben Sie mich vorbereitet – all das formelle Training, die Kämpfe auf der Wiese, alles!«

Hastings nickte. »Ja.« Er sah nicht auf, sondern konzentrierte sich immer noch auf den Ring.

»Diese Reise nach England, war das ebenfalls Ihre Idee?« Seine Mutter hatte das selbst entschieden, oder nicht? Er versuchte, sich zu erinnern.

Der Zauberer spreizte die Finger zu einer Geste des Eingeständnisses. »Ich hätte auf die eine oder andere Weise dafür gesorgt, dass du in diesem Sommer nach England kommst. Vielleicht mit der Chaucer-Gesellschaft, aber so bist du eben mit Becka gefahren.«

»Also haben Sie Tante Linda angelogen«, fuhr Jack fort. »Sie haben sie glauben gemacht, sie könne mich da raushalten.«

»Ja. Ich habe gelogen«, sagte Hastings ungerührt. »Deine Tante hat mir die ziemlich anspruchsvolle Aufgabe übertragen, dich am Leben zu erhalten. Wir haben lediglich unterschiedliche Beweggründe.«

»Nun ja, Sie haben die falsche Person gewählt. Sie können mich nicht dazu zwingen, für Sie zu kämpfen. Wenn es dazu kommt, werde ich absichtlich verlieren.«

»Es gibt kein ›absichtlich verlieren‹. Es ist ein Kampf auf Leben und Tod.«

»Dann werden Sie einen anderen finden müssen, den Sie opfern können.«

»Täusch dich nicht! So oder so, du wirst geopfert werden.«

Jack sah auf, weil er glaubte, eine Drohung herausgehört zu haben. Aber Hastings' Gesichtsausdruck zeigte eine Mischung aus Mitgefühl und Ungeduld.

Der Zauberer lehnte sich zurück und schloss die Augen. »Stell dich den Tatsachen, Jack. Für dich hat das alles vor vielleicht drei oder vier Monaten begonnen, mit der Fahrt zu dem Friedhof, oder? In den vergangenen drei Wochen bist du dreimal angegriffen worden. Das ist nur ein Vorgeschmack auf das, was noch kommen wird.«

Hastings öffnete die Augen und fixierte Jack mit einem Blick. »Denk daran, die Weiße Rose hat dich bisher vollkommen in Ruhe gelassen. Sobald sie begreifen, dass du lebst, werden sie ebenfalls wieder versuchen, dich in ihre Gewalt zu bringen. Vielleicht hat die Rote Rose versucht, dich zu vergiften. Wenn nicht, wissen sie seit dem Zwischenfall in der Schule mit Sicherheit, wer du bist. Und dann sind da noch die Händler. Du bist ein verdammtes Vermögen wert. Und die Welt ist voller Abenteurer, die versuchen werden, dieses Vermögen an sich zu bringen.«

Jack konnte nicht länger sitzen bleiben. Er stand auf und trat wieder ans Fenster. Der Dunst in den tiefen Tälern löste sich in der stillen Luft zu abgerissenen Wimpeln auf. Einige Schafe waren jetzt auf einem der fernen Hügel zu erkennen. Er wünschte, er könne einfach davonfliegen, weg von dem, der er war, weg von seiner Vergangenheit und seiner Zukunft.

Hastings war gnadenlos. »Angenommen, du schaffst es tatsächlich nach Hause. Wohin gerätst du da, was meinst du? Trinity wird zu einem Schlachtfeld von Zauberern. Deine Freunde, alle Familienmitglieder sind verletzliche Punkte, insbesondere Anaweir.« Er hielt inne. »Du hast deine Mutter gesehen. Ich habe sie hergebracht, damit du es begreifst. Ich muss lediglich einen Zauber sprechen, und sie tut alles, was ich ihr sage. Ich kann es dir demonstrieren, wenn du möchtest.«

»Fahren Sie zur Hölle!«, murmelte Jack in die kristallene Luft.

»Was bedeutet, dass sie jedem Zauberer beider Häuser ausgeliefert ist, der sie aufspürt. Dein Vater, Will und Fitch: Niemand wird sicher sein. Wie viele von *ihnen* bist du bereit zu opfern?« Hastings trat neben Jack ans Fenster. Seine Stimme wurde sanfter. »Vertrau mir, ich weiß es. Selbst wenn du mit einem offenen Auge schläfst, gebe ich dir sechs Monate bis ein Jahr. Und selbst wenn du überlebst, wirst du am Ende allein dastehen. Siehst du, es gibt keine Regeln dort draußen.«

Jack legte das Gesicht an den kühlen Stein, der das Fenster umgab. Er dachte an Trinity, an seine stillen, baumgesäumten Alleen, die steinernen Gebäude der Universität, das schreiend bunte Durcheinander der Jefferson Street. Und dann malte er sich an seiner Stelle eine kahle Ruine aus. »Warum tun sie das? Diese Turniere, meine ich?«

Hastings sprach geduldig, als erteile er eine Lektion in Geschichte. »Sie sind unbarmherzige, mächtige Leute, die viel Zeit und Mittel haben, einander zu vernichten. Dieses System befriedigt eine Menge Bedürfnisse. Es erlaubt die Bereinigung von Streitigkeiten mit minimalem Blutvergießen. Zauberer behaupten, Erbe des Vermächtnisses des Drachens von Dungeon Ghyll zu sein. Rechtmäßig gehörst du uns. Von diesem Standpunkt aus betrachtet, gelten Krieger als Besitz. Und sind daher … entbehrlich.«

Jack dachte an Jessamine Longbranch und wie sie ihn behandelt hatte. Wie ein Tier, das zum Decken benutzt werden konnte. Jacks Hand stahl sich zu der sternenförmigen Narbe unter seinem Hemd. »Die hätten mich damals sterben lassen sollen«, flüsterte er. »Dann wäre ich besser dran gewesen.«

»Sie haben es aber nicht getan. Und jetzt müssen wir mit dem fertigwerden, was ist.« Er berührte Jack am Arm, und Jack zuckte zusammen.

»Was wissen Sie darüber? Sie sind ein … ein …«

»Ich weiß alles darüber.« Hastings' Stimme war so leise, dass Jack ihn fast nicht verstanden hätte.

Ich könnte mich umbringen, dachte Jack. Er blickte über das steinerne Sims des Fensters und schätzte die Fallhöhe bis zum Innenhof darunter ab. Es würde wahrscheinlich reichen. Natürlich konnte er am Ende gelähmt sein. Dann könnten sie ihn nicht zum Kampf zwingen. Er seufzte und drückte die Hände auf die Augenlider. Selbst seine Hände waren schwielig vom Schwertkampf. Er war sechzehn Jahre alt. Er wollte nicht sterben oder verkrüppelt sein. Er wollte seinen Abschluss an der Highschool machen und aufs College gehen und sich verlieben. Nichts von alledem erschien jetzt sehr wahrscheinlich.

»Was passiert, wenn ich kämpfe?« Jack begriff, dass er eine Grenze überschritten hatte.

»Alle Krieger im Spiel haben einen Gönner. Darin liegt ein gewisser Schutz für dich und deine Familie, sobald du nominiert bist. Wenn du siegst: Ruhm, Reichtum. Und wegen der gegenwärtigen Knappheit an Kriegern wahrscheinlich eine beträchtliche Ruhepause, bevor du wieder kämpfen musst.«

Hastings räusperte sich. »Bis ich gehört habe, dass die Rote Rose einen Champion ins Feld schickt, hatte ich gehofft, dass niemand in der Lage sein würde, deine Herausforderung anzunehmen. Wenn die Herausforderung nicht angenommen wird, ist das Spiel verloren. Genau wie bei einem Sieg, nur nicht so blutig.« Hastings lächelte beinahe. »Du hast nicht viel Erfahrung, aber deine Waffe könnte den Ausschlag geben.«

»Werde ich wieder nach Hause gehen können? Anschließend?« Falls ich siege, dachte er. Nachdem ich jemanden getötet habe. Jack wusste, dass er Garrett Lobeck hätte töten können. Aber er würde nicht gegen Garrett Lobeck kämpfen. Jack schob den Gedanken beiseite.

Hastings überlegte einen Moment. »Ich weiß es nicht, Jack. Das ist wahrscheinlich eine Frage, die du selbst beantworten musst. Du unterscheidest dich bereits jetzt schon ziemlich deutlich von dem Jungen, der nach Coal Grove gefahren ist.« Er fuhr sich mit der Hand durchs Haar und lehnte sich an die Wand. »Es ist nicht fair, und es sind keine attraktiven Alternativen. Betrachte es einmal so: Selbst wenn du das Turnier verlierst, werden deine Familie und Freunde in Sicherheit sein.« Er hielt einen Herzschlag inne. »Aber ich habe nicht die Absicht, dich verlieren zu lassen.«

»Was passiert bei dem Turnier?«

»Es ist ein mehrtägiges Fest: Zeremonien, Wetten und Getue auf beiden Seiten. Dann kämpfen die Champions Mann gegen Mann gegeneinander. Alles steht in den Regeln des Waffengangs.«

»Wo findet es statt?«

»Traditionellerweise hier in Cumbria; obwohl die Festspielorte wechseln können. Das letzte fand in Australien statt.«

»Was haben Sie davon?«

»Vielleicht eine Chance, das System zu verändern. Vielleicht eine Chance, dein Leben zu retten. So oder so, garantiert ist gar nichts.«

Blieb ihm wirklich eine Wahl? Jack zweifelte nicht daran, dass Hastings ihn auch gegen seinen Willen zur

Teilnahme am Turnier zwingen konnte. Wenn es darum ging, andere Leute herumzukommandieren, war er genau wie alle anderen Zauberer. Hastings verhielt sich, als habe er ein persönliches Regelbuch, nach dem er sich richtete. In diesem Fall war es für Jack allerdings undurchschaubar.

Es war alles ziemlich hoffnungslos. Bestenfalls konnte er versuchen, das Risiko für seine Familie zu begrenzen. Vielleicht wäre das einfacher, als sich aus dem Fenster zu stürzen.

Der sanfte Hauch der Berge kühlte seine erhitzte Haut, flüsterte eine Warnung. »Ich werde mitspielen«, sagte er, ohne sich vom Fenster abzuwenden.

Hastings stieß einen langen Atemzug aus. Jack fragte sich, ob es ein Seufzer der Erleichterung war.

»Das dachte ich mir«, erwiderte Hastings.

»Was ist mit Tante Linda?« Sie würde wütend auf ihn sein, aber daran konnte er nichts ändern. Meine Entscheidung. Mein Leben und mein Tod.

»Ich hoffe, das Turnier wird vorüber sein, bevor sie weiß, dass du mitspielst.« Hastings schüttelte den Kopf. »Sie wird sehr wütend auf mich sein. Aber vielleicht ist wütend nicht so schlimm wie gleichgültig.« Er sah zum Fenster hinaus.

Jack konnte sich nicht beherrschen. »Aber wie konnten Sie … hatten Sie nicht …?« Unter Hastings' scharfsichtigem Blick verlor sich seine Stimme.

»Ja. Wir waren einmal zusammen.« Er lächelte schwach. »Weißt du, Jack, alle Frauen in deiner Familie sind voller Magie, egal ob sie den Stein erben oder nicht. Sie gehören zu den Opfern dieses Krieges.« Mit einiger Mühe schüttelte Hastings seine Melancholie ab.

»Ich bereite dann alles für unsere Teilnahme am Turnier vor.« Er wandte sich zum Gehen.

Aber Jack hatte noch eine Frage. »Also, wenn die Rote Rose bereits einen Champion hat, nehme ich an, dass ich für die Weiße Rose kämpfen werde?«

Der Zauberer blieb stehen und drehte sich wieder um. Er wirkte überrascht und beinahe erheitert.

»Nein, Jack. Ich dachte, du hättest es verstanden. Du wirst für mich spielen.«

KAPITEL 14
Wenn Liebende sich treffen

Am Tag nach seinem Gespräch mit Hastings nahm Jack sein Training wieder auf. Die Routine des Ganzen war beinahe beruhigend. Die Vorstellung eines absehbaren Zeitraums war im Vergleich zu dem Katz-und-Maus-Spiel, das seit Monaten im Gange war, ebenfalls reizvoll. Jeden Morgen lief er meilenweit durch den Nebel, die tückischen Hügel rund um das Steinhaus hinauf und hinunter. Hastings lief mit ihm.

Wenn sie ins Haus zurückkehrten, frühstückten sie zusammen mit Becka. Das Steinhaus war fast eine Burg, mit steilen, festungsähnlichen Mauern, die zu einer grasbewachsenen, von Hügeln umgebenen Ebene abfielen. Offene Gärten erstreckten sich von der Hintertür zum bewaldeten Gebiet am Fuß der kahlen Berge. Zum Erdgeschoss des Hauses gehörten eine große Eingangshalle, eine Bibliothek, eine Küche und Essbereiche. Oben gab es mindestens sechs Schlafzimmer. Jack sah niemals Personal, obwohl Essen und Trinken stets verfügbar war, wenn sie Hunger hatten. Vielleicht war alles Hexerei.

Nach dem Frühstück trainierten sie auf der Wiese hinter dem Haus mit ihren Floretten. Jetzt lag der Fokus nicht mehr auf der Defensive, sondern auf der Offensive, darauf, die Verteidigung des Gegners zu durchbrechen, auf dem Anbringen eines tödlichen Hiebs. Und jeden Nachmittag schickte Hastings Krieger gegen Jack in den Kampf. Einige waren neu für ihn, während er andere aus früheren Kämpfen kannte.

Hier war es nicht notwendig, während des Kampfes eine Barriere zu errichten, um sich vor neugierigen Augen zu schützen. Niemand kam in die Nähe, bis auf die gelegentlichen Schafe, die die Hügel hinunterwanderten. Irgendwie hielt Hastings Becka von den Kämpfen fern, obwohl Jack nicht wusste, ob der Grund dafür persönlicher Charme oder Zauberei war.

Jack begriff, dass Hastings sich wegen seiner mangelnden Erfahrung Sorgen machte. Trotz des gnadenlosen Trainings und der Qualität seiner Waffe ließ sich die Tatsache nur schwer verdrängen, dass er erst seit wenigen Monaten trainierte. Das Gleiche mochte für seinen Gegner gelten, aber darauf konnte er sich nicht verlassen.

Er wünschte, er wüsste mehr über die Krieger, gegen die er übungshalber antrat; über ihr früheres Leben, wie sie Krieger geworden waren, bei wie vielen Turnieren sie gekämpft hatten, wie sie gestorben waren. Na ja, Letzteres vielleicht nicht.

An seinem dritten Trainingsnachmittag schoss ein junger Mann auf die Wiese, Jacks fünfter Gegner heute. Das braune Haar des Mannes war zu einem Zopf geflochten, der mit Federn verziert war, und er trug eine ausgefranste Wildlederhose. In einer Hand hielt er ein Kriegsbeil, in der anderen ein Krummschwert, und an seine Taille war ein Messer gegürtet. Anscheinend war er ein Grenzbewohner aus der Neuen Welt des 17. oder 18. Jahrhunderts. Er stürmte mit einem schreckenerregenden Geheul auf Jack zu.

Jack hob die Hand. »Einen Moment.«

Eine Sekunde lang glaubte Jack, der Mann habe ihn gar nicht gehört, denn er rannte weiter mit vollem Tempo auf ihn zu, als wolle er Jack den Kopf abschlagen, ohne in seinem Schritt innezuhalten. Aber schließlich kam der Mann in letzter Minute schlitternd zum Stehen, gerade außerhalb der Reichweite von Jacks Schwert.

»Was meinst du mit ›einen Moment‹?« Der Mann runzelte verwirrt die Stirn. »Du hast mich zu einem Zweikampf gerufen, und ich kam wie befohlen. Jetzt mach schon!« Er breitete die Arme aus, in jeder Hand eine Waffe, bereit, Jacks Angriff zu erwidern.

»Na ja«, sagte Jack unsicher. »Ich dachte, vielleicht könnten wir zuerst ein wenig reden.«

»Ein wenig reden?« Der Krieger schnaubte, dann spuckte er auf den Boden. »Wozu das, zum Teufel? Wir sollen kämpfen, nicht Händchen halten.«

»Ich habe mich nur gefragt, woher du kommst und wie du Krieger geworden bist. Solche Dinge.« Aus dem Augenwinkel sah er Hastings dort stehen, die Hände in die Hüften gestemmt und kopfschüttelnd. Wahrscheinlich verdrehte er auch die Augen, aber er war zu weit entfernt, um das erkennen zu können.

»Warum interessiert dich das?«, wollte der Krieger wissen.

»Ich dachte, wir haben wahrscheinlich etwas gemeinsam.« Jack ließ nicht locker. »Da wir doch beide Krieger sind.«

Der Krieger musterte ihn von Kopf bis Fuß, betrachtete Jacks Sweatshirt und Sportschuhe. »Du siehst mir sowieso nicht wie ein Krieger aus. Wenn du es unbedingt wissen musst: Mit vierzehn habe ich angefangen, gegen die Franzosen zu kämpfen. Als ich das leid war, lebte ich bei den Shawnee. Dann haben mich die Zauberer gefangen. Sie legten mich in Ketten und brachten mich auf einem Schiff zurück ins Land meiner Väter. Gaben mich in die Hände der Kriegermeister. Nachdem sie mit mir fertig waren, hätte ich meiner eigenen Mutter die Kehle aufgeschlitzt.

Ich habe wahrscheinlich acht oder zehn Kämpfe hier drüben gekämpft, bevor ich ins Gras gebissen habe. Und ich glaube, was wir gemeinsam haben, ist vor allem die Tatsache, dass ein verdammter Zauberer uns an den Eiern hat.« Er zeigte mit dem Daumen auf Hastings. »Jetzt los, bevor er etwas tut, das keinem von uns beiden gefallen wird.«

Widerstrebend hob Jack die Spitze seiner Klinge und machte sich bereit.

»Wartet einen Moment!« Diesmal war es Hastings. Der Zauberer schritt entschlossen über das Feld auf sie zu.

»Jetzt hast du es geschafft«, knurrte der andere Krieger, leise fluchend. Er fuhr zu Hastings herum. »Es ist nicht meine Schuld!«, rief er, als Hastings immer noch zwanzig Schritte entfernt war. »Ich wollte gegen ihn kämpfen, aber er wollte lieber reden. Gebt mir eine Chance, und ich verspreche, ich werde ihm einen Kampf liefern.« Er wischte sich den Schweiß mit seinem schmuddeligen Ärmel vom Gesicht und trat nervös von einem Fuß auf den anderen.

»Wie heißt du?«, fragte Hastings den Krieger.

»Brooks, Mylord«, antwortete der Krieger und leckte sich die Lippen. »Jeremiah ist mein Taufname, Mylord.«

»Habe ich dich sagen hören, dass du in einer Reihe von Turnieren gekämpft hast?« Während Hastings näher kam, wich der Krieger zurück.

»Das habe ich tatsächlich gesagt, Sir«, erwiderte Jeremiah Brooks widerstrebend, als wisse er nicht genau, ob er es zugeben solle oder nicht.

Hastings nickte. »Gut. Ich brauche dich, damit du meinem Schüler hilfst.«

»Genau das hatte ich gerade vor, Mylord«, antwortete der Krieger, drehte sich wieder zu Jack um und ging in die Hocke, als wolle er losspringen.

»Nein!«, griff Hastings schnell ein. »Ich hatte etwas anderes im Sinn. Etwas, das ein wenig … direkter ist.«

Brooks machte einen Rückzieher. »Bitte, Mylord. Ich bin zum Kämpfen hergekommen, und ich bin willig. Verzaubert mich nicht.«

»Ich werde dir nichts antun«, versicherte Hastings ihm.

Keineswegs beruhigt, wandte Brooks sich um und wollte wegrennen, aber Hastings streckte die Hände aus, und die Luft um den Grenzbewohner schimmerte auf einmal. Er war wie festgenagelt, die Hände an den Seiten, die Waffen nutzlos. Er versuchte, sich freizuwinden, jedoch erfolglos. Sein Blick war starr auf Hastings gerichtet, die Augen waren vor Furcht ganz groß.

Jetzt war Jack an der Reihe zu protestieren. »Tun Sie ihm nichts!«, rief er.

»Fang du nicht auch noch an«, fauchte Hastings. »Ich werde ihm nichts tun. Ich werde mir lediglich sein Wissen für dich *borgen*. Komm her, Jack.«

»Was haben Sie vor?«, fragte Jack argwöhnisch.

»Wenn wir zusammenarbeiten wollen, wirst du mir

ab und zu vertrauen müssen«, knurrte Hastings. »Ich sagte, du sollst herkommen.«

Wütend rammte Jack den Schattentöter in die Scheide, ging zu ihm hinüber und trat neben Brooks. Hastings drückte sie beide auf die Knie herunter und hockte sich ihnen gegenüber hin. Dann legte er ihnen die Hände auf den Kopf. Brooks murmelte leise vor sich hin; entweder fluchte oder betete er. Aufgrund dessen, was er bisher gehört hatte, ging Jack eher von Fluchen aus.

»Ich werde versuchen, es zu bearbeiten, Jack, aber es ist eine Kunst und keine Wissenschaft, also hab Geduld mit mir«, sagte Hastings, was überhaupt keinen Sinn ergab. Der Zauberer schloss die Augen, konzentrierte sich und sagte einen Zauberspruch, dann begann die Macht durch seine Finger zu fließen. Jack hatte das Gefühl, als würde ihm die Kopfhaut vom Schädel gezogen, und Hitze und Licht strömten in seinen Geist. Es war eine Invasion. Er wollte sich unter der Hand des Zauberers wegdrehen, stellte aber fest, dass er sich nicht bewegen konnte.

Sein Atem ging schnell und flach, ein wirkungsloses Keuchen. Er glaubte aufzuschreien, und dann begannen Bilder über sein Bewusstsein zu gleiten, langsam zunächst, dann immer schneller, wie helle Flammen auf einem durcheinandergewirbelten Videoband. Da waren Landschaften: dichte grüne Wälder, die niemals von einer Axt berührt worden waren, offene Flächen und ein Baldachin aus Bäumen. Ein Indianerpfad. Er schlängelte sich einen Bach mit einem Shawnee-Namen entlang, der über die Felsen plätscherte und schließlich in den Ohio mündete. Ein breites, in Nebel gehülltes Tal inmitten von Bergen, gefüllt mit Knochen, wo Krieger zum Kämpfen hingebracht wurden.

Da waren auch Menschen: britische Soldaten in roten Uniformen, schmuddelige Siedler, die ebenso gut wie jeder Shawnee durch den Wald pirschen konnten, ein Mädchen in einer Kneipe, mit Haaren in der Farbe von Butterblumen sowie einer Bluse, die ihr leicht von der Schulter rutschte. Zauberer mit harten Gesichtern, gnadenlos mit ihren Schwarzkünsten, ihren Metallhalsbändern und Ketten, die ihn so lange folterten, bis er um die Chance bettelte, jemanden töten zu dürfen, und die ihm zum ersten Mal in seinem Leben Angst einjagten. Die Krieger, die ihm entgegentraten, große und kleine, einige sehr jung, aber niemand von ihnen sonderlich alt. Er las ihre Gesichter, sah Hoffnung und dann Tod in ihren Augen.

Und Empfindungen: der Duft von Regen, der über die Seen jagte. Das Klirren und Funkensprühen von Stahl auf Stahl. Der Gestank ungewaschener Männer, die schon viel zu lange zusammen waren. Der schnelle und tödliche Tanz des Spiels. Das Nachgeben von Fleisch und Knochen unter seiner Klinge und das nasse, saugende Geräusch, wenn er sie herauszog. Und am Ende das sanfte Davongleiten des Lebens, als er auf dem Rücken lag und in den Himmel hinaufstarrte, während das Blut aus seinem Körper quoll und er wusste, dass beim nächsten Mal ein anderer kämpfen würde.

Als Hastings ihn losließ, fiel Jack vornüber aufs Gesicht und blieb lange Zeit zitternd so liegen. Er wollte die beiden anderen nicht ansehen; er wollte nicht, dass sie ihn weinen sahen. Er hörte Hastings leise sprechen, vermutlich mit Brooks. Endlich hob er den Kopf wieder, und da war der Krieger fort.

Von nun an wusste Jack alles über Brooks; tatsächlich wusste er mehr, als ihm lieb war. Faktisch war er Erbe der Erfahrungen des Kriegers, aber ob das etwas Gutes oder Schlechtes für ihn bedeutete, wusste er nicht. Er verfügte über eine körperliche Erinnerung an Blutvergießen, in der Neuen Welt und der Alten. Er konnte an der Verlagerung des Körpergewichtes erkennen, aus welcher Richtung ein Mann angreifen würde, oder auch an dem Ausdruck in seinen Augen. Er konnte einen Baum auf hundert Schritt Entfernung mit einem Kriegsbeil treffen. Er musste es nicht erst versuchen, er wusste es einfach. Er fürchtete Zauberer und ihre brennenden Hände auf die gleiche Weise, wie einige Männer Schlangen und Insekten fürchteten: mit einem irrationalen und lähmenden Grauen.

Da waren noch andere Dinge. Er kannte den Geschmack von Indianer-Dörrfleisch, Wildbret und Eichhörnchen. Erst als Becka eine Bemerkung darüber fallen ließ, begriff er, dass er sich ein farbenprächtiges neues Vokabular angeeignet hatte. Danach gab er sich alle Mühe, seine Zunge im Zaum zu halten.

Sei vorsichtig mit dem, was du dir wünschst. Wieder war er wütend auf Hastings, der ihm eine Geschichte gegeben hatte, um die er nie gebeten hatte. Gleichzeitig erkannte er in ihr jedoch auch ein Geschenk.

Die nächsten zehn Kämpfe gewann er.

Die Tage vergingen, mehr als die wenigen, die Becka versprochen hatte, und immer noch blieb sie. Sie war eine beinahe ätherische Gegenwart, schwebte durch die Flure und Gärten, las im Innenhof und schrieb Gedichte. Weil Jack und Hastings viele Stunden beim Training verbrachten, war sie viel allein. Aber sie beklagte sich niemals.

Die drei aßen immer zusammen zu Abend. Nach dem Abendessen unternahmen Becka und Hastings lange Spaziergänge in den Hügeln. In diesen Zeiten machte sich Jack die Bibliothek zunutze. Es war eine wunderbare Sammlung von Büchern, und einige waren selten und wertvoll: englische Literatur, Studien der großen Philosophen, wissenschaftliche Werke, Bände über östlichen Mystizismus. Der Inhalt einer Glasvitrine in einer Ecke faszinierte Jack besonders. Es war eine Sammlung von Büchern über Zauberei. Zwar waren sie durch einen Schließzauber geschützt, aber Jack konnte ihn mühelos außer Kraft setzen. Also verbrachte er Stunden damit, uralte Texte zu lesen, einige auf Latein, einige auf Mittelenglisch, einige auf Französisch (das er in der Schule belegt hatte, aber das Vokabular unterschied sich beträchtlich). Er wünschte, Nick wäre zum Übersetzen hier gewesen. Er könnte ohnehin einige Ratschläge gebrauchen.

Jack war so vorsichtig gewesen, Hastings gegenüber nichts über seine Ausbildung in Zauberei durchblicken zu lassen. Er stellte sich vor, dass es ihm in einem Spiel weiterhelfen könnte, bei dem er nur wenig Vorteile auf seiner Seite hatte, wenn er ein solches Geheimnis wahrte.

Nachdem er den größten Teil des Tages gekämpft hatte, war Jack am frühen Abend immer erschöpft und fiel bald ins Bett. Nicht einmal sein Widerstreben, seine Mutter mit Leander Hastings allein zu lassen, konnte ihn wach halten.

Hinsichtlich Beckas fortgesetzter Anwesenheit war Jack zwiegespalten. Er wusste sehr wohl, dass seine Mutter seine Entscheidung, im Turnier zu kämpfen, niemals billigen würde, aber er begrüßte auch die Gelegenheit, vor dem Mittsommertag seine vielleicht letzten Tage mit ihr zu verbringen.

Manchmal warf er einen Blick in Blaises Spiegel und hoffte, dass er etwas offenbaren würde. Aber ein Nebel lag über der silbernen Oberfläche, genau wie der Nebel, der die Berge bei Sonnenuntergang einhüllte.

Er war inzwischen seit zehn Tagen in Cumbria, und nur noch vier Tage blieben bis zum Mittsommertag. Becka und Hastings machten wie gewöhnlich einen abendlichen Spaziergang. Jack war tief in ein Buch über *convertere* versunken, die Kunst, ein Ding in ein anderes zu verwandeln. Er hörte ein Geräusch wie von einer Tür, die anderswo im Haus geschlossen wurde, und glaubte, dass seine Mutter und Hastings vielleicht frühzeitig zurückgekehrt waren. Schnell stellte er das Buch ins Regal, schloss die Vitrine und setzte den Schließzauber wieder in Kraft.

Er hörte keine Stimmen im Flur, niemanden, der seinen Namen rief. Neugierig stahl er sich zur Tür der Bibliothek und sah sich im Flur um. Leer. Konnte es der Wind gewesen sein? Er hielt es für unwahrscheinlich, dass irgendeine Brise die schweren Holztüren in diesem Haus hätte bewegen können. Ein Eindringling? Vielleicht hatten die Zauberer der Roten oder Weißen Rose sie hier aufgespürt.

Schattentöter lag in der Großen Halle, wo er ihn nach dem Training gelassen hatte. Jack schlich lautlos den Flur hinab zu dem riesigen, zwei Stockwerke hohen

Eingang und warf einen Blick in den Raum dahinter. Er war schwach von dem schwindenden Licht erhellt, das durch die Galeriefenster fiel. Da war kein Anzeichen von irgendetwas oder irgendjemandem im Erdgeschoss oder in der Galerie darüber. Sein Schwert lehnte noch immer an der Ecke des Kamins. Er holte tief Luft und sprintete über die Fliesen, die ihn von seiner Waffe trennten. Als er den riesigen Kamin erreichte, hörte er ein Geräusch hinter sich. Schnell ergriff er sein Schwert, wirbelte halb geduckt herum und fand sich Auge in Auge mit Linda Downey wieder.

»Jack!« Sie packte ihn und hielt ihn fest, sorgfältig darauf bedacht, sich von der Klinge fernzuhalten. »Ich wusste, dass du nicht allzu weit von deinem Schwert entfernt sein konntest.« Sie tätschelte seinen Schwertarm, dann ließ sie ihn los und musterte ihn eingehend. »Geht es dir gut? Ist deine Schulter geheilt?«

Jack nickte, vollkommen überrumpelt von dieser Wendung der Ereignisse. Vorsichtig lehnte er sein Schwert wieder an den Kamin und wich zurück, bis er mit dem Rücken am Mauerwerk stand. Seine Gedanken überschlugen sich. Was jetzt?

Linda ließ ihm nicht viel Zeit zum Grübeln. Sie schien es sehr eilig zu haben. »Wo ist Hastings?«, fragte sie.

Jack fand schließlich seine Stimme wieder. »Ich glaube, er ist draußen und macht einen Spaziergang.«

»Gut. Wir müssen hier weg sein, bevor er zurückkommt.« Sie griff nach dem Kasten und dem Schwert und reichte beides Jack.

»Wie … wie hast du uns gefunden?«, stammelte Jack.

»Ich wusste, dass er hier oben einen Besitz hat. Es

hat einfach nur eine Weile gedauert, ihn aufzuspüren. Komm jetzt, Jack«, drängte sie. »Du bist hier in Gefahr.«

»Ich kann nicht einfach weggehen«, protestierte Jack.

»Wir werden ihm einen Brief schicken, wenn wir weit genug weg sind«, entgegnete Linda grimmig. »Ohne Absender.«

»Mom ist hier«, sagte Jack schließlich.

»Becka?«, rief Linda aus. »Ich war ganz krank vor Sorge um sie. War sie die ganze Zeit hier? Gott sei Dank geht es ihr gut.« Und dann, nach einer Pause: »Aber was macht sie hier?«

»Hastings hielt es für das Beste, wenn sie nicht die Stadt nach mir absuchen, Fragen stellen und vielleicht zu Dr. Longbranch gehen würde.« Jack zuckte wenig überzeugend die Achseln.

»Ist sie im Haus?«, fragte Linda schnell.

Jack schüttelte den Kopf. »Sie geht mit ihm spazieren.«

Linda sah ihn einen Moment lang an, dann schien sie zu einer Entscheidung zu kommen. »Egal. Ich muss dich in Sicherheit bringen, dann werde ich wegen Becka zurückkehren. Nick erwartet uns in Oxford. Von dort aus werden wir einen sicheren Ort finden.« In ihrer Stimme lag eine Mischung aus Beschwörung und Verzweiflung. »Bitte, Jack. Du musst sofort mit mir kommen.«

»Kannst du nicht zumindest für eine Tasse Tee bleiben?« Die Stimme kam von der Tür. »Oder auf ein Glas Wein, um der alten Zeiten willen?« Es war Hastings, mit einem Arm voll Feuerholz, Becka direkt hinter sich. »Ich wollte gerade Feuer machen.« Er drehte sich zu Becka um. »Sieh mal, Becka, deine Schwester ist zu Besuch gekommen.«

»Linda!« Becka umarmte ihre Schwester. »Wie hast du uns gefunden? Ich wollte dich anrufen, aber hier oben gibt es kein Telefon. Du hast Jack gesehen? Es geht ihm viel besser.«

Linda zog sich so weit aus Beckas Umarmung zurück, dass sie Hastings anfunkeln konnte. »Lee, das sieht dir mal wieder absolut ähnlich.«

Becka starrte sie an und schaute von einem zum anderen. »Kennt ihr beide euch?«

Hastings blickte vom Kamin auf und stützte die Unterarme auf die Knie. »Becka, verzeih mir. Würde es dir etwas ausmachen, uns etwas Wein zu holen?«

Becka nickte und schürzte nachdenklich die Lippen. »Ich werde mal sehen, ob ich etwas in der Küche finde.« Sie verschwand.

»Du hast also die Chaucer-Gesellschaft sich selbst überlassen«, sagte Hastings und stand auf. Er zeigte auf das Brennholz, und es ging in Flammen auf. Er vermied es eifrig, die Betörerin anzusehen, was für keinen Mann leicht gewesen wäre.

»Denen wird schon nichts passieren«, antwortete sie. »Wills Eltern sind bei ihnen. Sie brechen zu ihrer Tour nach Schottland und Irland auf. Was du wissen solltest, da du sie ja vorbereitet hast.«

Hastings nickte. »Also kannst du vielleicht ein paar Tage bleiben?« Er sah sie schnell an, dann wandte er den Blick wieder ab. Zu Jacks Überraschung klang er hoffnungsvoll, beinahe begierig.

Linda wollte nichts davon wissen. »Sieh mal, ich weiß zu schätzen, was du alles getan hast, aber ich glaube, es wird Zeit, dass Jack und Becka nach Oxford gehen«, erwiderte sie gelassen. »Mein Wagen steht nicht weit entfernt, und ich bin gekommen, um sie dort hinzufahren.«

Hastings verschränkte die Arme vor der Brust und stieß einen entnervten Laut aus. »Meinst du wirklich, Jack könnte nach Oxford gehen? Während jeder Zauberer im Vereinigten Königreich Jagd auf ihn macht?«

»Na ja, hier oben können sie jedenfalls nicht bleiben!«, murmelte Linda und ballte die Hände zu Fäusten.

»Um wen machst du dir Sorgen? Um Jack oder um Becka?« Er hob eine Hand, um einem entrüsteten Wortschwall zuvorzukommen. »Verstehst du denn nicht? Jessamine weiß, wer er ist. Genau wie Geoffrey. Es ist vorbei.«

Jack ertrug das Spielchen nicht länger. »Ich habe beschlossen, in dem Turnier zu kämpfen, Tante Linda«, erklärte er.

»Jack!« Sie wandte sich Hastings zu. »Du solltest das verhindern! Mit welchem Zauber hast du ihn belegt?«, verlangte sie zu erfahren.

Hastings seufzte. »Hätte ich ihn dazu zwingen wollen, hätte ich ihn vor langer Zeit mitnehmen und mir beträchtliche Mühe ersparen können.«

Becka kehrte mit einer Flasche Wein und einigen Gläsern zurück. Sie betrachtete die wütenden Gesichter und schenkte Linda zuerst ein Glas ein. »Vielleicht fühlst du dich besser, wenn du etwas Wein getrunken hast«, meinte Becka gelassen und reichte ihr das Glas.

»Es gibt mehr als eine Möglichkeit, eine Person zu verzaubern«, sagte Linda düster, dann nahm sie sich zusammen und warf ihrer Schwester einen Blick zu.

»Becka, ich muss unter vier Augen mit Leander reden.«

Becka reichte Hastings ein Glas Wein und legte ihm eine Hand auf den Arm. Es wirkte wie eine Geste der Unterstützung. »Linda, ich möchte wissen, warum du so unhöflich zu ihm bist. Er hat Jack in Trinity das Leben gerettet. Als Jack in London krank geworden ist, hat er uns eingeladen, hier heraufzukommen, damit er sich erholen konnte. Er war bloß freundlich zu Jack und mir. Dann tauchst du unangemeldet auf und behandelst ihn in seinem eigenen Haus wie einen Schurken.«

»Leander!« Linda bebte vor Zorn.

»Oh, na schön!« Widerstrebend stellte Hastings seinen Wein auf den Tisch. Er legte einen Arm um Becka und murmelte leise einige Worte. Becka erstarrte auf der Stelle, die Augen geöffnet, die Lippen geteilt, als wolle sie etwas sagen. Hastings hob sie hoch und ließ sie sanft auf die Couch sinken. Dann griff er wieder nach seinem Glas und hielt es wie einen Schild vor sich. »Sag schon, was du zu sagen hast.«

Linda fuhr zu Jack herum. »Jack, wenn du an diesem barbarischen System teilnimmst, wirst du es verewigen.«

Hastings leerte sein Glas schnell und schenkte sich wieder nach. »Linda, du darfst dich nicht einmischen«, sagte er leise.

»Also bist du jetzt dazu übergegangen, sechzehnjährige Jungen als Werkzeug deiner Rache zu benutzen, ist es das?«

»Meinst du nicht, ich würde es selbst tun, wenn ich könnte? Du solltest mich besser kennen.«

Jack war völlig verwirrt. »Wovon redet ihr beide?«, fragte er scharf. Er ließ sich erschöpft in einen Sessel fallen.

Lindas Stimme war brüchig und kalt. »Hast du nicht einmal gesagt, dass sich Mr. Hastings immer genau überlegt, was er erzählen will? Anscheinend hat es ihm noch nicht beliebt, dir von seiner Familie zu erzählen.«

Jack schüttelte niedergeschlagen den Kopf. Ihm war klar, dass er nun eine weitere der alten Geschichten zu hören bekommen würde. Er hatte das Gefühl, als sei sein Leben von Ereignissen zerstört worden, die lange vor seiner Geburt stattgefunden hatten.

»Leanders ältere Schwester Carrie war eine geborene Kriegerin. In Lees Kindheit zog die Familie in dem Versuch, den Rosen auszuweichen, von einem Ort zum anderen.« Linda trank einen Schluck Wein. Hastings starrte ins Feuer. »Es hat nichts geholfen. Geoffrey Wylie hat sie gefunden, als sie achtzehn war, und er hat sie für die Rote Rose beansprucht.« Ihre Stimme wurde weicher. »Sie hat es nicht einmal bis zum Turnier geschafft, weil die Weiße Rose sie zuerst erwischte. Sein Vater und sein Bruder wurden getötet, und seine Mutter war nie wieder dieselbe. Leander war damals zehn.«

»Wylie?«, wiederholte Jack.

Linda sah Jack an. »Diese Geschichte ist in unserer Familie tausend Mal durchgekaut worden. Nur dass Leander seither von dem Gedanken besessen ist, gegen Wylie und die Rosen zu kämpfen. Als ich also nach jemandem suchte, der mir half, dich vor den Rosen zu beschützen, habe ich an ihn gedacht. Ich hätte nie erwartet, dass er das System gutheißen würde, das seine

Schwester getötet hat.« Sie schüttete Hastings den Rest ihres Weins ins Gesicht.

Hastings packte Lindas Handgelenk und schüttelte es, so dass das Weinglas zu Boden fiel. Es zersprang auf den Fliesen, und Weintropfen spritzten wie Blut auf den Kamin. Er wischte sich mit der anderen Hand Wein aus den Augen. »Bring mich nicht auf die Palme, Linda.« Seine Stimme war trügerisch sanft.

Linda wich nicht zurück, sondern drückte sich an ihn und stellte sich auf die Zehenspitzen, bis sie seinem Gesicht ganz nahe war. »Warum? Ist es das, was Susannah zugestoßen ist?«

Das Tageslicht war vollkommen verschwunden, und der Raum wurde nur durch Magie und die Flammen im Kamin erhellt. Für einen Moment wirkte die kleine Szene wie ein Kupferstich: der hochgewachsene Zauberer, die winzige Betörerin, die beide Licht verströmten; Jack und seine Mutter, alle wie erstarrt. Dann ließ Hastings Lindas Handgelenk los und trat zurück. Die beiden starrten einander für einen langen Moment an. »Etwas in der Art«, antwortete er. Er setzte sich in einen Sessel am Kamin und legte die Hände vors Gesicht.

Jack sah von seiner Tante zu Hastings und wieder zurück. Linda lehnte erschöpft am Kamin. »Jack, darf ich dir den Mann vorstellen, der deine Ururgroßmutter ermordet hat?«

»Aber das war vor hundert Jahren«, protestierte Jack. »Und sie ist von einem Pferd gefallen!« Nichts von alledem ergab einen Sinn.

»Nein, ist sie nicht, Jack.« Hastings richtete sich auf, sah ihn aber nicht an. »Susannah war eine Kriegerin, aber sie war auch eine Pazifistin. Sie wollte mir weder helfen, gegen die Rosen zu kämpfen, noch wollte sie mir erlauben, ihren Sohn auszubilden. Als sie von meinen Plänen erfuhr, wollte sie nichts mehr mit mir zu tun haben. Ich konnte sie nicht davon überzeugen, dass es sinnlos ist, davonzulaufen und sich zu verstecken.«

»Also hast du sie getötet und ihren Stein genommen«, sagte Linda leise.

Er zuckte zusammen. »Nicht ganz. Sie hat sich meinetwegen selbst getötet. Das ist ein Unterschied, wenn auch nur ein kleiner. Sie hat mir ihren Stein angeboten, und ich habe ihn genommen.« Hastings streckte die linke Hand aus; der Stein in seinem Ring glitzerte strahlend. »Dieser Stein wird mich immer daran erinnern, was ich getan und was ich verloren habe. Er ist eine Quelle der Macht, aber wenn ich alles rückgängig machen könnte, täte ich es binnen eines Herzschlages.«

Jack erinnerte sich an die Szene in Blaises Spiegel: die junge rothaarige Frau, die er für seine Mutter gehalten hatte, den Kampf oben auf dem Felsen. Sie hatte sich selbst mit dem Dolch getötet. Das zumindest entsprach der Wahrheit.

Es folgte ein kurzes Schweigen, durchbrochen nur von dem Knacken des Harzes im Feuer, dann ergriff Jack das Wort. »Woher hast du es gewusst?«, fragte er seine Tante.

»Es stand in ihrem Nachruf. Ihr Leichnam wurde von Lee Hastens gefunden, Hastings für uns. In jenen Tagen nahmen sie es mit Buchstabieren nicht so genau. Sie hatte eine Brustverletzung, aber ich bin mir sicher, dass es für einen Zauberer nicht schwierig war, eine Geschichte über einen Sturz vom Pferd in Umlauf zu bringen. Will und Fitch hatten es zum Teil ausgeknobelt.«

»Aber das war vor hundert Jahren«, wiederholte Jack halsstarrig.

Auf Hastings' Gesicht lag ein schwaches Lächeln. »Ich bin viel älter, als du denkst, Jack. Wir Zauberer sind langlebig, und unsere Erinnerungen reichen weit zurück. Warum hat dieses barbarische Turniersystem wohl so lange existiert?«

»Was ist mit Susannahs Sohn?« Jack setzte die Geschichte langsam zusammen. »Was ist mit ihm passiert?«

»Sein Name war Andrew«, erwiderte Hastings. »Dein Urgroßvater. Ich habe ihm nach Susannahs Tod geholfen, mit seinem Vater zu fliehen. Ich habe ihn im Auge behalten, habe die Rosen von ihm ferngehalten, mich aber nach Susannahs Tod nicht mehr in sein Leben eingemischt.« In seiner Stimme lag ein uralter Schmerz.

Der Mann im Spiegel hatte geweint, hatte die junge Frau in den Armen gewiegt. »Sie waren in Susannah verliebt«, sagte Jack. »Sie sind derjenige, der ihr Grab pflegt.« Die Worte fielen ihm wieder ein. *Zauberer haben ein langes Gedächtnis.*

Hastings bestritt es nicht. Er streckte die Beine und starrte mürrisch ins Feuer.

Nach einem Moment sagte Linda mit einer Stimme, die Diamanten durchschnitten hätte: »Also, Jack, anscheinend arbeitet Mr. Hastings sich durch die Downey-Frauen. Zuerst deine Ururgroßmutter, dann ich. Vielleicht ist deine Mutter die Nächste.«

»Hört einfach auf damit!« Jack sagte es laut genug, dass beide den Mund hielten. Er hatte das Gefühl, viel zu viele Informationen zu erhalten, aber es waren immer noch nicht genug, um wirklich zu verstehen. Er hatte seine Tante noch nie in einem derartigen Zustand erlebt, und er hoffte, das er das auch nie wieder tun musste. An ihrem Zorn war eine rohe, primitive Schärfe, die ihn verwirrte. Jetzt starrten sie beide ihn an.

»Becka ist meine Mutter«, fuhr Jack leiser fort. »Sie ist eine großartige Anwältin und Bürgerrechtlerin, und sie steht in einer Auseinandersetzung stets auf der Seite der Schwachen. Sie liebt mittelalterliche Literatur und bringt ihre Studenten dazu, sie ebenfalls zu lieben. Sie gärtnert gern und nimmt streunende Hunde auf. Und sie hat *nichts* mit der ganzen Sache zu tun.«

»Das ist es, was Zauberer machen, Jack«, erklärte Linda gleichmütig. »Sie holen sich alles, was sie wollen, und setzen sich dabei über andere hinweg. Und wie es aussieht, bist du als nächstes Opfer in Mr. Hastings Suche nach Rache ausersehen.«

Hastings spreizte die Finger. »Ich habe nicht um diese Aufgabe gebeten. Du hast mich darum gebeten, ihn zu retten, und ich gebe mein Bestes.« Er lächelte bitter. »Verstehst du denn nicht? Ich bin gescheitert. Vor mehr als hundert Jahren habe ich gegen die Rosen gekämpft und versucht, eine Rebellion gegen dieses System zu organisieren. Ich habe Krieger dazu ausgebildet, sich selbst zu verteidigen, habe tollkühne Aktionen durchgeführt. Und wofür? Die Kriegergilde ist faktisch ausgelöscht worden.« Seine Stimme wurde leiser. »Ich erzähle dir nichts, was du nicht schon weißt. *Du* hast diesen Krieg gekämpft, seit du in Jacks Alter warst. Nach allem, was ich so gehört habe, kämpfst du immer noch. Nur nicht mit mir.« Er hielt ihren Blick für einen langen Moment fest, dann sah er weg, ins Feuer.

Linda wirkte erschüttert. »Lee, ich …«

»Nicht einmal das reicht ihnen aus«, knurrte Hastings. »Jetzt versucht Jessamine Longbranch auch noch herauszufinden, wie sie neue Krieger erschaffen kann. Als Nächstes werden sie die Leichen jener ausgraben, die sie ermordet haben, und sie in Stücke schneiden.« Er berührte den Ring an seinem Finger.

»Es ist also Zeit für einen Strategiewechsel. Ich habe der Bestie die Arme abgeschnitten, und es hat nichts genutzt. Diesmal nehme ich mir das Herz vor.«

»Du willst versuchen, die Kontrolle über den Rat zu gewinnen«, flüsterte Linda. »Und über die Artefakte.«

Hastings nickte. »Wenn ich Jack ins Spiel bringe und gewinne, gehört der Zaubererrat und sein ganzer Vorrat an magischen Waffen nach ihren verdammten Regeln mir, zumindest bis zum nächsten Turnier. Und es wird kein weiteres mehr geben, wenn ich es verhindern kann.« Er sah Jack an. »Wie ich dir bereits erklärt habe, hatte ich gehofft, dass keins der beiden Häuser einen Spieler finden könnte. Sie würden verlieren, und du würdest gar nicht erst kämpfen müssen.«

»Na ja, vielleicht kannst du den Spieler der Roten Rose finden und ihn ausschalten«, meinte Linda schneidend und äffte dabei Dr. Longbranch nach. »Das wäre perfekt.«

Hastings ließ die Faust auf den Tisch krachen, dass das Porzellan nur so klirrte. »Fällt dir was Besseres ein? Ich hätte es nicht getan, wenn ich es nicht für Jacks beste Chance gehalten hätte. Es ist zu spät. Wie wird seine Zukunft aussehen, was meinst du? Wo willst du dich mit ihm verstecken? Sie werden ihn früher oder später abschlachten, genau wie den Rest der Weirlind, und du oder ich, wir können nichts daran ändern. Und du weißt, was sie mit ihm machen, wenn sie ihn spielen lassen, nicht wahr? Zumindest das wird nicht geschehen, wenn ich sein Gönner bin.«

»Mr. Hastings hat mir erzählt, dass sowohl die Rote als auch die Weiße Rose mich jetzt jagen«, sagte Jack fast emotionslos. »Er meinte, sie würden sich meine Familie vornehmen, um an mich heranzukommen. Stimmt das?«

Linda seufzte. »Das war das Muster«, gab sie zu.

»Wohin ich auch gehe, sie werden mich aufspüren. Ich kann niemals nach Hause zurückkehren.« Jack schüttelte den Kopf. »Ich bin das Ganze jetzt schon leid, und es sind nur ein paar Monate gewesen. Ich kann das nicht ein Leben lang tun. So ist es zumindest sauber und einfach.«

Es folgte ein kurzes Schweigen. »Wo halten sie das Turnier ab?«, erkundigte sich Linda.

Hastings zuckte die Achseln. »In Raven's Ghyll vielleicht.«

Linda schnappte nach Luft. »Was bringt dich auf die Idee, dass du dort lebend herauskommst? Die Mitglieder des Rates werden Lose ziehen, um zu entscheiden, wem die Ehre zuteilwird, dir die Kehle aufzuschlitzen.«

Hastings lächelte. »Als Gönner bin ich geschützt.«

»Bis jemand dich allein erwischt. Zaubererregeln sind dazu da, gebrochen zu werden«, sagte Linda. Zu Jacks Überraschung standen ihr Tränen in den Augen. »Leander, vielleicht bist du entschlossen, dich umbringen zu lassen, aber halte Jack da raus.«

»Ich stecke bereits mittendrin, Tante Linda«, meldete Jack sich leise zu Wort. Vielleicht war es die Wirkung der Verschmelzung mit Brooks, aber da war ein Teil von ihm, der kein Kind mehr war.

Linda schien es ebenfalls zu spüren. »Du hast dich verändert«, flüsterte sie. »Zuerst dein Körper und jetzt …« Die Tränen liefen ihr jetzt offen über die Wangen. »Du bist sechzehn Jahre alt«, fügte sie leise hinzu. »Du bist zu jung für diesen Kampf.«

»Ich habe ihn mir nicht ausgesucht«, entgegnete Jack. Er wandte sich an Hastings und fühlte sich ungewöhnlich ruhig und entschlossen. »Sie müssen meine Mutter jetzt gehen lassen. Tante Linda kann sie zurückbringen. Alles, was Sie beide untereinander aushecken können, damit sie sich keine Sorgen macht, ist in Ordnung. Ich bin bei Ihrem Kampf mit dabei. Aber ich will nicht, dass sie mit in die ganze Sache hineingezogen wird oder etwas mit Ihnen zu tun hat. Ich glaube, so viel habe ich verdient.«

»Jack, es tut mir leid. Ich schicke deine Mutter mit Linda zurück«, sagte Hastings. Er kniete sich neben Becka und ergriff ihre Hände. Dann sprach er leise auf sie ein, und obwohl Jack die Ohren spitzte, konnte er den Großteil des Zauberspruchs nicht verstehen. Becka blinzelte und richtete sich verwirrt auf.

»Becka, Linda ist hier, um Sie nach Oxford zu bringen. Jack bleibt für ein paar Tage bei mir. Wir gehen in den Langdale Pikes zelten, und ich bringe ihn nächste Woche zu Ihnen runter.« Jack konnte allmählich die Zauberei heraushören.

Becka sah ihn für einen Moment an, dann nickte sie. »Ich habe mir schon gedacht, dass wir nicht für ewig hierbleiben können«, erwiderte sie. »Aber vielen Dank für Ihre Gastfreundschaft. Ich weiß, dass du Spaß haben wirst, mein Schatz«, fügte sie, an Jack gewandt, hinzu und brachte ein Lächeln zustande. »Ich hole schnell meine Sachen.« Sie machte ein Gesicht, als wolle sie noch etwas hinzufügen, aber dann verlor sie den Faden. Sie stand auf, schlang die Arme um sich, drehte sich um und floh die Treppe hinauf.

Hastings sah ihr für einen langen Moment nach, dann drehte er sich zu Linda um. »Sie wird den ganzen Weg bis nach Hause schlafen, und wenn sie aufwacht, wird sie sich an nicht mehr viel von ihrem Aufenthalt hier erinnern. Sie wird sich jedoch keine Sorgen machen, weil sie weiß, dass Jack mit mir zelten geht.«

»Ich lasse dich nicht hier zurück, Jack«, erklärte Tante Linda halsstarrig. »Meinst du, deine Mutter merkt, wenn du tot bist?«

»Es gibt nichts, was du tun kannst«, antwortete Jack. »Ich komme schon zurecht«, sagte er mit mehr Zuversicht, als er empfand. »Außerdem könnte ich gewinnen.«

Becka kam mit ihrer Tasche zurück. Linda umarmte Jack heftig, das Gesicht nass von Tränen. Beckas Umarmung war beträchtlich nüchterner. Und dann waren sie zur Tür hinaus.

Nachdem die Frauen fort waren, fühlte sich das Herrenhaus seltsam tot an. Der Zauberer und der Krieger standen für einen Moment linkisch da und wussten nichts zu sagen. Auf irgendeiner Ebene war Jack klar gewesen, dass es dazu kommen würde, gleich vom ersten Moment an, als er Hastings in Trinity gesehen hatte. Selbst damals hatte er die Tödlichkeit in ihm erkannt und irgendwie auch seine tragische Geschichte gespürt. Mehr und mehr schien es ihm, dass es keine Offenbarungen mehr gab, sondern lediglich die Aufdeckung von Wahrheiten, die er bereits kannte, an die er sich aber nur vage erinnerte. Alles war vor langer Zeit geschrieben worden. Ihre Schicksale waren miteinander verwoben.

Hastings schien verletzlicher zu sein als zuvor, mit einem Makel behaftet und irgendwie ungeheuer menschlich. Ein Mann, der sich hinsichtlich seines Lebenswerks für einen Versager hielt. Ein Mann, der in Raven's Ghyll vielleicht in den Tod ging und Jack dabei mitnahm.

KAPITEL 15
Raven's Ghyll

Kahles Gebirge – es war ein passender Name für diese Berge, befand Jack. Sie waren voll alter Magie, verlorener Seelen und Melancholie. Und an diesem Tag waren sie auch voller Regen und Nebel. Er und Hastings hatten ihren Wagen in einiger Entfernung vor Keswick auf einem Parkplatz stehen lassen. Während sie höher und höher stiegen, wurde das Wetter immer rauer. Der Sommer im Lake District fühlte sich an wie November in Ohio. Jack trug eine schwere Jacke, die er sich von Hastings geborgt hatte, Kletterhosen, einen dicken Pullover und kräftige Wanderstiefel. Seine andere Kleidung transportierte er in einem Rucksack, und sein Schwert hatte er sich über den Rücken gehängt, damit er die Hände frei hatte, um über das erbarmungslose Terrain zu klettern.

Hastings gab ein mörderisches Tempo vor, immer nach oben, einem Pfad folgend, den Jack auf dem trügerischen Fels kaum erkennen konnte.

Der Gipfel ragte vor ihnen auf. ›Ravenshead‹ nannte Hastings ihn. Seine schroffe Melancholie passte zu Jacks gegenwärtiger Stimmung.

Sie kletterten weiter in die Schlucht hinein, und der Gipfel lag zu ihrer Linken. Die Route traf mit einem Fluss zusammen, der zwischen Felstrümmern zu

Tal rauschte. Die Felsen entlang des Flussbettes waren nass und schlüpfrig. Sie kletterten die letzten hundert Meter beinahe senkrecht aufwärts, bis sie eine Stelle erreichten, wo das Wasser aus einer Felswand zu explodieren schien.

»Das ist das Wassertor nach Raven's Ghyll.« Hastings musste schreien, um das Tosen der Wasserfälle zu übertönen. Nun wusste Jack genauso viel wie zuvor. Aber er wusste, dass Raven's Ghyll ihr Ziel war, der traditionelle Schauplatz des Turniers. Hastings hatte vorgeschlagen, dass sie ihn aus Gründen der Sicherheit von der Rückseite aus angehen sollten.

»Die Regeln des Kampfes gelten erst, wenn du dich offiziell für das Turnier angemeldet hast«, erklärte Hastings. »Ich will unterwegs keinen Hinterhalt riskieren.« Jack fiel ein, was Linda gesagt hatte: dass die Mitglieder des Rates Hastings am liebsten die Kehle aufschlitzen würden. Er vermutete, dass der Zauberer auch aus persönlichen Gründen unbemerkt hineinschlüpfen wollte. Eigentlich waren das Terrain und das Wetter schon schlimm genug gewesen; doch der Gedanke an einen Hinterhalt hatte die Spannung auf ihrer Reise noch weiter erhöht. Jack ertappte sich dabei, dass er auf jedes kleine Geräusch und jede flüchtige Bewegung reagierte.

Hastings zog sich mühelos auf eine kleine, felsige Plattform neben den Wasserfällen und hielt Jack eine Hand hin, damit er nachklettern konnte. Alle Steine und Haltegriffe waren glitschig von der Gischt. Hastings zeigte auf die Wasserfälle. »Wir gehen da rein.«

An der Seite der Schlucht zogen sich spärliche zwanzig Zentimeter Sims entlang. Sie drückten sich flach gegen die Felswand, klammerten sich an den kalten Stein und konnten sich so an den Wasserfällen vorbei in eine dahinterliegende Felskammer schieben. Die donnernden Wasserfälle erfüllten die Luft mit einem kalten Dunst. Jack konnte an dem herabstürzenden Wasser vorbeisehen, wie weit sie geklettert waren.

Im hinteren Teil der Kammer schlängelte sich ein schmaler Pfad zwischen zwei massiven Steinblöcken aufwärts. Das war ihr Weg. Sie wanderten kaum noch, sondern kletterten. Noch ein wenig steiler, und sie hätten Seile gebraucht, dachte Jack, klammerte die Finger um Steine über seinem Kopf und zog sich hoch, wobei er nicht daran zu denken versuchte, was geschehen würde, wenn er ausrutschte.

Seine Gedanken wanderten zu seinem Gegner, gaben Fleisch auf die Knochen der Spekulation. Hastings hatte vermutet, dass Jacks Gegner jung sein müsse, ansonsten hätte die Rote Rose schon früher ein Turnier einberufen. Die Weiße Rose hielt den Pokal schon jahrelang in ihrem Besitz, eine Situation, die dem anderen Haus ein Dorn im Auge war. Da die meisten Krieger als kleine Kinder geholt wurden, hatte er wahrscheinlich seit Jahren trainiert. Vielleicht graute ihm gar nicht vor diesem Kampf; womöglich freute er sich sogar darauf.

Nach einer weiteren halben Stunde schwierigen Kletterns erreichten sie den Kamm und schauten in das Tal Raven's Ghyll hinab.

Viel war nicht zu erkennen. Das Tal war bedeckt von einer schimmernden Wolke, die vielleicht Nebel war, aber selbst Jack mit seinen ungeschulten Augen erkannte darin eine Zauberbarriere.

»Woher haben Sie gewusst, wie man hier durchkommt?«, fragte Jack, der schwer atmete und hoffte, den Zauberer lange genug zum Stehenbleiben zu bewegen, bis er wieder Luft bekam.

»Ich musste schon in der Vergangenheit ungesehen nach Raven's Ghyll hinein und wieder hinaus«, antwortete Hastings. Der Zauberer war nicht einmal außer Atem. Hastings nahm seinen Rucksack ab und förderte zwei leichte Umhänge zutage. Einen streifte er über seine Kleidung, und den anderen reichte er Jack. »Zieh das an!«, befahl er. Jack streifte den seinen über und zog die Kapuze hoch.

»Haben Sie schon jemals zuvor an einem Turnier teilgenommen?«, fragte Jack.

»Ich habe niemals tatsächlich daran teilgenommen, aber ich habe einige gestört.« Hastings zog einen kleinen Gegenstand aus seinem Rucksack und reichte ihn Jack. Es war ein grob behauener grauer Stein, oval, ungefähr in der Größe von Jacks Handfläche. Bedeckt war er mit unbekannten Runen und Symbolen, und er hing an einer fein geschmiedeten Silberkette. Er schien das Licht zu absorbieren, statt zu reflektieren.

Jack sah zu Hastings auf. »Leg dir die Kette um«, sagte der Zauberer. »Ich würde sie gern überraschen, wenn ich kann.« Eine weitere Erklärung gab er nicht.

Jack streifte die Kette über den Kopf und schob den Stein in den Ausschnitt seines Sweatshirts. Er erzeugte ein leichtes Kribbeln auf seiner Brust. Der Zauberer legte ihm eine Hand auf den Arm, sprach einige lateinische Worte und verschwand.

»Hastings!« Jack konnte noch immer die brennende Hand des Zauberers spüren.

»Wir sind beide unsichtbar, Jack. Der Stein wird

Dyrne sefa genannt; Hexer haben ihn erschaffen. Er verleiht uns Kräfte, die selbst unter Zauberern nicht weit verbreitet sind. Jetzt halte dich nahe bei mir, damit ich dich nicht verliere.« Er ging weiter, langsamer jetzt, und führte ihn an der Innenseite der Hügel rund um das Ghyll hinab. Der Weg war schwierig, und Jack war vollauf damit beschäftigt, einerseits nicht zu stolpern und andererseits in Hastings' Reichweite zu bleiben.

Als sie sich der Barriere näherten, sprach der Zauberer einen Spruch, und ein gezackter Riss erschien in dem Nebel vor ihnen. Sie traten hindurch, und der Riss schloss sich hinter ihnen. Jetzt konnten sie deutlich sehen.

Raven's Ghyll war ein breites, flaches Tal, das auf allen Seiten von steilen Felsen und kahlen Bergen umgeben war. Schneegespeiste Flüsse stürzten von den Flanken des Ravenshead, schlängelten sich über den Talboden, umgrenzten Wiesen und Parks, die mit Bäumen gesprenkelt waren, und verschwanden schließlich durch die Schlucht, durch die Hastings und Jack soeben aufgestiegen waren. Am gegenüberliegenden Ende des Beckens, halb den Hang hinauf, stand eine große Burg auf einem der Hänge. Sie bestand aus dem gleichen Stein, der ringsum die Berge bildete, und wirkte selbst wie ein Felsvorsprung, als sei sie Teil der Landschaft. An drei Seiten war sie von terrassenförmig angelegten Gärten umgeben, die bis zum Grund des Ghyll abfielen.

Hoch über ihren Köpfen, halb den Hang von Ravenshead hinauf, fing etwas das Licht ein und reflektierte es in Jacks Augen. Er blinzelte und beschattete die Augen. Ein kristallener Steinbrocken ragte aus dem Granit, als versuche er, seinem trostlosen Gefängnis zu entkommen. Er musste riesig sein, Tonnen von Stein, um aus dieser Entfernung so deutlich sichtbar zu sein. Er hatte mehrere glänzende Facetten und eine stumpfe Spitze. Das Strahlen, das Jack sah, war kein reflektiertes Sonnenlicht; es kam aus dem Herzen des Steins selbst.

»Was ist das?«, fragte er Hastings und streckte die Hand aus, dann fiel ihm wieder ein, dass Hastings ihn nicht sehen konnte. »Dieser glänzende Fels da oben?«

Er konnte Erheiterung in Hastings' Stimme hören. »Das ist kein Fels, Jack. Das ist Ravenshead, die Seele der Berge, auch der Weirstein genannt, der Drachenzahn. Es heißt, dass die Kristalle, die wir tragen, ihren Ursprung in diesem Stein haben, herausgelöst und geformt von einer Magie, die mächtiger ist als alles, was man heutzutage kennt.« Er hielt inne. »Es ist der Stein, der uns gefangen hält«, fügte er leise hinzu.

Das verstand Jack nicht. »Wie meinen Sie das?«

»Die Regeln des Kampfs sind Teil des Paktes, der dafür sorgt, dass der Drache im Berg weiterschläft. Werden die Regeln gebrochen, wird der Drache erwachen.«

»Wirklich?« Jack schauderte und blickte zu dem Stein empor, der wie ein Leuchtstrahl auf dem Hügel schimmerte, während der Gipfel des Berges immer noch von Nebel umhüllt war.

Hastings zuckte die Achseln – zumindest war Jack sich sicher, dass er es tat, obwohl er es nicht sehen konnte. »So heißt es jedenfalls«, wiederholte er.

Das Wetter war im Tal besser als oben auf den Bergen, obwohl alles nach dem jüngsten Regen vor Nässe triefte. Die Wand aus Stein ringsumher hielt den gnadenlosen Wind ab, so dass es beträchtlich wärmer war.

Die üppige Wiese war von einem tiefen Grün und mit gelb blühenden Butterblumen gesprenkelt. Es war beinahe sonnig, obwohl das Licht wegen des Zaubernebels etwas seltsam Glühendes an sich hatte.

Zwischen ihnen und der Burg wimmelte das Ghyll vor Aktivität. Gebäude, Zelte und Wohnwagen waren zu beiden Seiten des Tals verstreut, als hätte eine riesige Hand sie willkürlich dort hingeworfen. Leute schwärmten über die Wiesen aus, und alle schienen es eilig zu haben. Leuchtende Wimpel flatterten an vielen der provisorischen Gebilde. Einige trugen eine weiße Rose, andere eine rote. Der Duft warmen Essens wehte ihnen schwach entgegen. Es erinnerte Jack an einen Renaissance-Jahrmarkt, den er vor Jahren besucht hatte.

Auf dem Talboden unmittelbar vor den Burgmauern war ein großer Platz, auf dem sich keinerlei Gebäude befanden. Arbeiter errichteten Zuschauertribünen zu beiden Seiten. Er nahm an, dass dort der Schauplatz des Turniers sein würde. Der Gedanke ließ ihn erstarren.

»Wer organisiert das alles?«, fragte er Hastings.

»Sein Name ist Claude D'Orsay«, antwortete Hastings knapp. »Er ist ein Zauberer und der Spielemeister der Weir. Das Ghyll ist der Sitz der Zauberergilde, die legendäre Quelle ihrer Macht. Jahrhundertelang hatte seine Familie die Aufgabe, den Frieden unter den Erben zu erhalten. Den Regeln zufolge ist der Meister ein Kanzler, der mit dem Oberhaupt des Zaubererrates zusammenarbeitet, dem Bewahrer des Turnierpokals.«

Er hielt inne. »Der Spielemeister sollte eigentlich neutral sein, aber D'Orsay war immer ein politischer Spieler und mächtiger, als er sein sollte. Er achtet auf die Einhaltung der Regeln – zum Beispiel diejenige, die besagt, dass Zauberer einander nur über ihre Krieger bekämpfen dürfen. Nur drückt er häufig ein Auge zu, wenn es ihm in den Kram passt«, fügte er trocken hinzu.

Jack hatte sich gefragt, warum Linda zu glauben schien, dass Hastings in Gefahr war, obwohl er doch durch die Regeln geschützt sein sollte. »Wo kommt das alles her?« Er gestikulierte mit der Hand, dann fiel ihm wieder ein, dass er unsichtbar war. »All diese Gebäude. Wie sind sie hierhergekommen?«

Hastings lachte. »Wir sind schließlich Zauberer. Und Diener und so weiter können wir rasch herbeischaffen. Am Tag nach dem Kampf ist alles wieder verschwunden.«

Die beiden bahnten sich ihren Weg einen steinernen Pfad hinunter zum Talboden. Schon bald kämpften sie sich durch Menschenmengen, die bei ihrer Berührung erschraken.

Jack schwirrte der Kopf wegen des Stimmengetöses von lebenden Zauberern und toten Kriegern. Es war ein Höllenlärm, der immer mehr anschwoll, je näher er der Festung kam. Die toten Stimmen warnten ihn. *Fort mit dem Krieger,* flehten sie. *Denn dies ist der Ort, wo sie dein Blut vergießen.* Der Boden des Tals war ein Schlachtfeld, getränkt mit Blut, durchsetzt von Knochen. Der Ruheort von Hunderten von Kriegern. Dank Jeremiah Brooks war er brutal vertraut mit diesem Ort. Jack wollte sich die Lippen lecken, aber sein Mund war trocken. Er erinnerte sich daran, als Gefangener hierhergekommen zu sein, im vollen Wissen um das, was vor ihm lag.

Als sie sich dem Festgelände näherten, hob Hastings

den Unsichtbarkeitszauber auf. Man wies ihnen Quartiere in einem festen Gebäude zu, einem Cottage im Garten des Herrenhauses. Es war klein und gemütlich, mit zwei Schlafzimmern und einem großen Raum, der als Wohnzimmer, Küche und Salon diente und um einen großen steinernen Kamin herum gelegen war. Jack fror, und er war müde und schmutzig nach seinem Marsch den Berg hinauf. Zum Glück gab es im Cottage eine Dusche. Er blieb lange unter dem heißen Wasserstrahl, und als er wiederauftauchte, fand er neue Kleidung auf seinem Bett vor: eine schwere Leinenhose, ein weißes Hemd mit langen Ärmeln sowie eine lange Tunika, marineblau, mit einer Stickerei auf dem Rücken und an den Ärmeln. Es war das Wappen eines Silberdrachen, wenn Jack sich richtig an die heraldische Terminologie erinnerte. Er und Nick hatten vor ein oder zwei Jahren einige Zeit mit dem Studium der Heraldik verbracht. Er hätte nie geglaubt, dass das einmal praktisch zur Anwendung käme. Seine alten Kleider, darunter Mercedes' Weste, waren fort.

Was soll's! Über Modefragen war er schon lange hinweg. Die Kleider passten perfekt und waren leicht und bequem. Er betrachtete sein Spiegelbild. Er sah aus wie ein junger Ritter oder Knappe in Festtagskleidung. Sein Verstand wanderte zurück zu dem goldhaarigen Krieger aus seinem Traum.

Als er in den vorderen Raum zurückkehrte, legte Hastings gerade das Telefon auf. Der Zauberer nickte anerkennend bei Jacks Anblick. »Du siehst aus, als wärst du bereit, eine Rolle zu spielen«, sagte er. Hastings trug seine gewohnten dunklen Farben, dazu aber einen kurzen Umhang in dem gleichen Mitternachtsblau wie Jacks Tunika, an einer Schulter befestigt mit einer silbernen Schließe in der Gestalt eines Drachen.

»Nun, das Spiel geht weiter«, sagte Hastings. »Der Roten Rose muss es gelungen sein, ihren Champion heil hierherzubekommen, denn sie tragen in ebendiesem Moment die Herausforderung zum Turnier in die Liste unten ein. Alle interessierten Parteien sollen zugegen sein. Bist du bereit?«

Jack nickte, war sich aber nicht sicher. »Was passiert heute?«

»Die Bans, oder die Ankündigung des Turniers, erfolgt seitens des Gönners, der einen Champion einbringt. Alle Herausforderer erklären sich. Dann folgt die Qualifikation der Wettbewerbsteilnehmer. Viel Prunk.« Hastings warf Jack seinen Mantel zu, der immer noch feucht war, und zog den eigenen an. »Lass uns so lange wie möglich unsere Anonymität bewahren, ja?« Jack zog den Umhang über seine Kleidung und streifte die Kapuze über sein feuchtes Haar. Hastings trug ein großes, in Leder gebundenes Buch unter dem Arm. Jack zuckte zusammen, als er begriff, dass es sein Weirbuch war.

Die Ereignisse folgten nun rasch aufeinander und ließen ihm wenig Zeit zum Nachdenken. Vielleicht überzeugten sie so junge Männer dazu, in den Krieg zu ziehen, dachte Jack. Man wurde einfach mitgerissen, bis man dem Tod ins Gesicht sah und sich fragte, wie es je dazu gekommen war.

Eine der Galerien entlang des Spielfeldes war inzwischen fertig, und dort saßen bereits zahlreiche Zauberer. Viele trugen Symbole der Weißen oder Roten Rose.

Einige waren in zeitgenössischer Kleidung erschienen, aber die meisten hatten sich für den Anlass mittelalterlich gewandet. Es waren mehr Männer als Frauen zugegen, und sie schienen größtenteils jung bis mittelalt zu sein, aber bei Zauberern konnte man das nie so genau sagen. Er sah keine Kinder, und dafür war er dankbar. Er war sich sicher, dass in der Menge ausschließlich Zauberer saßen. Er spürte den heftigen Druck der Macht von den Tribünen.

Und immer noch tosten die Stimmen in seinem Kopf. *Weg mit dem Krieger!* Er zwang sich, sie zu überhören. *Du wirst hier jemanden töten oder getötet werden.* So einfach war das.

Im vorderen mittleren Abschnitt der Tribünen war ein kleiner Bereich von Logen für Würdenträger mit einem Seil abgeteilt. Dort hatten mehrere prächtig gekleidete Zauberer Platz genommen. Jessamine Longbranch saß über der Richterloge, umgeben von einer Menschenmenge in der Livree der Weißen Rose. Sie trug ein Reitkleid aus grünem Samt, das vorn sehr tief ausgeschnitten war, mit aufgestickten weißen Rosen und Dornen, die den Ausschnitt betonten. Ihr glänzendes schwarzes Haar war mit einem grünen Samtband zurückgebunden. In der rechten Hand hatte sie etwas, das wie ein Taktstock oder eine Reitgerte aussah, und sie schlug sich damit geistesabwesend auf die andere Handfläche. Sie wirkte nicht glücklich. Bei der Erinnerung an seine letzte Begegnung mit der Zauberin war Jack dankbar für den Schutz des Umhangs. Er zog die Kapuze nach vorn, um sein Gesicht noch weiter zu bedecken. Er musste zugeben, dass die Frau ihn einschüchterte.

Hastings zeigte auf einen Mann mit aristokratischen Zügen und dunklem, kurz geschnittenem Haar, der in seinem Stuhl lehnte und mit feinknochigen Händen gestikulierte, während er mit dem Mann an seiner Seite sprach. »Claude D'Orsay«, erklärte Hastings. »Die anderen sind Mitglieder des Zaubererrates und zugleich die Kampfrichter. Dr. Longbranch repräsentiert die Weiße Rose. Sie ist die gegenwärtige Hüterin des Turnierpokals.«

Hastings und Jack mischten sich unter die Menschenmenge, die am Rand der Galerie umherwanderte. Mehrere Zauberer in der Livree der Roten Rose hatten sich auf dem Feld versammelt. Jack erkannte den graubärtigen Zauberer vom Friedhof, den mit dem verbrannten Gesicht.

»Geoffrey Wylie«, murmelte Hastings. »Premierzauberer der Roten Rose.« Hastings strahlte eine Intensität aus, die zuvor nicht vorhanden gewesen war. Er glich einem Wolf, der Blut gewittert hatte. Jack erinnerte sich an Lindas Worte, dass Wylie Hastings' Schwester getötet hatte. »Ein Jammer«, fügte Hastings hinzu. »Sieht so aus, als hätte er einen Unfall gehabt.« Wylie las in einem dicken ledergebundenen Buch.

»Was machen sie da?«, flüsterte Jack Hastings zu.

»Sie lesen die Ahnenreihe ihres Wettbewerbsteilnehmers vor, um zu beweisen, dass er ein legitimer Kriegererbe der Weir ist. Das ist der erste Schritt für die Zulassung zum Turnier.« Hastings stellte sich breitbeinig hin und verschränkte die Arme unter dem Umhang. »Das könnte eine Weile dauern.«

Jack sah sich um, ob er den anderen Krieger ausfindig machen konnte, aber er konnte niemanden erkennen. Offensichtlich hatten die Gönner der Roten Rose auch etwas für Geheimnisse übrig.

Wylie war ziemlich weit auf dem Familienstammbaum vorangekommen, und es dauerte nur zehn oder fünfzehn Minuten, um das 10. Jahrhundert unter Dach und Fach zu bringen. Er nahm sich anschließend noch ein paar Minuten Zeit, um Pläne für das Turnier zu umreißen, sollte ein Herausforderer auftauchen. Es sollte am Mittsommertag stattfinden, in zwei Tagen, um zwei Uhr, auf dem Feld des Raven's Ghyll und nach den Regeln des Kampfes.

D'Orsay, den das Prozedere offensichtlich langweilte, richtete seine Aufmerksamkeit wieder auf das Feld, nachdem die Ankündigungen beendet waren. Die fünf Zauberer, die in den Logen saßen, führten eine kurze Debatte, dann sagte D'Orsay: »Vorbehaltlich ihrer Dokumentation ist die Genealogie akzeptiert. Die Rote Rose wird besagte Dokumentation zur Verfügung stellen. Vorbehaltlich der Verifizierung des Steins ist der Krieger zugelassen.«

Ein Jubelschrei erhob sich aus der Menge, zumindest unter denen in der Livree der Roten Rose. Seit dem letzten Turnier waren drei Jahre vergangen.

D'Orsay sprach von Neuem. »Das Turnier wird von der Roten Rose eröffnet. Gibt es irgendwelche Herausforderer?«

Es folgte eine lange Pause. Die Menge war still, und alle sahen sich um, ob jemand vortreten würde.

»Von der Weißen Rose?«, hakte D'Orsay nach und sah Jessamine Longbranch an.

»Die Weiße Rose kann diesmal nicht mit einem Champion antreten«, antwortete Dr. Longbranch.

Ein enttäuschtes Raunen lief durch die Menge. Anscheinend würde es doch kein Turnier geben.

»Was ist mit ihrem letzten Champion passiert?«, flüsterte Jack Hastings zu.

»Hat sich umgebracht«, flüsterte er zurück. Er legte Jack einen Moment lang eine Hand auf die Schulter und drückte sie. »Jetzt sind wir an der Reihe. Vergiss nicht, worüber wir gesprochen haben!«

Er trat von Jack weg und näher an die Richterloge heran. »Wir fordern die Rote Rose heraus!«, verkündete er mit klarer Stimme.

D'Orsay ließ den Blick über die Menge gleiten und versuchte herauszubekommen, wer da gesprochen hatte. »Ist es doch die Weiße Rose?«, fragte er.

Hastings trat auf das Feld und hinein ins Sonnenlicht. »Ich bin der Gönner des Spielers«, stellte er fest. »Weder die Weiße Rose noch die Rote.« Und er riss seine Kapuze herunter.

Für einen Moment herrschte verblüfftes Schweigen. Dann rief D'Orsay ungläubig: »Hastings!« Er sagte den Namen wie ein Schimpfwort. Die anderen Richter auf dem Feld standen auf, um besser sehen zu können. »Was machen Sie hier?«, fragte der Meister wütend.

Die Menge geriet in Bewegung, sitzende Zuschauer standen auf, um das Geschehen besser verfolgen zu können, und wandten sich einander zu. Einige schienen die Identität des hochgewachsenen Fremden zu kennen und mussten es den anderen erklären.

Hastings zuckte die Achseln. »Ich bin hier, um zu spielen«, sagte er lächelnd.

Geoffrey Wylie lächelte ebenfalls, aber sein Grinsen war unangenehm. »Wir sind wirklich froh, dass Sie gekommen sind, Leander. Das ist überaus günstig. Zwischen Ihnen und der Roten Rose steht noch eine Rechnung offen.« Er wandte sich seinen Kollegen auf dem Feld zu. »Ergreift ihn!« Vier rot gekleidete Zauberer näherten sich Hastings mit ausgestreckten Händen, und Zauberfeuer schoss aus ihren Fingern, als wären sie römische Kerzen.

Alles geschah so schnell, dass Jack wie erstarrt dastand und nicht wusste, ob er eingreifen sollte. Hastings hatte ihm aufgetragen zu bleiben, wo er war. Aber der Zauberer schien seine Hilfe auch nicht zu benötigen. Er stieß den rechten Arm vor, und die Luft zwischen ihm und der Roten Rose schimmerte und verfestigte sich, eine Barriere, die den Angriff der Zauberer für den Moment zurückschlug und die Flammen über die geduckte Menge hinwegschickte. Mit der linken Hand zog er ein kleines Buch unter seinem Umhang hervor.

»Was ist mit den Regeln, Claude?« Hastings hielt das Buch hoch. »Als Zauberer und potenzieller Gönner bin ich geschützt. Rufen Sie sie zurück!«

»Dieser Mann hat die Dienergilden aufgestachelt«, argumentierte Wylie. »Er ist ein Verräter, der den Regeln zum Trotz Zaubererblut vergossen hat. Er verdient ihren Schutz nicht.«

»Beweisen Sie es.« Hastings drehte sich um die eigene Achse, wobei er das Regelbuch immer noch hochhielt, so dass alle in der Menge es sehen konnten. »Natürlich habe ich immer geglaubt, Blut sei Blut: Zauberer oder Krieger, Betörer, Hexer oder Seher.«

»Das steht nicht in den Regeln«, fauchte Wylie. »Warum lesen Sie sie nicht zur Abwechslung mal?«

»Hören Sie auf!«, sagte D'Orsay widerstrebend und sah Wylie kopfschüttelnd an. »Hören Sie auf damit, oder Sie werden disqualifiziert.«

Wylie gab ein Zeichen mit der Hand, und die Schar der Zauberer hielt inne. »Ich hätte Ihnen die Kehle durchschneiden sollen, als ich die Chance dazu hatte.« Er wandte sich an D'Orsay. »Das ist ungeheuerlich. Er kann kein Gönner sein. Das kann man nicht zulassen! Das Turnier findet zwischen den Rosen statt.«

»Wo steht das geschrieben?«, fragte Hastings kühl. Er hielt Wylie die Regeln hin. »Zeigen Sie es mir.«

Aber Wylie ließ nicht locker. Er hatte gerade zusehen müssen, wie aus einem offensichtlichen Sieg ein offener Wettbewerb geworden war. »Dieses Spiel basiert auf jahrhundertealter Tradition! Es ist noch nie jemand anderem gestattet worden zu spielen.«

»Hat jemals jemand anders versucht, einen Kandidaten ins Feld zu schicken?« Hastings sah von einem zum anderen. Wylie und D'Orsay waren für einen Moment sprachlos.

»Welches Haus repräsentieren Sie?«, fragte D'Orsay argwöhnisch.

»Den Silbernen Drachen.« Hastings streifte seinen schlichten Umhang vollends ab, faltete ihn über dem Arm und offenbarte damit den blauen Umhang mit dem Drachensymbol darunter. Wieder ging ein Raunen durch die Menge. Der Silberne Drache? Wer hatte je vom Silbernen Drachen gehört?

Jack blickte in die Galerie hinauf zu Jessamine Longbranch. Sie beobachtete das Geschehen stirnrunzelnd und tippte sich mit ihren blutroten Nägeln ans Kinn. Anscheinend war sie sich noch nicht schlüssig, was diese Wendung der Ereignisse für die Weiße Rose bedeutete.

»Sie müssen einen Krieger ins Feld bringen, Hastings«, sagte D'Orsay. Dann fügte er herablassend und in der Zuversicht hinzu, dass diese Bedingung sowieso nicht erfüllt werden konnte: »Oder Sie können nicht spielen.«

»Ich habe einen Spieler, der qualifiziert ist«, antwortete Hastings. Er war immer noch wachsam, wie ein Pfeil auf einer gespannten Bogensehne, und hielt den Rücken dem offenen Feld und das Gesicht den Roten und Weißen Rosen in der Galerie zugewandt.

Die Menge reagierte mit lauten Rufen der Zustimmung. Plötzlich sah es so aus, als würde das Turnier vielleicht doch noch stattfinden.

Wylie wandte sich Hilfe suchend an D'Orsay. »Das ist doch lächerlich«, jammerte er.

D'Orsay seufzte. »Es steht nichts in den Regeln, dass der Silberne Drache ausgeschlossen werden könnte. Ich wüsste nicht, warum er seinen Spieler nicht präsentieren sollte. Wir werden sehen, ob er qualifiziert ist.« Er nickte Hastings zu. »Fahren Sie fort.« Wylie stand wutschnaubend am Rand des Feldes.

Hastings öffnete Jacks Buch und fand die entsprechende Stelle. »Jackson Thomas Swift, Sohn der Rebecca Downey und des Thomas Swift …«

Jetzt sprang Jessamine Longbranch auf. »Das ist unmöglich!«, rief sie. »Jack Swift ist tot!« Sie beugte sich aus der Loge nach vorn und rutschte fast aus ihrem Kleid, zum Entzücken der Menge auf den Tribünen.

Hastings sah sie stirnrunzelnd an. »Dr. Longbranch, nicht wahr? Trotz all Ihrer Bemühungen … und auch

Ihrer«, sagte er und nickte Wylie zu, »ist Jack Swift sehr lebendig.«

Jessamine Longbranch ließ den Blick über die Galerie schweifen, die Fäuste geballt, während sie weißglühende Funken in die sie umgebende Menge abschoss. Jack zog sich noch tiefer in seinen Umhang zurück und war sich akut seiner fehlenden Weste bewusst.

»Darf ich fortfahren?«, fragte Hastings D'Orsay milde. Der Meister nickte sprachlos. Hastings las die Generationenfolge der Downeys, Hales und anderer Namen vor, die weniger bekannt waren. Die Genealogie war großzügig durchsetzt von Erben, zumeist Zauberer und Krieger. Es vergingen zwanzig Minuten, bevor sie sich im zwölften Jahrhundert wiederfanden und innehielten.

Die Juroren berieten diesmal noch länger, und es gab lautstarke Argumente und dramatische Gesten. Schließlich nickte D'Orsay und wandte sich wieder dem Feld zu. Er wirkte nicht glücklich. »Die Genealogie ist in Ordnung. Es steht nichts in den Regeln des Waffengangs, das seine Teilnahme ausschließt. Der Krieger scheint qualifiziert zu sein, vorbehaltlich der Dokumentation seiner Qualifizierung und vorausgesetzt, dass er die körperliche Prüfung besteht.«

Die Menge brach in Jubel aus. Die Leute waren gekommen, um ein Spektakel zu sehen, und jetzt bekamen sie eines geboten. Longbranch und Wylie protestierten nachdrücklich. Wylie wollte die Genealogie ganz abtun, während Longbranch bereit war, die Genealogie zu akzeptieren, aber gegen Hastings als Gönner protestierte. D'Orsay wurde immer ärgerlicher, obwohl Jack vermutete, dass dieser Ärger seine Ursache in seiner Unfähigkeit hatte, einen Grund zu finden, Hastings oder seinen Spieler zu disqualifizieren. Jede Ausrede müsste angesichts der Stimmung in der Menge sehr überzeugend sein. Schließlich hob er eine Hand.

»Dr. Longbranch, Sie können eine Beschwerde einreichen, wenn Sie wollen. Mr. Wylie, wir haben hinsichtlich der Abstammung bereits entschieden. Seien Sie bitte still, oder Sie verwirken Ihre Teilnahme.«

Diese Möglichkeit gefiel Jack, aber Wylie hielt sofort den Mund.

D'Orsay seufzte. Es gab noch eine Möglichkeit, Hastings vom Turnier fernzuhalten. »Die körperliche Prüfung. Stellen Sie Ihren Krieger vor.«

Jack sah schnell zu Hastings hinüber, und der nickte kaum merklich. Er schritt auf das Feld und streifte dabei seinen Umhang ab. Die Menge sprang auf, um einen ersten Blick auf den Herausforderer werfen zu können. Jack spürte die Hitze der Zauberer hinter sich. Sie reichte fast aus, um ihn von den Füßen zu reißen.

Einer der Feldrichter kletterte aus seiner Loge, in der Hand ein Stethoskop ähnlich dem, das Dr. Longbranch verwendete. Er hob Jacks Tunika an und drückte ihm den silbernen Kegel auf die Brust. Nach einem Moment nahm er ihn weg, trat zurück und musterte Jack voller Interesse. Er drehte sich zu D'Orsay um und verkündete: »Da ist ein Kriegerstein. Er ist qualifiziert.«

Die Hölle brach los. Mehrere Minuten vergingen, bis die Ordnung wiederhergestellt werden konnte.

Jessamine Longbranch erhob sich abermals. Jack blickte zu ihren schwarzen Augen hoch, dachte an die letzte »Untersuchung« in ihrem Büro und schauderte.

»Dieser Junge gehört mir, Claude. Er wurde mir durch einen Trick gestohlen. Jetzt, da er lebend wiederaufgetaucht ist, muss er mir zurückgegeben werden.«

D'Orsay schüttelte den Kopf. »Jess, das können wir im Moment nicht entscheiden. Wie gesagt, reiche eine Beschwerde ein, und wir werden sehen. Mr. Wylie, Ihr Kandidat?«

Wylie sah über das Feld hinweg. Der Krieger der Roten Rose kam bereits auf sie zu. Jack blinzelte und beschattete sich die Augen. Anscheinend war er jung, nicht älter als Jack und vielleicht nicht ganz so groß. Er trug eine weiße Tunika mit rotem Besatz, auf deren Vorderseite eine rote Rose prangte, außerdem knielange Lederstiefel und eine eng anliegende Kapuze, die sein Haar und den größten Teil des Gesichtes verdeckte. Jack war wie gebannt. Der Fremde hatte etwas Vertrautes, eine Anmut, mit der er sich hielt und sich bewegte. Der Krieger stellte sich vor die Richter, und das Stethoskop kam zum Einsatz. Der Richter, der es verwendete, trat zurück, für einen Moment verblüfft. Dann wandte er sich zu D'Orsay um. »Da ist ein Kriegerstein. Sie ist qualifiziert«, sagte er.

Die Kriegerin drehte sich zu Jack um und streifte ihre Kapuze ab. Braunes, schulterlanges Haar fiel herab. Das Gesicht war unverkennbar. Es war Ellen Stephenson.

»Hallo, Jack«, sagte sie.

KAPITEL 16
Eine Ladung vor den Gerichtshof

Jack lag auf seinem Bett und starrte zur Decke empor. Es war immer noch früher Abend, aber die Vorhänge waren zugezogen worden, damit die Leute nicht durch die Fenster hereinsehen konnten. Er hörte den Lärm der Menge draußen, der anschwoll und abnahm. Immer mehr Zuschauer trafen ein, während sich die Neuigkeit verbreitete, dass das Turnier tatsächlich stattfinden würde. Binnen Kurzem würde das Ghyll zum Bersten voll sein. Es war ein Fest, ein Festival, eine Feier des alten Sakraments von Gewalt und Tod.

Ab und zu hämmerte es an der Tür. Gruppen von Neuankömmlingen brannten darauf, den Spieler des Silbernen Drachen kennenzulernen. Hastings schickte sie schnell ihrer Wege. Er hatte bereits beträchtliche Zeit darauf verwandt, Fallen auszulegen und Barrieren rund um das Cottage hochzuziehen, weil er bezweifelte, dass seine Feinde sich an die Regeln halten würden. Jetzt vermittelte es das Gefühl einer Festung, die sich auf den Kampf vorbereitete.

Die Klänge von Musik und Frohsinn drangen schwach an Jacks Ohren. Überall waren Kneipenzelte aus dem Boden geschossen, wo hochwirksame Zaubertränke verschiedenster Art zu bekommen waren. Offenbar war ein gewaltiges Saufgelage im Gange.

Ellen Stephenson. Wogen von Selbstzweifeln rollten über ihn hinweg. Dumm. Er war dumm. Er war es so leid, dumm zu sein. Wie hatte er es übersehen können?

Kleine Hinweise fielen ihm wieder ein. Die Tatsache, dass er Ellen nie etwas hatte erklären müssen. Ihre mysteriöse Vergangenheit und ihr häusliches Leben. Er hatte ihre Eltern ebenso wenig kennengelernt wie sonst jemand, soweit er sich erinnern konnte. Wie war ihr das in der kleinen Stadt Trinity gelungen? Eine weitere dumme Frage. Mit ein wenig Zauberei war alles möglich.

Sie hatte immer irgendwelche Stunden. Klavierstunden, hatte man ihm erzählt. Oder sie hatte Verwandte zu Besuch. Er hatte ihren geschmeidigen, muskulösen Körper bewundert, ihre athletischen Bewegungen. Von der Gartenarbeit, hatte sie gesagt. Kein Wunder, dass sie keine Angst vor Garrett Lobeck oder seinen Freunden gehabt hatte. Sie hätte Hackfleisch aus ihnen machen können.

Jack sah zu Schattentöter hinüber, der an der Wand lehnte. Er hatte von Menschen in engen Räumen gehört, die sich getötet hatten, indem sie sich in ihre Schwerter gestürzt hatten. Die Idee war reizvoll, aber er glaubte nicht, dass er es zustandebringen könnte.

Hastings erschien in der Tür. »Komm und iss etwas zu Abend«, sagte er.

»Nein danke«, antwortete Jack teilnahmslos.

Der Zauberer sah ihn für einen Moment an, dann fauchte er: »Steh auf, und komm rein!« Er stolzierte zurück ins Wohnzimmer.

Jack lag noch einen Moment still da, dann seufzte er und schwang die Beine über die Bettkante.

Hastings hatte ein Abendessen bereitgestellt: kaltes Roastbeef, Käse, harte Brötchen, Meerrettichsoße, Kartoffelsalat, Obst und Kuchen. Jack hatte tatsächlich Hunger, trotz seiner düsteren Stimmung. Seit sie den Berg hinaufgewandert waren, hatte er nichts Richtiges mehr zu sich genommen. Und das schien lange her. Er setzte sich an den Tisch und füllte seinen Teller. Hastings stellte ein Glas Apfelsaft vor ihn hin.

Er setzte sich Jack gegenüber an den Tisch und stocherte in seinem Essen. Der Ausdruck auf seinem Gesicht war undeutbar. Er trank ein großes Glas dunkles englisches Bier, und zwar ziemlich schnell. Die beiden sprachen wenig miteinander, bis Jack sein zweites Stück Kuchen verzehrte. Dann stellte Hastings sein leeres Glas auf den Tisch, lehnte sich ein wenig zurück und sagte: »Du hast gewusst, dass es zu einem Kampf kommen und dass einer von euch am Ende tot sein würde.«

Jack legte seine Gabel beiseite. »Ich habe nicht gewusst, dass sie es sein würde.« Er hielt inne. »Sie etwa?«

Hastings schüttelte den Kopf. »Nein. Irgendetwas an ihr hat in der Highschool meine Aufmerksamkeit erregt, aber ich bin der Sache nicht nachgegangen. Sie muss sehr diszipliniert sein.«

»Ich kann Ellen Stephenson nicht töten«, murmelte Jack.

»Du kennst Ellen Stephenson nicht einmal.« Hastings legte den Kopf in den Nacken und musterte Jack unter schweren Brauen. »Das Mädchen, das du zu kennen geglaubt hast, gibt es nicht. Sie ist nicht die Person, gegen die du kämpfen wirst. Soweit ich verstanden habe, ist sie seit Jahren im Training. Sie ist ein Killer, Jack. Sie wird dir das Herz herausschneiden.«

»Nun, vielleicht werden *Sie* das nicht begreifen. Ich bin einfach nicht sonderlich scharf darauf, Frauen zu töten«, fauchte Jack. Sobald die Worte ausgesprochen waren, wusste er, dass er einen Fehler gemacht hatte. Aber da lag er bereits auf dem Boden, und der Zauberer ragte über ihm auf. Nach einem Moment streckte Hastings die Hand aus und half ihm auf die Beine.

»Tut mir leid«, sagte Hastings steif. »Wie du habe ich anscheinend ein Problem mit der Selbstbeherrschung.« Die beiden setzten sich wieder hin. Nach einer Pause fuhr er fort: »Ich habe dich einmal gefragt, was du tun würdest, wenn dich jemand töten wollte.«

»Ich habe erwidert, ich würde ihn zuerst töten«, antwortete Jack, der sich durchaus erinnerte.

»Sie wird dich töten, wenn sie kann«, gab der Zauberer zurück. »Ich habe dich nicht hierhergebracht, damit du abgeschlachtet wirst.«

Er unterließ es zu erwähnen, dass Jack keine Chance gegen sie hatte, selbst wenn er es versuchte. *So etwas sagt man einem Spieler vor einem Kampf nicht.*

Es klopfte abermals an der Tür. Hastings öffnete. Jack konnte Stimmen hören, aber es klang diesmal nicht wie der Fanklub. Als der Zauberer zurückkehrte, warf er einen Umschlag auf den Tisch. »Anscheinend haben sie Beschwerde wegen deiner Teilnahme am Turnier eingelegt«, stellte er fest. Er riss den Umschlag auf, überflog rasch das Papier und ließ es dann auf den Tisch fallen. »Das ist eine Klage seitens einer gewissen Linda Downey, die behauptet, du seist nicht als Krieger geboren worden, sondern als Zauberer. Der Kriegerstein wäre in betrügerischer Absicht von einer Jessamine Longbranch bei dir implantiert worden. Kreativ«, murmelte er. »Ich frage mich, ob sie ihr das abkaufen. Die andere Klage von Jessamine Longbranch behauptet, dass du ihr Besitz bist und ihr in betrügerischer Absicht von einem Leander Hastings gestohlen wurdest. Ihr Lösungsvorschlag ist, dass du an dem Turnier als Champion der Weißen Rose teilnimmst.«

»Das werde ich niemals tun«, sagte Jack voller Überzeugung. »Ich weiß nicht, was ich tun werde, aber das nie.«

»Na ja.« Hastings trommelte mit den Fingern auf den Tisch. »Du würdest vermutlich herausfinden, dass sie sehr überzeugend sein kann. Und wenn man bedenkt, wer über die Anwendung der Regeln entscheidet, wird sich das Problem vielleicht nicht in unserem Sinne lösen.«

Und Jack musste sich einfach fragen, auf welchen Ausgang Hastings hoffte. Wenn Tante Linda mit ihrer Klage durchkam, stände er ohne Krieger da.

Fitch sah zu der finsteren Fassade der Carlisle Citadel Railway Station auf, blinzelte sich die Regentropfen aus den Augen und wandte sich dann wieder seinem Reiseführer zu.

Der Bahnhof wurde 1847 nach einem Entwurf von Sir William Tite erbaut, der auch die Bank of England und die Königliche Börse in London errichtete. Tite schuf das Gebäude in klassizistischem Stil, um die harmonische Einheit mit den mit Zinnen versehenen Türmen der nahe gelegenen Citadel zu bewahren. Carlisle Castle diente einst als Gefängnis von Mary Stuart, Kö-

nigin der Schotten. 1745 wurde es von Bonnie Prince Charles Edward Stuart erobert.

Wenn die Bahnhöfe hier schon wie Burgen aussahen, wie mussten dann erst die Burgen sein?

»Fitch! Kommst du endlich? Wir haben nur eine Stunde. Wenn wir nichts zum Mittagessen finden, werden wir auf dem Weg bis Edinburgh verhungern!« Dem Ausdruck auf Wills Gesicht nach zu schließen, wäre das eine absolut vermeidbare Tragödie.

»Im Zug nach Edinburgh gibt's wahrscheinlich einen Speisewagen«, meinte Fitch.

»Cadbury Dairy allein bringt's nicht. Und ich will den Zug nicht verpassen.«

»Immer mit der Ruhe, Will. Gleich.« Fitch schoss mehrere Fotos mit einer Digitalkamera, darunter eins von einem ärgerlich dreinblickenden Will. Die Kamera hatte er sich aus dem Mediencenter der Schule geborgt. Offiziell nahm Fitch für die Website der Schule an der Tour teil. Er schob die Kamera in die Tasche seiner Regenjacke zurück und zog den Reißverschluss zu. »Ich wünschte, wir hätten Zeit, uns die Burg anzusehen.«

»Ja, ja.« Will musterte die trostlose Szenerie. »Noch immer nicht die Nase voll von Schlössern?«

Fitch überflog die Karte in seinem Reiseführer und stellte eine schnelle Berechnung an. »Sieh mal, die Kathedrale und die Zitadelle sind gleich da drüben. Ich kann in einer Stunde hoch und wieder runter. Besorg mir was zu essen, eine Fleischpastete vielleicht. Ich gebe dir das Geld zurück.«

»Meine Eltern werden sauer sein, wenn du den Zug verpasst«, warnte Will.

»Werde ich schon nicht.« Fitch zog die Schultern

zum Schutz gegen das Wetter und Wills missbilligenden Blick hoch, dann überquerte er den Platz zwischen dem Bahnhof und der Zitadelle, wobei er einen Bogen um die durchweichten Blumenbeete schlug. Er hatte zumindest Zeit für einen schnellen Überblick.

Nachdem er um die Zitadellentürme herumgegangen war und sie fotografiert hatte, bog Fitch auf die English Street ein und ging in Richtung Kathedrale, deren Türme die umliegenden Gebäude überragten. Er schob sich durch Touristenmengen, die das Wetter von den Seen in die Stadt getrieben hatte. Vor ihm trat ein Mädchen in einem leuchtend roten Regenmantel aus einer Tür und griff sich mit der Hand in die dunklen Locken, damit sie nicht im Wind zu flattern begannen. Als sie sich umdrehte, erkannte Fitch sie.

Es war Leesha Middleton, bis vor kurzem Highschoolschülerin. Und Zauberin.

Er zog den Kopf ein und sprang zurück in einen Hauseingang, wobei er mit einer Frau zusammenstieß, die unzählige Pakete trug.

»Du grässlicher junger Rowdy! Weißt du, was diese Weihnachtsbaumkugeln kosten?« Sie schüttelte einen juwelenbesetzten Finger unter seiner Nase.

Er war in einen der ganzjährig geöffneten Weihnachtsläden gestolpert. Automatisch murmelte er eine Entschuldigung und spähte wieder auf die Straße hinaus. Leesha blickte in beide Richtungen, dann wandte sie sich nach Norden und ging auf die Kathedrale zu.

Was tat sie hier? *Jagd auf Jack machen,* war die offensichtliche Antwort. Konnte er irgendwo in der Nähe sein? Fitch ließ die Gardinenpredigt Predigt sein, trat auf die Straße hinaus und folgte Leesha. Irgendwie musste er Jack finden und ihn warnen. Es spielte keine Rolle, ob er den Zug erwischte oder nicht.

Leesha schritt rasch aus und wusste anscheinend genau, wohin sie wollte. Sie kamen an einer kleinen Kirche an der Grenze des Kathedralengeländes vorbei, dann an der Kathedrale selbst, bevor sie nach links auf die Castle Street einbogen. *Ich werde die Burg vielleicht doch noch zu sehen bekommen,* dachte Fitch. Aber Leesha ging um die Befestigungsanlagen herum auf einen Park in der Nähe des Flusses zu. Sie verschwand unter den Bäumen, und Fitch beschleunigte seinen Schritt, wobei er nach dem roten Flecken Ausschau hielt, der ihn leiten sollte.

Es war düster unter den Bäumen. Bei jedem Windstoß regnete Wasser von den Blättern herab. Das Flussufer war fast verlassen; die vernünftigeren Touristen hatten Zuflucht in den Pubs und Cafés im Stadtzentrum gesucht. Wo war sie hingegangen? Er drehte sich einmal um sich selbst und wischte sich den Regen vom Gesicht.

Die einzige Warnung war ein leises Geräusch hinter ihm. Dann legte sich eine heiße Hand auf seine Schulter, und Worte wurden geflüstert, die ihn zu Boden drückten, hinab in die durchweichten Blätter. Er lag mit dem Gesicht in dem nassen Matsch, konnte aber den Kopf nicht drehen, um Mund und Nase freizubekommen. Gerade als er in Panik geriet, weil er zu ersticken glaubte, wälzten ihn die heißen Hände auf den Rücken. Hilflos lag er da und blinzelte, weil ihm der Regen aus dem Blätterbaldachin ins Gesicht tropfte.

Leesha kniete sich neben ihn. Sie drückte ihm das Knie auf die Luftröhre, bis Punkte vor seinen Augen tanzten. Endlich gab sie nach, und er sog hastig den Atem in seine Lungen. Mit einem Seufzer setzte sie sich neben ihn auf den nassen Boden.

»Ich habe dich nie besonders gemocht, *Harmon«,* sagte sie. Sie nahm einen Lippenstift aus ihrer rosafarbenen Handtasche und zog sich die Lippen nach. »Immer hast du Jack gedrängt, er soll mit mir Schluss machen.«

Sie erhob sich wieder auf die Knie und beugte sich über ihn. Dann packte sie die schwere Metallkette um seinen Hals und riss ihn daran halb hoch. Das Metall wurde heiß und brannte sich in sein Fleisch. »Teufel, für wen hältst du dich eigentlich, du mit deinen schmuddeligen Klamotten von der Heilsarmee und deiner Wohnung in dieser Müllkippe auf der Madison, wo ihr haust wie ein Schwarm Küchenschaben? Du bist ein Niemand.« Sie spuckte ihm ins Gesicht, dann ließ sie ihn los. Er fiel zurück wie eine Stoffpuppe.

»Wir werden jetzt zu Jack gehen. Wie findest du das?« Sie strich ihm das nasse Haar aus der Stirn, bemerkte den Ring in seinem rechten Ohr und zog versuchsweise daran. Zog abermals, fester, bis ihm Blut ins Ohr tröpfelte. Er holte tief Luft und schloss die Augen. »Oh *Harmon«,* flüsterte sie. »Du solltest dein Gesicht sehen! Du lässt dir so leicht Angst einjagen.«

Sie stand auf und wischte sich die nassen Blätter vom Rock. »Bleib, wo du bist. Ich werde Will holen.«

Die Anhörung zu den Klageschriften sollte am nächsten Morgen um zehn Uhr in der großen Halle der Burg stattfinden. Nur »interessierte« Parteien durften daran teilnehmen. Das schloss die vielen Tausend Zuschauer nicht ein, die sich draußen versammelt hatten. Gerüchte machten die Runde im Ghyll. Die Buchmacher in den farbenprächtigen, blau-weiß gestreiften Wettzelten entlang des Mittelwegs befanden sich in einer Zwickmühle. Eine gewaltige Menschenmenge hatte sich vor dem Cottage versammelt, als Jack und Hastings sich auf den Weg in die große Halle machten. »Jack! Jack!«, intonierten sie.

Während sie sich durch die Menge drängten, spürte Jack die heiße Hand eines Zauberers, die sich um seinen Arm schloss, und zwar nicht gerade sanft. Er drehte sich um und stand vor einem athletisch gebauten Mann mit völlig glattem schwarzen Haar. Er trug die Livree der Roten Rose und hatte einen dünnen, grausamen Mund. Auf dem Kinn lag der Schatten eines Barts.

»Hallo, Jack. Ich bin Simon Paige, Ellens Trainer. Ich bilde sie seit Jahren aus und wollte dich nur wissen lassen, dass ich es kaum erwarten kann, dich morgen sterben zu sehen.« Er entblößte die Zähne in der Parodie eines Lächelns. »Keine Sorge. Ich habe ihr gesagt, sie soll sich Zeit lassen. Schließlich wollen wir den Leuten etwas bieten für ihr Geld.«

Zornig schüttelte Jack die Hand des Zauberers ab, und Simon Paige drehte sich lachend um und ging.

Die Gilde hatte ein provisorisches Gericht an einem Ende der großen Halle errichtet. D'Orsay und die anderen Richter saßen auf einem erhöhten Podest, und rund um die Plattform standen Reihen von Stühlen.

Hastings hatte nach wie vor seine Hand auf Jacks Schulter liegen und schob ihn so nach vorn in die Halle. »Die meisten dieser Leute sind Mitglieder des Rats der Zauberer, des herrschenden Gremiums der Gilde«, erklärte er. Jack und er wurden zu Stühlen direkt vor dem Podest dirigiert, wo die Richter auf sie herabschauen konnten.

Jack entdeckte Linda am Ende der vorderen Reihe, umgeben von mehreren Nachbarn aus der Jefferson Street. Was machten sie hier? Jack fing Lindas Blick auf, und sie nickte ihm zu und brachte ein Lächeln zustande. Iris und Blaise hoben grüßend die Hand.

Hastings sah Linda stirnrunzelnd an. »Sie hätte einen Bevollmächtigten schicken sollen. Das hier ist kein Ort für eine Betörerin.« Jack fragte sich, was er damit meinte.

Jessamine Longbranch und mehrere Zauberer der Weißen Rose saßen ebenfalls vorn. Die Ärztin lächelte Jack an, als sei er Schokolade.

Geoffrey Wylie kam den Mittelgang heraufgerauscht und gesellte sich zu einer Gruppe roter Zauberer. Bevor er sich setzte, ließ er den Blick über die Menge gleiten. Bei Lindas Anblick zuckte er zusammen. Er hob die Hand an seine vernarbte Wange und zog die Augenbrauen zusammen, als würde er von einer unangenehmen Erinnerung heimgesucht. Nachdem er sich gesetzt hatte, beobachtete er sie weiter und strich sich mit der Zunge über die rissigen Lippen. Jack hielt Ausschau nach Ellen, sah sie jedoch nicht.

D'Orsay rief das Gericht zur Ordnung. »Dies ist eine informelle Anhörung, die einberufen wurde, um die Klageschriften bezüglich der Teilnahme des Kriegers zu besprechen, der in dem für morgen angesetzten Turnier den Silbernen Drachen repräsentiert.« Er breitete mehrere Papiere vor sich aus. »Offenbar sind diese beiden Schriften eng miteinander verwandt. Wir werden

Zeugenaussagen zu beiden aufnehmen und dann zu einem Urteil kommen, das dem Gericht am sinnvollsten erscheint. Zunächst müssen wir entscheiden, ob Jackson Swift wirklich als Krieger einzustufen ist, wenn er auch die üblichen Kriterien zu erfüllen scheint. Ich möchte die Kläger bitten, hierzu Stellung zu nehmen.«

Linda Downey erhob sich. Sie war mit einer lockeren schwarzen Tunika und Hose bekleidet. Ihr Haar erschien ungewöhnlich matt, und ihre Haut wirkte bleich, fast durchscheinend, während die Lippen von einem blutigen Purpurrot waren. Sie bewegte sich mit unbewusster Anmut, wie Licht über einer Bühne.

Ihre Gegenwart verfehlte ihre Wirkung auf die Richter nicht. Sie beugten sich vor, um die Betörerin besser in Augenschein nehmen zu können.

»Danke, Meister D'Orsay. Ich werde mich kurzfassen. Die Details der Angelegenheit sind in meiner eidesstattlichen Aussage zu finden. Ich bin die Tante des betreffenden Spielers, und ich bin auch seine Patentante. Seine Mutter ist meine Schwester und Anaweir. Sein Vater ist ebenfalls Anaweir. Jack wurde als Zauberer geboren, Weirfleisch ohne Stein.« Sie hielt inne, und ein Raunen ging durch die Galerie.

»Ich habe Dr. Longbranch gefragt, ob sie seinen fehlenden Weirstein ersetzen könnte. Sie jedoch hat die Gelegenheit genutzt, um meinem Neffen einen Kriegerstein zu implantieren statt des benötigten Zauberersteins. Offensichtlich hoffte sie, auf diese Weise aus einem Zauberer einen Krieger zu machen.«

Linda deutete auf Jack. »Wenn Sie ihn untersuchen, werden Sie die Operationsnarbe sehen. Es gibt keine Regelungen für erschaffene Krieger. Es war ein abscheuliches und unangemessenes Experiment, das an einem Zauberer durchgeführt wurde. Vor uns steht ein Junge, der nach den Regeln des Waffengangs niemals für ein Turnier hätte nominiert werden dürfen, obwohl leicht einzusehen ist, warum er die Kriterien zu erfüllen schien.«

Jack war überrascht, dass Linda sich in ihrer Rolle anscheinend wohlfühlte, trotz des aus Zauberern bestehenden Publikums. *Vielleicht ist meine Mutter nicht die einzige Anwältin in der Familie.*

»Welchen Beweis haben Sie dafür, dass der Junge ein Zauberer ist?«, fragte D'Orsay. »Und kein Krieger, der ohne Stein geboren wurde?«

»Jacks Weirbuch identifiziert ihn als Zauberer und umfasst auch das übliche Kapitel über Zauber und Beschwörungen. Es ist dasselbe Weirbuch, das Leander Hastings verwendet hat, um ihn auf dem Feld zu präsentieren.«

»Stimmt das?« D'Orsay sah Hastings an. Jacks Weirbuch lag auf dem Tisch vor ihm.

»Es stimmt. Das Weirbuch identifiziert Jack als Zauberer.« Hastings reichte D'Orsay das Buch und sah zu Linda hinüber. Sie mied seinen Blick.

Erneut ging ein Raunen durch die Menge. Wollte Hastings etwa seinen eigenen Spieler disqualifizieren?

Die Richter wirkten nachdenklich. Jack schloss die Augen. Es war ein kühner Schachzug, und er fragte sich, ob er gelingen würde. Er fühlte sich wie jemand mit einer tödlichen Krankheit, dem man die Neuigkeit über eine mögliche Heilung überbracht hatte.

»Hier sind mehrere von Jacks Nachbarn, die ebenfalls aussagen werden, wenn das nötig sein sollte. Sie kennen die Geschichte seines Falles und wissen, was Jack angetan wurde.« Linda trat wieder an der Menge vorbei bis vor die Richter. »Bevor Sie eine Entscheidung treffen, sollten Sie unbedingt die langfristigen Konsequenzen berücksichtigen. Dr. Longbranch hat einen Zauberer in einen Krieger verwandelt. Eine Duldung dieses Vorgangs könnte andere Zauberer in Zukunft gefährden und die Regeln des Waffengangs untergraben. Schließlich waren sie ursprünglich dazu gedacht, einen direkten Kampf zwischen Zauberern zu verhindern.«

D'Orsay wandte sich an Hastings. »Mr. Hastings, Sie sind der Gönner des Jungen. Haben Sie eine Erwiderung darauf?«

Hastings zuckte die Achseln. »Jack trägt einen Kriegerstein, und ich habe ihn als Krieger ausgebildet. Ich werde aber das Urteil der Richter nicht anfechten. Ich habe nicht den Wunsch, einen Zauberer in einem Turnier kämpfen zu lassen, wenn das Urteil in diese Richtung ausfallen sollte.« Er legte Jack seine heiße Hand auf die Schulter, aber es fühlte sich irgendwie beruhigend an.

Er wird mich vor der Sache hier retten, wenn er kann, dachte Jack überrascht. Ganz gleich was das für seine eigenen Pläne bedeutet. Jack sah seine Tante an, die Hastings mit undeutbarer Miene musterte.

D'Orsay wandte sich an Jessamine Longbranch. »Dr. Longbranch?«

Die Ärztin erhob sich. Sie sah die Richter an und wandte Linda den Rücken zu. »Zunächst einmal sollten Sie alle sich darüber im Klaren sein, dass Sie von einer Betörerin verführt und von einem Renegaten getäuscht werden. Die beiden haben sich verschworen, um zu verhindern, dass das Turnier stattfindet. Wir hätten uns alle die Ohren zuhalten sollen, bevor sie zu sprechen begann.« Die Richter lächelten.

»Die Betörerin hat mich ursprünglich hinzugezogen, weil ihr Neffe Weirfleisch war, das ohne einen Stein zur Welt kam und daher im Sterben lag. Sie war verzweifelt. Weil ich Herz-Lungen-Chirurgin bin, glaubte ich, den Jungen retten zu können. Wie der Zufall es wollte, war ein Kriegerstein … äh … verfügbar, als ein Krieger, den ich ausgebildet hatte, einen Unfall erlitt. Ich habe den Kristall mit Ms. Downeys voller Kenntnis und Zustimmung implantiert. Dank des Steins ist er genesen. Ich habe es in der Absicht getan, das Kind großzuziehen, damit es für die Weiße Rose kämpft. Das war von Anfang an unsere Abmachung.«

»Ich habe sie gebeten, ihm einen Zaubererstein zu implantieren«, erwiderte Linda. »Einem Kriegerstein habe ich nie zugestimmt. Ich habe erst anschließend erfahren, was sie getan hatte. Tatsache ist: Er ist immer noch ein Zauberer; er ist immer einer gewesen. Daher gehört er nicht hierher.«

»Ein Urteil zu meinen Gunsten hätte kaum Konsequenzen für Zauberer«, fuhr Dr. Longbranch fort, als habe Linda gar nicht gesprochen. »Es ist nicht so, als hätte ich einen Zaubererstein entfernt und durch einen anderen ersetzt. Der Junge war faktisch *Anaweir,* ein Nichts, und ich habe ihn zu etwas gemacht, indem ich ihm einen Stein implantiert habe. Er sollte dankbar dafür sein.«

Sie wollte fortfahren, warf aber dann einen Blick nach rechts, wo ein gewisser Aufruhr herrschte. »Ich glaube, ich habe eine Zeugin zu präsentieren. Miss Middleton?«

Leesha Middleton trat in den Raum und schob jemanden vor sich her. Zwei Jemande. Will Childers und Harmon Fitch.

Seine Freunde gingen aus eigener Kraft und blickten über ihre Schultern zurück auf Leesha, als seien sie darauf bedacht, einen gewissen Abstand zu ihr zu wahren. Jack fluchte leise. Hastings hatte recht: Niemand war sicher. Die Zauberer der Rosen würden seine Freunde und seine Familie niemals in Ruhe lassen. Nicht, solange er es nicht fertigbrachte, getötet oder disqualifiziert zu werden.

Er war überrascht, dass Leesha nach dem Doppelspiel mit den Händlern immer noch für Longbranch arbeitete. Aber andererseits konnte Longbranch davon nichts wissen, da die Händler dank Hastings tot und verschwunden waren.

Jessamine Longbranch sah Leesha stirnrunzelnd an. »Ich habe dir gesagt, du sollst die Mutter des Jungen herbringen«, zischte sie. »Wer ist das?«

Leesha zuckte die Achseln. »Ich bin nicht an sie herangekommen. Der alte Mann hält sie versteckt.« Jack sah Tante Linda an, und sie formte mit dem Mund das Wort: »Snowbeard.«

»Das sind Will Childers und Harmon Fitch.« Sie versetzte beiden nacheinander einen kleinen Stoß. Will sah aus, als wolle er den Stoß erwidern, besann sich dann aber eines Besseren. »Jacks Freunde von Kindheit an. Das sollte reichen.« Leesha und Longbranch wechselten einen Blick, und Jack richtete sich höher auf und fragte sich, was das sollte.

»Das muss es jetzt wohl auch, oder?«, fauchte Dr. Longbranch. Sie hielt inne, fasste sich und drehte sich zu den Jungen um, die verwirrt vor den Richtern standen. »Welcher von euch beiden ist Will? Ah ja. Fangen wir mit dir an, Will. Wir führen eine Debatte über Jacks Operation, und wir haben gehofft, du könntest uns weiterhelfen.« Longbranchs Stimme war besänftigend. »Was hat Jack dir darüber erzählt?«

Will sah Jack an. »Ich weiß nicht viel darüber. Warum fragen Sie nicht Jack?«, fügte er hinzu und deutete mit dem Kopf auf seinen Freund.

»Wir fragen eben dich«, sagte Dr. Longbranch mit einem gefährlichen Unterton in der Stimme.

Will schluckte hörbar. »Also gut. Als Jack geboren wurde, hatte er ein Herzproblem. Diese Dr. Longbranch – ich schätze, das sind Sie – hat es in Ordnung gebracht. Das ist alles, was ich weiß.« Die Worte überschlugen sich.

»Also habe ich deines Wissens nach sein Leben gerettet?«, fragte Longbranch.

Will nickte.

»Das bestreitet niemand«, warf Linda ein.

»Du kennst Jack sein Leben lang, ist das richtig?«, fuhr Longbranch fort.

Will nickte. »So ziemlich. Solange ich mich erinnern kann.«

»Hast du jemals mitbekommen, dass Jack als kleiner Junge irgendwelche Anzeichen für besondere Kräfte zeigte? Etwas, das du vielleicht Zauberei nennen würdest?«

Will runzelte die Stirn. »Ähm, nein, eigentlich nicht.«

Sie wandte sich an Fitch. »Hast du bei Jackson Swift jemals irgendwelche Anzeichen von Zauberei bemerkt?«

Fitch räusperte sich. »Ich weiß nicht, was Sie mit Zauberei meinen«, erwiderte er und zog wie zum Schutz die Schultern hoch.

»Nein? Dann will ich es dir vorführen.« Longbranch legte Fitch eine Hand auf die Schulter. Er versteifte sich, schrie auf, wollte sich wegdrehen und sank dann auf die Knie. Sein Gesicht wurde grau vor Schmerz und Schock. Mit drei langen Schritten stürzte sich Will auf die Zauberin. Sie streckte die andere Hand aus, die Innenfläche nach außen gedreht, und Will fiel zu Boden wie von einer Axt getroffen.

Jack wollte aufstehen, aber Hastings hielt ihn zurück. »Es wird nicht helfen, glaub mir.«

»Sie misshandelt ihre eigenen Zeugen!«, appellierte Linda an D'Orsay und spreizte frustriert die Hände. Der Meister zuckte die Achseln, als wolle er sagen, dass Longbranch tun könne, was immer ihr beliebte. Sie waren schließlich ihre Zeugen und obendrein nur Anaweir.

»Also, Harmon«, murmelte Dr. Longbranch und ließ ihn endlich los. »Verschwende besser nicht unsere Zeit.«

»Mir ist bis vor Kurzem nie etwas aufgefallen«, keuchte Fitch und wich vor der Hand der Ärztin zurück. »Erst im März, als er Garrett Lobeck über das Fußballfeld katapultiert hat. Und dann war da noch der Kampf auf dem Friedhof, mit ... mit Flammen und allem. Aber das lag vielleicht an dem magischen Schwert«, fügte er lahm hinzu.

»Danke«, sagte die Ärztin. »Wir wissen alle, dass Zauberei sich in sehr jungem Alter manifestiert. Man sollte erwarten, dass der Zauberer Jack gewisse Anzeichen gezeigt hätte, die selbst Anaweir aufgefallen wären.« Sie wies mit der Hand auf Will und Fitch. Will versuchte, sich aufzurichten, und Fitch half ihm dabei. »Auf der anderen Seite zeigen sich die Merkmale des Kriegers nach der Pubertät, und das war der Zeitpunkt, ab dem Jack seine Talente offenbarte.«

»Sie wurden unterdrückt, und das wissen Sie auch«, erklärte Linda gepresst. »Er hat Weirsbann genommen. Seine Kräfte haben sich erst manifestiert, als er es nicht mehr nahm.«

»Die Frau lügt.« Dr. Longbranch spreizte die Finger. »Das Medikament war ein Placebo. Ich habe es verschrieben, damit seine Eltern regelmäßig Kontakt zu mir aufnehmen mussten, um sich Nachschub zu holen. Auch das war Linda Downeys Vorschlag: Ich sollte ihn bei seinen Eltern lassen, statt ihn mitzunehmen, als er ein Baby war. Sie hat versprochen, ihn herzugeben, sobald er alt genug für das Training war.«

Jetzt wandte Longbranch sich zum ersten Mal Linda zu. »Diese Betörerin hat die ihr zugewiesene Rolle niemals begriffen. Sie war von Anfang an grob und unkooperativ. Sie sollte nicht hier oben sein und Zauberern sagen, was sie zu tun haben. Meiner Meinung nach sollte sich jemand aus dem Rat freiwillig melden, sie zu übernehmen. Das Mädchen braucht einen Bürgen, der sie diszipliniert.«

Hastings fluchte leise. Als Jack sich im Raum umschaute, sah er, dass sich mehrere männliche Ratsmitglieder eifrig vorbeugten. Offensichtlich würde es keinen Mangel an Freiwilligen geben, die bereit waren, das Problem Linda Downey zu übernehmen. Geoffrey Wylie erhob sich und öffnete die Hand. Etwas Metallisches kam zum Vorschein, das das Licht einfing, ein klappbares Silberteil, so etwas wie ein Halsband.

»Ich werde die Verantwortung für die Betörerin übernehmen«, sagte er heiser.

Jetzt erhob sich Hastings halb von seinem Stuhl, aber Iris Bolingame stand bereits.

»Sie hat schon einen Bürgen, Meister D'Orsay«, sagte Iris, »ich bin ihre Freundin, und ich stehe für die Betörerin ein.« Sie funkelte die anderen Zauberer an, als fordere sie sie heraus, sich mit ihr anzulegen. Linda stand mit flammenden Wangen da, den Blick gesenkt, und sagte nichts. Jetzt verstand Jack, warum Linda die Nachbarn mitgebracht hatte. Er erinnerte sich an die Regeln des Waffengangs und die Beschreibung der Rolle eines Betörers, die er für archaisch gehalten hatte. Ganz egal wie beredt er war, bei einer Versammlung von Zauberern brauchte ein Betörer einen Gönner.

Wylie zuckte die Achseln, als sei es ihm gleichgültig, und setzte sich wieder. Das Halsband verschwand.

Dr. Longbranch wirkte ein wenig verblüfft über Iris, erholte sich jedoch schnell. »Vielleicht sollten Sie ihr dann Manieren beibringen«, fauchte sie. Sie ging die Vorderseite des Podests entlang und blieb direkt vor Jack stehen.

»Tatsache ist, es ist der Weirstein und nichts anderes, das die Natur eines Erben festlegt. Es spielt keine Rolle, was Jack Swift zu Anfang war. Jetzt ist er ein Krieger und daher qualifiziert, im Turnier zu spielen. Ohne mich wäre er tot. In diesem Sinne habe ich ihn erschaffen, also gehört er mir.« Sie legte ihm eine Hand in den Nacken und zog seinen Kopf dicht an ihren. Sein Fleisch brannte unter ihrer Berührung. »Und du solltest besser gut spielen, mein Bastard, oder deine beiden Freunde werden dafür bezahlen«, hauchte sie so leise, dass nur er es hören konnte. Jack starrte sie entsetzt an, dann schob er ihre Hand weg. Ihre Nägel hinterließen lange Kratzer auf seiner Haut.

Und dann verstand er: Dr. Longbranch wusste bereits, wie der Prozess ausgehen würde, und war zuversichtlich, dass er rechtzeitig zum Spiel wieder unter ihrer Kontrolle sein würde. Deswegen hatte man seine Freunde ins Ghyll gebracht. Sie hatte nicht die Gelegenheit gehabt, den Killerinstinkt in ihm zu wecken, wie sie es in London versprochen hatte, daher wollte sie Will und Fitch benutzen, um ihn zum Spiel zu zwingen. Um ihn zu »motivieren«, wie sie es ausdrückte. Er sah von Jessamine Longbranch zu Claude D'Orsay und wusste, dass es ein abgekartetes Spiel war. Will und Fitch saßen zusammengekauert auf den Stufen, wie um sich gegenseitig zu beschützen. Als ob ihnen das nützen würde. Jack schauderte.

»Ohne mich wäre Jack Swift tot«, verkündete Leander Hastings.

Longbranchs Kopf fuhr hoch. »Leander Hastings ist uns seit Jahren ein Dorn im Auge. Er hat alles in seiner Macht Stehende getan, um das Spiel zu sabotieren. Warum sollte er einen Spieler ins Feld schicken wollen, wenn er keine Hintergedanken hätte?«

Hastings stand auf. »Dr. Longbranch hat Ihnen gesagt, es sei ihre Absicht, Jack ins Spiel zu bringen. Woher wollen wir wissen, was vor siebzehn Jahren beabsichtigt oder vereinbart wurde? Es gab keinen Vertrag. Der Stein wurde unter falschen Voraussetzungen implantiert. Die Weiße Rose hatte seither nur minimalen Kontakt mit Jack. Er wurde ausschließlich von mir trainiert. Vor zwei Wochen hat Dr. Longbranch versucht, ihn mit einer Graffe zu ermorden, und sie hätte fast Erfolg damit gehabt. Meinen Bemühungen ist es zu verdanken, dass er noch lebt. Und nur aus diesem Grund sage ich, der Junge gehört mir.

Ich habe Jack als Gönner zu diesem Spiel mitgebracht. Ich habe seine Genealogie präsentiert und dafür gesorgt, dass er als Spieler anerkannt wurde. Jetzt beantragt Ihre Klägerin, ihn mir wegzunehmen. Bei einem Spiel hatte der Besitz immer Vorrang. Wer wird in Zukunft noch einen Krieger ins Spiel bringen, wenn er weiß, dass er geradeso gut gestohlen werden könnte? Wenn Jack für tauglich erachtet wird, sollte er für mich spielen.« Hastings blieb stehen.

Er muss wissen, dass er hier nicht gewinnen kann, dachte Jack. *Er ist kein Dummkopf.*

D'Orsay beriet sich kurz mit den anderen Richtern, dann wandte er sich dem Gericht zu. »Hier ist mein Urteil«, sagte er. »Im ersten Punkt, ob Jack Swift Krieger oder Zauberer ist, entscheide ich gegen die Klägerin. Es ist der Stein, der festlegt, was er ist, und nichts anderes.«

Jack stieß den Atem aus und sah zu Tante Linda hinüber. Sie hatte die Augen geschlossen und das Kinn wie zum Gebet auf ihre gefalteten Hände gestützt. Die Hoffnung auf eine Gnadenfrist war vorüber.

Hastings stand immer noch, und bevor D'Orsay fortfahren konnte, sagte er leise: »Wenn Jack unter meiner Obhut bleibt, bin ich bereit, den Handel zu versüßen.«

D'Orsay und die anderen Richter blickten interessiert auf. Longbranch wirkte argwöhnisch. Hastings stand gelassen da und griff sich mit einer Hand an den anderen Unterarm. »Wenn Jack gewinnt, erwarte ich die übliche Belohnung. Ich werde der Hüter des Pokals und Ratsherr sein. Wenn Jack verliert, werde ich mich jedweder *Gerechtigkeit* unterwerfen, die der Rat hinsichtlich vergangener Verbrechen für angemessen hält. Nach dem Spiel und außerhalb der Regeln.«

Es herrschte schockiertes Schweigen. Wieder versuchte Jack aufzustehen, aber jetzt lag Hastings' Hand auf seiner Schulter und hielt ihn auf seinen Sitz gedrückt.

»Was bringt Sie auf die Idee, dass Sie ihm trauen können?«, fragte Jessamine Longbranch mit schriller Stimme.

»Was hat Vertrauen damit zu tun?« Hastings lächelte. »Sie können tun, was immer Sie wollen. Ich bin hier, im Ghyll, in der Minderzahl. Sie haben jede Menge Zeugen für unsere Übereinkunft. Wenn Sie wollen, dass ich etwas unterschreibe ...« Er zuckte die Achseln.

D'Orsay musterte Hastings nachdenklich und nagte auf seiner Unterlippe herum. Dann betrachtete er Jack und schätzte offensichtlich seine Chancen gegen die Spielerin der Roten Rose ab. Er wandte sich an die anderen Richter, und es folgte eine kurze Besprechung. Als er sich wieder zu den Klägern umdrehte, lächelte er.

»Was die Eigentumsfrage betrifft, wird es keine Änderungen geben. Es scheint, als hätte der Silberne Drache mehr in diesen Jungen investiert als die Weiße Rose, trotz ihrer anfänglichen Beteiligung. Und wir akzeptieren Mr. Hastings' Vorschlag. Wir werden die entsprechenden Dokumente für seine Unterschrift vorbereiten.«

Er rieb sich die Hände, einmal, zweimal, wie ein Mann, der sich auf ein Festmahl freute. Dann nickte er der Versammlung zu. »Sie dürfen gehen.«

Und so hatten die Richter es geschafft, ein Urteil zu sprechen, das niemanden glücklich machte. Die Menge zerstreute sich schnell, bis auf Jacks kleine Gruppe von Anhängern. Dr. Longbranch ließ Will und Fitch allein und unbeachtet auf den Stufen sitzen.

Sobald Hastings ihn losließ, drehte Jack sich wütend zu ihm um. »Warum haben Sie das getan? Meinen Sie nicht, dass ich schon genug unter Druck stehe? Wenn ich jetzt verliere, liegt eine Schlinge um Ihren Hals.«

»Höchstwahrscheinlich keine Schlinge, Jack«, erwiderte Hastings. »Ich bin sicher, ihnen wird etwas … Kreativeres einfallen.« Beim Anblick von Jacks erschüttertem Ausdruck wurde er ernst. »Hör mal, wolltest du etwa morgen für die Weiße Rose spielen? Ich musste ihnen schon einen Grund geben, sich für mich zu entscheiden. Claude D'Orsay hätte dich andernfalls niemals unter meiner Obhut gelassen. Erwarte nie Fair Play von Zauberern.«

Und plötzlich stand Linda Downey vor ihnen, das Kinn hochgereckt. »Verdammt sollst du sein, Leander.« Sie war bleich, und ihre blauen Augen brannten.

Hastings sah sie verblüfft an. »Was habe ich denn getan?« Er wirkte aufrichtig verwirrt.

»Es ist dir wirklich egal, nicht wahr? Du bist genauso verwegen wie früher. Du bist fest entschlossen zu sterben. Verdammt sollst du sein!«, wiederholte sie leidenschaftlich.

Hastings warf Jack einen Blick zu, dann wieder ihr. »Und du bist kein Risiko eingegangen, als du hierhergekommen bist?« Er schüttelte den Kopf und lächelte schwach. »Mach nicht so ein Gesicht. Jack wird meinen, du hast kein Vertrauen in ihn.«

»Ich glaube an Jack. *Du* bist derjenige, an dem ich zweifle, Leander.« Sie wandte sich wieder Jack zu. »Wir werden dir helfen, Jack«, versprach sie und deutete mit dem Kopf auf die Nachbarn. »Wir werden uns etwas einfallen lassen.«

Will und Fitch saßen immer noch auf den Stufen und hatten Angst, sich zu rühren, wie Gemeindemitglieder in einer unversöhnlichen Kirche. »Hallo, Will. Hallo, Fitch«, sagte Jack und ging zu ihnen hinüber. »Ich kann nicht gerade behaupten, dass ich froh bin, euch zu sehen. Geht es euch gut?«

Wills Augenhöhle färbte sich purpurfarben, nachdem er mit dem Gesicht auf den Steinboden geschlagen war, aber ansonsten schien ihm nichts zu fehlen.

»Hallo, Jack«, erwiderte Fitch zerknirscht. »Es tut mir leid, dass ich bei der Beantwortung dieser Fragen meine Sache nicht besser gemacht habe. Aber als sie … es war, als könnte ich nicht anders.«

»Es war, als würde ich unter Drogen stehen oder so etwas«, fügte Will hinzu.

»Ihr habt eure Sache gut gemacht.« Jack hob die Hände, um ihren Entschuldigungen Einhalt zu gebieten. »Wenn jemanden Schuld an der ganzen Sache trifft, dann bin ich das. Wie seid ihr überhaupt hierhergekommen?«

»Es war Leesha«, antwortete Will und öffnete und schloss die Hände, als wollte er sie erwürgen. »Sie hat uns in Carlisle eine Falle gestellt, und wir sind direkt hineingelaufen.«

»Gott, das tut mir leid«, begann Jack.

Fitch zuckte ungeduldig die Achseln. »Genau. Sagen wir doch einfach alle, es tut uns leid, hier zu sein. Wie geht es jetzt weiter?«

Jack wusste nicht, was er mit seinen Freunden machen sollte, jetzt, da sie hier waren. Das Ghyll war kein sicherer Ort für Anaweir.

»Warum kommt ihr nicht mit uns ins Cottage, bis wir entschieden haben, was wir tun?«, schlug Hastings vor. »Ich halte es für das Beste, wenn wir euch aus dem Verkehr ziehen.«

Wie sich herausstellte, war doch jemand glücklich über das Urteil. Die Nachricht war zu der Menge draußen durchgedrungen, und als Jack erschien, erhob sich ein gewaltiger Jubel. Erneut standen lange Schlangen vor den Wettzelten. Die Zuschauer warfen winzige goldene und silberne Bälle in die Höhe, die zu Blumen und Minifeuerwerken explodierten, das auf ihre Köpfe herabregnete. Jack hatte sie an mehreren der Stände, die das Ghyll säumten, zum Verkauf stehen sehen. Trotz Hastings' Bemühungen drängten sich Frauen vor, die Jack umarmen wollten und ihm Gunstbeweise in die Hand drückten. Die Menge, die versuchte, an Jack heranzukommen, drängte Will und Fitch bald in diese, bald in jene Richtung. Jack war froh, als sie das Refugium des Cottages erreichten und er sich die Blütenblätter aus dem Haar schütteln konnte.

»Sie tun so, als wärst du ein Rockstar oder so etwas«, sagte Fitch voller Staunen.

»Eher ein Gladiator, schätze ich.« Jack zuckte die Achseln; er war in Gedanken immer noch mit den Ereignissen im Gerichtssaal beschäftigt.

Während Hastings sich um ein Mittagessen kümmerte, brachte Jack seine Freunde auf den neuesten Stand und erzählte ihnen alles, was inzwischen geschehen war. Das Einzige, was Will nur schwer akzeptieren konnte, waren die Neuigkeiten über Ellen Stephenson.

»Das kann nicht wahr sein«, murmelte er kopfschüttelnd. »Sie würde so etwas nicht tun. Sie ist unsere Freundin. Außerdem hat sie immer nur über dich geredet. Na ja, über dich und Fußball«, räumte er ein.

»Das war, bevor sie wusste, wer ich bin. Oder vielmehr, *was* ich bin.« Jack breitete ein Fensterleder auf dem Tisch aus und legte seine Waffen, Öl und Schleifwerkzeuge darauf. Alles bis auf Schattentöter, der niemals seine Schärfe verlor.

»Nun, sie hatte hundert Gelegenheiten, dich in Trinity zu töten.« Will ließ nicht locker. »Warum hat sie es nicht getan?«

Jack schüttelte den Kopf. »Ich habe keine Ahnung.« Methodisch prüfte er die Schneiden, behandelte sie mit dem Polierstein und trug eine dünne Ölschicht auf.

»Ist sie gut?« Will sah ihm über die Schulter.

»Woher soll ich das wissen? Ich habe sie niemals auch nur ein Videospiel spielen sehen.« Er holte tief Luft und stieß sie wieder aus. »Wie ich höre, trainiert sie seit Jahren.«

»Vielleicht ist es Magie«, meinte Fitch. »Vielleicht sieht sie nur so aus wie Ellen Stephenson. Vielleicht sind sie dahintergekommen, dass es schwer für dich wäre …« Er beendete den Satz nicht.

Jack gefiel diese Idee. »Ich schätze, alles ist möglich«, sagte er langsam.

»Ich kann nicht glauben, dass Mr. Hastings dich zwingt, das zu tun«, sagte Will zornig. »Ich meine, in diesem Turnier zu kämpfen.«

»Na ja«, sagte Jack, »wir haben keine große Wahl.« Er dachte daran, was Jessamine Longbranch über Will und Fitch gesagt hatte. Zumindest hatte Hastings sie vor der ihnen zugedachten Rolle als Geiseln gerettet. Ein kleiner Segen. Das war es, worauf er sich konzentrieren musste. »Sie hätten mich früher oder später geschnappt. Zumindest tun wir es jetzt zu unseren Bedingungen.«

Will war nicht beeindruckt. »Genau. Unsere Bedingungen. Und am Ende ist einer von euch beiden tot, du oder Ellen. Warum können wir vier nicht einfach von hier verschwinden?« Er deutete auf Schattentöter. »Wir werden wie die vier Musketiere sein. Mit zwei Schwertern.«

Jack wusste nicht, was er sagen sollte. Allmählich begriff er, wie schrecklich entbehrlich sie waren, Krieger und Anaweir gleichermaßen. Will und Fitch brauchten nur einem Zauberer irgendwie in die Quere zu kommen, und sie wären Vergangenheit.

Hastings kehrte mit zwei Brathähnchen, Brot, Salat, Apfelsaft und Wasser zurück.

»Ich habe versucht, eine Eskorte für euch beide zu finden«, bemerkte Hastings nach einer Weile, als er Will ein weiteres Hähnchenviertel reichte. »Aber Linda und die Nachbarn werden vor dem Turnier nicht aufbrechen. Sie hoffen, dass sie es noch verhindern können«, fügte er hinzu. »Ihr werdet Hilfe brauchen, um durch den Zaubernebel zu gelangen, und einen Führer, um nach Keswick zurückzukommen.«

»Ohne Jack gehe ich nirgendwohin«, stellte Will halsstarrig fest. »Vergessen Sie es.«

»Ich auch nicht.« Fitch löste geschickt das Hähnchenfleisch vom Knochen.

Hastings seufzte. »Hier seid ihr beide in Gefahr.«

»Und Jack ist nicht in Gefahr?«, fragte Will gemeinerweise. Er leckte sich die Finger ab und nahm einen Schluck Wasser.

»Ich will keinen von euch beiden morgen beim Turnier sehen«, sagte Jack plötzlich. »Versprecht mir, dass ihr nicht kommen werdet.«

»Ich verspreche gar nichts«, sagte Will. Er blickte zu Hastings auf. »Nur werden meine Eltern in der Zwischenzeit wahrscheinlich vor Angst den Verstand verlieren.«

»Schon gut.« Hastings hob die Hand. »Ihr müsst ohnehin bleiben, bis ich euch hier gefahrlos rausbringen kann. Ich schicke eine Nachricht an eure Eltern. Irgendwas wird mir schon einfallen.«

Jack und Hastings verbrachten den größten Teil des restlichen Tages damit, das Feld zu begutachten und Strategien zu besprechen. Er hatte ein starkes Gefühl von Déjà-vu, während er zwischen den Galerien auf und ab ging und Brooks' Erinnerungen an die Gemetzel noch einmal durchlebte. Ellen und ihr Trainer schritten auf der anderen Seite das Feld ab. Es hätte geradeso gut ein Ozean zwischen ihnen liegen können.

An diesem Abend wurde in der Halle der Burg ein Bankett für Spieler, Gönner und geladene Gäste abgehalten. Das Podest hatte man entfernt und einen Tisch in einer großen Hufeisenform aufgestellt, der über die halbe Länge der Halle reichte. Die Weiße Rose war gut repräsentiert, trotz der Tatsache, dass sie keinen Spieler ins Feld schickte. Jessamine Longbranch war schließlich immer noch die Ratsherrin, zumindest bis nach dem Turnier. Leesha Middleton war prachtvoll ganz in Schwarz gewandet, was ihrem spinnenhaften Charakter entsprach, und hatte sich weiße Rosen ins Haar geflochten.

Die Delegation des Silbernen Drachen nahm nur wenig Raum an einer Seite des Tisches in Anspruch. Neben Jack und Hastings waren Linda, Iris, Mercedes und Blaise anwesend. Will und Fitch kamen ebenfalls, da sie in Gesellschaft sicherer waren. Es bestand immer die Chance, dass Ellens Betreuer auf die Idee kämen, eigene Geiseln zu nehmen. Außerdem war Hastings der Meinung, dass sie ruhig so viel wie möglich von dem Spektakel sehen sollten.

Einschüchterung schien das Motto dieses Abends zu sein. Jack trug eine neue Tunika in den Farben des Silbernen Drachen. Sie war noch prachtvoller als diejenige, die er früher am Tag angehabt hatte. Schattentöter hatte er um seine Taille gegürtet. Er stellte bald schon fest, dass es höchst unbequem war, mit einem Schwert an einem Tisch zu sitzen. Hastings trug Schwarz und Silber. Obwohl er behauptete, noch nie einen Spieler ins Feld geschickt zu haben, fühlte er sich inmitten des Prunkes, der mit dem Spiel einherging, offenbar wie zu Hause.

D'Orsay, Longbranch und andere Leute von Rang und Namen saßen an dem Tisch, der die beiden Arme des Hufeisens miteinander verband. Repräsentanten der Roten Rose besetzten fast die ganze andere Seite. Ellen trat zwischen Geoffrey Wylie und Simon Paige ein. Sie trug eine zeremonielle weiße Kampftunika mit Zweigen roter Rosen und eine Stola aus Goldketten um die Schultern. Ein kurzer Dolch steckte in einer Scheide an ihrer Taille. Viel praktischer zum Essen als sein Schwert. Ihr Haar war zu einem dicken Zopf geflochten und zu einer kunstvollen Frisur aufgesteckt worden. Sie sah schön aus. Und gefährlich.

Sie platzierten Ellen so weit wie möglich von Jack entfernt, allerdings immer noch am selben Tisch. Er nahm an, dass dadurch jedwedes vorzeitige Scharmützel vermieden werden sollte. Zwar hatte er sowieso nicht vor, etwas in dieser Richtung anzufangen, aber er wünschte sich verzweifelt, mit ihr zu reden. In Gedanken sandte er ihr immer wieder Botschaften dieses Inhalts, aber sie war sehr vorsichtig und mied seinen Blick völlig.

Die Speisen waren kunstvoll und wunderschön arrangiert und umfassten fünfunddreißig Gänge, die Jack größtenteils unbekannt waren. Dazu gab es kräftige Weine und starke Schnäpse. Einige davon probierte er, aber ihm schwirrte schnell der Kopf. Mehrmals musste Hastings Will oder Fitch daran hindern, etwas besonders Exotisches zu kosten. »Das würde euch höchstwahrscheinlich umbringen«, erklärte er. Danach wurden sie erheblich weniger abenteuerlustig.

Nach dem Essen schwebten Tausende von Seifenblasen durch die Halle. Sie zerplatzten und setzten winzige Vögel, Schmetterlinge oder Schauer von Edelsteinen frei. Für die meisten Teilnehmer war diese Form der Unterhaltung offenbar etwas Alltägliches.

Geoffrey Wylie wurde aufgefordert, einen Toast auf den Gönner des Turniers auszubringen, sozusagen. Er begann mit einer langen und blutrünstigen Geschichte der Roten Rose und endete mit einem Ausblick auf das, was Jack seiner Ansicht nach am nächsten Tag auf dem Platz widerfahren würde.

»Tausende von Kriegern wurden geopfert, um diesen Grund und Boden zu heiligen. Morgen werden wir diese Tradition fortsetzen. Die Kriegerin der Roten Rose wird dem Silbernen Drachen das immer noch schlagende Herz herausreißen und das Ghyll mit seinem Blut tränken.«

Will hielt sich die Ohren zu, was einige der Zauberer anscheinend amüsant fanden. Fitch saß bleich und stumm da und faltete seine Serviette ein ums andere Mal. Ellen starrte geradeaus, das Kinn erhoben, und sie sah aus, als sei sie zu fast allem fähig. Jack saß teilnahmslos da. Er arbeitete daran, den nächsten Tag im Geiste einfach zu überspringen und sanft in dem Nichts dahinter zu landen. Als der Trinkspruch zu Ende war, brandete enthusiastischer Beifall und Jubelgeschrei seitens der Teilnehmer der Roten Rose auf; nur Ellen reagierte nicht. Ein Fall von schlechten Manieren, vermutete Jack.

Anschließend erhob sich Hastings und brachte seinen eigenen Trinkspruch aus, der erheblich kürzer ausfiel. »Ich würde gern im Gedenken an all jene trinken, die im Laufe der Jahrhunderte ihr Leben gegeben haben, um diese blutrünstige Tradition zu ermöglichen.«

Daraufhin hoben die Repräsentanten des Silbernen Drachen ihre Kelche, aber viele der Gäste sagten später, dass der Trinkspruch außerordentlich geschmacklos gewesen sei.

Nach dem Abendessen versuchte Jack, in Ellens Nähe zu gelangen, aber ihre Betreuer schafften sie schnell weg. Er konnte noch sehen, dass sie in den Westflügel gingen, und nicht zur Vordertür hinaus. Daher wusste er, dass sie in der Burg selbst wohnte.

Hastings blieb anschließend zu einer Besprechung der Pläne für das Spiel am nächsten Tag mit Linda und Iris. Jack und seine Freunde kehrten in ihr Cottage zurück, wobei sie wiederum ein Spießrutenlaufen durch die Fans zu ertragen hatten. Einige streckten die Hände aus, um ihn zu berühren, andere baten um Autogramme. Als sie wieder im Haus waren, ließ Will sich unglücklich auf Jacks Bett fallen. »Erst habe ich dieses große Abendessen zu mir genommen, und dann wollte ich während des Trinkspruchs alles wieder auskotzen«, stellte er fest.

»Ellen sah wirklich anders aus«, bemerkte Fitch. »Irgendwie kalt und grimmig und fremd.« Er musterte Jack. »Was wirst du morgen tun? Hast du einen Plan?«

»Mach dir deswegen keine Sorgen«, antwortete Jack knapp. »Es hat ohnehin keinen Sinn.« Er legte Schwert und Tunika ab und schlüpfte in ein Sweatshirt. Die *Dyrne sefa* lag immer noch auf dem Schrank, wo er sie nach der Dusche am ersten Tag liegen gelassen hatte. War es nur ein Tag her, dass er im Ghyll eingetroffen war? Er hängte sich den Stein um den Hals, fand Blaises Spiegel in seiner Reisetasche und steckte ihn in den Taillenbund. Dann entriegelte er das Fenster.

»Was hast du vor?«, wollte Will wissen.

»Ich gehe für eine Weile nach draußen. Versucht mal, vor Hastings zu verheimlichen, dass ich weg bin.« Jack zog sich auf das steinerne Sims hoch, schwang die Beine hinüber und ließ sich draußen auf den Boden fallen. Er beugte sich noch einmal durchs Fenster herein. »Schließt jetzt besser ab. Ich werde klopfen, wenn ich hereinkommen will. Schlaft nicht zu tief, damit ihr mich noch hört.«

Will griff durch das offene Fenster und packte Jack am Sweatshirt. »Du willst durch diesen Mob gehen? Du wirst mit einem Messer im Rücken enden.«

»Zuerst müssen sie mich finden.« Jack sprach den Unsichtbarkeitszauber, den er sich eingeprägt hatte, als Hastings ihn benutzt hatte. Will ließ schnell los und fluchte, als Jack verschwand.

Er war der Champion des Silbernen Drachen, das Tagesgespräch von Ghyll, derjenige, dessen Name auf aller Lippen und Turniergewandung war. Gäste strömten aus den Kneipenzelten, tanzten in den Pavillons unter den Bäumen, legten ihre Münzen in den Wettbüros hin. Die privaten Partys begannen. Aber niemand bemerkte etwas, während er sich seinen Weg durch die Schatten zwischen dem Cottage und der Festung suchte.

Das junge Dienstmädchen, das rauchend vor der Küchentür stand, sah ihn nicht in die Burg schlüpfen. Er durchschritt rasch die Flure im Dienstbotenteil, arbeitete sich zum Westflügel vor und bog jedes Mal nach links ab, wenn er die Gelegenheit dazu hatte. Zuerst nahm er die Essensgerüche vom Festmahl wahr, dann verflüchtigten sie sich, und er ging durch die Wäscherei und die Lagerräume, wobei er einer Anzahl von

Dienstboten begegnete, größtenteils Anaweir. Schließlich hatte er etwas erreicht, das aussah wie die Quartiere der Familie. Jetzt traf er in den Fluren auf Zauberer. Er sagte nichts, und sie schienen zum Glück seine Anwesenheit nicht zu bemerken.

Er hatte keinen besonderen Plan, um herauszufinden, wo Ellen untergebracht war, und er begriff langsam, wie schwierig es werden würde, sie in dem Kaninchenbau der Gänge zu finden. Vor allem wenn sie bereits auf ihrem Zimmer war. Dann hörte er eine vertraute Stimme hinter einer Ecke. Instinktiv drückte er sich gegen den kalten Stein der Wand im Rücken. Paige und Wylie kamen in Sicht. Anscheinend trennten sie sich gerade, denn sie hielten an der Wegkreuzung einen Schritt entfernt für einen Moment inne. Er bemühte sich, seine Atmung zu kontrollieren, wohl wissend, dass er tot war, sobald diese beiden Zauberer ihn in einem verlassenen Flur entdeckten.

Wylie reichte Paige ein Buch. Es waren die Regeln des Waffengangs. »Sieh zu, dass sie es sich noch einmal ansieht«, sagte der Zauberer. »Es soll morgen keine Fehltritte geben.«

»Sie hat es auswendig gelernt«, erwiderte Paige. »Es ist ihr so geläufig wie das Atmen. Es wird kein Problem geben«, ergänzte er voller Zuversicht.

»Hoffen wir, dass du recht behältst«, sagte Wylie mit dem Anflug eines Lächelns. »Jetzt sieh zu, dass du etwas Schlaf bekommst. Ich habe noch einige Treffen heute Nacht.«

Wylie schritt weiter den Flur entlang, und Paige ging so nah an Jack vorbei, dass er ihn hätte berühren können. Jack folgte ihm in sicherem Abstand. Paige bog noch einige Male ab, dann befanden sie sich in einem kurzen Flur mit zwei Türen am Ende. Er klopfte laut an eine davon. Nach einem langen Moment öffnete Ellen. Sie hatte ein kurzes seidenes Nachthemd an und trug das Haar offen. Jack trat so nahe heran, wie er es wagte. Sie hatte die Tür nur einen Spaltbreit geöffnet, aber Jack hatte Glück, denn Paige stieß sie vollständig auf und trat rücksichtslos ins Zimmer. Jack gelang es, hinter ihm hineinzuschlüpfen.

»Fühlst du dich gut?« Paige schaute sich im Raum um. »Du hast beim Bankett nicht viel gegessen. Wir wollen so kurz vor dem Ereignis keine Risiken eingehen.«

»Mir geht es bestens«, entgegnete Ellen und streckte die Hand nach dem Buch aus. »Dieses ganze fette Essen sollte einfach nur mein Training nicht zunichtemachen.«

Paige reichte ihr das Buch. »Bist du dir über die Strategie im Klaren?«

»Ja«, antwortete Ellen, ohne dem Zauberer in die Augen zu schauen. Ihr war offensichtlich unbehaglich zumute, und sie konnte es kaum erwarten, dass er wieder ging. Sie gab sich alle Mühe, das zu verbergen.

Paige ließ nicht locker. »Der Junge ist stärker, also musst du aufpassen. Außerdem verfügt er über eine größere Reichweite. Lass ihn niemals zu nahe herankommen. Wenn du seinen Rumpf nicht erreichen kannst, nimm dir seinen Schwertarm vor. Das wird er nicht erwarten. Er ist noch unerfahren. Ziele nicht sofort auf die Kehle, sondern leg es auf eine Bauchwunde an. Sobald du ihn kampfunfähig gemacht hast, soll er ausbluten.«

»Er soll ausbluten«, wiederholte Ellen pflichtschuldigst.

»Du weißt schon, lass dir Zeit. Schneide ihn langsam in Stücke. Das wird der Menge gefallen. Nur, wie gesagt, geh keine Risiken ein. Schneid ihm das Herz heraus, um ihm den Garaus zu machen.«

Jack stellte fest, dass er Simon Paige mit jedem Mal, wenn er den Mund öffnete, weniger mochte.

»Ist das alles?« Ellen schaute zu Boden.

Der Trainer streckte die Hand aus, ergriff Ellens Kinn und hob es an, so dass sie ihn ansah. »Du wirst mich nicht enttäuschen.« Das war keine Frage.

»Nein«, flüsterte sie, so bleich wie Asche, die grauen Augen umwölkt von der Erinnerung an einen Schmerz.

»Ich werde nebenan sein.« Der Zauberer ging rückwärts aus dem Zimmer, und Ellen schloss die Tür hinter ihm. Sie schob den Riegel vor und lehnte sich mit dem Gesicht an das schwere Holz der Tür. Der Dolch, den sie beim Abendessen getragen hatte, lag auf einem Tisch neben dem Bett. Ihr Schwert lehnte an der Wand. Jack setzte sich vorsichtig auf einen Stuhl beim Tisch, zwischen Ellen und ihre Waffen. Zuerst löste er den Unsichtbarkeitszauber auf. Dann sprach er einen Zauberspruch, der die Tür versperrte.

Bei seinen ersten Worten fuhr Ellen herum und griff nach einer Waffe, die nicht da war. »Jack!«, flüsterte sie. »Wie bist du …?« Sie drehte sich um, zog den Riegel zurück und riss an der Tür, aber sie ließ sich nicht bewegen.

»Du wirst sie nicht öffnen können«, sagte Jack. »Zieh Paige da nicht mit rein. Ich will mit dir reden.«

Ellen drückte sich flach gegen die Tür und ließ noch

immer den Blick durchs Zimmer wandern. »Suchst du danach?« Jack hielt den Dolch an der Spitze hoch, dann legte er ihn wieder auf den Tisch. »Bitte, setz dich für eine Minute. Ich werde nicht lange brauchen.«

Schließlich ließ Ellen sich in einem Sessel auf der anderen Seite des Raums nieder. Sie hockte sich auf die Kante, die Hände auf den Sitz gestemmt, als erwarte sie, dass Jack sie jeden Moment anspringen würde. »Was machst du hier?«, fragte sie scharf. »Wie bist du hereingekommen?«

»Ich muss dir einige Fragen stellen«, erwiderte Jack.

Ellen gewann etwas von ihrem Selbstbewusstsein zurück. Sie sah ihn vorsichtig an. »Du bist entweder verrückt oder dumm. Paige ist direkt nebenan.«

»Ruf ihn, wenn du willst.« Jack lehnte sich mit geheucheltem Gleichmut auf seinem Stuhl zurück. Er hatte wirklich keine Ahnung, was Ellen tun würde, aber er hatte ihren Wortwechsel mit ihrem Trainer verfolgt und beschlossen, das Risiko einzugehen.

Nach einem Moment fragte sie: »Was willst du von mir wissen?«

»Warum bist du nach Trinity gekommen?«, fragte Jack unumwunden.

Sie sah ihn kurz an, dann verdrehte sie die Augen, als sei er ein Idiot. »Ich bin gekommen, um dich zu töten, Jack.« Ihre Hände verkrampften sich. »Oder vielmehr, um dich zu fangen. Nur wusste ich damals nicht, dass du es warst. Wylie fand heraus, dass die Weiße Rose einen jungen Krieger in Trinity versteckt hatte. Also bin ich auf die Highschool gegangen, um dich aufzuspüren.«

Sie hielt inne. »Am Tag des Auswahlspiels war ein

gewaltiges Aufflammen von Macht zu spüren. Paige und Wylie haben versucht, deine Spur zu verfolgen, aber vermutlich war das Training bereits vorüber. Wir wussten also mit Bestimmtheit, dass es jemand aus der Mannschaft sein musste. Aber anschließend folgte nichts mehr, nicht mal eine Andeutung.«

»Ich ... äh ... habe Wylie in Coal Grove getroffen«, gab Jack zu. »Er hat versucht, mir mein Schwert wegzunehmen.«

»Das warst du?« Ellen musterte ihn nachdenklich. »Paige hat mir davon erzählt. Wylie hatte die Geschichte der Sieben gelesen. Er hoffte, eine der Klingen für mich zu finden. Wylie war sich sicher, dass du ein Anaweir bist, da er keinen Stein wahrnehmen konnte. Er hat das ganze Feuerwerk dem Schwert zugeschrieben. Bist du derjenige, der ihm das angetan hat? Ich meine, der sein Gesicht verbrannt hat?«

Jack schüttelte den Kopf. »Es war schon verbrannt, als ich ihn das erste Mal gesehen habe. Sah frisch aus.«

Ellen betrachtete ihn, als wisse sie nicht genau, ob sie ihm glauben solle. »Danach hat Wylie die Stadt verlassen. Paige sagte, er sei auf der Jagd nach einer Betörerin, einer Agentin der Weißen Rose, die die Klinge gestohlen habe. Das war vermutlich deine Tante. Wylie hat dich nie mit Trinity in Verbindung gebracht. Dann traf Hastings ein, und Paige zog sich in sein Versteck zurück. Ich war für die Feldforschung zuständig. Für die Aufklärung. Und die ganze Zeit über hatten wir dich und das Schwert direkt vor unserer Nase. Irgendwie komisch, wenn man es sich recht überlegt.« Aber sie lächelte nicht.

»Ich habe dich auch nicht entdeckt«, bemerkte Jack.

»Nach all den Jahren kann ich meine Macht gut unter Kontrolle halten. Wie sonst, glaubst du, bin ich am Leben geblieben? Ich schätze, man hält den Feind nie für so klug wie sich selbst«, fügte sie hinzu.

Sie ließ die Hände in den Schoß sinken. »Schließlich habe ich mir selbst eingeredet, dass du es nicht bist. Vielleicht wollte ich nicht glauben, dass du es warst. Und ich habe wirklich angefangen, diese ganze Kleinstadtszene zu mögen, das Fußballteam und alles. Ich habe nie an einem Ort wie Trinity gelebt. Teufel, ich glaube, ich habe überhaupt noch nie neun Monate an einem Ort gelebt.«

»Also hast du über Hastings Bescheid gewusst?« Jack ließ nicht locker.

Ellen nickte. »Wir nahmen an, dass er versuchen sollte, dich als Erster zu erwischen. Wir dachten, dass er sich deshalb auf das Fußballteam konzentrierte, aber er hat mit einer ganzen Reihe von Spielern gearbeitet, und dann war da noch die Chaucer-Gesellschaft. Das hat uns von der Fährte abgebracht, weil du mit der Gesellschaft nichts zu tun hattest.« Sie zuckte die Achseln. »Ich war überzeugt davon, dass es Will ist. Er ist gut gebaut, weißt du, und es hat eine Weile gedauert, bis du … bis du …« Offenbar verlor sie den Faden. Sie betrachtete Jacks Brust und Schultern.

»Hast du deswegen so viel Zeit mit Will verbracht?«

»Anfangs ja. Aber schließlich habe ich begriffen, dass er Anaweir war, und er wurde ein Freund. Fitch ebenfalls.« Sie schaute zu Jack auf. »Ich war überrascht, sie bei dem Bankett zu sehen.«

»Sie sind als Geiseln hergebracht worden, um dafür zu sorgen, dass ich meine Pflicht erfülle.«

Ellen runzelte die Stirn. »Hastings?«

Jack schüttelte den Kopf. »Longbranch. Sie ist sauer, weil ich für Hastings kämpfe.« Das Gespräch erstarb für einen Moment. »Woher kommst du?«, fragte Jack.

Ellen zuckte die Achseln. »Ich weiß es nicht.« Sie stand auf und begann, auf und ab zu gehen. »Sie haben es mir nie erzählt. Ich muss als Baby entführt worden sein. Seit ich denken kann, war Paige mein Trainer.« Sie schauderte und schlang die Arme um sich.

Jack dachte daran, was Hastings gesagt hatte. *Du weißt, was sie Kriegern antun, um sie für das Spiel bereit zu machen.* Sie hatte offensichtlich Todesangst vor Simon Paige. Er wollte etwas tun, wollte die Arme um sie legen oder zumindest ihre Hände ergreifen, wollte ihr sagen, wie leid es ihm täte, aber er saß nur töricht da und wusste, dass sie auf eine solche Geste vielleicht nicht gut reagieren würde.

»Die ganze Zeit über, während du in Trinity in deinem wunderbaren alten Haus bei deiner wunderbaren schrulligen Mutter gut aufgehoben warst, war ich auf der Flucht. Ich habe die Welt gesehen. Ich spreche sieben Sprachen. Ich gehöre nirgendwohin, und ich habe niemanden. Ich breche immer mitten in der Nacht auf. Kein Lebewohl für mich, während du dein Leben lang dieselben Freunde um dich hattest.«

»Es ist nicht meine Schuld«, flüsterte Jack. Er begriff endlich, was Tante Lindas Eingreifen bedeutet hatte. Sie hatte ihn vor diesem Leben bewahrt, so dass er in Trinity bleiben und bei Becka aufwachsen konnte. Es hätte auch ganz anders kommen können. Er dachte an Jessamine Longbranch und schauderte.

Ellen ging immer noch wütend auf und ab. »Und die

ganze Zeit habe ich trainiert, Woche für Woche, seit ich drei Jahre alt war. Du hast keine Ahnung, was sie mir angetan haben.« Sie hielt inne, schluckte und fuhr dann fort: »Ich wurde für dieses Spiel nicht nur geboren, ich wurde auch dafür erzogen. Morgen ist Zahltag«, sagte sie und ließ sich wieder auf ihren Stuhl fallen.

Jack verspürte das Bedürfnis nach einem Themenwechsel. »Also war es der Kampf mit Lobeck, der mich verraten hat?«

Ellen nickte. »Ich kann immer noch nicht glauben, dass du dir diesen Schlag ins Gesicht hast gefallen lassen, bevor du es ihm gegeben hast. Ich habe versucht, dir zu helfen, ohne mich selbst zu verraten. Du hast erheblich mehr Selbstbeherrschung als ich.«

Es war Zeit für die Jackpotfrage. Er zog den Spiegel aus seinem Taillenbund und spielte damit, dann drehte er ihn so, dass er Ellens Gesicht sehen konnte. »Also hast du es Paige erzählt, und dann hat er versucht, mich in Cedar Point zu vergiften.«

Sie schüttelte den Kopf, bevor er zu Ende gesprochen hatte. »Swift, du bist manchmal so dumm.«

»Wie meinst du das?«

»Wylie wollte bei dir auf Nummer sicher gehen, bevor er ein Turnier einberief, damit er den Pokal durch Nichterscheinen gewinnen konnte. Warum seine Kriegerin unnötig gefährden? Aber sie hätten dich nicht getötet, es sei denn, es wäre notwendig gewesen. Sie hatten vor, dich zu fangen. Mit uns beiden konnten er und Paige ein …« Hier schienen ihr die Worte in der Kehle stecken zu bleiben. »Sie wollten ein Zuchtprogramm beginnen, verstehst du? Krieger für das Spiel züchten.« Sie brach wieder ab, und ihre Wangen waren vor Verlegenheit gerötet. Sie schob sich eine glitzernde Haarsträhne hinters Ohr. »Gott allein weiß, warum ich dir das alles erzähle.«

Jack wusste nicht, was er sagen sollte. Das hier war das Mädchen, das im Klassenzimmer vor ihm gesessen hatte. Jemand, deren größtes Problem es sein sollte, ob sie es ins Fußballteam schaffte oder wie sie das College bezahlen sollte. Er holte tief Luft, dann räusperte er sich. »Wenn Paige und Wylie nicht versucht haben, mich zu vergiften, wer war es dann?«

»Das war ich.«

»Du hast versucht, mich zu töten?« Jack starrte sie sprachlos an. *Sie würde mich lieber tot sehen als …*

»Idiot.« Sie stieß entnervt den Atem aus. »Wenn ich dich hätte töten wollen, wärst du auch tot. Und ich würde dich nicht vergiften. Das ist nicht mein Stil.«

»Was ist dann dein Stil?«, fragte Jack. »Verzeih mir, wenn mich das ein wenig durcheinanderbringt.«

Sie zeigte auf den Dolch auf dem Tisch. »Eher wohl das da.« Ellen legte den Kopf schief und musterte ihn. »Ich wusste, es war nur eine Frage der Zeit, bevor du entdeckt würdest. So groß ist Trinity nun auch wieder nicht. Ich habe dein Getränk vergiftet und es dann in die Lagune gekippt. Das sollte dich erschrecken, dich dazu bringen, die Stadt zu verlassen. Ich dachte, ich würde dir ein wenig von dem zu schmecken geben, was ich durchgemacht hatte. Aber du bist nicht fortgegangen.«

»Ich wollte weglaufen«, gab Jack zu. »Aber ich konnte nirgendwo hin.«

»Man läuft nicht auf etwas zu, Jack, man läuft einfach weg. So macht man das. Wie dem auch sei, als

Nächstes dann das Feuerwerk in der Highschool, und du und Hastings, ihr habt bis zum Hals dringesteckt. Darauf konnten wir uns keinen Reim machen. Auf die Kidnapper, meine ich. Wir dachten, wir hätten alles berücksichtigt.«

»Händler«, sagte Jack unverblümt. »Leesha Middleton hat mit ihnen zusammengearbeitet.«

»Ich hätte es mir denken sollen!« Ellen runzelte die Stirn. »Also war Paige endlich im Bilde, aber an dich und deine Familie war nicht mehr heranzukommen. Überall Zauberer und Schutzzauber. Als du verschwunden bist, hieß es, du seist nach England gegangen. Die Rote Rose nahm an, du wärst in den Kampf gezogen, daher beriefen sie ein Turnier ein, damit sie das Datum und den Ort festlegen konnten.«

»Du hättest das verhindern können«, stellte Jack fest. *»Du* hattest immer Kontakt zu mir, selbst nachdem die Entführung gescheitert war. Es wäre ganz leicht gewesen – eine Klinge im Rücken, eine schnelle Flucht. Warum lebe ich noch?« Er blickte in den Spiegel hinab und wartete auf ihre Antwort. Auf die Wahrheit.

»Ich weiß es nicht! Paige hat mich immer dazu gedrängt. Er hat alles sehr … unerfreulich gemacht. Ich habe ihm immer wieder gesagt, dass es keine Gelegenheit gab, dass Snowbeard und Hastings immer in deiner Nähe waren. Ich habe einfach … an deine Mutter gedacht, wenn sie dich findet, all diesen Schlamassel. Ich wollte lieber einen fairen Kampf haben, einen mit Regeln. Und jetzt werden wir einen bekommen.«

Sie griff nach den *Regeln des Waffengangs* und blätterte sie durch. »Es wird Zeit zu verschwinden, Jack. Wenn man bedenkt, dass ich zehn Jahre Vorsprung habe, solltest du lieber mit dem Lernen anfangen«, sagte sie spöttisch. »Glaube nicht, dass Schattentöter dich retten wird. Ich werde deine Klinge bekommen, wenn alles vorüber ist. Und nimm dieses Ding von mir weg!« Sie zeigte auf den Spiegel.

Jack zuckte die Achseln und schob ihn zurück unter sein Sweatshirt. Er überdachte, was er gesehen hatte. »Ich will nicht gegen dich kämpfen, Ellen«, sagte er.

»Meinst du nicht, dass es dafür ein wenig zu spät ist?« Ihre Stimme klang kalt. »Eine Menge Leute wären enttäuscht. Sie freuen sich darauf zu sehen, wie jemand stirbt.«

»Ich will dich nicht töten«, entgegnete Jack.

»Ich glaube kaum, dass das dein Problem sein wird«, sagte sie kühl. Sie zeigte auf die Waffe auf dem Tisch. »Vielleicht solltest du deinen Vorteil besser nutzen, solange du kannst.«

Jack stand auf. »Gute Nacht, Ellen.« Er ging zur Tür, löste den Schließzauber, glitt lautlos hindurch und war fort.

KAPITEL 17
Das Spiel

Jack schlief im ersten Teil der Nacht unruhig, aber in den frühen Morgenstunden sank er in einen tiefen, heilsamen Schlaf. Ein Aufruhr draußen weckte ihn, dann hörte er Will, der am Fenster fluchte. Parteigänger der Roten Rose stellten das Turnier draußen vor dem Cottage nach. Wie zu erwarten, erging es Jack am schlimmsten.

»Ermutige sie nicht noch, Will«, sagte Jack, ohne sich zu rühren. Er verspürte einen seltsamen Frieden. Er legte sich wieder auf sein Kissen zurück und sprach ein Gebet für den vor ihm liegenden Tag. Endlich hatte er das schreckliche Trauma möglicher Ausgänge des Turniers überwunden. Er wusste, wozu er fähig war und wozu nicht. Und jetzt hatte er einen rudimentären Plan. Keinen großartigen Plan, und er würde ihn wahrscheinlich auch nicht lebend durch den Tag bringen. Aber es war trotz alledem etwas, woran er sich halten konnte.

Jack stieg aus dem Bett und ging unter die Dusche. Er stellte das Wasser so heiß, wie er es nur ertragen konnte, und stand lange Zeit darunter. Dann zog er T-Shirt und Shorts an, rubbelte sich das Haar trocken, maß seine Arznei ab und schluckte sie hinunter. Alles hatte die Göttlichkeit, die Bedeutung eines Rituals, das zum letzten Mal stattfand.

Er zog Blaises Spiegel hervor und drehte ihn so, dass er das Licht reflektierte. Er hatte Angst hineinzuschauen und war zugleich außerstande, es nicht zu tun.

Als Jack in den Spiegel blickte, sah er einen jungen Mann auf einer Lichtung stehen. Sein Haar war von rotgoldener Farbe und reichte ihm bis auf die Schultern. Es glänzte in den Sonnenstrahlen, die durch das Blätterdach der Bäume fielen. Er war für die Schlacht in ein glänzendes Kettenhemd gewandet, und er trug ein Schwert. Den Schattentöter. Unter einem Arm hielt er seinen Helm.

Dann war die Schlacht vielleicht bereits vorüber, denn der Krieger war umgeben von Leichen. Hunderte von Männern lagen um ihn herum, einige in Stücke geschnitten, Männer, die kämpfend gestorben waren. Die Züge des Mannes hatten etwas unheimlich Vertrautes. Jack hob die Hand und strich sich über das eigene Gesicht.

Die Leichen auf dem Feld. Waren sie Freunde oder Feinde? Jack wusste es nicht.

Hastings war bereits gegangen. Will lief von Raum zu Raum wie ein gefangenes Tier, das nach einem Ausweg suchte. Fitch war verdrossen, sein Gesicht der Inbegriff des Grauens. Es sah so aus, als hätten sie nicht viel geschlafen. Als Jack von Ellen zurückgekommen war, hatten Will und Fitch ihn nach dem Besuch gefragt. Jack hatte nur erwidert: »Es ist tatsächlich Ellen.«

Nach dem Frühstück setzte Jack sich an den kleinen Schreibtisch im Salon und suchte in der Schublade nach Papier und Umschlägen. Er begann, Briefe zu schreiben – an seine Eltern, an Tante Linda, Will, Fitch, Nick Snowbeard – und Ellen. Er versiegelte sie und adressierte sie säuberlich. Dann versuchte er, sie nacheinander Will und Fitch zu geben, aber sie wichen voller Panik zurück.

»Du bist verrückt, Jack«, murmelte Will. »Hör auf, so zu denken.«

Jack zuckte die Achseln und ließ die Briefe auf dem Schreibtisch liegen. Er fragte sich, wie sein Tod erklärt werden würde, wenn er in Raven's Ghyll starb. Zum Glück war das nicht sein Problem.

Hastings kehrte zurück und stampfte im Eingang nasses Gras von den Stiefeln. Er war unten bei den Schranken gewesen und hatte sich die Bedingungen auf dem Turnierplatz angesehen. »Verdammt nass, aber er liegt immer noch im Schatten. Das Wetter ist schön, also sollte er bis zum Nachmittag trocken sein.« Jack und Hastings waren tags zuvor einige Male drüben auf dem Platz gewesen. Er war relativ flach im Vergleich zum umgebenden Terrain, jedoch tückisch wegen der kleinen Rinnsale, die sich hindurchzogen. Hohe Gräser und kleine Büsche erschwerten die Sicht. Jack schätzte, dass das gesamte Spielfeld ungefähr die Größe eines Fußballfeldes hatte. Es schien übertrieben großzügig für zwei Personen.

Hastings war untypisch nervös. Vielleicht bedauerte er den Handel, den er geschlossen hatte, dachte Jack. Wenn man bedachte, dass Ellen seit Jahren trainierte, war er nicht gerade das Pferd, auf das man setzen wollte. Es sei denn, man wettete auf ein legendäres Schwert.

Der Zauberer machte ein großes Getue um Jacks Waffen. Er hatte Schattentöter zusammen mit einem kurzen Dolch herausgelegt, dazu einen kleinen Schild, eine Keule und eine Schlinge. Außerdem gab es eine

Axt mit rasierklingenscharfer Schneide, ähnlich der, die Jeremiah Brooks getragen hatte. Gewicht und Gebrauch waren Jack dank des Grenzbewohners vertraut. Das Cottage summte vor Anspannung. Will war so wütend auf Hastings, dass er ihn kaum ansehen konnte. Jack verbrachte eine halbe Stunde damit, die Regeln des Waffengangs durchzulesen, aber er ertappte sich dabei, dass er immer wieder denselben Absatz las. Fitch versuchte erfolglos, sich auf das Weirbuch zu konzentrieren. Es war beinahe eine Erleichterung, als die Zeit zum Aufbruch kam.

Jack zog methodisch die schwere Kniehose aus Leinen an, die Tunika, die Stiefel und einen Kettenpanzer in Form eines Umhangs. Die Regeln des Waffengangs gestatteten nur wenig Rüstung. Er schob die Arme in lederne Panzerhandschuhe und schnürte sie mithilfe der Zähne zu. Er gürtete sein Schwert um die Taille und griff nach dem kleinen Schild. »Das ist alles, was ich brauche«, sagte er und ließ alles Übrige liegen.

Hastings runzelte die Stirn. Als Jack sich an ihm vorbeischob, hob der Zauberer die Hand und wollte ihn aufhalten. »Unser Plan hat nur dann Erfolg, wenn du gewinnst«, sagte er leise.

»Erfolg für wen?« Jack fuhr zu ihm herum. Sie sahen einander für einen langen Moment an, dann nickte Jack seinen Freunden zu. »Könntet ihr bitte meine Handschuhe suchen? Ich habe sie wohl im Schlafzimmer gelassen.«

Die Jungen waren froh, etwas tun zu können, irgendetwas. Sie verschwanden im Nebenzimmer. »Ich sehe sie nicht«, sagte Fitch, als Jack die Tür zuzog und verschloss.

»He!« Will hämmerte gegen die Tür. »Jack! Lass uns hier raus!«

Jack sprach durch die Tür. »Ihr seid hier drin besser aufgehoben. Vertraut mir. Ich bin bald zurück.«

Hinter der Tür erhob sich ein Sturm des Protestes. Jemand warf sich von der anderen Seite dagegen, und die Tür bebte unter dem Aufprall. Es war jedoch eine gute, stabile Tür, und Jack glaubte, sie würde halten. Er drehte sich zu Hastings um. »Gehen wir.«

Jack schätzte, dass die Galerien Platz für mehrere Tausend Menschen boten. Er wusste, dass eine Menge Geld auf das Spiel gesetzt worden war, obwohl er absichtlich nicht nach den Quoten gefragt hatte.

Anscheinend waren die Partys die ganze Nacht im Gang gewesen. Aus privaten Pavillons schafften Diener auf Karren leere Flaschen und anderen Abfall weg. Der Tag wurde angenehm warm. Angenehm auf den Tribünen, das wusste Jack, aber auf dem Platz würde es tödlich heiß sein.

Im reservierten Bereich und bei den Logensitzen gab es immer noch freie Plätze, aber sie füllten sich rasch. Die Galerien waren voller heller Flecken aus Rot und Weiß, durchsetzt von gelegentlichem Silber. Wimpel mit der roten und weißen Rose flatterten in der Brise. Hier und da hielt ein Zuschauer sogar einen hastig zusammengefügten Wimpel für den Silbernen Drachen hoch. Einflussreiche Ratsmitglieder hatten Zelte entlang der Seitenlinien errichtet. Jack warf einen Blick in eins von ihnen und entdeckte ein kunstvoll aufgebautes Büfett. Bier und Wein flossen bereits in Strömen. Die Rufe der Verkäufer ertönten über dem Getöse der Menge. Inzwischen war der Himmel von einem weiß getünchten Blau. Es war ein wunderschöner Tag.

Ein kräftiges Jubelgeschrei stieg aus der Menge auf, als sie Jack an den Seitenlinien entlanggehen sahen. Er war selbst unter jenen beliebt, die auf seine Gegnerin gewettet hatten. Es war allgemein bekannt, dass er erst seit einigen Monaten trainierte. Einige der Anwesenden hatten ihn am Tag zuvor mit Hastings arbeiten sehen. Alle stimmten darin überein, dass der Krieger des Silbernen Drachen beträchtliches Talent besaß. Mit ein wenig mehr Erfahrung wäre er herausragend gewesen. Ein Jammer, dass er nicht zurückkehren würde, sagten einige.

Linda, Mercedes, Blaise und Iris warteten am Rand des Feldes. Lindas Gesicht war eingefallen, und ihre Augen waren rot gerändert vom Weinen. Sie trug Jeans und ein ausgebeultes Sweatshirt, bewusst nichtssagend. Sie umarmte Jack lange, dann hielt sie ihn um Armeslänge von sich weg. »Du hast deine Meinung nicht geändert?«

Jack war sich nicht so sicher, dass eine Meinungsänderung überhaupt noch möglich war, aber er schüttelte den Kopf. »Nein, ich bin dabei.« Als er sah, wie erschüttert sie wirkte, fügte er hinzu: »Hör zu, es wird schon gut gehen. Warum bleibst du nicht bei Will und Fitch im Cottage, bis es vorüber ist? Obwohl sie vermutlich keine sehr gute Gesellschaft sind.«

Sie versteifte sich und streckte halsstarrig das Kinn vor. »Wenn du dabei bist, bleibe ich.«

Und noch jemand war da. Jack sah eine hochgewachsene und hagere Gestalt das Feld überqueren. Der Mann stieß einen Stab in das Gras vor sich; man sah ihm sein Alter an, aber er ging doch schnell. Es war Nikodemus Snowbeard, der Silberne Bär.

»Nick!« Jack umarmte den Zauberer. »Ich habe gehört, dass Sie hier sind. Sie haben recht, wissen Sie. Es ist zu laut in England.«

»Und das Essen ist immer noch schlecht«, fügte Snowbeard hinzu. »Wer auch immer als Erster Steak und Nieren zusammen in eine Pastete gegeben hat, hat einen schweren Fehler begangen.« Er musterte Jack eingehend. »Du siehst ziemlich todbringend aus, mein Junge.«

»Todbringender, als ich mich fühle«, gestand Jack.

Der Zauberer lächelte ein wenig traurig. »Erinnerst du dich, was ich zu dir gesagt habe, als du Trinity verlassen hast?«

Jack neigte den Kopf. »Sie haben mir gesagt, ich solle mich daran erinnern, wer ich bin.«

Snowbeard nickte. »Hastings hat dich zu einem Drachen gemacht, aber du wirst immer ein Mitglied aus dem Clan des Silbernen Bären sein. Lass dich nicht in etwas verwandeln, das du nicht bist. Deine Stärke kommt von dieser Beständigkeit.«

Jack nickte. »Ich werde es nicht vergessen.«

Snowbeard, Linda und die Nachbarn bildeten einen Kreis um Jack. Er spürte die Macht, die Liebe, die von allen Seiten auf ihn zufloss. Er war umgeben von Gesichtern, die er alle von Kindheit an kannte. Mercedes sagte: »Erinnert euch an Jacks Party und das Überreichen der Gabe heute vor sechzehn Jahren.« Sie legte ihm eine Kette um den Hals und befestigte die Schließe. Daran hing ein Amulett, ein silberner Bär. Dann legte sie ihm eine Hand auf den Kopf und sprach einen

Segen. »Beschütze ihn heute.« »Beschütze ihn heute«, wiederholten sie alle ernst. Jack, der sich jetzt zuversichtlicher fühlte, schob den Bären in seinen Halsausschnitt, so dass er auf seiner Haut ruhte. Er wusste nach wie vor nicht genau, auf welchen Ausgang er hoffen durfte.

Eine Welle der Aufregung lief durch die Menge, dann erhob sich ein weiterer Jubel. Ellen Stephenson war an den Schranken erschienen, inmitten einer Eskorte von Zauberern. Sie trug eine rote Tunika, besetzt mit Rosenknospen in einer dunkleren Farbe, braune Beinkleider und hohe Stiefel. Ihr Schwert war um ihre Taille gegürtet, und eine Schlinge hing über ihrer Schulter. Ihr geflochtenes Haar glitzerte in der Nachmittagssonne wie eine Krone.

Bei ihrem Anblick stieß Jack einen langen Atemzug aus. Wenn auch umringt von Zauberern, so war sie doch völlig allein. Er sprach sein eigenes Gebet um ihretwillen, eine einzelne Stimme unter den Tausenden, die sich nicht darum scherte, ob es sinnvoll war oder nicht.

Beschütze sie am heutigen Tag.

Inzwischen waren die Galerien gerammelt voll, und D'Orsay und die Richter gingen zu ihren Sitzen. Auf einem Tisch vor der Zuschauertribüne stand ein großer goldener Kelch. Das musste der Pokal sein, die Trophäe des Tages. Daneben lag ein kunstvoller, in Leder gebundener Band. *Die Regeln des Waffengangs,* dachte Jack, falls sich irgendjemand an irgendeinem Punkt darauf berufen musste.

Schlag zwei Uhr traten drei prächtig gewandete Trompeter an den Rand des Feldes und bliesen eine

Fanfare. Die Krieger und ihre Gönner näherten sich der Richterloge, Jack mit Hastings und Ellen mit Geoffrey Wylie. Jack blickte zu Ellen hinüber. Sie sah geradeaus zu den Richtern, das Gesicht bleich und ausgezehrt, dunkle Ringe unter den Augen. Vielleicht war sie die ganze Nacht auf gewesen und hatte die Regeln studiert. Die sie ja eigentlich bereits auswendig kannte. *Wie Atmen,* hatte Paige gesagt.

Claude D'Orsay war in eine taubengraue Tunika gekleidet und hatte ein Zeremonialschwert um seine Taille gegürtet. Ein rot weißer Umhang über seinen Schultern signalisierte, dass er der Spielemeister war. Er blickte auf die Spieler und ihre Gönner hinab. »Dieses Turnier wurde von der Roten Rose für den Mittsommertag, zwei Uhr nachmittags, anberaumt, in Raven's Ghyll«, verkündete er mit einer Stimme, die bis ans andere Ende der Galerien trug. »Die Bans wurden am 19. Juni gesprochen. Der Silberne Drache hat die Herausforderung angenommen. Der gegenwärtige Champion, die Weiße Rose, hat keinen eigenen Spieler ins Feld geführt und scheidet daher aus. Der Turnierpokal und der damit verbundene Land- und Geldbesitz wird dem Gönner des Gewinners überreicht. Nach den Regeln steigt der Gönner des Gewinners zum Herrn des Zaubererrates auf, bis ein neues Turnier einberufen wird. Das Turnier wird *à outrance* gekämpft, bis zum Tod, und zwar nach den Regeln des Waffengangs, wie sie die Gilde A. D. 1532 veröffentlicht hat.« Er legte die Hand auf das Buch. »Alle Streitigkeiten sind von den Richtern des Turniers nach den Regeln zu entscheiden.« Er sah Jack und Ellen an. »Versteht ihr das?«

Beide nickten.

»Ihr werdet euch an die Regeln halten oder das Spiel verlieren. Jeder Krieger, der verloren hat, wird durch das Schwert sterben, und sein Herz wird den Richtern überreicht.« Er wandte sich Wylie und Hastings zu. »Von den Galerien aus erfolgt keinerlei Einmischung, und auch Zauberei seitens der Gönner, Wetter oder Zuschauer ist verboten.« Er hielt inne. »Jeweils halbstündlich während des Spiels gibt es eine fünfzehnminütige Pause. Die Richter können das Spiel jederzeit durch einen Ordnungsruf unterbrechen. Die Wettfenster für dieses Spiel sollten jetzt geschlossen werden, und die Gönner verlassen bitte das Feld.«

Hastings legte Jack eine Hand auf die Schulter. »Du kannst gewinnen, wenn du den Mut dazu hast«, sagte er. »Und falls du tatsächlich gewinnst, wird es das Ende dieses blutigen Spiels sein. Wenn es nach mir geht.« Er blickte über den Platz zu Ellen hinüber, dann drehte er sich um und ging zu den Seitenlinien.

Ellen und Jack blieben allein zurück und sahen einander aus einem Abstand von vielleicht drei Metern an. Sie stand da, locker im Gleichgewicht, das Gesicht ausdruckslos. Die Sonne stand ziemlich genau über ihnen, und die Schatten um ihre Füße hatten sich in nichts aufgelöst. Das Licht fing sich in Ellens Haar, als sie den Kopf neigte, dann spiegelte es sich in dem Schild über ihrem linken Arm wieder. Sie sah auf Schattentöter hinab und dann wieder zurück zu Jack. Eine Brise ließ die Wimpel über der Galerie flattern, aber die Menge war still.

»Fangt an!«, sagte D'Orsay.

Beinahe endete das Turnier, bevor es überhaupt richtig angefangen hatte. Ellen zog einen Dolch aus der Scheide an ihrem Gürtel und schleuderte ihn nach Jack. Ihm gelang es gerade noch, seinen Schild auf Brusthöhe zu heben. Die Klinge prallte ab und landete irgendwo im Gras. Die Menge keuchte auf. Ellen streifte in einer einzigen fließenden Bewegung die Schlinge von ihrer Schulter. Jack zog sein Schwert gerade rechtzeitig, um einen Schwarm flammender Sterne mit dem Schild und der flachen Seite seiner Klinge abzulenken. Sie zersplitterten zu Scherben aus blauen Funken, die auf ihn herabregneten und ihn vorübergehend blendeten.

Ellen zog ihr eigenes Schwert und stieß zu. Lange Flammenzungen loderten an der Spitze der Klinge. Jack hob sein Schwert, um sich dagegen zu verteidigen. Es war wie ein Freistoß von der Mittellinie beim Fußball: Auf diese Entfernung blieb immer reichlich Zeit für die Abwehr. Er fragte sich, ob Ellen vielleicht Angst hatte, sich Schattentöter auf kurze Entfernung zu stellen.

Aber nachdem sich die luftige Attacke als ineffektiv erwiesen hatte, rückte Ellen mit ihrem Schwert näher. Von den Vorzügen seiner Waffe abgesehen, war der Schwertkampf immer eine von Jacks Stärken gewesen, und jetzt profitierte er außerdem von Brooks Erfahrung. Er merkte, dass er sich sehr gut halten konnte. Ellen war schnell und akkurat, aber Jack war stärker und dank seiner Waffe noch mächtiger. Als ihre Klingen klirrend aufeinandertrafen, hätte sie die ihre beinahe verloren. Manchmal musste sie den Griff mit beiden Händen umfassen, was ihre Reichweite noch mehr verkürzte und sie verletzbar machte gegen einen schnellen Hieb von der Seite. Aber Jack nahm die Gelegenheit nie wahr. Sein Kampf war strikt defensiv, obwohl er bisweilen vortrat und sie zurückdrängte.

Ellen floss anmutig von einer Stellung in die nächste, und Jack parierte. Ihr Kampf war instinktiv, atemberaubend, ein von Geburt an erlernter Tanz. Ihre Klinge zischte und sang, ein leuchtender Nebel im Sonnenlicht. Obwohl er sich ihr gegenüber oft unbeholfen vorkam, merkte er, dass er ihre Züge ziemlich gut vorhersagen konnte. Ein weiteres Geschenk von Brooks. Es war ein tödlicher Pas de deux, in dem die Tänzer einander niemals umarmten, und doch waren sie beide vorzüglich auf jede Bewegung des Partners eingestimmt. Ellen runzelte die Stirn und wischte sich Schweiß aus den Augen. Vielleicht war sie überrascht, wie gut sie zusammenpassten.

Das Lärmen der Menge hatte sich in Jacks Ohren zu einem Summen abgeschwächt, aber er konnte die einschüchternde Gegenwart von Tausenden von Zauberern beinahe körperlich spüren. Er versuchte, sich auf den kleinen Raum zwischen ihnen zu konzentrieren, auf die Reichweite von Ellens Schwert. Er war erleichtert, als nach einer halben Stunde endlich die Unterbrechung ausgerufen wurde. Sein Leben bemaß sich jetzt in Abschnitten von dreißig Minuten.

Schweiß strömte Jack vom Gesicht, und Hastings reichte ihm eine große Wasserflasche, die er leerte. Der Zauberer betrachtete ihn kritisch, die Hände in die Hüften gestemmt. »Du wirst es noch bereuen, dass du diese Gelegenheiten nicht genutzt hast, Jack. Früher oder später wirst du unvorsichtig werden, oder sie wird Glück haben. Du wirst es niemals Zug für Zug mit ihr aufnehmen können. Setze deine Macht gegen sie ein. Ziele auf ihre linke Seite. Sie hat Probleme mit der Rückhand.«

Ihm entgeht nichts, dachte Jack, antwortete jedoch nicht. Er wischte sich das Gesicht mit einem Handtuch ab und schickte ein Gebet für eine weitere halbe Stunde zum Himmel. Der nächste Durchgang wurde aufgerufen, und sie kehrten auf den Platz zurück. Ellen war aggressiver als zuvor. Ihr Schwert war überall, und einmal schlitzte es den Stoff seiner Tunika auf, verfehlte ihn jedoch. Mit der erhöhten Intensität wurde sie allerdings ein wenig unvorsichtig, und als Jack einen schweren Hieb auf ihre Klinge in der Nähe des Griffes platzierte, flog ihr die Waffe aus der Hand.

Ellen erstarrte für einen Moment, dann sprang sie ihrem Schwert nach. Sie rollte sich ab, riss dabei die Waffe vom Boden hoch und brachte sie in eine defensive Position, während sie immer noch auf dem Boden lag. Jack senkte die Spitze seines Schwertes und stand abwartend da, bis sie wieder auf den Beinen war, was der Menge eine gemischte Reaktion entlockte: stumme Ungläubigkeit und einige verstreute Buhrufe.

Ellen hatte einen seltsamen Ausdruck auf dem Gesicht, der schnell durch Ärger ersetzt wurde. Sie trat dicht vor Jack hin. »Was ist los, Jack? Meinst du, du musst mir gegenüber gnädig sein, weil ich ein Mädchen bin?«, fragte sie scharf.

Jack zuckte die Achseln. »Ich habe es dir gesagt, Ellen, ich will dich nicht töten.«

»Na ja, das erleichtert mir meine Aufgabe!«, erwiderte sie. Mit einem Stoß ihres Schwertes durchdrang sie Jacks Abwehr und schlitzte seinen rechten Arm über dem Leder auf.

Klirrend und mit einem Funkenschauer krachte sein Schild gegen ihre Klinge und drückte sie beiseite, und er selbst zog sich außer Reichweite zurück. Plötzlich konnte er wieder das Getöse der Menge hören, die auf den Hieb reagierte. Es war erstaunlich, wie sehr es schmerzte, und er schaffte es gerade noch, sein Schwert nicht fallen zu lassen. Sein hübscher Mantel war vom Handgelenk bis zum Ellbogen aufgerissen und rasch blutgetränkt. *Nimm dir seinen Schwertarm vor,* hatte Paige gesagt, und anscheinend beherzigte sie den Rat ihres Trainers. Ellen folgte ihm grimmig und schlug zu, einmal, zweimal, dreimal; und Jack stellte fest, dass er Mühe hatte, ihre Klinge abzuwehren.

In seiner Verzweiflung sprach er einen Zauber. Ellen prallte praktisch von der schimmernden Barriere ab, die plötzlich zwischen ihnen aufragte. Sie blieb auf den Beinen, aber nur mit knapper Not, und stürzte sich wieder auf Jack, mit dem gleichen Ergebnis. Dann blieb sie stehen, das Schwert an ihrer Seite, schwer atmend, die Wangen gerötet. Sprachlos starrte sie ihn an.

Die Hölle brach los. Die Menge sprang auf. Geoffrey wies zornig mit dem Finger in Leander Hastings' Richtung. »Ordnungsruf!«, schrie er. »Der Silberne Drache mischt sich in das Spiel ein!«

Hastings wirkte verwirrt. Er ließ den Blick über die Menge gleiten und konzentrierte sich auf die Nachbarn aus der Jefferson Street, als dächte er, dass vielleicht Iris oder Snowbeard eingegriffen hatten. Iris hatte sich umgedreht, gestikulierte und sprach mit Snowbeard, der unschuldig die Schultern zuckte. Hastings' Blick wanderte zu Linda Downey hinüber, die gar nicht unschuldig aussah. Er schürzte die Lippen und wandte sich zu D'Orsay um.

»Ich hatte nichts damit zu tun«, sagte er. »Ich weiß nicht, wessen Zauber das ist.«

In der Zwischenzeit untersuchte Jack den Schnitt in seinem Arm, so gut er konnte. Zum Glück schien es nur eine Fleischwunde zu sein. Er öffnete und schloss die Hand. Alles funktionierte offenbar. Muskeln und Sehnen waren intakt. Es blutete; nicht heftig, aber es war trotzdem eine Beeinträchtigung. Ellen starrte ihn durch die schimmernde Wand an, den Kopf zur Seite geneigt, die Füße gespreizt.

D'Orsay richtete das Wort an die Menge im Allgemeinen. »Ich wiederhole: Nach den Regeln des Waffengangs darf es keine Zauberei oder andere Einflussnahme seitens der Gönner oder Galerien geben. Das ist meine letzte Warnung.«

Wylie protestierte immer noch. »Es war Hastings. Er muss es gewesen sein. Wer sonst?«

D'Orsay brachte ihn mit einem Blick zum Schweigen und zeigte auf die Barriere. Sie löste sich auf, schwand dahin, bis sie funkelte wie Tau auf dem Gras. Das Spiel ging weiter.

Diesmal waren beide Spieler ein wenig aus dem Gleichgewicht. Jacks Arm blutete immer noch und hinterließ Flecken an der rechten Seite seiner Tunika. Es pochte auch, was die Konzentration erschwerte. Ellen wirkte nervös, zweifellos wartete sie auf den nächsten Zauber. Sie schien erleichtert, als die halbe Stunde zu Ende war. Er hatte den Eindruck, als hätten sie bereits eine Ewigkeit gekämpft. Jack fragte sich, wie lange der durchschnittliche Wettkampf dauerte. Noch etwas, das er versäumt hatte herauszufinden. Ellen wusste es wahrscheinlich auf die Minute.

Hastings durfte keine Zauberei anwenden, um Jacks Arm zu heilen, daher trug er eine Salbe auf und legte einen festen Verband um den Arm. Jack trank eine weitere Flasche Wasser, während Hastings ihn über seine mangelnde Offensive belehrte. »Du bist stärker als sie«, erklärte er. »Aber es wird dir nichts nützen, wenn du niemals einen Hieb anbringst.«

»Ich weiß, was ich tue«, erwiderte Jack knapp.

»Wenn du fair verlierst, ist das eine Sache. Aber ich lasse nicht zu, dass du dich opferst, wenn du das im Sinn hast.« Er legte Jack eine heiße Hand auf die Schulter. »Ich kann dich zum Kämpfen zwingen, weißt du.«

»Dann zwingen Sie mich«, gab Jack zurück. »Nur dass Sie es jetzt, da ich auf dem Platz bin, besser ohne Zauberei tun sollten.« Er nickte zu den Richtern hinüber. Hastings' Augen blitzten, aber er musste sich geschlagen geben.

Der Kampf ging weiter, und Ellen verfolgte anscheinend eine neue Strategie. Sie erging sich in einem konstanten Strom von Spott und Herausforderungen, wodurch sie ihn wohl wütend machen wollte. »Komm schon, Jack, hast du Angst davor, gegen mich zu kämpfen?«, rief sie ihm zu. »Zwing mich nicht, dich über den Platz zu jagen. Bist du einfach nur ein kleiner Mann mit einem großen Schwert? Läufst du immer vor Frauen davon?«, und so weiter.

Jack versuchte, ihren Spott zu überhören. Seine Hiebe waren jetzt nicht mehr so stark, was zuvor sein größter Vorteil gewesen war. Manchmal brauchte er beide Hände, um einen von Ellens Hieben zu kontern. Er blieb bei seiner grundsätzlichen Defensivhaltung und parierte Ellens Angriffe, so gut er konnte. Sie wurde kühner, als sie begriff, dass er nicht in die Offensive gehen würde. Schließlich machte sie eine Finte nach links und sprang dann vorwärts, mit dem Schwert voraus. Verzweifelt riss Jack eine Hand hoch, und plötzlich hielt Ellen einen großen Strauß Gladiolen anstelle ihres Schwerts in der Hand. Sie starrte auf die Blumen und dann auf Jack, und endlich verstand sie. »Du bist das«, flüsterte sie.

Ellen war nicht die Einzige, die es bemerkt hatte. Jetzt hatte Wylie eine neue Zielscheibe. »Es ist der Junge!«, rief er, sichtlich erstaunt. »Es ist klar, dass er in Zauberei ausgebildet worden ist!« Er funkelte Hastings anklagend an.

»Wenn der Junge in Zauberei ausgebildet worden ist, dann nicht von mir«, antwortete Hastings und sah zu Linda Downey hinüber, die seinen Blick herausfordernd erwiderte. Er wandte sich an D'Orsay. »Und wenn er wirklich ein Krieger wäre, könnte er die Zaubersprüche niemals anwenden.«

»Das ist inakzeptabel«, schäumte Wylie. »Der Krieger des Silbernen Drachen sollte zum Verlierer des Kampfs erklärt und sein Gönner bestraft werden.«

»Wo steht das geschrieben?«, fragte Hastings abrupt. Die Hände in die Hüften gestemmt, drehte er sich zu Claude D'Orsay um.

»Alle wissen das«, fauchte Wylie. »Es braucht nicht geschrieben zu stehen. Die Hohe Magie ist keine Trickkiste, die von Anazauber-Weir eingesetzt werden darf. Wer weiß, welcher Schaden daraus entstehen könnte?«

Jack fand es interessant, dass die ganze Unterhaltung

sich zwischen den Gönnern abspielte, als seien er und Ellen außerstande, eine Frage zu beantworten.

»Wo steht das geschrieben?« Hastings ließ nicht locker.

D'Orsay seufzte. »In den Regeln des Waffengangs steht, dass die Galerien oder die Gönner sich weder durch Zauberei noch auf andere Art einmischen dürfen.«

»Genau darauf will ich hinaus.« Hastings wies mit der Hand zu der Versammlung hinüber. »Niemand mischt sich von der Galerie aus mit magischen Tricks ein. Es handelt sich um Zaubersprüche, die auf dem Platz selbst eingesetzt werden. Nirgendwo in den Regeln steht, dass das verboten wäre.«

D'Orsay war für einen Moment sprachlos. »Krieger sollten nicht zum Zauberer ausgebildet werden«, erklärte er schließlich.

»Das steht auch nirgendwo geschrieben«, antwortete Hastings. Er zog den kleinen Band mit Regeln aus seiner Tunika. Die Seite war bereits markiert. Er las aus dem Buch vor: »›Der Kampf darf auch als persönlicher Wettstreit zwischen zwei Kriegern durchgeführt werden. Nur der Einsatz von Handwaffen ist erlaubt, darunter Klinge, Schlinge, Knüppel, Keule und Morgenstern. Der Ausgang des Kampfs wird sowohl von den gewählten Waffen abhängen als auch vom persönlichen Talent, den Fähigkeiten und der Ausbildung, die der Krieger in den Kampf mit einbringt.‹ Hier steht nichts, das Zauberei ausschließt. *Sie* haben ihn zum Krieger erklärt. In diesem Fall ist der Einsatz von Zauberei absolut legal.«

D'Orsay blätterte immer noch in dem uralten Band auf dem Tisch, als habe er vielleicht eine Passage übersehen, die ihn retten würde. Schließlich stand er auf, starrte Jack an und sah dann wieder zu Hastings hinüber. Es war klar, dass er sich für das Opfer einer schlau eingefädelten Verschwörung hielt. Jack war ein Zaubererwolf in Kriegerkleidung. Der Turniermeister war übers Ohr gehauen worden, und jetzt wusste er sehr gut, wie der Kampf ausgehen würde. Der Silberne Drache würde siegen und am Ende Leander Hastings' Ratsherr sein.

Claude D'Orsay schätzte es nicht, wenn er zum Narren gehalten wurde.

Er glättete seinen eleganten Mantel, richtete seine Amtsstola und zog die Ärmel zurecht, wobei er sich sehr viel Zeit ließ. »Also gut«, sagte er bedächtig. »Offenbar müssen wir die Regeln ändern.«

Es folgte ein Moment des Schweigens, und dann brach ein Höllenlärm los. Der eine war dafür, der andere dagegen.

Jetzt war es an Hastings zu protestieren. »Sie können nicht mitten in einem Kampf die Regeln ändern«, sagte er wütend.

»Wo steht das geschrieben?«, fragte Wylie spöttisch.

»Sie dürfen das nicht«, wiederholte Hastings. »Die Krieger müssen nach den verkündeten Regeln kämpfen.«

D'Orsay drehte sich um und besprach sich mit den anderen Richtern. Die Menge war auf den Beinen und brüllte Meinungen. Ellen stand mit ihrem seltsamen Strauß da und schwieg. Jack war ein wenig schwindelig, und er wünschte, er hätte sich nur für eine kleine Weile hinsetzen können.

D'Orsay wandte sich wieder den Gönnern zu. »Auf

Anordnung der Kampfrichter und unter Berücksichtigung der gegenwärtigen Situation werden wir die Regeln des Waffengangs ändern. Es darf keine Zauberei oder Anwendung Hoher Magie seitens der Kämpfer des Turniers geben. Lasst es uns so niederschreiben.« Jemand förderte einen Stift zutage. Er öffnete das ledergebundene Buch, suchte die letzte Seite und kritzelte etwas hinein.

Das Licht veränderte sich, als sei ein Schatten über die Landschaft geglitten. Eine kalte Brise kam auf, fuhr durch das feuchte Haar auf Jacks Stirn und trocknete den Schweiß auf seiner entblößten Haut. Er betrachtete den Himmel. Eine Wolkenbank hatte sich gebildet und wälzte sich über die kahlen Berge, eine dunkle Linie am Horizont. Sie war von einer seltsamen graugrünen Farbe, und die Vorderkante brodelte wie der Dunst eines abscheulichen Gebräus. Ein Wetterumschwung bahnte sich an.

Einige der Richter blickten zum Himmel, aber D'Orsay nahm nichts davon wahr oder tat zumindest so. Er zeigte auf Ellen, und plötzlich hielt sie ihr Schwert wieder in der Hand.

»Wenn mein Spieler Zauberei benutzt, dann muss er ein Zauberer sein«, beharrte Hastings. »Und in diesem Fall müssen Sie das Urteil von gestern aufheben und ihn disqualifizieren.«

D'Orsay lächelte. »Ich *muss* überhaupt nichts, Hastings. Es wird eine fünfminütige Pause geben. Halten Sie Ihren Krieger unter Kontrolle, oder er wird verlieren.«

Hastings schüttelte den Kopf, und wieder zuckte der Muskel an seinem Kiefer. Jack ließ sich erschöpft auf einen Stuhl an den Seitenlinien fallen. Hastings reichte ihm eine weitere Wasserflasche, die er gierig leer trank.

»Du hast also neben der Schule gelernt«, murmelte der Zauberer.

Jack war zu müde für eine Antwort. Stattdessen starrte er geradeaus. Nach fast anderthalb Stunden Turnierdauer verspürte er nur noch wenig Kampflust.

»Das ist falsch«, sagte Hastings mit Überzeugung. »Ich weiß, dass es das ist.«

»Die ganze Sache ist falsch«, gab Jack zurück. Er warf den Kopf in den Nacken und beobachtete die Wolken, die am Himmel brodelten.

»Wenn du wieder Hohe Magie benutzt, wirst du zum Verlierer erklärt«, fuhr Hastings leise fort. »Sie werden dir das Herz herausschneiden.«

»Vielleicht ist das das Beste«, erwiderte Jack. Er war über das Stadium hinaus, in dem es ihm noch etwas bedeutet hatte. Er dachte an Brooks, der auf dem Rücken lag, an dieses sanfte Entweichen der Lebenskraft. Alles schien ihm aus den Händen genommen.

»Krieger auf den Platz!«, rief D'Orsay.

Irgendwie erhob sich Jack wieder aus seinem Stuhl. Seine Schwertspitze zog eine Linie durch das Gras, als er zurück auf den Platz stolperte. Ellen wirkte ebenfalls erschöpft. D'Orsay sagte: »Fangt an!«, aber für einen Moment erfolgte kaum eine Reaktion. Dann hob Ellen ihr Schwert und rückte grimmig vor, und Jack wich zurück. Ellen redete nicht mehr, sondern verhielt sich geschäftsmäßig und mechanisch, drängte ihn stur weiter den Platz hinab. Schattentöter flammte auf, während er Ellens kräftige Hiebe parierte. Das Schwert war ein Teil seiner selbst, aber alles an ihm fühlte sich jetzt schwer an, Arme und Beine wie Blei, das Atmen eine Qual. Zumindest schien der Schmerz in seinem Arm jetzt weit entfernt zu sein, wie der Schmerz eines anderen.

Es wurde immer schwieriger für ihn, sich zu konzentrieren. Der Wind wehte stärker, und die Luft roch nach Regen. Jack ertappte sich dabei, dass er ans Segeln dachte, an das eine Mal, als er beinahe in einen Sturm geraten und aufs Ufer zugerast war, das Unwetter hinter sich. Gischt war über den Bug des Bootes gespritzt, wenn es tief in die Dünung tauchte. Er musste sich gewaltsam in die Gegenwart zurückholen. Ellen. Ellen war schön, anmutig, entschlossen. Ellen tat ihr Bestes, ihn zu töten. Er blockte einen weiteren tödlichen Hieb ab und wich erneut zurück.

Er trat ins Leere. Jack hatte nicht bemerkt, dass er den Rand eines kleinen Rinnsals erreicht hatte. Einen Moment lang ruderte er mit den Armen, versuchte, das Gleichgewicht wiederzufinden, dann fiel er zurück. Dabei verfing sich sein Fuß in den Wurzeln eines kleinen Buschs, der am Ufer wuchs. Ein hässliches Knacken ertönte, als der Knochen in seinem Knöchel nachgab. Er landete mit den Hüften im Wasser, und seine Schultern lagen halb auf dem gegenüberliegenden Ufer.

Jack brach der kalte Schweiß aus. Der Schmerz in seinem Köchel überstrahlte alles andere. Mit einem lauten Aufschrei gelang es ihm, den Fuß zu befreien, aber er hing in einem unmöglichen Winkel herab. Schattentöter war einige Meter entfernt gelandet, doch es hätte geradeso gut eine Meile sein können. Er hatte keine andere Waffe. Vielleicht hätte er den Dolch mitnehmen sollen, ganz zu Anfang. Nicht dass es irgendetwas ändern würde.

Gut, es ist vorüber, dachte er. Obwohl er es vorausgesehen hatte, jagte ihm die Vorstellung eines *Endes* Angst ein. Verzweifelt schob er sich auf den Ellbogen ein Stück den Hang hinauf, so dass er halb aufrecht dasaß. Er sah Ellen oben auf dem gegenüberliegenden Ufer auftauchen. Sie sah ihn für einen Moment an, dann sprang sie herab, und ihre Stiefel landeten in dem weichen Schlamm neben ihm. Aus seinem Blickwinkel, auf dem Rücken liegend in der kleinen Vertiefung, wirkte sie sehr groß. Obwohl er die Menge nicht sah, konnte er sie gut hören. Wahrscheinlich könnte er Ellen durch Zauberei zurückhalten und sich von den Richtern ausweiden lassen, um ihr die Aufgabe zu ersparen. Aber vielleicht würden sie Ellen bitten, es für sie zu tun. Oder vielleicht würde sie es lieber selbst tun.

Jetzt war sie zwischen ihm und dem Himmel, füllte sein Sichtfeld aus und ließ die Spitze ihres Schwertes sinken, bis sie leicht auf der Kuhle seiner Kehle ruhte. Er schloss die Augen und versuchte, nicht zu schlucken.

Nach einem langen Moment wurde die Klinge angehoben, und Ellen sagte etwas. Zuerst verstand er sie nicht, und sie wiederholte ungeduldig: »Steh auf, Jack.« Er öffnete die Augen und sah, dass sie sich über ihn beugte. Der Ausdruck auf ihrem Gesicht war undeutbar.

Sie verspottete ihn wieder. »Nur zu«, sagte er erschöpft. »Hol dir den Sieg. Jetzt ist Zahltag, wie du gesagt hast.« Dann fiel ihm ein, was Paige gesagt hatte. Vielleicht würde ihn Ellen jetzt, da er hilflos war, »bluten« lassen. Ihn langsam in kleine Stücke schneiden. Nun, er würde nicht darüber debattieren.

»Steh auf, Jack«, wiederholte sie, drängender diesmal, und sie reichte ihm die Hand.

Er starrte sie an. »Ich kann nicht«, flüsterte er. »Mein Bein ist gebrochen. Ich bin fertig.«

»Du musst aufstehen«, sagte sie stur. Sie kniete sich neben ihn, schob sein Hosenbein hoch, zog ihr Gürtelmesser und schnitt rasch und geschickt Stiefel und Socke weg. Dann strich sie sachte mit den Fingern über seinen Knöchel. Er schwoll schnell an und hatte eine seltsame Purpurfarbe angenommen. Als sie ihn wieder ansah, war ihr Gesicht tränenüberströmt.

»Ich kann es nicht, Jack«, sagte sie grimmig. »Ich weiß nicht, warum, aber ich kann dich nicht töten.« Sie griff unter ihre Tunika und holte eine kleine Zaubererflasche hervor. Dann zog sie mit den Zähnen den Korken heraus, packte ihn an den Haaren, hob seinen Kopf an und schüttete ihm die Flüssigkeit in den Mund. Gift war nicht ihr Stil, hatte sie gesagt. Gift oder nicht, Jack schluckte es herunter. Die Flüssigkeit war warm, weil sie an ihrem Körper geruht hatte.

Es war der gleiche Trank, den Hastings auf der Wiese verwendet hatte, und er nahm ihm den größten Teil des Schmerzes. Wahrscheinlich höchst illegal nach den Regeln, dachte er. Jack beobachtete hilflos, wie Ellen eine Scheide mit einem langen Messer darin von ihrem Rücken nahm. Sie legte es neben seinen Fuß und den Knöchel und sicherte sie mit einer Schlinge. Er keuchte auf, als sie seinen Fuß richtete, aber dank der Droge war es nicht so schlimm.

Sie arbeitete schnell und murmelte die ganze Zeit über vor sich hin. »Wenn du mir nur einen Grund geben würdest, dich zu töten, könnte ich es vielleicht tun; aber nein, du nimmst den Köder nicht an, nicht einmal, wenn ich dich aufschlitze, nicht einmal, wenn ich dich provoziere. Du tanzt einfach mit deinen hübschen blauen Augen und siehst so gut aus …« Sie blickte auf und sah, dass Jack sie anstarrte. »Also hat Hastings dir nicht beigebracht, wie du einen gebrochenen Knochen schienst? Das hast du davon, dass du die Abkürzung genommen hast.«

Die Menge und die Richter mussten gesehen haben, dass Jack gestürzt und dass Ellen hinter ihm hergesprungen war; aber wegen des abfallenden Landes und der Entfernung konnten sie nicht recht erkennen, was los war. Jetzt hörte Jack D'Orsays Stimme über das Getöse hinweg. »Krieger, gibt es einen Gewinner?«

»Komm schon, Jack«, sagte Ellen, während sie ihr Werk beendete. »Du musst aufstehen, oder du hast verloren.« Sie zitterte, und auf ihren Wangen zeigten sich rote Flecken.

»Ellen, ich kann nicht mit gebrochenem Bein gegen dich kämpfen«, protestierte Jack. Er wollte einfach nur noch auf dem grasbewachsenen Hang liegen bleiben und den Bach über sich hinwegströmen lassen.

Aber sie ließ sich nicht beirren. »Mach dir darüber keine Sorgen«, sagte sie grimmig. Sie hob sein Schwert auf und drückte es ihm in die linke Hand. Dann trat sie an seine rechte Seite, ergriff sein Handgelenk und zog ihn hoch, bevor sie sich seinen rechten Arm über die Schultern und ihren Arm um seine Taille legte, so dass sie den größten Teil seines Gewichtes trug. Er war erfüllt von ihrem Duft, eine berauschende Mischung aus Blumen und Schweiß. Nicht wie irgendein Soldat, dem

Brooks je begegnet war. Sie war überraschend stark. Halb schob, halb hob sie ihn den Hang hinauf.

Aneinandergeklammert traten die beiden Krieger aus dem Rinnsal. Jack vom Silbernen Drachen humpelte schwer, ein Stiefel war weg, und er hielt sein Schwert in der falschen Hand.

Die Kriegerin der Roten Rose keuchte: »Es gibt keinen Gewinner.«

Einen Moment lang war D'Orsay sprachlos. Dann fauchte er: »Vor die Richter, Krieger.«

Jack nahm seine ganze Kraft zusammen und versuchte, Ellen bei ihrem Versuch zu unterstützen, sie beide vorwärtszubewegen. Hastings und Wylie standen unter der Richterloge. Hastings wirkte erstaunt, und sein Blick wanderte von Jack zu Ellen, während Wylie wütend wirkte, wie gewöhnlich.

»Erklärt euch!«, verlangte D'Orsay und sprach ausnahmsweise einmal die Krieger direkt an.

Ellen sah dem Turniermeister in die Augen. »Das Turnier ist vorüber. Es gibt keinen Gewinner. Es ist ein Patt.« Ein unglückliches Grollen ging durch die Menge.

»Es kann kein Patt geben«, erwiderte D'Orsay. »Nach den Regeln ist es ein Kampf auf Leben und Tod.«

»Diesmal nicht«, sagte Ellen kühn. »Der Kampf ist vorüber, und niemand ist gestorben. Ich glaube, Sie haben für Ihr Geld genug zu sehen bekommen. Sie können jetzt alle nach Hause gehen!«, rief sie der Menge zu.

D'Orsays Stimme war kalt. »Gönner, bringen Sie Ihre Krieger zur Räson.«

Hastings zuckte fast unmerklich mit den Achseln. Sein Krieger hielt sich nur dank der Gnade seiner Gegnerin aufrecht. Wylie hingegen stellte sich dicht vor

Ellen, sein Gesicht nur Zentimeter von dem ihren entfernt.

»Was ist los mit dir?«, zischte er. »Gib ihm den Rest, damit wir die Sache hinter uns haben.« Er machte Anstalten, als wolle er ihren Schwertarm packen, als wolle er die Angelegenheit selbst bereinigen, aber sie schleuderte ihn heftig von sich, so dass er im Gras landete. »Du bist ein Killer, Ellen!«, rief er. »Du hast ein Leben lang dafür trainiert. Jetzt tu, wofür du ausgebildet wurdest!«

Ellen richtete ihr Schwert auf Wylie, und Flammen liefen an der Klinge entlang. »Seien Sie vorsichtig mit Ihren Wünschen«, sagte sie kalt. Ein Schaudern lief durch die Menge. Krieger, die Zauberer bedrohten. Das war gegen die Naturgesetze. Wie um das zu unterstreichen, flackerte ein Blitz auf, gefolgt vom Krachen eines Donners, und die ersten fetten Regentropfen klatschten herab.

D'Orsay stand auf, und von seiner desinteressierten Gelassenheit war nichts mehr zu bemerken. Er zeigte auf Jack und Ellen. »Wegen Verletzung der Regeln des Waffengangs werdet ihr beide zu Verlierern erklärt.« Die anderen Richter erhoben sich ebenfalls, und das Todesurteil spiegelte sich in ihren Augen.

»Nein!« Hastings trat zwischen die Richter und die beiden Krieger. »Dieses Turnier war von Anfang an fehlerhaft. Haben Sie wirklich die Absicht, die letzten verbliebenen Krieger aufgrund von Regeln zu opfern, an die Sie sich nicht einmal selbst halten können? Gegen welche Regeln haben sie verstoßen? Der Verlierer im Turnier stirbt, aber hier gibt es keinen Verlierer. Darüber sagen die Regeln nichts.«

Die beiden Zauberer funkelten einander an. »Für jemanden, der nie nach den Regeln gekämpft hat, sind Sie zu einem ziemlichen Experten geworden, nicht wahr? Wenn es nicht in den Regeln steht«, sprach D'Orsay leise weiter, »werden wir die Regeln einfach wieder ändern.« Er zeigte auf Hastings. »Wir haben unsere Entscheidung getroffen. Gehen Sie aus dem Weg.«

»Nein«, sagte Hastings abermals. Er streckte den Arm aus, und Licht explodierte von seinen Fingerspitzen. Eine schimmernde Abschirmung senkte sich um Ellen und Jack herab wie ein aus Glas gesponnenes Haus. Plötzlich war der Lärm der Menge gedämpft, und der Regen berührte sie nicht mehr.

Alle fünf Richter zeigten auf die Barriere und sprachen einen Auflösungszauber. Die Wand verschwand, aber Hastings riss eine weitere hoch, gerade noch rechtzeitig, um einen Schneesturm aus blauem Zaubererfeuer abzuwehren, der wie ein Feuerwerk über den Platz fegte.

Die Menge wogte unbehaglich hin und her, einige der Zuschauer rissen die Arme hoch, um die Gesichter vor dem Regen und den Flammen zu schützen, die über sie hinwegfegten. Die Sonne war mittlerweile völlig verschwunden, und das Ghyll war in dumpfes Zwielicht getaucht, obwohl es erst kurz nach vier Uhr nachmittags war. Ein leises Rumoren ertönte, das Donner hätte sein können, aber es war beharrlicher, als sprächen die Hügel selbst mit tausend Stimmen. Das Getöse umzingelte sie und wurde lauter und lauter. Die kahlen Berge leuchteten unheimlich in der Dunkelheit, als würden sie von einer unsichtbaren Quelle erhellt. Hoch oben auf dem Hang des Ravenshead hob sich der

Weirstein gegen die schwarze Schulter des Berges ab wie eine blaue Flamme.

Die drei an den Schranken bemerkten es kaum. Es war nur eine Frage der Zeit, bis die fünf Zauberer auf der Galerie den einen auf dem Feld überwältigt hätten. Jack versuchte verzweifelt, den Zaubersprüchen zu folgen, die hin- und herflogen. Er wollte helfen, aber es überstieg seine Fähigkeiten. Hastings verlagerte ständig die Position und hielt sich zwischen den Richtern und den Kriegern. Die Richter zielten auf die Spieler, hätten aber kaum gezögert, Hastings wegzublasen, um an sie heranzukommen. Die fünf Richter stiegen von den Tribünen herab und wollten die Krieger offensichtlich umstellen und einen Angriff aus allen Richtungen starten, gegen den sie sich schwerer zur Wehr setzen könnten. Wylie schrie etwas, aber ob er um seine Kriegerin flehte oder ihre Möchtegernhenker ermutigte, konnte Jack nicht erkennen.

Mercedes und Blaise, Snowbeard, Iris und Linda stellten sich zu Hastings auf den Platz und bildeten einen engen Kreis um Jack und Ellen. Snowbeard und Iris sandten ebenfalls Flammen in die Luft und ließen so schnell Barrieren hochschnellen, dass der Rat sie nicht niederreißen konnte. Der Regen fiel heftig, und Flammen flackerten auf den Unterseiten der Wolken, weiße Blitze und blaues Zauberfeuer. Jetzt wetteiferte das Brüllen der Schlacht mit dem Heulen des Sturms. Viele im Publikum flohen von ihren Sitzen; die Angst vor dem Tod war jetzt größer als ihre Liebe zum Spektakel.

Plötzlich erbebte die Erde selbst. Jack spürte sie unter seinen Füßen tanzen, als würde er auf Holzscheiten stehen, die einen Hügel hinunterrollten. Ellen konnte ihn nicht länger festhalten, und er wurde zu Boden geschleudert. Flach auf dem Rücken liegend, den kalten Regen im Gesicht und erneuten Schmerz in seinem gebrochenen Bein, konnte Jack nicht umhin, daran zu denken, dass Brooks auf ebendiesem Platz gestorben war. Aber er spürte immer noch eine Vibration. Ein Erdbeben, dachte er zuerst. Vorsichtig stützte er sich auf die Ellbogen. Die übrige Gruppe versperrte ihm die Sicht auf den Platz. Die meisten von ihnen waren auf Händen und Knien und versuchten, sich wieder aufzurappeln. Dann sah er zu den umliegenden Hügeln auf und erkannte einen riesigen Schatten, der über ihre Flanken herabflog, sich am Grund sammelte und über das Ghyll ausbreitete. Ein gewaltiger Riss hatte sich auf dem Platz von Raven's Ghyll geöffnet, aus dem eine Armee hervorquoll.

Oben im Cottage war Will zunehmend in Rage geraten, während der Nachmittag in den Abend überging. Er hatte hundert Mal versucht, die Tür und das Fenster zu öffnen, hatte sogar versucht, seine massigen Schultern durch den Schornstein zu zwängen. Fitch lag auf Jacks Bett wie in Trance. Tatsächlich lauschte er. Gefangen in dem hinteren Schlafzimmer, hatte er nichts von dem Turnier sehen können, aber er hörte das Gebrüll der Menge, daher wusste er, dass es noch nicht vorüber war. Was er jetzt jedoch vernahm, war eher ein Geschrei voller Panik und Entsetzen. Er hatte die Veränderung des Wetters gespürt und den Wind, der aufgefrischt war. Inzwischen war das Licht verschwunden, und das Gebäude erbebte unter dem Aufprall des

Sturms. Regen und Hagel schlugen krachend gegen die Fenster, und der wilde, elektrisierende Geruch des Unwetters drang durch die Wände.

Das ist das Ende der Welt, dachte Fitch. Und wir werden hier sterben. Genau in dem Moment hob sich der Grund, und der Fußboden bockte, so dass die Bodenplatten ganz schief standen. Schiefer und Stuck fielen herab, und Staub füllte ihre Lungen und brannte ihnen in den Augen. Ein Teil der Mauer neben dem Kamin bewegte sich und brach auf. Es gab kein nennenswertes Tageslicht, aber jetzt heulten Wind und Regen durch eine große Lücke.

»Komm!«, rief Will Fitch über das wachsende Getöse hinweg zu. »Hauen wir ab von hier, bevor das Haus einstürzt!« Fitch zerkratzte sich Schulter, Knie und Ellbogen und hinterließ Blutspuren auf einigen der Steine, aber er brachte es fertig, sich durch die Lücke zu zwängen. Will schob sich hinter ihm durch.

Sobald Fitch nach draußen trat, schlug ihm der Regen so heftig ins Gesicht, dass er kaum etwas sehen konnte. Er fand sich im Burggarten wieder und schaute auf den Platz von Raven's Ghyll hinab.

Zuerst sah es so aus, als sei der Boden selbst auf dem Marsch durch das Tal, in geisterhaften grauen Wellen. Dann sah er, dass es so etwas wie eine Armee war, eine bunt gescheckte Armee, deren Soldaten aus vielen Ländern und Zeiten zu kommen schienen. Da waren Männer und Frauen, und einige waren noch Kinder. Einige waren gepanzert, andere leicht bekleidet, und sie trugen eine Vielzahl von Waffen. Hier und da zeigten sich rotgoldene Tupfer: Krieger mit Haaren von der Farbe von Jacks Haar.

Fitch hörte Trommeln und das wilde Pfeifen von Dudelsäcken. Die Krieger hatten den Mittelweg und die Zelte und Wohnwagen am anderen Ende des Tals überrannt. Die Gebäude brannten, und der Rauch der Flammen vertiefte die sie umgebende Düsternis.

»Auf keinen Fall«, flüsterte Fitch. Das Cottage war keine sichere Zuflucht mehr, da seine Mauern in sich zusammenfielen.

Zuschauer aus den Galerien flohen und rannten an ihnen vorbei. Andere schienen auf ihren Sitzen erstarrt zu sein. Fitch ließ den Blick über die chaotische Szene wandern und suchte nach Jack. Endlich entdeckte er etwas, das aussah wie ein Kleinkrieg, der sich vor den Galerien abspielte. Hastings, Linda und einige der Nachbarn aus der Jefferson Street standen in einem engen Kreis und wurden von einer Gruppe Zauberer belagert, die unbarmherzig angriffen. Es sah aus wie eine spektakuläre Lightshow. Er sah Jack und Ellen in der Mitte des Kreises auf dem Boden sitzen. Sie hielten einander fest umschlungen. Fitch schüttelte den Kopf. Nichts von alledem ergab einen Sinn.

Die langen Arme der Schattenarmee dehnten sich aus und umfassten die Schlacht auf dem Feld. Die Krieger schwangen Äxte und Breitschwerter und metzelten jeden Zauberer nieder, der ihnen im Weg stand. Nur wenige hatten Zeit zu reagieren, und jene, die es taten, waren hoffnungslos in der Unterzahl. Hastings und die Gruppe des Silbernen Drachen hatten die Gesichter nach außen gekehrt, hielten inne und starrten ungläubig auf das Geschehen, aber die Turnierrichter nahmen die Gefahr erst wahr, als ein muskulöser keltischer

Krieger mit leuchtend rotgoldenem Haar einen von ihnen packte und ihm sein Schwert in den Leib rammte. Er warf den Toten auf den Boden, und der Regen wusch das Blut von seiner Klinge. Die Schlacht kam danach rasch zum Stillstand. D'Orsay und die vier verbliebenen Richter bildeten einen engen eigenen Kreis.

Es folgte eine atemlose Pause, während Krieger und Zauberer reglos voreinander standen, obwohl kleine Gruppen von Kriegern am Rand der Menge ihr Werk fortsetzten. Die Reihen der Armee teilten sich, und zwei Frauen kamen auf sie zu. Eine war ziemlich jung, nicht viel älter als Jack, und sie hatte einen Schopf mit dunklen Locken. Sie trug ein weißes Leinenhemd und eine Hose aus einem anderen Jahrhundert und bewegte sich mit einer eleganten, athletischen Anmut. Die andere, ein wenig älter und größer als die erste Frau, hatte helles rotblondes Haar. Sie trug ein langes Kleid, das über das Gras zu schweben schien. Die beiden blieben vor den Parteigängern des Silbernen Drachen stehen, und die Ältere begann zu sprechen. »Der Kampf ist vorüber«, verkündete sie. »Wo sind die Krieger?«

Ihre Stimme war unheimlich vertraut. Jack hatte sie schon einmal gehört, eines Nachts auf dem Friedhof. In einem anderen Zeitalter, wie es schien. Ellen half ihm auf, und sie bewegten sich unbeholfen auf den Kreis zu, er humpelnd, während sie ihn stützte. Als er sich der Frau näherte, die nach ihm gerufen hatte, verblüffte ihn erneut ihre Ähnlichkeit mit seiner Mutter. Er hatte sie vorher nur auf Bildern gesehen.

»Hallo, Jack«, begrüßte sie ihn lächelnd. »Wie ich sehe, hast du gut auf mein Schwert achtgegeben.« Sie deutete auf Schattentöter. »Ich glaube, du hattest mehr Verwendung dafür als ich.«

»Susannah«, flüsterte Jack. Er war sich einer streng kontrollierten Energie bewusst, die von Hastings' Gegenwart direkt hinter ihm ausging. Er drehte sich um. Der Zauberer starrte die beiden Frauen an wie Geister, was sie ja auch waren.

Die jüngere Frau ergriff das Wort. »Lee, was bist du für ein Mann geworden!« Sie eilte heran und schlang die Arme um Hastings, und er hielt sie fest, die Freude auf dem Gesicht überlagert von Staunen.

»Carrie«, flüsterte er mit heiserer Stimme. »Ich kann's nicht fassen. Du siehst genauso aus wie früher.«

Carrie lächelte ihn an, und Jack erkannte die Ähnlichkeit zwischen den beiden: kräftige Nasen, hohe Wangenknochen und dunkle Locken. »Ich bin seit mehr als hundert Jahren tot, und du hast gelebt. Leben zeichnet eine Person. Das ist der Unterschied.« Sie ließ ihn los und trat zurück.

Jack konnte sich nur mit Mühe auf den Beinen halten, selbst mit Ellens Unterstützung. Das Erdbeben mochte vorüber sein, aber ihm schwirrte der Kopf. Jeder Teil seines Körpers wetteiferte um seine Aufmerksamkeit.

Susannah bemerkte es. »Kann jemand dem Jungen einen Stuhl besorgen?«, fragte sie. »Ich glaube, er hat heute genug durchgemacht. Zwei Stühle«, fügte sie mit Blick auf Ellen hinzu.

Zwei Krieger holten Stühle aus der Richterloge und stellten sie ins Gras. Jack war verblüfft, weil ihm beide Krieger bekannt vorkamen. Der eine war Jeremiah Brooks und der andere der junge Ritter, gegen den er auf der Wiese gekämpft hatte, im ersten Kampf, den er gewonnen hatte.

Brooks half Jack auf seinen Platz, wobei er sehr auf den aufgeschlitzten Arm und das verletzte Bein achtgab. Ellen half auf der anderen Seite. »Sieht aus, als hättest du heute Prügel bezogen, mein Freund«, bemerkte er lakonisch. Er nickte Ellen zu. »Da wir fast Brüder sind und so, gebe ich dir einen Rat: Sag das nächste Mal Ja, wenn die Dame um ein kleines Tänzchen bittet.« Er rieb sich die Nase und grinste Jack an, der ihn anstarrte und zu müde war, um verlegen zu sein.

Der Ritter holte eine Flasche Wasser und drehte sie neugierig in den Händen, bevor er sie Jack reichte. »Ich habe es immer zu schätzen gewusst, dass du mich nicht töten wolltest«, erklärte er. »Wir alle müssen sterben, aber du kannst dir nicht vorstellen, wie es ist, das wieder und wieder durchzumachen.« Ruckartig zeigte er mit einem Daumen auf Ellen. »Sie hat immer alle getötet.« Ellen wirkte bedrückt. Sie hockte unbehaglich auf der Kante ihres Stuhls, als wisse sie nicht, ob sie sich vielleicht einen Weg von dort freikämpfen musste. Jack teilte seine Wasserflasche mit ihr, dann lehnte er sich zurück und schloss halb die Augen. In seinem Bein pochte es, und ihm war übel. Nach einem kurzen Moment stand Ellen auf und stellte ihren Stuhl vor ihn, dann legte sie sein Bein darauf. »Du solltest es hochlegen, damit es nicht anschwillt«, schlug sie vor. Sie setzte sich ins Gras neben ihn und lehnte den Kopf an seine Hüfte, ungeachtet des Wassers, das in Strömen über den Boden floss. Der Regen hatte so gut wie aufgehört.

»Susannah«, begann Hastings unbeholfen. Sie drehte sich zu ihm um und nahm ihn zum ersten Mal zur Kenntnis.

»Hallo, Lee.«

»Susannah, es tut mir leid«, sagte er schlicht.

Sie fuhr sich mit den Fingern durch ihr triefendes Haar. »Ich habe meinen Sohn nicht aufwachsen sehen. Das ist schwer zu verzeihen.«

»Ich bitte dich nicht, mir zu verzeihen.« Der Zauberer hatte die Hand ausgestreckt, und etwas glänzte in seinen Fingern. Es war der Ring mit Susannahs Stein. »Ich denke, ich sollte dir den da zurückgeben.«

Sie musterte ihn für einen Moment. »Hundert Jahre sind eine lange Zeit, um an einem Groll festzuhalten«, sagte sie. »Für uns beide. Carrie und ich bitten dich, deinen Groll zu überwinden, und ich werde mich von meinem verabschieden.« Sie hielt inne. »Ich habe keine Verwendung für den Stein, weder jetzt noch sonst irgendwann. Behalte ihn. Er soll eine Erinnerung an mich sein. Ich glaube, du hast dazugelernt, seit ich dich das letzte Mal gesehen habe.«

Hastings machte ein Gesicht, als wolle er mehr sagen, aber in diesem Moment schob sich D'Orsay heran. »Warum haben Sie diese Armee in das Ghyll geholt?«, verlangte er zu erfahren. »Sie haben unseren Besitz zerstört und unser Turnier unterbrochen.«

Susannah drehte sich zu ihm um. »Ihr Turnier war bereits vor unserer Ankunft ein heilloses Durcheinander.« Sie hob ihre Röcke und kletterte in die Richterloge.

»Es verstößt gegen das Gesetz, dass diese Rotte von Kriegern ins Ghyll eingedrungen ist. Die Kriegertoten dürfen nur kommen, wenn sie gerufen werden. Ihr habt bereits einen Richter ermordet«, fuhr D'Orsay fort. »Ihr begreift hoffentlich, dass ihr dafür zur Verantwortung gezogen werdet.«

Susannah lächelte nicht mehr. »Sie haben nie etwas dagegengehabt, wenn wir einander ermordet haben.« Sie streckte die Hand nach dem ledergebundenen Buch mit den *Regeln des Waffengangs* aus. »Sind Sie bereit, einige weitere Regeln niederzuschreiben, Meister D'Orsay?«

»Was tun Sie da?«, fauchte er. »Lassen Sie die Finger davon!«

»Wir haben einige eigene Korrekturen vorzuschlagen«, erwiderte sie gelassen. »Jetzt, da Sie den Drachen geweckt haben.«

Der Ausdruck auf D'Orsays Gesicht war eine Mischung aus Ungläubigkeit und Furcht.

»Sehen Sie, die Regeln des Waffengangs haben uns seit 1532 zusammengehalten. Der Pakt wurde niedergeschrieben, gebunden in den Knochen der Erde – den Steinen von Ravenshead –, und sollte niemals geändert werden: die Regeln des Turniers, die Beziehung zwischen Zauberern und Kriegern, unser Platz in der Vorhölle, immerzu in der Erwartung, zu einem neuen Gemetzel gerufen zu werden. Aber Sie haben das Buch geöffnet. Zuerst haben Sie die Regeln verletzt, indem Sie einen Zauberer kämpfen ließen, und dann haben Sie es gewagt, sie zu verändern. Sie sind der rechtmäßige Turniermeister, und Sie haben es hier im Schatten des Steins getan, in der Höhle des Drachen. Die Regeln müssen neu geweiht werden. Deswegen sind wir hier.« Sie wies mit der Hand zu der versammelten Armee hinüber. »Wir sind der Drache.«

»Es war nicht unsere Absicht, das Regelwerk für weitere Zusätze zu öffnen. Wir werden sie wieder so niederschreiben, wie sie waren«, sagte D'Orsay schnell.

»Wir haben beschlossen, dass sie uns so, wie sie waren, nicht gefallen.« Susannah schob das Buch über den Tisch zu D'Orsay hinüber.

»Das ist Sache der Zauberer«, protestierte der Turniermeister. »Die Regeln können nicht ohne Zustimmung des Rats geändert werden.«

Susannah musterte die anwesenden Zauberer. »Ich glaube, wir haben hier entsprechende Repräsentanten. Wir werden mündlich abstimmen. Ich muss jedoch darauf hinweisen, dass einige von uns sehr empfindlich sein werden, was den Ausgang betrifft.« Sie deutete mit dem Kopf auf das Meer von Kriegern. D'Orsay blickte hinüber, dann sah er wieder Susannah an. Alle Farbe war aus seinem Gesicht gewichen. Susannah lächelte. »Sie müssen verstehen, dass mit dem Unterhalt einer Armee immer ein Risiko verbunden ist, selbst wenn es eine Armee der Toten ist. Da besteht immer die Gefahr einer Meuterei. Also, Meister D'Orsay, die Regeln?«

Widerstrebend kletterte D'Orsay in die Richterloge und setzte sich an den Tisch. Er zog das Buch zu sich herüber, blätterte die erste leere Seite auf und griff nach seinem Stift.

Susannah diktierte: »Veränderung Nummer eins. Das Turniersystem, wie es seit 1532 existiert hat, ist aufgehoben.«

D'Orsay legte seinen Stift beiseite. »Das ist unmöglich«, sagte er. »Sie würden unsere wichtigste Tradition zerstören. Dieses System hat unseren Frieden bewahrt.«

»Zweitens«, fuhr Susannah fort, ihn vollkommen ignorierend: »Alle Gilden der Weir sind gleich. Es gibt keine gesetzlich festgelegten Herr-Diener-Beziehungen unter Zauberern, Kriegern, Betörern, Hexern oder einer anderen Klasse.«

D'Orsay schüttelte immer noch den Kopf, hatte jedoch seinen Stift zur Hand genommen und schrieb.

Susannah ließ den Blick über die Menge wandern, als würde sie nachdenken. Linda Downey kam zur Richterloge, beugte sich vor und richtete drängend das Wort an sie.

»Drittens«, sagte Susannah. »Die Stadt Trinity in Ohio wird zu einem Heiligtum erklärt. Die Weir dürfen innerhalb seiner Grenzen keine Morde, Entführungen, Gedankenmagie, Hypnose oder andere schwarzen Künste ausüben.«

D'Orsay kritzelte weiter und mühte sich, Schritt zu halten.

Susannah sah zu Carrie hinüber und dann zum Rest der Versammlung, bevor sie sich wieder an D'Orsay wandte. »Viertens. Zauberer dürfen nicht länger die Kriegertoten nach Belieben herbeirufen. Die Kriegertoten werden jedoch als Armee zurückkehren, wenn diese Regeln verletzt werden.«

D'Orsay hörte auf zu schreiben. »War's das?«, fragte er missmutig.

»Eins noch. In Zukunft können die Regeln nur durch Mehrheitsbeschluss einer Versammlung geändert werden, in dem alle Gilden der Weir gleichermaßen repräsentiert sind, jede mit einer einzigen Stimme.«

Als D'Orsay fertig war, schob er das Buch wütend zu Susannah hinüber. Sie las, was er geschrieben hatte, und nickte. »Jetzt zur Abstimmung. Alle, die dafür sind, sagen Ja.«

D'Orsay und die vier Richter sahen zuerst einander an, dann die Armee. Sie zögerten, aber nur für einen Moment. »Ja«, murmelten sie.

»Gegenstimmen? Nein? Dann ist es einstimmig«, stellte Susannah befriedigt fest. Sie schlug das Buch zu. »So gefallen uns die Regeln besser.« Sie drehte sich um und wies auf den Weirstein. »Wir sind alle Erben des Weirsteins und unterwerfen uns diesen zusätzlichen Regeln, die für alle magischen Gilden gültig sein sollen.«

Der Stein loderte auf und warf ein kaltes blaues Licht über das Ghyll und alle Anwesenden. Und tief unter der sternenförmigen Narbe auf seiner Brust spürte Jack, der Zaubererbe, wie der Kriegerstein darauf reagierte.

Susannah stand für einen Moment da, die Arme um den Leib geschlungen, die Augen geschlossen. Dann seufzte sie und öffnete sie wieder. »Jetzt ist es Zeit, dass wir hinübergehen.« Sie wandte sich um und sah Nikodemus Snowbeard dort stehen, auf seinen Stab gestützt, und der Wind peitschte ihm die Kleider um den hageren Leib.

»Das war gute Arbeit, Susannah«, sagte der Zauberer lächelnd. »Ich bin stolz auf dich.« Er umarmte sie vorsichtig, als könne sie zerbrechen.

»Ich freue mich auch, dich zu sehen, Alter Bär«, erwiderte sie und schlang ihrerseits die Arme um ihn. So verharrten sie einige Minuten lang. Hastings stand in der Nähe und sah zu, den Kopf geneigt, als wolle er ein Puzzle zusammensetzen, dem einzelne Teile fehlten.

Jack verfiel in eine Art Dösen, richtete sich aber wieder auf, als eine kleine Gruppe von Kriegern zusammen mit Ellen auf ihn zukam. Brooks hatte offenbar das Kommando, schien allerdings noch nicht daran gewöhnt zu sein, Ansprachen zu halten. »Hör mal«, sagte er schließlich, kratzte sich unter dem Kragen seines Lederhemdes und zupfte sich am Ohr. »Wir wissen wirklich zu schätzen, was ihr beide hier getan habt. Dass ihr sie gezwungen habt, die Regeln zu ändern und so«, sagte er. »Und wenn ihr jemals Lust habt, uns zu rufen und einen draufzumachen, dann sind wir dabei.« Er sah Ellen an und lächelte ein wenig von oben herab. »Ich glaube, ich könnte deiner Frau hier das eine oder andere beibringen. Nur so zum Spaß, weißt du, und vielleicht kippen wir auch ein Glas Bier oder zwei, damit es interessanter wird«, fügte er schnell hinzu, als er sah, dass Ellen hochging.

Und Jack *erinnerte* sich daran, wie gut ein oder zwei Glas Bier schmecken konnten, wenn ein Mann Durst hatte. Das war Teil seiner mannigfaltigen Erziehung in den vergangenen sechs Monaten. »Danke«, sagte Jack, »das würde mir gefallen. Aber warten wir vielleicht noch eine Weile.«

Carrie umarmte Hastings abermals. Ihre Stimme war leise, ihre Worte für ihn allein bestimmt. »Ich kann dir nicht sagen, was es mir bedeutet hat, dich wiederzusehen. Es ist Zeit, dass du deine Besessenheit überwindest und aufhörst, Rache üben zu wollen. Du musst deinen eigenen Weg finden.« Sie sah zu Linda hinüber, dann wieder zurück zu Hastings. »Vergiss mich nicht; aber du wirst auch niemals Glück finden, wenn du ausschließlich in der Vergangenheit lebst.«

Hastings hielt sie fest bei den Händen. »Ich werde tun, was du sagst, wenn diese Angelegenheit hier beendet ist.« Er deutete mit dem Kopf auf die Trümmer ringsumher.

»Ein dürres Versprechen für deine Schwester, die dich liebt.« Sie lächelte, aber da war bereits etwas Zerbrechliches an ihr, als würde sie verblassen. »Und jetzt muss ich gehen.«

Hastings machte eine Bewegung, als wolle er sie mit den Armen umfangen. »Wirst du zurückkommen? Oder vielleicht könnte ich zu dir kommen … wo auch immer du bist.«

Sie zuckte die Achseln. »Vielleicht werden wir jetzt freier reisen können, in beide Richtungen. Es ist jedoch schwer für mich, sehr lange in der Welt zu sein«, fügte sie sehnsüchtig hinzu.

Er blickte über ihre Schulter zu Susannah hinüber, die immer noch neben Snowbeard stand. »Auf Wiedersehen, Susannah.«

Susannah lächelte. »Vielleicht werden wir einander wiedersehen. Man kann nie wissen.«

Die beiden Frauen traten zurück zu ihren Kameraden. Die Kriegerarmee schimmerte und wurde substanzlos. Einen Moment lag sie wie Nebel über dem Ghyll, dann löste sie sich im Wind auf. Und mit ihnen ging die Menge, gingen die Galerien und alles Drumherum der Turniere, die Banner und die Gebäude, die für den Anlass errichtet worden waren. Übrig blieben bloß die Burg und das Cottage im Burggarten, die festen Gebäude des Ghylls. Selbst die Stühle waren verschwunden, und Jack fand sich auf dem Boden sitzend wieder.

Jack und Ellen, Hastings und Linda, Mercedes,

Blaise, Snowbeard und Iris schienen die einzigen lebenden Wesen im Tal zu sein, bis auf einige Schafe, die in den Hügeln grasten. Selbst das Wetter wurde besser, und der Zaubernebel hüllte nicht länger die Sonne ein, die flammend hinter dem Ravenshead unterging.

»Will und Fitch!«, sagte Jack plötzlich. »Ich habe sie im Cottage zurückgelassen.« Er wollte sich hochrappeln, stellte jedoch fest, dass es unmöglich war. Ellen legte ihm die Hand fest auf die Brust und drückte ihn wieder herunter.

»Ich gehe sie suchen«, sagte Linda schnell. Sie wandte sich zum Cottage um.

»Sie sind eingesperrt«, fügte Jack hinzu.

Sie sah ihn neugierig an. »Na ja, sie müssen einen Weg hinausgefunden haben.«

Zwei Gestalten lösten sich von der Seite des Cottages und kamen auf sie zu. Es waren Will und Fitch. Sie blickten sich verwirrt um. Als sie nah genug waren, um gehört zu werden, rief Will: »Wo sind denn alle hin?«

»Wieder zu Hause«, rief Linda zurück. »Das Turnier ist vorbei.«

Will entdeckte Jack und Ellen, die Seite an Seite im Gras saßen. »Ich verstehe es nicht«, sagte er langsam. »Einer von euch beiden sollte tot sein.« Er funkelte Ellen herausfordernd an. Sie reagierte nicht darauf, sondern zog die Schultern hoch, senkte sie wieder und wandte den Blick ab.

»Ellen hätte mich töten können«, erklärte Jack leise, »aber sie hat es nicht getan. Sie hat mir das Leben gerettet.«

»Wie kommt's?«, fragte Fitch. »Nach alldem?«

Ellen lief tiefrot an und starrte zu Boden. »Vielleicht

hat mir keiner meiner Gegner je zuvor Blumen geschenkt«, murmelte sie.

Hastings kniete sich neben Jack. »Soll ich mir dein Bein mal ansehen?«, fragte er. »Oder soll ich dich lieber nach Keswick bringen?«

»Wenn Sie es behandeln können, nur zu«, antwortete Jack. »Und auch den Arm, wenn Sie schon dabei sind.« Er legte sich wieder auf den Boden und schloss die Augen, damit sich ihm nicht länger alles im Kopf drehte.

Hastings legte die Hand über den Bruch und sprach seinen Zauber. Es fühlte sich an, als flösse kaltes Wasser über Jacks Bein und nähme die Schwellung und den Schmerz mit sich fort. Nach ein paar Minuten machte der Zauberer sich bei seinem Arm ans Werk. Bald fühlte er keine Schmerzen mehr, und Jack trieb behaglich, aber unglaublich erschöpft dahin.

Hastings wandte sich an Ellen. »Geht es dir gut?«, fragte er.

Ellen antwortete nicht sofort. Sie löste die Schlinge um Jacks Bein, wobei sie die Knoten mit den Zähnen löste, schlang sie sich über die Schulter und schob das Messer zurück in die Scheide auf ihrem Rücken. Dann stand sie auf und rammte ihr Schwert wieder in seine Scheide. »Mir geht es bestens«, antwortete sie, »mir tut nur all der Ärger leid.« Sie zögerte, dann beugte sie sich wieder vor, küsste Jack auf den Mund und drückte ihn zu Boden. »Auf Wiedersehen, Jack. Ich muss einige Sachen aus der Burg holen, und dann mache ich mich auf den Weg.«

»Wie meinst du das? Wohin gehst du?«, fragte Jack scharf und bemühte sich, ins Sitzen zu kommen. Linda stützte ihn.

Ellen zuckte die Achseln. »Ich habe keine Ahnung. Zumindest bin ich jetzt auf mich allein gestellt. He, mach dir keine Sorgen«, fügte sie hastig hinzu, als sie Jacks Gesicht sah. »So lebe ich eben. Ich weiß nicht, woher ich komme, und ich weiß nicht, wohin ich gehe. Ich hatte immer den Wunsch, nach Schottland zurückzukehren. Vielleicht werde ich dort hingehen.« Sie blickte aufmerksam zu Hastings und den anderen auf, als habe sie Angst, die anderen könnten sie vielleicht daran hindern wollen.

»Komm mit uns zurück nach Trinity!«, drängte Jack. »Du hast gesagt, es hätte dir dort gefallen.«

Ellen lachte. »Ich bin sechzehn Jahre alt, Jack. Ich habe keine Familie und keine Möglichkeit, mir meinen Lebensunterhalt zu verdienen. Ich kann nicht mal eine Wohnung mieten. Und wovon ich am meisten verstehe, ist dies: Ich kann Leute töten. Ich bin ein gemeingefährliches Individuum, wenn du verstehst, was ich meine.« Sie sagte es ganz sachlich, bat nicht um Mitgefühl.

Überraschenderweise war es der schüchterne Will, der sich für sie einzusetzen begann. »Du wirst bestens zurechtkommen«, erklärte er. »Du hast Freunde. Wir werden dir helfen, eine Wohnung zu finden. Ich wette, du könntest sogar lernen, nicht ständig Leute umzubringen.« Er grinste. »Und für dich ist es ein Kinderspiel, im Herbst in das Mädchenfußballteam zu kommen.«

»Vielleicht wäre Trinity der sicherste Ort für dich«, meldete Linda sich zu Wort. »Jetzt, da es ein Heiligtum ist. Wer weiß, wie die Zauberergilde auf die Ereignisse des heutigen Tags reagieren wird? Du könntest zur Zielscheibe werden. Außerdem hast du kein Geld und keine Campingausrüstung. Und du kannst nicht einfach so mit deinem Schwert durch Großbritannien ziehen.«

Ellen zögerte. »Gewöhnlich bleibe ich nicht sehr lange an einem Ort.«

Hastings hatte mit undeutbarem Gesichtsausdruck ins Ghyll hinabgeschaut. Jetzt legte er Ellen eine Hand auf die Schulter, und sie zuckte unter seiner Berührung zusammen. »Warum beendest du die Tour nicht mit der Chaucer-Gesellschaft?«, schlug er vor. »Ich kann mir ein wenig Zeit nehmen und dich ins Bild setzen. Wir finden heraus, wie gemeingefährlich du bist. Dann können wir uns einen Plan einfallen lassen.«

Wie immer war es unmöglich, sich Hastings zu widersetzen. Und so wurde es vereinbart.

KAPITEL 18
Trinity

In der Folge gab es keine Enthüllungen, sondern lediglich das Aufdecken von Wahrheiten, die lange bekannt waren, an die man sich aber nur vage erinnerte. Alles war vor langer Zeit niedergeschrieben worden. Nichts war wahrhaft neu in der Welt, es gab nur den langsamen kreisförmigen Gang der Zeit, der wiederum die alten Dinge offenbarte.

»Toll, wie du Jen DeBrock ausgebootet hast. Sie hat nicht mal gemerkt, dass du da warst, bis du ihr den Ball weggeschnappt hast.« Will grinste glücklich und winkte der Kellnerin. »Aber wenn alles so läuft wie in der letzten Saison, wirst du Garfield in den Playoffs wiedersehen. Du hast nur einen Schuss frei.«

Jack zählte Geld auf den Tisch. »Ein Jammer, dass Slansky dich nicht klonen kann, Ellen«, bemerkte er. »Dann müsste er sich nicht entscheiden. Du könntest gleichzeitig Torwart und Angreifer spielen.«

Nichts kam bei Ellen durch, wenn sie im Tor stand. Die Herbstfußballsaison der Mädchen war in Trinity eine lange Serie von Zu-Null-Niederlagen für die gegnerischen Mannschaften gewesen. Darum ging es bei dieser Besprechung.

Fußball war ein gutes Ventil für Ellens natürliche

Aggression. Was eine gute Sache war, da sie wenig Sinn für die gesellschaftlichen Intrigen einer kleinstädtischen Highschool hatte.

Ellen grinste wild. »Ich würde lieber im Sturm spielen. Du weißt, dass ich den Angriff mag, Jack.« Sie hielt seinen Blick einen langen Moment fest, dann stand sie auf und warf sich ihre Sporttasche über die Schulter. »Ich gehe nach Hause, Will. Ich habe deiner Mom versprochen, dass ich den Vorgarten mache. Es liegen schon wieder tonnenweise Blätter rum.«

»Ich habe gesagt, dass ich mich drum kümmern würde!«, protestierte er schwach. Beide sahen zu, wie Ellen zum Vordereingang des Corcoran's hinausstürmte. Will stellte fest, dass es eindeutig Vorteile hatte, Ellen als Hausgast zu haben.

Linda Downey hatte das eingefädelt. Auf dem letzten Abschnitt der Reise mit der Chaucer-Gesellschaft hatte sie Wills Eltern erzählt, dass Ellens Eltern weggezogen seien und dass Ellen die Highschool in Trinity beenden wolle. Da Wills ältere Schwester aufs College gegangen war, hatten sie ein Zimmer frei, und sie hatten es sofort Ellen angeboten. Vielleicht war Hexerei im Spiel, aber Will war glücklich über das Arrangement, und Hastings hatte das Gefühl, dass Ellen keine große Gefahr darstellte, solange man ihr nicht mit gezückter Klinge entgegentrat.

Sie schien erpicht darauf zu sein, sich ihren Lebensunterhalt zu verdienen. Ständig hackte sie Feuerholz oder fegte Blätter oder schaufelte Kompost. Sie erklärte ihren Gastgebern, dass sie aus einer Militärfamilie komme und an einen sehr disziplinierten Lebensstil gewöhnt sei. Abgesehen davon wolle sie auch in Form bleiben.

Außerdem war Ellen dem Schauspielclub beigetreten, da sie gewohnt sei, verschiedene Rollen zu spielen, wie sie sagte, und sie hatte sich für die Basketballmannschaft der Mädchen angemeldet. Außerhalb ihrer kleinen Gruppe hatte sie noch keine engen Freunde gefunden, aber das war mehr auf fehlende Gemeinsamkeiten zurückzuführen als auf sonst etwas. Sie hatte eine nicht so ganz traditionelle Kindheit gehabt, gelinde gesagt – tatsächlich war sie albtraumhaft gewesen. Jack machte sich Sorgen um sie, aber sie widersetzte sich resolut jeglichem Versuch, sie aus der Reserve zu locken.

Die Ereignisse des Frühjahrs und Sommers hatten ihre Spuren hinterlassen. Jacks Träume waren erfüllt von blutrünstigen Zauberern, Zaubersprüchen, Hinterhalten und Verrat. Manchmal konnte er nicht einschlafen, und wenn doch, dann erwachte er schreiend. Es gelang ihm, Becka davon zu überzeugen, dass eine Therapie in seinem Fall wohl kaum helfen würde.

Bis zum Herbst hatte Trinity einen ganzen Sommer Zeit gehabt, die Ereignisse am Ende des Schuljahrs zu vergessen, da die meisten der Mitwirkenden den Sommer im Ausland verbracht hatten. Bei ihrer Rückkehr gab es nochmals einige Spekulationen, aber die Stadt verfiel allmählich in ihre gewohnte Herbstroutine. Die Kurse begannen sowohl an der Universität als auch in der Highschool, und die Sommergäste verabschiedeten sich. Einige Leute bemerkten, dass Jack und Ellen nach ihrer Englandreise anders geworden waren, aber Reisen ins Ausland können eine Person auch verändern.

»Willst du ein paar Bälle schlagen, bevor es dunkel wird?« Will war offenbar doch geneigt, die Blätter Ellen zu überlassen.

Jack schüttelte den Kopf. »Mr. Hastings ist wieder in der Stadt. Mom hat ihn zum Abendessen eingeladen.«

Anfangs hatten sie Hastings oft gesehen. Er verbrachte lange Stunden mit Ellen und befragte sie nach ihrem Training und den Taktiken der Roten Rose. Angesichts ihrer Vorgeschichte hätte es peinlich sein können, aber Ellen fand es anscheinend therapeutisch.

Nach ungefähr einem Monat tauchte er nur noch sporadisch und manchmal zusammen mit Linda auf. Sie war häufiger als gewöhnlich in der Stadt gewesen. Zu Beckas Überraschung hatte sie den letzten Teil des Sommers mit ihnen in Oxford verbracht und war seit ihrer Rückkehr nach Trinity mehrmals zu Besuch gekommen. Es war, als verspüre sie einen ungewöhnlichen Hunger nach ihrer Gesellschaft.

Angesichts der Entwicklung der Ereignisse schienen Linda und Hastings ihre Differenzen wegen Jacks Teilnahme an dem Turnier überwunden zu haben. Ansonsten war Jack ihre Beziehung nicht völlig klar. Sie verbrachten viel Zeit zusammen und sprachen über Politik. Aber seine Tante war wohl entschlossen, ihre Beziehung auf einer professionellen Ebene zu halten, was nicht leicht gewesen sein konnte.

Die Highschool von Trinity hatte einen neuen stellvertretenden Direktor, obwohl alle sich einig waren, dass man Hastings vermissen würde. Disziplin war während seiner Amtszeit nie ein Problem gewesen, trotz der Tatsache, dass er die Schüler selten hatte nachsitzen lassen. Da war einfach etwas an ihm, das Strafen unnötig machte.

Becka lud Hastings oft zum Abendessen ein, wenn sie erfuhr, dass er in der Stadt war. Sie sagte immer, sie wolle ihm für das danken, was er an jenem Tag in der Highschool getan hatte, und für seine Gastfreundschaft während ihres Englandaufenthalts. Aber manchmal ertappte Jack sie dabei, dass sie Hastings' Gesicht musterte, als wolle sie sich an etwas Vergessenes erinnern. Der Zauberer war ein charmanter Gast, aber Jack hatte das Gefühl, dass er sich stets beherrschte und sie auf Armeslänge von sich fernhielt.

Er hielt ein Versprechen ein, das er Jack gegeben hatte.

Seine Gefühle dem Zauberer gegenüber waren vielschichtig. Hastings hatte sein Leben aufs Spiel gesetzt, damit Jessamine Longbranch Jack nicht in die Hände bekam. Diese Möglichkeit ließ ihn immer noch schaudern. Wenn man bedachte, was wahrscheinlich geschehen wäre, hätte er sich gegen den Kampf entschieden, war die Entscheidung dafür im Nachhinein eine gute gewesen. Aber er wusste, dass sich alles auch ganz anders hätte entwickeln können. Unter dem Einfluss des Zauberers war er nahe daran gewesen, einen Mord zu begehen.

Bei einem seiner Besuche gab Hastings Jack drei Bücher über Zauberei aus seiner Sammlung. Jack erinnerte sich an sie aus der Bibliothek in Cumbria. »Wenn du deine Studien fortsetzt, könnten dir die hier von Nutzen sein.« Dann reichte ihm Hastings ein winziges ledergebundenes Buch über Angriffszauber. Jack untersuchte es überrascht. Er hatte es noch nie zuvor gesehen. »Ich bewahre es nicht im Regal auf«, fügte Hastings mit einem schwachen Lächeln hinzu. Jack sah ihn an und fragte sich, wie viel der Zauberer wusste und wie lange er es gewusst hatte.

Der Zaubererrat hatte noch nicht auf die Ereignisse am

Mittsommertag reagiert. Es war schwer vorstellbar, dass er die Demontage des Systems, das er für Jahrhunderte aufrechterhalten hatte, einfach kampflos hinnehmen würde. Vielleicht planten die Mitglieder gerade jetzt einen Gegenzug. Jack wollte nicht daran denken. Schließlich konnte er in dieser Hinsicht sowieso nichts tun.

Nick Snowbeard schlüpfte nach seiner Rückkehr nach Trinity mühelos zurück in seine Rolle als Hausmeister. Er tapezierte den ersten Stock des Hauses fertig und beendete die Renovierung des Badezimmers. Jack hatte den Verdacht, dass dabei mehr als ein wenig Hexerei mit im Spiel war. Er nahm sich noch immer jeden Tag Zeit, Jack zu unterweisen. Manchmal konzentrierten sie sich auf Zauberei, manchmal auf andere Themen. Diese Stunden waren jetzt weniger intensiv und mehr wie in alten Zeiten.

Jack hatte Nick immer nur entspannt gesehen, aber jetzt schien es, als sei eine Last von den Schultern des alten Zauberers genommen worden. Vielleicht war es das Heiligtum. Nick besuchte häufig die Cafés und Kneipen unten bei der Universität und konnte stundenlang mit seinen Freunden philosophische Gespräche führen. Er genoss es auch, am Seeufer spazieren zu gehen, auch lange nachdem es Abend geworden war, und er schaute zu den Sternen hoch und blickte aufs wellenschlagende graue Wasser. Manchmal begleitete Jack ihn, alter Zauberer und junger Krieger, während der kalte Nordwestwind den Geruch von brennenden Blättern landeinwärts trieb.

»Also brauchen Sie mich nicht länger im Auge zu behalten«, bemerkte Jack. Er zögerte, das Thema zur Sprache zu bringen, aber er fragte sich, ob der alte Mann anderswo zu tun hatte und ob ein Gefühl der Pflicht ihn in Trinity festhielt.

Snowbeard lächelte ihn an und legte ihm einen Arm um die Schultern. »Jack, dieser Krieg ist seit Jahrhunderten im Gange. Ich habe festgestellt, dass es weiser ist, die Zeit des Waffenstillstands zu genießen, während man sie zugleich als das erkennt, was sie ist. Ein Waffenstillstand.«

Das war nicht direkt beruhigend. Trotzdem, Jack konnte nicht umhin, optimistisch zu sein. Befreit von den Wirkungen des Weirsbann, war er als Weirlind wiedergeboren worden. Trotz ihrer aufsässigen Wechselbeziehung hielt er sein Verhältnis zu Ellen für vielversprechend. Und er fühlte sich sicherer als seit vielen Wochen, seit er in Coal Grove das Schwert aus dem Boden geholt hatte.

Und manchmal entwickelten Jack oder Ellen eine Rastlosigkeit, ein Verlangen, das sich nicht leugnen ließ. Ellen rief Jack an oder andersherum, und sie trafen sich auf der Wiese. Jack zog dann seine Zauberbarriere hoch, und sie kämpften mit ihren Floretten, oder sie riefen Brooks oder einige andere alte Freunde aus der Kriegerarmee zu einem Kampf herbei. Brooks lehrte Ellen einige Züge, wie er es versprochen hatte, und sie lehrte ihn, weibliche Krieger nicht zu unterschätzen.

Sie kämpften, weil sie den Tanz liebten und das Gewicht eines Schwertes in ihren Händen. Das Klirren und Funkeln von Metall und das Zischen von Flammen war wie Musik, die nur für sie geschrieben war. Sie kämpften für Ruhm, aber nicht des Blutes wegen. Sie waren Weirlind, Erben des Kriegersteins. Und sie schliefen stets besser mit ihrer Klinge unter dem Bett.